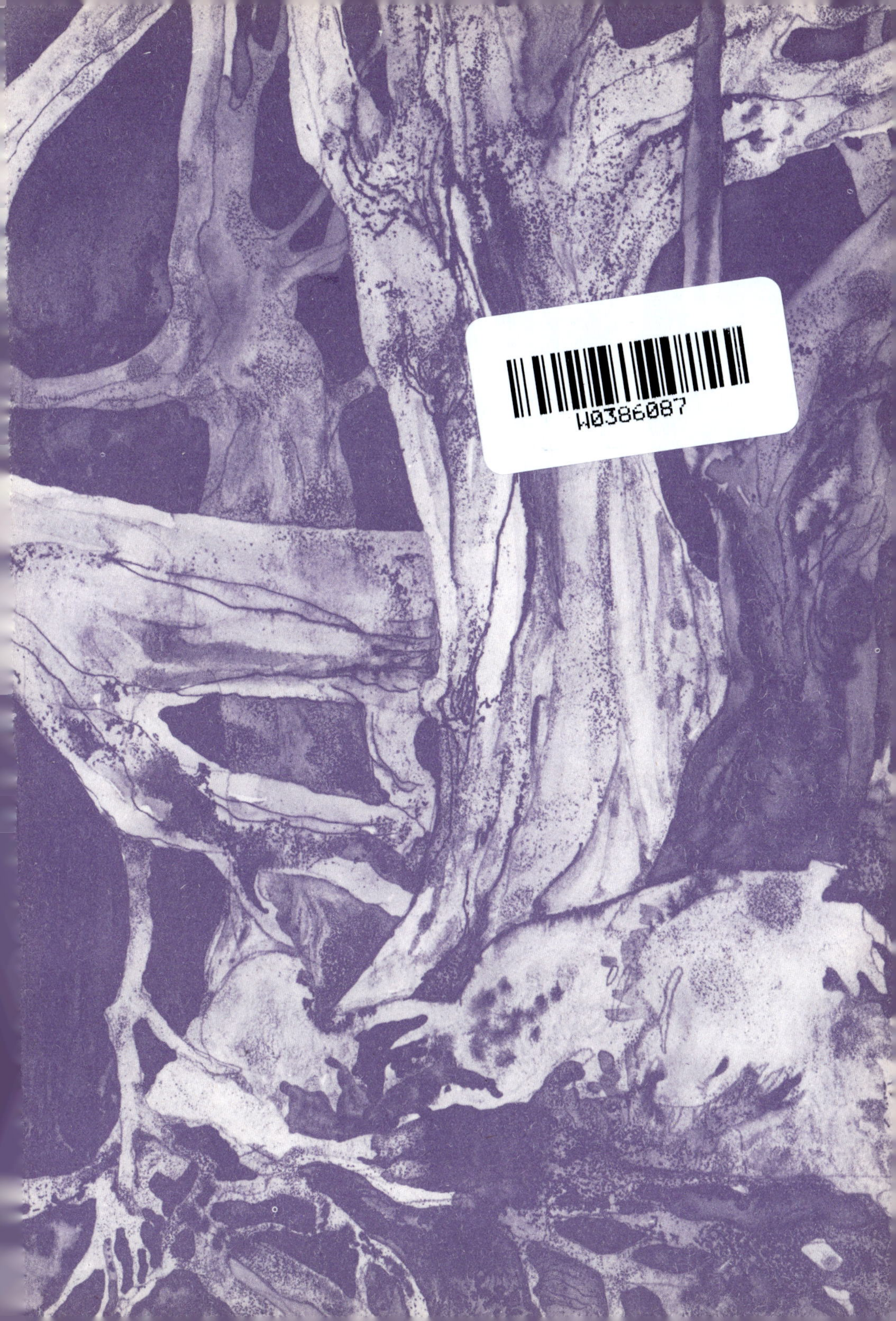

Klaus Frühauf
Am Rande wohnen die Wilden

SPANNEND ERZÄHLT

Band 131

Seit langer Zeit haben die Mornen auf ihrem Heimatplaneten Tiere und Pflanzen als unberechenbare Faktoren aus ihrem Dasein verbannt. Ein glatter Kunststoff überzieht die Landschaft, tiefe Schächte spenden Sauerstoff, und bizarre Kristallkaskaden ersetzen Bäume und Sträucher. Nur so – meinen die Mornen – wird vernunftbegabtem Leben die Möglichkeit einer optimalen Entwicklung gewährt, entsteht für alle ein Höchstmaß an Glück. Doch da bringen eines Tages Fernsonden die unglaubliche Kunde, daß am Rande der Galaxis bei einer überheißen Sonne ein blauschimmernder Planet existiert, auf dem hochentwickelte, intelligente Bewohner, aber auch riesige Pflanzenherden, eine artenreiche Fauna und unzählige Bakterien miteinander leben.
Kommandant Faunian und seine Gefährten starten mit einem überlichtschnellen Gravitationsraumer, um zu beweisen, daß die Beobachtungen falsch sind, daß es unter intelligenten Wesen solche „Wilde“ nicht geben kann...

Klaus Frühauf

Am Rande wohnen die Wilden

Wissenschaftlich-phantastischer Roman

Verlag Neues Leben Berlin

Illustrationen: Werner Ruhner

ISBN 3-355-00591-6

4. Auflage, 1987
Lizenz Nr. 303 (305/367/87)
LSV 7503
Einband: Werner Ruhner
Typografie: Achim Kollwitz
Schrift: 10p Sabon
Lichtsatz: (140) Druckerei Neues Deutschland, Berlin
Druck und buchbinderische Verarbeitung: Karl-Marx-Werk Pößneck V 15/30
Bestell-Nr. 642 170 8
00640

Morn

Dieser Hügel in der Nähe des großen Schachtes war einer seiner Lieblingsplätze. Er war oft hier, wenn er sich in der Abgeschiedenheit eines der wenigen unbebauten Orte seiner Heimat von der Betriebsamkeit der täglichen Arbeit erholen wollte. Und er hatte diese Entspannung nötig. Die nächsten Tage würden hektisch werden auf Morn drei. Sie feierten das Fest der zweiten Sonne.

Faunian streckte sich aus, verschränkte die Hände hinter dem Kopf und schloß die Augen. Er fühlte die Wärme der Sonne auf der nackten Haut seines Gesichtes, die Wärme der zweiten Sonne Morns, seiner Sonne.

Oft, wenn er hier lag, mußte er an die Worte seines alten Lehrers denken, der Morn drei als einen der schönsten Planeten des Universums bezeichnete. Das war ein hohes Lob, wenn man bedachte, welch ungeheure Vielfalt das All hervorgebracht hatte. Aber Faunian war bereit, dem Alten rückhaltlos zuzustimmen. Auch ihn faszinierte die Majestät der sanften glatten Hügel, der weiten glänzenden Ebenen und die rationelle Symmetrie der Bauten seines Heimatplaneten. Und doch war nicht alles Gute beisammen! So drückte zum Beispiel der harte Boden schmerzhaft gegen seine Schulterblätter. Faunian richtete sich auf, stützte sich auf den Ellenbogen und blickte hinunter zum Schacht, aus dessen Trichter der lebensnotwendige Sauerstoff in die Atmosphäre strömte und der das verbrauchte Atemgas mit leisem Fauchen aus dem Lebenselement der Mornen ausfilterte.

Zwischen dem Hügel und dem vergitterten Schachtmund lag das glatte und schnurgerade Bett eines kleinen Baches. Die Wasser schossen schnell unter flach geschwungenen Brücken dahin und teilten sich unterhalb seines Ruheplatzes, zu gleichen Teilen die Sauerstoffanlage und ein kleines Kraftwerk versorgend.

Faunian schmunzelte, als ihm bewußt wurde, daß sie selbst diese vergleichsweise geringe Energiereserve nutzten, obwohl den Mornen seit nahezu ewigen Zeiten die unbegrenzten Energien aus atomaren Prozessen zur Verfügung standen. Und der Drang nach absoluter Rationalität war gut so, war schließlich eine der Haupttriebkräfte der Entwicklung auf Morn.

Faunian gab sich keine Mühe, darüber nachzudenken, ob man das Flüßchen, dieses Naturrelikt, das dem ewigen Kreislauf von Verdunstung und Kondensation entsprang, aus Gründen der Ehrfurcht oder der Rationalität bestehen ließ. Es war etwas anderes, das ihn hierherzog, das ihn zwang, sich aufzurichten und mit den Blicken den kleinen Wirbeln und unvorhersehbaren Bewegungen des Wassers zu folgen. Es beunruhigte ihn, daß ihn dieser unscheinbare, in einem wie poliert glänzenden Bett dahinschießende Bach vor immer neue gedankliche Probleme stellte, daß es scheinbar keine Gesetze gab, denen die kleinen Wellen und Wirbel gehorchten. Und manchmal verwirrte es ihn, wie er lange über das Wasser nachdenken konnte, ohne eigentlich zu Schlußfolgerungen zu gelangen.

Er seufzte leise und legte sich wieder zurück.

Noch ehe er Cositas leichten Schritt hörte, spürte er, daß sie den Hügel heraufkam. Da sie annahm, er sei eingeschlafen, gab sie sich keine Mühe, ihre Gedanken vor ihm zu verbergen. Sie blieb neben ihm stehen und betrachtete ihn, und er fühlte, daß sich Cosita Sorgen um ihn machte. Die letzten Tage mit den Vorbereitungen für das Fest der zweiten Sonne hatten ihm viel Arbeit und Aufregungen gebracht, die nicht spurlos an ihm vorübergegangen waren. Cositas Sorge tat ihm gut. Er spürte, wie sie beschloß, sich neben ihn zu legen und ihn nicht zu wecken. Faunian lächelte und bemühte sich, seine Gedanken im Zaum zu halten. Aus dem Schacht sang der Sauerstoff sein ewiges Lied.

Später, als die rosa Sonne nur noch wenig über dem Horizont stand, als sich der Himmel mit einem zarten Rot überzog, öffnete Faunian die Augen. Am Himmel erschienen die ersten Sterne. Vorerst noch vereinzelt, würden sie schnell mehr werden, das ganze Gewölbe überziehen, das Rot verdrängen und die Welt in einen warmen gelben Schimmer tauchen.

Faunian berührte Cositas Schulter und half ihr beim Aufstehen. Sie waren sich darüber einig, daß sie den Hügel hinab laufen würden, obwohl ihnen die Antigravgürtel einen großen Teil der Anstrengung abnehmen konnten. Das ungewohnte Laufen würde ihnen bestimmt guttun.

Als sie die niedrige Begrenzung am Schacht erreichten, atmeten beide schneller. Sie neigten sich über das Gitter und kühlten ihre erhitzten Stirnen an dem ausströmenden Sauerstoff. Faunian betrachtete Cosita von der Seite. Sie war schön. Der faltenlos anliegende Overall in der dunkelgelben Farbe der Nacht brachte ihre schlanke Gestalt zur Geltung. Die silbrige Haut wurde durch das Licht der Myriaden von Sternen von einem weichen gelben Schein überhaucht. Als sie den Kopf wandte, sah er, daß sie das feine Netz des Gedankenemitters trug, und erinnerte sich, das seine abgenommen zu haben, als er den Hügel erstieg.

Cosita lächelte nachsichtig, als sie sein Erschrecken bemerkte. „Als Ratsmitglied solltest du das Netz ständig tragen“, sagte sie und strich ihm über die Stirn. Er antwortete nicht, aber er legte das Netz auf seinen Schädel, dessen silbrige Farbe dadurch dunkler wirkte. Als er die kühlen Elektroden fühlte, atmete er auf. Tatsächlich war er als Mitglied des Rates von Morn verpflichtet, ständig erreichbar zu sein, und ohne Netz konnte nur in unmittelbarer Nähe eines Tentakels ein Spruch an ihn abgesetzt werden.

Sie schalteten die Gürtel ein und ließen sich hinüber zum Fluß treiben. Cosita hielt sich an Faunians Seite. Sie lächelte wieder, als er gerufen wurde. Er hatte das Netz rechtzeitig aufgelegt. Es war ein Ruf des Rates, den der diesen Landstrich versorgende Tentakel übertrug.

„Faunian zwölf!“ flüsterte es, und nochmals: „Faunian zwölf! Der Rat erbittet deine Teilnahme an der morgigen Sitzung.“

Es war nicht ungewöhnlich, daß der Tentakel nur den wichtigsten Teil der Gesamtinformation übertrug, denn Faunian hätte, wenn es ihm notwendig erschienen wäre, weitere Einzelheiten abrufen können. Er tat es nicht. Er würde ohnehin noch genügend Zeit dazu haben. Im Augenblick erschien ihm das Zusammensein mit Cosita wichtiger, als daß er es mit der Aufzeichnung von Informationen abkürzen wollte. Langsam glitten sie am Strom entlang.

Es war Cosita, die auf einen häßlichen blaugrünen Fleck wenig oberhalb des Wassers aufmerksam machte. Faunian zog die Schultern hoch. Da war es wieder, das Unbegreifliche, nicht Steuerbare, das Spontane. Eine kleine Pflanze an der Betonwand des Baches, eine Kolonie von Algen, ein Relikt der Vergangenheit, das sich seit Jahrhunderten allen Bestrebungen, es unter Kontrolle zu bekommen, erfolgreich widersetzte. Immer wieder, einmal hier, einmal da, tauchte eine Kolonie derartiger Pflanzen auf, und Faunian war sich klar, daß auch diese Herde ihre Sporen bereits wieder ausgesandt hatte, um irgendwo auf ihrem Planeten neue Zentren zu bilden, nachdem dieses eliminiert sein würde. Die Tatsache, daß Cosita die Pflanze vor ihm entdeckt hatte, obwohl sie auf derartige Relikte weit nachsichtiger zu reagieren pflegte, schrieb er dem Umstand zu, daß er noch mit dem Spruch des Rates beschäftigt war, als sie die infizierte Stelle passierten. Trotzdem verdroß es ihn.

Er informierte den Rat und bat um Gegenmaßnahmen, und er war sicher, daß man sofort eine Gruppe aussenden würde, die die Ansiedlung zu vernichten hatte.

Es war dunkler geworden. Der Himmel hatte sich über und über mit einem Vorhang von leuchtenden Funken geschmückt. Der Planet, den sie bewohnten, war der dritte, der um die Sonne Morn kreiste, und diese Sonne befand sich in unmittelbarer Nähe des Zentrums der Galaxis. Die Himmel der Planeten in der Zentrallinse sind unbeschreiblich schön. Beide, Faunian und Cosita, hatten schon an mehreren Expeditionen in nahe gelegene Sonnensysteme teilgenommen, einen derart beeindruckenden Himmel wie den Morns hatten sie nirgends sonst gesehen.

Vor ihnen tauchte das geschlossene Areal des Wohnkomplexes auf. Hier stand der Zentralrechner, der die Meinungen und Wünsche, die Ansichten und Vorstellungen der Millionen Mornen analysierte, abstrahierte und schließlich den Extrakt dem Rat überspielte. Hier schließlich arbeitete auch der Rat selbst, und hier bereiteten sich die Kosmonauten Morns auf ihre Expedition vor.

Sie erreichten ihren Freizeitkomplex über den untersten Schwebetunnel und begaben sich sofort in die nächste Restaurantabteilung. Durch den Spaziergang waren sie hungrig geworden.

Das Restaurant war ein mäßig großer Saal, der durch Emissionsvorhänge in kleinere Abteilungen untergliedert war. So konnten sich die Besucher zwar sehen, ein Gedankenaustausch von Tisch zu Tisch war jedoch nur auf dem Umweg über einen Tentakel möglich. Faunian war gern hier, hier spürte er die Geborgenheit in der Gesellschaft, spürte, daß es die Gemeinschaft der Mornen war, die die Verantwortung für alle trug.

Er blickte sich um. In der Mitte des Saales stieg der Boden sanft an, ging in eine flache Schale über, die von einer Säule aus kopfgroßen Kristallen überragt wurde, die in vielen Farben schillerten. Wasser sprang in dünnen Fäden aus der Schale, brach sich an den Kristallen und fiel kraftlos zurück, zerfloß in Tausende von flimmernden Tropfen. Über allem wölbte sich eine fugenlose Kuppel aus klarem Plast, die ein gelbliches Licht verstrahlte.

Faunian stellte das Menü zusammen, und wie bei allem, was er tat, ging er dabei sehr exakt vor. Die Grundlage zur Auswahl bildete ein kleines Täfelchen, auf dem die Leistung, die der Körper seit der letzten Nahrungsaufnahme hatte vollbringen müssen, aufgezeichnet war. Erst in zweiter Linie ließ er sich von seinem Geschmack leiten. Ein Seitenblick belehrte ihn, daß Cosita, und er hätte sich gewundert, wenn es anders gewesen wäre, genau entgegengesetzt verfuhr. Sie ließ sich von ihrem Hunger leiten und richtete sich erst in zweiter Linie nach ihrem Leistungsschreiber. Ein wenig beneidete er ihre unkomplizierte Art, tröstete sich aber schnell damit, daß der Tentakel ausgezeichnete Speisen servierte.

Als sie nach dem Essen ihren Wohnkomplex erreichten, verabschiedete er sich von Cosita. Sie war einen Moment lang verwundert, weil sie sich vorgenommen hatten, den Abend gemeinsam zu verbringen, aber Faunian fühlte sich abgespannt, und außerdem hatte er am anderen Tag eine anstrengende Sitzung im Rat vor sich.

Doch zur Ruhe kam er auch jetzt noch nicht. Als er seine Schlafkabine betrat, schaltete sich der Visomat ein und überspielte eine aufgezeichnete Sendung. Es handelte sich um den Dank des Rates für den Hinweis auf die Algenkolonie und um eine Übertragung von deren Beseitigung. Faunian streckte sich auf der Liege aus und verfolgte die Bemühungen der ausgesandten Gruppe mit Interesse. Die fünf Biologen hatten die verseuchte Stelle durch einen Strahlenvorhang abgeschirmt und den etwa handtellergroßen häßlichen Fleck mit Hilfe von Hochfrequenzvibratoren von seiner Unterlage gelöst. In einem kleinen Behälter waren die Algen sorgfältig zerstrahlt worden. Die zutage tretende helle Betonfläche war mit einer schnell aushärtenden dünnen Schicht abgedeckt worden.

Faunian wußte jedoch, daß es bereits zu spät war. Die ungeheure Vegetationskraft der Pflanzen hatte mit Sicherheit ihre Schuldigkeit getan.

Ihm kam der Gedanke, dem Rat vorzuschlagen, den mannigfachen Überwachungs- und Informationsaufgaben der Tentakel eine weitere hinzuzufügen. Dann würde der Tentakel die Umgebung überwachen und freilebende Pflanzenherden sofort und restlos vernichten. Er seufzte, wenn er an die Sitzung am nächsten Tag dachte, und ihm fiel ein, daß er versäumt hatte, sich eingehend über das zur Debatte stehende Problem zu informieren. Eine Zeitlang kämpfte er mit dem Gedanken, sich über den Tentakel alle Informationen überspielen zu lassen, aber schließlich entschloß er sich, den Anstrengungen des Tages nicht noch eine weitere hinzuzufügen. Er war müde.

Trotzdem dauerte es lange, ehe er den verdienten Schlaf fand. Er mußte die Amplitude des Schlafemitters auf nahezu größte Intensität stellen lassen, bevor er einschlief.

So kam es, daß der Tentakel ihn am Morgen zweimal rufen mußte, ehe er erwachte. Das war ungewöhnlich und alarmierend. Es schien ihm notwendig, sich einem Diagnoseautomaten zu stellen, der ihm Aufschluß über seinen psychischen Zustand geben konnte. Sicher schien, daß es sich um kein körperliches Unwohlsein handelte, denn in diesem Fall hätte der Tentakel bereits die erforderlichen Schritte eingeleitet.

Faunian kam müde und deprimiert zur Sitzung, und er war fast der letzte, der den großen Saal betrat. Cosita begrüßte ihn mit forschendem Gesichtsausdruck, aber er konnte ihre Gedanken nicht ermitteln. Nach kurzer Zeit war der Saal bis auf den letzten Platz gefüllt. In der ersten Reihe erhob sich der alte Perkon. Er blickte über die Versammelten, strich sich das Emitternetz auf seiner faltigen Stirndecke glatt und hüstelte. Perkon sechs war einer der ältesten Wissenschaftler Morns, und es war mehr als einmal vorgekommen, daß er sich in krassen Widerspruch zu der Auffassung der jungen Generation stellte, zu der auch Faunian gehörte. Mit Sicherheit würde er versuchen, auf der heutigen Sitzung einen Seitenhieb gegen die Vernichtung der Algen zu führen. Perkon war Biologe, und zwar Biologe aus Leidenschaft. Seine Gedanken waren knapp und präzise, die kurze Zeit intensiver Sammlung war nicht umsonst gewesen, und der erwartete Seitenhieb folgte eher, als es Faunian vermutet hatte, der Alte kam sofort zur Sache.

„Zweifellos ist bereits allen Mitgliedern des Rates bekannt, daß es unserem jungen Freund Faunian gestern abend gelungen ist, eine Herde freilebender Algen aufzuspüren, die ihn in eine derartige Unruhe versetzte, daß er unverzüglich ihre Vernichtung veranlaßte", begann er sarkastisch. Das war ein ziemlich kräftiger Angriff, zumal es Perkon bekannt war, daß niemand auf Morn etwas veranlassen konnte, das nicht im Interesse der Gesellschaft lag. Faunian war verwundert, fast schon unangenehm berührt; diese Kritik hatte er nicht verdient.

Perkon schien selbst zu bemerken, daß er etwas zu weit gegangen war, und hob die Hand in der Richtung, in der er Faunian sah. „Leider konnte ich meinen Vorschlag, die Algen in eines unserer Institute zu bringen, nicht durchsetzen, da der Zentralrechner seinen Entschluß bereits gefaßt und eine Gruppe angesetzt hatte, die die Pflanzen vernichtete." Er hüstelte wieder.

Es war wirklich verblüffend, welch eigenartige Ansichten der alte Perkon als Biologe hatte. Faunian war sicher, daß er, würde man ihn gewähren lassen, in allen möglichen Instituten Zentren von Naturrelikten schaffen würde, deren unvorhersehbare Reaktionen und spontane Verhaltensweisen erhebliche Gefahren heraufbeschwören konnten. Perkon neigte dazu, die in Jahrhunderten geschaffenen Grundsätze auf dem

Planeten Morn drei zu ignorieren, und es hatte den Anschein, als würde ihn nichts so sehr erfreuen wie die Möglichkeit, das Rad der Evolution der Mornen zurückzudrehen.

Faunian fand, es war gut, daß eine Entscheidung in keinem Falle von einem einzelnen getroffen werden konnte. Dann zwang er sich, den Ausführungen des Alten, der in der Zwischenzeit zu seinem Hauptanliegen gekommen war, wieder zu folgen.

Perkon war der Leiter einer Gruppe von Biologen, die sich im wesentlichen mit den Verhaltensweisen der zur Existenz von Primaten immer noch notwendigen Bakterien befaßten. Diese Bakterien waren die einzigen Tiere, die auf Morn drei noch existierten, und Faunian meinte, daß es weit wichtiger sei, sich mit der Schaffung gleichwertiger abiotischer Stoffe zu befassen, die diese Bakterien ersetzen konnten, als damit, die Verhaltensweisen dieser spontan reagierenden Eiweißsysteme zu studieren.

Statt dessen erklärte Perkon den Ratsmitgliedern, daß es ihm und seiner Gruppe gelungen sei, ein neues Bakterium zu züchten, ein Bakterium, das bisher noch nicht bekannt gewesen sei. Er schlug, wie es seine Pflicht war, dem Rat vor, eine Entscheidung über das Verfahren der weiteren Arbeit mit diesem Bakterium zu treffen, und ließ, wie nicht anders zu erwarten, durchblicken, daß er gern einen Stamm dieser Tiere zur weiteren Beobachtung und Analyse in seinem Institut behalten hätte. Faunian meldete sich sofort zu Wort, und Perkons sarkastisches Lächeln zeigte, daß er mit nichts anderem gerechnet hatte.

„Ich muß annehmen, daß dieses Bakterium eine bestimmte Bedeutung für die Zivilisation der Mornen besitzt“, begann Faunian, „denn all unser Forschen ordnet sich dieser Tatsache unter. Aus diesem Blickwinkel meine Frage: Welchen Zwecken kann es dienen?“

Er spürte die beifälligen Gedanken eines großen Teils der Ratsmitglieder, mußte aber erstaunt feststellen, daß es eine ganze Reihe von Mornen zu geben schien, die zumindest seinen provokativen Ton unangemessen fanden.

Perkon jedoch ging auf diesen Ton nicht ein. Er ließ sein bekanntes Hüsteln hören und antwortete sofort und ohne Umschweife. „Dieses Bakterium ist äußerst vielseitig. Je nach Population kann es die verschiedensten Reaktionen auslösen.“

Ehe Faunian eine erneute Frage stellen konnte, stieß einer der in seiner unmittelbaren Nähe sitzenden jungen Wissenschaftler nach: „Sind darunter Reaktionen, die sich auf anderem Wege nicht erreichen lassen?“

Wieder bedachte sich Perkon keinen Augenblick, aber seine Antwort war unerwartet heftig. „Selbstverständlich nicht. Nach dem Stand unserer Wissenschaft gibt es keine biologische Reaktion, die sich nicht auf anderem Wege erreichen ließe.“

„Also ist das Bakterium für die Mornen sinnlos?“ Der junge Chemiker bohrte weiter. Faunian stellte erstaunt fest, daß Cositas Gedanken, mit denen sie den jungen Mann bedachte, alles andere als freundlich waren.

Perkon blickte nach wie vor ruhig über die Köpfe der Ratsmitglieder. „Ihr alle kennt meine Ansichten . . ., es ist unwesentlich, ob diese Bakterien uns schaden oder nützen könnten, es kommt darauf an, ob wir das eine zulassen oder das andere erreichen. Gefahren auszuschalten sollte uns nicht schwerfallen; ob uns diese Bakterien jemals nützlich sein werden, wage ich beim derzeitigen Stand unserer Forschungen noch nicht zu sagen.“ Er hob beschwörend die Hände. „Gerade um uns die Gelegenheit zu weiterer Erforschung dieses Bakteriums zu geben, sitzen wir schließlich hier beisammen und beraten“, fügte er leiser hinzu.

Faunian begann sich über die Starrköpfigkeit des Biologen zu ärgern, obwohl er anerkennen mußte, daß Perkon, selbst wenn er bedrängt wurde, keinerlei Ausflüchte suchte, sondern sogar zugab, daß er noch keine klaren Vorstellungen über den Nutzen der von ihm geleisteten Forschungsarbeit habe. Es dauerte einige Augenblicke, ehe er sich entschlossen hatte, nicht nachzugeben. „Ich fordere eine Gesamtabstimmung!“ rief er in den Saal.

Perkon protestierte nur schwach. „Man stelle sich vor“, sagte er dann versöhnlich, „eine Gesamtabstimmung wegen eines Bakteriums. Dabei ist die Zeit, als wir diese Tiere mit jedem Atemzug einsogen, mit jedem Handgriff zu Tausenden berührten, noch gar nicht so lange her. In jedem Kubikzentimeter natürlichen Bodens lebten Unmengen dieser nach eurer Meinung so gefährlichen Bestien.“

Fast war Faunian geneigt, den Biologen mit seiner so unklugen Argumentation zu bedauern. Es konnte nicht ausbleiben, daß die Mornen, denen er mit wenigen Worten ein Bild des Schreckens gemalt hatte, sich gegen ihn entschieden.

Sämtliche Bewohner von Morn wurden über die Tentakel mit den Forschungsergebnissen Perkons und seinem Antrag in groben Zügen vertraut gemacht und nach ihrer Meinung zu dem Problem befragt. In wenigen Augenblicken hatten die Subrechner die Umfrage beendet und die jeweiligen Ergebnisse dem Zentralrechner mitgeteilt. Die Entscheidung war für Perkon niederschmetternd: Fast neunzig von hundert Mornen forderten die unverzügliche Vernichtung der Bakterienkultur.

Perkon setzte sich seufzend. Faunian hatte den Eindruck, daß der alte Mann wohl mit einer Abstimmungsniederlage gerechnet hatte, in dieser Eindeutigkeit allerdings sicher nicht.

Schließlich stand der alte Biologe nochmals auf und dankte dem Rat für die Behandlung seines Vorschlages. Dann schaltete er den Antigravgürtel ein und verließ den Saal, gehen konnte er wohl nicht mehr nach dieser Enttäuschung. Und erst jetzt tat er Faunian aufrichtig leid. Er hatte das Pech, auf einem Arbeitsgebiet tätig zu sein, dessen Grenzen sich in den letzten Jahrhunderten so verengt hatten, daß jetzt nur noch Rudimente davon existierten. Wer wollte es ihm verübeln, daß er sich an jede neue Erkenntnis klammerte, mit ihr zu experimentieren suchte, um zu beweisen, daß es sich um ein wichtiges, ja notwendiges Forschungsgebiet handelte. Vielleicht wollte er es auch nur sich selbst beweisen, mochte nicht zugeben, daß Biologen bald überflüssig sein würden auf Morn. Und für Fernflüge war Perkon schon viel zu alt.

An diesem Abend verabschiedete sich Faunian nicht von Cosita. Er konnte sich des Gefühls nicht erwehren, daß etwas Unausgesprochenes zwischen ihnen war. Sie schalteten das Antigravlager ein und streckten sich aus. Er versuchte sich den Anschein zu geben, als entspanne er sich völlig, als fühle er sich wohl und geborgen, aber er wußte, daß er Cosita nicht täuschen konnte. Vorsichtig lauschte er ihren Gedanken. Sie gab sich keine Mühe, sie zu verbergen, und er stellte fest, daß sie noch immer um den heutigen Beschluß des Rates kreisten. Cosita hatte gegen seinen, Faunians, Antrag gestimmt.

Lange Zeit schwiegen sie, dann blickte sie ihn aufmerksam an. Ich sehe nicht ein, sagten ihre Gedanken, weshalb das neu entdeckte Bakterium vernichtet werden mußte. Es ist Leben, und zwar Leben, das uns keinen Schaden zufügen kann, wenn wir es nicht wollen. War die Abstimmung nötig, Faunian? War sie nötig, weil du gegen die Existenz dieser Bakterien bist oder weil du lediglich eine Bestätigung der Achtung brauchtest, die dir die Mornen entgegenbringen? Bist du ihr nicht mehr so sicher wie vor zwei Jahren, als du die zweite Sonne schufst?

Faunian fuhr auf. Er liebte zwar Cositas unkomplizierte Art, auch schwierigen Fragen nicht aus dem Wege zu gehen, aber manchmal war sie in der Lage, den Finger auf Stellen zu legen, die man besser nicht berührte. Er versuchte, sich zu verschließen, aber es gelang nicht ganz. Er hätte viel auf ihre Fragen sagen können, zum Beispiel, daß er nicht nach Anerkennung strebe, daß er es ehrlich meine mit der Gefahr, die das Bakterium heraufbeschwöre. Er hätte ihr auch sagen können, daß sie ihren Anteil an der zweiten Sonne nicht kleiner darstellen solle, als er wirklich war, aber er tat es nicht. Das alles hätte den Kern der Sache nicht getroffen.

„Algen sind auch Leben", antwortete er verstimmt, „und wenn du der Meinung bist, daß es falsch ist, Leben zu vernichten, dann hättest du mich nicht auf die Algenherde aufmerksam machen dürfen. Schließlich konntest du dir meine Reaktion darauf ausrechnen."

„Es wäre unaufrichtig von mir gewesen", entgegnete sie lächelnd. „Ich konnte es dir nicht verschweigen."

Er wußte, daß sie recht hatte. Es gab mehrere Punkte, in denen ihre Ansichten auseinandergingen.

„Diese Bakterien sind unberechenbar und deshalb gefährlich", schloß er seine Gedankenkette ab.

„Ich weiß, daß dir alles zuwider ist, was sich nicht genau vorherbestimmen läßt, was nicht programmierbar oder berechenbar ist, aber du selbst hast noch irgendwo eine Ader, die auf natürliche Prozesse mit geheimer Freude reagiert, oder wie erklärst du dir, daß du gern in das Wasser starrst und versuchst, die Gesetzmäßigkeiten seiner spontanen Bewegungen herauszufinden?"

Er winkte ab. „Das ist etwas völlig anderes. Eigentlich wird dadurch das genaue Gegenteil bewiesen. Eben, weil ich mich nicht mit der Spontaneität fließenden Wassers abfinden kann, versuche ich die Gesetze seiner scheinbar unmotiviert auftretenden Verwirbelungen zu ergründen", sagte er und fühlte doch zugleich, daß er nicht aufrichtig war. Natürlich war es dumm von ihm, anzunehmen, Cosita würde ihn nicht durchschauen. Er blickte sie von der Seite an, aber sie reagierte nur mit einem wissenden Lächeln, das jedoch seine rasch aufkeimenden Gewissensbisse keineswegs abschwächte.

Es verdroß ihn, daß er wieder nicht einschlafen konnte. Er war durch die Unterhaltung erregt. Schließlich legte er seinen Arm um Cositas Nacken und zog ihren Kopf an seine Schulter. Sie schmiegte sich an ihn, und er registrierte erstaunt, daß sie anders war als sonst, weniger spröde. Auch ihren Streit hatte sie beendet, ohne das letzte Wort zu beanspru-

chen, obwohl es ihr in diesem Falle zweifellos zugestanden hätte. Im Unterbewußtsein nahm er wahr, daß sie die Amplitude des Schlafemitters erhöhte.

Als er am Morgen erwachte, fühlte er sich entspannt und ausgeruht. Trotzdem blieb er bei seinem Entschluß, sich dem Diagnoseautomaten zu stellen. Außer gelegentlichen Verletzungen gab es auf Morn keine körperlichen Gebrechen mehr. Seit Jahrhunderten traten weder Seuchen noch ansteckende Krankheiten auf, und auch die Verletzungen verliefen bei dem völligen Fehlen von Infektionsträgern fast immer harmlos. Statt dessen waren psychische Schädigungen häufig, und man konnte sie nicht ernst genug nehmen. Das komplizierte Zusammenleben einer großen Anzahl von Individuen brachte Probleme mit sich, die nur durch absolute Abstimmung mit den Interessen der Gesellschaft kompensiert werden konnten.

Sobald er die Augen öffnete, schaltete sich der Tentakel ein. Das Rufzeichen des Rates ertönte.

„Faunian zwölf ..., Faunian zwölf", flüsterte die Stimme. „Information des Rates ... Die ersten bis an den Rand unserer Galaxis vorgestoßenen Fernsonden erreichen heute den Rand unseres Sonnensystems. Mit ihrer Landung und dem Beginn der Auswertung der Aufzeichnungen ist ab morgen zu rechnen ..., Faunian zwölf ..."

Er schaltete den Tentakel ab. Durch die Sendung des Rates war er auf ein neues Problem aufmerksam geworden. In wenigen Tagen sollte die Expedition starten, die die Aufgabe hatte, etwa die Hälfte des Weges bis zum Rande der Galaxis zurückzulegen und bestimmte Gesetze des Evolutionsabfalls zu untersuchen, die der Raumfahrer Kaltos entdeckt hatte oder doch zumindest glaubte, entdeckt zu haben. Er, Faunian, sollte der Leiter dieser Expedition sein. Unter diesem Aspekt betrachtet, lohnte es sich, seinen Entschluß, sich untersuchen zu lassen, erneut zu durchdenken. Was, wenn der Diagnosetentakel tatsächlich einen Defekt feststellte? War er dann nicht verpflichtet, die Leitung der Expedition niederzulegen? Sollte er Cosita allein mit den anderen Teilnehmern fliegen lassen? Würde sie überhaupt fliegen, wenn er auf Morn blieb? Wenn er es sich genau überlegte, hatte sie keinen Grund, auf die Expedition zu verzichten, nur weil er nicht daran teilnahm. Zwar hatten sie sich aneinander gebunden, aber das war durchaus kein Hinderungsgrund, sich für ein oder mehrere Jahre zu trennen.

Er war jedoch sich und den anderen Teilnehmern der Expedition gegenüber verpflichtet, sich über seinen Gesundheitszustand genau zu informieren.

Faunian verließ Cosita, ohne sie zu wecken, und suchte den Diagnoseautomaten des Wohnzentrums auf. Die Atmosphäre des kleinen, hell ausgeleuchteten Raumes, den er betrat, belustigte ihn. Durch das Fehlen jeden Mobiliars, des geringsten Anhaltspunktes für Augen und Hände des zu Untersuchenden versuchten die Psychologen die aufgetretenen Defekte zu steigern, von Zufälligkeiten zu befreien, um sie damit leichter erkennbar zu machen. Faunian wußte, daß er, in der Mitte des Raumes auf einem dunklen Kreis stehend, beobachtet wurde mit tausend Augen, daß der Tentakel seine Regungen und Gedanken registrierte und analysierte. Nach relativ kurzer Zeit erschien in einem bislang kaum erkennbaren Schlitz an der Stirnwand ein Täfelchen, das die Diagnose gab. Es war bezeichnend für Faunian, daß er jetzt, da er sich entschlossen hatte, Klarheit über seinen Zustand zu erfahren, keinen Augenblick zögerte. Er zog die Tafel heraus und begann zu lesen. Bereits nach den ersten Zeichen atmete er auf. Der Automat hatte außer einer unwesentlichen Abgespanntheit keinerlei Beunruhigendes feststellen können. Trotzdem empfahl er, in den nächsten Tagen möglichst jede Aufregung zu vermeiden.

Cosita machte erstaunte Augen, als er in einem Overall von hellblauer Farbe erschien, der ihn als einen Mann auswies, von dem jeder Verdruß und jede Aufregung fernzuhalten war.

Als er sich wieder neben sie legte, begann er sich besser zu fühlen, obwohl er nicht hätte sagen können, auf welche Weise er sich unwohl gefühlt hatte.

Und wieder fiel ihm auf, daß Cosita anders war als sonst. Sie schmiegte sich an ihn und blickte ihn lange an. Als er versuchte, in ihren Gedanken zu lesen, lächelte sie und verschloß sich.

Sie hatten nicht die Absicht, wieder einzuschlafen, sondern kamen überein, sich nochmals die Ergebnisse der letzten Expedition des Kaltos in Richtung Großer Abgrund überspielen zu lassen. Da sie bei ihrem Flug die Aufgabe hatten, das von Kaltos aufgestellte Gesetz zu bestätigen oder es ad absurdum zu führen, war es unumgänglich, daß sie sich über seine Theorien und deren Gründe umfassend informierten.

Faunian schaltete über seinen Emitter den Tentakel auf die Leseeinrichtung und verschränkte die Hände hinter dem Kopf. In dieser, seiner

Lieblingsstellung erreichte er die größte Aufnahmefähigkeit, und wie er Kaltos kannte, würde er die bei dem kommenden Bericht nötig haben.

Kaltos begann mit einer allgemeinen Einschätzung der vorteilhaften Lage der eventuellen Bewohner am Rande der Galaxis, vor allem der weit in den interstellaren Raum reichenden Spiralarme.

Faunian staunte, daß der Altkosmonaut offensichtlich seine Reisen motivieren wollte, obwohl es sich von selbst verstand, daß eine Zivilisation wie die der Mornen versuchen mußte, ihre Fühler immer weiter in den Raum hinauszustrecken. Kaltos wies nach, daß die die Spiralarme bewohnenden Intelligenzen, vorausgesetzt, sie existierten, eine erheblich größere Chance hätten, eine der Nachbargalaxien zu erreichen. Er begründete seine Theorie mit der Tatsache, daß zwischen den Systemen kaum Materie vorhanden sei, die einen Sprung durch den vierdimensionalen Interkosmos behindere, während im Inneren einer Galaxis diese Materie einen derartigen Sprung unmöglich mache. Aus diesem Grunde seien die innergalaktischen Intelligenzen weiter auf die Verwendung ihrer Schwerkraftgleiter angewiesen, die sich innerhalb einer definierten Zeit fortbewegen müßten und deshalb keine beliebigen Entfernungen zurückzulegen in der Lage seien. Bis hierher stimmte Faunian mit den Untersuchungen des Kaltos bis auf geringe emotionale Abweichungen überein. Eine der Abweichungen war die Tatsache, daß Kaltos bereit schien, auch relativ primitives Leben als potentiell intelligent anzuerkennen, während Faunian diese Art der Einschätzung ablehnte.

Seine und des Kaltos Ansichten gingen jedoch im folgenden viel weiter auseinander, als das bei den grundlegenden Erwägungen am Anfang der Fall war.

Kaltos berichtete, daß er bei seinen letzten Expeditionen, die weit über den Kern der Galaxis hinausgegangen waren, einen gesetzmäßigen Evolutionsabfall in Richtung Randzone festgestellt habe und daß die Spontaneität des Handelns, die Unausgegorenheit aller anderen Lebensäußerungen und die Abhängigkeit von der Ökologie mit dem Abstand vom Kern in gleichem Maße anwüchsen.

Kaltos machte hier einen Gedankensprung, den Faunian auf keinen Fall akzeptieren konnte. War der Evolutionsabfall bis in bereits erforschte Gebiete der Galaxis auch unverkennbar, so lagen sie doch immerhin noch so weit von den äußeren Armen entfernt, daß es zweifellos einer Spekulation gleichkam, wollte man daraus das allgemeingültige Gesetz aufstellen, daß sich dieser Abfall im gleichen Sinne fortsetzte.

Kaltos kam dadurch zu Schlußfolgerungen mit einem wahrhaft makabren Inhalt. Er vermutete an den Rändern Intelligenzen, die noch Reste natürlicher Ernährung kannten und auf einem Entwicklungsstand waren, der den Anfängen der Zivilisation auf Morn entsprach. Er behauptete, daß es möglich sei, den Entwicklungsweg der Mornen anhand der Intelligenzen mit größer werdendem Abstand vom Kern des Systems mühelos und augenscheinlich zu rekonstruieren.

Faunian seufzte. Es war erstaunlich und beunruhigend, zu welch eigenartigen Ansichten sich Forscher verstiegen, denen die Forschungsergebnisse den Blick für das Normale getrübt hatten. Bei einzelnen Passagen des Berichtes konnte er sich des Eindruckes nicht erwehren, daß sich der Entdecker so vieler Welten der Tragweite seiner Theorie überhaupt nicht bewußt war, sondern diesen Evolutionsabfall, oder sollte man das nicht besser als Evolutionsverfall bezeichnen, als durchaus normal zu empfinden schien.

Faunian schauderte bei dem Gedanken an Intelligenzen, die auf dem gleichen Wege wie die Mornen waren, jedoch das Tierstadium kaum überwunden hatten.

Plötzlich kam er sich allein und verlassen vor. Sollte es möglich sein, daß es zwar, wie man wußte, fremde Intelligenzen gab, daß sie jedoch erst auf einem Punkt des Evolutionsastes angekommen waren, der eine Kommunikation mit ihnen verbot? Sollte es sich bewahrheiten, was die Alten vermutet hatten, daß es im ganzen Kosmos nur eine Zivilisation gab, die diesen Namen verdiente, die der Mornen?

Faunian schloß die Augen. Das Rätsel fremder Intelligenzen verwirrte ihn. Bei seiner nächsten Expedition würde er Gelegenheit haben, die Theorie des Kaltos zu überprüfen. Nicht auszudenken, wenn sie sich bestätigen sollte, wenn sich der uralte Traum der Mornen, Brüder im Kosmos zu finden, als ewiger und unerfüllbarer Wunschtraum erweisen sollte.

Die nächste Gruppe von Raumfahrern würde wahrscheinlich unter seiner Leitung stehen, und sie würde sich genau so weit vom Zentrum der Galaxis entfernen, wie es damals die Gruppe um Kaltos getan hatte. Faunian war sich der Größe seiner Aufgabe bewußt, er würde sich hüten, sie zu unterschätzen, aber er war sich auch seiner selbst so sicher, daß er sich ihre Lösung zutraute.

Auf Morn drei feierte man das Fest der zweiten Sonne. Seit mehr als viertausend Jahren wurde das erlöschende Zentralgestirn durch eine aus atomaren Prozessen gespeiste Miniatursonne unterstützt, die mit Hilfe von über den ganzen Planeten verteilten Schwerkraftemittoren auf ihrer Bahn nahe dem Planeten gehalten wurde. Trotzdem hatte sich das Klima auf dem Planeten von Jahr zu Jahr verändert. Es war kühler geworden. Zwar ergaben sich daraus für die Bewohner der Planeten keinerlei Nachteile, da sie Zeit hatten, sich an die Veränderung zu gewöhnen, aber man hatte doch die Anregung eines jungen Praktikanten der Kosmologie aufgegriffen, der die Schaffung einer zweiten Sonne und ihre Justierung durch Schwerkraftwirbel vorgeschlagen hatte. Von diesem Zeitpunkt war Faunian, eben jener junge Kosmologe, der Leiter eines Kollektivs geworden, das die Aufgabe hatte, dieses gewaltige Projekt zu verwirklichen. Damals hatte er Cosita kennengelernt, die Physikerin, die die Steuerung der atomaren Prozesse der zweiten Sonne zu programmieren hatte.

Wenn er heute an seine Begeisterung dachte, mit der er die ersten Schritte zur Verwirklichung seines Projektes getan hatte, an die Zweifel, von denen er überfallen worden war, als ihre Arbeit Gestalt angenommen hatte, als er sich der Größe ihrer Aufgabe bewußt geworden war, mußte er lächeln. Damals hatte sich Cosita als wahrer Freund erwiesen, hatte ihn aufgerichtet, wenn er zu verzagen drohte, hatte häufig Entscheidungen gefällt, die er sich nicht zu treffen gewagt hatte. Es war eine Zeit gewesen, in der sie sich nähergekommen waren, ohne daß aus ihrem Verhältnis mehr als Freundschaft wurde. Erst später, als die neue Sonne längst ihre wärmenden Strahlen vom hellrosa Himmel sandte, als sie sich trennten, um an verschiedenen Projekten zu arbeiten, hatten sie festgestellt, daß es besser war, wenn sie für immer zusammenblieben. Sie hatten den Rat gebeten, ihnen in Zukunft gemeinsame Aufgaben zu übertragen, und der Rat hatte diesen Wunsch seiner beiden jüngsten Mitglieder nicht abgeschlagen.

Faunian ergriff Cositas Hand und lächelte ihr zu. Einen Augenblick lang sah er Erstaunen in ihren Augen, dann wandten sie sich dem nächstgelegenen Vertikaltunnel zu, der sie schnell an die Oberfläche des Wohnzentrums führte. Ihre Sonne stand im Zenit und leuchtete die weite Fläche nahezu schattenlos aus. Die häufig auch am Tag eingeschaltete künstliche Beleuchtung war durch eine Unzahl von Schalen ersetzt worden, deren sprudelndes Wasser den Kristallkaskaden ein eigenartiges Leben verlieh.

Sie blieben stehen, einander wie Kinder an den Händen haltend, und betrachteten das Schauspiel, das sich ihnen bot. Überall waren in leuchtende Overalls gekleidete Mornen, die sich mit den Antigravgürteln fast ausnahmslos in der dritten Dimension bewegten. Sie gingen durch Gruppen von Mornen, die sich angeregt und heiter unterhielten, begrüßten hin und wieder Freunde oder Bekannte und konnten sich nicht satt sehen an der schillernden Pracht der Kristallsäulen in den Schalen mit ihren sprudelnden Wasserfontänen.

Von allen Seiten wurden Faunian und Cosita begrüßt, und es war augenscheinlich, daß man den jungen Schöpfern der zweiten Sonne überall Hochachtung zollte. Man berührte ihre Schultern und Hände und ließ seinen Gedanken freien Lauf. Faunian schien, wie die anderen Mornen auch, seine Vorsicht gebietende blaue Kleidung vergessen zu haben und beteiligte sich rückhaltlos an dem allgemeinen fröhlichen Durcheinander. Er zog Cosita lachend in immer neue Kreise von Mornen aller Berufsgruppen.

Vor einem Automaten, der Speisen und Getränke ausgab, blieb er stehen. Einen Augenblick lang verspürte er den Drang, sich an seiner Leistungstabelle zu orientieren, aber dann unterdrückte er diese Regung und schob sich einige der bizarr geformten bunten Pasteten in den Mund. Die Leckerbissen zergingen auf der Zunge, sie sättigten dauerhaft und versorgten vor allem den Magen mit den notwendigen Füllstoffen.

Wenige Schritte weiter begegneten sie einem jungen Mann, der lange Zeit mit Faunian zusammen studiert hatte. Zwar mochten sie sich beide nicht übermäßig, aber die Höflichkeit gebot, daß man sich einige Worte lang unterhielt. Kiro, der ein gutes Stück kleiner als Faunian und Cosita war, begrüßte sie lärmend. Er stellte ihnen seine Gefährtin vor und machte keinen Hehl aus der Bewunderung, die er für die beiden jungen Wissenschaftler empfand. Den Namen des Mädchens verstand Faunian nicht. Er interessierte ihn auch nicht besonders. Es stellte sich heraus, daß Kiro und seine Gefährtin in einer unter der Oberfläche des Planeten liegenden automatischen Produktionshalle Dienst taten. Kiro pries lauthals die in ihrem Bereich hergestellten Lebensmittel, erklärte aber im gleichen Atemzug, daß er froh sei, in wenigen Tagen mit seiner Frau auf die Außenstation zur Ausrüstung der Serienflotte versetzt zu werden. Es geschehe auf ihren eigenen Wunsch, verkündete er mitteilsam.

Schließlich hielt es Faunian für angebracht, ihn auf seinen hellblauen Overall aufmerksam zu machen. Die verweisenden Blicke Cositas übersah er geflissentlich. Er stellte erfreut fest, daß Kiro einen Augenblick verstummte und sich dann verabschiedete. Kaum jedoch hatte er sich ein kleines Stück entfernt, als er wendete und schnell zurückkam. Faunian verzog das Gesicht, wurde aber, als er die geheimnisvolle Miene Kiros sah, aufmerksam.

„Ihr seid doch Mitglieder der nächsten Fernexpedition“, sagte Kiro und schlug sich lachend vor die Stirn. „Was heißt hier Mitglieder? Du bist doch der Leiter, soviel ich weiß.“

Faunian nickte. „Und was weiter?“ fragte er.

„Die Expeditionsmitglieder von Morn zwei sind angekommen“, erklärte Kiro und deutete auf einen Kreis von Mornen, in deren Mitte offensichtlich etwas geschah, das sie sich nicht entgehen lassen wollten. „Sie nehmen auf ihre Weise am Fest der zweiten Sonne teil.“ Nachdem Kiro seine Neuigkeit mitgeteilt hatte, entfernte er sich endgültig.

Faunian interessierten die Leute von Morn zwei, die, obwohl Mornen wie alle anderen auch, doch anders waren, als man es hier gewöhnt war. Sie wiesen bestimmte Eigenheiten auf, die man der größeren Nähe des Zentralgestirns zuschrieb. Ihr Planet bezog so viel Energie von der erkaltenden Sonne, daß er keiner künstlichen Wärmequelle bedurfte, und hätte jemand den Vorschlag gemacht, ihren Planeten damit auszurüsten, sie hätten ihn wahrscheinlich entrüstet abgelehnt. Ebenso weigerten sie sich hartnäckig, die Rudimente freilebender Flora, die auf Morn zwei noch existierten, zu beseitigen.

Als Faunian und Cosita näher traten, bot sich ihnen ein eigenartiges Schauspiel. Ein Mann, ein wenig größer als die Umstehenden, mit einem dunklen Overall bekleidet, hatte zur allgemeinen Verblüffung einen der Speiseautomaten ergriffen und ihn mit einer Hand scheinbar mühelos hochgehoben. Die an eine derartig heftige Behandlung nicht gewöhnte Maschine protestierte gegen diese Vergewaltigung, indem sie ihren Inhalt auf den Boden spuckte, wo die kleinen bunten Pasteten lustig durcheinanderpurzelten.

Obwohl Faunian die Kraft des Mannes einen Augenblick lang bewunderte, der Dunkle hatte mindestens das Gewicht eines fünfjährigen Kindes gehoben, so lehnte er eine derart unsinnige Handlungsweise unbedingt ab. „Das ist doch ...“, protestierte er, brach aber sofort ab, als der andere sich umwandte und ihn anblickte.

Der Dunkle stellte den Automaten zu Boden und kam auf Faunian und Cosita zu. „Ich bin Bojan!“ sagte er mit ungewöhnlich tiefer Stimme, die zu seinem Äußeren paßte, und musterte sie aufmerksam. „Und du bist Faunian!“ stellte er genauso kurz fest und berührte Faunian an der Schulter. Fragend blickte er auf Cosita, bis ein Lächeln über sein Gesicht ging und er auch ihre Schulter berührte. „Cosita!“ rief er.

Er blickte zurück zu seiner Gruppe und forderte sie über den Emitter auf, näher zu treten.

Es dauerte nur einige Augenblicke, und Cosita hatte unter den Leuten von Morn zwei eine Frau gefunden, die ihr besonders sympathisch war. Tekla war ebenfalls übernormal groß und dunkel gekleidet, wie Bojan auch. Ihr Gang war kräftig und ausgreifend, ohne daß er so bodenverhaftet wirkte wie der ihres Begleiters.

Abends trafen sie sich unter dem Kuppeldach des großen Saals. Die Emissionsvorhänge waren aus Anlaß des Festes abgeschaltet worden. Eine enorme Gedankenvielfalt schwirrte durch den hohen Raum. Sie nahmen an einem der Tische Platz, unmittelbar dort, wo die Kuppel auf dem Boden auflag. Die zweite Sonne stand tief, ihre Strahlen trafen das klare Material des Daches senkrecht und wärmten erheblich. Automatisch trübte sich die Haut des Kuppeldaches, um die Strahlen von der empfindlichen Haut der Gesichter fernzuhalten, wurde aber sofort wieder durchsichtig. Faunian lächelte Cosita, die diesen schnellen Wechsel veranlaßt hatte, zu. Auch er hatte einen ähnlichen Gedanken gehabt, hatte gewünscht, daß die Sonne, ihre Sonne, die Haut wärmen möge.

Nach kurzer Zeit stellten sie fest, daß sich Tekla und Bojan unbehaglich zu fühlen begannen. Die hellen, heißen Strahlen waren ihnen unangenehm. An keine hellstrahlende Sonne gewöhnt, störte sie die Übertemperatur, die bereits drei Prozent über dem Optimum lag, erheblich. Faunian kam jedoch nicht mehr dazu, die Trübung der Scheibe zu veranlassen, der Automat, der über ihr Wohlbefinden wachte, kam ihnen zuvor.

Sie bestellten ein leichtes Abendessen und schwiegen dann. Faunian fühlte sich verpflichtet, ein Gespräch in Gang zu bringen, aber Bojan hob die Hand. Sein Gesicht nahm einen Ausdruck an, als lausche er.

Faunian blickte sich im Gemeinschaftsraum um. Der Saal war gut besetzt. Das kam nicht allzuoft vor, das Leben auf Morn kannte keine definierte Nachtruhe, und der Strom der Gäste verteilte sich über den ganzen Tag. Die Mornen gingen zur Ruhe, wenn es ihnen ihre Konstitution gebot, und sie gingen ihrer Arbeit nach, wenn sie sich dazu angeregt fühlten. Tag und Nacht war lediglich ein Wechsel zwischen dem

Licht der Sonnen und dem Licht der Sterne, es war kein biologisches Problem.

Überall an den Tischen lagen oder saßen frohgestimmte Gruppen von Mornen und unterhielten sich. Faunian tat es Bojan nach und versuchte sich in die Gedankenvielfalt der Besucher hineinzuhören. Zu jeder anderen Zeit hätte der Gedankenwirrwarr seine Nerven arg strapaziert, aber heute war er in ausgezeichneter Stimmung, und er hatte den Eindruck, daß es nichts gab, das sie ihm nehmen konnte. Er gönnte sich den Genuß, ein wenig in den fremden Hirnen herumzuhorchen. Solange die Mornen, deren Gedanken er auffing, anonym blieben, sah er keinen Vertrauensbruch darin, und es war immer wieder interessant, fremde Meinungen und fremde Gedankenkonstruktionen mit den eigenen zu vergleichen.

Cosita beobachtete ihn eine Weile lächelnd, blickte dann auf Bojan und beteiligte sich an dem Spiel.

Neben dem Fest der zweiten Sonne stellte die bevorstehende Expedition auf den Spuren des alten Kaltos eines der Hauptgesprächsthemen dar. Die meisten schienen der Meinung zu sein, daß es interessant und nützlich sei, die Theorie des Kaltos zu überprüfen, es sei aber unwahrscheinlich, daß sich eine Kontinuität des Evolutionsabfalls zum Rande der Sternspirale hin nachweisen lasse. Man hielt die Theorie des Kaltos für bemerkenswert, aber man glaubte nicht an sie.

Innerlich rief Faunian einem älteren Mornen, der am Nebentisch diese Gedanken mit kräftiger Emission äußerte, ein Bravo! zu, und der andere winkte freundlich herüber, froh über den Beifall, den seine Meinung fand.

Es schien Faunian, daß Bojan, der ihm gegenübersaß, nicht so sehr seine Meinung teilte, wie es der Morne am Nebentisch tat. Bojan neigte weit mehr zu der Theorie des Kaltos, als es viele der anderen taten.

Nach und nach verstummten die Gespräche an den Tischen, die zweite Sonne versank langsam hinter dem Horizont, eine helle, leuchtende Linie auf die glatten Ebenen von Morn malend. Dann rauschte ein kräftiger Regen auf die Kuppel hernieder, spülte die Reste des Festes der zweiten Sonne durch die Kanäle in die Filter, reinigte die Oberfläche des Planeten in kürzerer Zeit, als die Mornen für ein gutes Essen benötigten.

Am anderen Morgen fuhren sie hinaus zum Raumhafen. Sie benutzten den Gravex, ein kleines, schnelles Verkehrsmittel für mittlere Strecken – und für Leute, die gewohnt waren, sich Zeit zu nehmen, und einer Kommunikation auf Reisen nicht abgeneigt waren.

Es gab kleine Kabinen für vier bis acht Reisende. Sie wurden von Gravitationsringen getragen und durch ein System evakuierter Röhren getrieben.

Der Schacht des Vertikaltunnels endete in einer flach gewölbten Halle, deren Decke von einer Säule in der Mitte der Station getragen wurde.

Bojan blickte sich aufmerksam nach allen Seiten um und musterte die Gesichter der Mornen, die die Halle bevölkerten, sie in den verschiedensten Richtungen durchquerten, teils schnell auf den Feldern ihrer Antigravgürtel, teils gemessenen Schrittes.

„Der Gravex scheint bei euch ein häufig benutztes Verkehrsmittel zu sein", bemerkte er, sich an Cosita wendend.

Erst jetzt kam es Faunian wieder zum Bewußtsein, daß Tekla und er von Morn zwei stammten. „Du warst noch nicht oft hier auf Morn drei?"

Bojan wiegte nachdenklich den Kopf. „Seit mehreren Jahren habe ich eurer Heimat keinen Besuch mehr abgestattet", sagte er schließlich. „Aber als Kind war ich mehrmals hier. Meine Mutter arbeitete in einem der Atmosphären-Regeneratoren. Sie hatte die Aufgabe, Erfahrungen zu sammeln, da zu diesem Zeitpunkt derartige Automaten bei uns gerade erst eingesetzt wurden, um die alten, weniger effektiven abzulösen."

Faunian begriff, daß es Bojan nicht leichtfiel zuzugeben, daß die Entwicklung auf dem dünner besiedelten Morn zwei hinter der ihres eigenen Heimatplaneten herhinkte. Er würde darauf achten müssen, daß er den in dieser Beziehung offensichtlich etwas empfindlichen Kollegen nicht mit irgendeiner Bemerkung verletzte. Auf Morn zwei gab es beispielsweise noch keinen Gravex. Der Verkehr auf dem Nachbarplaneten wurde in den meisten Fällen über autonome Fortbewegungsmittel abgewickelt, die hier als uneffektiv längst abgeschafft worden waren.

Zweifellos waren es auch die anderen Naturverhältnisse auf Morn zwei, die für die Entscheidung des Rates, eine Reihe von Bewohnern dieses Planeten in die Expeditionsmannschaft aufzunehmen, den Ausschlag gegeben hatten. Die Bewohner von Morn zwei konnten sich weit besser in natürliche Vorgänge vertiefen, als es bei Wissenschaftlern von Morn drei der Fall war. Faunian fiel in diesem Zusammenhang auf, daß Bojan seinen Antigravgürtel bisher lediglich zu den Bewegungen in den Vertikalschächten benutzt hatte, ansonsten bevorzugte er offensichtlich das Laufen. Er nahm sich vor, die Begleiterin Bojans zu beobachten, vielleicht konnte er bei ihr einen ähnlichen Gedanken wie bei Bojan feststellen.

Auf einen Gedankenimpuls reagierend, schob sich eine der Kabinen aus der Warteröhre und öffnete die seitliche Einstiegluke. Es war eine Viererkabine mit bequemen Liegesitzen.

Faunian programmierte das Fahrtziel mit Hilfe eines universellen Kodeschlüssels, der den Fahrtsensoren aufgeprägt wurde. Die Kabine beschleunigte ruckfrei, die tragenden Antigravfelder schluckten die Beschleunigungskräfte nahezu vollständig. Er setzte sich neben Tekla und stellte fest, daß sie ihn selbst noch in fast liegender Stellung um eine halbe Haupteslänge überragte, obwohl auch er nicht gerade klein war. Noch größer war der Unterschied zwischen Bojan und Cosita.

Bei ihrer Ankunft im Raumflughafen stellten sie fest, daß sie durchaus nicht die einzigen waren, die hier den Gravex verließen. Offensichtlich hatte es sich herumgesprochen, daß der Raumer heute zum erstenmal auf seinen eigenen Gravitationsfeldern aufschweben sollte, und es schien eine Menge Mornen zu geben, die sich dieses Schauspiel nicht entgehen lassen wollten. Auf den Zugängen zum Hangar herrschte ein regelrechtes Gewimmel. Sie hatten Mühe, sich einen Weg zu bahnen, wobei ihnen die mächtige stumpfsilbrige Kugel, die alle Gebäude in ihrer Nähe bei weitem überragte, die einzuschlagende Richtung anzeigte.

Die vielen Schaulustigen wurden lediglich von einer dünnen Kette, die einen Warnkode ausstrahlte, in sicherer Entfernung vom Raumer gehalten, der bereits in mehr als Manneshöhe über dem Boden schwebte. Als die Besucher die Kosmonauten erkannten, öffnete sich ihnen eine Gasse, durch die sie den Hangar erreichen konnten.

Selbst Faunian war erstaunt über die Herzlichkeit, die ihnen entgegenschlug. Von allen Seiten versuchte man, ihre Hände, ihre Schultern zu berühren, und er beobachtete, wie Bojan einen Augenblick stutzte, sich dann aber auf der Welle der Begeisterung treiben ließ.

Als sie die Außenfläche der Raumkugel bereits wie eine riesige gewölbte Schale über sich hatten, begannen sie das Tragfeld zu spüren. Die geheimnisvolle Kraft, die die Expedition in den Kosmos hinausschleudern würde, hob sie sacht an und ließ sie an der Außenhaut emporsteigen. Hin und wieder überholten sie einen der kleinen Automaten, die die letzten Außenarbeiten verrichteten, und erreichten schließlich einen der in der Nähe des Zenites liegenden Einstiege. Faunian legte die flache Hand in die Nähe der kaum sichtbaren Naht und wartete, bis der Öffnungsmechanismus seinem Kode gehorchte.

„Die Luke spricht ausschließlich auf den persönlichen Kode der zur

Expedition zählenden Kosmonauten an“, erklärte er und blickte auf Bojan. Er erwartete eine Frage nach dem Sinn dieser Sicherheitsmaßnahme, die das unbeabsichtigte oder unbefugte Eindringen fremden Lebens in den Raumer verhindern sollte, aber der schweigsame Riese schaltete seinen Gürtel ein und verschwand in einem der Verbindungsgänge, die das Schiff in allen Richtungen durchzogen. Der Gang hatte die Form einer Röhre, deren Wände weich gepolstert waren. Faunian betastete die Wandung und machte eine Bewegung des Unmutes.

„Immer noch keine Gaskissen“, murmelte er verstimmt. „Dabei hatten sie genügend Zeit, meinen Vorschlag einzuarbeiten.“

„Wozu, Faunian?“ Es schien offensichtlich, daß Cosita seine Meinung nicht teilte. „Für die wenigen Augenblicke, in denen wir uns hier aufhalten? Das wäre übertrieben und unrationell.“

Aber Faunian gab nicht so leicht nach. „Wir haben einen derartigen Energieüberschuß, daß wir uns diese kleine Verschwendung durchaus leisten könnten. Immerhin wäre es ein technischer Fortschritt.“

„Im Grunde genommen treibt unsere Entwicklung zu nichts anderem als zu absoluter Rationalität“, erklärte Bojan. „Das ist ein Grundgesetz unserer Entwicklung überhaupt. Nutzen und Aufwand haben in einem vertretbaren Verhältnis zu stehen.“ Er winkte ab. „Aber wozu ereifere ich mich? Du weißt das alles genausogut wie ich.“

Faunian war erstaunt über die lange Rede, die Bojan gehalten hatte, mehr aber noch über die Zurechtweisung, die sie enthielt. Er versuchte sich nicht zu rechtfertigen, zumal er spürte, daß sich sein Gegenüber bereits wieder mit ganz anderen Gedanken befaßte. Die Polsterung der Gänge schien er nicht für wichtig zu halten.

Sie durchschritten den Tunnel, blickten in die Kabinen, die während der Expedition ihre Heimat sein würden, und tauschten hin und wieder ihre Gedanken aus. Die Wohn- und Aufenthaltsräume waren nicht eben groß, nach Art der mornischen Lebensverhältnisse handelte es sich um Gemeinschaftsräume mit abgeschlossenen Schlafnischen. Die Einrichtung erschien ihnen optimal und bequem und ließ dem einzelnen, obwohl er ständig in der Gemeinschaft lebte, seinen eigenen Bereich.

Besondere Aufmerksamkeit widmeten sie dem Herz des Raumers, der Zentrale, einem kreisrunden Raum ohne jedes überflüssige Mobilar. Sie enthielt lediglich einige Liege- und Sitzgelegenheiten. Hier sollte sich sozusagen der Geist vom Körper und seinen Einflüssen lösen, um sich ganz dem Gefühl für die Umgebung des Raumers widmen zu können. Eigentlich war die Zentrale ein gewaltiger Adapter, der die komplizierten Meßinstrumente auf der Außenhaut mit den Sinnen des Steuernden verband, um sie den Verhältnissen des Kosmos anzupassen.

Faunian ließ sich in einen der Blasluftsessel des Schwerefeldadapters fallen und fühlte, wie sich die Elektroden an seine Kopfhaut legten. Er wartete geduldig, bis sich das Gefühl des leichten Druckes im Schädel verflüchtigt hatte, bis sein Körper sich in nichts aufzulösen schien. Er genoß das Einswerden mit der Technik, fühlte, wie sich seine Sinne in den Sensoren des Schiffes fortsetzten. Sein eigenes Ich war nicht mehr vorhanden und hatte sich doch vertausendfacht. Die Automatik hatte sich auf ihn eingestimmt, auf dem Bildschirm vor ihm erschienen die schnell steigenden Linien der Schwerkraftquanten, die den Raumer in der Schwebe hielten.

Zufrieden schaltete er das Gravicont aus. Er hakte sich bei Cosita ein und stellte erst jetzt fest, daß sie allein waren. Er zog sie hinaus in den Gang, blickte sich nach Tekla und Bojan um und ließ sich dann zusammen mit Cosita durch den Tunnel zum Zentrum der Raumkugel tragen, um noch einen Blick auf die Schwerkraftemittoren zu werfen. Lange standen sie vor den mehr als mannshohen Zylindern, die die Schwerkraftquanten der umgebenden Felder zu bremsen in der Lage waren und die Aufgabe hatten, das Schiff an sie anzuhängen, sich von ihnen hineinreißen zu lassen in den unendlichen Kosmos. Bojan und Tekla hatte er vergessen.

Als er den Maschinenraum verlassen wollte, bemerkte er, daß ihm Cosita nicht folgte. Sie lehnte an einem der Quantenzylinder und blickte ihn bewegungslos an. Eigentlich sah sie nicht ihn an, sondern einen imaginären Punkt, der weit hinter ihm lag, irgendwo in nebelhafter Ferne. Sie schaute gleichsam durch ihn hindurch. Er versuchte ihre Gedanken zu erhaschen und erstarrte.

„Wir werden ein Kind haben, Faunian!“ sagte sie.

Er fühlte einen Stich in der Brust, dort wo das Herz heftiger zu schlagen begann. Mit einemmal war die Angst wieder da, die er zu vergessen gesucht hatte, seit er Cosita kannte. Er legte den Arm um ihre Schultern und mühte sich, sie seine Gedanken nicht spüren zu lassen, aber er war sicher, daß es ihm nicht gelang.

Vor diesem Augenblick, vor dieser Eröffnung hatte er sich gefürchtet von dem Moment an, da er wußte, daß sie ein Kind haben wollte, seit er sich darüber klargeworden war, daß nichts sie eines Besseren belehren konnte. Weder die in den letzten Generationen mitunter auftretenden

Mißbildungen bei Neugeborenen noch die bevorstehende Expedition. Jetzt war es soweit. Cosita war schwanger.

Einmal, vor langer Zeit, hatte er ihr vorgeschlagen, den einfachsten Weg zu gehen und auf ein Kind zu verzichten – er würde es nie wieder versuchen. Unumwunden hatte sie ihm erklärt, daß sie sich unter derartigen Umständen von ihm trennen würde. Sie denke nicht daran, auf das Glück, sich Mutter zu fühlen, verzichten zu wollen. Was aber, wenn ihr Kind ein Krüppel sein würde? Seit Jahren wurden auf Morn hin und wieder Kinder geboren, deren Gliedmaßen den Anforderungen des Lebens nicht gewachsen waren.

„Es wird kein Krüppel sein, Faunian. Es wird ein gesundes Kind werden, so gesund wie du und ich."

Einen Moment lang hatte er die unsinnige Hoffnung, daß sie sich bereits Gewißheit über die genetischen Anlagen des beginnenden Lebens verschafft hatte, aber ihre Antwort beruhigte ihn nicht.

„Ich weiß es erst seit wenigen Tagen. Ich habe nicht mehr Gewißheit als du, aber ich hoffe, daß wir zu denen gehören, denen dieses harte Los erspart bleibt."

Cosita verließ sich also auf die genetische Korrektur, auf jenen Zweig der Vererbungslehre, der in den vergangenen Jahrhunderten einen enormen Aufschwung erlebt hatte. Bereits wenige Tage nach der Befruchtung wurde das Ei aus dem Körper der Mutter entnommen, kontrolliert und im Bedarfsfalle genetisch korrigiert. Aber auch hier bestand keine hundertprozentige Erfolgsrate. Zudem gab es Leute, die behaupteten, daß die Rate der Mißbildungen langsam, aber unaufhaltsam ansteige.

„Ich werde das Kind austragen!" sagte Cosita und bemühte sich, ruhig zu erscheinen. Zuerst glaubte er, sich verhört zu haben, aber er brauchte sie nur anzusehen, um zu wissen, daß sie es ernst meinte. Es gelang ihm, sein Erschrecken zu verbergen, obwohl er ihren Gedanken absurd fand. Seit Jahren war ihm in seinem Bekanntenkreis kein Fall bekannt, in dem eine Frau ihr Kind ausgetragen hätte. Die Untersuchungen der genetischen Struktur des Eies erforderten einen Eingriff, und die vielleicht notwendig werdenden Korrekturen waren außerhalb des Mutterleibes weit weniger aufwendig. Hinzu kam, daß die Erfolgsaussichten höher lagen. Und nicht zuletzt schauderte ihm bei der Vorstellung, Cosita mit aufgetriebenem Leib herumlaufen zu sehen, eine Geburt erwartend, die sie auf eine Stufe mit den Tieren stellte, die Kaltos entdeckt hatte.

Faunian versuchte diesen verrückten Einfall, eine andere Bezeichnung vermochte er nicht zu finden, auf die Tatsache zurückzuführen, daß sie schwanger war, rief sich ins Bewußtsein, daß sie in den vergangenen Tagen anders reagiert hatte als sonst, daß sie anschmiegsamer war als vorher, aber er mußte feststellen, daß er sie nicht umstimmen konnte.

„Und die Expedition?“ rief er schließlich und unterdrückte aufsteigenden Zorn. „Sollen wir auf die Reise verzichten, verzichten um einer Laune willen?“

Er spürte, daß sie nachdenklich wurde, daß sie dasselbe schon hundertmal nach allen Seiten durchdacht hatte und daß sie selbst unsicherer war, als sie tat.

„Man kann auch in einem Raumschiff ein Kind zur Welt bringen“, antwortete sie schließlich entschlossen. „Die Verhältnisse dort sind nicht anders als hier auf Morn.“

Faunian antwortete nicht mehr. Er hatte das Gefühl, ihr Zeit lassen zu müssen. Vielleicht kam sie selbst darauf, daß das, was sie sich vorgenommen hatte, unsinnig war. Waren es schon auf Morn nur noch wenige Frauen, die die Gefahren und Unannehmlichkeiten einer monatelangen Schwangerschaft auf sich nahmen und sich nicht auf die sicheren Hände und Geräte der Nursologen verließen, so war es an Bord des Raumers ein Unterfangen, dem ohnehin der Rat nie zugestimmt hätte. Würde Cosita weiterhin auf ihrem Standpunkt beharren, so durfte man als sicher annehmen, daß weder sie noch er selbst an der Expedition teilnehmen würden. Er führte sie vorsichtig aus dem Maschinenraum wie eine Kranke, die der Schonung bedurfte, und er fühlte, daß ihr seine Fürsorge guttat.

Als sie das Raumschiff verließen, fing Faunian einen Spruch auf, der ihm mitteilte, daß die Landung der ersten Fernsonden unmittelbar bevorstehe. Aus dem Anmeldungskode, der ausgestrahlt wurde, gehe eindeutig hervor, daß eine der Sonden in einem der äußeren Spiralarme der Galaxis in der Nähe einer überheißen Sonne intelligentes Leben entdeckt habe, das bereits zu schwärmen beginne. Faunian hätte sich in Hochstimmung gefühlt, wäre nicht die Kontroverse mit Cosita gewesen. Hier endlich hatte er einen Beweis dafür, daß die Theorie des Kaltos nicht stimmen konnte. Intelligentes Leben weit draußen am Rande der Sternspirale und vor allem Leben, das sich bereits anschickte zu schwärmen. Diese Tatsache allein deutete auf einen Evolutionsstand, der im erforschten Teil der

Galaxis nirgends angetroffen worden war. Es war in der Tat lächerlich, sich Wilde vorzustellen, die die Raumfahrt beherrschten.

Draußen, in der Nähe der Sperrkette, trafen sie Finetta und Lekon, zwei gute Freunde, die ebenfalls zur Besatzung der Raumkugel gehören würden. Lekon war ein wenig kleiner als Faunian, von gleichem zierlichem Gliederbau und immer zu Scherzen aufgelegt. Faunian mochte den temperamentvollen Freund gut leiden, konnte sich allerdings mit der stets etwas unentschlossenen Finetta nicht ganz abfinden. Er hielt sie für oberflächlich, leicht zu beeinflussen und war überzeugt davon, daß sie immer jemanden brauche, der ihr zur Seite stand. Er gab sich alle Mühe, die beiden seine Gedanken nicht fühlen zu lassen, denn eine ähnliche Äußerung hatte vor einiger Zeit zu einer heftigen Auseinandersetzung zwischen ihnen geführt. Vielleicht spielte bei Faunians Einschätzung aber auch die Tatsache eine Rolle, daß Finetta als Biologin an der Expedition teilnehmen sollte, und von Biologen hielt er eben nicht besonders viel.

Obwohl die beiden die Absicht gehabt hatten, ebenfalls dem Raumschiff einen Besuch abzustatten, entschlossen sie sich, ihn auf später zu verschieben und Faunian und Cosita zu begleiten. Auch sie hatten den Rundspruch des Rates an alle seine Mitglieder und die Teilnehmer der Expedition gehört, und es verstand sich von selbst, daß die Mitteilung das Hauptgesprächsthema bildete. Im Zweifel waren sie alle vier über die Gründe, die den Rat bewogen hatten, nicht nur seinen Mitgliedern, sondern auch den Kosmonauten die Information zukommen zu lassen, da der von den Fernsonden untersuchte Bereich weit außerhalb des Sektors lag, in den sie vorstoßen sollten. Allerdings machte sich Faunian hier seine eigenen Gedanken. Er hielt es für durchaus möglich, daß der Rat aufgrund der neuen Erkenntnisse das Reiseziel kurzfristig änderte.

Sie bummelten durch den langen Tunnel des Wohnzentrums, und das bunte Leben Morns schlug ihnen in brandenden Wellen entgegen. An allen Knotenpunkten reckten die Tentakel ihre flachen Köpfe über die Massen, bereit, auf jeden Anruf zu reagieren, jede Lebensfunktion der Mornen in ihrer Nähe mit den Sensoren zu überwachen.

Faunian beobachtete Cosita, die schweigsam neben der munter plaudernden Finetta ging, ab und an zu ihm herübersah und im übrigen von dem ganzen Trubel um sie herum nicht die geringste Notiz zu nehmen schien. Finetta ging gerade die Palette der Gegenstände durch, die sie vor Antritt der Expedition noch zu beschaffen hatte, und dabei kam eine derart umfangreiche Liste zustande, daß Faunian scherzend auf den begrenzten Laderaum ihres Schiffes hinwies. Finetta aber winkte ab.

„Wir werden mindestens den halben Radius unserer Galaxis hinter uns bringen", erklärte sie. „Und schließlich müssen wir auch den Wilden einige Geschenke mitnehmen."

Faunian verzog das Gesicht. „Wir wollen hoffen, daß es nicht gar so schlimm wird. Ich glaube nicht an die objektive Wirkung des Gesetzes des Kaltos."

Auf seine Gedanken, die er sich nach dem Spruch des Rates, der sie von der Entdeckung der Fernsonden unterrichtete, gemacht hatte, ging er nicht ein.

„Ein wenig mehr Humor in manchen Dingen könnte dir nicht schaden", bemerkte Lekon. Dann aber ließ er sich zu Gedankensprüngen hinreißen, derer nur er fähig war.

„Stellt euch vor", er lachte, „behaarte Wilde, mit vom Wetter gegerbter brauner Haut – und mit solchen Muskeln..." An seinem schmalen Oberarm zeigte er einen Bizeps von unwahrscheinlichem Umfang.

„...und dann am Steuer einer modernen Raumkugel, mit der sie zwischen himmelhohen Pflanzen hindurchrasen", beendete Faunian den Satz sarkastisch. „Du solltest nicht so maßlos übertreiben, Lekon. Du weißt, daß ich nichts von der Theorie des Kaltos halte, und ich hoffe, daß die Untersuchungen der Sonden meine Einschätzung bestätigen werden."

„Nichts bestätigen sie!" ereiferte sich Lekon. „Noch wissen wir nicht, wie sie aussehen werden, diese Randbewohner, die die Raumfahrt eben erst erlernen. Aber sie werden uns nicht gleichen, Faunian, das bin ich bereit zu garantieren."

Faunian war erstaunt über die Heftigkeit, mit der sich der Freund hinter die Theorie des Evolutionsabfalls stellte, aber er hatte keine Lust mehr zu diskutieren. Er war nahe daran, auf seinen blauen Overall zu verweisen, aber ihm fiel ein, daß ein derartiger Hinweis bei Lekon kaum verfangen würde.

„Du mußt mir keinen Vortrag über den Übergang vom Sekundär- zum Primärwesen halten wollen, Lekon", sagte er müde, und es klang wie eine Bitte um Nachsicht.

Kurze Zeit später spürte er, daß Lekon die Auseinandersetzung durchaus noch nicht als beendet betrachtete. Er hatte die beiden Frauen untergehakt und in einen kleinen Raum geführt, der für allgemeine Informationen jedem offenstand. Der Raum war rund, von einer matten Lichtquelle spärlich erleuchtet, und an der Wand zog sich eine breite, weich gepolsterte Liege halbkreisförmig hin. Die Mitte des Zimmers bildete ein fest installierter Tentakelkopf, der Informationen aufnehmen, speichern und auch wiedergeben konnte. Die gesamte Decke jedoch wurde von einem Bildschirm eingenommen, der, als sie eintraten, in einem bläulichen Weiß zu schimmern begann.

Faunian war ärgerlich, daß er sich von Lekon hatte überlisten lassen, denn er war sich darüber im klaren, daß der Freund die Diskussion noch eindringlicher fortzusetzen gedachte. Er hatte offensichtlich die Absicht, die Vorträge des alten Kaltos für sich selbst sprechen zu lassen. In der Tat verlangte er von dem Tentakel mit leisen Worten, den Bericht der letzten Fernfahrt des Altkosmonauten aus den Archiven abzufordern.

Faunian ließ sich stöhnend auf die Liege sinken, stellte verdrossen fest, daß es sich um eine Feststoffliege handelte, die seinen Körper bei weitem mehr traktieren würde, als es die Blasluftsessel taten, und bedauerte sich, weil ihm diesmal offensichtlich nichts erspart blieb.

Als Kaltos auf die Anfänge der eigenen Entwicklung einging, gelang es Faunian, sich zu verschließen, wer hörte schon gern, daß seine Ahnen mit Speeren gejagt, Tiere gegessen und sich mit Steinen beworfen hatten? Es war gut, daß die Überlieferungen kurz und lückenhaft waren.

Erst als Kaltos von seiner eigentlichen Expedition berichtete, wurde er, obwohl er den Vortrag längst kannte, aufmerksamer. Es war wie ein innerer Zwang, der ihn dazu trieb, sich die Forschungsergebnisse, die ihm einen Schauer über den Rücken rieseln ließen, nochmals anzusehen.

Er erlebte, wie sich das Raumschiff auf den Isograven, den Linien gleicher Schwerkraft, von Stern zu Stern, von Planet zu Planet schwang, wie es fast absolute Geschwindigkeit erreichte, von Zeit zu Zeit seinen überlichtschnellen Flug bremste und Lebenswelten untersuchte. Kaltos zeigte in seinem Bericht mannigfaltige Lebensformen und versuchte daran seine Theorie von der zum Galaxisrand hin steigenden Spontaneität bei den Intelligenzen zu beweisen. Faunian fühlte sich jedesmal, wenn er die Bilder sah, durch die Vielfalt unterentwickelter Lebensformen schockiert, er schloß angewidert die Augen und sah doch die Tiere, die Kaltos gesehen hatte, die Echsen und Insekten, die Vögel und Würmer.

Er kannte genau die Worte, mit denen Kaltos die aufrechtgehenden Insekten auf Resor vier beschrieb, Worte, die die Begeisterung ihres Sprechers nur schwer verbergen konnten. Diese grauenhaften Tiere, denen man sogar eine Spur von Intelligenz zuschrieb und die kaum etwas anderes taten, als sich fortzupflanzen und zu fressen, zu fressen, indem sie Unmengen der wildlebenden Pflanzen in ihren zangenbewehrten Mündern verschwinden ließen, und die dann mit ihrem Kot den Boden düngten, damit neue Pflanzen wachsen konnten, die sie wieder verschlangen. Faunian fühlte Ekel in sich aufsteigen.

Ähnlich erging es ihm, als er mit ansehen mußte, wie ein Tier mit kugeligem Körper und langen, behaarten Beinen lebende Nahrung in einem Netz fing, das es zum Zwecke des Nahrungserwerbes extra geschaffen hatte. Er war entsetzt über die Brutalität und gleichzeitige Perfektion, mit der die Natur zu Werke ging, und hatte den Eindruck, daß unter natürlichen Bedingungen meist die brutalsten Individuen überlebten.

Nein, Kaltos! Es darf nicht sein, daß die ungezügelte Natur triumphiert! Sie hat im Kosmos nichts zu suchen. Der Kosmos ist das Domizil der Intelligenz! Und es war gut, daß sie nicht allein waren, daß es auch am Rande der Galaxis Intelligenzen gab, mit denen sie sich verbinden konnten.

Faunian öffnete die Augen erst, als Kaltos schwieg. Beim Aufstehen spürte er stechende Schmerzen im Rücken. Das Liegen auf den harten Polstern bekam ihm nicht. Er sah, daß Lekon eine Bemerkung von ihm erwartete, aber er schwieg beharrlich. Was auch sollte er ihm sagen? Sollte er ihm erklären, daß Kaltos nach seinen Untersuchungen einfach zu keinem anderen Schluß kommen konnte, daß er selbst sich jedoch nicht dazu durchringen könne, ihn als einzig richtigen anzuerkennen, weil er Ekel vor all diesen Lebewesen empfinde, denen Kaltos zum großen Teil potentielle Intelligenz zubilligte? Sollte er ihm sagen, daß er sich mit aller Kraft an das Untersuchungsergebnis der Fernsonden klammerte, weil es die einzige Tatsache sei, die gegen die Theorie des Kaltos spreche? Er konnte es nicht.

Mit hängenden Schultern verließ er die kleine Kabine. Er merkte selbst nicht, daß er den Antigravgürtel einschaltete, obwohl er sonst, wenn er sich im Inneren des Wohnkomplexes befand, meist lief.

Der Leiter der Gruppe Bio-Galax im Rat war Pritt, ein älterer Morne, fast so alt wie Perkon, der Biologe. Sein Alter und vielleicht auch die Achtung der anderen, der er sicher war, ließen ihn manchmal Dinge tun, die Faunian nie gewagt hätte, ja, die er mißbilligte. So hatte es Pritt beispielsweise abgelehnt, die Ergebnisse, die die Auswertung der Speicher

der Fernsonden erbracht hatten, zu überspielen. Er hatte erklärt, daß er es für unklug halte, sie jedermann zugänglich zu machen, ehe der Rat darüber beschlossen habe. Das war gegen die Regel, und Faunian nahm sich vor, den Leiter der Bio-Galax mit aller Entschiedenheit darauf hinzuweisen, wie ungewöhnlich ein derartiger Schritt sei, auch dann, wenn die Ergebnisse so ungewöhnlich waren, wie Pritt sie hinzustellen versuchte.

Faunian wählte zu seinem hellblauen Overall einen Antigravgürtel von intensiv blauer Farbe, um die Anfälligkeit seines derzeitigen Gesundheitszustandes zu unterstreichen, und begab sich zum Rat. Er war wieder einer der letzten, die dort eintrafen. Es war ihm unangenehm, daß sich aller Augen auf ihn richteten, als er den Saal betrat.

Statt einer gedämpft heiteren Begrüßung, wie es bei Pritt sonst üblich war, sah ihm der Leiter der Bio-Galax mit ernster Miene entgegen. Dann stellte er fest, daß Pritt sein Emitternetz nicht trug, und wunderte sich nicht mehr, daß es ihm nicht gelungen war, seine Gedankenemissionen aus dem allgemeinen Wirrwarr herauszufiltern.

Befremdet über die offensichtliche Unfreundlichkeit Pritts, hatte er sich entschlossen, es ihm gleichzutun und sein Netz ebenfalls zu entfernen, als der andere zu sprechen begann.

Bereits nach den ersten Worten wußte er, was den Leiter veranlaßt hatte, sein Netz abzunehmen: Er wollte nicht, daß die anderen Mornen ihre Unterhaltung mit anhören konnten.

„Du trägst die blaue Kleidung, Faunian", stellte er leise fest und musterte ihn aufmerksam. „Noch ist es Zeit. Wenn du dich nicht auf der Höhe deiner Leistungsfähigkeit fühlst, solltest du die Leitung der Expedition nicht übernehmen. Du trägst die Verantwortung für über einhundert Mornen."

Faunian wäre nie auf den Gedanken gekommen, daß man diese Schlußfolgerung aus dem blauen Overall ziehen konnte. Er hatte das leichte Unwohlsein eigentlich nur benutzt, um einen Schutzwall um sich zu errichten, der einiges von der in den nächsten Tagen zu erwartenden Hektik auffangen sollte. Dabei fühlte er sich durchaus auf der Höhe seiner Leistungsfähigkeit. Entsetzt winkte er ab.

„Aber nein, Pritt! Der Tentakel hat lediglich ein leichtes psychisches Unwohlsein festgestellt, das schnell wieder abgebaut sein wird. Einen Einfluß auf meine Leistungsfähigkeiten hat er nicht ermittelt."

Das Lächeln Pritts bewies ihm, daß er längst durchschaut war, und jetzt war er ihm fast ein wenig dankbar, daß er das Netz nicht benutzt hatte.

„Komm zur Sache, Pritt!" bat er. „Laß uns die Auswertung sehen."

Der Alte blickte ihn ernst an. „Sofort!" sagte er dann. „Aber wappne dich mit guten Nerven, du wirst sie brauchen."

Faunian nahm Platz. Er fand ihn in der Nähe Bojans, unmittelbar neben Cosita, die sich an die beiden von Morn zwei angeschlossen zu haben schien. Er freute sich, als sie seine Hand in die ihre nahm.

Die Auswertung ließ alle unwichtigen Details außer acht. Die komplizierte Flugkurve, die sich an den Isograven orientierte, wurde lediglich angedeutet.

Die Sonden verfügten über eine Optik mit ausgezeichnetem Auflösungsvermögen und hatten, ohne zwischenlanden zu müssen, mehrere Lebensträger auf ihrem Weg zu den fernen Spiralarmen einer kurzen Untersuchung aus dem Orbit heraus unterzogen. Kaltos' Theorie schien sich tatsächlich zu bestätigen. Die Planeten nahmen, je weiter entfernt vom galaktischen Kern sie lagen, ein immer wilderes Aussehen an, und ihre Bewohner, denen selbst ein Skeptiker wie Faunian hin und wieder eine gewisse Intelligenz nicht absprechen konnte, schienen all seinen Hoffnungen Hohn zu sprechen.

Auftragsgemäß war die Sonde, deren Speicher untersucht worden waren, in einen der Spiralarme vorgestoßen, sie hatte die weiteste Entfernung zurückgelegt, die je erreicht worden war, und sie hatte dort Leben festgestellt, das, wie Faunian immer noch hoffte, Kaltos' Theorie widerlegen konnte.

Dort hatte sie eine überheiße gelbe Sonne gefunden, deren Entwicklungsprozeß offensichtlich noch lange nicht abgeschlossen war. Faunian mochte nicht daran glauben, daß dieser noch so junge Stern bereits Planeten hervorgebracht hatte, die intelligentes Leben trugen, aber er mußte sich eines Besseren belehren lassen. Während die äußeren Planeten dieses Systems erkaltet waren und auf einer Schicht gefrorener Gase keinerlei Anzeichen von Leben trugen, war das bei den inneren Kleinplaneten anders. Besonders der dritte Planet zeigte auf den anscheinend auf dem glutflüssigen Inneren schwimmenden Schlackeschollen eine verwirrende Fülle von Leben. Die Sonde war auf dem natürlichen Satelliten dieses noch in den äußeren Gasschleiern des Zentralgestirns kreisenden Planeten niedergegangen und hatte die Untersuchungen aufgenommen.

Es war nicht einfach, diese Untersuchungsergebnisse, die nicht in Form von Bildern aufgezeichnet waren, sondern mit Gedankenimpulsen vergleichbar waren, auszuwerten. Faunian glaubte zuerst, einem Irrtum zu unterliegen, als er feststellte, daß die Zusammensetzung der Gashülle nur wenig von der der Planeten Morn abwich. Dann mußte er aber feststellen, daß sogar die Durchschnittstemperaturen nur unwesentlich über denen ihrer Heimat lagen.

Dabei mußte dieser Planet enorme Wärmemengen von seiner Sonne erhalten, die jedoch offensichtlich auf irgendeine Art kompensiert wurden.

Die Sonde hatte keinen Auftrag erhalten, dieses Phänomen zu untersuchen, und stellte deshalb nur die Tatsache an sich fest. Sie hatte jedoch, als etwas bisher völlig Unbekanntes, Punkte auf den Schlackeschollen festgestellt, an denen das glutflüssige Innere des Planeten an die Oberfläche trat.

Faunian fühlte sich unbehaglich, als ihm der Gedanke kam, die Wesen dieses Planeten könnten schon so weit in ihrer Evolution fortgeschritten sein, daß sie in der Lage waren, selbst Einfluß auf die Temperaturen ihrer Welt zu nehmen. Dann aber fiel ihm ein, daß es selbst so weitentwickelten Wesen wie den Mornen schwerfallen dürfte, derartige Wärmemengen zu kompensieren.

Der Gedanke wurde ad absurdum geführt, als er den ersten umfassenden Überblick über diese Welt gewonnen hatte. Sie war von einem dichten Teppich wilder Pflanzenherden bedeckt, der keinerlei ordnende Hand oder gar die Spur einer Eindämmung zeigte. Gewisse Regelmäßigkeiten im Bewuchs würden sich später mit Sicherheit als natürlichen Ursprungs erklären lassen. Flüsse und Seen waren völlig unreguliert, die strömenden Wasser folgten ihrem natürlichen Lauf.

Die riesigen Schlackeschollen dieses Planeten, die das Leben zu tragen schienen, waren durch Wassermassen getrennt, die nicht die Spur von Verbindungsmöglichkeiten zeigten.

Die beiden Pole waren mit einer dicken Schicht gefrorenen Wassers bedeckt, ein untrügliches Zeichen für keinerlei Temperaturstabilisierung in erträglichen Grenzen oder gar einer Temperaturbeeinflussung. Es handelte sich zweifellos um den wildesten Planeten, den man jemals entdeckt hatte. Kaltos schien in allen Dingen recht zu behalten, und Faunian fühlte, wie der letzte Funke Hoffnung, die Theorie könne sich als unhaltbar erweisen, schwand.

Er bedauerte, daß die Sonden nicht in größere Nähe des Planeten vorgestoßen waren, aber die Vorschrift sah vor, daß sie bei Feststellung von Leben den Abstand nicht mehr verringern durften.

Die zur Auswertung zurückgekommene Sonde hatte Wohnwaben entdeckt. Aber was für Wohnwaben waren das? Sie bestanden aus einem schwer zu verarbeitenden mineralischen Stoff, dessen ungünstige Verformbarkeit auch für die zerklüftete äußere Form der Unterkünfte verantwortlich zu sein schien. Sie glichen Insektenbauten, wie sie den Mornen von einigen Planeten der Zentrallinse bekannt waren, natürlichen Gesetzen unterworfenen Zufallsformen. Leider waren die Bewohner infolge des erheblichen Abstandes nicht einwandfrei auszumachen. Trotzdem hatte die Sonde ermittelt, daß sie Apparate benutzten, mit denen sie sowohl im Orbit des Planeten wie auch in seiner nächsten Umgebung zaghaft zu schwärmen suchten.

Im Widerspruch dazu standen allerdings die Verbindungswege, die die Bewohner offensichtlich angelegt hatten, um schneller von einem Wohnzentrum zum anderen zu gelangen. Diese Straßen, die er zuerst für Barrieren, die die Pflanzenherden einzudämmen suchten, gehalten hatte, wurden erst bei näherer Betrachtung als das erkennbar, was sie waren, als Fahrspuren für die verschiedensten Fortbewegungsmittel, die eigentlich darauf hindeuteten, daß der Verkehr noch absolut planetengebunden vor sich ging. Es war eine Welt voller Widersprüche, und er fühlte, daß sehr viel Geduld und Einfühlungsvermögen erforderlich sein würden, sollten die Mornen jemals in diesen Bereich der Galaxis vorstoßen und mit dieser Intelligenz Verbindung aufnehmen.

Der Bericht endete mit einem kurzen Report über den Rückflug. Faunian ließ die Eindrücke noch einige Augenblicke auf sich wirken, und er hätte nicht behaupten können, daß es erfreuliche Gedanken waren, die ihm durch den Kopf gingen.

Erst jetzt wurde er sich darüber klar, daß die Bewohner dieses Planeten offensichtlich mit den verschiedensten Tieren in einer Gemeinschaft lebten. Ihm erschien schon der Gedanke daran absurd, aber es war kaum daran zu zweifeln, die undurchdringlichen Pflanzenherden bargen vielleicht die Urväter derer, die heute in den eigentümlichen Wohnwaben dieses Planeten lebten.

Er richtete sich auf, als er spürte, daß in die Mornen im Saal Bewegung gekommen war. Pritt hatte anscheinend eine Mitteilung gemacht, die Erstaunen ausgelöst hatte. Und dann traute Faunian seinem eigenen Emitternetz nicht, die Gruppe Bio-Galax hatte sich tatsächlich entschlossen, die nächste Expedition nicht, wie geplant, bis an den Rand der Zentrallinse, sondern weit darüber hinaus, eben bis in den Bereich der gelben Sonne vorstoßen zu lassen. Er hatte es befürchtet. Im übrigen stellte man es dem vorgesehenen Leiter der Expedition, Faunian, anheim, ob er die Gruppe übernehmen oder unter den veränderten Umständen ihre Leitung ablehnen würde.

Faunian fuhr auf. Das konnte nicht sein! Ausgerechnet ihm sollte das Mißgeschick widerfahren, eine Expedition zu leiten, der man die Aufgabe stellte, mit den schwärmenden Wilden Kontakt aufzunehmen.

Er zog seinen blauen Overall glatt. Ablehnen würde er. Ablehnen unter Hinweis auf seinen angegriffenen Gesundheitszustand. Er blickte auf Pritt, sah, daß der ihn und seine Gedanken beobachtete, und wußte, daß er annehmen würde.

Der Boxer

Rod Mahoney schwitzte wie in einem Dampfbad. Er versuchte sich zur Konzentration zu zwingen, aber es gelang ihm nicht.

Der kühle Luftzug, der durch die großen, geöffneten Fenster der Halle strich und Wellen von Waldluft mit hereinbrachte, erleichterte ihn nicht. Er schwitzte stärker als zu Hause in den Llanos, obwohl er seine Heimat im Süden der amerikanischen Region für einen der ödesten und heißesten Landstriche der Welt hielt. Schon als Kind hatte er von den unermeßlichen Wäldern im Norden geträumt, von den Seen und Hügeln. Nun war er bereits seit über einem Jahr hier oben, und er hatte von den Wäldern nicht mehr gesehen als die Schatten der Bäume auf seinem täglichen Trainingsweg.

Eine Serie kurz geschlagener Haken auf die unteren Rippen nahm ihm für einen Augenblick die Luft und rief ihn aus seinen Gedanken zurück.

Er hörte das provozierende Lachen Brewsters und wußte, ohne hinzusehen, daß er den Hut in den Nacken geschoben hatte und die längst erloschene Zigarre von einem Mundwinkel zum anderen wandern ließ.

Jack F. Brewster, dieser Strolch, Gott mochte wissen, wie er hatte Trainer werden können, verdiente sein Geld dadurch, daß er seine Schützlinge gnadenlos im Ring herumhetzen ließ. Er suchte die Sparringspartner seiner Jungen mit Methode aus, das mußte ihm der Neid lassen. Dieser kleine Spanier mit dem breiten Gesicht, dessen Namen er immer wieder vergaß, war viel zu schnell für einen Schwergewichtler.

Dabei schlug er derart hart und überfallartig, daß Rod mit ihm viel mehr Mühe hatte als mit einem Boxer seiner eigenen Gewichtsklasse. Hinzu kam, daß der Spanier kaum zu treffen war, ein ausgezeichnetes Auge und sehr schnelle Reaktionen besaß.

Rod riß die Hände nach oben, versuchte seinen Kopf zu decken und konnte nicht verhindern, daß eine erneute Serie auf Arme und Magenpartie die Luft aus dem Körper pumpte.

Als er zu Brewster hinüberblickte, sah er die höhnisch verzogenen Lippen und wußte, daß er nach dem Sparring eine geharnischte Standpauke zu erwarten hatte. Er verfluchte den Tag, an dem er zugesagt hatte, für die Regionalmeisterschaft zu trainieren. Wie hatte doch Jack F. vor rund einem Jahr gesagt? „Du bist ein Naturtalent, Rod. Innerhalb eines Jahres kannst du um die Regionalmeisterschaft antreten. Und du kannst sie gewinnen. Und dann, mein Lieber, geht es erst richtig los. Die Erdteilmeisterschaft, Interregionalkämpfe und schließlich die Olympischen Spiele. Die ganze Welt steht dir offen, mein Junge.“

Und Rod hatte trainiert, hatte seinen Beruf vernachlässigt und gearbeitet, gearbeitet. Und immer wieder war er in den Ring gestiegen und hatte gewonnen.

Gewiß, er war auf dem Weg nach oben, aber um welchen Preis? Mit einem blitzschnellen Sidestep brachte er sich aus dem Bereich der harten Linken des Spaniers, konnte aber nicht verhindern, daß er am Kinn getroffen wurde. Obwohl er mit der Meidbewegung dem Schlag die Wirkung genommen hatte, kam er ins Straucheln, griff zum Seil und richtete sich wieder auf.

„Wenn du so weitermachst, schaffst du Bannister nie“, begann Brewster zu nörgeln. „Du bist zu langsam ... und zu fett.“

Einmal erklärte Brewster, daß ein Mann der Schwergewichtsklasse mehr Muskeln brauche, das andere Mal fand er ihn zu fett. Brewster war wie ein böser Geist, der ihn nicht aus den Krallen ließ, ständig um ihn war und ihn weiter hetzte.

Zorn stieg in Rod auf. Es wäre für den kleinen vierschrötigen Spanier besser gewesen, auf die Augen des Gegners als auf die Fäuste zu achten. Die erste voll geschlagene Linke fing er mit der Deckung auf, konnte jedoch nicht verhindern, daß sie die Hände bis auf das Gesicht drückte. Die als Doublette folgende Rechte sah er nicht mehr kommen, sie durchschlug die Deckung und fegte ihn aus dem Ring.

Die Betreuer des Spaniers warfen Rod böse Blicke zu. Dieser Schlag hatte mit Sparring nichts mehr zu tun. J. F. Brewster schüttelte den massigen Schädel, schob sich den Hut in die Stirn und verstaute die Zigarre in einer verbeulten Blechdose. Er watschelte aus der Halle, ohne Rod noch einmal anzusehen.

Eine halbe Stunde später stand Rod unter der Brause. Das heiße Wasser, das über den verschwitzten Körper strömte, brachte ihn zu sich selbst zurück. Er hoffte, daß er das Camp heute für ein paar Stunden unbeobachtet verlassen konnte, ohne daß ihm die Presse das Leben schwer machte. Brewster hatte in den vergangenen Monaten intensiv für das gesorgt, was er Publicity und Imagebildung zu nennen pflegte. Er hatte Pressekonferenzen organisiert, Geldgeber, die sich gern als Mäzene bezeichneten, gefunden und Treffen mit potentiellen Gegnern organisiert. Und der im Grunde seines Herzens friedliche Rod hatte sich zum Buhmann machen müssen. Dabei hatte er vor einem Jahr noch geglaubt, das alles sei längst aus dem Boxsport verschwunden. Nun, in der Zwischenzeit hatte er einen Reporter verprügelt, der ihn lächerlich zu machen versuchte, hatte einem seiner späteren Gegner mit Schimpfworten geantwortet, obwohl er weder Lust noch Anlaß dazu hatte, und mußte immer wieder den wilden Mann spielen.

Was ihn aber an der ganzen Sache am meisten verblüffte, war die Tatsache, daß Brewster mit seiner Methode Erfolg hatte. Leider galten in der amerikanischen Region, obwohl es seit Jahren keinen Profisport mehr gab, immer noch die Grundsätze vom Hochdienen eines Boxers. Rod hätte Jahre gebraucht, ehe er sich durch die Reihen derer gekämpft hätte, die nach oben drängten.

Brewsters Methode brachte es zuwege, daß einer der bekannteren Boxer, aufgebracht durch die Pressekampagne, erklärte, er werde diesem Anfänger den Eindruck vermitteln, den eine Maus habe, wenn sie unter eine landende Rakete gerate. Brewster hatte sich daraufhin hinter die Presse gesteckt, reihenweise Artikelserien abgesetzt, die sich mit der persönlichen Feindschaft der beiden Kontrahenten befaßten, und zu guter Letzt auch noch das Fernsehen interessiert. Der Erfolg war, daß Barney Stone, eben jener Mann aus der dritten Reihe, erklärte, er habe es satt, sich ständig von einem Neger verhöhnen zu lassen, Rod solle seinen Kampf haben, er brauche ohnehin wieder mal einen Sparringspartner, an dem er sich austoben könne. Obwohl kein Mensch in der amerikanischen Region mehr daran dachte, einen Neger zu diskriminieren, bauschte Brewster die Bemerkung Stones auf, und es war eigentlich kein

Wunder mehr, daß die Halle in Omaha ausverkauft war. Der Kampf zweier Todfeinde roch nach Sensation, und Sensationen dieser Art waren selten in dem sich langsam festigenden Amerika.

Für Rod war am bedrückendsten, daß er gegen den als guten Boxer geltenden Stone überhaupt nichts hatte, ihn eigentlich gar nicht persönlich kannte und sich vorgenommen hatte, einen ganz normalen Kampf zu liefern. Er kannte sich, wußte, daß er im Kampf ruhig sein würde, und er hoffte, Stone schlagen zu können.

Aber dann kam alles ganz anders. Gereizt durch den Rummel, spuckte ihm Stone während der Vorstellung durch den Refery auf das Trikot. Rod, der das am allerwenigsten erwartet hatte, mußte wohl ein sehr verdutztes Gesicht gemacht haben, denn die Betreuer seines Gegners brachen in schallendes Gelächter aus, das sich schnell ins Publikum fortsetzte. Um sich die eigenen Hände nicht zu beschmutzen, nahm Rod das Handtuch von seines Gegners Schultern und säuberte sich das Trikot.

Das war einfach zuviel für Stone. Blind vor Wut, lief er in die noch nackte, knallharte Rechte des Gegners und war noch vor dem Kampf ein geschlagener Mann. Er lag mehrere Stunden bewußtlos und konnte zu dem festgesetzten Zeitpunkt nicht antreten. Rod wurde zum Sieger erklärt und stieg automatisch in die dritte Kategorie auf, das Publikum und die Presse rasten. Das Fernsehen, da es die zur Übertragung des Kampfes notwendige Zeit nutzen mußte, nahm den Schlag in Zeitlupe auseinander. Mindestens zehnmal übertrug es die explosive Rechte Rods und das beim Auftreffen des Schlages grauenhaft verzogene Gesicht Stones. Der Boxer Rodney Mahoney erlangte an diesem Tage eine traurige Berühmtheit. Der ruhige und friedliche Computertechniker Rodney Mahoney aus dem Institut in Texas aber war gestorben.

Rod betrachtete sich im Spiegel, an dem Tausende von Wassertropfen kondensierten und hinabrannen.

Er blickte in ein schmales dunkles Gesicht mit leicht aufgeworfenen Lippen, das auf einem muskulösen, breit in die Schultern laufenden Hals saß. Die Oberarme ließen unter der spiegelnden Haut eisenharte Muskeln ahnen, aus denen der berühmte Mahoney-Slow kam, ein auf der Außenbahn geschlagener Haken im Zeitlupenstil, hinter dem eine enorme Wucht lag. Lange Zeit hatte kein Mensch begriffen, wieso hinter einem langsam geführten Schlag eine derart vernichtende Wirkung sitzen konnte, und eigentlich begriff es Rod selbst nicht. Er wußte nur, daß dieser Hieb in der Lage war, auch die dichteste Deckung zu zertrümmern.

Er drehte sich vor dem Spiegel mit vor der Brust liegenden Fäusten und beobachtete das Spiel der unter der Haut springenden Muskeln. Er selbst war mit sich und seinem Körper zufrieden, nur J. F. Brewster war es nicht.

Rod riß sich zusammen. Wieder drohte er der Faszination des eigenen Körpers, der eigenen Kraft und Leistungsfähigkeit zu erliegen. Wieder begann er zu fühlen, daß es schön war, der Stärkste, der Beste zu sein, aber er dachte auch daran, wie schwer es war, wie reich an Entbehrungen, ganz nach oben zu kommen, und wie demütigend, sich dabei einem Mann wie Brewster in die Hände geben zu müssen. Gewiß, als Computertechniker dort unten in Texas war er einer unter vielen gewesen, aber er hatte gewußt, daß er nicht nur für sich arbeitete. Nein, er hatte es satt.

Langsam kleidete er sich an. Er wählte lange, ehe er sich für einen leichten hellen Anzug aus Synthesefaser entschied, der mit seiner schwarzen Haut ausgezeichnet kontrastierte. Dann versuchte er die störrischen schwarzen Locken einigermaßen unter Kontrolle zu bringen und schlich sich aus dem Bad. Als er die Treppe zur Garage hinabging, hatte er nur einen Gedanken: Jetzt nur nicht J. F. in die Quere laufen, keine Fragen nach dem Wohin beantworten müssen. Er hatte keine Lust, lange Erklärungen abzugeben. Er wollte den ganzen Trainingsrummel für einige Tage vergessen. Auch dann war noch genügend Zeit, sich für den großen Kampf gegen Lucky Jenkins, Amerikas Nummer eins im Boxsport, vorzubereiten.

Der große Ford sprang mit leisem Raunzen an. Rod trat vorsichtig auf das Gaspedal und ließ den Wagen auf das verschlossene Garagentor zu rollen. Als sich das Tor langsam hob, setzte er sich bequemer zurecht und trat das Pedal durch. Ruckfrei zog der Wagen an, automatisch fielen die Gänge in die optimale Übersetzung. Die Wälder an der Betonpiste nach Lake City schossen mit vibrierendem Summen an den Fenstern vorbei.

Die Straße war ohne Gegenverkehr, aber ziemlich schmal. Zwischen den Bäumen blinkte hin und wieder ein Stück Wasserfläche hindurch. Aus den Augenwinkeln beobachtete er Hunderte von Wasservögeln, die sich auf den weiten Flächen des Sees tummelten. Mehrmals hatte er den Wunsch anzuhalten, aber er tat es nicht. Noch hatte er sich nicht weit genug vom Camp entfernt, um ganz sicher zu sein, daß ihn J. F., der ihn mit Sicherheit suchen lassen würde, nicht doch noch erwischte. Hier, in unmittelbarer Nähe, würde man ihn mit seinem großen, auffälligen Wagen, der noch aus der Zeit vor der Demokratisierung stammte, schnell finden.

Er genoß das Fahren auf der freien Landstraße, ließ den Motor laufen und hatte plötzlich das Bedürfnis zu singen. Er war dem Dicken entkommen, zumindest für einige Tage, und er würde sich erholen können. Wie, das wußte er im Augenblick nicht, eigentlich hatte er kein Talent dazu, nichts zu tun, manchmal kam es ihm vor, als fühlte er sich ohne Hast und Hektik nicht wohl. Wahrscheinlich war das auch der Grund gewesen, daß er seinen Beruf, eine gesicherte Stellung im Institut, aufgegeben hatte und nur zu gern bereit gewesen war, den Bildern zu glauben, die ihm Brewster vorgegaukelt hatte. Dort unten in Mexiko hatte er unauffällig gelebt, hier war er Rod Mahoney, der schwarze Rod.

Manchmal, wenn die Erfolge die Gedanken an die harte Trainingsarbeit verdrängten, hatte er es bedauert, daß es keinen Profisport mehr gab. Er war in diesen Augenblicken sicher, daß er das große Geld verdient hätte. Zwar hatte das Leben eines Boxers im heutigen Amerika noch viel Profihaftes an sich, Geld ließ sich mit Sport jedoch nicht mehr verdienen. Die Region sorgte lediglich für einen gesicherten Lebensstandard. Schließlich mußten die Regeln des Amateurstatus gewahrt bleiben. Aber es gab andere Vorteile. Als Sportler der Extraklasse war man viel auf Reisen, lernte mehr von der Welt kennen als andere junge Leute, und man sah seinen Namen in der Presse, hörte ihn im Rundfunk und Fernsehen.

Jetzt allerdings fragte sich Rod, ob das alles die Strapazen aufwiege.

Etwa vierzig Meilen vor Lake City, als die Straße schon breiter, aber auch, wie in vielen Ortschaften üblich, schlechter wurde, sah er einen Menschen am Straßenrand stehen und mit der bei Tramps üblichen Daumenbewegung auf die weit vor ihm liegende Stadt deuten. Er nahm den Fuß vom Gaspedal und ließ den Wagen langsamer rollen. Im Näherkommen erkannte er ein dunkelhäutiges schlankes Mädchen, das eine formlose Tasche neben sich stehen hatte. Das tiefschwarze Haar fiel ihr lang über die Schultern, die schmal waren und in einer speckigen Wildlederjacke steckten. Die lange Hose aus grobem Tuch ließ ihre ehemals dunkelblaue Farbe hinter verwaschenen, grauen Flecken nur noch stellenweise ahnen. Überhaupt dominierte das verwaschene Grau, auch auf der an Ärmeln und Rückenpasse mit Fransen verzierten Jacke.

Rod fühlte den Impuls, sofort wieder Gas zu geben und vorbeizufahren, aber er bezwang sich, obwohl er aus dem äußeren Eindruck, den das Mädchen machte, unschwer darauf schließen konnte, daß es sich bei ihr um eine Landstreicherin handelte. Die Tatsache, daß er trotzdem anhielt, schob er auf ihre Hautfarbe, die noch einen Schein dunkler war als seine eigene. Außerdem sagte er sich, daß es vielleicht interessant sein könnte, einen Menschen kennenzulernen, der, wie noch vor Jahren so viele, ohne Arbeit durch das Land zog, sich sein Brot mit wer weiß welchen Tricks verdienend.

Als der Ford neben ihr ausrollte, warf sie die Tasche mit kräftigem Schwung auf den Rücksitz und flankte, ohne auf das Öffnen des Wagenschlages zu warten, über die Tür auf den freien Vordersitz.

„Gottverlassene Gegend!" stellte sie zur Begrüßung fest und hielt ihm die schmale Rechte entgegen. Sie sah ihn nicht an, sondern schaute angestrengt durch die Scheibe auf die Stadt, der sie sich näherten. Trotzdem fiel ihr auf, daß Rod eine Zehntelsekunde zu lange zögerte, ehe er ihre Hand ergriff. Jetzt blickte sie ihn an, warf das Haar zurück und zog die Mundwinkel herunter. Etwas Feindseliges kam in ihr Gesicht.

„Hab mich eigentlich jeden Tag irgendwo gewaschen", fauchte sie. „Und im übrigen sieht man den Dreck auf deiner Haut genauso schlecht wie auf meiner."

Rod fühlte, daß ihm das Blut ins Gesicht stieg. Er war froh, als sie wieder nach vorn blickte.

Sie hatte große dunkle Augen und ein schmales Gesicht, aus dem die Backenknochen ein wenig hervorsprangen. Ihre Brauen waren zusammengezogen, und kleine Falten standen über der Nasenwurzel. Sie hätte ihm gefallen können, wäre sie nicht in diesem entsetzlichen Aufzug herumgelaufen.

„Fertig mit dem Urteil?" fragte sie, ohne den Kopf zu wenden. „Und was ist dabei herausgekommen? Feuerst du mich wieder hinaus?"

Er mochte diesen gewollt burschikosen Ton nicht. Und eigentlich paßte er auch nicht zu ihr. Genausowenig, wie diese Kleidung zu ihr paßte. Sie schien anders zu sein, als sie äußerlich wirkte. Irgend etwas sagte ihm, daß sie ein netter Kerl sein mußte.

„Quatsch!" brummte er. „Was geht es mich an, wie Sie sich unter die Menschen wagen? Meinetwegen können Sie sich einen Papiersack überziehen. Ich habe nichts dagegen."

„Fatzke!" zischte sie.

„Angenehm! Rodney Mahoney!" stellte er sich vor.

Ihr Gesicht wurde einen Schein freundlicher. „Nicht schlecht gekontert. Ich heiße Betty Summer."

„Gekontert" hatte sie gesagt. Wie kam sie zu Spezialausdrücken aus dem Boxsport?

„Wissen Sie, wer ich bin?“ fragte er.

Sie zog die Brauen hoch. Es sah aus, als denke sie angestrengt nach. Dann lächelte sie plötzlich und zeigte dabei zwei Reihen ebenmäßiger weißer Zähne. Das machte sie unerhört sympathisch. Gleich darauf aber schlug sie sich mit der Hand vor die Stirn und zog wieder die Mundwinkel herab. Abschätzend sah sie ihn an.

„Natürlich!“ erklärte sie. „Daß ich nicht gleich darauf gekommen bin. Du bist doch das Großmaul. Mahoney, der Lucky Jenkins aus dem Ring werfen will und schon Angst vor der Flasche Stone hatte.“

Rod schnappte nach Luft. Er war schockiert. Daran änderte auch die Tatsache nichts, daß sie zum erstenmal mehrere zusammenhängende Sätze zuwege gebracht hatte. Auch jetzt mußte er wohl ein sehr dummes Gesicht gemacht haben, denn sie lachte schallend.

„Wer hat Ihnen erzählt, daß ich Angst vor Stone hätte?“ fragte er wütend.

Sie blickte ihn mit schief gehaltenem Kopf an. In ihren Augen blitzte es, als sie ihm erklärte, er sei schließlich, noch bevor der Kampf damals begonnen habe, auf Stone losgegangen und habe ihn zusammengeschlagen, ehe der andere an Gegenwehr überhaupt habe denken können.

Diese Darstellung war ihm nicht unbekannt. Stones Trainer hatte sie über einige Zeitungen verbreiten lassen, die es mit der Wahrheit nicht genau nahmen. Daß er diese Lüge aber aus ihrem Mund hören mußte, wurmte ihn, ohne daß er sagen konnte, wieso. Schließlich war ihre Bekanntschaft erst wenige Minuten alt, und normalerweise konnte es ihm einerlei sein, was sie über ihn dachte. Er schwieg, weil er es für unter seiner Würde hielt, sich gegen derartig unsinnige Darstellungen zu verteidigen.

Aber der Gedanke, daß sie anders war, als sie sich gab, ließ ihn nicht los. Mit Mädchen glaubte er sich auszukennen. Der provokative Ton paßte nicht zu ihr. Er beschloß, die Probe aufs Exempel zu machen.

„Bestimmt sind Sie das Kind wohlhabender Eltern, das sich und anderen beweisen will, daß es auch ganz gut allein zurechtkommen kann“, sagte er und war ziemlich sicher, das Richtige getroffen zu haben. Trotzdem verblüffte ihn ihre Reaktion.

„Du bist genauso ein Affe wie all die anderen, die sich einbilden, in einer intakten Gesellschaft integriert zu sein, und die doch immer noch in genau derselben Tasche stecken, aus der sie auch früher nicht herauszugucken wagten.“ Sie fauchte ihn an. Ihre Augen funkelten erregt.

Rod protestierte vage, mit nichts anderem als einer lauen unbestimmten Handbewegung, aber sie fuhr schon fort, ein wenig ruhiger: „Ganz unrecht hast du nicht. Meine Eltern sind wohlhabend. Sie haben ein kleines und ein großes Auto, ein Haus in der Stadt und eins auf dem Lande . . ., und sie bilden sich ein, damit bewiesen zu haben, daß sie das Leben meistern können. Sie halten sich für unfehlbar. Dieser scheinbare Erfolg läßt sie glauben, nur ihre Methode gelte etwas in der Welt. Alles andere möchten sie sich unterordnen, sich und ihrem Stil, ihr kleines, mieses Leben zu meistern."

Sie war wütend und böse wie ein unartiges Kind. Eben noch hatte sie ihn von ganzem Herzen ausgelacht, und jetzt standen Tränen der Wut in ihren dunklen Augen.

Rod blickte angelegentlich auf die Straße. Er gab sich den Anschein, als horche er konzentriert auf den Lauf des Motors, und versuchte doch, sie von der Seite zu beobachten. Er verspürte etwas wie Achtung vor diesem Mädchen, das sich das Leben nicht leicht machte. Sie trat für ihre Ansichten von überholten gesellschaftlichen Begriffen ein und versuchte das nach außen durch ungewöhnliche Kleidung und rüde Redeweise zu dokumentieren. Dabei wußte sie sich, wenn es darauf ankam, ausgezeichnet auszudrücken, das hatte sie eben bewiesen.

Es gab nicht mehr viele dieser überkritischen jungen Menschen, die ihre gesellschaftlichen Ideale von heute auf morgen erreichen wollten, und vielleicht auch bedurfte die neue Zeit ihrer nicht mehr. Sie wandelte sich stetig und schmerzlos.

Er dachte an seine eigene Jugend in dem kleinen Dorf an der Grenze zu Mexiko, einem Dorf, das ebenso grau war wie seine Bewohner. Dort, in diesem von der heißen Sonne ausgedörrten Landstrich, wo sich der Unterschied zwischen Schwarz und Weiß äußerlich durch die Sonne und den Dreck, innerlich durch die Armut verwischte, hatten sie gelebt. Sein Vater, seine Mutter und seine Geschwister. Vater beteuerte ständig, daß es ihnen früher viel schlechter gegangen sei, aber er machte vor den gleichen Leuten einen Diener, vor denen er früher auf dem Bauch gelegen hatte. Es dauerte Jahre, ehe sich die Menschen an die neue Zeit gewöhnt hatten, ehe sie begriffen hatten, daß Schule nicht bedeutet, die Arbeitskraft der Kinder für einige Stunden am Tag zu verlieren, sondern daß sie das Rüstzeug für freie Menschen vermittelt, die einander in die Augen sehen können. Hunderte ähnlicher Probleme mußten überwunden werden, und das brauchte Zeit.

„Es gibt Leute, denen es schlechter gegangen ist als Ihnen", sagte er aus seinen eigenen Gedanken heraus und spürte sofort ihre Ablehnung.

Sie schüttelte den Kopf. „Man muß zu unterscheiden wissen zwischen äußerer und seelischer Armut."

„Hunger, Schläge und Dreck sind schlimmer als das Akzeptieren überkommener Vorstellungen mit vollem Bauch. Glauben Sie mir das!"

Ein Seitenblick belehrte ihn, daß sich ihr Zorn keineswegs gelegt hatte.

„Eine ausgezeichnete Einstellung!" zischte sie. „Ich sagte dir schon einmal, daß ich dich für einen Feigling halte. Hiermit wiederhole ich es."

Rod hob die Schultern. „Einverstanden!" Er nickte. „Ich bin ein Feigling, und Sie wissen nicht mehr weiter. Wollen wir es damit genug sein lassen?"

Sie blickte geradeaus, ohne zu antworten. Es war schwer an sie heranzukommen.

Er ließ sie mit ihren Gedanken allein. Vielleicht würde sie wieder zum Ausgangspunkt ihres Streites zurückfinden, zu dem normalen Wunsch eines Menschen nach einem Leben voller Inhalt, voller Aufgaben und der Freude am Geschaffenen.

Hatte denn er selbst damals anders gehandelt, als er das kleine, aufblühende Dorf verließ? War nicht auch er aus dem Kreis derer ausgebrochen, die sich freudig in den Dienst der neuen Gesellschaft stellten, auch wenn sie dabei ihr eigenes Ich in den meisten Fällen mehr oder weniger im Vordergrund sahen? Hatte er nicht diese Welt, die jeden brauchte, gegen eine andere eingetauscht, gegen eine der Scheinerfolge?

Fern kamen die ersten Flachbauten der Stadt in Sicht. Es war eine Stadt, wie es viele im Nordosten der amerikanischen Region gab. Ehemals hatte sie fast ausschließlich aus kleinen Reihenhäusern bestanden, deren Abstände zum Stadtrand hin immer größer wurden, mit vielen kleinen Kirchen und einigen wenigen schloßähnlichen Villen in verkitschtem Baustil, mit zergliederten Fassaden und Spitztürmchen. Draußen vor der Stadt standen die Fabriken mit qualmenden Schloten und rasselnden Sägegattern.

Heute war die Stadt anders. Zwar gab es noch die kleinen Kirchen und die Reihenhäuschen, die qualmenden Schlote und die rasselnden Gatter, aber in der Stadt standen einzelne glatte Betonklötze mit blitzenden Fassaden aus Glas und Metall, mit wuchernden Dachgärten und grünen Balkonen. Zum Rande der Stadt hin, dort wo es genügend Platz gab, wurden die Häuser flacher und breiter, die Gärten größer und vielgestaltiger. Wie in den Menschen der Region Altes und Neues nebeneinander lebte, so verband sich auch in der Stadt Altes und Neues zu einem nun schon gewohnten Bild.

Rod blickte zur Seite. Das Mädchen saß nachdenklich mit hängenden Schultern neben ihm. Es sah aus, als sei sie kleiner geworden. Immer noch starrte sie geradeaus, vielleicht, ohne dabei die Bäume und Häuser zu sehen. Um ihre Mundwinkel zuckte es.

„Und was wollen Sie jetzt mit sich anfangen?“ fragte er, und er war gar nicht verwundert, als sie plötzlich zu schluchzen begann. Er kam sich überflüssig vor oder wie einer, der ein fremdes Gespräch belauscht, obwohl er genau weiß, daß es nicht für seine Ohren bestimmt ist, und er wußte, daß er nichts gegen die Tränen des Mädchens unternehmen konnte. Vielleicht war das gut so.

Heulen befreit von seelischen Schlacken, sagte er sich, und er dachte daran, wie oft er früher gewünscht hatte, sich richtig ausheulen zu können, aber Männer durften nicht heulen.

Als sie den Stadtrand von Lake City erreichten und die ersten Fassaden der mächtigen Betonquader an ihnen vorbeiflogen, zog sie ein viel zu großes Taschentuch aus der Hosentasche und schneuzte sich geräuschvoll. Dann versuchte sie das Tuch zurück in die Tasche zu schieben, aber es gelang nicht sofort. Kein Wunder bei der engen Hose und den Schalensitzen, sagte er sich. Ihr schmaler Körper verschwand fast in der weichen Polsterung. Sie stemmte sich mit dem Rücken gegen die Lehne und hob das Gesäß an.

Rod schielte zur Seite. Wenn man glauben durfte, was die eng sitzende, speckige Lederjacke ahnen ließ, dann mußte Betty eine erfreulich gut gewachsene junge Frau sein.

Nachdem sie das umfangreiche Tuch endlich bis zum letzten Zipfel verstaut hatte, bemerkte sie seinen Blick.

„Halt an!“ sagte sie. „Es ist besser, wenn ich von hier aus laufe!“

Rod schüttelte den Kopf. Den Fuß ließ er fest auf dem Gaspedal. „Bleib sitzen!“ bat er, ohne zu bemerken, daß auch er zum Du übergegangen war. „Es gibt etwas, das uns beide verbindet.“

Sie sah ihn fragend an, und er mußte einen Augenblick überlegen, um die richtige Formulierung zu finden. Ihre Augen waren wach und kritisch, durch die letzten Tränen schimmerte schon wieder der Spott.

„Sieh mal“, begann er vorsichtig, „ich hatte einen sicheren Job in einem

kleinen Ort an der texanischen Grenze, ganz in der Nähe meines Heimatdorfes. Ich habe eine gute Schule besucht und etwas gelernt, eben ein sauberes, gutes Leben ... Und ich habe es aufgegeben, weil ich etwas erleben wollte. Genau wie du."

Sie warf die Lippen auf. „Und was hast du erlebt? Hast du etwas anderes gegen deinen sicheren Job eingetauscht als Beulen und blaue Flecke?"

„Na eben! Nichts anderes wollte ich dir klarmachen. Dir wollten deine Eltern ihren eigenen Lebensstil aufzwingen, und ich mußte meinem Trainer oder Manager gehorchen, ob ich wollte oder nicht."

„Du Armer!" Sie konnte tatsächlich schon wieder spotten. „Weshalb sagst du, daß du ihm gehorchen mußtest? Du wirst ihm weiter gehorchen müssen. Oder habt ihr euch getrennt?"

„So kann man es auch nennen!"

„Begreife ich nicht! Ich denke, diese Schmarotzer sind die Seele vom Geschäft."

Rod lachte. „Das stimmt haargenau. Aber ich bin ausgekniffen. Einfach ins Auto gesetzt, Gas gegeben und weg." Jetzt freute er sich diebisch, wenn er an Brewsters Gesicht dachte. Bestimmt war J. F. ziemlich ratlos.

„Er wird einen anderen finden", sagte sie. „Solche Leute haben nicht nur ein Eisen im Feuer."

Ein wenig verdroß ihn, daß sie annahm, Brewster würde schnell Ersatz für seinen besten Mann finden. Einige Minuten schwiegen sie beide.

„Und was willst du jetzt anfangen?" fragte sie schließlich und betonte das Du, als wolle sie ihm seine Frage zurückgeben. „Jetzt, nachdem du dir die Freiheit ertrotzt hast."

Er spürte den Spott, aber er ging nicht darauf ein. „Ich werde ausspannen, nicht trainieren, Urlaub machen, tun, was mir gefällt", antwortete er.

„Du hast doch wenigstens eine Perspektive", stellte sie sarkastisch fest und angelte nach dem Türdrücker.

Rod trat auf das Gaspedal. Der Wagen zog sanft an. Er faßte nach ihrem Arm und schaute sie einen Moment lang an, eben so lange, wie er es sich bei den fast leeren Straßen leisten konnte.

„Bleib bitte!" sagte er zum zweitenmal. „Vielleicht sollten wir zusammenbleiben."

Mit einem energischen Ruck riß sie sich los. „Ihr seid alle gleich! Glaubt nur befehlen zu müssen und meint, alles andere ergäbe sich dann schon von selbst. Aber bei mir nicht, Großmaul! Ich suche mir schon die Menschen, mit denen ich rede, genau aus. Bei denen, an die ich mich anschließe, bin ich noch viel vorsichtiger. Also, schlag dir das aus dem Kopf!"

Wieder griff sie zum Türöffner, aber diesmal hielt Rod sie nicht zurück. Sie konnte nicht aussteigen, der Wagen war viel zu schnell. Wohl oder übel mußte sie bei ihm bleiben. Er sah, daß sie wieder in sich zusammenkroch.

Es dauerte lange, ehe er sie erneut ansprach, da er befürchtete, sich eine weitere Abfuhr zu holen. Es schien Dinge zu geben, über die man mit ihr nicht sprechen konnte.

„Du weißt selbst, daß du dein derzeitiges Leben satt hast", sagte er leise. „Du würdest viel lieber wieder in einigermaßen geordneten Verhältnissen leben, du willst es nur nicht zugeben."

Ihre Augen wurden schmal. „Und welche Verhältnisse meinst du?" fragte sie. „Drei Tage oder eine Woche oder einen Monat mit dir. Zum Ausspannen!"

Er schüttelte den Kopf, aber mehr als „Quatsch!" brachte er nicht heraus.

Lange fiel kein Wort mehr. Erst, als der Verkehr in der Stadt dichter wurde und Rod Mühe hatte, den Wagen durch die engen Straßen der City hindurchzusteuern, begann sie plötzlich zu sprechen, leise, wie zu sich selbst.

„Du wirst es vielleicht nicht glauben, aber auch ich habe einen ordentlichen Beruf. Ich bin Biologin."

„Und warum hast du ihn aufgegeben?"

Sie antwortete mit einer unbestimmbaren Geste mit beiden Händen. „Ich weiß es nicht. Vielleicht war es das gleiche wie bei dir."

Na bitte! wollte er sagen, also doch Gemeinsamkeiten, aber sie wehrte ab. „Nein, nein! So einfach ist das nicht. Ich hatte nicht wie du etwas Besseres in Aussicht. Ich hatte es einfach satt, immer wieder die gleichen Versuchsreihen durchzugehen, jahrelang immer die gleichen Pflanzen, und drauf zu warten, daß eine oder mehrere besser sind als die, aus denen sie hervorgegangen sind. Mir kam diese Arbeit stumpfsinnig vor."

Rod wußte keine Antwort. Sollte er ihr sagen, daß schließlich jede Arbeit getan werden müsse, ausgerechnet er?

„Schließlich hatte ich drei Jahre Studium hinter mir", fuhr sie fort. „Ich hatte bestimmte Vorstellungen von meiner Arbeit. Aber vielleicht waren es auch nur Träume. Meine Eltern waren dagegen, daß ich nach Frisco ging, die Großstadt war ihnen ein Greuel."

„Aber sie mußten doch nicht mit nach Frisco", sagte Rod.

Sie lachte auf und tippte sich an die Stirn.

„Du begreifst nicht! Meine Eltern und die Großstadt. Eine absurde Vorstellung. Nein, mein Lieber! Auch mich wollten sie nicht gehen lassen!"

„Aber warum denn nicht?"

„Sie hatten Angst! Begreifst du denn nicht? Sie hatten Angst, ich könnte an einen geraten, der ausspannen will, an einen wie dich!"

Rod blies die Backen auf. „Mich laß aus dem Spiel. Deine Eltern hatten, wie ich feststelle, ganz ausgezeichnete Erfolge mit ihrer Erziehung. Ihre behütete Tochter hält auf der Straße fremde Männer mit Auto an."

Er fühlte plötzlich, wie sie wieder in Zorn geriet, aber dann wandte sie sich ab und zuckte die Schultern. „Jetzt sage ich dir zum drittenmal, daß ich dich für einen Feigling halte. Wäre dem nicht so, ich hätte dich nie gebeten, mich mitzunehmen."

Das war zweifellos stark. Es war so stark, daß Rod sie entsetzt anblickte. Da sah er, daß sie lachte, und plötzlich war er froh, sich an ihrem Lachen beteiligen zu können, auch wenn es auf seine Kosten ging. Sie war ihm sympathisch, sehr sogar. Ein Mädchen, das aus einem Kreis, der ihr nicht mehr behagt, ausbricht, um sich ein neues Leben aufzubauen, mußte ihm in seiner Situation einfach gefallen. Solche Menschen waren im heutigen Amerika mit seinen geordneten Lebensbereichen selten geworden. Und daß sie ihren richtigen Platz noch nicht wieder gefunden hatte, störte ihn nicht, denn schließlich ging es ihm nicht anders.

Wenn es an ihm liegen würde, dann würden sie beide sehr bald ihren festen Platz in der Gesellschaft finden, und möglichst in unmittelbarer Nähe zueinander.

Vor einem großen Hotel mit schneeweißer Fassade ließ er den Wagen ausrollen. Wie ein mächtiges Froschmaul schob sich die Empfangshalle auf den Parkplatz. Sie stiegen aus, und Rod gab dem Parkwächter die Wagenschlüssel, damit er den Ford in die Tiefgarage fahren konnte. Die verwunderten Blicke, mit denen der junge Mann in der gut geschnittenen Livree dem jungen dunklen Mädchen in der abgetragenen und außergewöhnlichen Kleidung nachsah, beachtete er nicht, aber er konstatierte mit Genugtuung, daß Betty die abgewirtschaftete formlose Ledertasche, die sie schon aus dem Auto genommen hatte, wieder auf den Rücksitz warf, bevor sie ihm nacheilte.

Die große helle Vorhalle, die sie betraten, war kühl, und es roch nach allen möglichen Duftstoffen, die über die Klimaanlage in den Raum geblasen wurden.

Er trat an den breit geschwungenen Tisch der Rezeption, ohne sich um die konsternierten Blicke der jungen Hostessen zu kümmern, die seine Begleiterin mit gerunzelter Stirn musterten.

„Zwei Einzelzimmer im dritten Stock!“ verlangte er, und die junge Dame hinter dem Tisch hielt wortlos die Hand auf, um die beiden Pässe der Gäste, die ihr wohl nicht ganz geheuer schienen, in Empfang zu nehmen.

Rod blickte Betty fragend an, aber sie zog wortlos das Dokument aus der Brusttasche ihrer Lederjacke und reichte es der Hostesse, die damit offensichtlich zufriedengestellt war, denn Rods Ausweis würdigte sie keines Blickes mehr.

Wortlos schob sie Betty die Hotelkarte und einen mit einer gewaltigen Kugel verzierten Schlüssel zu.

Es dauerte einige Sekunden, bis Rod ebenfalls Schlüssel und Karte in Empfang nehmen konnte. Die Hostesse schien warten zu wollen, bis sich Betty auf dem Weg zum Fahrstuhl außer Hörweite befand.

„Sie können mit der jungen Dame nicht in dieser Kleidung...“, sagte sie, aber Rod winkte ab.

„Schicken Sie ihr einige Kleider zur Auswahl auf das Zimmer und setzen Sie sie mir mit auf die Rechnung.“ Plötzlich kam er sich wie ein Krösus vor.

Am Fahrstuhl holte er Betty ein. Sie hatte auf ihn gewartet.

Mit ihren großen Augen blickte sie ihn fragend an. „Haben sie dir gesagt, daß ich kein Umgang für einen anständigen Menschen bin?“

Er spürte Unsicherheit in ihrer Stimme und freute sich fast ein wenig darüber.

„Wir werden sie eines Besseren belehren.“ Mit diesen Worten hakte er sie unter und schob sie zum Lift.

Auch in der engen Kabine funktionierte die Klimaanlage ausgezeichnet. Man war in keinem Punkt sparsam gewesen bei der Einrichtung des Hotels „Sunside-Beach“. Alles war wohlausgewogen und sauber. Fast zu sauber, fand Rod. Es wirkte nahezu steril. Aber er würde sich hier mit Sicherheit ausgezeichnet fühlen.

Er betrachtete seine Begleiterin, als sie vor ihm den Lift verließ und stellte sie sich in neuen Kleidern vor, mit kurzem Rock, schmalen hochhackigen Schuhen und heller Bluse. Sie würde ausgezeichnet aussehen, fand er, und plötzlich fiel ihm ein, daß sie vielleicht häßliche Beine hatte. Möglicherweise trug sie nur deshalb lange Hosen. Aber nein, das war kompletter Unsinn. Die Hosen gehörten einfach zu ihrem sonstigen Aufzug, man konnte daraus nicht auf unschöne Beine schließen.

„Wir treffen uns um neun in der Bar", sagte er und wunderte sich über seine eigene Sicherheit, die schon erstaunlich war, wenn man bedachte, daß er derartige Hotels bisher nur in Begleitung seines Managers besucht hatte.

Er schloß die Zimmertür hinter sich, ohne Betty zu ihrem eigenen Zimmer zu begleiten. Nicht einmal auf eine Antwort hatte er gewartet. Gleich darauf spuckte der Speziallift seinen Koffer aus. Er lächelte bei dem Gedanken an das Gesicht Bettys, die im selben Augenblick einer Kollektion von Kleidern gegenüberstehen würde, die sie nicht bestellt hatte. Er durfte nur hoffen, daß sie nicht sauer reagierte.

Rod zog sich nicht um. Er wußte, wie gut ihm der helle Anzug stand. Er machte sich ein wenig frisch, wusch sich die Hände und betrat viel zu zeitig die Bar. Sie befand sich unmittelbar unter dem flachen Dach des Gebäudes und konnte mit Hilfe einer hydraulischen Anlage nach oben geöffnet werden, indem man in lauen Nächten einfach die Decke des Raumes anhob oder gar sektionsweise zur Seite schwenkte.

Um diese Zeit, am frühen Abend, war die Bar fast leer. Auf dem Podium neben dem Bartresen mit seinen gepolsterten Hockern, die mit ihrem schlanken Bein und der gewölbten Sitzschale eher wie skurrile Aschenbecher aussahen, langweilten sich die Musiker. Sie stimmten ihre Instrumente und ließen es darauf ankommen, den wenigen Gästen mit ihrem Gekratze einen Vorgeschmack des Kunstgenusses zu geben, der am Abend ihrer harrte.

Rod warf sich in einen Sessel in der Nähe eines Tisches. Der Tisch war klein und rund und wurde von den zwei gewaltigen Sesseln fast erdrückt.

An der Bar lehnte ein Kellner, der in seiner phantastischen Livree aussah, als habe er sich zu einer Parade in einem der kleinen südamerikanischen Zwergstaaten gerüstet. Vielleicht war er auch früher ein General in einem dieser Ländchen gewesen, und nun hatte ihn die Zeit seines Hobbys und der damit verbundenen Einnahmen beraubt. Rod fühlte das Bedürfnis, über seine Gedanken zu lachen, aber er bezwang sich. Er ließ seinen Blick über die Tressen und Schnüre wandern und versuchte, den verschlungenen Linien mit den Augen zu folgen.

Schließlich stemmte sich der „General" mit dem Rücken vom Tresen ab und kam mit langen, schleichenden Schritten herüber. Seine Verbeugung war knapp und hoheitsvoll und klassifizierte Rod nicht eben günstig.

„Whisky!" murmelte Rod und beobachtete, wie der Ober langsam kehrtmachte.

„Mit Eis!"

Der General verharrte einen Augenblick, ging dann aber weiter, quer über das Parkett. Er murmelte der Bardame, einer großen, schlanken Blondine, einige Worte zu, und sie blickte herüber, lächelte. Dann bückte sie sich, um ein Glas hinter der Bar hervorzunehmen, und Rod blickte zur Seite. Gleich darauf tat es ihm leid, und er schwor sich, einen zweiten Whisky zu bestellen.

Langsam füllte sich die Bar. Die Musiker begannen die ersten zusammenhängenden Töne zu erzeugen, die sich indes nicht wesentlich von dem unterschieden, was sie beim Stimmen ihrer Instrumente zuwege gebracht hatten. Einzelne Paare bewegten sich, eng aneinander geschmiegt, auf der Tanzfläche, und der Kellner mußte mit säuerlicher Miene Umwege machen.

Am Nebentisch stieß ein junger Mann, etwa in Rods Alter, er war ihm durch ein buntes Tuch, das er um den Hals trug, aufgefallen, einen schrillen Pfiff aus. Rod folgte dessen Augen mit dem Blick.

In der Tür stand eine junge, sehr schlanke dunkle Dame in einem nachtblauen Kleid. Sie trug, wie Rod im Dämmerlicht erkennen konnte, das schwarze Haar gescheitelt und zu einem Knoten zusammengenommen.

Plötzlich stutzte er. Das war doch wohl nicht möglich! Diese elegante junge Frau war Betty, Betty Summer, die in langen Hosen und speckiger Lederjacke Leute mit Auto anhielt. Er sprang auf und eilte ihr um die Tanzfläche entgegen. Unterwegs lief ihm der General zwischen die Beine, und sie hatten Mühe, aneinander vorbeizukommen. Rod bewunderte ihn, wie er das Tablett mit den gefüllten Gläsern ausbalancierte. Dann stand er vor Betty und bot ihr den Arm.

„Sie sind doch ein Fatzke!" sagte sie, und ihn störte der Fatzke weniger als das Sie.

Er führte sie durch das Gedränge, aufmerksam darauf bedacht, ihr einen Weg zu bahnen. Der Kellner paßte diesmal auf und trat zur Seite.

„Noch einen Whisky!" murmelte ihm Rod zu und verbesserte sich, als sich der Ober vor Betty verneigte. „Zwei Whisky, bitte!"

Der Kellner blickte ihn an und lächelte, wie es schien, zum erstenmal an diesem Abend.

Betty nahm in dem großen weichen Sessel Platz. Sie hatte bisher nichts weiter zu ihm gesagt als das mit dem Fatzke, aber Rod wußte, daß damit die Angelegenheit mit den Kleidern so gut wie erledigt war. Sie hatte sie angenommen, ohne sich zu zieren oder ihm Vorwürfe zu machen, wie er es eigentlich befürchtet hatte.

Er betrachtete ihre langen Beine, die sie wie selbstverständlich übereinandergeschlagen hatte. Sie folgte seinem Blick und lächelte.

„Na, zufrieden?“ fragte sie und blickte ihn an, bis der Kellner mit strahlendem Lächeln zwei volle, dicke Gläser vor ihnen auf den Tisch stellte.

Rod tanzte den ganzen Abend mit Betty. Nur einmal hatte der junge Mann vom Nebentisch, der Mann mit dem bunten Tuch, das Glück, sie vor ihm zum Tanz zu bitten. In der darauffolgenden Viertelstunde langweilte sich Rod entsetzlich.

Auch er war wieder zum distanzierten Sie übergegangen und hatte überhaupt das Gefühl, ein anderes Mädchen vor sich zu haben als vorher im Wagen.

Gegen Mitternacht lud er sie an die Bar ein und freute sich, als sie ihm den Wunsch nicht abschlug. Sie tranken Sekt, und Rod hatte keinen Blick für die blonde Barfrau hinter dem Tresen. Betty hatte ganz von selbst ihren Kopf an seine Schulter gelegt.

Die Musiker spielten den Tiger-Blues, und Rod fand, daß er selten so gute Musik gehört hatte. Er nahm sogar in Kauf, daß der fahlblonde, gealterte Playboy am Schlagzeug seine schadhaften Zähne entblößte und mit Inbrunst behauptete: „The Tiger-Lady is crasy, oh, she is crahahasy.“

Betty zog ihn zur Tanzfläche, und Rod hielt ihre Hand fest, als habe er Angst, sie könne in der Menge der Tanzenden verlorengehen. Er spürte den geschmeidigen Körper des Mädchens unter dem dünnen Kleid und drückte sie sanft an sich. Sie sah ihn aus großen Augen an, und er entdeckte einen Schimmer in ihnen, der ihn begeisterte. Sie schob ihn nicht von sich, sondern schien sich eher noch fester an ihn zu schmiegen. Sie tanzten langsam und mit Hingabe.

Später fiel ihm auf, daß sie immer öfter und manchmal bei den nichtigsten Anlässen zu lachen begann. Dabei legte sie wieder den Kopf an seine Schulter und lächelte ihn an. Sie hatte volle Lippen und weiße, ein wenig große Zähne.

Es war ein herrlicher Abend.

Als sie die Bar verließen, stand in der Tür ein großer, vierschrötiger Kerl. Er hatte den Binder heruntergezogen und den obersten Hemdknopf geöffnet. Man hatte den Eindruck, daß es ihm zu heiß sei und er sich auch aus irgendwelchen anderen Gründen nicht wohl fühle. Es schien Rod, als starre er ihn unverwandt und viel zu lange an. Er hätte den Kerl mit einer Handbewegung zur Seite schieben können, zog es aber vor, sich an ihm vorbeizudrücken. Als Betty durch die Tür treten wollte, machte der Vierschrötige von selbst Platz.

Nach einigen Schritten konnte Rod dem Wunsch, sich nach dem Dicken umzublicken, nicht widerstehen. Ihm schien, als habe er eben mit dem Kellner getuschelt und dabei hinter ihnen hergeblickt. Jetzt standen die beiden zusammen in der Tür und bemühten sich, möglichst unbeteiligte Gesichter zu machen.

Als Rod und Betty vor der Tür zu Bettys Zimmer angekommen waren, beging Rod eine Dummheit, die er in den folgenden Tagen aus mehreren Gründen bereute. In einem Anfall von Wohlerzogenheit wünschte er Betty gute Nacht und ging auf sein Zimmer, obwohl oder gerade weil er erkannte, daß sie das zuallerletzt erwartet hatte.

Die nächste halbe Stunde brachte er damit zu, sich ihre Gedanken auszumalen, aber er konnte sich nicht darüber klarwerden, ob sie ihn für anständig oder dumm halten würde.

Als er einschlief, wurde es vor dem Fenster bereits hell. Ihm fiel noch ein, daß er auf seine Träume achten müsse, da das, was man in der ersten Nacht in einem neuen Bett träumt, nach einem alten Volksglauben in Erfüllung gehen sollte.

Rod boxt gegen Lucky Jenkins. Es ist ein ungleicher Kampf, und er steht auf verlorenem Posten. Das Seil des Ringes schneidet in seinen Rücken und bereitet ihm unsägliche Schmerzen. Die trommelnden Schläge des Zweieinhalb-Meter-Riesen, der vor ihm steht, fühlt er nicht, obwohl sie mit schmetterndem Krachen in der Halle widerklingen. Rods Arme scheinen in einem klebrigen Brei zu stecken. Seine Hände, die den Kopf des turmhoch über ihm stehenden Gegners ohnehin nicht erreichen können, werden kurz vor dem massigen Körper des Weltmeisters auf geheimnisvolle Weise abgestoppt. Dabei scheint Jenkins nicht Jenkins, sondern der Vierschrötige aus der Bar zu sein. Und im Publikum sitzt Betty und hat die Hände vor das Gesicht geschlagen.

Einer der Schläge des Vierschrötigen fegt Rod von den Beinen. Er bemerkt mit Befremden, daß sich der Ringrichter neben ihn auf den Ringboden setzt und mit der Faust zum kleinen Einmaleins den Takt schlägt. Und er schlägt laut und anhaltend, und er schlägt viel zu schnell. Er muß schon längst bei „neun“ vorbei sein.

Aus dem Publikum aber hört Rod Betty mit völlig veränderter Stimme schreien: „Aufwachen! Mahoney, aufwachen!“

Und plötzlich weiß er, daß diese groteske Situation keine Wirklichkeit sein kann. Es muß ein Traum sein, und er muß sich zum Aufwachen zwingen.

Er schaffte es tatsächlich, aber der Ringrichter hämmerte weiter, und auch die Stimme, die ihn zum Aufwachen aufforderte, blieb. Rod sprang aus dem Bett und öffnete. Vor der Tür stand der Vierschrötige und hob gerade die Faust zu einem neuen Schlag. Blitzschnell duckte Rod ab, aber der Mahoney-Slow, der als Reaktion einfach kommen mußte, blieb wie im Traum auf halbem Wege stecken, als er merkte, daß die erhobene Hand nicht ihm, sondern der Tür gegolten hatte. Er sah, daß hinter dem Vierschrötigen zwei Polizisten standen, und er begann sich zu wundern, zu gleicher Zeit aber hörte er auch auf, an eine Verwechslung zu glauben.

Vollends beseitigt wurden seine Zweifel, als der Dicke mit einer Stimme, der er mit äußerster Mühe einen leutseligen Klang zu geben versuchte, fragte: „Mahoney?“

Rod nickte.

„Rodney?“ fragte der Dicke weiter und trat ins Zimmer. Die beiden Polizisten kamen näher. Irgendwo auf dem Flur wurde eine Tür geöffnet, und Rod hoffte, daß es nicht die Bettys war. Der Dicke zog einen eingesiegelten Ausweis aus der Jackentasche und hielt ihn Rod unter die Nase. Man konnte nicht erkennen, um was für einen Ausweis es sich handelte, aber das schien angesichts der beiden Polizisten auch nicht nötig. Zu allem Überfluß tauchte nun auch noch Betty, wie er befürchtet hatte, hinter ihnen auf. Sie hatte wieder ihre alte Lederjacke und die farblosen Hosen an. Einer der beiden Polizisten, der sie wohl aus den Augenwinkeln gesehen hatte, trat einen Schritt zurück und stand dadurch hinter ihr.

Der Dicke mußte seinen Satz wiederholen, denn Rod hatte ihn beim erstenmal nicht verstanden, weil er Betty Zeichen zu geben versuchte, sie solle verschwinden. Ihr Aufzug mußte einfach Verdacht erwecken. Der Dicke wurde stutzig, trat ebenfalls einen Schritt zurück und machte eine

Handbewegung, als wolle er eine Fliege in das Zimmer Rods scheuchen. „Herein mit der Lady!“ sagte er.

Als der Polizist das Mädchen am Arm in Rods Zimmer schieben wollte, machte sie sich mit einer Bewegung los, in der Verachtung lag. Sie trat auf Rod zu und fragte: „Was wollen die Kerle von dir?“

Da er sich die Situation beim besten Willen nicht erklären konnte, zuckte er die Schultern und hoffte, das alles werde sich in kurzer Zeit als Versehen herausstellen. Um so verwunderter war er, als der Vierschrötige ihn aufforderte mitzukommen. Gründe nannte er ihm nicht. Schweigend kleidete sich Rod an.

Er hätte später nicht sagen können, ob die Beamten auch Betty befohlen hatten, ihnen zu folgen, oder ob sie sich ihnen freiwillig angeschlossen hatte. Erst im Auto der Polizisten, einem alten klapprigen Chrysler, wagte er wieder aufzublicken und stellte fest, daß sie vorn zwischen den beiden Polizisten saß. Die Halle des Hotels hatte er mit gesenkten Augen passiert, aber er hatte die Blicke der Gäste und des Personals gefühlt. Die eindeutige Begleitung, in der er sich befand, würden sie mit Sicherheit Betty zuschreiben.

Da er keine Ahnung hatte, was die Polizei zu seiner Verhaftung veranlaßt haben könnte, kam er zu dem Schluß, daß nur J. F. Brewster hinter der Sache stecken konnte.

Betty blickte über die Schulter zurück und lächelte ihm zu. Dann hob sie die rechte Hand und spreizte den Daumen ab. Halt die Ohren steif! sollte das heißen, und die Überlegenheit, die er ihr gegenüber einmal gefühlt hatte, war wie weggeblasen. Betty war ein feiner Kerl, und er bedauerte, daß er sich vor ihrem Zimmer von ihr verabschiedet hatte. Er glaubte sicher, daß sie noch mit ihm zusammengeblieben wäre, wenn er sie darum gebeten hätte. In ihrem Zimmer aber hätten die Beamten nicht nach ihm gesucht, und er hätte Zeit gehabt, bestimmte Schritte zu unternehmen, denn den Krach vor seiner Zimmertür hätten sie zweifellos gehört. Über die Schritte, die er unternommen hätte, war er sich allerdings nicht im klaren. Auch jetzt noch nicht, als die Verhaftung bereits eine halbe Stunde hinter ihnen lag.

Der Vierschrötige, der sich neben Rod gesetzt hatte, hob den Kopf und wies mit dem Kinn in Fahrtrichtung.

Blicken Sie nach vorn! sollte das heißen, und er deutete damit an, daß jede Verständigung zu unterbleiben habe.

Dann sah er Rod von der Seite mit schräg gehaltenem Kopf an. Er schien unsicher, wie er mit dem Verhör beginnen sollte. Rod versuchte ihm eine Brücke zu bauen, das alles dauerte ihm schon viel zu lange. Es wurde Zeit, das Mißverständnis aufzuklären.

„Sie brauchen keine Rücksicht zu nehmen", sagte er. „Ich bin ohnehin gespannt, wer Sie sind und was Sie von mir wollen."

Einen Augenblick sah es aus, als wolle sich der Vierschrötige erheben, als er Namen und Dienststellung nannte. „Buster Carrington!" knurrte er. „Inspektor der Regionspolizei. Ich habe den Auftrag, Sie unter dem dringenden Verdacht des Totschlages zu verhaften."

Rod sah eine zuckende Bewegung der schmalen Schultern in der Lederjacke vor sich, aber Betty drehte sich nicht wieder um. Eigentlich war er mehr erstaunt über die Anklage als entsetzt. Die ganze Angelegenheit würde sich sehr schnell aufklären lassen.

„Das ist doch lächerlich!" sagte er und versuchte ein möglichst gleichgültiges Gesicht zu machen. Nur jetzt keine Nervosität zeigen. Das konnte die Untersuchung unnötig verzögern, roch nach Eingeständnis. Trotz der Mühe, die er sich gab, fühlte er, wie ihm ein zutiefst unbehagliches Gefühl den Rücken heraufkroch. Gerüchte bestimmter Presseerzeugnisse von himmelschreienden Fehlurteilen der heutigen Justiz kamen ihm in den Sinn, und er gestand sich ein, daß er sich ernsthaft Sorgen machte. „Ist die Frage nach meinem Opfer gestattet?"

Carrington schien ihn nicht ganz verstanden zu haben, er blickte konsterniert. „Da es sich um Anklage wegen Totschlages handelt, dürfte Ihr Opfer wohl tot sein, vermute ich."

Er hatte seine Frage völlig falsch verstanden. Zugleich aber wurde auch klar, daß es für den bulligen Vertreter des Gesetzes offensichtlich keinerlei Zweifel an Rods Schuld gab. Rod fühlte, daß er sich nur noch mit Mühe beherrschen konnte.

„Ich will wissen, wie mein angebliches Opfer heißt", sagte er lauter als gut war. „Wer ist der Mann, den ich auf dem Gewissen haben soll?"

Der Inspektor hatte plötzlich schmale, aber hellwache Augen. „Woher wissen Sie, daß es sich um einen Mann handelt?"

„Woher...? Woher?" Rod begann zu stottern. Er hatte sich bei der Frage nach einem Mann nichts Besonderes gedacht. Ebensogut hätte er Mensch sagen können, aber wer sagt in einer derartigen Frage schon Mensch?

„Er hieß Louis Carrega!" sagte der Inspektor, und seine Augen waren wieder schläfrig.

Rod atmete auf. Es würde sich aufklären. Er kannte keinen Mann, der Louis Carrega hieß. Er hatte den Namen nie gehört. Trotzdem grübelte er. Irgendwo saß eine Erinnerung.

Und dann fiel es ihm wie Schuppen von den Augen. Er fühlte einen feinen Stich in der linken Brustseite, und sein Herz begann wie wild zu schlagen. Das war doch nicht möglich! Louis, der kleine Spanier hieß Louis! Sein Sparringspartner, der ihn seit Tagen an den Rand der Verzweiflung gebracht hatte, sollte tot sein? Von ihm, Rod Mahoney, getötet? Er erinnerte sich der letzten Szene, sah, wie sich das Gesicht seines Partners unter dem auftreffenden Handschuh deformierte, und er sah die bösen Blicke, die ihm die Betreuer des Spaniers zuwarfen, als sie ihn aus dem Ring trugen.

„Erinnern Sie sich jetzt?" Carringtons Stimme war leise, fast konnte man den Eindruck bekommen, eine Spur von Mitleid läge darin.

Rod nickte langsam.

„Ich erinnere mich", sagte er. „Das ... das ist furchtbar. Das wollte ich nicht. Glauben Sie mir Inspektor, ich wollte es nicht."

Carrington blickte geradeaus. Jetzt konnte er sich wohl keine Gefühle leisten. Aber Rod sah, daß die schmalen Schultern in der Lederjacke verhalten zuckten.

Der Flug

Das größte Raumschiff, das jemals das System Morn verlassen hatte, war unterwegs. Mit der Sicherheit einer extrem entwickelten Technik schwang es sich von Isograve zu Isograve und steigerte seine Geschwindigkeit ins Unermeßliche. Die Kraft der Gravitationsquanten vermittelte ihm einen winzigen Teil ihrer eigenen Energien und trieb die hundert Millionen Tonnen Ruhemasse immer schneller in das Sternenmeer der Galaxis hinaus.

Faunian saß in seinem Konturensessel und hielt die Hand Cositas in der seinen. Vor ihnen, auf einem ebenen Bildschirm, glitten parallele Linien langsam von oben nach unten.

Über die Sensoren der hochempfindlichen Geräte fühlte er das Vibrieren der Quanten und hatte das Gefühl, eins zu werden mit dem gewaltigen Kosmos. Er blickte seine Gefährtin an und sah, daß sich die Spannung in ihrem Gesicht zum erstenmal seit Tagen gelöst hatte. Als er zu erklären begann, was es mit den wandernden Linien auf sich habe, hörte sie ihm schweigend zu, obwohl sie es wußte. Sie waren glücklich, nach Tagen aufreibender Arbeit nebeneinander sitzen und sich unterhalten zu können. Das Thema war eigentlich belanglos, nur die Tatsache, daß sie miteinander Gedanken tauschten, zählte.

„Wir müssen uns genau auf die Frequenz der Isograven einstimmen", erklärte er. „Die Kunst, im All mit möglichst hoher Geschwindigkeit zu fliegen, besteht darin, diese Isograven zu spüren und sich an sie anzuhängen. Bei genügend intensiver Abstimmung kann man die stärksten der am Wege liegenden tangierenden Felder ermitteln und nutzen."

Er spürte den schnellen Wechsel gravitischer Frequenzen, aber es war kein Gefühl, an dem der Körper einen Anteil hatte, sondern es entstand direkt von den Sensoren vermittelt im Hirn, das sie mit der komplizierten inneren Struktur des Kosmos verbanden. Er hatte den Eindruck, als vibriere der weiche Blasluftsessel unter ihm, und wußte doch genau, daß er fest stand, so fest und sicher, wie sich der ganze Raumer durch das All bewegte.

Die über die Bildschirme huschenden dunklen Linien wurden langsamer und langsamer. Schließlich verharrten sie ganz.

„Höchstgeschwindigkeit!" sagte Faunian und atmete auf.

Er spürte Cositas Gedanken, die sich um die letzten Tage vor dem Start in die unbekannte Ferne drehten. „Es ist schön, daß wir jetzt wieder mehr Zeit für uns haben, Faunian. Du hast dich rar gemacht in den letzten Tagen vor dem Start."

Natürlich hatte er hart arbeiten müssen, ehe er den Rat davon überzeugen konnte, daß der Entschluß, ihn zum Leiter der Expedition zu machen, richtig und gut war. Ein Entschluß, der, längst gefaßt, durch sein unverständliches Verhalten mit der blauen Kleidung in ein anderes Licht gerückt worden war, so daß sich der Rat gezwungen sah, ihn neu zu durchdenken. Diese blaue Kleidung hatte Faunian mehr geschadet als genützt.

„Du nennst mein Verhalten unverständlich", sagte er leise. „Aber du weißt auch, daß ich triftige Gründe dafür hatte. Ich war überarbeitet und in einem psychisch nicht völlig intakten Zustand. Ich habe nur versucht, mich vor Belanglosigkeiten, die meine Arbeit stören konnten, zu schützen. Es war keine leichte Zeit für mich."

Er war sicher, daß sie seine Gründe nicht nur kannte, sondern auch bereit war, sie zu akzeptieren. Und sie wußte, daß er erst ganz glücklich sein konnte, wenn sie wieder Zeit für sich selbst hatten, so wie jetzt, wenn sie sich unterhalten und ihre Gedanken austauschen konnten, wenn sie Sorgen und Freuden gemeinsam erleben konnten.

Sie hatte es ihm nicht leicht gemacht in den Tagen vor dem Start. Er hatte keine rechte Einstellung zu ihrer bedrückten Stimmung gefunden, und so hatte er warten müssen, bis sie sich wieder gefangen hatte.

Es war ihr sehr schwergefallen, den Traum von einem Kind, das sie selbst ausgetragen hätte, zu begraben. Und er hatte mit ihr gelitten, obwohl er ihren Wunsch, den er für abseitig hielt, nicht begreifen konnte. Aber auch seine Anteilnahme konnte ihr die Last der Entscheidung, die sie sich selbst aufgebürdet hatte, nicht abnehmen.

Erst wenige Tage vor dem Start hatte sie das keimende Leben entnehmen lassen und war still in das Institut zurückgekehrt. Und er, Faunian, fand keine tröstenden Worte, weil er sie nicht begriff.

Wenn sie zurück nach Morn kommen würden, dann würde das Kind, ihr Kind, schon die ersten Gehversuche machen, die ersten sinnvollen Gedankenemissionen äußern. Es würde sie anschauen und begreifen, daß die beiden Fremden den ersten Schritt zu seiner Existenz getan hatten. Unvermittelt stellte Faunian fest, daß er sich auf das Kind freute. Plötzlich fühlte er sich stark und tatendurstig.

Er zwang seine Gedanken in andere Bahnen und spürte, daß auch Cosita heiter und gelöst war. Sie war es seit heute, seit sie miteinander Gedanken getauscht hatten.

Er streckte sich wohlig in seinem Blasluftsessel aus und genoß das leichte, warme Streicheln der tragenden Ströme, die ihn umfluteten, und er genoß Cositas leise Berührung.

Vor ihnen flimmerten die Bildschirme der Leitanlage in blauem Licht. Ruhig leuchteten die dunklen gestreckten Linien, die Linien der Isograven, deren Abbild die einzige Verbindung des Inneren des Raumers mit der Außenwelt darstellte. Alle anderen Medien waren bei der ungeheuren Geschwindigkeit ihrer kleinen Welt sinnlos geworden.

Trotz des Ausfalls visueller und elektronischer Beobachtungsmethoden waren sie jederzeit in der Lage, genaue Angaben über den Standort und die Umgebung des Raumers zu machen, denn die verschiedenen Schwerkraftlinien formten sich zu einem informativen Ganzen, das die Sensoren einmal auf den Bildschirm und zum anderen direkt in das Hirn des Wachhabenden projizierten.

Auch das System des gelben Sterns, ihres noch fernen Ziels, sandte seine Impulse von seiner Randlage bis zu ihrem Standort auf halbem Wege vom Zentrum zur Peripherie, aber noch wurden sie tausendfach überlagert. Erst in einigen Tagen würden sie deutlicher und klarer hervortreten.

Faunian fühlte, daß jemand den Steuerraum betrat. Solange er sich außerhalb des Kraftlinienvorhanges befand, konnte er lediglich seine Anwesenheit feststellen. Doch jetzt durchschritt er den Vorhang, und Faunian wußte sofort, daß es Akul war.

Er versuchte, obwohl er das sonst nie unaufgefordert tat, dessen Gedanken festzustellen, aber es gelang ihm nicht. Akul wußte sich erstaunlich gut zu beherrschen, und eigentlich fühlte Faunian Erleichterung darüber, daß seine Indiskretion mißlungen war.

Akul kam wie Bojan von Morn zwei. Die größere Nähe der erkaltenden Sonne hatte seiner Haut eine feine bronzene Tönung gegeben. Er war selbst für die Begriffe von Morn zwei außergewöhnlich groß, und da er sehr schlank war, hatten seine Bewegungen immer etwas Schlaksiges an sich.

Er war einer jener jungen Astrophysiker, die wie Faunian ungestüm an die Spitze der Wissenschaften drängten. Mit Akul konnte man lange Diskussionen führen, ohne den Eindruck zu haben, man müsse ihn belehren.

Ohne zu seiner Gefährtin zu blicken, fühlte Faunian, daß sie langsam aufstand und den Raum verließ. Als sie den Vorhang durchschritt, spürte er, daß sie das Kribbeln des Kraftfeldes als angenehm empfand, daß sie jedoch seine Vorsicht, er ließ diese Sterilisatoren ständig eingeschaltet, für übertrieben hielt. Offensichtlich gelang es Cosita bei weitem nicht so gut wie Akul, ihre Gedanken zu beherrschen.

Faunian wies mit einer einladenden Geste auf einen der Blasluftsessel vor dem Seitenbildschirm, und Akul setzte sich wortlos. Auch jetzt gelang es ihm nicht, Parakontakt mit dem Astrophysiker zu bekommen. Ein wenig verdrossen wandte er sich wieder seinen Instrumenten zu. Auch er schwieg. Er wußte, Akul würde irgendwann von sich aus reden, denn einen Grund für sein Kommen mußte es schließlich geben.

Seine Geduld wurde auf eine harte Probe gestellt. Und als Akul endlich zu sprechen begann, handelte es sich zuerst keineswegs um das Kernproblem. Es fing wie eine Plauderei an.

„Die Bedingungen des Zusammenlebens einer kleinen Gruppe von Mornen sind komplizierter als die auf Morn selbst", sagte Akul nach langem Schweigen, und Faunian wußte nicht, ob es sich um eine Frage oder um eine Feststellung handelte.

„Natürlich sind sie schwieriger", antwortete er zurückhaltend. „Auf Morn steht uns ein dichtes Tentakelnetz zur Verfügung. Jede Entscheidung ist das Ergebnis der Meinung aller. Diese Mittel haben wir hier nur in beschränktem Maße."

„Wir sind hier an Bord über einhundert Mornen. Auch ihre Entscheidungen wären unbedingt repräsentativ."

Faunian hatte das bestimmte Gefühl, daß sich Akul dem eigentlichen Kern näherte. Er beschloß, vorsichtig zu sein.

„Nicht unbedingt, Akul", erwiderte er. „Wir stellen keinen repräsentativen Querschnitt durch die Bevölkerung Morns dar. Wir sind zum größten Teil Spezialisten. Jeder von uns kann auf seinem Gebiet Entscheidungen treffen, die nur mit seinem Wissen zu treffen sind. Ein gemeinsamer Beschluß hier im Raumer kann anders aussehen als einer auf Morn zum selben Problem."

„Und deshalb wird bei weiten Raumfahrten immer noch das Prinzip der Einzelleitung angewendet?" Akul hatte sich bei dieser Frage aufgerichtet, und Faunian wußte, daß sie sich jetzt seinem Anliegen wieder ein gutes Stück genähert hatten.

„Ja, so ist es, Akul. Es ist die Aufgabe des Leiters, die Verantwortung für Entscheidungen zu übernehmen, bei denen die prozentuale Verteilung der Meinungen Zweifel an ihrer Richtigkeit offenläßt."

Er spürte, daß Akul mit dieser Antwort nicht zufrieden sein konnte, aber er war nicht in der Lage, ihm eine bessere Erklärung zu geben. Gewiß spielten auch traditionelle Dinge eine Rolle bei der Tatsache, daß es bei Raumflügen über eine große Distanz immer noch Leiter gab. Aber es hatte sich auch bei früheren Flügen herausgestellt, daß bei langer Isolation von den Heimatplaneten krasse Fehlentscheidungen vorkommen konnten, für die man später keine Erklärung mehr hatte.

Es mußte einfach ein Organ geben, das die Meinungen koordinierte und schließlich auch vertrat. In den Raumschiffen war es der Leiter, und auf Morn war es der Rat, der letztlich ähnliche Aufgaben zu lösen hatte.

„Wer hat eigentlich festgelegt, daß diese Expedition bis in den äußersten Spiralarm geführt wird? Soviel ich weiß, hat es darüber keine Gesamtabstimmung gegeben."

Faunian fand diese Frage provokatorisch und hatte den Eindruck, Akul lege es darauf an, ihn in die Enge zu treiben.

„Was soll das, Akul?“ herrschte er den Jüngeren an. „Wenn du ein Problem hast, dann lege es dar, aber umkreise es nicht, als hättest du Angst davor.“

Akul stand auf, und er begann mit großen Schritten den Steuerraum zu durchqueren. Hin und zurück, hin und zurück. Faunian folgte ihm mit den Blicken.

„Bitte“, sagte der Physiker endlich, und seine Stimme klang weich und friedlich, gar nicht mehr herausfordernd, „beantworte mir zuerst meine Frage.“

„Eine Gesamtabstimmung war nicht notwendig.“ Auch Faunian bemühte sich, seiner Stimme einen versöhnlichen Klang zu geben. „Die Tentakel hatten bereits vorher derart viele Überlegungen gespeichert, die alle auf den Wunsch nach einem möglichst weiten Vordringen zum Rande der Galaxis hinausliefen, daß der Entschluß eigentlich schon gefaßt war, als klar wurde, daß die Fernsonden intelligentes Leben festgestellt hatten.“

„Ist das der einzige Grund, Faunian?“ Akul war vor ihm stehengeblieben und blickte ihn starr an. Langsam legte Faunian dem Astrophysiker die Hände auf die Schultern und drückte ihn in den Sessel nieder.

„Ich weiß immer noch nicht, worauf du hinauswillst, Akul. Die Meinung aller Mornen bestimmt die Entwicklungsrichtung unserer gesamten Zivilisation. Die Erkenntnis der Zusammenhänge im Kosmos ist bei der Bildung dieser gemeinsamen Meinung ein bedeutender Faktor. Es ist notwendig, Gültigkeit oder Ungültigkeit der von Kaltos vermuteten Gesetze festzustellen. Deshalb diese Expedition.“

Faunian hatte den Eindruck, daß sich Akul mit einer Frage quälte, die er nicht ohne weiteres zu stellen wagte, und er ließ ihm Zeit. Endlich richtete sich der andere auf.

„Bist du überzeugt, Faunian, daß nicht auch ein Funken Sehnsucht nach dem, was es auf Morn nicht mehr gibt, bei dem Entschluß im Rat mit entscheidend war?“

Faunian horchte auf. Es waren nicht so sehr die Worte, sondern die Gedanken Akuls, die ihn stutzen ließen. Etwas wie Bedauern lag in ihnen.

„Fliegst du gern zu den Wilden?“ fragte er.

Der andere antwortete schnell und ohne Umschweife: „Ja, ich bin glücklich, daß ich an dieser Expedition teilnehmen kann.“

Jede weitere Frage erübrigte sich. Da war es wieder, das Unverständliche, das, was Faunian nicht begreifen konnte. Jahrhundertelang hatte sich die Entwicklung auf Morn weiter und weiter von der Natur entfernt, bis sie endlich fast ganz eliminiert war, und jetzt traten hier und da Zweifel an der Richtigkeit dieser Entwicklung auf, jetzt, da Fernsonden Nachricht von Intelligenzen gebracht hatten, die offensichtlich in einer harmonischen Einheit mit der Natur lebten, ja ihrer vielleicht sogar bedurften.

„Wir werden die Wilden sehen, Akul. Und wir werden feststellen, ob es sich lohnt, den Gefahren der natürlichen Lebensweise, wie sie unsere Ahnen kannten, nachzutrauern."

Akul hob entsetzt die Hände. „Du mißverstehst mich, Faunian. Ich trauere der Natur nicht nach. Unsere Entwicklung hat bewiesen, daß sie keinen Platz in unserem Leben hat. Aber sollte man deshalb Wesen, die mit ihr zusammenleben, als Wilde bezeichnen?"

Faunian atmete auf, wenn er auch nicht annahm, daß die Diskussion auf eine Formulierungsfrage hinauslaufen würde.

„Du meinst also, es seien Intelligenzen wie wir?"

„Ja, Faunian! Das meine ich. Immerhin kennen sie offensichtlich bereits die Raumfahrt."

Es schien, daß sich Akul ernsthaft Gedanken gemacht hatte, wie man den Bewohnern des Systems der gelben Sonne gegenüberzutreten habe, ob mit der Distanz der uralten Zivilisation oder mit der Herzlichkeit kosmischer Brüder mit gleicher Entwicklungsrichtung. Und er schien sich für das letztere entschieden zu haben. Faunian lenkte ein.

„Wir werden sehen", sagte er und blickte wieder auf die Instrumente. Aber er hatte sich getäuscht, wenn er annahm, der Astrophysiker gebe sich zufrieden.

„Sieh mal, Faunian", begann Akul wieder, und diesmal so vorsichtig, als spräche er zu jemandem, den er mit seinen nächsten Worten zu erzürnen fürchtete, „du malst ein schreckliches Bild von denen, die wir besuchen wollen. Sie leben mit Tieren und Pflanzen zusammen, und vielleicht ernähren sie sich sogar von ihnen. Was also erhoffen wir uns von solchen Kontakten, von Kontakten mit Wesen, die noch so weit von unserer Zivilisation entfernt sind?"

Einen Augenblick lang hatte Faunian tatsächlich den Wunsch aufzubrausen, aber er bezwang sich. „Nicht ich bin es, der diese schrecklichen Bilder malt, sondern Kaltos. Es ist seine Theorie."

„Gut, mag es seine Theorie sein. Aber zumindest teilweise gibst du ihm jetzt recht. Seit der Rückkehr der Sonden bist du überzeugt davon, daß die Wesen, zu denen wir unterwegs sind, weit hinter unserer Evolutionsstufe einherhinken. Was also wollen wir von ihnen?“ Akul sprach immer noch leise, jeden Gedanken aber genau akzentuierend, und Faunian wußte, daß er nicht zweifelte, sondern seine eigenen Erwägungen bestätigt sehen wollte.

„Du kennst unsere Gründe, Akul. Wir haben die Pflicht, unseren Erkenntnisstand zu erweitern. Wir sind auf dem Wege, die Theorien zu bestätigen oder sie zu widerlegen. Unser Flug ist eine Arbeit wie jede andere, eine Notwendigkeit im Interesse unserer Gesellschaft.“

Natürlich war das, was er Akul hier sagte, alles richtig, aber er fühlte selbst, daß es aus seinem Munde wenig überzeugend klang. Es war schwer, eine Motivation für einen Flug zu finden, der nach seinem eigenen Ermessen mit größter Wahrscheinlichkeit ohne jeden Nutzen enden würde, wenn man das Emotionale aus dem Spiel ließ.

„Und außerdem ist dieses bewohnte System mit seiner Randlage ein ideales Sprungbrett zu den Nachbargalaxen.“ Er lief Gefahr, einen unehrenhaften Rückzug anzutreten, war dabei, sich herauszureden.

Akul stand auf. Er blickte ihn an, und Faunian hatte den Eindruck, als wolle der andere ihn auslachen.

„Als Sprungbrett, Faunian? Und wer soll springen? Natürlich die Mornen, nicht wahr? Die Mornen mit ihrer seit Ewigkeiten währenden Evolution, ihrer Bakterienangst und ihren sterilisierenden Feldvorhängen.“

Er hob die Hand, als wolle er alle Mornen warnen.

„Vielleicht werden es die Wilden sein, Faunian. Hast du dir die Bilder angesehen, die Kaltos auf den von ihm erforschten Planeten sah? Zwar waren es keine Wesen unserer Evolutionsrichtung, sie entwickeln sich in anderen Bahnen, und es ist fraglich, ob wir je zu ihnen Kontakt bekommen, aber welche Kräfte schlummern in ihnen! Und wie werden erst die sein, denen wir am Rande begegnen werden? Nein, Faunian, wir haben keinen Grund, auf sie herabzublicken, bevor wir nicht wissen, wie sie sind.“

Faunian war erstaunt über den Ausbruch des jungen Akul, der seine Wanderung wieder aufgenommen hatte, jetzt aber beharrlich schwieg.

Er war nachdenklich geworden. Aber er kam nicht zu der Einsicht, daß er unrecht hatte. Wenn auch nur ein Funken Wahrheit an der Theorie Kaltos’ war, und daran zweifelte eigentlich niemand, dann waren es

Wilde, die sie aufsuchen wollten, Wesen, die in ihrer Evolution noch auf dem Stand eben intelligent gewordener Primaten waren. Oder die ganze Theorie war von Anfang bis Ende falsch, und das glaubte selbst er nicht, der sie durch die Erkenntnisse der Expedition wesentlich einzuschränken hoffte.

Er merkte nicht, daß Akul den Raum verließ. Erst, als der Astrophysiker die Feldlinien passierte, fühlte er, daß Akul einen Moment stockte und dann weiterging.

Wenig später spürte er, daß Cosita zurückkam. Wahrscheinlich war sie gegangen, weil sie annahm, daß er mit Akul in eine ziemlich erregte Diskussion geraten würde, was ja schließlich auch geschehen war. Und sie war gegangen, um nicht für Akul Partei ergreifen zu müssen. In vielen Punkten war sie anderer Meinung als Faunian.

Er freute sich, daß sie so schnell zu ihm zurückkam, aber dann merkte er, daß sie nicht allein war. Finetta und Lekon begleiteten sie.

Lekon grüßte nachlässig, schaltete sich in das Gravicont ein und versuchte sich einzustimmen. Es ging wider Erwarten sehr schnell. Faunian bemerkte, daß der Freund keinerlei Schwierigkeiten mit der Abstimmung hatte, obwohl er eben noch munter mit Finetta geplaudert hatte. Manchmal beneidete er Lekon um seine Unbefangenheit, obwohl er sie oft als unernst bezeichnete. So hatte er Lekon neulich dabei beobachtet, wie er mit Hilfe seines Antigravgürtels in einem der langen Gänge zickzack flog, sich mit Händen und Füßen von den Wänden abstoßend. Als er wenig später Finetta getroffen und sie auf das eigenartige Verhalten ihres Gefährten aufmerksam gemacht hatte, hatte sie ihm geantwortet: „Siehst du, Faunian, deshalb liebe ich Lekon und nicht dich."

Er hatte sich brüsk abgewendet und wußte einen Augenblick lang nicht, ob er beleidigt sein sollte oder nicht.

Jetzt beobachtete er Finetta, die gespannt hinter Lekon stand und ihn nicht aus den Augen ließ. Auch Cosita kam ihm eigenartig vor. Sie starrte ebenfalls gebannt auf Lekon.

„Was habt ihr?" fragte Faunian. Die geheimnisvolle Art der drei störte ihn. Er war gern über all das, was in seiner Nähe vorging, informiert.

Lekon winkte ab. Aber Finetta neigte sich zu ihm hinüber und versuchte zu erklären: „Wir sind nahezu an der Stelle, die Kaltos als weitesten Punkt bei seiner letzten Reise erreicht hatte. Danach fliegen wir in absolutes Neuland."

„Na und? Warum tut ihr so geheimnisvoll? Das war mir bekannt."

„Sei nicht so prosaisch, Faunian. Es ist schon ein denkwürdiger Augenblick, wenn man die Grenzen dessen überschreitet, was andere vor einem erreichten. Und es gibt noch andere Gründe."

Er hätte nach diesen Gründen fragen können, aber er war erbost darüber, daß Finetta immer noch geheimnisvoll tat. Mochte sie ihre Weisheit behalten, so lange sie wollte. Sie würde es ohnehin nicht lange unausgesprochen mit sich herumtragen können. Er kannte sie gut genug.

Tatsächlich plauderte sie auch bald darauf munter weiter. „In unserer unmittelbaren Nähe befindet sich das System Resor, Faunian."

Bevor er antworten konnte, schaltete sich Cosita ein. Er war ihr dankbar, daß sie dem Spiel ein Ende machte. Wahrscheinlich hätte Finetta so lange geredet, bis Lekon die ersten Systeme des äußersten Spiralarmes im Gravicont hatte. Dann allerdings war es zu spät, sich über Resor zu unterhalten.

„Lekon hat die Aufzeichnungen des alten Kaltos sehr genau studiert, und er hält es für möglich, daß die Bewohner von Resor bereits weiter entwickelt sind, als wir es annehmen."

„Kaum möglich!" sagte Faunian ablehnend. „Bei den Bewohnern von Resor handelt es sich um Insekten. Nach der Theorie Kaltos' müßte die Evolutionsgeschwindigkeit der Insekten weit unter der der Säuger liegen."

„Das mag stimmen, aber wer weiß, wie lange die Evolution bereits andauert?"

„Wir haben die Bilder gesehen, die Kaltos aufgezeichnet hat. Riesige Insekten, die Pflanzen fressen, Pflanzen in enormen Mengen..."

Er wollte hier nicht wieder diese ekelhaften Bilder heraufbeschwören, die sie alle gesehen hatten. Es war unsinnig, damit zu rechnen, bei diesen Insekten habe sich etwas entwickelt, das mit Intellekt zu bezeichnen wäre.

Er sah, daß Lekon das Gerät nachregelte, und stimmte sich selbst wieder ein. Die Augen und Ohren des Raumers hatten sich damit gleichsam verdoppelt. Langsam formte sich in seinem Hirn das Bild des sie umgebenden Raumes. Querab, in für kosmische Begriffe geringer Entfernung, lag das System Resor mit seinen sechs etwa gleichgroßen Planeten – eine nicht gerade häufige Erscheinung im All.

Faunian bemerkte, daß Lekon ständig die Vergrößerung nachstellte. Die Planeten, die um die kleine blaue Sonne von intensiver Leuchtkraft kreisten, flogen ihnen gleichsam entgegen. Es war nicht einzusehen, welchen Zweck Lekon mit dieser Manipulation verfolgte, denn eine visuelle Beobachtung war mit dem weitreichenden Gravicont nicht möglich, aber noch verbiß sich Faunian eine diesbezügliche Bemerkung.

Nur wenig später gestand er sich ein, daß er gut daran getan hatte. Zuerst entdeckte er nur einige kleine Unregelmäßigkeiten im Kraftlinienfeld von Resor drei, und er stellte fest, daß auch Lekon sie bemerkt hatte.

Faunian zog sofort nach, konzentrierte das Gerät auf das Paradoxon der Feldlinien, und plötzlich war es ihm, als stocke ihm der Atem. Für diese eigenartigen Verwerfungen mit ihrer offensichtlich variablen Intensität gab es nur eine Erklärung. Der Planet Resor drei wurde von einem oder mehreren Raumfahrzeugen umkreist.

„Fremde im Orbit von Resor drei!“ flüsterte Faunian und blickte erstaunt auf Lekon, der offensichtlich mit dieser Tatsache gerechnet hatte. Er wußte nicht, ob er sich über ihre Entdeckung freuen oder über die nunmehr unvermeidliche Unterbrechung ihres Fluges ungehalten sein sollte.

Cosita beugte sich über ihn. Er spürte ihren Atem im Nacken. „Wieso Fremde?“ sagte sie leise. „Lekon ist überzeugt, daß es sich um die Bewohner von Resor handelt, die die ersten Ausflüge in das Orbit unternehmen.“

Faunian war nahe daran, aufzubrausen. Offensichtlich hatte sich Lekon hinter seinem Rücken Informationen beschafft und ihm verheimlicht. Das war nicht gerade freundlich von ihm.

„Die Informationen standen jedem von uns zur Verfügung“, antwortete der Freund, der die Gedankenemission aufgefangen hatte. „Daß ich versuche, daraus Schlüsse zu ziehen, kannst du mir nicht verübeln.“

„Wie kommst du auf die Idee, daß die Bewohner von Resor drei bereits zu schwärmen beginnen? Kaltos hat, soviel ich weiß, nur den vierten Planeten genau untersucht.“

„Eben, eben. Und er hat dort bereits eine nach seinem Ermessen recht hohe Zivilisation festgestellt. Noch schneller mußte also die Evolution auf Resor drei vor sich gehen, vorausgesetzt, dieser wesentlich wärmere Planet ist in der Lage, Leben zu tragen.“

„Und du bist sicher, daß es sich nicht um Fremde handelt?“

„Nein, durchaus nicht. Aber alles deutet darauf hin, daß es die Bewohner von Resor drei sind. Bisher wußte ich noch nichts Genaues, ich habe nur mit ihrer Existenz gerechnet. Unsere jetzigen Beobachtungen scheinen mir recht zu geben.“

Faunian schwieg. Lekon hatte also einfach kombiniert. Und er war zu dem Schluß gekommen, daß, wenn Resor drei Leben trägt, dieses Leben weiter vorangeschritten sein müsse als das auf Resor vier, da sich insektoide Wesen in erheblicher Abhängigkeit von der Temperatur entwickeln.

Wie alles Richtige waren diese Überlegungen einfach und unkompliziert. Faunian hegte kaum noch Zweifel daran, daß sie sich bestätigen würden.

Die Raumkugel der Mornen hatte ihren überlichtschnellen Flug gebremst. Sich an den Schwerelinien des fremden Systems entlangtastend, war sie zwischen den äußeren Planeten hindurch in das Innere der Kreisbahnen eingedrungen und auf eine Parkbahn zwischen dem dritten und vierten Planeten eingeschwenkt. Sie war zu einem Satelliten der Sonne Resor, einem blauen Zwerg geworden und wurde soeben von Resor drei überholt.

Sie waren übereingekommen, nicht mehr Zeit zu opfern, als notwendig war, um festzustellen, ob die Bewohner die Bezeichnung „intelligent" verdienten oder nicht.

Bojan, der Riese von Morn zwei, hatte am Gravicont Platz genommen. Ein Impuls brachte die Sonde auf Kurs, ließ sie zurückbleiben, der Sonne Resor entgegenfallen, in die Arme der Gravitation des dritten Planeten.

Neben Bojan lag der Leiter der Expedition in seinem unvermeidlichen Blasluftsessel, auf seiner anderen Seite saß Tekla, steil aufgerichtet und voller Erwartung. Die anderen Mornen, die in den Steuerraum gekommen waren, nahm Bojan nicht wahr; er arbeitete angestrengt. Und im übrigen wurden die Eindrücke, die die Sonde empfing, ohnehin in nahezu alle Bereiche des Raumers übertragen. Wahrscheinlich sah in diesen Augenblicken jeder Morne an Bord, wie die milchige Scheibe des Planeten wuchs, wie sie sich zur Schale wölbte und wie ein Sperrefeld einen Tunnel in die trübe Atmosphäre von Resor drei trieb.

In diesem Moment zuckte Bojan zusammen. Das Orbit wurde von einem Gewirr von Impulsen durchwoben. Es waren Impulse, die klar, aber unverständlich über die feinen Rezeptoren in sein Hirn drangen. Die Bewohner von Resor drei mußten über erhebliche Emissionsstärken verfügen, wenn sie in der Lage waren, ihre Impulse bis an die Grenze der planetaren Atmosphäre heraufzusenden.

Er bat Faunian, sich ebenfalls in die Rezeptoren einzuschalten, sah, wie er den Adapter nachregelte, und erkannte an seinem Gesichtsausdruck, daß er den Wirrwarr von Impulsen ebenfalls aufnahm.

Er legte die Sonde auf einen Gravitationswirbel und fuhr die zweite Batterie mit den Videosensoren aus. Er tat es automatisch, ohne nachzudenken, so, als habe er sein Leben lang nichts anderes getan, als fremde Planeten untersucht. Vielleicht war gerade diese Routine dafür verantwortlich zu machen, daß ihn die Klarheit und Schärfe, mit der das Bild hereinkam, überraschte. Offensichtlich beschränkten sich die Dunstschleier, die sie noch eben an einer informativen visuellen Beobachtung gehindert hatten, auf die höchsten Teile der planetaren Gashülle.

Die Landschaft, die sich ihnen darbot, zeigte das Bild einer überaus exakten und klaren Gliederung in Form einer quadratisch gerasterten Fläche aus grünen und dunkelgelben Flecken. Sie blickten lange und schweigend nach unten, bemüht, die Eindrücke zu verarbeiten und einzuordnen, sie mit Bekanntem zu vergleichen und zu deuten.

Faunian richtete sich als erster auf.

„Die grünen Flächen müßten, wenn unsere Erfahrungen uns keinen Streich spielen, eigentlich Pflanzen sein", erklärte er ruhig, und Bojan registrierte keine Abneigung in seinen Gedanken. „Aber sie scheinen hier nicht wild zu wuchern, wie es Kaltos von Resor vier berichtete, sondern sie scheinen von den Rändern her eingedämmt zu werden."

Deshalb also fand sich Faunian innerlich mit der Anwesenheit der Pflanzen ab. Nur, weil sie sich offensichtlich unter Kontrolle befanden.

„Es sind wahrscheinlich Pflanzenkulturen. Sie dienen den hier lebenden Wesen mit Sicherheit als Nahrung", erinnerte Bojan und spürte sofort die Ablehnung in Faunians Gedanken.

Bald nach diesem Wortwechsel wies die Stereooptik die helleren Quadrate als flache Bodenaufschüttungen aus, deren sanft geneigte Flanken eine große Zahl dunkler Flecken aufwiesen. Und dann sahen sie, wie in einem der Flecken eine Bewegung entstand. Einen winzigen Moment lang erschien ein dunkler langgestreckter Körper, verharrte und verschwand blitzschnell in einer der benachbarten Waben. Da erkannte Bojan auch die Funktion der Flecken. Es waren Schlupflöcher, durch die die offensichtlich unter den gelben Quadraten hausenden Wesen ihre Wohnungen erreichten. Und auch die Gattung, der diese Wesen angehörten, war kein Geheimnis mehr.

„Insekten wie auf Resor vier", stellte Bojan fest, und obwohl er nach den Untersuchungen des Kaltos mit nichts anderem gerechnet hatte, fühlte er doch Erregung. Er blickte auf Faunian und sah, daß sich dessen Abneigung gesteigert hatte.

„Du sollst dich beherrschen lernen, Faunian!“ forderte er. „Wir dürfen ihnen nicht mit Aversion begegnen, nur weil sie anders sind als wir. Wenn wir mit ihnen Kontakt...“

„Ich glaube nicht, daß wir mit ihnen Kontakt aufnehmen können.“ Wie Schüttelfrost ließ der Ekel Faunians Schultern beben. „Sie entwickeln sich auf einem ganz anderen Evolutionsast als wir.“

„Das ist kein Grund, sich gehenzulassen!“ Als Faunian zu seinem Vorwurf schwieg, tat es Bojan leid, ihn zurechtgewiesen zu haben.

„Du magst recht haben“, lenkte er ein. „Vielleicht bekommen wir nie eine intellektuelle Verbindung mit ihnen. Aber was tut das schon? Sie sind Intelligenzen wie wir.“

Er wußte, daß er Faunian nicht überzeugt hatte, aber er fühlte, daß sich der andere beruhigte. Dann fiel ihm auf, daß der unter der Sonde liegende Landstrich kaum Leben zeigte, wenn man von den dichten Pflanzenherden absah. Nur hin und wieder erfaßte die Optik einen dunklen Körper, der gedankenschnell von einer Wabe zur anderen huschte. Dabei sah er, daß alle diese Wesen beim Verlassen ihrer Schlupflöcher die gleiche, fast unmerkliche Bewegung machten. Einen Moment lang hoben sie die massigen Köpfe, als blickten sie zu der weit über ihnen schwebenden Sonde herauf. Dabei war absolut sicher, daß sie sie nicht sehen konnten. Dieser Aufgabe konnte keine natürlich entstandene Optik gewachsen sein.

Er wartete geduldig, bis wieder einer der dunklen Körper erschien. Dann stellte er die Videomatik auf höchste Vergrößerung und konservierte das Bild. Jetzt konnten sie das Insekt aus nächster Nähe betrachten. Es war zweifellos eine Imago. Ein langer Leib mit zwei Einschnürungen in Brusthöhe, mit einer ziemlich großen Anzahl von Armen oder Beinen, die genaue Anzahl würde man später ermitteln können, einem verhältnismäßig großen Kopf mit mehreren Auswüchsen auf Stirn und Schädel. An der Seite erkannte er zwei Stummel, die an Flügel erinnerten und doch keine waren. Diese Stummel endeten in kurzen rohrartigen Organen, deren Bedeutung unklar blieb. Die Rohre verliefen parallel zum Körper und erinnerten entfernt an die Strahltriebwerke von Flugmaschinen vergangener Epochen. Das auffälligste war jedoch ein flach gewölbtes Auge auf der Stirn, das tatsächlich zu ihnen heraufzublicken schien.

„Es hat uns gesehen!“ flüsterte Cosita. „Bestimmt hat es unsere Sonde gesehen!“

An eine derart leistungsfähige, natürlich entstandene Optik konnte

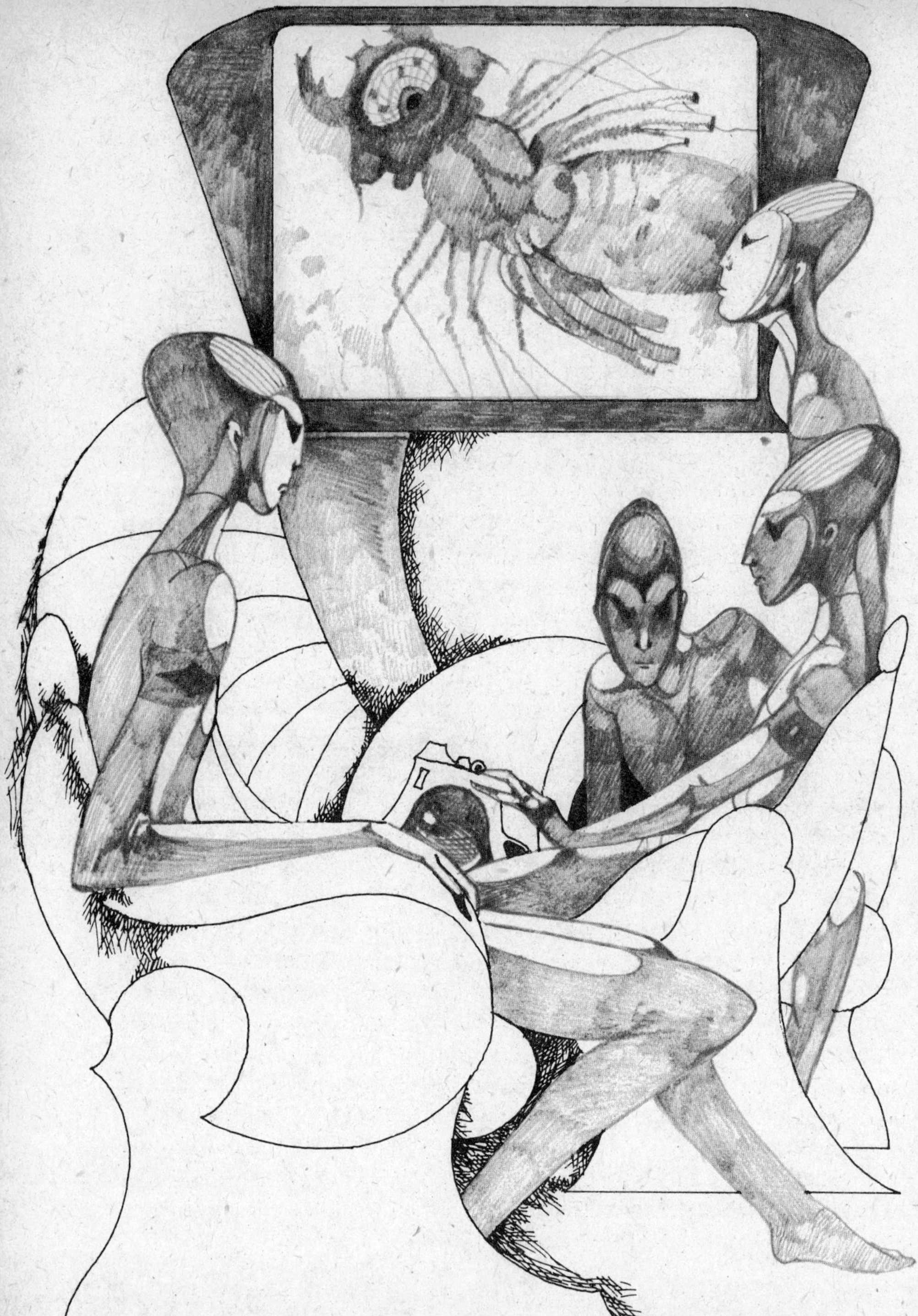

Bojan nicht glauben. Auch hatte er den bestimmten Eindruck, daß das Insekt zwar nach oben, aber nicht direkt in die Kamera starrte. Und plötzlich wußte er die Erklärung.

„Nein!“ sagte er bestimmt. „Es sieht uns nicht. Aber es weiß, daß wir über ihm sind. Wir oder etwas, das es ergründen möchte, und es doch nicht wagt... Oder nicht ergründen kann“, setzte er hinzu.

Faunian unterbrach seine Gedanken.

„Sieh dir die Zangen an, Bojan. Stehen sie nicht wie eine Drohung unter dem Auge, wie eine Waffe, die jeden Augenblick zuschlagen kann?“

Bojan lächelte. „Sie sind völlig ungefährlich, wenn man Kaltos glauben kann. Seinen Untersuchungen zufolge essen sie ausschließlich Pflanzen.“

Wieder wurde er unterbrochen. Diesmal durch einen Ausruf Teklas. Fasziniert beobachteten sie, wie sich einer der gelben Hügel fächerartig öffnete. Die dunklen Eingänge verbreiterten sich und liefen ineinander, bis der Hügel zu einem dunklen Loch geworden war. Und aus diesem Loch schossen wie rotleuchtende Pfeile Insekten. Es waren Hunderte, und sie flogen in einer exakten Formation. Zu gleicher Zeit stiegen die Impulse, die bisher nur eine Art Untermalung gebildet hatten, sprunghaft an. Das Geschwader roter Pfeile stieg mit atemberaubender Geschwindigkeit senkrecht in den Himmel Resors, und bereits nach wenigen Sekunden war es unverkennbar, daß die Insekten auf dem Weg zur Sonde der Mornen waren.

Einen Augenblick lang verblüffte Bojan die Tatsache, daß die Wesen jetzt von einer intensiv roten Farbe waren, da sie bisher ausschließlich dunkelbraune bis schwarze Exemplare zu Gesicht bekommen hatten, aber auch hier fanden die feinfühligen Rezeptoren in Verbindung mit dem Zentraltentakel des Raumers in kurzer Zeit eine einleuchtende Erklärung.

Die Resoren, Bojan fand, daß es an der Zeit sei, ihnen einen festen Namen zu geben, trugen eine eng anliegende Schutzhülle, die sie unempfindlich gegen die Bedingungen des kosmischen Raumes machte.

„Erstaunlich!“ Faunian brach das Schweigen als erster. Er schien gewillt, den Resoren Anerkennung zu zollen. „Sie fliegen in den Raum hinaus, ohne sich eines Hilfsmittels in Form eines Raumschiffes bedienen zu müssen. Sie fliegen ohne fremden Antrieb. Wirklich erstaunlich!“ wiederholte er.

Genau bis zu diesem Punkt war auch Bojan mit seinen Überlegungen gekommen. Er regelte das Gravicont nach, schwenkte die Sensoren und zog die im Wirkungsbereich der Insekten liegenden Gravibaren auf die Bildschirme. Es gab keine Zweifel mehr. Die Gravibaren wiesen in der Nähe des Geschwaders eine eindeutige Deformation auf, die kaum natürlichen Ursprungs sein konnte.

„Die Rohre“, sinnierte er. „Die Rohre sind ihre Fortbewegungsorgane. Sie besitzen einen natürlichen gravitischen Antrieb.“

Die roten Pfeile waren bereits beträchtlich näher gekommen. Einen Moment lang irrten Bojans Gedanken ab, fast fühlte er Hochachtung vor der mächtigen Natur, die eine bemerkenswerte Vielfalt entwickelt hatte. Offensichtlich hatte sie von Anbeginn an ihren Kreaturen jedes nur mögliche Existenzgebiet erschlossen und alle ihre Potenzen ausgeschöpft. Ungeheuer breit war der Fächer angelegt, auf dem sie versuchte, ihre Schöpfungen zum Optimum zu führen.

Unter diesem Aspekt betrachtet, war es eigentlich kaum verwunderlich, daß sie auf fast allen belebten Planeten des bekannten Universums die Oberhand behalten hatte. Nur im System Morn stand sie auf verlorenem Posten. Bojan spürte selbst, daß ein wenig Wehmut in seinen Gedanken war, aber er bemühte sich, seine Emotionen zurückzudrängen.

Als er wieder auf die Skalen der Rezeptoren blickte, stellte er mit Erstaunen fest, daß sich die Intensität der von den Resoren ausgesendeten Impulse nicht verstärkt hatte. Dann erkannte er, daß die Hilfstentakel die Verstärkung in den letzten Augenblicken ständig herabgeregelt hatten, offensichtlich, um sie unter der Schmerzwelle zu halten. Damit war ein Warnmittel ausgefallen, ohne daß es einer von ihnen bemerkt hatte. Tatsächlich hatte sich der Emissionspegel mit dem Näherkommen des Geschwaders erschreckend verstärkt.

Als Bojan versuchte, die bedrohte Sonde mittels des Gravitationswirbels anzuheben, war es bereits zu spät. Er legte sich keine Rechenschaft darüber ab, weshalb er das Näherkommen der Insekten als Bedrohung empfand, aber das bereits total deformierte Tragfeld der Sonde schien für sich zu sprechen. Es konnte sich eigentlich nur um einen Angriff handeln.

Wenig später fiel auch die Videomatik aus. Das von der Sonde aus aufgenommene Bild schwankte, die Optik konnte selbst bei automatischer Steuerung nicht mehr ständig auf den heranrasenden Pulk gerichtet werden. Eine Warnhupe begann zu quäken.

„Diese Tentakel sind aber auch zu dumm!“ Bojan war aufgebracht, fühlte aber sofort, daß die Automaten nicht dafür verantwortlich gemacht werden konnten, daß sie sie überfordert hatten.

Faunian und Cosita versuchten fieberhaft die Torkelbewegungen der Sonde zu vermindern und das Schwerefeld wieder zu stabilisieren, aber alle ihre Bemühungen blieben vergeblich.

„Sie können doch nicht ohne jede Warnung angreifen!“ Faunian empörte sich über die ungewöhnlichen und befremdenden Methoden der Resoren. „Das ist keine intelligente Verhaltensweise. Durch diese Insekten werden wir womöglich die erste Sonde auf unserer Expedition einbüßen.“

Er deutete auf das heftig schwankende Bild, das den heranfliegenden Boden des Planeten zeigte. Die Sonde stürzte ab.

Bojan lachte gequält über Faunians Empörung, die ihm fehl am Platze schien. „Wenn es ein Zeichen von Intelligenz ist, vor einem Angriff einen Warnschrei auszustoßen“, murmelte er, „dann gibt es eine Menge von Intelligenzen in unserer Galaxis, denen du dieses Attribut nicht zugestehen kannst.“

Seine tiefe Stimme wurde immer wieder von dem Heulen der Warnanlage unterbrochen. „Aber wieso bist du sicher, daß sie uns nicht gewarnt haben? Vielleicht waren die Impulse, die wir aufgenommen haben, nichts anderes als Warnsignale.“

„Das waren sie nicht!“ Tekla deutete auf die Skalenscheibe. Obwohl in kurzer Zeit der Zusammenstoß zwischen den Insekten und der torkelnden Sonde zu erwarten war, hatten die Tentakel die Verstärkung viel weiter aufregeln müssen. Die Angreifer schwiegen also. Nur die Geräusche des allgemeinen Impulspegels des Planeten kamen aus den Tonträgern.

Bojan beobachtete Tekla, da sie ihm seltsam entrückt vorkam. In ihren Augen war ein Ausdruck, als blicke sie in eine unendliche Ferne. Dann reichte sie ihm einen Adapter, der ihn mit ihrem Emitternetz direkt verband, eine Methode, die man zur Übertragung von Gefühlen anwandte, wenn der Austausch von Gedanken nicht mehr ausreichte.

Er spürte etwas wie Triumph, eine unbändige Freude, jemanden überlistet zu haben, Freude in einer Art, wie sie den Mornen fremd war. „Was ist das?“ rief er entsetzt. Nie hatte er eine derart hämische Freude gespürt.

Tekla zeigte auf das Bild der Sonde, das zur Ruhe zu kommen schien. „Das kommt von dort!“ rief sie. „Oder, besser gesagt, von denen!“

„Das ist ungeheuerlich!“ erklärte Bojan. „Eine boshafte Freude. Freude darüber, daß man einem anderen Schaden zugefügt hat.“

Tekla schien nicht einverstanden mit dieser Formulierung. Sie winkte ab. „Nein“, sagte sie, „du übertreibst. Sie scheinen sich darüber zu freuen, daß sie die Sonde erreicht haben, daß sie sie daran hindern können, sich wieder von ihrem Planeten zu entfernen. Es ist keine Schadenfreude.“

Sie mochte recht haben. Vielleicht fühlte sie das alles besser als er. Bestimmt sogar hatte sie recht. Er ließ das Feld unter der Sonde ganz in sich zusammenbrechen und beobachtete, wie der Boden des Planeten mit ungeheurer Geschwindigkeit heranraste. Im nächsten Augenblick fühlte er lähmendes Entsetzen. Die Sonde würde unzählige von ihnen töten, sie würde auf dem in Jahrtausende währender Entwicklung kultivierten Planeten furchtbare Verwüstungen anrichten. Sie mußten hinter der Sonde einherstürzen, sie mit ihren eigenen Schwerefeldern auffangen, zum Abdrehen zwingen. Sie hatten sich furchtbar geirrt. Dieses Raumschiff barg in sich eine Gefahr für sie alle.

Neben ihm schrie Tekla auf, laut und schrill: „Was soll das, Bojan? Willst du sie morden?“

Plötzlich war die Angst verschwunden. Er begriff, daß es nicht seine Angst gewesen war, sondern die intensiven Gefühle der Resoren, die sich ihm, in der Stunde der höchsten Gefahr für einen Teil ihrer Zivilisation, mitgeteilt hatten. Fast schämte er sich ein wenig.

Es bereitete ihm keine Schwierigkeiten, das Kraftfeld unter der Sonde erneut zu errichten. Der Raumkörper stieg schnell, von keiner fremden Kraft mehr beeinflußt. Von den Resoren war weit und breit nichts zu sehen, aber das Emitternetz übertrug Erleichterung und vielleicht auch ein wenig Bedauern darüber, daß der fremde Raumkörper seinen überlichtschnellen Flug in das All fortsetzte.

Sie informierten die Besatzung von den eigenartigen Vorfällen und diskutierten darüber, ob es sinnvoll sei, den Flug für eine längere Dauer zu unterbrechen, um näheren Kontakt mit den Resoren aufzunehmen. Aber die meisten der Besatzungsmitglieder entschieden sich für den unverzüglichen Weiterflug. Zu fremd schien ihnen die entdeckte Zivilisation, als daß man sie im Vorbeigehen kennenlernen konnte.

Sie setzten einen Spruch an das Heimatsystem ab, schilderten ihre Entdeckung und erklärten sich bereit, auf dem Rückflug weiteres Material zu beschaffen. Dann würden sie auch versuchen, eine normale Kontaktaufnahme zu erreichen.

Nur vier von ihnen stimmten dem allgemeinen Beschluß nicht zu. Einer von ihnen lehnte die Kontaktaufnahme mit den Resoren kategorisch ab. Es war Faunian.

Als Bojan die Zentrale verließ, sah er, daß der Kommandant still und in sich gekehrt war. Mit Sicherheit waren seine Gedanken unerfreulicher Natur, aber er versuchte nicht, sie zu belauschen.

Luna

In den Kasematten von Luna vier riefen die Tonsäulen zum Schichtwechsel.

Aufatmend schaltete Günther Freymann den Televisor aus. Er stand auf, wusch sich sorgfältig die Hände und strich sich mehrmals über das schüttere blonde Haar. Dann richtete er sich zu seiner vollen, nicht eben bedeutenden Größe auf und fixierte sein Gegenüber aus wasserhellen Augen. „Ihr Amerikaner lernt es wahrscheinlich nie", stellte er kopfschüttelnd fest.

Der andere, der seine lange Figur in dem für ihn viel zu kleinen Sessel nur unvollständig untergebracht hatte, zog die dichten Brauen unwillig zusammen. „Unsere Demokratie ist ganze dreißig Jahre alt, mein Lieber", erklärte er. „Da hat man leicht spotten, wenn man aus einem Lande stammt, das diese Zeit der Veränderungen schon wer weiß wie lange hinter sich hat."

Freymann kniff die Augen zu schmalen Schlitzen zusammen. „Ihr braucht doch nur mit den Unsitten der Vergangenheit aufzuräumen. Niemand verbietet es euch, und niemand wird es euch verübeln. Aber ihr..." Er winkte ab.

„Die Hälfte der Menschen meines Landes stammt noch aus der alten Zeit. Sie haben Gewohnheiten und Verhaltensweisen entwickelt, die man nicht über Nacht ausmerzen kann. Die Jahrhunderte haben in mein Land und seine Gesellschaft ihre Spuren gegraben. So leicht wie du es dir vorstellst, krempelt man die Menschen nicht um."

Wieder winkte Freymann ab. „Die meisten von ihnen wird man nicht umkrempeln müssen, sie ändern sich ganz von selbst. Das darf aber auf keinen Fall zu Laxheit und Opportunismus verleiten. Ich begreife einfach nicht, wieso in eurem Land Leute wie dieser Boxer frei herumlaufen dürfen. Glaub mir, derartige Auswüchse wiederholen sich, wenn man sie nicht mit allen Mitteln verhindert.“

Der Amerikaner zuckte die Schultern. „Verhindern…, verhindern! Mann, Günther, wir haben endlich eine Gesellschaftsform, die nicht nur dem Namen nach eine Demokratie ist. Soll all das, was in den letzten Jahren mühsam im Bewußtsein der Menschen aufgebaut worden ist, wieder durch Verbote zerstört werden? Das Boxen ist eine der wenigen Sportarten, in denen wir international mithalten können. Begreifst du nicht, daß unsere Meister Nationalhelden sind?“

„Schöne Helden, die ihre Sparringspartner umbringen und abhauen!“

„Bis jetzt kennst du nur die kurze Information der Weltfunks. Noch weiß niemand, was hinter der ganzen Sache steckt. Ich jedenfalls kann mir nicht vorstellen, daß Mahoney einen Menschen umgebracht hat.“

Freymann antwortete nicht mehr. Aber wie er abwinkte und aus dem Raum ging, zeigte doch, daß er die Argumente des Amerikaners nicht akzeptierte.

Kenneth Milburn hatte es nicht leicht auf Luna vier. Bei vielen Menschen, vor allem bei denen, die das Glück hatten, in einem der älteren sozialistischen Staaten zu leben, stießen die Praktiken der neuen amerikanischen Demokratie auf Ablehnung, weil sie sie als lasch und konservativ empfanden. Er war erst nach der Revolution geboren worden, und man hatte ihn ganz im Sinne der amerikanischen Demokratie erzogen. Sein Elternhaus war ein Internat für die Kinder gefallener Väter. Der seine war in einer der letzten militärischen Auseinandersetzungen, die das alte Amerika verschuldet hatte, von Guerillas erschossen worden. Kenneth hatte lange unter der Tatsache, das Kind eines Interventen zu sein, gelitten. Nicht sosehr durch andere, als vielmehr durch sich selbst. Er hatte mehr Geschichtsbücher gelesen als andere Jungen seines Alters, hatte versucht, die Menschen der alten Ordnung zu begreifen. Und er hatte gefunden, daß nicht Menschen wie sein Vater verantwortlich zu machen waren für das, was geschehen war, sondern die, die sie gelehrt hatten, es zu tun.

Er stand langsam auf. Es sah aus, als quäle er sich aus dem Sessel. Als er die Hand ausstreckte, um den Televisor wieder einzuschalten, heulten die Alarmsirenen.

Über die Teleskope von Luna vier schoben sich die Schutzschilde. Mächtige Kuppeln schlossen sich über Raketenhangars und Fahrzeugschuppen. Überall schoben sich die Sensoren der Meteoritenwarnanlagen wie spitze Pfeile aus ihren Hüllen.

Die Radarantennen senkten sich. Die in der Nähe der Station operierenden Forschungsgruppen brachen ihre Arbeiten ab und setzten sich mit Höchstgeschwindigkeit in Richtung auf Luna vier in Marsch, um sich in Sicherheit zu bringen.

Die entfernteren Arbeitsgruppen begannen sich einzuigeln, verkrochen sich unter dickwandigen Schilden oder in natürlichen Kavernen der Gebirge.

In der Leitzentrale der Forschungsstation Luna vier waren die Bildschirme eingeschaltet, standen die Hebel für Innen- und Außenverbindungen in Arbeitsstellung.

Wolfram Bracke, der Leiter der Station, hatte den Alarm selbst ausgelöst und danach sofort die Direktverbindungen herstellen lassen. Dann hatte er die Sektionsleitung zu sich gebeten und schilderte ihnen nun in seiner knappen Art, die durchaus nicht jedermanns Beifall fand, seine Gründe für den Alarm.

„Wir haben von Luna zwei, der sowjetischen Großstation am Krater Tycho, die Nachricht erhalten, daß sich auf der Tangente Tycho–Ziolkowski ein mächtiger Bolide mit parabolischer Geschwindigkeit nähert. Das ist ein außergewöhnlicher Fall, da zur Zeit keinerlei Meteore auftreten dürften. Lediglich die Sagittariden könnten bei unseren derzeitigen Bahnparametern auf dieser Tangente einfliegen. Mit ihrem Maximum ist jedoch erst in zwei Monaten zu rechnen. Trotzdem kann es an der Tatsache an sich keinen Zweifel geben. Ab sofort bleiben alle Stationen doppelt besetzt, die Gefahrenstufe drei ist bereits ausgelöst worden." Er wandte sich an den Funker und winkte ihn an die große Karte heran. „Wo stehen die einzelnen Expeditionen, Freymann?"

Der Funker legte den kurzen Zeigefinger auf die Reliefkarte; den kleinen Zettel, auf dem er sich die Einsatzorte notiert hatte, benötigte er nicht mehr.

„Hier steht Doktor Werner mit zwei Mann. Zu weit entfernt, um uns in der verbleibenden Zeit noch zu erreichen. Er wird Schutz unter der überhängenden Wand des einundsiebzig drei suchen. Er ist absolut sicher. Hier befindet sich Grace Perry von den Engländern. Sie hat sich bei uns angemeldet und wird in wenigen Minuten eintreffen. Alle anderen sind bereits in der Station."

Bracke nickte und fixierte den Verbindungsschirm zur Erde, auf dem sich in wenigen Sekunden Berlin melden mußte, und gab dadurch dem zweiten Ingenieur, einem blonden Hamburger, den sie Hein Mück nannten, obwohl er Heinz Brückner hieß, Gelegenheit, sich zu äußern.

„Hätte es nicht Zeit mit dem Alarm gehabt, bis wir nähere Einzelheiten über den Boliden wissen?"

Bracke blickte weiter auf den Schirm. „Ich habe Stufe drei veranlaßt, und ich habe meine Gründe."

Brückner verzog das Gesicht. Ihm paßten die häufigen Alleingänge des Alten nicht, obwohl er zugeben mußte, daß seine Entscheidungen immer gut fundiert waren. Trotzdem sollte er das Kollektiv...

Auf dem Bildschirm erschien das Meldezeichen der Zentrale in Berlin. Ein junger Mann in gut sitzendem Anzug, das dunkle Haar etwas länger gehalten, als es auf Luna üblich war, zog sich die linke Kragenecke gerade und nickte verhalten mit dem Kopf.

„Wir haben Ihre Warnung kurz nach der von Luna zwei erhalten und danken Ihnen für den schnellen Entschluß", sagte er, und Brückner lächelte unbewußt über die eigenartige Verbindung seiner Gedanken und der des jungen Mannes auf dem Bildschirm.

„Wir werden auf Anordnung der Raumbehörde in ständiger Verbindung bleiben, um Einschlagszeit und Einschlagsort so zeitig wie möglich exakt ermitteln zu können", fuhr der Berliner fort.

Bracke verzog das Gesicht. Geschraubte Reden gingen ihm auf die Nerven.

„Das hatte ich erwartet!" erklärte er. „Und nur aus diesem Grund habe ich so schnell gehandelt, was Sie ja bereits gebührend gewürdigt haben."

Der junge Mann aus Berlin blickte indigniert und zog sich vom Bildschirm zurück.

Bracke sah sich im Kreise um. „Ich hoffe, daß meine Entscheidung auch Ihrer aller Wohlwollen findet", sagte er ungewöhnlich weich und ohne den spöttischen Unterton. „Nehmen Sie Ihre Plätze ein, und erstatten Sie jede Minute eine Meldung an die Zentrale. Die Auswertung wird Mister Milburn hier an Ort und Stelle vornehmen. Mister Milburn..."

Während die anderen die Zentrale verließen, nahm der Amerikaner seinen Platz vor dem Zentralschirm ein.

Bracke betrachtete ihn lange und legte ihm schließlich die Hand auf die Schulter. „Raus mit der Sprache, Milburn. Sie bedrückt etwas. Ich sehe es Ihnen an."

Milburn öffnete bereits den Mund, als er durch das Einlaufen der ersten

Meldungen unterbrochen wurde, Meldungen, die der Zentralrechner speichern und teilauswerten mußte. Er stand auf.

„Bleiben Sie sitzen!“ Wieder legte ihm Bracke seine kräftige Hand auf die Schulter, und der Amerikaner wunderte sich über diese fast freundschaftliche Geste des für sein unpersönliches Verhalten bekannten Leiters.

„Es ist kaum der Rede wert“, sagte er und blickte zu Boden. „Ich hatte eine kleine Kontroverse mit Günther Freymann.“

„Berichten Sie, Milburn.“

„Es ging um Amerika. Er kritisierte die angebliche Laxheit der Amerikaner in politischen Dingen. Darüber habe ich mich etwas geärgert.“

Bracke nickte. „Ich verstehe Sie. Sie sind stolz darauf, daß es ein neues Amerika gibt. Es ist auch Ihr Amerika. Sie wissen genau, daß die Reste der Vergangenheit in absehbarer Zeit überwunden sein werden...“

Milburn war erstaunt, wie gut es Bracke gelang, sich in seine Gedanken hineinzuversetzen.

„Bedenken müssen Sie allerdings“, fuhr Bracke fort, „daß Amerika von einer ganz anderen Grundlage ausgehen kann als unsere Staaten damals. Sie in Amerika werden von aller Welt unterstützt; als wir diesen Weg beschritten, gab es noch eine ganze Reihe von Staaten, die unsere Erfolge verhindern wollten. Und diejenigen, die uns halfen, machten den gleichen Prozeß wie wir durch. Es existierten noch viel mehr Hindernisse, die aus dem Wege geräumt werden mußten. Wenn Sie, Milburn, die Meinung unseres Funkers Freymann unter diesem Aspekt sehen, verstehen Sie ihn vielleicht besser.“

In diesen Minuten wandelte sich die reservierte Einstellung des Amerikaners zu Wolfram Bracke. Er begriff, daß der Stationsleiter ein Mensch war, der alle Qualitäten eines verständnisvollen Leiters aufwies und der trotzdem nie ganz mit sich und seinen Mitarbeitern zufrieden war. Impulsiv drückte er dem Alten, wie sie Bracke untereinander nannten, die Hand.

Die entsetzliche Gefahr für Millionen Menschen war Kenneth Milburn bereits nach Auswertung der ersten Schriebe klar. Die ersten Meßdaten über den Boliden ergaben, daß er einen Durchmesser von mindestens sechshundert Metern hatte und daß seine Masse mit rund einhundert Millionen Tonnen im Verhältnis zu seiner Größe erstaunlich niedrig war. Deshalb erschien es unmöglich, seine Zusammensetzung zu bestimmen, wenn man ausschloß, daß er aus Eis bestünde, was nach dem letzten Stand der Kosmologie mehr als unwahrscheinlich war. Der Bolide flog mit ungeheurer Geschwindigkeit nur etwa eins Komma drei Grad südlich der Tangente Tycho–Ziolkowski und schickte sich damit an, vorausgesetzt er behielt seine Bahn bei, in einer Höhe von etwa achttausend Metern über Luna vier hinwegzurasen und, von der Masse des Mondes nur unwesentlich abgelenkt, über der Ostsowjetunion in die Atmosphäre einzutauchen. Bei seiner jetzigen Geschwindigkeit würde er die Strecke Mond–Erde in weniger als drei Stunden zurückgelegt haben, und es würde kaum etwas geben können, das ihn veranlaßte, Bahn oder Geschwindigkeit zu verändern.

Eigentlich gab es nur zwei Möglichkeiten. Entweder der Bolide würde bei seinem Auftreffen auf die Atmosphäre in Trümmer zerreißen und seine Brocken über weite Landstriche verstreuen, oder aber, er würde die Atmosphäre als glühender Ball aufwirbeln und nach etwa einem Umlauf um den Planeten in der Nähe der Antillen ins Meer stürzen. Er würde das Wasser durchschlagen und die dünne Erdkruste wie Papier zerfetzen. Ungeheure Seebeben würden die Erde in ihren Grundfesten erschüttern.

Die größte Naturkatastrophe der Menschheitsgeschichte bahnte sich an.

Die Wilden

Akul streckte sich auf der Luftliege und starrte an die in milchigem rosa Licht strahlende Decke. Er versuchte sich zu entspannen, sich hängenzulassen, wie er es nannte. Immer, wenn er an Birrha dachte, wurde es ihm weich ums Herz. Ob es Faunian ähnlich erging, wenn sich seine Gedanken mit seiner Gefährtin, mit Cosita, beschäftigten? Oder war Faunian auch innerlich so kühl und beherrscht, wie er sich äußerlich den Anschein gab?

Er wurde nicht ganz klug aus ihm. Faunian war als einer der eifrigsten Verfechter absoluter Rationalität bekannt. Nicht nur einmal hatte er die Rationalität als wichtigstes Instrument der Evolutionsgeschwindigkeit bezeichnet. Und doch schien es Akul, der Kommandant versuche durch konsequentes Handeln seine eigene Unsicherheit zu verbergen. Wie sonst war es zu erklären, daß er daheim auf Morn immer wieder die Einsamkeit der Hügel am Schacht gesucht hatte, daß er sich häufig von den Wassern der kleinen Flüsse faszinieren ließ. Letztlich waren auch diese Flüsse nur noch Relikte vergangener Zeiten. Und spätestens auf dem belebten Planeten der gelben Sonne würde man feststellen können, wie groß die Bremswirkung der Spontaneität für eine kontinuierliche Entwicklung war.

Oder würde man dort eine Überraschung erleben?

Vielleicht ließen ihn diese Gedanken nicht los, weil er auf Morn zwei geboren war. Vor Jahrhunderten, kurz nach Beginn der Raumfahrt, war Morn zwei besiedelt worden. Zur damaligen Zeit sollte es dort eine Hölle von Insekten, Sümpfen und undurchdringlichen Pflanzenherden gegeben haben. Und diejenigen, die sich mit der Kultivierung des Planeten befaßten, sollten Leute gewesen sein, die sich vor nichts fürchteten. Trotzdem waren die Bewohner von Morn zwei ihren Brüdern und Schwestern auf dem älteren Nachbarplaneten gegenüber immer benachteiligt gewesen.

Sie hatten einen Evolutionsvorsprung, die Bewohner von Morn drei, hatten ihn immer gehabt, und auch in den letzten Perioden hatte der kältere Planet sie einfach zum Fortschritt gezwungen, dort war man weit schneller vorangekommen auf dem Wege zum Optimum.

Die Bewohner von Morn drei hatten diesen erheblichen Evolutionsvorsprung erreichen müssen, wenn sie auf ihrem Planeten überleben wollten. Ihre technische Entwicklung war schneller gewesen, gesellschaftliche Veränderungen hatten sich rascher vollzogen, und es war kein Wunder, wenn sie auf die Bewohner von Morn zwei ein wenig herabblickten.

Dabei würde Akul, böte man ihm irgendwann eine Arbeit auf Morn drei an, mit Sicherheit Heimweh bekommen. Die Wärme der dunklen Sonne, das Rauschen der vielen Bäche, die die Kraftwerke und Sauerstoffregeneratoren versorgten, würden ihm fehlen. Die wenigen Gewässer auf Morn drei nahmen sich dagegen wie traurige Rinnsale aus.

Und noch eins würde er vermissen. Auf Morn zwei gab es noch einige wenige Pflanzen. Es war zwar kaum zu erklären, warum die Bewohner mit so großer Anhänglichkeit dieses Naturrelikt zu erhalten trachteten, aber es war nun einmal so. Er dachte an die Wasserbottiche, in denen Pflanzen, die fast ebenso groß waren wie er selbst, mit ihren feinfiedrigen Wurzeln Nährstoffe aufsaugten, die ihnen in genau abgemessenen Dosen zugeteilt wurden.

Er erinnerte sich an das jährliche Fest der Bestäubung, wenn die Alten mit winzigen Pinseln von Pflanze zu Pflanze gingen und die kleinen Blüten bestäubten. Und er erinnerte sich der Freude, wenn aus einigen der Blüten endlich winzige Samenkapseln geborgen wurden, die die Art dieser eigentümlichen Fossilien erhielten.

Und auf diese Zeremonien und alten Bräuche waren die Bewohner von Morn zwei unendlich stolz. Dafür nahmen sie gern das Fehlen des Gravex oder der leuchtenden Atomsonne in Kauf. Und dafür begegneten sie auch dem Kopfschütteln, mit dem manche Mornen des Nachbarplaneten ihr Tun betrachteten, voller Gelassenheit.

In Akuls Kabine flammte der Bildschirm auf. Unvermittelt erschien das Gesicht Faunians.

Akul blickte fragend auf den Schirm. Dabei hatte er das unbestimmte Gefühl, nicht korrekt zu handeln, wenn er sitzen blieb. Faunian war immerhin der Kommandant. Auch wenn er die Einsetzung eines Kommandanten als überholt und altertümlich empfand, war er doch gerecht genug, einzusehen, daß Faunian selbst keinen Einfluß auf die Entscheidung des Rates gehabt hatte und vielleicht selbst unter seiner auf Morn durchaus unüblichen exponierten Stellung litt.

Er stand langsam auf, bereute es aber sofort wieder, da Faunian offensichtlich noch mit jemandem in seiner Kabine sprach. Akul stand vor dem Schirm und wartete, daß der Kommandant das Wort an ihn richte, und er mußte wieder an die Unterprivilegierten auf Morn zwei denken.

Dann winkte ihm Faunian zu, und man sah, daß er lächelte. „Ich bitte euch, in etwa sechs Zeiteinheiten die Bildschirme zu einer Konferenz einzuschalten", sagte er, und Akul stellte fest, daß Faunian nicht nur zu ihm, sondern auch zu allen anderen Betreuern von Spezialsektionen sprach.

„Wir nähern uns dem System der gelben Sonne", fuhr Faunian fort. „Die ersten Isograven sind bereits nachweisbar. Wir werden also ab jetzt auf Sicht fliegen und das System in weniger als einhundert Zeiteinheiten erreichen. Ruht euch vorher noch gut aus, wir werden einige grundsätzliche Beschlüsse fassen müssen." Noch einmal nickte er vom Bildschirm herunter, dann tastete er die Verbindung aus.

Akul machte es sich wieder auf der Liege bequem. Es würde ihm jetzt nicht leichtfallen, schnell Schlaf zu finden. Er war erregt. Deshalb war er noch hellwach, als Bojan seine Kabine betrat. Bojan hatte die Einsätze der planetaren Flotte zu leiten und war bekannt für seine gerade und unkomplizierte Denkweise und die entsprechende Wahl seiner Worte. Ohne Gruß ließ er sich neben Akul auf die Liege fallen und regelte wortlos den Druck des Luftpolsters nach. Akul ließ ihn gewähren, denn er kannte die Art des Maschinisten.

„Hoffentlich bekommen wir mit Faunian keine Sorgen!“ brummte Bojan und blickte zu Boden. Er hatte die Hände ineinander verschränkt und die Ellbogen auf die Knie gestützt. Akul mochte ihn. Bojan war für ihn ein Bild von Kraft und Gesundheit.

„Wie kommst du auf eine derartige Vermutung?“ fragte er.

Bojan wandte ihm sein breites Gesicht zu. „Ich habe keine Vermutung ausgesprochen, sondern nur meine Besorgnis über gewisse Verhaltensweisen Faunians zum Ausdruck bringen wollen.“

„Du mußt dafür Gründe haben, Bojan. Du sagst doch so etwas nicht von ungefähr.“

„Ist dir nicht aufgefallen, daß Faunian seine Pflichten übermäßig ernst nimmt?“

„Er ist Kommandant! Er kann seine Aufgaben nicht ernst genug nehmen.“

Bojan schüttelte den Kopf. „Du willst mich nicht verstehen, Akul. Natürlich soll er seine Aufgaben ernst nehmen. Aber er tut Dinge, die unnötig sind.“

„Zum Beispiel?“

„Er sitzt fast die ganze Flugzeit hinter dem Gravicont. Ich befürchte, daß er sich dabei übernimmt.“

„Ist das alles, Bojan, was du an ihm auszusetzen hast?“

„Nein, das ist nicht alles. Nimm diese Konferenz. Seit unserem Start gibt es keinerlei neue Erkenntnisse über das System der gelben Sonne, die diese Konferenz rechtfertigen würden.“

„Faunian will sichergehen. Ich verstehe ihn. Er will und kann sich keinen Fehler leisten. Er trägt die Verantwortung für uns alle.“

„Von uns trägt jeder seine Verantwortung allein“, sagte Bojan aufgebracht. „Ich halte es für Aufgeblasenheit. Du magst von meiner Ansicht denken, was du willst.“

„Du läßt dich gehen, Bojan. Du solltest deine Worte besser abwägen.“

„Gut, gut. Du hast recht. Ich formuliere zwar häufig schärfer, als ich sollte, aber du wirst zugeben, daß an der Sache etwas dran ist.“

Akul hatte nicht die Absicht, das Gespräch weiter auszudehnen. Er fühlte sich der Argumentation Bojans nicht gewachsen. Bojan stand auf. Um seine vollen Lippen spielte ein Lächeln. Er hatte die Gedanken Akuls gespürt.

„Ich gehe“, sagte er ruhig, und er lächelte noch immer. „Ich will dich nicht länger stören. Faunian hat Ruhe angeordnet . . ., ich wollte sagen, er hat um Ruhe gebeten. Aber das kommt ja wohl einer Anordnung gleich.“

Bojan ging. Er ging langsam und mit ausgreifenden, kräftigen Schritten. Er verabscheute das Schweben mit Hilfe des Gürtels, obwohl es aus dem persönlichen Bereich der Mornen seit Jahrhunderten nicht mehr wegzudenken war. Bojan behauptete, darunter litte die gesamte Motorik des Körpers.

Akul legte sich wieder hin. Aber er fand keine Ruhe. Die Redereien Bojans gingen ihm im Kopf herum. Schließlich schaltete er den Schlafhypnotisator ein und fand bis zum Beginn der Konferenz ein wenig Entspannung.

Bevor Faunian die Bildschirme einschaltete, nahm er auf der Liege Platz und streckte sich aus. Er lächelte den übrigen verantwortlichen Mitgliedern der Expedition zu und wies auf ein an der gegenüberliegenden Wand sichtbares Modell der Galaxis.

„Wir haben mehr als die Hälfte unseres Weges zurückgelegt, stehen kurz vor der Peripherie der riesenhaften Linse, in deren Mitte wir alle geboren sind, und wir schicken uns an, den sternenlosen Abgrund zwischen dem Rand der Zentralgalaxis und dem Spiralarm, in dem unser Ziel kreist, zu überspringen.“

Der Satz schien ihm lang und geschraubt, und er beschloß, sich besser zu konzentrieren. Langsam richtete er sich auf. Ein Blick auf die Kommunikationsschirme belehrte ihn, daß die anderen sich ebenfalls aufgerichtet hatten.

„Nach unseren letzten Messungen hat sich bereits der Begriff ‚kreisen‘ als zweifelhaft erwiesen. So unrationell nach den Beobachtungen der Sonden der einzige bewohnte Planet des Systems zu sein scheint, so ungewöhnlich muß nach den Messungen das gesamte System sein. Wir haben Abweichungen in nahezu allen Bereichen, die unseren Ermittlungen bisher zugänglich waren, festgestellt. So bewegen sich beispielsweise die Planeten nicht, wie in allen uns bekannten Systemen, auf exakten Kreisbahnen, sondern laufen auf gestreckten Ellipsen um die gelbe Sonne, die ebenfalls keine stabile Bahn im Verhältnis zur Galaxis zu haben scheint. Sämtliche Planeten haben unterschiedliche Abmessungen und Massen und daher auch verschiedene Gravitationen. Sie beeinflussen sich

auf eine Art und Weise, die den Schluß zuläßt, daß das System noch keinerlei Gleichgewicht erreicht hat.

Der sechste Planet ist zu allem Überfluß noch von einem Ring umgeben, dessen Zusammensetzung noch nicht ermittelt werden konnte."

Es gab erstaunte Gesichter auf den Bildschirmen, und Akul beobachtete aus den Augenwinkeln Bojans Bildschirm, als erwarte er eine heftige Reaktion auf die Worte des Kommandanten.

Aber der Mechaniker schien sich seiner Worte, mit denen er diese Konferenz in Zweifel gezogen hatte, nicht mehr zu erinnern. Er schien im Gegenteil den Ausführungen des Kommandanten mit offensichtlichem Interesse zu lauschen. Ganz anders Tetos, einer der Planetologen. Er war aufgesprungen, so daß die Kamera Mühe hatte, ihm zu folgen. Trotz ihrer Richtautomatik gelang es ihr nicht immer, ihn vollständig auf die Gemeinschaftsschirme zu bringen.

Tetos gestikulierte und redete mit sich selbst, und Akul glaubte seine Wortfetzen als Begeisterung über ein derart außergewöhnliches System deuten zu können.

„Aus diesen Gründen scheint es mir wichtig zu sein", fuhr Faunian fort, „daß wir uns über die weitere Verfahrensweise schlüssig werden und einen genauen Plan zur Annäherung an den Planeten und seine Bewohner ausarbeiten. Einen Plan, der weder eine Lücke noch einen Fehler enthalten darf, denn wir müssen uns darüber im klaren sein, daß wir Lebewesen antreffen werden, die einen gewissen Grad von Intelligenz aufweisen. Gerade aber das ist der gefährliche Punkt all unserer Pläne, wie immer sie aussehen mögen. Wir wissen nichts über die Lebensgewohnheiten und über die Emotionen der Wesen, mit denen wir Kontakt aufnehmen werden, wir wissen nur, daß sie ganz anders sein werden als wir. Der geringste Fehler unsererseits kann zu nicht wieder gut zu machenden Mißverständnissen führen."

Tetos blieb vor der Kamera stehen. Es schien, als wolle er mit dem Gesicht in die Optik kriechen. Er war eines der ältesten Mitglieder der Expedition. Sein Gesicht zeigte bereits die ersten Falten, die sich auch durch die intensive medikamentöse Behandlung, wie sie bei älteren Leuten üblich war, nicht mehr eindämmen ließen. Seine wimpernlosen Augen blinzelten, als er mit zitternder Stimme verlangte: „Wir müssen landen! So schnell wie möglich landen. Ein Beobachtungszentrum einrichten und dieses eigenartige System erforschen."

„Wo müssen wir schnellstens landen?" fragte Faunian verständnislos.

Tetos schien einen Augenblick zu überlegen. „Das ist mir völlig gleich", antwortete er dann. „Ich würde eine Landung auf einem der mittleren Planeten vorschlagen."

Faunian wehrte energisch ab. „Das ist unmöglich, Tetos. Die Fernsonden haben beobachtet, daß die Bewohner des dritten Planeten das Orbit bereits verlassen können. Es ist zu erwarten, daß sie bereits bis zum fünften Planeten vorgestoßen sind. Da aber mit Sicherheit die Planeten ihre Ziele sind, müßten wir mit einer Begegnung rechnen."

„Na und? Warum sollten wir ihnen nicht begegnen? Früher oder später wird das ohnehin der Fall sein. Wir haben den Auftrag, Kontakt aufzunehmen..."

„... falls eine Kontaktaufnahme geraten erscheint. Und das eben müssen wir erst feststellen."

Tetos aber war kaum zu überzeugen. Es war schwer, ihm mit Vernunftgründen zu kommen. Er sah im Augenblick nur seine Aufgabe, dieses interessante System astronomisch zu untersuchen, seine komplizierten Bewegungsabläufe zu erkennen und zu verstehen.

„Es hat keinen Sinn, auf einem der äußeren Planeten zu landen, sie würden uns mit ihrer Gravitation zwingen, ständig in einem Antigravfeld Schutz zu suchen. Dadurch aber wird eine Beobachtung unmöglich."

Schließlich beugte sich Bojan vor. „Ich glaube, daß ich euch einen akzeptablen Vorschlag machen kann", sagte er, und seine tiefe Stimme vibrierte. „Wir sollten die gleiche Methode wie im System Resor anwenden. Wir dringen in das System ein und gehen in Höhe des dritten Planeten in eine stabile Kreisbahn."

Und wieder wehrte Faunian ab. „Ich sagte bereits, daß das unmöglich ist. Es besteht die Gefahr einer Begegnung."

Einen Moment lang schien Bojan sich zu erregen, aber dann zwang er sich zur Sachlichkeit. „Laß mich meinen Gedanken zu Ende führen, Faunian!" sagte er leise, mit einer gewissen Schärfe in der Stimme. „Alle Planeten dieses Systems laufen auf etwa derselben Ebene. Aus genau diesem Grunde werden sich auch die Raumfahrzeuge seiner Bewohner auf dieser Ebene bewegen. Ich schlage vor, daß wir die Parkbahn unseres Raumers um einen bestimmten, noch festzulegenden Betrag gegen die Ekliptik neigen und im übrigen auf einer genauen Kopie der Bahn des dritten Planeten fliegen. Auf diese Art ist eine Begegnung nahezu ausgeschlossen. Zwischen unserer Bahn und der des Planeten gibt es zwei

Schnittpunkte, aber ich glaube kaum, daß wir die Absicht haben, so lange auf der Parkbahn zu bleiben, bis eine Konjunktion eintritt..."

Faunian schien nachdenklich geworden zu sein. „Ich glaube, daß das ein guter Vorschlag ist", stellte er fest. Er kam nicht mehr dazu, einen Entschluß zu fassen, denn einer der Beobachter unterbrach ihn, als er eine weitere Besonderheit des vor ihnen liegenden Systems mitteilte.

Zwischen dem vierten und dem fünften Planeten, deren Abstand bezeichnenderweise nicht mit dem allgemeinen Gesetz der Planetenabstände dieses Systems übereinstimmte, kreise ein weit auseinandergezogener Ring kleiner und kleinster Raumkörper. Offensichtlich sei an dieser Stelle ein Planet zerstört worden, dessen Trümmer nun diesen Ring bildeten.

Faunian horchte auf. „Ein weiterer Grund, vorsichtig zu sein", sagte er. „Möglicherweise ist hier ein Planet gewaltsam zerstört worden."

Lekon war es, der diesen Gedanken rundweg ablehnte. „Du setzt einen Stand der Technik voraus", widersprach er, „der nach den bisher vorliegenden Ergebnissen nicht zu erwarten ist. Um einen Planeten zu vernichten, um ihn zu zertrümmern, sind Mittel notwendig, die ich den Bewohnern des dritten Planeten nicht zutraue. Etwas anderes wäre es, wenn auf dieser Bahn eine kleine Sonne kreisen würde. Dann wäre nahezu sicher, daß es eine atomare Katastrophe gegeben hat, aber ein Ring aus Trümmern..."

Er brach ab, als er sah, daß Bojan unruhig wurde. Ihm schien die Diskussion zu lange zu dauern.

„Das sind Spekulationen, Lekon", brummte er. „Ich komme auf meinen Vorschlag zurück. Wir steuern uns auf die von mir erwähnte Parkbahn ein, und zwar in unmittelbarer Nähe eines der beiden Schnittpunkte mit der Planetenbahn, und beobachten den Planeten."

Er blickte sich im Kreis um und sah in den Gesichtern auf den Bildschirmen fast ausschließlich Zustimmung. Auch Faunian schien, wenn schon nicht überzeugt, so doch einverstanden zu sein. Eine bessere Lösung war im Augenblick tatsächlich kaum zu finden.

So kam es, daß sich das Raumschiff auf einer um fünfzehn Grad gegen die Ekliptik geneigten Ebene dem Planeten näherte und schließlich in seiner Nähe auf eine Parkbahn um die Sonne einschwenkte.

Seit geraumer Zeit bewegten sie sich auf einer ähnlichen Ellipse wie der dritte Planet um die gelbe überheiße Sonne. So vielversprechend der

Eintritt in dieses ungewöhnliche System war, so enttäuschend boten sich die bisher erzielten Ergebnisse in bezug auf den dritten, den einzigen bewohnten Himmelskörper im Bereich dieser Sonne dar.

Dagegen lieferten die äußeren Raumkugeln eine Unmenge Material: Da gab es übergroße Planeten, die mit einer dicken Schicht gefrorener Gase bedeckt waren, die die Gravitation auf die Dichte von Metallen zusammenpreßte; da gab es einen Planeten, der trotz seiner Entfernung zum Zentralgestirn durch innere Wärme eine erhebliche Eigentemperatur aufwies, die sowohl den gasförmigen Zustand der Atmosphäre wie auch eine andeutungsweise vorhandene Fauna erhielt. Über die frei beweglichen mineralischen Individuen mit erheblich beschleunigtem Stoffwechsel, denen die häufigen Eruptionen des glutflüssigen Inneren des Planeten, die immer wieder die dünne Decke durchbrachen, nicht im geringsten zu schaden schienen, waren sich die Astrobiologen noch nicht im klaren.

Und da war schließlich der sechste Planet, eine ebenfalls vereiste Kugel, die jedoch durch einen aus gefrorenen Gasen und fester Materie bestehenden Doppelring, der sie umgab, eine eigenartige Schönheit erhielt.

Um so bedrückender waren die Ergebnisse, die sich auf den einzigen Planeten, der höheres Leben trug, bezogen. Es war, als wolle diese in den äußeren Gasschleiern der heißen Sonne kreisende Welt ihr Geheimnis unter keinen Umständen preisgeben. Selbst die feinsten Geräte waren nicht in der Lage, irgendeinen mentalen Impuls aufzufangen.

Faunian, an das Durcheinander mentaler Ausstrahlungen in der Nähe seines Heimatplaneten gewöhnt, neigte zu der Ansicht, daß die Bewohner dieses Raumkörpers längst noch nicht den Entwicklungsstand erreicht hätten, den man nach den Messungen der Fernsonden vermutet habe. Bedrückt gestand er sich ein, daß er mehr erwartet habe, denn das, was sie bisher ermittelt hatten, schien die Theorie des Kaltos nur zu bestätigen. Und er hatte doch eigentlich gehofft, sie widerlegen zu können.

Dabei war einzuschätzen, daß der Planet durchaus nicht schweigsam war. Seit Stunden beobachtete er auf den Bildschirmen ein heftiges Durcheinander von elektrischen Schwingungen, die sich als feine Linien miteinander verschlangen und verwoben, manchmal zitternd erloschen, um gleich darauf mit erheblicher Emissionsstärke erneut aufzuflackern.

Es gab zwei große Gruppen von Schwingungen, solche, die eine sehr hohe Frequenz aufwiesen, die durch eine zweite, langsamere überlagert wurde, und andere, die nur eine Frequenz hatten, die in einem völlig sinnlosen Takt aus- und einsetzte.

Bisher hatten die Tentakel nicht ermitteln können, ob es sich um natürliche oder künstlich erzeugte Emissionen handelte. Die Automaten, gefüttert mit den von Morn her bekannten Algorithmen, waren nicht in der Lage, einen Sinn aus dem chaotischen Durcheinander herauszulesen. Sie schalteten sich ab, nachdem sie sich in die zu dreiundfünfzig Prozent sichere Vermutung geflüchtet hatten, es handele sich um bislang unbekannte natürliche Ausstrahlungen des Planeten. Allerdings unterließen sie jeden Hinweis, aus welchen Möglichkeiten sich die restlichen siebenundvierzig Prozent zusammensetzen könnten. Es war zum Verzweifeln.

Faunian war froh, als sich Bojan meldete.

„Die erste Sonde nähert sich dem Planeten. Ich werde sie außerhalb der Gashülle auf eine sehr langsame, aber stabile Umlaufbahn bringen", rief er. „Soll ich die Übertragung zu dir durchstellen, oder kommst du zu uns?"

Sieh an, Bojan, er hatte die Sonde gestartet, ohne lange zu fragen. Sicher hatte auch er die lange Warterei ohne konkretes Ergebnis satt. Aber da war noch ein Unterton in seiner Stimme. Faunian lauschte den Worten nach. Hatte er sich in den letzten Tagen tatsächlich so sehr in seine Arbeit vergraben, daß die Frage Bojans, ob er zu ihnen komme, nötig war? Fast klang es wie eine Aufforderung.

Er winkte dem Gesicht des Maschinisten auf dem Schirm zu. „Ich komme!" sagte er und fühlte sich besser, als er das Gerät mit den huschenden Linien abgeschaltet hatte, diesen unerklärlichen Emissionen, die nicht nur ihn beschäftigten, sondern einen ganzen Stab von Linguisten und Frequenztechnikern auslasteten.

In der Kabine herrschte ein gedämpftes, diffuses Licht. Die Rücken der Kosmonauten hoben sich, als Faunian eintrat, dunkel von den Sichtschirmen ab.

Er trat hinter Bojan, der sich nur kurz über die Schulter umblickte und auf einen der Blasluftsessel unmittelbar neben sich deutete. Langsam ließ sich Faunian in die weichen Gaskissen gleiten.

Er blickte auf die kräftigen, muskulösen Hände Bojans, die sich fest um die Steuerhebel für die Sonde geschlossen hatten. Es war ungewöhnlich, aber in diesem Fall wohl notwendig, die Steuerung manuell vorzunehmen, und kaum jemand war dazu so prädestiniert wie der Riese Bojan mit seiner erstaunlichen Kondition, seinen blitzschnellen Reaktionen und seinem scharfen Verstand. Es war vernünftig, daß er diese Aufgabe nicht dem Tentakel überließ, der sich ausschließlich auf bekannte Tatsachen hätte stützen müssen.

Und Bojan würde all seine guten Eigenschaften brauchen, denn die Sonde würde in unvorhersehbare Situationen kommen können, nein, mit Sicherheit kommen.

Faunian sah auf dem Bildschirm vor sich einen wahrhaft ungewöhnlichen Planeten. Schon oft hatte er auf seinem Heimatplaneten zur Landung angesetzt, mehrmals auf fremden Planeten in der Nähe der Zentrallinse, aber das Bild, das sich ihnen hier bot, war so faszinierend, daß selbst der neben ihm sitzende Bojan den Atem anzuhalten schien.

Das Landefahrzeug befand sich, wie die Anzeige für Materietreffer verriet, in geringer Höhe über der Atmosphäre, nahe bei den ersten nebelhaften Ausläufern der Gashülle, die in den Raum hinausflatterten.

Der Planet hatte bereits einen Teil seiner Kugelform verloren, die Ränder des Bildes begannen sich, wie bei einer überdimensionalen Schale, nach oben zu wölben. Die dominierende Farbe war ein mattes Blau, das nach außen hin in die verschiedensten Farbschattierungen überging, von einem trüben Gelb oder dunklen Braun bis zu einem hellen Grün.

Lediglich die blauen Flächen, die unzweifelhaft eine zusammenhängende Wasserfläche darstellten, waren nahezu homogen in ihrer Färbung, alle anderen Flächen waren uneinheitlich getönt, so daß keine Regel zu erkennen war. Auch die Ränder der Wasserflächen waren unregelmäßig und chaotisch.

Über allem aber schwammen wie riesige weiße, zerfetzte Spiralen Wolkenfetzen, Wolken wie auf Morn. Nur war auch hier keinerlei ordnende Hand zu erkennen, die die Bewegungen der in der Atmosphäre schwebenden Kondensate koordinierte.

Noch wehrte er sich dagegen, daran zu glauben, daß die riesigen grünbraunen Flächen, die der Sonde langsam entgegenwuchsen, tatsächlich freilebende Pflanzenherden sein könnten, aber je kleiner der Bildausschnitt wurde, je mehr sich das Auflösungsvermögen der Optik steigerte, um so deutlicher wurde, daß der Planet wilder und ungeordneter war, als es nach dem Untersuchungsergebnis der Fernsonden zu erwarten war.

Vielleicht aber war das Gefühl der Traurigkeit, das ihn ergriffen hatte, auf die Unmittelbarkeit der Information zurückzuführen, darauf, daß all das, was sie sahen, gerade in diesem Augenblick geschah.

Bojan steuerte die Sonde ein und legte sie auf einen Gravitationswirbel, ihre Geschwindigkeit über dem Boden war nur noch minimal.

„Wir werden einige Runden um den Planeten ziehen, ehe wir tiefer gehen", sagte er, ohne Faunian anzublicken. „Wenn ich näher gehen soll, bitte ich um entsprechende Weisung."

Faunian hörte den drängenden Unterton, aber er ging nicht darauf ein. Bojans Ruhe schien unerschütterlich.

„Es reicht, wenn wir mit der Optik ziehen", sagte er und beobachtete, wie Bojan die blaugrüne Fläche des Meeres heranholte. Der Bildausschnitt schien sich zu verkleinern. Die Ränder der Kontinente krochen über den Bildrand, verschwanden. Es kam der Zeitpunkt, an dem sie feststellten, daß die eintönige Fläche durchaus nicht so ruhig war, wie es den Anschein gehabt hatte.

Gewaltige Wellenberge zogen in langsamer Dünung über das Meer, liefen ineinander, gegeneinander und stürzten sich als gewaltige Strudel in ihre eigene, unergründliche Tiefe, weiße Schaumberge aufwerfend. Wie zahm waren die Wasser auf Morn gegen dieses Ungetüm, das mehr als den halben Planeten bedeckte.

Ein brauner Fleck zog über den Bildschirm. Die kurze Zeit, in der sie ihn sahen, reichte eben aus, um zu erkennen, daß er mit grünen Tupfen bedeckt und von einem weißen Kranz umrahmt war. Ehe Faunian ihn darum bitten konnte, ließ Bojan die Aufnahmekamera zurückschwenken. Eine Insel aus zerklüfteten Felsen, an denen sich das Wasser schaumgekrönt brach und über gewaltige, abgerundete Steine seine Gewalt verströmte, kam ins Bild. Erregt beugte er sich vor. Eine Farbenkaskade sprang ihn an, so daß er den Kopf hinüber zu Bojan wandte, und er sah, daß der andere seltsam blaß war.

Die Insel trug Pflanzen. Aus der Perspektive, die die in großer Höhe schwebende Kamera erzeugte, sahen sie flach aus wie ein Algenrasen. Und doch konnte man ahnen, daß sie gewaltige Ausmaße aufwiesen.

Faunian hörte ein Stöhnen neben sich. Bojan deutete mit ausgestreckten Fingern auf das Bild. Dort, wo das Meer ruhiger über eine gelbliche Fläche der Insel leckte, lagen wie sinnlos verstreut grellbunte, runde Flecken und dazwischen, ja, jetzt gab es keinen Zweifel mehr, dazwischen lagen, ebenso ungeordnet, nackte Wilde. O ja, es waren Wilde! Ihre Haut glänzte braun in den sengenden Strahlen der hochstehenden, überheißen Sonne. Bunte Tupfen bedeckten Teile ihrer Körper, eine Farbenorgie quälte die Augen Faunians, Die Wilden lagen wie tot in den heißen Strahlen ihres Zentralgestirns und ließen sie auf die nackten Stellen der Haut brennen.

Und wieder stöhnte Bojan auf. „Reptilien...", hauchte er, und Faunian wunderte sich nicht darüber, daß seine Stimme bar jeden Tones war. Zum erstenmal schien selbst der harte Bojan erschüttert zu sein.

„Erinnere dich daran", fuhr Bojan leise fort, „daß Kaltos auf einigen Planeten Reptilien entdeckte, die einen Großteil ihres Lebens damit zubringen, sich die zu ihrem Leben notwendige Energiemenge durch die Sonne zuführen zu lassen."

Faunian fühlte die gleiche Aversion in sich aufsteigen, die er auch beim Anblick der Resoren gespürt hatte, aber diesmal beherrschte er sich. Vielleicht registrierte Bojan die Aversion auch nur nicht, weil er selbst zutiefst erregt war, Faunian vermochte es nicht zu sagen.

Er bemühte sich um Fassung. Wenig später war er wieder in der Lage, ruhiger zu beobachten. Es erschien ihm zweifelhaft, daß Bojan mit seiner Vermutung, es handele sich um Reptilien, recht habe, aber noch schwieg er. Welchen Sinn hätte es, wenn er Bojan jetzt vor voreiligen Schlüssen warnte?

Dann spürte er die Gedanken Cositas: „Es sind keine Reptilien, Bojan!" Ihre Erklärung klang kurz und abgehackt. Auch sie war erregt. „Sieh dir ihre Körper genau an. Sie sind aus Säugetieren hervorgegangen wie wir. Ihr Körperbau gleicht im Grunde dem unseren; nur sind sie evolutionär..."

„Sie tragen tatsächlich noch Fellreste am Körper", flüsterte Bojan, aber Cosita ließ sich nicht unterbrechen.

„...entweder noch nicht auf unserer Stufe, oder sie entwickeln sich in einer anderen Richtung." Dann wandte sie sich direkt an Faunian: „Die Fellreste deuten darauf hin, daß es sich nicht um Reptilien handelt, sondern um ehemalige Säuger."

„Und warum dann diese Sucht nach der Sonne?" fuhr Bojan auf.

Cosita überlegte lange. Schließlich winkte sie ab. „Wir werden es erfahren, Bojan. Auch wenn wir viel Zeit dazu benötigen. Eines Tages werden wir es wissen."

Als sie schwieg, schwenkte Bojan widerstrebend die Kamera in die Flugrichtung der Sonde. Lange Zeit lag nur das Meer unter ihnen. Dann aber tauchte weit vorn ein weißer Streifen auf, und sie erkannten, daß sich die Sonde der Grenze des Meeres näherte und sich anschickte, eine ziemlich umfangreiche Festlandscholle anzusteuern. Die Ränder dieser Scholle unterschieden sich in nichts von den Rändern der kleinen Insel. Lediglich von Wilden war keine Spur zu entdecken.

Als der Ausschnitt des Bildes sich wieder vergrößerte, kam die entsetzliche Chaotik der Planetenoberfläche ins Bild. Überall freie Pflanzen, die fast nirgends geometrisch abgegrenzt waren. Lediglich einzelne Flächen schienen von mehr oder weniger geraden Gräben eingeengt zu sein. Dazwischen lagen wenige freie Flächen, bei denen es den Bewohnern offenbar gelungen war, die Pflanzen zu vernichten. Es schien aber auch immer klarer zu werden, daß die Bewohner weit davon entfernt waren, größere Flächen effektiv zu säubern. Im Gegenteil, es waren von Gräben begrenzte Teilstücke zu sehen, auf denen die Natur offensichtlich schon wieder die Oberhand gewonnen hatte. Sie zeigten entweder einen intensiven grünen Anflug junger Pflanzen oder waren bereits wieder völlig vom Grün überwuchert.

„Diese Pflanzen müssen über eine unerhörte Vitalität verfügen", sagte Faunian stöhnend. „Die gesäuberten Flächen sind nach kurzer Zeit wieder überwuchert."

„Oder diese Wesen sind nicht in der Lage, eine vernünftige Technologie zu ihrer Beseitigung einzusetzen", warf Birrha ein.

Als dann die grüne Fläche von einer riesigen braungrünen Ebene abgelöst wurde, über die vereinzelte völlig unbekannte Lebewesen, lange Staubfahnen aufwirbelnd, zogen, steckte einer der Frequenztechniker seinen Kopf in die Zentrale und rief Faunian über sein Emitternetz an.

Es war gelungen, aus dem Durcheinander der Frequenzen einige Bänder herauszufiltern und beide Systeme zu dekodieren. Der Mann war ungeheuer erregt, und Faunian wußte, daß jetzt eine neue Etappe zur Erforschung des Planeten begonnen hatte.

Auf dem Wege zum Arbeitsraum der linguistischen und frequentotechnischen Gruppe, die einige Zeit zusammenarbeiten mußten, um die Dekodierung vorzunehmen, erfuhr er, daß das eine System, das mit abgehackten Impulsen arbeite, zur Bildübertragung diente, und daß es bereits gelungen sei, einen Empfänger herzustellen. Der zu den Bildern gehörende Ton werde auf einer gesonderten Frequenz gesendet und entspreche etwa dem zweiten System, das ausschließlich zur Übertragung von Tönen diene.

Faunian machte sich Gedanken darüber, daß er noch vor wenigen Augenblicken angenommen hatte, es handele sich bei den Bewohnern des dritten Planeten um in der Evolution beinahe am Anfang stehende Wilde. Er hatte sich also genausoschnell wie Bojan zu Schlußfolgerungen hinreißen lassen, die noch nicht genügend begründet waren. Nun stellte es sich heraus, daß die Wilden ein Übertragungs- und Verstärkersystem als Kommunikationsmittel verwendeten, im Grunde also nichts anderes als Emitternetze oder Informationstentakel.

Als er den Raum betrat, umfing ihn gedämpftes Licht. Er zuckte unter einer Flut gutturaler Laute zusammen. An der Schmalseite des Raumes war ein Gerät aufgestellt, auf dessen Bildschirm eine eigenartige Szene abrollte.

Mehrere mit radförmigen Auflagern versehene Geräte, die jeweils von einem der Wilden bedient wurden, bewegten sich unter furchtbarem Getöse mit einer unter diesen Umständen höchst halsbrecherischen Geschwindigkeit auf einer glatten Fläche entlang. Soweit Faunian erkennen konnte, handelte es sich um die einzige eingeebnete Fläche weit und breit, offensichtlich der magere Anfang einer künstlichen Oberfläche des Planeten.

Die die Geräte steuernden Wesen waren kaum wiederzuerkennen. Im Gegensatz zu den auf der ersten Aufnahme Festgehaltenen waren sie vermummt und trugen sogar vor den Augen durchsichtige Scheiben. Die Maschinen verursachten einen geradezu infernalischen Lärm und wirbelten riesige Wolken kleinster Materieteile auf. Es war unverständlich, wie die das glatte Band säumenden Wesen diese Staubmassen ihren Atmungsorganen anbieten konnten. Dabei war mit Sicherheit zu erwarten, daß diese Partikelwolken zu allem Überfluß auch noch mit Bakterien angereichert waren, denn allenthalten sah man Pflanzen auf dem mineralischen Boden. Faunian nahm an, daß diese Mineralschicht den Planeten in einer Mächtigkeit von mehreren Metern bedeckte – eine Schicht, die in Jahrhunderten mit Verwesungsprodukten und Exkrementen angereichert worden war. Diese Wesen mußten über eine erstaunliche Anpassungsfähigkeit verfügen.

Er beugte sich über den Rücken Teklas, der jüngsten Linguistin der Expedition, und als sie ihn spürte, wandte sie sich um.

„Sie nennen sich ‚Menschen'", sagte sie und lächelte versonnen, „und ihr Planet heißt in ihrer Sprache ‚Erde'."

Faunian versuchte die beiden fremden Worte nachzuformen, aber es gelang ihm nicht sofort.

„Geht es voran mit der Übersetzung?" fragte er eigentlich nur, um seine eigene Stimme zu hören. Das Getöse, das aus den Apparaten drang, ging ihm auf die Nerven.

Tekla nickte eifrig. „Wir haben es nicht mehr schwer, jetzt, wo wir

Bild und Ton empfangen können. Es wird nicht mehr lange dauern, bis wir die ersten elektronischen Sprachwandler zur Verfügung haben. Aber ihre Sprache hat eine Unmenge Abweichungen von den eigentlichen Regeln, die unter einem Wust von Besonderheiten fast völlig verschwinden."

„Das ist nicht so wichtig!" Faunians Augen hingen wieder am Bildschirm. „Wir werden nicht so bald landen. Ehe wir uns mit ihnen unterhalten werden, vergehen noch eine Reihe von Tagen, wenn wir überhaupt landen. Ich bin nicht sicher, daß sich das als notwendig und effektiv erweisen wird. Nur verstehen lernen müssen wir sie schnellstens."

„Es ist noch nicht sicher, daß wir landen?" Tekla schien enttäuscht zu sein, aber Faunian antwortete nicht. Zwar war die Entscheidung schon teilweise gefallen, denn wenn sie in der Lage waren, sich mit den Bewohnern dieses wilden Planeten zu verständigen, dann hatten sie auch die Pflicht, es zu tun. Aber er konnte sich mit diesem Gedanken noch nicht anfreunden.

Er sah Birrha, die Astrobiologin von Morn zwei, hereinkommen und ging zu ihr. Dann nahm er ihren Arm und führte sie zu einem der Sessel vor den Bildschirmen.

„Was meinst du, Birrha, was diese ... Menschen ... Was meinst du, tun sie dort?"

Sie versuchte mehrmals, das ihr fremde Wort auszusprechen, und er mußte zugeben, daß es ihr weit besser gelang als ihm.

„Ich weiß nicht, was sie tun", sagte sie langsam. „Vielleicht erproben sie Maschinen, die sie sich geschaffen haben. Obwohl ich nicht weiß, welchem Zweck diese Maschinen dienen könnten."

„Die Fernsonden haben ähnliche Geräte ermittelt, mit denen sie sich von einem Ort zum anderen begeben."

„Dafür ist die Entfernung, die sie hier zurücklegen, zu kurz. Und außerdem kehren sie immer wieder an ihren Ausgangspunkt zurück. Das scheint mir nicht sehr sinnvoll."

„Wir werden es beim derzeitigen Stand unserer Erkundungen kaum zuwege bringen, jeder ihrer Handlungen bereits einen Sinn beimessen zu können", schaltete sich Bojan ein. „Noch wissen wir kaum etwas von ihnen."

Faunian sah ein, daß sie sich im Augenblick damit zufriedengeben mußten, manche Dinge nicht erklären zu können. Er beobachtete, wie das Bild wechselte und den Rand der ebenen Fläche zeigte. Die Menschen,

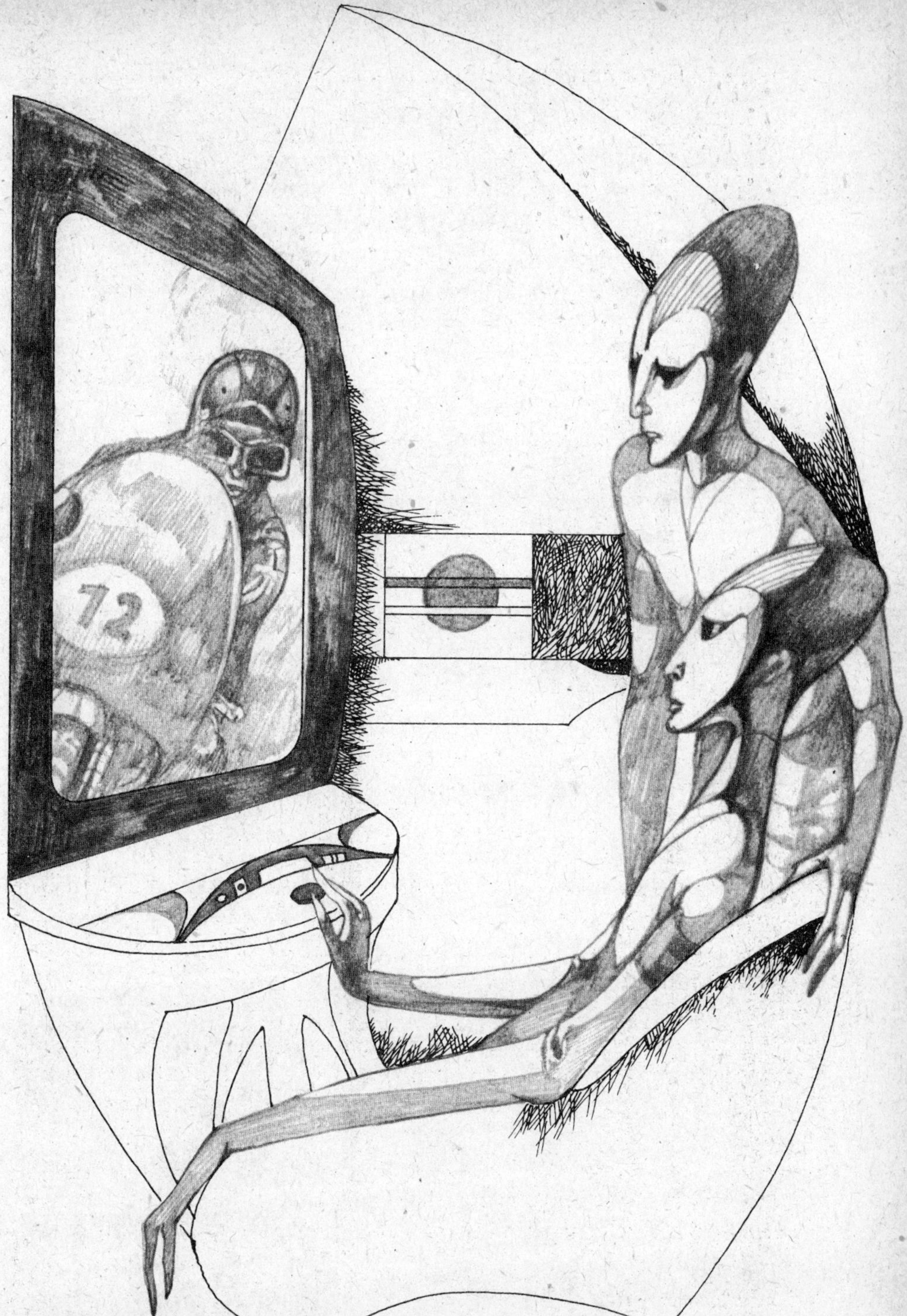
72

die er jetzt sah, waren im Gegensatz zu denen auf der Insel mit Anzügen in den mannigfaltigsten Formen und Farben bekleidet.

Aber noch etwas fiel ihm auf: Sie hatten stark voneinander abweichende Proportionen. Sie waren weder gleich groß, noch stimmten ihre sonstigen Formen weitgehend überein. Ein wahrscheinlich durch überlieferte Arbeitsteilung herausgezüchteter Unterschied der äußerlichen Formen zwischen Mann und Frau war ihm bereits aufgefallen, aber jetzt stellte er fest, daß auch Individuen eines Geschlechts mitunter stark abweichende Formen besaßen.

Birrha deutete auf einige Exemplare, die sich mit nacktem, behaartem Oberkörper um eine der Maschinen drängten, wohl um sie zu betrachten. Dann hoben zwei von ihnen den Vermummten aus der Maschine und warfen ihn wieder und wieder in die Höhe, fingen ihn jedesmal mit starken Armen auf, dabei nur leicht in die Knie gehend. Die nackten Arme der Männer ließen die Muskeln wie Tiere unter der Haut springen. Faunian entdeckte, daß sie unter den schütteren Haaren der Brust noch Relikte eines Säugetiereuters besaßen.

„Ich weiß, was sie tun!" rief Birrha. „Sie freuen sich! Sie freuen sich, daß der Vermummte die Maschine besiegt hat, und dafür feiern sie ihn."

Faunian blickte ungläubig. Sollte so etwas möglich sein? Eine Zivilisation, die gegen von ihr selbst geschaffene Maschinen kämpfte, um sich das Gefühl des Sieges zu verschaffen? Ein grotesker Gedanke, aber Birrha schien ihn ernst gemeint zu haben.

„Sie sind um so vieles anders als wir, daß wir es schwer haben werden", sagte sie leise. „Aber auf ihre Art sind sie zweifellos schön."

Faunian begriff sie nicht ganz, und er hatte ein Gefühl der Sorge, das er nicht erklären konnte.

Nach Tagen lagen die ersten geschlossenen Untersuchungsergebnisse vor. Man konnte ohne Übertreibung sagen, daß die kühnsten Erwartungen des Kaltos übertroffen worden waren. Die Bewohner des Planeten waren von einer Disharmonie der Verhaltensweise, daß sie den Mornen wahrscheinlich immer ein Rätsel bleiben würden.

Faunian entschloß sich kurzfristig, eine Konferenz anzusetzen, in der die Forschungsergebnisse der vergangenen Tage vorgetragen und ausdiskutiert werden sollten. Er berief diese Konferenz ein, weil er die Ratlosigkeit der Besatzung gegenüber dem Ungewöhnlichen spürte.

Es erschien ihm unumgänglich, einen Beschluß über die weitere Verfahrensweise herbeizuführen, wenn die Expedition überhaupt einen Sinn haben sollte. Die bis zu diesem Zeitpunkt vorliegenden Ergebnisse hätten bei einigem Zeitaufwand auch durch entsprechend programmierte Sonden erbracht werden können.

Als er das niedrige Podium betrat, um seine Ausführungen zu beginnen, wurde ihm mit erschreckender Deutlichkeit klar, wie wenig sie eigentlich bisher wußten und wie unsicher er selbst war. Das, was er jetzt vorzutragen hatte, waren meistens Vermutungen, die zudem noch äußerst unerfreulich waren.

Er blickte über die schweigende Versammlung und beschloß, sich selbst die notwendige Sicherheit wiederzugeben, indem er zuerst ausschließlich die Untersuchungsmethoden behandelte. Allerdings fühlte er selbst, daß auch dieser Entschluß nichts anderes war als eine Flucht vor dem Unbekannten.

„Unsere Ultraschall-Richtsonden", begann er stockend, „haben ermittelt, daß der Planet Erde..."

Er unterbrach sich, als er die Schwierigkeiten der neuen Terminologie spürte, und begann von neuem.

„Wir haben uns entschlossen, in einigen Fällen die Bezeichnungen zu verwenden, die bei den Bewohnern des untersuchten Planeten üblich sind. Ich bin mir nicht im klaren darüber, ob die Wörter ‚Erde' und ‚Menschen' jemals einen guten Klang in unserer Galaxis haben werden. Bisher spricht eigentlich alles dagegen. Doch dazu später..."

Erfreut stellte er fest, daß seine Gedanken in Fluß kamen, und fuhr fort: „Unsere Ultraschall-Richtsonden haben ermittelt, daß der Planet nur eine dünne schlackige Kruste trägt, unter der sich ein Kern aus glutflüssigem Gestein befindet. Diese Kruste schwimmt gleichsam auf dem heißen flüssigen Brei, der immer wieder, vor allem bei den häufig auftretenden tektonischen Bewegungen, die Oberfläche durchbricht und erhebliche Verheerungen anrichtet.

Es handelt sich dabei nicht so sehr um mechanische Zerstörung, sondern um den Austritt giftiger Gase in ungeheuren Mengen, die dadurch in den Atembereich der Menschen gelangen und die nach unseren Erfahrungen eine entsetzliche Gefahr für alles höhere Leben bilden müssen. Selbst unter dem Aspekt, daß diese Wesen in Anpassung an ihr lebensfeindliches Biotop eine weit höhere Widerstandsfähigkeit gegen diese Gase entwickelt haben, als es uns überhaupt möglich erscheint, ist nicht anzunehmen, daß sie sich daran gewöhnen können. Körperliche Schädigungen dürften unbedingt die Folge dieser Eruptionen sein. Auf die Tatsache, daß die Menschen dieser Gefahr zu begegnen suchen und mit welchen Mitteln sie das tun, werde ich später eingehen."

Faunian blickte wieder über die Versammlung und beobachtete, wie vor allem die Gruppenleiter, deren Untersuchungsergebnisse er hier vortrug, sich eifrig Notizen machten. Fast alle im Konferenzraum hatten ihre kleinen Mentokonserver, winzige Geräte, die bestimmte Gedanken in Kristallgittern speicherten, an das Emitternetz angeschlossen.

Er erwartete eine heiße Diskussion, und zum erstenmal freute er sich darauf. Das, was sie hier ermittelt hatten, ging über die Kapazität eines einzelnen Leiters hinaus, sowohl was die Auswertung als auch was die unvermeidliche folgende Beschlußfassung über das weitere Vorgehen anbelangte.

„Die visuellen Beobachtungen", führte er weiter aus, „ergaben, daß der Planet Erde zu großen Teilen mit unermeßlichen Pflanzenherden bedeckt ist. Es ist offensichtlich, daß die Menschen auf ihrer derzeitigen Evolutionsstufe außerstande sind, eine Technik zu entwickeln, die ihnen die Herrschaft über die Natur sichern könnte.

So haben unsere Biologen ermittelt, daß es Versuche der Eindämmung der Pflanzenherden überall auf dem Planeten gibt, daß aber nach einer relativ kurzen Zeit die Natur die ihr abgetrotzten Landstriche wieder in Besitz nimmt und schnellstens überwuchert. Es wurde beobachtet, daß den Pflanzenherden beispielsweise mit Maschinen, die die Pflanzenkörper abschneiden und zerkleinern, zu Leibe gegangen wird, es mußte aber auch festgestellt werden, daß die gereinigten Flächen so ungenügend gegen neuen Bewuchs gesichert wurden, daß sie nach kurzer Zeit bereits wieder einen grünen Anflug neu emporschießender Pflanzen zeigten.

Auch die Nutzung des Meeres – eines der ersten Anzeichen für eine beginnende Zivilisation auf nahezu allen bekannten Planeten – ist gerade erst in Angriff genommen worden. Außer einer Nutzung als Verkehrsträger sind nur vereinzelte im flachen Wasser schwebende Wohnwaben entdeckt worden, also alles in allem nur sehr zaghafte Ansätze.

Wenden wir uns dem Wohnverhalten der Menschen zu. Bei dem bis dahin festgestellten uneffektiven Verhalten war kaum damit zu rechnen, daß es auf diesem Gebiet anders aussehen würde. Aber genau betrachtet, erreicht die Sinnlosigkeit hier ihren vorläufigen Höhepunkt. Zwar sind die Wohnwaben, die mit recht weit entwickelten Maschinen errichtet werden, mitunter recht beeindruckend, aber die unrationelle Wohnweise als Einzelwesen oder als kleine Gruppe ist derart weit verbreitet, daß man sich fragt, warum sich die Menschen die weit rationellere Wohnweise der Insekten nicht zum Vorbild nehmen. Außerdem gibt es noch viele Bauwerke, deren Äußeres sich in absurder Individualität erschöpft.

Bei den Menschen fällt weiterhin ein Hang zum Ortswechsel auf, der meist auf befestigten Trassen erfolgt und der die noch in ihren Anfangsstadien steckende Technik besonders beflügelt zu haben scheint. Aber auch hier ist, was die Unrationalität anbetrifft, mit wahrer Meisterschaft gearbeitet worden. So werden für den Transport von Menschen nicht selten Maschinen eingesetzt, deren Nutzlast nur ein Hundertstel der Eigenmasse beträgt. Fast übertroffen werden diese Verkehrsmittel von eigenartigen geflügelten Apparaten, die sich durch Vortrieb in die Lufthülle des Planeten erheben können. Da die Menschen offensichtlich nicht die Nutzung der Gravitation kennen, weisen diese Apparate eine Lagestabilität auf, die nahe Null liegt. Ihre Benutzung ist mit einem erheblichen Risiko verbunden, was die Menschen jedoch nicht abhält, sie in erheblicher Anzahl zu verwenden."

Einen Augenblick hielt Faunian erschöpft inne. Bisher hatte er fast ausschließlich negative Dinge vor den Mitgliedern der Expedition ausgebreitet, und nachdem er den kurzen Bericht der Mikrobiologen vorgetragen hatte, die aus den Proben, die sie der Lufthülle des Planeten entnommen hatten, auf eine enorme Bakterienfauna am Boden schlossen, kam er zu den ersten positiven Anzeichen der menschlichen Evolution.

„Es ist verständlich", sagte er, „daß die Wesen dieses Planeten unter diesen Verhältnissen nach einem Weg suchen, der ihnen ein Verlassen ihrer ungastlichen Welt ermöglicht. Nur so ist es zu erklären, daß die ersten Ansätze zur Raumfahrt zu einer Zeit auftreten, in der bei einer normalen Entwicklung diese Technik noch nicht hervorgebracht worden wäre. In dieser Beziehung muß man der Erde eine Sonderstellung einräumen."

Am Schluß seiner Darlegungen ging er auf den Körperbau der Menschen ein, schilderte ihn als übermäßig muskulös und kräftig und führte auch diese Eigenschaft auf die unwirtlichen Einflüsse ihres Heimatplaneten zurück.

Nach seinen langen Darlegungen fühlte er sich erschöpft und bat die Versammelten um eine Pause.

Erst als er den Saal verließ, spürte er, daß es durchaus Dinge geben konnte, die bei der Zusammenfassung der Ergebnisse der einzelnen Expertengruppen untergegangen waren. Im wesentlichen war das, was sie ermittelt hatten, ein Bild der Unordnung, der Irrationalität und des Chaos.

Aber war so etwas überhaupt möglich? War es möglich, daß Intelligenzen unter Verhältnissen entstanden, die nicht optimal waren? Oder war vielleicht alles ganz anders? Sahen vielleicht nur sie, die Mornen, die Unrationalität dieses Planeten? Dann aber brach ihre gesamte Aussage zusammen. Dann waren die Menschen einfach nur anders als sie, aber nicht weniger weit entwickelt. Schließlich verdankten sie diesem unwirtlichen Planeten ihre Entstehung, ihr Leben, ihre Evolution. Warum kamen ihm diese Gedanken erst jetzt? Warum waren sie ihm nicht gekommen, als er die Berichte zum erstenmal zusammenfaßte?

Wie würde man in den nächsten Tagen an die neuen Probleme herangehen müssen. Konnte das ein Morne überhaupt mit seinem Denken und Fühlen? Brauchte er dazu nicht die Emotionen eines Menschen?

Er war froh, daß er die Diskussion noch vor sich hatte, daß es Freunde gab, die das Falsche in seinen Ausführungen korrigieren, das Verborgene hervorziehen würden, Freunde wie Bojan und Akul, Lekon, Cosita und die anderen. Er hatte plötzlich das Bedürfnis, ihnen zu sagen, daß er sie brauche, sie alle.

Als Faunian seine Kabine betrat, blickte er erstaunt auf den schmalen Rücken Birrhas, die vor dem Bildschirm saß. Sie hatte sein Eintreten überhört.

Er hatte nicht vermutet, sie hier zu finden. Eigentlich hätte sie an der Konferenz teilnehmen müssen. Außerdem konnte er ihre Impulse nicht aufnehmen, da sie ihr Netz nicht trug. Es lag eingeschaltet hinter dem Sessel, in dem sie sich ausgestreckt hatte.

Durch die Kabine jaulten ungewöhnliche Töne, die ihm fast weh taten. Zu gleicher Zeit aber übten sie eine eigenartige Anziehung aus. Faunian fühlte, wie sich seine Kopfhaut zusammenzog.

Birrha hatte sich offensichtlich in die Aufzeichnung der Speicher eingeschaltet, die wahllos in den verschiedensten Frequenzen herumhorchten, um aus einer Fülle von Material bestimmte Tendenzen zu ermitteln, die Aufschluß über die Lebensgewohnheiten und die Psyche der Menschen geben konnten.

Wer weiß, wie lange Birrha diesen Sendungen hier schon lauschte. Er hatte in den vergangenen Tagen schon öfter bemerkt, daß das Verhalten der Menschen einen eigenen Reiz auf die Mornen ausübte. Und nicht nur bei Birrha. Vielleicht war das auch einer der Gründe, der ihn veranlaßt hatte, seinen Vortrag nochmals zu überdenken.

Der Bildschirm zeigte einen jungen männlichen Menschen, der sich eine Bekleidung aus Tierhaut angezogen hatte und der einen Apparat bediente, der mittels straff gespannter Drähte Töne erzeugte.

Faunian fand die Töne zwar nicht wohlklingend, aber er mußte anerkennen, daß sowohl die Erscheinung des Wilden wie auch die Tonfolgen in gewissem Grade erregend waren. Vielleicht waren es auch die Bewegungen des Mannes, der sich selbst in eine Art Ekstase zu treiben schien. Seine Bewegungen waren gleitend und wurden unterstrichen durch die eng am Körper liegende Kleidung. Die breite, behaarte Brust hob und senkte sich im Takt der Bewegungen.

Faunian fühlte sich abgestoßen durch diese Zurschaustellung absoluter Männlichkeit, aber er brachte es nicht fertig, sich abzuwenden.

Er versuchte im Gegenteil, die mit Inbrunst hervorgestoßenen Worte aus dem Durcheinander der Drahtschwingungen herauszufiltern und zu übersetzen. Schließlich gelang es ihm mit Hilfe des Mentokonservers.

Das Lied hieß „Orchest of summer" und handelte von einem jungen Mann, eben dem Sänger, der an einem heißen Sommertag mit einer Frau in einem See in wunderschöner Umgebung badet und sie nach dem Bade, angeregt durch ihre äußeren Formen, zur Kopulation aufforderte.

Er sah, daß Birrha aufstand und sich umwandte.

„Faunian!" rief sie verwundert. „Ich hatte dich nicht kommen hören."

Erst dann fiel ihr auf, daß ihr Netz hinter dem Sessel lag. Mit einer schnellen Bewegung hob sie es auf und legte es auf ihren Schädel.

„Ist dein Vortrag bereits beendet?"

Ihm erschien diese Frage überflüssig, aber er unterließ es, sie darauf hinzuweisen. Auch auf die Tatsache, daß sie nicht an der Konferenz teilgenommen hatte, ging er nicht ein. Er war eigentümlich freundlich gestimmt.

Birrha deutete auf den Bildschirm, auf dem sich der Sänger verbeugte.

„Die Sexualität spielt eine große Rolle in ihrem Leben", sagte sie.

Es war gut, daß sie das Netz aufgesetzt hatte, er hätte sie sonst nicht verstanden. Aus dem Gerät brandete ein derartiger Lärm auf, daß Faunian einen Impuls zur Tondrosselung geben mußte. Die Menschen, die dem Sänger zugehört hatten, erzeugten den Lärm, indem sie die Hände gegeneinanderschlugen.

Als er aufblickte, hatte Birrha den Raum verlassen. Mit ihrer letzten

Bemerkung hatte sie ihn auf einen Punkt aufmerksam gemacht, der noch seiner Klärung harrte.

Auf diesem Planeten schien im Gegensatz zu Morn ausschließlich die persönliche Zeugung praktiziert zu werden. Anders waren die Inbrunst des jungen Mannes und die Überbetonung der Sexualität kaum zu erklären. Er war nicht erstaunt darüber, daß auf der Erde noch die subjektive Zeugung erfolgte. Von genetisch-objektiver Zeugung schienen die Menschen nichts zu halten, und auch ihre Frauen gebaren noch. Das alles schien ihm bedeutsam.

Er dachte an Morn. Selbst dort hatte sich in Jahrhunderten die genetisch-objektive Zeugung nie ganz durchsetzen können. Viele Mornen waren einfach nicht bereit, sich die Freuden der sexuellen Vereinigung entgehen zu lassen, mochten die Genetiker reden, was sie wollten. Eine derartige Überbetonung sexueller Belange wie hier auf der Erde aber war selbstverständlich undenkbar.

Viele junge Leute, und dabei schloß er sich nicht aus, waren jedoch der Ansicht, daß eine künstliche Befruchtung sehr viel zur Senkung der genetischen Fehlerquote beitragen konnte. Allerdings tendierte er heute zu der Meinung, daß diese Ansichten an ein bestimmtes Alter gebunden waren, denn in den meisten Fällen vergaßen die jungen Männer spätestens dann, wenn sie eine Gefährtin gefunden hatten, wofür sie eben noch eingetreten waren.

Auch er gestand sich heute nicht ohne Schmunzeln ein, daß es Cosita war, die ihn zu einem grundlegenden Sinneswandel veranlaßt hatte. Eine normale Sexualität war aus dem Leben der Mornen weder wegzudenken noch wegzudiskutieren.

Allerdings vertrauten fast alle Frauen den Embryo bereits wenige Tage nach der Empfängnis den Brutschränken der Nursologen an, die die Entwicklung des keimenden Lebens in ihren Instituten überwachten und – wenn notwendig – genetische Korrekturen vornahmen. Dieser Entwicklungsstand schien hier auf der Erde noch nicht erreicht zu sein. Er würde Finetta einen Hinweis geben, damit sie diesem Gebiet zusätzliche Aufmerksamkeit widmete.

Als er zurück in den Versammlungsraum ging, spürte er eine erstaunliche Freude an der Aufgabe ihrer Expedition. Fast hatte es den Anschein, als habe ihn die Erscheinung des jungen Menschen angeregt.

Im Saal bemerkte er in einer der vorderen Reihen Birrha. Sie mußte kurz vor ihm den Raum betreten haben. Er sah, wie sie sich neben Bojan setzte, und als sie sich an dessen Schulter lehnte, wußte er, daß seine Vermutung richtig war.

Er blickte sich um, sah einen leeren Platz neben Cosita, und er sah auch, daß sie ihm zuwinkte. Als er durch die Reihen ging, begriff er, daß die Diskussion eigentlich schon begonnen hatte.

Cosita blickte ihn an und lächelte. „So gut dein Vortrag war, Faunian, es wird heute spät werden“, sagte sie und rückte dicht an ihn. Er nahm ihre Hand in die seine und wußte, daß er genügend Kraft für eine Auseinandersetzung haben würde. Etwas Neues schien im Raumschiff eingezogen zu sein.

Als er sich auf die Gedanken konzentrierte, die den Saal durchwebten, erkannte er, daß er nicht der einzige war, der das Gefühl gehabt hatte, daß sie bei ihren Schlußfolgerungen viel zu sehr von ihrem eigenen Standpunkt ausgegangen waren. Die meisten Gefährten schienen das zu denken.

Er stand auf und stellte mit Genugtuung fest, daß die Vielfalt der Impulse verebbte. Er wartete, bis Ruhe eingezogen war.

„Ich gebe die Diskussion frei“, sagte er, „und bitte zu bedenken, daß am Ende unserer Aussprache ein Beschluß über unser weiteres Programm und die Verhaltensweise der Mornen gegenüber den Menschen stehen muß. Unter diesem Gesichtspunkt wird der Tentakel die Reihenfolge der Beiträge auswählen.“

Er hatte sich noch nicht wieder gesetzt, als ein Leuchtzeichen an der Stirnwand des Saales den Mechaniker Bojan aufforderte, seine Meinung vorzutragen.

Es war nicht verwunderlich, daß der Tentakel als ersten Redner Bojan zur Stellungnahme aufgefordert hatte. Der Rechner wählte nach Rede und Gegenrede aus, und Faunian traute Bojan zu, daß er die schwachen Punkte in seinem Vortrag gefunden hatte, und das war gut so. Trotzdem erwartete er die Ausführungen mit einiger Besorgnis. Bojan hatte die Angewohnheit, Fehler und Schwächen schonungslos aufzudecken.

Das erste, was Bojan tat, als er das kleine Podium betreten hatte, war, die gesamte Übertragungsanlage auszuschalten. Faunian gestand sich ein, daß er ihn bewunderte, wie er mit wuchtigen Schritten auf und ab ging und seine Gedanken scheinbar mühelos nur mit Hilfe des Emitternetzes auf die Versammelten niederprasseln ließ.

„Wir haben Zeit verloren!“ rief er und richtete sich auf. „Sinnlos Zeit verloren. Die Ergebnisse, die wir in mehreren Tagen gespeichert haben, geben uns lediglich Auskunft über einige rein äußerliche Verhaltensweisen der Menschen.“

Er sprach das fremde Wort aus, als gehöre es seit Urzeiten zum Sprachschatz der Mornen.

„All unsere Ermittlungen aus dieser großen Entfernung sind Stückwerk, sind bunte Splitter in einem Kaleidoskop, die sich zu Tausenden von verschiedenen Kombinationen zusammensetzen ließen, wenn wir gelernt hätten, dieses Kaleidoskop zu schütteln. Was aber tun wir? Wir scheuen uns nicht, eine dieser zufällig entstandenen Kombinationen aufzuzeichnen, zu analysieren, und versuchen nun, darauf unsere weitere Arbeit aufzubauen.

Wir stellen also fest, daß bei diesen Wesen nicht die Psyche, sondern die Physis im Vordergrund steht. Und was bringt uns zu dieser Annahme? Einzig und allein die Tatsache, daß wir als einzige gedankliche Äußerungen elektrische Schwingungen aufgenommen und dekodiert haben, mit denen sich die Menschen über weite Entfernungen miteinander verständigen. Ich sagte absichtlich: gedankliche Äußerungen! Wir setzen voraus, daß es so ist, denn es liegt für uns auf der Hand, ihnen eine Art überdimensionales Emitternetz zuzuschreiben, mit dem sie in der Lage sind, über ihren ganzen Planeten hinweg zu kommunizieren.

Wir sind erstaunt darüber, daß bei ihnen die Aktion die überragende Rolle spielt und daß wir nicht in der Lage sind, Sinn und Inhalt dieser Handlungen zu deuten oder gar zu verstehen.

Und wir haben nichts Eiligeres zu tun, als festzustellen, daß Aktionen bei ihnen weit häufiger seien als psychische Prozesse.

Wie nun aber, wenn sie mit ihren Apparaten gar nicht in der Lage sind, Gedankenimpulse zu übertragen, wenn sie gezwungen sind, ihre Gedanken in Worte zu kleiden oder sie gar durch Aktionen darzustellen?“

Im Raum entstand Bewegung. Die Ideen Bojans, so kühn sie waren, mußten untersucht werden. Aber war das überhaupt möglich? Und wenn ja, wie?

Faunian sah, wie der Mechaniker seine Blicke über die Versammelten gleiten ließ, ehe er fortfuhr. Und Faunian wußte, daß Bojan bereits eine Lösung gefunden hatte.

„Wir nannten sie Wilde, ehe wir uns entschlossen, sie mit ihrem eigenen Namen zu bezeichnen. Ich glaube, wir waren froh, als wir den Namen ‚Menschen‘ fanden. Dann stellten wir fest, daß sie die Tendenz erkennen lassen, aus ihrem Lebensbereich, aus ihrem Biotop auszubrechen, indem sie die Raumfahrt vorantreiben. Da uns ihr Planet sehr unwirtlich vorkommt und wir unbedingt einen Grund für die frühzeitige Entwicklung der Raumfahrt brauchen, machten wir die offensichtliche Lebensfeindlichkeit ihrer Welt dafür verantwortlich. Sie kehren ihrem Planeten den Rücken, weil er ihnen keine optimalen Lebensverhältnisse bietet, sagten wir und freuten uns über diese kühne Schlußfolgerung.

Warum gestehen wir ihnen nicht die gleichen moralischen Gründe zu, die uns hierhergeführt haben, den Drang nach Erkenntnis? Trauen wir ihnen diese Beweggründe nicht zu? Halten wir sie tatsächlich für Wilde? Es scheint so zu sein..."

Er hob die Hände, und während Faunian den Eindruck hatte, daß Bojan nur noch zu ihm sprach, überfluteten dessen Gedanken die Hirne der versammelten Mornen.

„...denn noch haben wir es nicht für nötig befunden, ihnen unsere Anwesenheit mitzuteilen. Noch sind wir nicht besser als einer, der die Gedanken seiner Freunde belauscht, obwohl sie nicht für ihn bestimmt sind.

Ich schlage hiermit der Versammlung vor, das Raumschiff auf dem Trabanten der Erde zu landen und unverzüglich die Landefahrzeuge fertigzumachen. Dann werden wir uns bei den Menschen anmelden und sie um die Erlaubnis bitten zu landen. So und nicht anders haben wir zu handeln, wenn wir nicht bereits von vornherein die Gefahr von Mißverständnissen heraufbeschwören wollen!"

Als sich Bojan wieder setzte, herrschte einen Augenblick lang Schweigen. Doch dann brandete die Gedankenvielfalt um so stärker auf. Wie eine mächtige Woge umspülte sie den Redner.

Zwar fühlte Bojan von allen Seiten Zustimmung zu seinem Vorschlag, aber er war sicher, daß das noch kein Beschluß war. Vor allem Faunian würde sich nicht mit seinen Ausführungen einverstanden erklären.

Er sah, daß der Leiter der Expedition sich zu Wort meldete, und es verstand sich von selbst, daß der Tentakel ihm das Wort auch erteilte.

So beachtenswert er die Ausführungen Bojans fände, sagte Faunian, so gefährlich erscheine es ihm, bereits jetzt Kontakt zu den Menschen aufzunehmen. Und er halte es kaum für angebracht, sich bei den Bewohnern des Planeten anzumelden, um eine Landeerlaubnis zu erhalten, da er sie einfach für noch nicht reif genug halte, um diesen Schritt richtig zu verstehen. Es sei durchaus möglich, daß diese Geste eine feindselige Haltung provoziere.

Bojan fühlte, daß er zornig wurde. Was nützte es ihnen, wenn sie sich immer wieder sagten, daß das geringe Wissen um die Menschen eine Landung auf der Erde verbiete, und wenn sie andererseits überzeugt waren, daß sie dieses Wissen aus der Entfernung nicht erweitern konnten?

Dabei war für ihn völlig sicher, daß sich auch Faunian die gleichen Gedanken schon hundertmal vorgelegt hatte, aber Faunian war einfach zu schwach, eine Entscheidung zu fällen, von der er annehmen mußte, daß sie ein Risiko berge.

Als Faunian vorschlug, den Zentraltentakel um eine endgültige Entscheidung zu ersuchen, verließ Bojan den Saal. Er ballte die Fäuste, denn er wußte, daß es keinen Sinn hatte, gegen eine Entscheidung des Rechners zu opponieren. Seit Jahrhunderten galten diese Entscheidungen, da sie das aus der Abwägung aller Fakten gefundene Optimum darstellten, als unanfechtbar.

Und Bojan glaubte zu wissen, daß sich der Tentakel nur im Sinne Faunians entscheiden konnte.

Der flach gewölbte Rand der schmalen Balustrade, die um den kleinen zylindrischen Raum lief, drückte schmerzhaft gegen die Schulterblätter, aber Bojan spürte kein Unbehagen. Und auch wenn er die Schmerzen in ihrer ganzen Stärke gespürt hätte, er wäre trotzdem nicht von der Stelle gewichen.

Bojan beobachtete das Hirn des Tentakels, diese formlose, matt schimmernde Masse rötlicher Gedächtniszellen, künstlicher Neuronen, die langsam in dem durchsichtigen Behälter mit Nährlösung aufstieg. Faunian hatte es offensichtlich eilig gehabt. Die entscheidende Frage war bereits gestellt.

Bojan hätte nicht zu sagen vermocht, welche Kraft ihn hierhergetrieben hatte in die schattenlose, aber schwach beleuchtete Zelle mit dem Hirn des Raumers, dem Hirn, das wichtiger war als seine Besatzung, das als einzige Materie in der Lage war, das notwendige Wissen zu speichern, eine Expedition an den Rand der Galaxis erfolgreich zu beenden.

Wollte er sehen, wie die Entscheidung, die über alles Weitere befand, reifte, oder war es der unausgesprochene Wunsch, das Unmögliche möglich werden zu lassen, den Tentakel zu beeinflussen, und sei es nur durch die unmittelbare Gegenwart seines Widersachers?

Bojan sah, wie das Hirn pulsierte, wie es formlose Fühler und Fortsätze ausstreckte, gleichsam, als taste es nach Informationen. Langsam wechselte die wächsern rötliche Farbe zu einem leuchtenden Rot, das ständig tiefer und tiefer wurde. Immer, wenn Bojan den arbeitenden Tentakel sah, überkam ihn eine Art hilflose Hochachtung.

Der Tentakel schien sich die Entscheidung nicht leicht zu machen, er ließ sehr lange auf sie warten. Im allgemeinen arbeitete das Hirn schnell und präzise, jetzt aber glommen an den Wänden Farben auf, die ineinanderliefen, verschwammen und komplizierte Figuren bildeten, die sich ebensoschnell, wie sie entstanden, wieder auflösten.

Bojan wußte, daß jetzt im Beratungssaal atemloses Schweigen herrschte, daß sie alle wie gebannt auf die große Tafel starrten, auf der der Tentakel seine Entscheidung in wenigen Augenblicken verkünden würde: Blau für Abwarten, Rot für die Landung.

Und er stand hier, mit dem Rücken an die Balustrade gelehnt, und sah die Entscheidung reifen, und er glaubte zu sehen, wie sich das Hirn mit ihr quälte.

Langsam traten die blauen Farbtöne in der Skala zutage, und Bojan wußte, daß der Tentakel seine Forderung ablehnen würde. Er fühlte, wie die Spannung in seinem Inneren wich, und er fühlte auch, daß sie einer tiefen Resignation zu weichen drohte.

Mit zwei Schritten trat er an den Behälter. Ungeschützt lag das Hirn vor ihm. Die Bewegungen der irisierenden Masse waren langsamer geworden, matter, sie schienen gehemmt zu sein, aber die blauen Sektoren leuchteten immer intensiver, immer ruhiger. Langsam und vorsichtig legte er die Handflächen an die kühle Wölbung des durchsichtigen Mantels und spürte das Vibrieren des künstlichen Lebens hinter der dünnen Wandung.

Und ebenso langsam trieb das Hirn einen blau leuchtenden Finger an die glasige Trennwand, schien ihn anzublicken mit diesem Finger, ihn zu warnen, zu warnen vor unüberlegten und gefährlichen Schritten.

Mit einem Ruck hob Bojan die Schultern und legte die Hände, die langen Finger hinter dem Rücken verschränkend, an den Gürtel. Und der bläuliche Auswuchs tauchte zurück in die träge pulsierende Flut des Hirnes. Bojan wußte, daß er auf die Landung würde warten müssen, warten, warten.

Als er den Beratungssaal betrat, erstaunte ihn das Gedankengewirr, das ihm entgegenflutete. Er hatte angenommen, die Diskussion sei nach der Entscheidung des Tentakels bereits beendet, aber er sah sich ange-

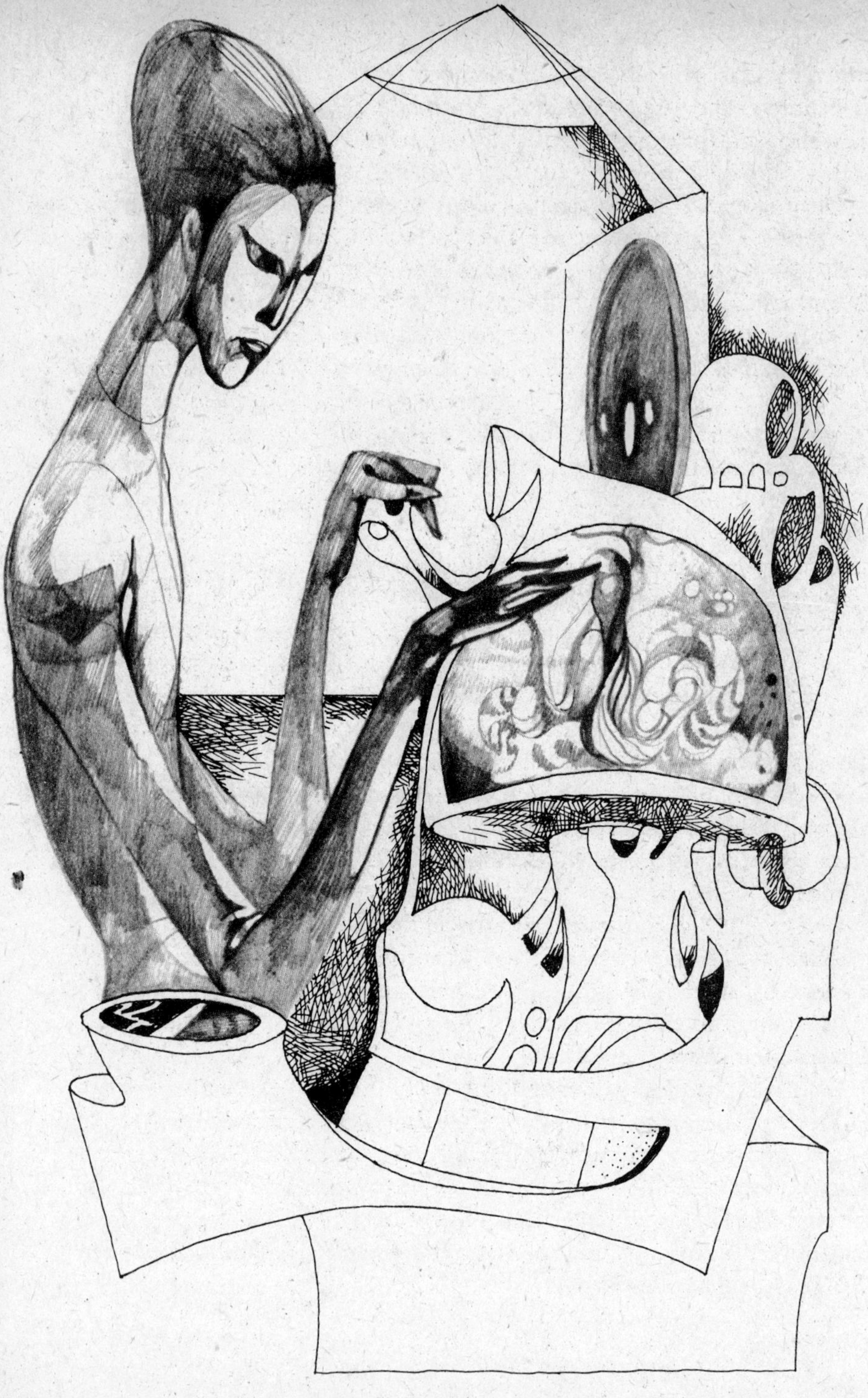

nehm überrascht. Das Gegenteil war der Fall.

Faunian war aufgestanden und gestikulierte, eine bei ihm äußerst seltene Erscheinung, und Bojan stellte fest, daß der andere Mühe hatte, sich verständlich zu machen.

Der Saalrechner hatte als nächsten Redner Akul ausgewählt, eine erstaunliche Entscheidung, denn der zweite Diskussionsredner hätte so ausgesucht werden müssen, daß seine Meinung der des ersten, also der Bojans, entgegenstand.

Aber schon die ersten Worte Akuls zeigten, daß er Bojan unterstützte. Das aber bedeutete, daß sich einfach niemand zu Wort gemeldet hatte, der gegen seine Ausführungen auftreten wollte. Nur weil Akul die Angewohnheit hatte, seine Gedanken stets mit einer gewissen Gedämpftheit vorzutragen, hatte der Tentakel ihn ausgewählt.

Und Akul tat etwas noch nie Dagewesenes. In ruhigen und sachlichen Worten kritisierte er die Entscheidung des Tentakels. Vielleicht war es gerade diese Sachlichkeit, die seinen Gedanken ein entscheidendes Gewicht gab. Zwar teilte er nicht ganz die Meinung Bojans, sondern schlug vor, sich der Erde ohne Anmeldung zu nähern und dann mit einem Landefahrzeug in einem unbewohnten Landstrich niederzugehen, aber grundsätzlich sprach auch er sich für eine schnelle Kontaktaufnahme aus.

Als Bojan auf den Tentakel blickte, hatte er das Gefühl, als habe die blaue Anzeigefläche einen Stich ins Violette erhalten.

Cosita behielt recht: Es wurde spät an diesem Abend. Fast alle sprachen zur Diskussion, und der Tentakel, der die Meinungen aller zu berücksichtigen hatte, veränderte mit jedem Beitrag ein wenig die Farbe seiner Anzeige. Als Faunian dem letzten Redner dankte, leuchtete sie in einem satten Rot. Das Programm der nächsten Tage lag fest:

Landung auf dem Trabanten der Erde – Aussendung eines bemannten Landefahrzeuges, das sich aus der Umlaufbahn heraus anmeldet – Abstimmung mit den Menschen über den Landeplatz – Landung und Kontaktaufnahme.

Spät erst zog im Flugkörper Ruhe ein.

Der vorprogrammierte Tentakel schaltete den Antrieb ein und jagte den Raumer mit parabolischer Geschwindigkeit an den Planeten heran. Sobald die Gravibaren des Trabanten, einer öden und toten Welt, im Gravicont waren, schaltete er auf Landung um und setzte die Riesenkugel sanft in einem der mächtigen Krater ab, ohne die Besatzung mit diesen Routinearbeiten zu belästigen.

Als Faunian erwachte und feststellte, daß der Raumer bereits gelandet war, fühlte er Gewissensbisse. Es hätten unvorhersehbare Komplikationen eintreten können, für die das Programm des Tentakels nicht ausreichte. Schließlich war man in einem völlig fremden System gelandet, und die eingegebenen Daten konnten nur auf den Erfahrungen aus dem System Morn fußen. Es war eigentlich unverzeihlich, den Tentakel sich selbst zu überlassen. Die lange Debatte am vorangegangenen Abend war eine nur ungenügende Entschuldigung.

Er duschte, nahm ein wenig Nahrung zu sich und ließ die Scheiben der Kabinenwandung durchsichtig werden.

Vor seinen Augen tat sich eine erstaunliche Landschaft auf. Rings um die Raumkugel stiegen die zerklüfteten Wände eines riesigen Talkessels fast senkrecht in einen nahezu schwarzen Himmel, an dem nur vereinzelte Sterne ein mattes Leuchten verbreiteten. Auf einer Seite war der Himmel ein wenig heller. Er vermutete, daß dort hinter den Felsen in kurzer Zeit das gelbe Zentralgestirn dieses Systems aufgehen würde.

Verblüfft betrachtete er die scharfkantigen Grate der unverwitterten Wände. Was doch die Natur für unsinnige Formen schuf! Wie schön und ebenmäßig waren dagegen die sanften Hügel seiner Heimat.

Der fast sternenlose Himmel allerdings bereitete ihm keine Überraschung, er hatte ihn erwartet. Hier draußen, am Rande der Galaxis, waren die Sterne nur dünn gesät. Der Himmel war schwarz, schwarz wie ein bodenloser Rachen, in dem die matt beleuchteten Schroffen des Talkesselrandes wie die Zähne eines mächtigen Raubtieres leuchteten. Er schüttelte den Kopf und machte sich selbst Vorwürfe, weil er die Umgebung in seiner Phantasie mit den abenteuerlichsten Untieren bevölkerte.

Quer über den spärlich mit Sternen bestickten Himmel zog sich das ein wenig hellere Band der Milchstraße. Dort, wo sie am hellsten war, wo sich das unregelmäßige Band ein wenig ausbeulte, war das Zentrum, war Faunians und seiner Freunde Heimat. Bis hierher, bis zur fernen Erde, waren sie geflogen und hatten unter diesen fremden Sternen zum erstenmal in der Geschichte der Raumfahrt Morns die Entscheidung eines Tentakels korrigiert.

Faunian riß sich von seinen Gedanken los, von denen er nicht wußte, ob er sich ihrer freuen oder traurig darüber sein sollte.

Die Wände des Kessels, in dem die Raumkugel aufgesetzt hatte, waren zum Boden hin so finster, daß sie im Gegensatz zu den bereits beleuchteten oberen Kanten, die mit ihren scharf begrenzten Rändern aus der Dunkelheit gerissen wurden, visuell nicht wahrnehmbar waren. Erst das Radarsignal eines kleinen Gerätes, das er jetzt ständig an der Stirn trug, ließ schartige Rinnen und Höcker deutlich hervortreten. Doch der Boden des Kessels war über und über mit kleinen Vertiefungen überzogen, die an den Rändern durch aufgeworfene Wälle begrenzt wurden. Andere Flächen des Tales wieder zeigten eine geschlossene Geröllldecke.

Er machte sich Gedanken über die Entstehung dieser eigenartigen Formation, aber er kam zu keiner befriedigenden Erklärung. Man würde eine Gruppe von Wissenschaftlern einsetzen, die sich mit dem Trabanten der Erde zu befassen hatte. Diese Untersuchung konnte das Bild von der Entstehung des Gesamtsystems abrunden, das Bild, von dem sie bisher nur sehr vage Vorstellungen hatten.

Faunian beobachtete, wie die Grenze zwischen Licht und Schatten immer weiter an den Wänden des Kessels herabwanderte. Für kurze Zeit traten die Schroffen und Kanten scharf und klar hervor, und wenig später gingen sie im gleißenden Sonnenlicht unter.

Dann traf das Licht der gelben Sonne schmerzhaft seine Augen. Es war eine Sonne, wie es sie im Zentrum der Galaxis nicht mehr gab. Ein lodernder, überheißer Feuerball, gegen den die erlöschende Sonne Morns nur ein flackerndes Feuerchen war.

Wenig später verließ die Landefähre, eine mächtige Linse, das Mutterschiff. Beim Start wirbelte die Antigravitation eine Wolke graugelben Staubes auf, die sich wie eine riesige Säule über den Krater erhob, ehe sie sich langsam pilzförmig ausbreitete. Selbst auf dem atmosphärelosen Trabanten der Erde dauerte es geraume Zeit, ehe die geringe Schwerkraft die Stäubchen zur Umkehr zwang.

Die glänzende Wandung des Raumschiffs überzog sich mit einer stumpfgrauen Schicht feinsten Staubes.

Das Ding

Die Erde hielt den Atem an. Sie erwartete den Verderben bringenden Schlag aus dem Kosmos, und es gab anscheinend nichts, was die Vernichtung hätte aufhalten können. Hatte die Menschheit in ihrer langen Evolutionszeit stets allen Gefahren die Stirn geboten und die An-

griffe der mächtigsten Gewalten immer wieder, wenn auch häufig unter Verlusten, zurückgeschlagen, so kamen doch diese Gefahren meist aus ihrer Gesellschaft selbst, und sie waren zu irgendeinem Zeitpunkt überschaubar.

Diesmal war die Menschheit nicht nur ratlos, sondern auch machtlos. Entgegen allen Voraussagen pessimistischer Ideologen hatte sie einen Weg der Entwicklung eingeschlagen, der nicht zu ihrer eigenen Vernichtung, sondern zu einem Maximum an Lebensinhalt für den einzelnen führte. Und nun sollte diese Entwicklung einen nicht zu überblickenden Rückschlag erhalten?

In allen Regionen traten Sonderkommissionen zusammen, berieten über die schnellstmögliche Organisierung von Hilfsaktionen und Sondermaßnahmen.

Die überwiegende Anzahl der Presseorgane beschränkte sich auf Berichte und Analysen der angelaufenen Aktionen, forderte die Bevölkerung zu Ruhe und Besonnenheit auf und unterstützte die Kommissionen nach Kräften.

Und doch blieb es nicht aus, daß einige Zeitungen versuchten, ihr Geschäft mit der Sorge der Menschen zu machen. Es gab Schlagzeilen wie: „Das Ende der Welt ist gekommen!“ – „Der Schuß aus dem All – das Ende der Zivilisation?“

Chefinspektor Baker wischte mehrere solcher Zeitungen mit einer Handbewegung vom Tisch. „So ein idiotisches Geschreibsel! Da erzeugt man womöglich noch künstlich eine Panik, die bisher durch Umsicht und vernünftige Argumentation vermieden worden ist.“

Er blickte hinüber zur Wand, wo der Einsatzplan die fleckige Tapete nur ungenügend kaschierte, aber er konnte die kleinen Kärtchen nicht erkennen. Er würde doch irgendwann einmal zum Augenarzt müssen. Wenn das noch Sinn hatte.

„Wo bleibt denn nur Carrington? Verdammt noch mal.“

Sergeant Myers riß die Hacken zusammen. „Inspektor Carrington ist mit den Sergeants Brian und Miller in Sachen Rod Mahoney unterwegs!“ meldete er diensteifrig und war erstaunt, als Baker erregt aufsprang.

„Das weiß ich doch, Sie Stütze der Region. Ich selbst habe sie doch losgeschickt, zwei Minuten bevor die vertrauliche Meldung über diesen Boliden bei uns eintraf. Vertraulich ...“, setzte er mit beißendem Spott hinzu und deutete auf die am Boden liegenden Zeitungen.

Myers nahm die Handbewegung als Aufforderung, hob die Blätter auf und legte sie sorgfältig auf den Tisch, unmittelbar vor die Nase seines Chefs. Er verzog auch keine Miene, als Baker sie erneut in die Ecke fegte und dann vernichtet in seinem Sessel zusammensank.

„Ausgerechnet jetzt muß uns dieser Boxer solche Sorgen machen. Erschlägt seinen Sparringspartner. Wochenlang bleibt alles ruhig, und dann plötzlich alles auf einmal. Wir beide, Myers, können froh sein, daß die Bevölkerung sich bisher noch diszipliniert verhält. Ich hätte eigentlich zumindest einige Kurzschlußreaktionen erwartet."

„Verzeihung, Chef", meldete sich Myers wieder zu Wort und nahm die Hacken zum zweitenmal zusammen. „Die Einsatzwagen melden nach wie vor, daß draußen alles ruhig ist. Die Menschen sehen der Katastrophe gefaßt entgegen."

Baker blickte den Sergeant an. Myers stand unbeweglich in der Ecke des Dienstzimmers. Sein Gesicht war jung und noch weich. In der Uniform, mit der vorn eingeknifften Mütze sah er aus wie ein Junge, der Soldat spielt.

„Setzen Sie sich zu mir, Myers!" sagte er leise, und der Junge setzte sich gehorsam auf die vordere Stuhlkante.

„Wie alt sind Sie, Myers?"

„Zweiundzwanzig, Chef!"

„Sie werden es noch mal weit bringen", prophezeite Baker und wurde sich sofort der Fragwürdigkeit seiner Vermutung bewußt. Vielleicht war der Junge in einer Stunde bereits tot. In einer Stunde? Baker blickte auf die Uhr. Der Bolide mußte bereits seit etwa zwanzig Minuten in der Erdatmosphäre herumtoben und sie bis zur Weißglut erhitzen. Zwar hatte er keine Ahnung, in welcher Art das erfolgte, aber er war sich im klaren darüber, daß es sich dabei um nichts Alltägliches handelte.

Und der Televisor schwieg sich aus. Die Sprecher auf dem Bildschirm teilten mit leicht gehetztem Gesichtsausdruck Belanglosigkeiten mit. Das Fernsehen hielt sich an die Anweisung über die Vertraulichkeit der Meldungen. Obwohl allen bereits bekannt war, was der Menschheit bevorstand, ignorierte es diese Tatsache weisungsgemäß völlig.

„Sie meinen, daß draußen alles ruhig bleiben wird?" Baker blickte den jungen Sergeant wieder an.

„Ich sagte nur, daß im Augenblick noch alles ruhig ist, Chefinspektor. Ich erlaube mir kein Urteil darüber, was in den nächsten Stunden sein wird", berichtigte Myers.

Baker winkte ab: „Ist schon gut! Ich habe Sie schon verstanden. Vielleicht haben sich die Menschen in den letzten dreißig Jahren so verändert, daß eine Panik ausbleibt. Ich hatte beispielsweise damit gerechnet, daß es zu Plünderungen kommt, daß gewissenlose Elemente die allgemeine Erregung ausnutzen und versuchen werden, sich einen guten Tag zu machen. Deshalb war ich auch so wütend auf mich selbst, daß ich auf eine bloße Anzeige dieses Brewsters hin meine drei besten Leute losgeschickt habe... Verzeihen Sie, Myers."

Dem jungen Polizisten war nicht anzusehen, daß ihn die Bemerkung seines Vorgesetzten getroffen hatte. Er war Kummer gewöhnt.

Statt dessen redete Baker munter weiter. Es schien, als wolle er sich selbst Mut zusprechen. „Nun, wir wollen hoffen, daß auch in den nächsten Stunden alles ruhig bleiben wird. Vielleicht wird die Menschheit in ihrer heutigen Ordnung den Schlag leichter überwinden, als das vielleicht früher der Fall gewesen wäre. Was heißt vielleicht..., sogar sicher wird sie den Schlag überstehen... Mensch, Myers!" rief er plötzlich. „Der Bolide müßte uns in wenigen Augenblicken überfliegen. Immerhin soll er ja schon in fünfzehn Minuten bei den Antillen notwassern, wenn er nicht schon zerplatzt ist."

Er sprang auf und lief nach draußen. Der Polizist, der die makabre Ausdrucksweise durchaus nicht unangebracht zu finden schien, folgte ihm.

Auf der Straße war tatsächlich alles ruhig geblieben. Bis auf geringe Abweichungen war dieser Morgen in dem Villenvorort von Lake City wie alle anderen.

Es dämmerte langsam. Einzelne Leute fuhren mit dem Wagen zu ihren Arbeitsstellen. Es war ruhig. Die Platanen wiegten sich in einem leichten Morgenwind. Nur an verschiedenen Straßenecken standen Menschen und reckten die Hälse nach oben, wo in wenigen Augenblicken, nach den Informationen der Zeitungen, ein flimmernder oder glühender Ball mit unheimlichem Getöse über den Himmel schießen mußte, eine Wärmewelle um sich verbreitend. Warum ein Eisbrocken, und sei er noch so groß, Hitze um sich verbreiten sollte und warum er wie eine glühende Sonne aussehen sollte, war Chefinspektor Baker zwar nicht klar, aber weshalb sollte es nicht so sein, wenn es selbst große Zeitungen behaupteten.

Und Chefinspektor Baker starrte mit den anderen in die Luft. Sergeant Myers stand neben ihm und starrte mit. Und Sergeant Myers hatte zweifellos einen weit triftigeren Grund. War ihm doch Großes prophezeit worden, und er war klug genug zu wissen, daß diese Prophezeiung nur eintreten konnte, wenn der Bolide ihn am Leben ließ.

Sie standen auch noch, als ein klappriger, verbeulter Chrysler um die Ecke bog und neben ihnen hielt. Inspektor Carrington und die beiden Polizisten sprangen heraus und vergaßen bei der eigenartigen Haltung ihres Vorgesetzten die vorschriftsmäßige Meldung. Sie stellten sich zu den beiden und starrten mit. Nach Minuten senkte Chefinspektor Baker das Kinn: „Wenn wir so weiterglotzen, Myers, wird bald ganz Lake City neben uns stehen und sich die Hälse verrenken... Wo bleibt Ihre Meldung, Mann?" herrschte er Carrington an.

„Sie sind weg!" meldete der Inspektor völlig unvorschriftsmäßig.

„Wer ist weg? Zum Donnerwetter noch mal", brüllte der Chef, und Myers stellte beruhigt fest, daß er wieder normal zu werden schien.

Carrington nahm Haltung an. „Der Boxer Mahoney und seine Begleiterin, eine gewisse Betty Summer, die wir weisungsgemäß verhaftet hatten, sind unter eigenartigen Umständen beim Transport nach hier geflohen."

Baker kniff die Lippen ein, aber er blieb ruhig. „Kommen Sie mit in mein Büro und berichten Sie", befahl er.

Der Bericht, den er zu hören bekam, war unzusammenhängend und lückenhaft. Carrington war verwirrt. Er berichtete, daß sie den Boxer in seinem Hotel in der Innenstadt gegen Morgen verhaftet und seine Begleiterin, die sich nicht abweisen lassen wollte, im Wagen mitgenommen hatten. Als sie vom Hotel wegfuhren, führte er aus, sei es noch dunkel gewesen. In der Nähe eines der kleinen Seen am Rande der Straßen sei von oben ein gleißendes Licht wie ein riesiger Scheinwerfer auf sie gerichtet worden. Der Fahrer des Wagens, total geblendet, sei von der Straße abgekommen und habe das Fahrzeug völlig aus der Gewalt verloren. Auf der Böschung der Straße hätten sie sich mehrmals überschlagen und seien kurz vor dem See liegengeblieben. Als sie sich aus dem verbeulten Auto gequält hatten, seien der Boxer und die Summer verschwunden gewesen, und das grelle Licht habe weit draußen den See beleuchtet. Wie eine Säule aus flüssigem Metall sei das Licht gewesen, und er habe den Eindruck gehabt, daß es direkt aus den Wolken gekommen sei.

„Lassen Sie mich bloß mit Ihrem Licht in Frieden!" schnaufte Baker und blickte ihn wütend an. „Ich vermute, daß Sie von Ihrer eigentlichen Fehlleistung ablenken wollen. Sind Sie vielleicht ein Anhänger dieses Boxers?"

Carrington sprang auf. „Wollen Sie etwa behaupten, daß ich ihn absichtlich habe laufen lassen? Haben Sie sich den Chrysler angesehen? Nein, ich weiß, Sie haben nicht. Statt dessen haben Sie den Zugvögeln nachgeblickt."

Baker zuckte zusammen, aber Carrington merkte schon bei den ersten Worten, daß seine Anklage nicht der Grund dafür war, denn Baker schlug sich vor den Kopf und rief: „Mensch, Carrington, der Bolide. Den haben wir über Ihrem Bericht völlig vergessen." Er blickte wieder auf seine Uhr.

Carrington, der vierschrötige Inspektor, sah ihn hilflos und ohne Verständnis an. „Was für ein Ding haben wir vergessen?" fragte er.

„Den Boliden, Mann. Haben Sie denn nichts davon gehört oder gelesen?"

„Nichts gehört und nichts gelesen. Und was ist damit?"

Carringtons lange Leitung brachte Baker zur Verzweiflung. „Erklären Sie es ihm, Myers!" rief er.

Und Sergeant Myers berichtete. Als er an dem Punkt seines Berichtes angekommen war, an dem er schilderte, wie sie nach dem Boliden ausgeschaut hatten, zog ein Lächeln des Verständnisses über Carringtons breites Gesicht. „Ich begreife", sagte er. „Sie meinen, daß das Licht auf der Straße und dem See von dem Boliden..."

Baker schlug die Hände vor die Augen und ließ sich in seinen Sessel fallen. „Es fällt mir schwer, Carrington, einen passenden Ausdruck für die Qualität Ihrer Allgemeinbildung zu finden", brummelte er vernichtet. „Ein Lob wäre es aber nicht, beruhigen Sie sich. Meinen Sie denn, so ein Ding hat einen eingebauten Scheinwerfer, um den Planeten, den es zu vernichten droht, auf Sicht zu warnen?"

„Wieso vernichten...?"

„Mann, wir reden die ganze Zeit davon, daß vor etwa zwanzig Minuten die Erde hätte in Trümmer gehen müssen, wenn der Bolide eingeschlagen hätte. Begreifen Sie nicht?"

„Nicht ganz, Chefinspektor. Ich habe nicht den Eindruck, daß wir auf einem Trümmerstück herumfliegen. Das würde man doch bestimmt merken, oder...?" Er blickte fragend auf Myers.

Der junge Polizist nickte ernsthaft. „Ich glaube schon."

„Das ist es ja eben." Bakers ruhige Stimme ließ die anderen aufblicken. „Er muß vorbeigeflogen sein. Wir wollen sehen, was die Leute vom Fernsehen darüber zu sagen haben."

Er schaltete den Televisor wieder ein. Als das Bild endlich auf dem

Schirm erschien, vernahmen sie gerade noch die letzten Worte des Sprechers: „... dürften Fehler in den Berechnungen der Bahnparameter des Boliden die Ursache gewesen sein. Wahrscheinlich hat er die Lufthülle der Erde überhaupt nicht berührt, sondern ist weit außerhalb der Atmosphäre vorbeigeflogen. Den Teleskopen, die sämtlich auf die vorausberechnete Eintauchzone gerichtet waren, mußte er aus diesen Gründen selbstverständlich entgehen. Hinzu kommt die sehr hohe Geschwindigkeit, die eine Beobachtung ohnehin erschwerte. Zur Zeit treffen bei uns laufend Anfragen und Hinweise ein, die sich mit der Tatsache befassen, daß Berechnungsfehler unterlaufen sein müssen.

Allerdings bestreiten die Stationen Luna zwei und vier diese Möglichkeit energisch und weisen darauf hin, daß der Bolide beide Stationen auf der errechneten Tangente in großer Höhe überflogen habe.

Wie wir aus gut unterrichteter Quelle erfuhren, sind die beiden Leiter der Stationen, Doktor Lupatzki und Diplomingenieur Bracke, zur Berichterstattung zu ihren übergeordneten Dienststellen gerufen worden."

Baker schaltete die Nachrichtensendung ab. Er sah aus, als habe er zwanzig Pfund abgenommen und fühle sich ungeheuer erleichtert. „Sehen Sie, Carrington", sagte er, „so geht es Leuten, die Mist gebaut haben. Ich rufe Sie also zur nochmaligen Berichterstattung in den Nebenraum."

Er öffnete eine schmale Tür und wollte dem anderen den Vortritt lassen, als der Fernschreiber zu ticken begann. Myers machte eine fast exakte Wendung und stellte sich vor dem Gerät auf. Als die ersten Sätze geschrieben waren, winkte er Carrington herbei, der unter der Tür stehengeblieben war, und zeigte auf den wandernden Papierstreifen.

„Moment!" sagte Carrington vorschriftswidrig zu seinem Chef und betrachtete das Fernschreiben. Nachdem er die ersten Worte gelesen hatte, begann er lauthals zu lachen.

Baker, der das Gebaren seines Untergebenen mehr als eigenartig fand, gab seiner Neugier nach und las ebenfalls, was ihnen hier übermittelt wurde.

„So ein Lump!" rief er in das Gelächter seines Inspektors. „So ein Nichtsnutz. Ich frage mich, warum wir solch ein Verhalten in unserer Gesellschaft noch dulden. Aber das sage ich Ihnen, Carrington, den greifen wir uns. Und der kommt nicht billig davon!"

Mit großen Schritten stürzte er in sein Arbeitszimmer, während sich Carrington grinsend auf den Schreibtisch setzte und die Telefonnummer des Pressedienstes wählte.

Sofort meldete sich die Stimme eines jungen Mädchens, und Myers konstatierte, daß die Stimme ausnehmend gut klingen mußte, denn der Inspektor zog den Bauch ein, was ihm in seiner sitzenden Position nur sehr unvollständig gelang.

„Nehmen Sie bitte folgende Veröffentlichung auf", sagte Carrington, nachdem er außerordentlich freundlich Namen und Dienstgrad genannt hatte. „In den Morgenstunden des heutigen Tages ist in einem Hotel in Lake City der Schwergewichtsboxer Rodney Mahoney unter dem Verdacht festgenommen worden, einen Totschlag verübt zu haben..." Er lauschte in den Hörer, richtete sich auf und schüttelte den Kopf. „Warten Sie doch erst mal ab, bis ich zu Ende geredet habe. Ich möchte wissen, was alle Leute an diesem Muskelpaket finden...? Also, wo waren wir stehengeblieben? Richtig!... verübt zu haben. Wie es sich jedoch in der Zwischenzeit herausgestellt hat, handelte es sich bei der Anzeige, die zur Verhaftung führte, um eine falsche Angabe seines Managers J.F. Brewster.

Mahoney befindet sich bereits wieder auf freiem Fuß. Gegen Brewster wird ein Ermittlungsverfahren wegen absichtlicher Irreführung der Polizei eingeleitet werden. Mahoney selbst wird gegen ihn ein Verfahren wegen übler Nachrede und Freiheitsberaubung anstrengen können... Na, Miß, sind Sie nun zufrieden?"

Er schüttelte mehrmals den Kopf und brummelte dabei Unverständliches.

„Bringen Sie es auf der ersten Seite", sagte er grinsend, bevor er sich entschloß, eine letzte Bosheit loszuwerden. „Und halten Sie noch ein paar Tage aus, Miß, er macht gerade eine kleine Reise mit seiner Verlobten." Dann erst legte er lachend den Hörer auf. „Der hab ich's gegeben." Er grinste zufrieden.

„Sehr richtig, Sir!" bemerkte Myers und ging langsam nach draußen. Sein Dienst war beendet, und keiner freute sich darüber mehr als er selbst. Er beschloß, sein kleines Zimmer am Rande der Stadt aufzusuchen und sich endlich einmal Gedanken darüber zu machen, wie die Prophezeiung seines Chefs Wirklichkeit werden konnte.

Auf der Straße standen kleine Gruppen von Passanten, die sich über Zeitungen beugten oder kleine Radios an die Ohren hielten. Und obwohl ihre Gesichter gelöst und heiter waren, kam Myers manch boshaftes Wort über die mathematischen Kenntnisse gewisser Stationsleiter zu Ohren. –

Faunian wußte, daß es Diskussionen geben würde, erregte Diskussionen, vielleicht sogar ärgerliche. Alle Regeln mißachtend, hatte er selbst die Leitung der Landegruppe übernommen. Noch vor kurzer Zeit hatte er vor sich selbst eine ganze Reihe von Begründungen gefunden, als er diesen ungewöhnlichen Beschluß den schweigend lauschenden Expeditionsmitgliedern bekanntgab. Von einer Verantwortung hatte er gesprochen, die er niemandem aufbürden dürfe als sich selbst, davon, daß nur er das Risiko einer Kontaktaufnahme tragen könne, und davon, daß nur er das Landefahrzeug genau genug kenne, um es ohne Gefahr an den Planeten heranzusteuern.

Jetzt bei näherer und vor allem ruhigerer Betrachtung aller Umstände mußte er erkennen, daß sein Entschluß einer gewissen Selbstsucht entsprungen war. Er wollte es sein, der als erster Morne seinen Fuß auf den verrücktesten Planeten der ganzen Galaxis setzte.

Die Ausrede von der Verantwortung entbehrte jeder Grundlage. Sie hatten ausgezeichnete Linguisten an Bord, Astrobiologen, die auf ihrem Arbeitsgebiet nicht ihresgleichen hatten. Er wußte, daß Tekla und Birrha keinen Fehler machen würden, der auch nur im entferntesten zu vermeiden war.

Und schließlich stimmte es auch nicht, daß nur er den Disko mit hinreichender Routine zu steuern vermochte. Bojan war ihm in dieser Beziehung zweifellos noch überlegen. Der Mechaniker von Morn zwei kannte das Landefahrzeug in allen Einzelheiten, und die Landung auf einem fremden Planeten hatte er so oft trainiert, daß er sie im Schlaf beherrschte.

Aber die anderen hatten geschwiegen, hatten seine Gründe wortlos akzeptiert.

Vielleicht wäre diese Fehlentscheidung spurlos an ihm, Faunian, vorübergegangen, aber bei genauerer Überlegung mußte er sich sagen, daß sein Entschluß möglicherweise weitere Nachteile haben würde, und es schien, als habe er sich bereits bei der Auswahl des Verantwortlichen an Bord des Mutterschiffes geirrt.

Natürlich konnte er Bojan nicht an Bord zurücklassen. Bojan hätte energisch protestiert, denn eigentlich war es seine Aufgabe, den Disko zu landen. Also hatte er den alten Tetos für diese Aufgabe bestimmt. Jetzt schien ihm, daß die Leitung in Akuls Händen besser aufgehoben gewesen wäre, aber Akul war ihm vor einiger Zeit mit seiner Fragerei derart auf die Nerven gegangen, daß er ihn nicht in Betracht gezogen hatte. Dadurch ergab sich nun die Gefahr, daß der alte Tetos den Dingen an Bord einfach ihren Lauf lassen würde, um im übrigen seinen astronomischen Interessen nachzugehen.

Er hätte tatsächlich Akul mit der Leitung des Mutterschiffes beauftragen sollen. Dann wäre ihm jetzt sicherlich wohler. Noch wohler würde er sich allerdings fühlen, wenn er selbst an Bord geblieben wäre.

Faunian steuerte den Disko in einer weiten Spiralbahn an die Erdkugel heran. Der Planet wurde immer mehr zu einer Scheibe, zu einer Scheibe von undefinierbarer Farbe mit verschwommenen Rändern, die langsam in die Schwärze des Kosmos übergingen.

Faunian hatte auf Handsteuerung geschaltet. Der Disko lag sehr sicher, gehorchte jeder Bewegung, aber von sich selbst hatte er den Eindruck, als sei er nicht auf der Höhe seiner Leistungsfähigkeit. Hinter sich spürte er den prüfenden Blick Bojans, bildete sich ein, daß der Maschinist jede seiner Bewegungen mit Argwohn beurteile, und ertappte sich dabei, daß er erst sehr spät eine Korrektur vornahm, als die Istkurve der Landetrajektorie vom Sollwert abwich.

Er war froh, daß er das Emitternetz abgeschaltet hatte. So konnten ihn die Gedanken der anderen nicht stören oder gar aus dem Konzept bringen, und außerdem konnte auch Bojan seine Selbstvorwürfe nicht aufnehmen.

Die Spiegelradiometer zeigten ein Ansteigen der Materietreffer in der Zeiteinheit an, ein untrügliches Anzeichen dafür, daß sie sich der Atmosphäre der Erde näherten. Die Gashülle ließ ihre äußersten Schwaden weit in den Raum hinauswehen.

Faunian lauschte dem Durcheinander der Schwingungen, die über die Außenantennen aufgenommen und direkt in den Steuerraum eingespielt wurden, und versuchte sich hineinzuhorchen, eine Frequenz herauszufiltern, auf der sie eine Sendung absetzen konnten. Aber es war schwer, wenn nicht sogar unmöglich, sich bei den von Standort zu Standort ständig wechselnden Frequenzen für eine von ihnen zu entscheiden, um mit genügender Sicherheit verstanden zu werden.

Er zuckte zusammen, als er einen schmerzhaften Griff an der Schulter spürte. Unwillig blickte er sich um, sah, daß Bojan auf den Schirm deutete, den er einige Augenblicke lang nicht beobachtet hatte, und erschrak.

Auf dem Schirm flimmerte ein dunkler Schatten, ein fester Körper, der fast genau auf ihrer Flugbahn lag. Faunian wußte, daß es noch nicht zu spät war, denn bisher war die Gefahrenschaltung noch nicht in Tätigkeit getreten, die Gefahrenschaltung, die auch bei Handsteuerung darüber wachte, daß Kollisionskurse auch mit schnellsten Raumkörpern rechtzeitig unterbunden wurden.

In diesem Augenblick gellte die Warnanlage. Mit ungeheurer Wucht warf das Gravitationstriebwerk den Disko aus der Bahn. Es schien eine Ewigkeit zu dauern, bis die Schwerkraftparalysatoren die ungeheuren Massenkräfte, die sich im Augenblick des Ausweichens auf ihre Brust gewälzt hatten, ausglichen, bis sie wieder normal atmen konnten. Noch länger dauerte es, bis die Flugstabilisatoren die chaotischen Bewegungen des aus der Bahn geratenen Landefahrzeuges normalisierten.

Als Faunian wieder einigermaßen Luft holen konnte, bemerkte er, es hatte sich etwas verändert. Zuerst wußte er nur, daß etwas fehlte, und es dauerte geraume Zeit, ehe er feststellte, daß die Erde zu schweigen schien. In der Zentrale herrschte Totenstille. Dann aber drang, zuerst leise, bald immer lauter werdend, ein hohles Brausen in die Innenräume des Diskos.

Er überprüfte die Instrumente. Alle Anlagen arbeiteten einwandfrei. Dann sah er, daß die Außentemperatur in den letzten Augenblicken sprunghaft gestiegen war, und er begriff, daß die Steueranlage den Disko in Richtung auf den Planeten aus der Flugbahn katapultiert hatte, einfach, weil es das effektivste Manöver gewesen war, die Schwerkraft der Erde mit zu Hilfe zu nehmen.

Der Disko stürzte mit nahezu kosmischer Geschwindigkeit in immer dichtere Luftschichten, heizte sich auf und wurde nur unvollständig gebremst.

Faunian griff wieder zur Handsteuerung, fing den Sturz ab und leitete ein erneutes Steigmanöver ein, da sich die Erde immer noch nicht meldete.

Dann fühlte er, daß Bojan ihm das Netz auf dem Schädel zurechtrückte und einschaltete.

„Du solltest das Netz nicht abschalten, Faunian", sagte Bojan, und seine Stimme klang verweisend. Noch schien er Nachsicht üben zu wollen. „Wir hätten uns diese Belastung ersparen können, wenn ich zu dir Kontakt bekommen hätte. Ich hatte diesen künstlichen Mond der Planetenbewohner", er deutete mit einer Handbewegung auf den Dekkenschirm, auf dem ein mächtiges, schnell rotierendes Speichenrad langsam vorbeizog, „bereits seit einigen Augenblicken beobachtet, bekam aber keine Verbindung zu dir."

„Ich habe ihn zu spät gesehen, Bojan. Meine Gedanken... waren nicht gerade erfreulich. Du weißt...?"

Bojan zuckte die Schultern. „Ich ahne es, Faunian", sagte er vorsichtig.

Faunian stand auf, legte Bojan die Hand auf den Rücken und schob ihn zum Steuerpult. „Bitte, Bojan, übernimm du die Steuerung! Ich möchte keinen weiteren Fehler machen."

Er beobachtete, wie der Mechaniker umständlich Platz nahm, die Düsen des Luftsessels nachregulierte, sich mit den ersten vorsichtigen Bewegungen in die Fluglage des Diskos hineinfühlte und sich erst dann umwandte.

„Wenn einer dich versteht, Faunian, dann bin ich es", sagte er nicht ohne Wärme, „aber davon wird nichts besser."

Bojan widmete sich wieder der Steuerung, aber noch ehe er eine neue Flugphase einleitete, bat er Faunian, sich um Tekla zu kümmern, die verzweifelt versuchte, die Signale der Menschen wieder aufzufangen.

Faunian sah, daß sie nahezu alle Mittel erschöpft hatte, um die Radiocomputer wieder zum Arbeiten zu bringen, und er erkannte, daß die Geräte selbst mit höchster Verstärkung operierten. Ein Gedanke kam ihm, der ihn erschrecken ließ. Er schaltete die Meßsender ein. Tatsächlich, auch die Meßsender erzeugten in den Radiocomputern keine Reaktion.

Tekla schlug sich vor den Kopf. „Daß ich darauf nicht gekommen bin, die Antennen sind in der Gashülle des Planeten geschmolzen. Wir sind taub geworden." Erst da schien ihr die Tragweite dieser Havarie aufzugehen. Sie blickte Faunian entsetzt an.

Faunian zuckte hilflos die Schultern und ging zu Bojan hinüber. Er sah, daß auch der Mechaniker begriffen hatte. Er steuerte das Landefahrzeug auf den Planeten hinab. Ein erneuter Start in den Kosmos war ausgeschlossen, da die Außenantennen der Warnanlage ebenfalls funktionsunfähig geworden waren. Die kleinsten Partikel konnten den Disko außerhalb der schützenden Gashülle beschädigen und das Leben der Kosmonauten gefährden. Eine Landung war unumgänglich geworden.

„Wir können keine Verbindung mit der Erde mehr aufnehmen", rief er Bojan zu, obwohl ihm klar war, daß der Mechaniker das längst wußte. „Wir können uns also nicht mehr anmelden."

Bojan machte eine unbestimmte Handbewegung. „Das ist zwar sehr ärgerlich, aber landen müssen wir nun, so oder so."

„Ohne Anmeldung werden sie uns als Feinde betrachten und angreifen."

„Kann ich mir nicht vorstellen, Faunian. Es sind keine Tiere. Welchen Grund sollten sie haben?"

„Ich weiß es nicht, aber ich habe ein ungutes Gefühl."

Bojan schaltete die Steuerung vorsichtshalber auf Kreisbahn und stand auf. Umständlich zog er sich die Kombination glatt.

„Du und Gefühle, Faunian?" Er blickte dem anderen aufmerksam in die Augen. „Sind nicht auch Gefühle Relikte der Vergangenheit?"

Es war unsinnig, auf diese Frage eine Antwort finden zu wollen. Selbstverständlich konnten sie sich in dieser Situation nicht auf Gefühle verlassen. Es war notwendig, ihre Lage exakt zu analysieren und die Möglichkeit zu wählen, die ein Höchstmaß an Sicherheit versprach oder, was den Tatsachen näherkam, die die geringsten Gefahren in sich barg.

Er hörte Bojan eine Frage stellen. Erst allmählich ging ihm der Sinn auf. Bojan erkundigte sich bei Akul danach, ob die Menschen den Mornen gefährlich werden könnten.

Aber auch Akul konnte keine klare Auskunft geben. „Die einzigen Waffen, die wir bisher bei ihnen gesehen haben, kennen wir aus den Sendungen, die wir aufgenommen haben..."

Bojan unterbrach ihn sofort. „Alles, was wir von ihnen wissen, stammt aus den von uns aufgenommenen Sendungen."

„...und diese befaßten sich nur mit der Auseinandersetzung kleinerer Menschengruppen." Akul ließ sich nicht stören. Er entwickelte seine Gedanken langsam und überlegte sich genau, was er sagte. „Dabei neigt Tekla zu der Auffassung, daß es sich um Sendungen handelt, die ausschließlich der Zerstreuung dienen und die keinen dokumentarischen Wert haben."

Es war erstaunlich, daß Akul so unbeeindruckt von den Waffen der Menschen sprach. Faunian erinnerte sich an den Schock, den er empfand, als er zum erstenmal gesehen hatte, daß ein Mensch mit Hilfe einer kleinen Handwaffe vernichtet wurde. Und nicht nur er war darüber entsetzt gewesen, auch die anderen Kosmonauten hatten diese widerliche Szene als Achtungszeichen empfunden. War diese Szene weniger grausam, nur weil es sich offensichtlich um eine Sendung gehandelt hatte, die die Menschen zu ihrer Unterhaltung einander zeigten? Oder ließ nicht gerade diese Tatsache Schlüsse auf ihre psychische Veranlagung zu? „Trotzdem halte ich sie für gefährlich", sagte er.

Bojan war immer noch unzufrieden. „Ich frage nochmals", rief er. „Können sie uns bei ihrem technischen Niveau gefährlich werden?"

Wieder war es Akul, der zu antworten versuchte. „Es ist nicht auszuschließen, daß bei der Auseinandersetzung größerer Gruppen Waffen zur Anwendung kommen, die weitaus gefährlicher sind als die, die wir bisher gesehen haben."

„Woher weißt du, daß es derartige Waffen gibt?"

Akul zuckte die Schultern. Aus seinen Worten klang Nachsicht: „Wenn sie überhaupt Waffen kennen – und wir wissen, daß sie sie kennen –, dann ist einfach zu erwarten, daß sie beim vermutlich hohen Stand ihrer Technik eine erhebliche Gefahr bilden."

„Eine Gefahr für uns, meinst du?" Bojan ließ nicht locker.

Es war Faunian, als falle es Akul sehr schwer, seine Gedanken zu äußern. Vielleicht befürchtete er, Bojan könne sich von ihnen zur Umkehr bewegen lassen.

„Man kann nicht ausschließen, das es ihnen bereits gelungen ist, bestimmte Prozesse der Nukleartechnik gesteuert oder spontan zu beherrschen", murmelte er, „und das scheint mir die einzige Waffe zu sein, die uns gefährlich werden könnte."

„In welcher Beziehung?"

„Sie könnten dadurch beispielsweise in der Nähe unseres Landefahrzeuges eine Hitzebarriere errichten, die uns vernichten würde."

„Und dagegen sollten wir keine Mittel haben?"

„Wir haben dagegen mehrere Mittel. Vorausgesetzt, wir erkennen schnell genug, daß es sich um einen Angriff handelt. Weiterhin müssen wir in der Wahl unserer Abwehrmittel sehr vorsichtig sein, um uns nicht für alle Zeiten die Möglichkeit einer Kontaktaufnahme zu verbauen."

„Erkläre dich bitte deutlicher!"

Wieder dachte Akul genau nach, ehe er antwortete. „Stell dir vor, Bojan, wir töten einige von ihnen. Wir könnten uns in den nächsten hundert Jahren nicht in der Nähe dieses Planeten sehen lassen, ohne als Angreifer zu gelten."

„Aber sie haben doch zuerst angegriffen..."

„Die Geschichte der Menschen wird es vergessen."

„... daraus kann man uns keinen Vorwurf machen."

Es war erstaunlich, wie schnell in Rede und Gegenrede aus einer hypothetischen Situation eine Theorie geschaffen werden konnte, die bereits jetzt geeignet war, das Verhältnis der Mornen zu den Menschen zu belasten. Faunian bemerkte es mit Erstaunen, und er hielt es für richtig, endgültig einzugreifen.

„Das sind Spekulationen!“ Er wandte sich an Bojan. „Bisher haben wir von einer Anwendung der Kernenergie nicht das mindeste bemerkt. Ihr aber tut, als hätten uns die Menschen bereits angegriffen.“

Bojan blickte ihn erstaunt an. „Aber du selbst hast uns darauf aufmerksam gemacht, daß eine Landung einer Gefahr gleichkommt.“

„Davon mache ich keinen Abstrich. Aber bedenke, Bojan, Spekulationen sind noch gefährlicher, und zwar für das zukünftige Verhältnis zwischen ihnen und uns.“

„Du bist also uneingeschränkt für eine Landung?“

Faunian hob die Schultern. „Bleibt uns eine andere Wahl, Bojan? Zurück in den Kosmos können wir nicht. Die weitaus größere Gefahr für uns liegt nach der Havarie außerhalb der Gashülle. Gehen wir also davon aus, daß sie nicht in der Lage sind, nukleare Waffen einzusetzen, ohne sich selbst zu gefährden. Und hoffen wir, daß sie psychisch weiter entwickelt sind, als wir alle es annehmen. Trotzdem bitte ich zu beachten, daß auch die kleinen Waffen, die wir gesehen haben, einem außerhalb des Landefahrzeugs operierenden Mornen durchaus gefährlich werden können.“

Bojan saß schon wieder hinter dem Steuerpult. „Also können wir vorerst beruhigt landen“, faßte er zusammen. „Wir werden ohnehin nicht sofort aussteigen. Und für alle Fälle haben wir die Paralyser.“

Faunian winkte ab. „Die Paralyser sind eine Waffe, für die hier niemand garantieren kann. Die Menschen sind anders als die Mornen. Vielleicht wirken die Paralyser auf ihre Körper überhaupt nicht.“

„Keine Sorge, Faunian. Bei größter Emissionsstärke wirken sie bestimmt. Ich mache mir eher Gedanken darüber, daß wir die Dosierung zu hoch wählen könnten. Dann würde nicht nur eine vorübergehende Paralyse, sondern der Tod eintreten. Ich hoffe in unser aller Interesse, daß es keine ernsthaften Auseinandersetzungen geben wird“, erwiderte Bojan.

Er schaltete die automatische Steuerung ab. Pfeifend die Gashülle des wilden Planeten durchpflügend, näherten sie sich schnell seiner Oberfläche.

„Wir werden landen und erst danach eine Verständigung mit Hilfe von Lichtsignalen anstreben. Mit unseren verstärkten Hirnströmen werden sie kaum etwas anzufangen wissen“, erklärte Bojan abschließend.

Der Disko glitt über den Terminator von Ost nach West, erreichte nördlich des Äquators die Grenze einer riesigen Kontinentalscholle, die

die Form eines Dreieckes hatte, und stand bald darauf über nicht enden wollenden Wäldern.

„Wir müssen landen oder in größere Höhen hinaufgehen“, warnte Faunian. „Die Schwerkraftemittoren werden bei noch größerer Annäherung Verwüstungen in den unter uns liegenden Gebieten verursachen.“

Wortlos schaltete Bojan auf Breitstrahler um und regelte den Antrieb nach. „Noch erreichen die Emissionen den Boden nicht“, sagte er und versuchte Faunian zu beruhigen. „Trotzdem werden wir erst landen, wenn wir zu einer der größeren Binnenwasserflächen gelangen, die wir uns zum Ziel genommen haben.“

Immer mehr verlangsamte er den Flug. Die rote Linie, die langsam über die elektronische Karte kroch und unbestechlich den Weg des Diskos festhielt, näherte sich einigen großen zusammenhängenden Seen in der Nähe des nördlichen Wendekreises. Als sie sie auf der Karte erreichte, schaltete Tekla die Scheinwerfer ein. Die Bodenschirme zeigten eine zusammenhängende Pflanzenherde, die langsam unter ihnen hindurchglitt, dann eine gewundene Schneise, die grell aus dem Dunkel gerissen wurde, eine Bewegung, die die Pflanzen sofort wieder verdeckten, und dann den See. Mit Hilfe der Peiler steuerte Bojan dessen Schwerpunkt an und setzte den Disko auf.

Die von Cosita eingeschalteten Infrarottaster zeigten einen Wärmefleck, der sich auf der parallel zum See verlaufenden Schneise hastig entfernte, sowie zwei kleine Schemen, die durch den Wald zu entkommen suchten.

„Menschen und Tiere fliehen“, flüsterte sie.

In dieser Nacht schlief Faunian nicht. Er bewachte, mit brennenden Augen auf die Bildschirme starrend, Leben und Sicherheit der vierzig auf dem wilden Planeten gelandeten Mornen.

Aber die Nacht verging ruhig. Menschen und Tiere waren geflüchtet vor dem Fremden, Unbekannten, das auf sie zugekommen war.

Als Cosita am anderen Morgen die Zentrale betrat, fand sie Faunian schlafend. Vor ihm auf dem Pult lagen die Ergebnisse der automatischen Analysatoren, die alles andere als ermutigend waren. Sie bewegte sich absichtlich leise, um ihm Gelegenheit zum Erwachen zu geben; denn sie wußte, wie sehr er sich ärgern würde, daß er nicht bis zum Morgen durchgehalten hatte.

An den Wänden schimmerten die Bildschirme der Infrarotsichtgeräte, und Cosita war erstaunt, als sie die vielen Wärmequellen erblickte, von denen es an den Ufern des Sees nur so wimmelte. Sie wandte sich um und wollte Faunian darauf aufmerksam machen, da sah sie, daß er ebenfalls auf die Schirme starrte.

Über das Emitternetz rief er Bojan und Tekla in die Zentrale. Er deutete auf die Normalsichtschirme, auf denen das Geschehen jetzt, da es draußen hell geworden war, weit deutlicher zu verfolgen war. Tatsächlich waren die Ufer ringsum von Menschen besetzt, und im flachen Wasser lagen Metallkörper, die wahrscheinlich dem Transport dienten.

Bojan blickte erstaunt auf den Kommandanten, konzentrierte sich dann aber auf das Geschehen am Ufer.

„Ich dachte schon, du seist eingeschlafen", äußerte er, „aber diese Dinger haben keine Eigenwärme. Mit Infrarot waren sie wohl kaum erkennbar. Und die Menschen sind wahrscheinlich eben erst aufgetaucht."

„Nein!" Faunian richtete sich steil auf. „Ich war eingeschlafen. Sie hätten uns angreifen können, ohne daß ich es bemerkt hätte."

Bojan stutzte einen Augenblick, wehrte aber mit nachsichtiger Geste ab. „Sie haben uns nicht angegriffen. Durch deine Unaufmerksamkeit sind keine negativen Folgen entstanden. Trotzdem werden wir uns bald darüber unterhalten müssen." Er griff zu den Analyseprotokollen. „Sieht nicht gut aus!" stellte er fest und betrachtete die einzelnen Folien aufmerksam. „Eine ungeheure Vielfalt bei Bakterien, hohe Staubkonzentration im Atemgas, dessen Sauerstoffanteil nur unwesentlich unter unserem liegt..."

Er unterbrach sich und überflog noch einmal die verschlungenen Linien. „Aber dort, wo unsere Atmosphäre seit langer Zeit einen Füllanteil von Edelgasen enthält, gibt es hier einen erheblichen Prozentsatz von Stickstoff und eine ganze Reihe anderer Gase, die kaum nützlich, in vielen Belangen aber ausgesprochen schädlich sind." Er legte die Blätter zur Seite. „Was ist mit der Außentemperatur?"

Faunian blätterte in seinen Unterlagen. „Sie lag, als wir landeten, weit über unserer Optimaltemperatur, fiel dann im Verlaufe der Nacht ab und müßte jetzt, im Morgengrauen, etwa ihren Tiefststand erreicht haben. Sie steigt bereits langsam wieder."

„Das dürfte die Regel sein, wahrscheinlich verursacht durch die schnell wechselnde Sonneneinstrahlung. Immerhin erhält der Planet seine Energie zum überwiegenden Teil vom Zentralgestirn. Wahrscheinlich wird es auch noch einen zweiten, viel langsameren Temperaturzyklus geben, der aus der Neigung der Drehachse der Erde und ihrem unterschiedlichen Abstand zur Sonne resultieren dürfte."

Faunian stand auf. Er wirkte ermüdet. „Wir sollten mit den Kommunikationsversuchen beginnen", sagte er.

„Da wir keinen Funkkontakt aufnehmen können, wollen wir es mit dem Lichtprogramm versuchen, Cosita!"

Sie schaltete den Scheinwerfer ein und legte mit Hilfe eines zweiten Impulses die Automatik auf das Gerät. Dann starrte sie auf den Bildschirm, versuchte eine Reaktion am Ufer zu entdecken, aber außer einer unkoordinierten Bewegung der meisten Menschen konnte sie nichts feststellen.

Bojan hatte anhand einer besonders dichten Konzentration von Geräten am Ufer gerade das vermeintliche Koordinationszentrum der Menschen am See ermittelt, als an ebendieser Stelle ein Funke in den Himmel stieg und eine Flut roten Lichtes verbreitete. Im selben Augenblick zeichneten sich die kleinen Wasserfahrzeuge deutlich auf den Schirmen der Infrasichtanlage ab.

„Wärmetriebwerke!" stellte Faunian flüsternd fest.

Die Boote setzten sich schlagartig in Bewegung und stürmten von allen Seiten auf den Disko zu, dabei flach über das Wasser des Sees dahinschießend.

„Sie greifen an!" Man merkte Faunian deutlich an, daß er schockiert war. Mit fahrigen Bewegungen griff er zu den Hebeln der Gravitationsemittoren, aber noch hielt ihn Bojan zurück.

„Nicht so hastig, Faunian! Noch besteht keine Gefahr. Laß sie näher kommen. Und dann nicht spontan, sondern feinfühlig und dosiert handeln."

Faunian kniff die Augen zusammen. In seinen Fingern zuckte es. Näher und näher heran schossen die angreifenden Boote der Menschen.

Schon am frühen Morgen lag blendender Sonnenschein über den Wassern der Bay von San Francisco.

Aus der Höhe des vierzigsten Stockwerkes wirkte die Golden Gate Bridge wie eine in feine Weben eingesponnene schmale Tresse auf hellblauem Samt. Am Rande einer Bucht zogen sich hellgraue Klötze aus Beton und Glas und niedrige Bungalows in einträchtigem Durcheinander entlang. Fast jede Zeit und jeder Geschmack hatte in Frisco seine Visitenkarte hinterlassen, lediglich aus den Tagen, als die schönste Stadt des Westens auch die mit der höchsten Kriminalität war, gab es keine Erinnerung mehr.

Dafür kroch die altersschwache Bergbahn auch heute noch die steilen Anhöhen von der Pazifikküste in die Berge hinauf.

Lester Sullivan preßte die Stirn gegen die kühle Fläche des Fensters und starrte hinunter auf das bunte Treiben an den Zufahrten der Golden Gate Bridge. Wie drei Reihen glitzernder, bunter Käfer krochen die Autoschlangen die gewundenen Auffahrten entlang, sich an den Knotenpunkten ordnend wie Eisenfeilspäne an den Polen eines überdimensionalen Magneten.

So chaotisch der Verkehr von San Francisco wirkte, wenn man mittendrin steckte, von hier oben sah es aus, als gehorche alles einer ordnenden Hand.

Lester Sullivan fühlte sich nicht wohl. Eine Mammutsitzung lag hinter ihm, eine Sitzung, die am Abend zuvor begonnen hatte und die eben erst zu Ende gegangen war. Es war nicht leicht in einer Region wie Amerika, einem sich nach dem Umschwung nur langsam festigenden Staatsgebilde, die Fäden in der Hand zu behalten und in jedem Fall die richtige Entscheidung zu treffen, und er war durchaus nicht sicher, daß das, was in dieser Nacht erarbeitet worden war, das Optimum darstellte.

Noch am Abend vorher, als die Nachricht über das Nahen des Boliden wie ein Damoklesschwert über der Erde hing, hatte er die Konferenz einberufen, hatte die Ressortleiter und Staatssekretäre in das Büro gebeten, um mit ihnen Dinge zu beraten, die nichts mit dem Boliden zu tun hatten. Auch unter dem Eindruck der Gefahr hatte er sie gezwungen, ihre tägliche Arbeit zu tun, von alltäglicher Arbeit konnte man in der vergangenen Nacht nicht sprechen. Und keiner von ihnen hatte gewußt, ob diese Sitzung noch einen Sinn haben würde.

Am Morgen, als die Nachricht, der Bolide habe die Erde verschont, die Menschen aufatmen ließ, war ein umfangreiches Programm unter Dach und Fach.

Lester Sullivan wandte sich um, starrte einen Augenblick lang auf den mit Papieren überhäuften Schreibtisch in der Mitte des Zimmers und ging langsam hinüber zur Stirnwand. Bei jedem Schritt spürte er ein heftiges Pochen in den Schläfen. Die lange Sitzung hatte ihre Spuren hinterlassen.

Vor ihm glitt ein Teil der Wandverkleidung zur Seite und gab das dahinterliegende, gediegen eingerichtete Waschkabinett frei. Großer Spiegel, hellgrünes Waschbecken, das mit der gelben Plastbeschichtung der Wände gut kontrastierte. Lester Sullivan hatte Geschmack. Niemand seiner Mitarbeiter würde es bestreiten.

Aus dem Spiegel blickte ihn ein hageres Gesicht an, dem man die Anstrengungen der vergangenen Nacht ansah. Unter den grauen Augen lagen tiefe Schatten.

Er strich sich das Haar zurück, versuchte einzelne helle Strähnen unter dem Schwarz zu verstecken, und als er einsehen mußte, daß seine Bemühungen sinnlos waren, streckte er seinem Spiegelbild die Zunge heraus. Auch sie sah ungesund aus. Plötzlich war die Sorge wieder da, die Angst, alt zu werden, zu sterben. Eigentlich war es gestern das erstemal gewesen, daß er bewußt an den Tod gedacht hatte, an einen Tod, der ihn eigentlich nicht hätte schrecken sollen, einen schnellen Tod durch den Riesenkörper aus dem All. Seit gestern abend wußte er, daß beim Sterben jeder Mensch der einsamste auf der Welt ist.

Vielleicht hatte er auch aus diesem Grund die Sitzung einberufen. Er wusch sich Hände und Gesicht mit eiskaltem Wasser und fühlte sich danach ein wenig frischer.

Nochmals prüfte er sein Aussehen im Spiegel, war nicht zufriedener als vorher und rückte die Krawatte gerade. Fünf Millimeter nach rechts. Dann schnippte er ein Stäubchen vom Ärmel und ließ die Verkleidung zurückrollen.

Es klopfte. Ohne auf sein „Herein!" zu warten, trat Cora Bird ein. Sie trug ein Tablett, auf dem dampfender Kaffee stand und ein säuberlich verdecktes Körbchen, das einen herrlichen Duft nach frischen Hörnchen verbreitete.

Cora Bird, seine Sekretärin, trug ihren Namen erfreulicherweise zu unrecht. Sie sah beileibe nicht wie ein Vogel aus. Nicht mehr ganz jung, mit rosigen Wangen, ließ sie ihr „Guten Morgen!" aus der Tiefe einer kräftig gerundeten Brust erklingen. Sie zählte es zu ihren erfreulichsten Aufgaben, ihrem überarbeiteten Chef alle Wünsche von den Augen abzulesen.

Sie wartete, bis er Platz genommen hatte, goß den Kaffee ein und blieb einen Augenblick in der Tür stehen. Lester blickte sie an, überlegte, worauf sie noch warten könne, und kam nicht darauf. Erst als er sie schon fragen wollte, was es noch zu besprechen gäbe, fiel es ihm ein.

„Vielen Dank, Cora!" sagte er und blickte ihr nach, als sie zufrieden lächelnd die Tür schloß. Dann verbrühte er sich die Zunge am Kaffee. Den Fluch, den er in solchen Fällen zu äußern pflegte, verbiß er sich diesmal. Die frischen Hörnchen, mit Butter mehr belegt als bestrichen, schmeckten auch mit verbrühter Zunge ausgezeichnet.

Er hatte das Frühstück kaum beendet, als es erneut klopfte. Aus der Sprechanlage meldete Cora mit leicht indigniertem Unterton Mr. Lanton an.

Lester Sullivan verzog das Gesicht, rief aber trotzdem: „Herein!" Aber er mußte zweimal rufen, ehe sich Lennie Lanton entschloß, das Allerheiligste seines Vorgesetzten zu betreten. Er blieb an der Tür stehen, klein und unscheinbar. Er vertrat das Ressort Wissenschaft und Technik, und Leute, die ihn nicht kannten, unterschätzten ihn gern. Er war nicht sehr beliebt im Regionalrat, was mit Sicherheit an der Zielstrebigkeit und manchmal bis zur Penetranz gehenden Aufdringlichkeit lag, mit der er seine Aufgaben zu lösen pflegte.

Lester verdroß es, daß Lanton ihn sofort nach dem Frühstück heimsuchte, wußte er doch, daß der kleine Ressortchef zu langen und aufreibenden Diskussionen neigte, die sich nicht so sehr durch die Originalität seiner Beweisführung, wie durch deren Langatmigkeit auszeichneten. Diese Langatmigkeit jedoch war Lantons Erfolgsrezept. Lester konnte sich leicht ausrechnen, daß es dem Kleinen um den eben im Rat ergangenen Beschluß gehen würde.

Noch stand Lanton in der Tür, es wäre ein leichtes gewesen, ihm zu sagen, daß zur Zeit keine Gelegenheit zu einer Aussprache war, aber Lester brachte es nicht fertig.

Er betrachtete Lanton, der eine viel zu große Mappe unter den Arm geklemmt hatte, belustigt. Im Gegensatz zu ihm selbst, der in jedem Falle Wert auf eine wohlabgewogene Kleidung legte, kam der Ressortchef Wissenschaft und Technik in einem viel zu weiten, dunklen Pullover und in einer Hose, die wer weiß welcher Mode entsprach, in das Amt.

Er winkte ihm wortlos, Platz zu nehmen, aber Lanton zog es vor, stehen zu bleiben.

„Wir sollten Ihre Entscheidung nochmals genau besprechen, Sir!" sagte er und stach mit dem Zeigefinger nach Lesters Brust. Der Zeigefinger war lang, dünn und knochig, und Lester wurde den Verdacht nicht los, daß er als eine Art Waffe benutzt wurde. Er hatte mehr als einmal beobachtet, daß die Kollegen mehr auf den heftig hüpfenden Finger als auf die Worte des Ressortchefs geachtet hatten. Auch ihm ging es nicht viel anders, der Finger schien magische Kräfte zu besitzen.

Erst jetzt fiel ihm auf, daß Lanton „Ihre Entscheidung" gesagt hatte.

Eigentlich grenzte es an Unverschämtheit, einen im Rat ergangenen Beschluß in dieser Weise abzuqualifizieren, aber er wußte genau, was es mit dieser Formulierung auf sich hatte. Lanton wollte sich aus der Verantwortung heraushalten.

„Was, meinen Sie, gibt es noch zu besprechen, Lanton?" fragte er und bemühte sich, seiner Stimme einen zwar freundlichen, aber doch uninteressierten Ton zu verleihen. Da er sich jedoch sehr genau kannte, rechnete er nicht damit, daß ihm sein Vorhaben gelungen war.

„Ich könnte mir vorstellen, daß die Ablehnung des Versuchsbaues in der Wüste Nevada Mister Schesternjow auf den Plan rufen wird."

„Und deshalb versuchen Sie sich aus der Sache herauszuhalten?"

Lanton schluckte. Er sah aus, als sei er soeben zutiefst beleidigt worden und könne kein Wort mehr herausbringen. Mit offenem Mund protestierte er tonlos.

Lester winkte ab. Die lange Sitzung und die kleinlichen Bedenken Lantons waren nicht dazu angetan, seine Stimmung zu verbessern. Trotzdem versuchte er sich zu beherrschen.

„War nicht so gemeint, Lanton. Ich bin etwas überarbeitet. Kein Wunder bei der langen Sitzung."

„Verständlich, Mister Sullivan!" Der Kleine nickte. „Es hat Kraft gekostet, die Ressortchefs davon zu überzeugen, daß die Wassergewinnungsanlage nicht als Versuchsobjekt, sondern erst als Serienwerk errichtet werden soll."

„Was wollen Sie eigentlich, Lanton? Kommen Sie endlich zur Sache!" Lesters Stimme war selbst ihm ein wenig zu laut. Er hatte es nicht nötig, sich gehenzulassen. „Wollen Sie es verantworten, daß wir uns einen Versuchsbau in die Nevada-Wüste setzen lassen, eine Art Investruine, während die Leute in der Sahara aus unseren Fehlern lernen und eine hochmoderne Anlage errichten? Warum nicht anders herum? Warum nicht das Versuchswerk in der Sahara und das Serienwerk bei uns? Warum nicht, frage ich Sie, Lanton!"

Lester hatte Lust, mit der Faust auf den Tisch zu schlagen. Es war die gleiche fruchtlose Diskussion wie in der Nachtsitzung. Doch Lantons Finger kam wieder bedrohlich in die Nähe seiner Krawatte.

„Ich habe schon während der Sitzung zu bedenken gegeben, daß die Verhältnisse in der Sahara weit kritischer sind als bei uns in Amerika. Die Menschen dort können sich keine Fehler leisten, sie brauchen Wasser, viel Wasser."

Lester hatte das Bedürfnis einzulenken. „Mag alles richtig sein, Lanton“, sagte er, „aber auch uns kosten Fehler Geld, viel Geld.“

Einen Augenblick schwieg er, als er bemerkte, daß er Lanton, ohne es zu wollen, kopiert hatte, beobachtete ihn und konnte nicht feststellen, ob der andere die unabsichtliche Bosheit bemerkt hatte. Er nahm sich vor, das Gespräch zu beenden, und wußte doch, daß es ein Versuch mit untauglichen Mitteln werden würde.

„Ich frage mich, aus welchem Grunde Sie mir das alles jetzt nochmals vortragen.“ Er schüttelte den Kopf. „Hat Ihnen die Nachtsitzung nicht dazu ausgereicht? Letztlich haben alle Ressortchefs meinen Vorschlag angenommen. Und ich glaube mich nicht zu irren, wenn ich meine, daß auch Sie zugestimmt haben.“

Lanton zögerte einen Augenblick, doch dann beugte er sich weit über den Schreibtisch. „Wir waren alle sehr müde, Mister Sullivan!“

Lester winkte ab. Er hatte keine Kraft mehr, sich zu streiten. Er fühlte sich leer und ausgebrannt.

„Meinen Sie, ich wäre nicht müde?“ Er gähnte demonstrativ.

Endlich begriff der kleine Ressortchef. Er wandte sich zur Tür, konnte es sich jedoch nicht versagen, nochmals auf die eventuellen Folgen des Beschlusses hinzuweisen.

„Ich bin überzeugt davon, daß Mister Schesternjow ...“ Seine weiteren Worte schnitt die sich schließende Tür ab. Lester sah, daß Cora Bird, die Hand noch auf der Klinke, eine wütende Grimasse zog.

Schesternjow, Schesternjow. Natürlich würde er sich nicht über den Beschluß freuen, aber es wäre das erstemal, daß er Vernunftgründen nicht zugänglich gewesen wäre. Und letztlich mußte auch er einsehen, daß Amerika mit einem Versuchsbau genausowenig anfangen konnte wie Nordafrika. Das Ausfallrisiko war einfach zu groß.

Übrigens wäre es ihm ganz lieb, wenn sich die Vermutung Lantons, Schesternjow würde hier aufkreuzen, bestätigte. Der Leiter des Regionalrates Nord war ein Mann, mit dem sich zu unterhalten eine Freude war.

Und vielleicht würde ihn seine Sekretärin, Karin Bachfeld, begleiten. Seit längerer Zeit hatten sie sich nicht mehr gesehen, und das wäre eine Gelegenheit, endlich Klarheit zwischen ihnen zu schaffen.

Gegen Mittag kam ein Telegramm aus Leningrad. Schesternjow akzeptierte den Beschluß ohne Vorbehalte. Dabei gäbe es allerdings einiges zu bedenken, teilte er in kühlem Ton mit. Die Versuchsanlage werde also dann in die Sahara verlegt und im Verlauf von etwa zwei Jahren operativ serienreif gemacht. Weitere zwei Jahre würden dann mindestens noch gebraucht, um die Produktion der Serie anlaufen zu lassen, so daß mit der Anlage für die Region Amerika in frühestens vier Jahren zu rechnen sei.

Damit schien Schesternjow die Angelegenheit für erledigt zu halten.

Lester Sullivan war enttäuscht. Er kannte Schesternjow bisher nicht von dieser Seite, mußte allerdings einsehen, daß die Angaben des Leiters vom Reg-Rat Nord gut fundiert waren. An diesen Terminen war mit Sicherheit nichts zu verändern.

Schlimm war aber, daß er jetzt den Ressortchefs klarmachen mußte, daß die Anlage für die nächsten Jahre aus dem Plan genommen werden mußte. Es würde Anfragen regnen, Anfragen, die sein Image erschüttern könnten. Vor allem die Farmer Nevadas in ihrer aggressiven Art fürchtete er in dieser Beziehung.

Im Augenblick sah er keinen Weg, wie er der Sache beikommen konnte. Schesternjow hatte ihm eine schöne Suppe eingebrockt.

Das zweite Telegramm kam aus dem Trainingscamp Mahoneys. Und auch diese Nachricht war nicht dazu angetan, seine Stimmung zu verbessern. Dieser Brewster war, so gut er als Trainer arbeitete, in vielen anderen Belangen ein Dummkopf.

Wahrscheinlich hatte Mahoney das mit Recht harte Training nicht mehr durchgehalten und sich aus dem Staub gemacht. So etwas konnte vorkommen und war nicht weiter tragisch zu nehmen. Irgendwann wäre er zurückgekommen. Daß Brewster ihn aber von der Polizei suchen ließ, und zwar mit Hilfe einer falschen Anklage wegen Totschlages, das war grotesk. Damit konnte man den Jungen derart kopfscheu machen, daß er ein für allemal verdorben war.

Er wußte noch nicht, wie er Brewster aus dieser Sache herausbekommen würde, unternehmen mußte er jedenfalls etwas. Brewster war als Trainer kaum zu ersetzen, und Mahoney war zur Zeit der einzige, der das Zeug dazu hatte, Weltmeister oder Olympiasieger zu werden. Und Amerika brauchte Sportler, auf die die Welt mit Interesse blickte, von Hochachtung wollte er im Augenblick in Anbetracht der eigenartigen Methoden der Publicity, mit denen Brewster gearbeitet hatte, noch nicht reden.

Er hatte Rod Mahoney bei Clubausscheiden boxen sehen und hatte sofort gewußt, daß aus ihm etwas werden konnte. Er kannte sich aus im

Boxen. Es war leicht gewesen, Rod zu überreden, seine Arbeit einige Jahre ruhen zu lassen und zu trainieren, er hatte sich dafür eingesetzt, daß das alte Camp in der Nähe von Lake City ausgebaut und neu eingerichtet wurde, und er hatte auch dafür gesorgt, daß Rod angenehm leben konnte, ohne mit den Amateurbestimmungen in Widerspruch zu kommen.

Und nun dieser Ausrutscher! Brewster hatte ihn hintergangen und mit Undank belohnt.

Das dritte Telegramm kam erst am Nachmittag, als er bereits dabei war, sich auf die wenigen Stunden einzustimmen, die er täglich für sich hatte.

Es war unterzeichnet mit dem ihm völlig unbekannten Namen Baker, mit einem Dienstsiegel versehen, und es hatte einen Text, den er zuerst überhaupt nicht verstand. Es kam ebenfalls aus Lake City. – Unbekanntes Flugobjekt auf dem Lake North gelandet – Polizeitruppe von Lake City übernimmt Sicherung – erwarte entsprechende Weisungen – Baker, Chefinspektor.

Es dauerte einige Minuten, ehe er den Sinn verstand. Der Bolide! schoß es ihm durch den Kopf, es konnte nur mit dem Boliden zusammenhängen.

Er sprang auf, eilte zur Tür, blieb stehen, lief zurück zum Schreibtisch und warf einige Zeilen auf das Papier. Dann erst verließ er das Zimmer.

„Cora, schicken Sie das als Telex an Schesternjow!" Er warf ihr einen Zettel mit einer kurzen Information an den Reg-Rat Nord auf den Schreibtisch und schickte sich an, das Sekretariat zu verlassen.

„Lassen Sie den Hubschrauber kommen, und sagen Sie Lanton, daß ich ihn brauche."

Er hatte die Klinke bereits in der Hand, als Cora Bird sich langsam zu ihrer vollen Größe erhob.

„Ist alles bereits veranlaßt, Mister Sullivan!" sagte sie und brachte ihm Hut und Mantel, die er in der Aufregung unter Garantie vergessen hätte.

„Cora, Sie sind eine Perle!" stellte er fest und war zumindest selbst davon überzeugt, daß er ihr damit eine Riesenfreude bereitet hatte.

Gegen Morgen erreichten Betty und Rod eine größere Wiese. Im Wald war der Boden trocken gewesen, und es lief sich verhältnismäßig gut. Hier auf der Wiese hatten sie nach wenigen Schritten nasse Schuhe, und die Kälte stieg unangenehm an ihren Beinen herauf. Rod merkte, daß das Mädchen an seiner Seite zitterte. Wahrscheinlich machten ihr die Kälte und der Schock zu schaffen. Er konnte es ihr gut nachfühlen. Mit Sicherheit aber war ihm selbst noch elender zumute. Die Flucht aus dem Unfallwagen war eine Riesentorheit. Jetzt, bei etwas ruhigerem Nachdenken, wurde er sich darüber klar. Dadurch wurde an ihrer Situation nichts besser, eher wurde alles schlimmer.

„Die Sonne wird bald über dem Wald aufgehen.“ Er versuchte Betty zu trösten, aber er glaubte nicht, daß sie seine Worte verstand. Sie atmete schwer, und er hatte das Gefühl, daß sie am Ende ihrer Kräfte war.

„Sie wird in unserem Rücken stehen und uns wärmen“, setzte er hinzu und blickte sich um. Er war sicher, daß man sie verfolgen würde, und hoffte darauf, daß sie, bevor die Sonne über dem Wald aufging, die Nebelbank über dem Fluß erreicht haben würden. Allerdings würde sie die Sonne dann kaum wärmen.

Der Nebel über dem Fluß bildete seltsame Formen. Bald hatte er die Gestalt eines großen Tieres, bald schien es, als wolle er nach oben steigen und sich verflüchtigen. Es war windstill, und Rod war froh darüber. Bei der Kälte hätten sie sich in ihren dünnen Sachen den Tod holen können.

Er hielt Betty an der Hand und zog sie durch das nasse Gras mit sich. Die dünnen Halme waren kniehoch und hinderten sie am Laufen. Immer wieder strauchelte das Mädchen.

Rod war heilfroh, daß er Weg und Steg genau kannte. In den vergangenen Monaten hatte er oft, bis zur Unkenntlichkeit vermummt, in dieser Gegend lange Läufe absolviert, um Gewicht zu machen.

Jack F. war in dieser Beziehung stur wie ein Nashorn. Überflüssige Pfunde seien das schnelle Aus für einen Boxer, pflegte er zu sagen.

Plötzlich kam Rod zum Bewußtsein, daß er diese Schinderei wahrscheinlich ein für allemal hinter sich hatte, und Panik überfiel ihn. Es erschien ihm unglaublich, daß er einen Menschen getötet haben sollte. Es machte wohl keinen Unterschied, ob es absichtlich oder fahrlässig geschehen war. Er würde kaum jemals einem anderen wieder offen ins Gesicht sehen können, auch dann nicht, wenn er seine Strafe abgesessen haben würde.

Außerdem mußte er so schnell wie möglich etwas für Betty tun. Es bestand die Gefahr, daß sie in die Sache mit hineingezogen wurde. Eigentlich war sie, nachdem sie sich auf seine Seite geschlagen hatte, schon mittendrin.

Er sah sie von der Seite an, und wieder kam ihm zum Bewußtsein, daß sie bis zum Umfallen erschöpft war. Unwillkürlich ging er langsamer.

Sie mußten versuchen, das Haus des alten Buddy zu erreichen, unten

am Fluß. Hier hatte er in den vergangenen Monaten oftmals gerastet, wenn er seine Trainingsläufe unterbrochen hatte. Für ihn war die alte Holzhütte eine Art Asyl gewesen, mit Ruhe und Geborgenheit. Er zweifelte jedoch, daß sie das in der derzeitigen Situation bleiben würde.

Niemand wußte genau, wie der alte Buddy wirklich hieß und woher er kam. Den ganzen Winter über stand die Hütte leer, und erst ab Mai, wenn überall das Grün hervorbrach, stand wieder die dunkle Rauchfahne des Holzfeuers über der Esse.

Als sie den Fluß erreichten, ging Rod wieder schneller.

„In wenigen Minuten können wir uns ausruhen", sagte er rauh.

Betty nickte und versuchte, ihre Schritte zu beschleunigen. Antworten konnte sie nicht, sie war völlig außer Atem.

Die Bäume am Ufer waren tropfnaß, ließen ihre Blätter träge herabhängen, und aus dem Fluß stieg Kälte in das Geäst.

Rod wandte sich nach links, fand einen schmalen Pfad, und bald standen sie vor der aus rohen Stämmen gezimmerten Hütte.

Sie hätte wie eine Kulisse aus einem alten Westernfilm gewirkt, wäre nicht die Zuleitung des Telefonanschlusses und eine windschiefe Fernsehantenne gewesen, die der Hütte etwas Groteskes gaben.

Rod trommelte gegen die Tür, die schief in den Angeln hing, aber noch fest im Schloß zu sitzen schien. Minutenlang horchten sie, und als sich nichts rührte, hämmerte Rod mit aller Kraft auf die alten Balken ein. Im Inneren hallten die Schläge, daß man damit einen Toten hätte aufwecken können, aber der Alte meldete sich nicht.

Rod hob die Schultern.

„Er wird unten am Fluß sein", sagte er. „Er angelt sehr gern. Das war einer der Gründe, warum ich immer wieder zu ihm gegangen bin. Er ist ein Meister der Kochkunst."

Sie wandten sich flußabwärts. Plötzlich hatten sie keine Eile mehr.

Der alte Buddy hockte auf einem umgestürzten Baum, einen alten Mantel um die Schultern, einen Schal von ehemals vielleicht roter Farbe um den Hals. Er war so hoch gezogen, daß nur das nasse, stumpfgraue Haar zu sehen war. Wie ein Büschel verbrannten Grases ragte es aus der Umhüllung.

Der Alte wandte langsam den Kopf, als er Schritte hinter sich hörte. Sein Gesicht war grau und zerfurcht, aber die Augen waren jung und dunkel. Als er Rod erkannte, zogen sie sich zu schmalen Schlitzen zusammen. Buddy lächelte.

Wortlos winkte er ihnen zu, sie damit gleichsam zum Schweigen auffordernd. Dann kramte er, ohne die primitive Angel loszulassen, einen mächtigen Schlüssel aus der Manteltasche und warf ihn Rod zu.

Rod fing ihn mit einer blitzschnellen Bewegung auf, dankte mit einem Kopfnicken und stapfte zum Haus zurück. Betty fror immer noch erbärmlich.

In der Hütte war die Luft warm und dumpfig. In dem aus runden Feldsteinen gemauerten Kamin prasselte ein Feuer aus mächtigen Holzscheiten und verbreitete einen Geruch aus Rauch, frischem Holz und feuchter Wärme.

Sie ließen sich auf eine Pritsche fallen, die mit mehreren Fellen bedeckt war. Rod wußte, daß diese Felle auf keinem Tier gewachsen waren, sondern aus Synthesefasern bestanden. Solche Felle konnte man heute in jedem Drugstore kaufen. Er legte den Arm um Bettys Schultern, er würde sie jetzt mehr brauchen als sie ihn. Dabei sagte er sich, daß es egoistisch war, sie mit in diese ekelhafte Sache hineinzuziehen.

Er stand auf und hängte den mit Wasser gefüllten Kessel über das Feuer. Es dauerte nicht lange, bis ein feines Singen verriet, daß nur noch Rum und Zucker zu einem wärmenden Grog fehlten. Rod kannte sich in der Hütte aus und fand beides ohne langes Suchen.

Der Grog war heiß, steif und süß, und sie rückten wieder näher zusammen.

Betty war es, die das Schweigen nicht länger aushielt. „Was war das dort draußen auf der Straße, Rod? Es war derart unheimlich, daß ich gar nicht hingesehen habe. Ich bin nur gelaufen."

Rod hob die Schultern.

„Keine Ahnung, Betty. Ich kann mich nur daran erinnern, daß plötzlich über uns ein blendend helles Licht war. Auch ich bin gerannt, als wäre der Teufel hinter uns her."

„Sind wir hier wirklich sicher?" fragte sie, und Rod antwortete nicht. Er dachte daran, daß er sie verlieren würde. Sie konnte nicht bei ihm bleiben, wenn sie ihr Leben nicht genauso verpfuschen wollte, wie er es getan hatte. Er preßte die Zähne zusammen, um nicht aufzustöhnen. Dann versuchte er, sich die eigenartige Rettung wieder zu vergegenwärtigen. Bei dem Gedanken, daß er ihre Flucht innerlich als Rettung bezeichnete, lachte er unfroh. Er merkte nicht, daß ihn Betty erstaunt anblickte.

Im Morgengrauen waren sie die Straße am See entlang gefahren. Der Beamte hinter dem Lenkrad hatte aus dem alten, klapprigen Chrysler

herausgeholt, was er hergab. Die Bäume am Rand der Straße flogen wie Schatten vorbei, doch dann waren sie plötzlich wie in gleißendes Licht getaucht. Rod sah, wie der Fahrer nach oben blickte, er erinnerte sich gut an das entsetzte Gesicht im Rückspiegel. Er spürte, wie der Wagen ins Schleudern kam, und war auf dem Rücksitz nach vorn gerutscht, hatte sich mit Knien und Rücken zwischen den Sitzen verklemmt. Auf der linken Seite schien sich die Straße anzuheben. Es war ein blödsinniges Gefühl. Dann krachte und schepperte es, sein rechter Ellbogen durchstieß die Scheibe, und dann deckten die Geräusche des sich überschlagenden Wagens alles andere zu.

Als alles wieder ruhig geworden war, hing er mit dem Gesäß nach oben immer noch auf dem Rücksitz. Er ließ sich auf die Bespannung des Daches fallen, das jetzt plötzlich zum Boden des umgestürzten Wagens geworden war, und bekam zu allem Überfluß auch noch die Sitzbank ins Kreuz.

Betty mußte es ähnlich ergangen sein. Auch sie war bis auf einige Beulen unverletzt. Die beiden Polizisten hatte es wohl schlimmer erwischt; sie rührten sich nicht und atmeten mühsam. Er erinnerte sich daran, wie erfreut er war, als sich die hintere Tür öffnen ließ. Er hatte Betty nach draußen gezerrt, ohne ihr eine Gelegenheit zur Überlegung zu geben. Die Flucht war eine reine Affekthandlung. Bei genauerem Nachdenken mußte er sich eingestehen, daß er keine Chance hatte, der Gerechtigkeit zu entgehen. Mochten die Polizisten sein, wie sie wollten, sie hatten in der vergangenen Zeit gelernt, mit der Bevölkerung zusammenzuarbeiten. Und eigentlich hatte er gar nicht mehr die Absicht zu entkommen. Er wünschte, alles möglichst schnell hinter sich zu haben, so oder so.

„Was sollen wir jetzt tun, Betty?“ fragte er, aber das Mädchen wurde einer Antwort enthoben. Der alte Buddy kam zurück, und mit ihm kam ein Hauch von Kälte und Dunst. Über seiner rechten Schulter hing die Angelrute, und in der Hand trug er eine Strippe, auf der vier oder fünf Forellen aufgefädelt waren.

Der Alte zog witternd die Luft in die Nase und fand sofort den Topf mit dem Grog. Noch ehe er Mantel und Schal an einen Nagel in der Nähe der Tür hängte, stürzte er einen Becher des heißen Getränkes hinunter. Genüßlich leckte er sich die Lippen.

„Ich hatte euch eigentlich schon erwartet“, sagte er, ohne sie anzusehen.

Rod stutzte.

„Wieso euch? Wenn du mich erwartet hättest, würde ich mich nicht wundern. Aber woher willst du wissen, daß ich nicht allein komme?“

Der Alte kniff die Augen zusammen und blickte ihn vielsagend an.

„Du weißt schon ...?“ Rod sprach nicht weiter.

Buddy nickte. „Wie lange etwa habt ihr von der Straße bis zu mir gebraucht?“ fragte er dann.

Rod überlegte einen Augenblick lang. „Vielleicht zwei Stunden. Dein Haus liegt ziemlich einsam.“

Der Alte wiegte den Kopf hin und her.

„Hm, hm“, brummelte er dann. „Das kann einigermaßen hinkommen. Kurz bevor ich zum Angeln ging, hatte ich einen Anruf von der Polizei aus Lake City. Sie vermuteten, daß ihr hier auftauchen würdet.“

Rod senkte den Kopf. Jetzt war alles aus. Den alten Buddy würde er nicht auch noch mit in die Sache hineinziehen. Jetzt würde er warten, bis Carrington mit seinen Leuten auftauchte, und dann würde er ihnen erklären, daß Betty und der Alte mit alledem nichts zu tun hatten. Als er diesen Entschluß gefaßt hatte, wurde ihm etwas wohler. Er sagte sich, daß sie den beiden kaum etwas anhaben konnten, und plötzlich hatte er das Gefühl, freier atmen zu können. Er spürte, wie sich Betty gegen seine Schultern lehnte.

„Und trotzdem hast du uns hier bei dir aufgenommen, Buddy?“ fragte er.

Der Alte nickte, das Feuer ließ helle Funken in seinen Augen tanzen. „Natürlich! Warum sollte ich nicht? Ich hätte dich auch bei mir aufgenommen, wenn sie mich vor dir gewarnt hätten. Ich kenne dich besser, als dich die Polizisten kennen können. Und wahrscheinlich hätte ich dich davon überzeugen können, daß es besser ist, sich der Polizei zu stellen.“

Eine Sekunde lang hatte Rod das Gefühl, dem Alten die Hand drücken zu müssen, aber dann horchte er den Worten nach. Das alles klang, als sei die Gefahr längst vorbei, als habe sich etwas Grundlegendes geändert. Er sah, daß Betty aufsprang, und spürte ihre Erregung.

„Sprechen Sie, Buddy!“ rief sie. „Was haben sie Ihnen gesagt?“

Aber der Alte ließ sich Zeit. Umständlich erklärte er, daß sich die Polizisten offensichtlich geirrt hätten. Wahrscheinlich seien sie einem Schwindel aufgesessen. Brewsters Anschuldigung habe sich als falsch herausgestellt, habe einzig und allein den Sinn gehabt, ihn, Rod, aufzufinden und zurück ins Camp zu bringen. Die Polizisten hätten erklärt, Rod und Betty seien frei.

Jetzt sprang auch Rod auf. Noch konnte er es kaum fassen. Der Spanier war nicht tot. Er, Rod, war kein Mörder oder Totschläger. Stürmisch umarmte er Betty und küßte sie auf beide Wangen. Da erst merkte er, daß sie weinte.

„Ich hatte so gehofft, das alles möge sich als Mißverständnis herausstellen“, flüsterte sie. „Ich weiß doch, daß du kein Totschläger bist.“ Sie stützte den Kopf in die Hände. Erneut wandte sie sich an den Alten. „Wie hieß der Polizist, der Sie angerufen hat? Haben Sie sich seinen Namen gemerkt?“

Auf der Stirn Buddys entstand eine steile Falte. Man sah ihm an, daß er angestrengt nachdachte. Langsam schüttelte er endlich den Kopf.

Rod wußte sofort, worauf Bettys Frage abzielte. Sie hatten sich nach dem Unfall nicht um die vielleicht schwerverletzten Polizisten gekümmert. Immerhin konnte man ihnen unterlassene Hilfeleistung vorwerfen, und das war immer noch schlimm genug.

„Versuch dich zu erinnern!“ bat er und faßte die Schultern des Alten. „Es ist wichtig für uns.“

Buddy verzog das Gesicht. „Ich weiß es wirklich nicht, Rod. Tut mir leid.“ Er legte den Finger an die Lippen und blickte zur Decke. „Ich kann mich nur daran erinnern, daß er sich mit Inspektor Soundso meldete...“

„Carrington vielleicht?“

„Genau!“ Der Alte lachte über das ganze faltige Gesicht. „Inspektor Carrington hieß er.“ Er machte sich von Rods Händen frei. „Was fragst du mich, wenn du seinen Namen weißt?“

Jetzt erst war Rod sicher, daß sie außer Gefahr waren. Er sah Betty unter den letzten Tränen lächeln.

„Ich hätte mich nur sehr ungern von dir getrennt“, sagte sie, und er war nur zu gern bereit, ihr zu glauben.

Plötzlich sprang der Alte mit einem Fluch auf. Vom Feuer her zog ein brandiger Geruch durch die Hütte. Die Forellen waren zu schwarzer Kohle verschmort.

„Das hat man nun davon!“ knurrte er und wischte sich mit einer schnellen Bewegung über die Augen. „Man soll sich eben nicht zu lange mit solch jungem Volk unterhalten. Die prachtvollen Forellen sind total verbrannt, und der scharfe Rauch beißt in den Augen, daß es kaum auszuhalten ist.“

Lange Zeit starrte er stumm in das Feuer, das die schwarzen Forellen fraß. Dann wandte er sich um. Sein Gesicht war ernst. „Es wird Zeit, daß ihr euch auf den Weg macht. Hier bekommt ihr ohnehin nichts mehr zu essen.“

Er begleitete sie bis zur Tür. Dort legte er Rod die breite Hand auf die Schulter. „Du bist mir immer willkommen, Rod. Und Sie auch!“ Er umarmte Betty flüchtig und wandte sich wieder an Rod. „Trotzdem wäre ich froh, wenn du dich in den nächsten Tagen hier nicht sehen läßt, denn deine Besuche würden bedeuten, daß du wieder trainierst. Wenn dir Brewster rät, du solltest dich zwischen deinem Mädchen und dem Kampf gegen Lucky Jenkins entscheiden, an deiner Stelle würde ich sie wählen.“ Er deutete mit dem Kinn auf Betty.

Rod lächelte. „So etwas Ähnliches habe ich mir auch schon vorgenommen, Buddy.“

Sie gingen denselben Weg, den sie gekommen waren. Der Nebel hatte sich verzogen, das Gras war trocken und warm. Die Sonne stand fast im Zenit. Die Bäume am Fluß schienen sich unter ihren heißen Strahlen zu strecken und zu dehnen.

Sie liefen durch den Wald und hielten sich dabei an den Händen, die Straße erreichten sie an derselben Stelle, an der der Unfall geschehen war.

Rod deutete lachend auf die Frontscheibe des alten Chrysler, die im Straßengraben lag. Sie war, ohne zu zersplittern, einige Meter weit weggeflogen, und die Polizisten hatten sie wohl nicht gefunden. Rod war froh, daß auch ihnen bei dem Unfall nichts geschehen war.

Auf der anderen Seite der Straße schimmerte der See durch die Bäume. Auf der Straße selbst standen eine Menge Wagen, die in nahezu gleichem Abstand aufgestellt waren. Zwischen den Bäumen am See liefen Leute herum, denen man auf eine halbe Meile Entfernung die Polizisten ansah.

Rod stutzte. Sollte das, was ihnen Buddy erzählt hatte, alles Schwindel gewesen sein? Sollte dieser Aufwand ihnen beiden gelten?

Er zuckte zusammen, als sich eine Hand von hinten auf seine Schulter legte. Einen Augenblick lang hob er die Rechte, um dem hinter ihm Stehenden den Ellbogen in den Magen zu stoßen, doch dann unterließ er es. Es wäre sinnlos gewesen. Hatte Buddy nicht gelogen, dann konnte ihnen nichts geschehen, und hatte er gelogen, dann mußte er sich ohnehin stellen. Langsam drehte er sich herum. Hinter ihm stand der Vierschrötige und feixte, als er Rods erschrockenes Gesicht sah.

„Keine Sorge, Mahoney!“ sagte er. „Wir sind nicht mehr hinter Ihnen her. Buddy hat Ihnen nichts Unwahres gesagt. Sie kommen doch von Buddy, oder...?“ Er hielt den Kopf schief.

Rod nickte. Er beobachtete das Gewimmel am See.
„Wenn wir das hier geklärt haben“, sagte Carrington und deutete auf die von Bäumen verdeckte Wasserfläche, „wird Ihr Trainer Ärger mit uns bekommen.“
„Was gibt es denn hier am See?“ fragte Rod und versuchte Genaueres zu erkennen, aber die Bäume nahmen ihnen die Sicht.
Carrington hob mit einer Geste, in der Resignation lag, die Hände. „Wenn ich das wüßte, wäre mir wohler.“
„Dürften wir mit Ihnen an den See kommen?“
Einen Augenblick lang dachte der Inspektor nach. „Eigentlich sollten wir den gesamten See absperren. Aber ich glaube, wir sind Ihnen etwas schuldig. Kommen Sie!“
Er ging ihnen zwischen den vereinzelt stehenden Bäumen hindurch voran. Je mehr sie sich dem Ufer näherten, desto dichter wurde das Gewimmel der Polizisten. Auf halbem Wege trafen sie auf Chefinspektor Baker, der in der offenen Tür eines Funkwagens lehnte und die Hörer über den Kopf gestreift hatte. Als er Carrington und dessen Begleiter von der Straße kommen sah, knallte er den Hörer auf das Armaturenbrett und stürmte ihnen mit großen Schritten entgegen.
„Carrington“, polterte er. „Sind Sie denn wahnsinnig geworden? Sie sollen den See absperren und schleppen mir hier Zivilisten an.“
Rod mußte zugeben, daß er und Betty nach der Wanderung durch die Wiesen nicht gerade Vertrauen erweckend aussahen, aber er hatte nicht die Absicht, sich beleidigen zu lassen.
„Wenn wir hier unerwünscht sind“, sagte er scharf, „dann werden wir uns eine Stelle am See suchen, an der es nicht von Bullen wimmelt.“
„Das versuchen Sie mal!“ brüllte Baker. „Die Bullen haben das gesamte Ufer besetzt.“
Das Wort „Bullen“ betonte er besonders, damit andeutend, daß er dieses Schimpfwort für einen absolut überholten Begriff halte.
„War nicht so gemeint, Chefinspektor!“ Rod grinste, und Betty erklärte: „Ich bin Betty Summer, und das ist Rod Mahoney. Sie könnten eine Ausnahme machen.“
Baker blies die Backen auf. „Meinen Sie, ich hätte ihn für den Weihnachtsmann gehalten?“ knurrte er. „Wer in Amerika kennt das Großmaul nicht?“
Damit schien sein Zorn verraucht zu sein. Mit dem Schimpfwort „Großmaul“ hatte er sich für das Schimpfwort „Bulle“ gerächt.

„Aber komm nicht auf den Gedanken, sie in einem der Boote mit auf den See hinaus zu nehmen", rief er hinter Carrington her, der ihnen voran zum Ufer hinablief. Überall zwischen Schilf und Binsen lagen die kleinen Boote der Polizei. Rod wunderte sich über den Aufwand und darüber, wie schnell sie die Flitzer hierher an den See gebracht hatten. Alles schien reibungslos ineinanderzuspielen.

Carrington deutete auf die Mitte des Sees. Zwischen den Sonnenreflexen der fast unbewegten Fläche lag ein dunkles Etwas. Ein mächtiges unbekanntes Tier? Vielleicht eine neue Nessie, wie sie jahrzehntelang die Gemüter der versponnenen Engländer bewegt hatte? Oder ein großes Schiff von eigenartiger Form?

Rod beschattete die Augen mit der Hand. Langsam wurde das Bild klarer. Auf dem Wasser, in einer Entfernung von etwa einer Meile, befand sich eine riesige Linse. Die leichte Dünung des Sees schien sie nicht in Bewegung zu versetzen. Sie lag völlig ruhig.

Während sie noch standen und schauten und sich innerlich nicht entschließen konnten, wofür sie das Ding halten sollten, brach plötzlich ein Balken orangefarbenen Lichtes senkrecht nach oben aus der Linse hervor. Der Strahl war derart intensiv, daß trotz des strahlenden Sonnenscheins einzelne Wolken in einem orangefarbenen Schimmer aufleuchteten. Unbeweglich stand der Lichtbalken über dem See.

„Was ist das?" rief Betty. „Sagen Sie uns, Carrington, was das für ein Ding ist!"

Der Inspektor zuckte die Schultern. „Erinnern Sie sich an das Licht, das unseren Fahrer aus dem Konzept brachte? Als Sie beide verschwunden waren, stand dieses Licht über dem See. Und dort liegt jetzt dieses Ding."

Er gab einige kurze Anweisungen an einen Sergeant, der sich mit einer Meldung an ihn wandte, und ging einige Schritte am Ufer entlang. Dann kam er schnell zurück und flüsterte ihnen zu: „Das muß mit dem Boliden zusammenhängen. Der Ratsvorsitzende ist mit seinen Wissenschaftlern bereits hierher unterwegs."

Als er an den Gesichtern der beiden jungen Leute sah, daß sie von dem sagenhaften Boliden keine Ahnung hatten, lächelte er. „Natürlich, Sie wissen ja nichts von der Aufregung, die wir alle hinter uns haben. Die Erde war in äußerster Gefahr, als Sie sich in der Bar des ‚Sunside' amüsierten."

Wieder deutete er auf den See hinaus. „Vielleicht ist sie noch nicht vorbei." Er griff in die Tasche seines Mantels. „Hier", sagte er und hielt ihnen mehrere Zeitungen entgegen. „Ich muß mit einem Boot auf den See hinaus. Wir wollen das Ding näher in Augenschein nehmen. Informieren Sie sich aus den Zeitungen von gestern!"

Mit langen Schritten eilte er dem Ufer zu und sprang behende, wie man es seinem massigen Körper nie zugetraut hätte, auf einen der kleinen wendigen Luftkissengleiter.

Während rings um den See die Motoren aufheulten, hatten Betty und Rod Gelegenheit, sich aus den Zeitungen über die Gefahr zu informieren, die über der Erde und ihrer Bevölkerung geschwebt haben sollte. Oft genug schüttelten sie über die Schlagzeilen die Köpfe.

„Sie bleiben schön hier stehen", sagte Chefinspektor Baker neben ihnen. Er war von seinem Wagen herab zum Ufer gekommen und starrte durch ein starkes Glas auf den See hinaus. In seiner Rechten baumelte eine unförmige Pistole mit großkalibrigem Lauf.

Ohne das Glas abzusetzen, hob er die Waffe, und zischend stieg eine rotleuchtende Kugel in den Himmel. In großer Höhe zerplatzte sie und ging über der Mitte des Sees als leuchtende Kaskade nieder. Im gleichen Augenblick ging das Heulen der Motoren in ein ohrenbetäubendes Jaulen über.

Wie silbrige, wütende Insekten schossen die kleinen Fahrzeuge überall rings um den See aus dem Uferbewuchs hervor und rasten, immer schneller werdend, auf die gelbliche Linse in der Mitte zu. Auf dem Wasser des Sees blieben breite weiße Schaumbahnen zurück.

Chefinspektor Baker hatte sich an den Stamm einer Zypresse gelehnt und blickte weiter durch das Glas. Die Patronenhülse hatte er ausgeworfen und die Signalpistole neu geladen.

Schnell zog sich der aus den Booten gebildete Ring um das gelbe Ding zusammen.

Und dann geschah etwas, das keiner erwartet hatte.

Carrington klammerte sich an die niedrige Reling des Flitzers, als die rote Leuchtkugel aufflammte. Er hatte Mühe, sich auf dem schnell beschleunigenden Fahrzeug zu halten. Weit vorn vollführte die Linse einen irrsinnigen Tanz auf dem ruhigen Wasser. Es dauerte Sekunden, ehe er begriff, daß es nicht die Linse war, die heftig auf und nieder sprang, sondern sein Boot.

Unheimlich schnell kam das Ding näher. Die Gleiter erreichten eine

Geschwindigkeit, die atemberaubend war. Zum erstenmal fuhr er mit einer dieser turbinengetriebenen Bestien, und er war sicher, daß er diese Fahrt nicht so bald vergessen würde.

Plötzlich hatte er das Gefühl, daß das Boot weiter beschleunigte. Der Andruck preßte ihn immer heftiger gegen die hintere Reling. Und dann sah er an dem vorbeifliegenden Ufer, daß der Gleiter gegen alle Logik langsamer wurde. Er hörte den Bootsführer am Steuer fluchen. Trotz höchster Drehzahl verlöre der Kahn ständig an Fahrt, behauptete er.

Der Druck gegen die Reling wurde unerträglich. Entsetzliche Rückenschmerzen peinigten Carrington. Ihm drohte eine Ohnmacht. Er sah kaum noch etwas, erkannte aber, daß sich der Ring um das Ding offensichtlich nicht weiter zusammenzog. Die Gleiter wurden durch eine unbekannte Kraft aufgehalten.

Dann brach die Reling hinter seinem Rücken unter der mehrfachen Last seines Körpers. Mit einem Schrei ging er über Bord. Plötzlich konnte er wieder sehen, eine grüne Leuchtkugel stieg vom Ufer auf, den Abbruch der Aktion anweisend. Er sah, daß sich Rodney Mahoney die Kleider vom Leibe riß und mit einem Riesensatz über die Uferböschung ins Wasser flog, dann schwanden ihm infolge der unerträglichen Schmerzen im Rücken die Sinne. Er spürte nicht mehr, wie der kleine Gleiter, von der unbekannten Kraft in Richtung Ufer geschoben, seinen Kopf unter Wasser preßte.

Fremde auf der Erde

Die Landefähre aus Luna-Zentrum hing über dem Landeplatz. Pünktlich auf die Minute ging sie auf das Lunadrom von Baikonur nieder. Die durch den Bremsstrahl aufgeheizte Luft stieg an den Bullaugen vorbei nach oben und ließ keine exakte visuelle Beobachtung des Landeplatzes zu.

Wolfram Bracke lehnte sich in seinen Kontursessel zurück und seufzte. Die Leute von der Basis würden ihm ganz schön den Kopf waschen. Die Aufregung der letzten Stunden schob man ihnen beiden in die Schuhe, ihm und Juri Lupatzki. Sie hatten schließlich den Boliden entdeckt und der Erde gemeldet. Natürlich hatte es eine gewaltige Aufregung gegeben, aber letztlich sollten sie froh sein, daß der Brocken vorbeigeflogen war.

Dabei war er sicher, daß ihnen bei den Bahnberechnungen kein Fehler unterlaufen war. Luna zwei und Luna vier waren von verschiedenen Standpunkten auf der Oberfläche des Trabanten zu derselben rechnerischen Trajektorie des Raumkörpers gelangt.

„Irgend etwas stimmt an der ganzen Sache nicht, Wolfram." Lupatzkis Deutsch klang hart und unbeholfen.

Bracke nickte. „Genau an diesem Punkt war ich eben auch mit meinen Überlegungen angekommen", sagte er. „Wir beide können uns nicht gleichzeitig bei ein und demselben Problem geirrt haben und dann noch zu gleichen Lösungen gekommen sein."

Der Kiewer schüttelte den Kopf. „Bestimmt nicht, Wolfram." Er rollte das R so, daß sich Bracke, wenn er Lupatzki hätte imitieren wollen, garantiert die Zunge verbogen hätte. Ihm gefiel es, wie der Leiter von Luna zwei seinen Vornamen aussprach: Wolfrrram – das klang gut. „Außerdem habt ihr doch den Boliden sogar visuell beobachten können."

Bracke stimmte ihm bei. „Und genau auf der errechneten Tangente!" fügte er hinzu. Und noch etwas gab ihm zu denken: Sie waren beide zur Berichterstattung zur Basis gebeten worden, Bracke nach Berlin und Lupatzki nach Leningrad. Und erst während des Fluges war durchgegeben worden, daß sich Bracke ebenfalls im Gebäude des Regionalrates melden sollte. Lupatzki hatte recht. Irgend etwas stimmte nicht.

Sie verabschiedeten sich vom Piloten, der in wenigen Stunden zurück nach Luna-Zentrum starten mußte, und traten hinaus auf die weite Betonfläche, die überall die Brennspuren gestarteter oder gelandeter Raumfähren zeigte. Weit am Horizont erst, sich kaum gegen den blauen Himmel abhebend, sahen sie die ersten Häuser der Stadt und vereinzelte Bäume.

Sie versuchten, ihren Gang der Erdschwere anzupassen, aber es gelang ihnen nicht. Ihre Schritte waren langsam, breitbeinig und wiegend, es sah aus, als trügen sie eine schwere Last auf dem Rücken. Nun, das würde nicht allzu lange dauern, spätestens in Leningrad würden sie sich an die veränderten Belastungsverhältnisse gewöhnt haben.

Der Regionalrat Nord hatte ihnen einen Hubschrauber zum Lunadrom geschickt, der sie in der Stadt bis zur Alwegbahn bringen sollte. Sie nahmen hinter dem Piloten Platz, der sie beide aus Veröffentlichungen kannte, und ließen sich seine Flachsereien über den Boliden gefallen.

„Ihr habt ja recht", sagte er bei der Landung vor dem Terminal in Baikonur, „man muß etwas tun, damit die Menschen wieder auf die

Vorposten auf dem Mond aufmerksam werden. Um ein Haar hätte man euch vergessen. Nun seid ihr jedenfalls wieder in aller Munde."

Eigentlich war das die einzige Bemerkung, die Wolfram Bracke etwas störte. Wahrscheinlich, weil sie Wahres mit Spott vermischte. Selbstverständlich war sie nicht ernst gemeint, aber sicher war auch, daß Kosmonauten nicht mehr als Ausnahmeerscheinung betrachtet wurden. Ihre Tätigkeit hatte nichts Spektakuläres mehr an sich, sie verrichteten ihre Arbeit wie Millionen Menschen auch. Das war zwar einerseits gut, andererseits sagte sich Wolfram Bracke jedoch, daß es mitunter auch wohltat, von der Öffentlichkeit beachtet oder gar gefeiert zu werden. Auch das war eine Form der Anerkennung geleisteter Arbeit, und es war nicht die schlechteste.

Bracke sah die Alwegbahn das erstemal. Zum Start in Baikonur vor rund einem halben Jahr war seine Gruppe mit einer Sondermaschine bis zum Lunadrom geflogen worden. Jetzt stand er doch recht beeindruckt vor dem Betonbalken, der, auf schlanken Stützen ruhend, Länder und Kontinente überspannte, einem Betonbalken mit quadratischem Querschnitt bei einer Kantenlänge von fast vier Metern.

Als die Bahn in die Halle einfuhr, erkannte Bracke, daß es sich eigentlich um jeweils zwei Wagen handelte, die sich rechts und links von der Betonschiene befanden. Sie ruhten auf Luftkissen und wurden durch eine relativ unscheinbare Zugmaschine bewegt, die keine andere Aufgabe hatte, als die entsprechenden Magnetfelder innerhalb des Balkens einzuschalten.

Mit der Miene des Gastgebers ließ ihm Lupatzki den Vortritt. Die Wagen waren großzügig und bequem eingerichtet. Sie fühlten sich wie in einem Hotel, aber es kam kein Gespräch zwischen ihnen zustande, dazu waren sie zu gespannt auf die folgenden Stunden.

Sie erreichten Leningrad schneller, als es mit dem Hubschrauber der Fall gewesen wäre. Beim Verlassen der Bahn auf dem Terminal erlebten sie eine Überraschung. Die Lautsprecher verkündeten, daß die Herren Lupatzki und Bracke mit einem Wagen vom Vorplatz abgeholt würden. Weitere Instruktionen bekämen sie vom Fahrer des Wagens.

Was sie im Wagen erfuhren, war auch nicht überwältigend. Sie hätten sich bei ihren Gruppenleitern zu melden, mehr wisse er auch nicht, erklärte ihnen der Fahrer.

Sie trennten sich am Eingang des Gebäudes des Regionalrates am Newa-Ufer. Bracke hatte kaum einen Blick für die Schönheiten des

Venedigs des Nordens, wie Leningrad einst genannt wurde, ehe das alte Venedig ausgangs des zwanzigsten Jahrhunderts zu einer zerfallenden Ruinenstadt in einer stinkenden Schlammlache geworden war. Heute legte kein Leningrader mehr Wert auf diesen Vergleich.

Bracke nahm den Expreßlift und fuhr hinauf in die ihm genannte Etage. Die Sonne schien schräg durch die Glasflächen auf breite Gänge. Bracke kniff unwillkürlich die Augen zusammen. Als er die Tür zum Versammlungsraum öffnete, klopfte ihm das Herz bis zum Halse. Was würden ihm die nächsten Minuten bringen?

Der Raum war von einem diffusen Dämmerlicht durchflutet, die Vorhänge schirmten ihn gegen die hochstehende Sonne ab. Er mußte sich erst an den Dämmer gewöhnen und riß die Augen auf. Bestimmt sah das ziemlich unbeholfen aus. Hoffentlich zog der neue Leiter der Subregion Europa aus seiner momentanen Verwirrung keine falschen Schlüsse. Er hatte sich bei Lupatzki über den Mann erkundigt.

Jean-Louis Aurelhomme war bis vor wenigen Wochen Sekretär des Regionalrates Nord gewesen und hatte jetzt turnusgemäß die Leitung des Subrates Europa übernommen. Diese Leitung wechselte jährlich zwischen den Sekretären der einzelnen Nationen.

Er galt als freundlich, aber auch als unnachgiebig. Seine Leitungsmethoden fanden nicht überall Anerkennung, aber aus anderen Gründen als die Brackes. Während man ihm, Bracke, vorhielt, er neige zu Alleingängen, warf man dem jungen Aurelhomme hin und wieder Unentschlossenheit vor. Wahrscheinlich wußte er das und versuchte es durch die von Lupatzki erwähnte Unnachgiebigkeit zu überspielen.

Als sich Brackes Augen an das Halbdunkel gewöhnt hatten, sah er, daß der Leiter des Subrates aufgestanden war. Anscheinend hatte eben eine Beratung stattgefunden, die Sessel waren fast alle besetzt.

Bracke musterte die Gesichter. Er kannte niemanden näher, nur einige vom Sehen oder von gelegentlichen Gesprächen.

Aurelhomme winkte ihm, in seiner Nähe Platz zu nehmen. Dann stellte er ihn flüchtig vor.

Der Leiter des Subrates Europa war tatsächlich für die ihm übertragene Aufgabe beneidenswert jung, ungefähr dreißig, hatte ein braunes Gesicht und schräggestellte schmale Augen, die gar nicht zu seiner französischen Heimat zu passen schienen. Um diese Augen lag ein feines Netzwerk von Lachfältchen. Auch jetzt lächelte er über das ganze Gesicht.

„Tag, Monsieur Bracke“, er streckte ihm eine schmale Hand entgegen, die Bracke vorsichtig in seine Pranke nahm. „Sie werden sich hoffentlich schnell an die Verhältnisse auf unserer alten Erde gewöhnen. So bald werden Sie den Mond nicht wiedersehen.“

Bracke zuckte zusammen. Tatsächlich, von Diplomatie war bei Aurelhomme nicht übermäßig viel zu spüren.

Er schien sein Erschrecken bemerkt zu haben, die Fältchen um seine Augen vertieften sich, die Augen gleichsam mit einem Lächeln überschwemmend. Plötzlich sah er sehr sympathisch aus.

„Mißverstehen Sie mich nicht, Monsieur Bracke. Das hat nichts mit einer Ablösung zu tun. Wir haben soeben beschlossen, Sie mit einer Sonderaufgabe zu betrauen.“ Er wandte sich an die Versammelten: „Unsere Arbeit hier ist vorläufig zu Ende. Ich danke Ihnen für Ihre Entscheidung. Ich werde unseren Freund“, er legte Bracke die Hand auf die Schulter, „zu Schesternjow begleiten, damit er ihm erklären kann, um welche Dinge es sich handelt.“

Sie fuhren hinauf zur Etage Nord, wie sie den Flügel des Gebäudes nannten, in dem sich die Leitung eingerichtet hatte. Bracke war niedergeschlagen. Er war abgelöst, daran gab es keinen Zweifel mehr. Abgelöst wegen eines Problems, für das er immer noch keine Erklärung gefunden hatte. Er war sicher, daß der Bolide existiert hatte und vielleicht immer noch existierte.

Plötzlich hörte er Aurelhomme über den Boliden sprechen. Es klang, als plaudere er über Dinge, die ihn überhaupt nicht berührten.

„... eigentlich erstaunlich, wie wenig geschehen ist. Keine Panik, kein Geschrei. Die Menschen sind besonnener geworden in den letzten Jahrzehnten.“

Er trat an eines der Fenster und blickte hinunter auf den Fluß. Drüben blinkte die goldene Nadel der Admiralität vor dem tiefen Blau des Himmels. Daneben lag der Kreuzer „Aurora“, aus dessen vorderem Schornstein sich eine dünne Rauchfahne kräuselte.

Bracke holte Luft. „Was ist eigentlich mit dem Boliden? Hat man schon ...“

Aurelhomme ergriff seinen Arm und deutete aus dem Fenster. „Nun sehen Sie sich das an!“ rief er. „Dieser verrückte Museumswärter lernt es nie. Da haben wir vor wer weiß wie vielen Jahren einen Landanschluß für die ‚Aurora‘ geschaffen, aber unser alter Freund kann es nicht lassen, seinen antiquierten Ofen zu heizen. Trotz aller Ermahnungen. Wird doch Zeit, daß er in Rente geht.“

Er blickte Bracke an und lächelte wieder. Die tausend Fältchen um die Augen paßten nicht ganz zu seinem jungen Gesicht.

„Aber was soll es?" sagte er und hob die Schultern. „Wir haben Wichtigeres zu tun, als uns um einen alten Seebären zu kümmern."

Bracke wurde ungeduldig. „Nun erklären Sie mir endlich, was es mit diesem Boliden ..."

Aber wieder wurde er unterbrochen. Aurelhomme nahm ihn mit einer freundschaftlichen Geste am Arm. „Machen Sie sich keine Sorgen, Monsieur Bracke. Ich sagte Ihnen schon, daß es sich um keine Ablösung handelt. Schesternjow wird Ihnen alles erklären." Er zog ihn weiter den Gang entlang.

Als sie vor der Tür des Büros ankamen, das ein kleines Schild als den Arbeitsraum Schesternjows auswies, trat Lupatzki heraus. Er grüßte Aurelhomme flüchtig und trat dann auf Bracke zu. Kräftig schüttelte er ihm die Hand.

„Mach's gut!" schnarrte er mit strahlendem Gesicht. „Ich fliege morgen zurück zur Luna. Dir aber gratuliere ich von ganzem Herzen."

Bracke begriff überhaupt nichts. Lupatzki flog morgen schon zurück? Und was wurde mit ihm, mit Wolfram Bracke? War er nun abgelöst oder nicht? Und was sollte diese laute Gratulation? Er konnte sich keinen Reim auf das alles machen.

Mit einer entschlossenen Bewegung griff er zur Türklinke und trat ein. Hinter ihm auf dem Gang stand Aurelhomme mit verdutztem Gesicht.

Bracke stutzte. Der schwere Ledersessel vor dem Schreibtisch des Alten, auch im Reg-Rat Nord wurde der Chef nicht anders bezeichnet als in den meisten Dienststellen, war leer.

Romuald Schesternjow stand am Fenster und blickte auf die Newa hinaus. Nicht anders, als Aurelhomme es noch vor wenigen Sekunden vom Gang aus getan hatte. Aber sein Blick schien in weite Ferne zu gehen, bestimmt aber weiter als bis zu der träge flatternden Rauchfahne über der „Aurora". Auf Schesternjows Glatze spiegelte sich die Sonne. Er hatte eine kräftige, untersetzte Figur und trug einen gut sitzenden Anzug. Der Mann paßte zweifellos in dieses sachliche und saubere Zimmer.

Als er sich ihnen zuwandte, sah Bracke, daß er ein gütiges und beherrschtes Gesicht hatte. Jede seiner Bewegungen strahlte Ruhe und Sicherheit aus, selbst dieses langsame Wenden des Kopfes.

„Lassen Sie Jean mit herein, Bracke", sagte er und deutete mit dem Kinn auf einen Sessel.

Jetzt erst merkte Bracke, daß Aurelhomme immer noch auf dem Gang stand, blockiert von seinem breiten Kreuz. Er setzte sich und beobachtete Schesternjow, der mit kurzen Schritten an seinen Schreibtisch trat, um ein Telex aufzunehmen, das er ihm wortlos herüberreichte.

„Lesen Sie das, Bracke! Und sagen Sie mir, was Sie davon halten!"

Beim Überfliegen des verhältnismäßig kurzen Textes hatte Bracke plötzlich das Gefühl, als schnüre ihm etwas Ungeheuerliches die Kehle zu. Er versuchte seine Gedanken zu ordnen und fühlte doch, daß es ihm nicht so bald gelingen würde.

Das, was hier stand, schilderte, vorausgesetzt, es entsprach den Tatsachen, eine einmalige, eine gewaltige Sensation. Bracke ahnte Zusammenhänge, ohne sie definieren zu können.

Auf dem Lake North in der amerikanischen Region war ein unbekanntes Objekt von linsenförmiger Gestalt mit einem Durchmesser von etwa dreißig Metern aufgetaucht, dessen Herkunft sich niemand erklären konnte.

Gab es hier tatsächlich Zusammenhänge mit dem Boliden? Aber der Bolide mußte einen Durchmesser von mindestens sechshundert Metern gehabt haben.

Er versuchte sich zu ruhiger Überlegung zu zwingen. Bestimmt gab es Zusammenhänge, mußte sie geben. Langsam nahmen seine Gedanken klarere Gestalt an. Und dann glaubte er plötzlich die einzig mögliche Lösung gefunden zu haben. Er zuckte zusammen, als er wie von fern, mitten in seine Überlegungen hinein, Schesternjows Frage hörte: „Was halten Sie davon, Bracke?"

Er öffnete den Mund zur einzig möglichen Antwort, aber er bezwang sich. Langsam hob er die Schultern.

„Ich weiß nicht", murmelte er. „Es könnte Zusammenhänge mit dem von uns beobachteten Boliden geben, aber das ist bisher nur eine vage Vermutung."

Schesternjow lächelte. „Sie sind ein vorsichtiger Mann, Bracke, und das ist gut so. Auch ich habe eine Vermutung. Und auch ich möchte sie nicht äußern, weil sie mir viel zu ungeheuerlich erscheint. Aber es ist die gleiche, zu der auch Sie gelangt sind."

Bracke wußte, daß sein wechselnder Gesichtsausdruck von diesem Mann vor ihm sehr genau beobachtet worden war. Er fühlte sich durchschaut.

Schesternjow wandte sich an Aurelhomme: „Jean! Ihr fliegt sofort. Ihr werdet eine Gruppe bilden, die aus dir, Kollegen Bracke, Karin Bachfeld und dem Sprachwissenschaftler Horst Laurentz besteht."

Aurelhomme lächelte. Nicht mit dem ganzen Gesicht. Nur seine Augen zogen sich zu schmalen Schlitzen zusammen und umgaben sich erneut mit einem dichten Netz feiner Fältchen.

„Wann fliegen wir?" fragte er.

Schesternjow blickte ihn forschend an. „Was soll das heißen ‚wann'? Ich sagte ausdrücklich ‚sofort!'. Oder hältst du die Sache für unwichtig?"

„Natürlich ist sie wichtig. Hätte sonst Sullivan einen Brandbrief geschrieben? Aber ich dachte, wir könnten vielleicht vorher noch in Paris..."

Schon bei dem Wort „Brandbrief" hatten sich Schesternjows Augen zusammengezogen. Jetzt standen steile Falten über seiner Nasenwurzel. „Nichts könntest du vorher in Paris", knurrte er. „Nicht umsonst wird dich Karin Bachfeld begleiten, mein Lieber."

Bracke staunte über die plötzliche Schärfe in den Worten Schesternjows. Er schien sich ernstlich Sorgen zu machen. Als er sich wieder setzte, stöhnte der Sessel unter seiner Masse.

Aurelhomme aber behielt sein Lächeln um die Augen. Offensichtlich störte ihn die Zurechtweisung nicht sonderlich. „Einverstanden!" erklärte er.

Schesternjow blickte auf seinen Schreibtisch. „Das ist keine einfache Sache", sagte er leise. „Von euren Reaktionen kann viel abhängen. Für uns alle. Das Telex klingt zudem, als sei sich Lester Sullivan durchaus nicht schlüssig, wie er den Fall anpacken soll. Er ist nicht der Mann, der schnelle Entschlüsse liebt."

Dann wandte er sich direkt an Bracke. „Sie sind mir als ein Mensch geschildert worden, der schnell und sicher zu entscheiden weiß, wenn auch seine Leitungsmethoden manchmal etwas...", er schien nach einem passenden Wort zu suchen, „... etwas eigenwillig sind. Ich zähle auf Sie."

Bracke nickte. Er wußte, was von ihren nächsten Schritten abhängen konnte.

Schesternjow stand langsam auf, kam herüber zu ihm, und als sich Bracke ebenfalls erhob, legte er ihm die Hand auf die Schulter.

„Nun macht uns Ihr Bolide also doch noch Sorgen. Wenn sie auch ganz anderer Art sind, mein Lieber. Auf alle Fälle glaube ich, werden Sie glänzend rehabilitiert werden."

Bracke hob die Schultern. Was lag ihm jetzt noch an Rehabilitation?

Er war ausgewählt worden, einer Gruppe von Menschen anzugehören, die eine in der bisherigen Geschichte menschlicher Zivilisation einmalige Aufgabe zu lösen hatte.

„Noch gibt es einen schwachen Punkt in unserer Theorie", sagte er leise, jedes Wort genau abwägend. An die stillschweigende Vereinbarung, ihre Vermutung nicht auszusprechen, dachte er nicht mehr. „Wenn diese eigenartige Linse auf dem Lake North tatsächlich fremdes Leben trägt, dann hätten sie, ich meine die Fremden, doch unseren Funkverkehr aufnehmen und analysieren können. Und es wäre ihnen ein leichtes gewesen, uns von ihrem Kommen zu informieren, sei es nun aus dem Erdorbit heraus oder schon vom Mond. Auch wenn sie nur ganz einfache Zeichen gesendet hätten, hätte es ausgereicht. Eine Landung ohne vorherige Anmeldung halte ich für eine eigenartige Sache."

Schesternjow nickte. „Auch diese Gedanken haben wir uns bereits gemacht. Aber die Landung einer extraterrestrischen Expedition ist das einzige, das die Vorgänge der letzten Stunden hinreichend erklären kann."

Bracke wandte sich zur Tür. „Wir werden es erfahren!" sagte er.

Schesternjow drückte den Knopf der Rufanlage. Auf einem kleinen Bildschirm auf dem Schreibtisch erschien das ebenmäßige Gesicht einer jungen Frau mit blondem Haar. Sie grüßte zu Aurelhomme hinüber, musterte Bracke einen Moment lang aufmerksam, bevor sie unmerklich den Kopf neigte, und blickte dann abwartend auf Schesternjow.

Als er ihr ein Zeichen gab, stand sie auf, warf einen leichten Mantel über und nahm eine schmale Tasche aus dem Wandschrank. Bevor der Bildschirm automatisch erlosch, als sie ihr Zimmer verließ, sah Bracke, daß ihr ein junger, lang aufgeschossener Mann folgte.

„Das ist meine Nachfolgerin", flüsterte Aurelhomme ihm zu. „Sekretärin des Rates, von Hause aus Technikerin. Sie ist hübsch, nicht wahr? Manchmal frage ich mich, auf welche Weise sie sich die Bewerber um ihre Gunst vom Leibe hält. Wenn man der Fama glauben darf, dann muß sie eine uneinnehmbare Festung sein."

Bracke lächelte. Aurelhomme machte kein Geheimnis daraus, daß er gar zu gern den Schleier gelüftet hätte, der über Karin Bachfelds Verhältnis zu Männern lag.

Drei Stunden nach Brackes Unterredung mit Schesternjow stand die Sondermaschine des Regionalrates Nord über Montreal und setzte zur

Landung an. Sie tauchte in eine fast geschlossene Wolkendecke ein.

Bracke schob die Assiette zurück, knüllte die Serviette zusammen und lehnte sich bequem im Sessel zurück. Die Kabine des geräumigen Düsenflugzeugs war fast leer. Neben ihm saß Horst Laurentz, ein langer, schlanker junger Mann, der während des bisherigen Fluges noch nicht ein Wort gesprochen hatte, und vor ihm unterhielten sich Karin Bachfeld und Jean-Louis Aurelhomme, wie es den Anschein hatte, sehr angeregt.

„Eigentlich", plauderte der Franzose, „wollte ich einen kurzen Zwischenaufenthalt in Paris vorschlagen, aber der Alte hat nicht mitgespielt. Ich sage Ihnen, Paris ist eine prächtige Stadt. Es hätte sich gelohnt."

Die junge Frau lachte. „Wie konnten Sie erwarten, daß er einem solchen Vorschlag zustimmt? Erstens scheint unsere Anwesenheit am Lake North dringend erforderlich, und zweitens kennt er im Dienst keinerlei Zugeständnisse an private Interessen. Das müßten Sie eigentlich wissen, Jean-Louis."

Wie sie „Jean-Louis" sagte, war einfach ein Genuß. Bracke spitzte die Ohren, ohne sich über seine Indiskretion Gewissensbisse zu machen.

„Und wie ist der Alte außerhalb des Dienstes?" Es war klar, daß sich Aurelhomme die Gelegenheit nicht entgehen ließ, die sie ihm unbewußt geboten hatte.

Sie warf das Haar aus der Stirn. Es war eine typische Kopfbewegung, die Bracke schon öfter an ihr beobachtet hatte. Er genoß es, den beiden zuzuhören, und es interessierte ihn ungemein, wie Aurelhommes Balzerei enden würde. Er traute der blonden Frau auf dem Vordersitz zu, daß sie ihm eine prachtvolle Abfuhr erteilte.

„Außerhalb des Dienstes angelt er gern", klärte sie ihn mit ernstem Gesicht auf. „Außerdem geht er sehr gern in das Theater, und hin und wieder ißt er ausgezeichnet."

Aurelhomme bekam runde Augen ob ihrer fundierten Kenntnisse über Schesternjows private Interessen. „Woher wissen Sie das eigentlich alles so genau, Karin?"

Bracke konnte sich Aurelhommes Gesicht, obwohl er nur dessen Rücken sah, gut vorstellen. Er glaubte sich jetzt dem Geheimnis auf der Spur, das er so gern gelüftet hätte. Bestimmt glaubte er das.

Karin Bachfeld warf wieder das Haar zurück. „Ich weiß es eben", sagte sie. „Schließlich ist er mein Vorgesetzter, und ...", einen Augenblick lang überlegte sie oder tat doch zumindest, als suche sie nach dem richtigen Wort, „... und außerdem ist er ein feiner Mensch."

Aurelhomme antwortete nicht. Er mochte wohl spüren, daß sie seine Fragen nicht ernst nahm, und sicherlich fürchtete er auch ihren Spott.

„Reicht Ihnen das, Jean-Louis?“ fragte sie leise. „Oder möchten Sie gern hören, daß es mehr ist als ein kollegiales Verhältnis?“

Aurelhomme wehrte aufgeregt ab. „Aber nein! Wie kommen Sie nur darauf! So ist es mir viel lieber.“

Wieder lachte sie. „Ich würde es Ihnen bestimmt sagen, Jean-Louis, wenn es mehr wäre“, hörte Bracke sie flüstern. „Gerade Ihnen würde ich es bestimmt sagen.“

Er beobachtete den jungen Franzosen, der plötzlich ein Stück gewachsen zu sein schien.

„Und ich würde es Ihnen nur sagen“, setzte Karin Bachfeld hinzu, „weil Sie so schön unauffällig und durch die Blume fragen können.“ Es schien ihr Mühe zu machen, ihre ernste Miene zu wahren.

Bracke mußte zugeben, daß Aurelhomme seine Niederlage ausgezeichnet verdaute. Nach einem kurzen Stutzen lachte er lauthals über den eigenen Reinfall, und er ließ sich auch durch die verweisenden Blicke des Sprachwissenschaftlers Laurentz nicht in seinem Heiterkeitsausbruch stören. Aber noch etwas fiel Bracke auf: Es war der ironische Ton, der aus Karin Bachfelds Worten geklungen hatte. Langsam begann er zu verstehen, weshalb es über sie keine Geschichtchen zu erzählen gab.

Die Maschine durchstieß die Wolken, senkte sich sacht über die letzten Häuser der Außenbezirke von Lake City herab und hob die lang ausgezogene Nase. Auf der glatten Betonpiste flog der unförmige Schatten heran, und als ihn die Räder berührten, ging ein Schüttern durch die Sitze. Mit nach vorn umgelenktem Strahl heulten die Triebwerke auf und bremsten den Koloß ab.

Sie verließen das Flugfeld durch den gedeckten Falttunnel, achteten kaum auf die guten Wünsche der Stewardeß, und sie erreichten den Vorplatz des Flughafens, ohne daß sich jemand um sie gekümmert hätte.

Die Sonne schien mit aller Kraft, und es dauerte nicht lange, bis sie ins Schwitzen kamen.

Karin Bachfeld und Aurelhomme unterhielten sich leise, aber erregt, und es fiel Bracke nicht schwer, aus ihrem Wortwechsel herauszuhören, daß der Franzose es versäumt hatte, sie ordnungsgemäß anzumelden. Die junge Frau schien ebenso ungehalten zu sein, wie Aurelhomme zerknirscht war oder doch zumindest tat. Schließlich warf sie den Kopf in den Nacken und ging mit großen Schritten auf die nächste Telefonnische zu. Er sah sie sprechen und gestikulieren, und er bewunderte ihre Energie. Als sie zurückkam, eilte ihr Aurelhomme entgegen.

„Schwer zu erklären, wie mir das passieren konnte", rief er. „Ich glaube, ich habe die Anmeldung in der ganzen Hektik des Aufbruchs einfach vergessen."

Die Frau sah ihn lange an, ehe ein feines Lächeln auf ihr Gesicht zog. „Nun wissen Sie wohl auch, weshalb Schesternjow festgelegt hat, daß ich Sie begleite?"

Aurelhomme nickte, immer noch mit zerknirschter Miene.

„Ja, ja!" brummelte er, „der Alte kennt mich genau." Doch dann trat er dicht an sie heran. „Aber nun sagen Sie uns bitte, was die Amerikaner Ihnen geantwortet haben."

„Sie schicken uns einen Polizeiwagen, der uns abholen soll. Wir werden schon dringend erwartet."

Jetzt zeigte Horst Laurentz zum erstenmal Interesse. Bracke kannte den Mann nicht. Er wußte, daß er Sprachwissenschaftler war und daß von ihm behauptet wurde, er sei ein Arbeitstier. Er war sehr groß gewachsen und hielt sich überaus grade. Was er sagte, sagte er mit überlegener Ruhe und ohne jede Hast. Im Flugzeug hatte er davon gesprochen, daß er aus Gründen der Effektivität ein zweites Studium absolviert habe, und zwar auf dem Gebiet der Programmierung von Computern. Durch seine eigenen Programme vermeide er Zeitverluste und durch den Wegfall des Umweges über die Programmierer Übertragungsfehler.

Jetzt also zeigte er Erstaunen. „Wieso einen Polizeiwagen?" fragte er und zog die Brauen in die Höhe. Er hatte sehr starke Brauen, die zu seinem kurz geschnittenen Haar in auffallendem Widerspruch standen. „Soll das etwa besagen, daß die ganze Aktion unter..." Er unterbrach sich, sein Gesicht nahm einen kindlich erstaunten Ausdruck an.

Karin Bachfeld stimmte ihm zu. „Genau das wollte ich sagen."

Laurentz schüttelte besorgt den Kopf. „Aber das ist doch..." Auch diesmal beendete er den Satz nicht. „Wenn da nur nichts schiefgeht!"

„Ist schon schiefgegangen", bestätigte Karin Bachfeld.

Bracke trat zu den anderen. „Was ist schiefgegangen?" fragte er und blickte die blonde Frau besorgt an, als sie sich ihm zuwandte.

„Sie haben versucht, sich dem Fahrzeug von allen Seiten gleichzeitig zu nähern, Kollege Bracke." Ihre Stimme war dunkel und ruhig. „Und dabei sind die Gleiter auf ein unerklärbares Hindernis gestoßen."

„Was für ein Hindernis?“

„Sie wissen es nicht. Es war nichts zu sehen, aber die Gleiter wurden alle derartig abgebremst, daß sie sich dem Fahrzeug nicht weiter nähern konnten. Sie wurden sogar in Richtung Ufer zurückgeschoben.“

„Das verspricht interessant zu werden!“ stellte Laurentz fest und hakte sie kameradschaftlich unter. „Gehen wir! Vielleicht wartet die Eskorte schon auf dem Parkplatz.“

Bracke war erstaunt, den jungen Wissenschaftler so zielstrebig zu sehen, und wohl auch darüber, daß er Karin Bachfeld wie selbstverständlich untergehakt hatte. Und er trat auf ihre linke Seite und nahm den linken Arm der Frau unter seinen rechten. Einen Augenblick sah sie ihn verwundert an, dann lächelte sie.

Jean-Louis Aurelhomme aber bildete das Schlußlicht der Gruppe. Er wußte nicht, ob er froh oder ärgerlich darüber sein sollte, daß er in den letzten Minuten keine Gelegenheit gehabt hatte, an dem Gespräch teilzunehmen. Jetzt kam er sich fast überflüssig vor.

Zu ärgerlich, daß ihm immer wieder diese Schnitzer passierten, wie der mit der vergessenen Anmeldung. Manchmal glaubte er selbst, daß Schesternjow recht hatte, wenn er behauptete, Aurelhomme brauche ein Kindermädchen.

Wie schon so oft nahm er sich vor, in Zukunft auch auf scheinbar nebensächliche Gebiete seiner Arbeit zu achten, denn sonst blieb ihm nichts anderes übrig, als sein Aufgabengebiet zur Verfügung zu stellen. Und das konnte er sich kaum ausmalen. Er liebte seine Arbeit, die ihm Gelegenheit gab, mit den verschiedensten Menschen zusammenzukommen und ihre Wünsche, Forderungen und Fachgebiete zu koordinieren oder sie anzuleiten.

Zu diesen Menschen gehörten auch die beiden, die so selbstverständlich Karin Bachfeld in ihre Mitte genommen hatten, ihr den kleinen Koffer trugen und sich angeregt mit ihr unterhielten.

So sehr sich die drei Menschen voneinander unterschieden, so sehr hatte doch die Ähnlichkeit ihrer Aufgaben Gemeinsames geschaffen.

Sie hatten hellhäutige Gesichter, die auf eine Arbeit in Büroräumen oder Labors hinwiesen, große verträumte Augen, die zeigten, daß sie in der Lage waren, stundenlang mit offenen Augen über bestimmten Problemen zu brüten, und langsame, gleitende Bewegungen, die darauf schließen ließen, daß ihre Handlungen genau überlegt und abgestimmt wurden.

Lediglich Bracke paßte nicht ganz in dieses Schema. Bracke war durch seine jahrelange Arbeit im Kosmos, auf dem Vorposten der Erde, zu einem Mann geworden, der für Aurelhomme zu einem der letzten Abenteurer zählte. Nicht sehr groß, aber breit und massig, hatte er den Gang eines alten Fischers, der während seines ganzen Lebens schwankende Planken unter den Füßen gehabt hat. Bracke war einer von denen, die er beneiden konnte.

Aurelhomme lächelte über sich selbst. Er machte diese Studien an anderen Menschen gern, und er wußte, daß er sich dabei selten einmal irrte.

Gerade seine Fähigkeit, sich schnell in andere Menschen hineindenken zu können, hatte ihm in seinem Berufsleben viele Vorteile gebracht. Oft hatte sich Schesternjow an ihn gewandt, wenn es darum ging, Mitarbeiter auszuwählen. Heute war er Ratsmitglied, sogar Sekretär des Rates und Leiter des Subrates auf Zeit. Er gestand sich ein, daß er nicht so gern Leiter war wie Sekretär, aber er würde es hinter sich bringen. Ein Jahr war nicht lang.

Schesternjow hatte einmal behauptet, wenn er sich selbst so gut einzuschätzen verstehe wie seine Mitarbeiter, dann sei er einen Riesenschritt vorangekommen, und er wußte, daß der Alte recht hatte.

Nun, immerhin war er einer von denen, die man für jede Aufgabe, bei der es auf schnelle Lösungen ankam, einsetzen konnte, auch wenn das Ergebnis nicht immer optimal war.

Als sie den Parkplatz erreichten, bog ein alter verbeulter Chrysler von der Straße her ein. Am Steuer saß ein junger Beamter mit der typischen dunklen Schirmmütze, die über der Stirn unternehmungslustig geknifft war. Er winkte aus dem offenen Fenster, als er die vier sah, ließ den Wagen die Auffahrt hinaufjagen und bremste, daß man den abradierten Gummi mit einem Kehrblech hätte auffegen können.

„Hallo, Miss!“ schrie er. „Kommen Sie vielleicht vom Reg-Rat Nord?“

„Stimmt, junger Mann!“ entgegnete Karin.

„Sergeant Bubble, Miss. Steigen Sie bitte ein! Ich bringe Sie zu Chefinspektor Baker.“

Er öffnete die Tür zum Vordersitz und ließ sie einsteigen. Daß sich die drei Männer auf dem Rücksitz zusammendrängen mußten, schien ihn nicht im mindesten zu stören. Außer einem zerkauten „Hallo!“ beim Einsteigen hatte er nichts für sie übrig.

Er startete in derselben mörderischen Weise, in der er gebremst hatte. Der Wagen sprang die Auffahrt hinunter, schleuderte in den Lake Drive hinein und raste den ersten Häusern der Stadt entgegen; der Lake North mußte auf der anderen Seite der Stadt liegen.

Sergeant Bubble nahm die engen Kurven des alten Städtchens mit halsbrecherischem Tempo. Als er in den dichter werdenden Verkehr der Innenstadt kam, schaltete er die Sirene ein und schien von diesem Augenblick an ein steifes rechtes Bein zu haben.

Karin blickte das junge Gesicht an ihrer Seite verstohlen an. Der Junge versteckte sein glattes Kinn hinter einem Bart, der noch nicht in der Lage war, ihm das martialische Aussehen zu geben, das er offensichtlich erreichen wollte. Sie lächelte. Und der junge Sergeant lächelte auch.

„Wird höchste Zeit, daß Sie kommen, Miss", sagte er und kniff die Augen zusammen.

„Warum wird es höchste Zeit, Sergeant? Hat es noch mehr Ärger gegeben?"

„Ich weiß nicht, was Ihnen bereits bekannt ist. Uns reicht es jedenfalls. Die Kerle sind offensichtlich äußerst gefährlich."

„Ist das Ihre oder die offizielle Meinung?" schaltete sich Aurelhomme ein.

„Wissen Sie, Miss" – er sprach bisher ausschließlich mit Karin Bachfeld –, „ich glaube nicht, daß jemand anderer Meinung ist. Immerhin schreiben die Zeitungen, daß man nicht vorsichtig genug sein kann."

Karin nickte. „Da haben Sie sicher recht. Aber ist es Vorsicht, wenn der Chefinspektor eine ganze Armada von Gleitern auf die Fremden hetzt?"

Der Sergeant zuckte die Schultern. „Irgend etwas mußte er tun. Er hat einfach versucht, Kontakt zu bekommen. Wie, schien ihm unbedeutend. In der Zwischenzeit sind vom Rat alle Aktionen abgeblasen worden, um weitere Verluste bei derartigen Unternehmungen zu vermeiden."

Jean drängte seinen Kopf zwischen die beiden, die vor ihm saßen. „Es hat Verluste gegeben? Wie ist das möglich gewesen?"

Der Sergeant blickte in den Rückspiegel. „Als die Gleiter auf eine bestimmte Distanz herangekommen waren, wurden sie plötzlich gestoppt. Dabei ging Inspektor Carrington über Bord. Der eine der Gleiter fuhr über ihn hinweg, und Mahoney versuchte ihn zu retten. Er sprang in den See und schwamm hinaus zu der Stelle, an der wir Carrington zum letztenmal gesehen hatten. Als er fast angekommen war, setzte sich das Ding in Bewegung und schob sich über die beiden, und als es zur Mitte des Sees zurückkehrte, waren sie verschwunden."

Aurelhomme schüttelte den Kopf. „Das muß nicht unbedingt ein feindlicher Akt gewesen sein", sagte er. „Ebensogut kann es sich um eine Rettungstat der Fremden gehandelt haben."

„Glaube ich nicht! Mahoney war ein ausgezeichneter Schwimmer", warf Bubble ein.

Aurelhomme grinste. „Ob das die Fremden gewußt haben?"

Mit dieser Frage hatte er sich in den Augen des Sergeant disqualifiziert. Laurentz versuchte die Situation zu retten.

„Sagen Sie, Sergeant", fragte er, „Mahoney, ist das das Großmaul Rod Mahoney?"

Das blasse Gesicht des Polizisten lief rot an. Aurelhomme rechnete damit, daß er im nächsten Augenblick wie ein Wahnsinniger bremsen würde, aber er tat es nicht.

„Was versteht ihr Europäer schon vom Boxen?" schimpfte er. „Großmaul, Großmaul! Etwas anderes wißt ihr nicht. Immerhin hat sich Mahoney mit seiner großen Klappe eine Menge Vorkämpfe erspart. Wer weiß, ob er unter anderen Voraussetzungen überhaupt einen Kampf gegen Jenkins bekommen hätte."

Aurelhomme grinste schon wieder. „Und nun war alles umsonst", sagte er.

Der Polizist blickte fragend in den Rückspiegel. Man sah ihm an, daß er nichts Besonderes von Jean-Louis Aurelhomme erwartete, aber doch neugierig war.

„Wieso umsonst?" fragte er dann endlich.

„Ich denke, die Fremden haben ihn gekidnappt. Wie soll er dann gegen Jenkins antreten?"

Karin Bachfeld mußte zugeben, daß die Frage Aurelhommes zwar berechtigt, aber wohl fehl am Platze war. Der Sergeant reagierte noch saurer als vorher. Er schien zu wachsen, als er sich im Sitz aufrichtete.

„Unterhalten wir uns lieber weiter, Miss", schlug er vor. „Die drei da hinten gehen mir furchtbar auf die Nerven. Ich kann Leute nicht leiden, die sich einbilden, sie wüßten und könnten alles besser."

Sie versuchte den Polizisten zu beruhigen. „Wir werden uns bei allen Aktionen im Hintergrund halten. Sie brauchen sich keine Sorgen darüber zu machen, daß wir den örtlichen Behörden ins Handwerk pfuschen."

„Das würde mich nicht besonders stören, wenn es Ihnen gelingt, Mahoney wieder herauszuholen."

„Wieso haben Sie so ein übergroßes Interesse an ihm?"

„Er ist ein ausgezeichneter Boxer und ein großartiger Mensch. An seinem schlechten Ruf ist ausschließlich das Geschäft schuld, das der Manager mit ihm machen will, und dieser verdammte Lokalpatriotismus.“

Die Bemerkung des Polizisten erzeugte in ihr eine Gedankenassoziation, die sie nicht hätte erklären können. Sie dachte an Lester.

„Ist Lester Sullivan schon am See?“ fragte sie.

Sergeant Bubble blickte sie dankbar an. Er schien froh, daß sie das Thema wechselte. Dann nickte er heftig.

„Macht ganz schön Wind, der schöne Lester“, sagte er. „Hat sofort alle Aktionen gestoppt, weil er sich zuerst mit Ihnen beraten will.“

„Weiß er, wer unserer Gruppe angehört?“

Bubble zog die Schultern hoch. „Wahrscheinlich doch“, vermutete er. „Schließlich hat er Sie ja angefordert.“

Auf den letzten Kilometern bis zum See schwiegen sie. Die drei Männer auf dem Rücksitz, weil sie nicht beabsichtigten, dem aggressiven Sergeant neuen Grund für seine erregten Ausbrüche zu geben, und Karin Bachfeld schwieg, weil sie ihren eigenen Gedanken nachhing, Gedanken über Lester Sullivan, den der vorlaute Bubble soeben den schönen Lester genannt hatte.

Lester Sullivan war in der Tat der einzige Mann, der bisher in ihrem Leben eine Rolle gespielt hatte. In wenigen Minuten würden sie sich wiedersehen.

Sie erinnerte sich an Tage und Wochen in Berlin, an Tage und Wochen, in denen sie und Lester fast unzertrennlich gewesen waren, er, der fünfzehn Jahre ältere Astronaut, die Ausnahmeerscheinung der Universität, und sie, die Studentin der Gesellschaftswissenschaften. Lester war einer der bekanntesten Piloten der amerikanischen nachkapitalistischen Raumflotte zu jener Zeit, einer von den Leuten, die in ihrem Beruf nur dann Chancen hatten, wenn ihre körperliche Konstitution weit über dem Normalmaß lag. Der Ausbildung nach Fallschirmspringer, hatte er sich irgendwann zur Raumfahrt gemeldet, war angenommen worden und hatte sich zäh und ausdauernd eine Spitzenposition erarbeitet. Nie hatte er viel Zeit für eine fundierte theoretische Bildung aufgebracht, und schließlich hatte er sich selbst eingestehen müssen, daß ihm der durchtrainierte Körper allein nichts mehr nützte. Die Zeit, da ihn der wissenschaftlich-technische Fortschritt zu überrollen drohte, war nicht mehr allzu fern. Aber Lester war nicht der Mann, sich ohne Widerstand überrollen zu lassen. Kurz entschlossen schrieb er sich an der Universität im alten Berlin als Student der Organisationswissenschaft ein.

Karin erinnerte sich gern an die bewundernden Blicke ihrer Kommilitoninnen, wenn Lester sie nach den Vorlesungen von der Uni abholte oder wenn sie ihnen abends in der Stadt begegneten. Lester war groß und schlank, sein Haar begann sich an den Schläfen bereits damals grau zu färben, und seine Bewegungen waren geschmeidig und kraftvoll. Nie verleugnete er, daß er alles tat, um seinen Körper auf dem Höhepunkt seiner Leistungsfähigkeit zu halten. Vielleicht hatte er sogar in seiner Studentenzeit mehr trainiert als während seiner aktiven Pilotenlaufbahn.

Damals hatten sie jede freie Minute gemeinsam verbracht, zumal ihre privaten Interessen fast völlig auf denselben Gebieten lagen. Sie bevorzugten vor allem Theater und Musik, und hier hatte das alte Berlin zweifellos einiges zu bieten.

Es war wie ein Rausch. Lester erwies sich als unerschöpflicher Organisator, immer wieder machte er neue Vorschläge, fand kleine Bühnen und Laienspielhäuser, von deren Existenz Karin bisher keine Ahnung gehabt hatte. Und sie ließ sich treiben, sonnte sich in seiner Fürsorge und in der Bewunderung ihrer Freundinnen. Wenn sie das alles heute nüchtern zu überdenken suchte, so kam sie zu dem Schluß, daß das Erwachen einfach unausbleiblich gewesen war. Zum erstenmal in ihrem Leben war sie damals auf dem Standpunkt geblieben, den sie sich erarbeitet hatte, und dem war unausweichlich ihre Trennung von Lester gefolgt.

Sie beendeten ihr Studium fast zur selben Zeit. Lester wurde an das astronautische Institut des amerikanischen Subregionalrates berufen, und Karin sollte in den nächsten Tagen ihre Arbeit in der Forschungsabteilung des Reg-Rates in Leningrad antreten.

Sie waren hinausgefahren in das blühende Umland von Berlin, die Berufungsurkunden brannten ihnen wie Feuer in der Tasche, aber keiner wagte dem anderen mitzuteilen, daß sie sich entweder trennen mußten oder daß einer von ihnen sich dem anderen in der Wahl des künftigen Wirkungskreises unterzuordnen hatte.

Vielleicht wäre Karin damals bereit gewesen, Lester nach Amerika zu folgen, sich dort eine andere Existenz aufzubauen, als es die Dispatcher der Uni vorgesehen hatten, um in Lesters Nähe zu bleiben, aber sie hatte wohl gehofft, sich mit ihm darüber unterhalten zu können. Vielleicht wollte sie sich auch um diesen gewiß nicht leichten Schritt bitten lassen.

Es kam alles ganz anders. Als sie spät am Abend in einem der kleinen

Restaurants am Stadtrand vor einer Flasche Wein saßen, legte Lester seine Urkunde auf den Tisch und schilderte lachend, wie sie beide zusammen im Subregionalrat Amerikas arbeiten würden, wie sie sich ergänzen würden und welch schönes und ausgefülltes Leben sie erwarte. Mit keinem Wort ging er auf die Möglichkeit ein, zusammen mit ihr in Leningrad zu arbeiten. Und Karin verschloß sich innerhalb weniger Minuten seinem Drängen, verschloß sich um so mehr, je drängender seine Argumentation wurde.

Schließlich hatte es eine kurze, aber erregte Auseinandersetzung gegeben, in der sie erkennen mußten, daß sie sich schon viel zu sehr in ihre eigenen Gedanken verrannt hatten, um noch nachgeben zu können. Noch am selben Abend hatten sie sich getrennt, obwohl sie wußten, daß es ihnen sehr schwer werden würde.

Aus den Augen hatten sie sich nicht verloren. Immer wieder brachte ihre Arbeit Anknüpfungspunkte, gab ihnen Gelegenheit, sich bei Telefonaten und Arbeitsbesprechungen zu sehen und auszutauschen. Von gemeinsamem Leben jedoch hatten sie nie wieder gesprochen. Es war wie ein Tabu, war, als empfänden sie Angst, sich weiter zu entzweien, wenn sie das alte Thema berührten.

Und trotzdem entfernten sie sich langsam, aber unaufhaltsam voneinander. Die gelegentlichen Telefonate wurden seltener, und irgendwann konnten auch die Arbeitsbesprechungen von ihren Mitarbeitern wahrgenommen werden.

Sie lächelte über sich selbst, als sie ihre Aufregung spürte und die Freude, ihn wiederzusehen. Gewiß war er grauer geworden, aber bestimmt würden seine Bewegungen nichts von ihrer Geschmeidigkeit und katzenhaften Kraft verloren haben, und bestimmt würde er immer noch solch modische Anzüge und Hemden bevorzugen, wie er sie vor Jahren getragen hatte.

Als sie die Straßensperre in Höhe des Sees erreichten, waren sie ein wenig enttäuscht. Die dichtstehenden Bäume versperrten ihnen die Sicht. Erst als sie die ersten Bäume hinter sich gelassen hatten und ein gutes Stück Weges zu Fuß zurückgelegt hatten, sahen sie in der Nähe einer Fahrzeugkolonne eine Menschengruppe am Ufer stehen. Keiner wandte sich nach ihnen um, auch dann nicht, als sie bis auf Rufweite herangekommen waren. Die Menschen standen und starrten auf das Wasser hinaus, starrten auf etwas, das die Näherkommenden noch nicht sehen konnten, da es die Baumkronen verdeckten.

Plötzlich begann Aurelhomme zu laufen. Sie hatten Mühe, ihm zu folgen. Und dann blieb er wie angewurzelt stehen, und auch Karin Bachfeld hielt plötzlich inne. Was sie sah, faszinierte sie. Die Gedanken an Lester Sullivan waren vergessen.

Mitten auf dem See lag ein Fahrzeug. Ein Fahrzeug, wie sie es noch nie gesehen hatte. Ein Ding, das nicht von Menschenhand geschaffen sein konnte. Eine gelbschimmernde, wie von innen heraus leuchtende, einseitig abgeplattete Linse, die mit ihrer flachen Unterseite wenige Meter über dem ruhigen Wasser schwebte. Das war das Eigenartige: Sie berührte das Wasser nicht, und das Wasser war völlig ruhig, zeigte nicht die Spur eines Wirbels oder die kleinste Welle.

Das erstaunlichste war aber ein intensiv blaugrün strahlender Lichtbalken, der sich zwischen den wenigen, langsam ziehenden Wolken in der Bläue des Himmels verlor.

„Sie haben ihre Beleuchtung verändert“, flüsterte der Sergeant.

„Was hat sich verändert?“ fragte sie schnell. Jede Veränderung konnte wichtig sein.

Aber Sergeant Bubble winkte ab. „Nichts Umwerfendes, Miss“, sagte er. „Vorhin, als ich hier wegfuhr, um Sie abzuholen, war das Licht orange. Jetzt ist es blau. Muß nicht unbedingt bedeutsam sein, nicht wahr?“

„Muß nicht, kann aber“, sagte Bracke hinter ihnen, und Karin stimmte ihm zu.

Sie hatte in der Gruppe am Ufer Lester Sullivan entdeckt. Sie hätte es zwar nie zugegeben, aber sie stellte mit einigem Ärger fest, daß ihr Herz schneller schlug. Außerdem war sie so aufgeregt, daß ihr fast die Knie weich wurden.

Sie sah ihn nur von hinten. Die breiten Schultern, der tiefe Haaransatz im Nacken, die gesammelten Bewegungen, die eine verhaltene, aber um so explosivere Energie verrieten. Er trug einen dunkelblauen Anzug, der, wie nicht anders zu erwarten, ausgezeichnet geschnitten war.

Ohne es zu bemerken, ging sie schneller. Als sie sich der Gruppe am Ufer bis auf wenige Meter genähert hatte, wandte sich Lester, wie unter einem inneren Zwang, um. Mitten in der Bewegung hielt er plötzlich inne.

Nie hätte Karin später sagen können, wer von ihnen dem anderen zuerst entgegengeeilt war, plötzlich jedenfalls lagen sie sich in den Armen. Und all das, was sie seit Jahren zurückgehalten hatten, legten sie in wenige Worte, einige lange Blicke.

Als sie die erstaunten Gesichter ihrer Begleiter sahen, als ihnen ihre Umgebung wieder zu Bewußtsein kam, lösten sie sich langsam und widerwillig voneinander. Lester Sullivan hielt Karin ein Stück von sich ab. Er lächelte, aber seine Augen blickten ernst.

„Es ist unverzeihlich", flüsterte er, „sich zwischen all den Menschen so gehenzulassen."

Sie schüttelte den Kopf und versuchte ebenfalls ein Lächeln. „Es trifft dich sehr, daß du dich einen Augenblick nicht beherrschen konntest. Habe ich recht?"

Jetzt lächelten auch seine Augen, und es tat ihr wohl, als sie es sah.

„Du kennst mich noch sehr gut, Karin. Du hast meine Mucken nicht vergessen."

„Das ist auch nicht leicht. Denn schließlich hattest du auch gute Eigenschaften."

Er wollte das Kompliment erwidern. „Du siehst gut aus. Fast unverändert."

„Und du bist grau geworden, Lester." Sie strich ihm zaghaft über das Haar an den Schläfen. Er richtete sich auf. Zu spät wurde sie sich bewußt, daß sie seine Reaktion hätte vorausahnen müssen.

„Bitte nicht hier", sagte er leise, bemerkte, daß sie mit sich selbst unzufrieden war, und legte ihr den Arm um die Schultern. Es sah aus wie eine durchaus freundschaftliche Geste.

„Es sind nur die Schläfen, Karin", versuchte er zu scherzen. „Findest du nicht, daß ich mich ansonsten ausgezeichnet gehalten habe?"

„Vor allem finde ich, daß du dich nicht verändert hast."

Sie war sicher, daß sie recht hatte. Lester war zwar älter geworden, aber er war noch dasselbe Energiebündel wie früher, er brauchte den Erfolg wie damals, als er Astronaut war, oder wie in Berlin, als er sich als Student auszeichnete. Und er fühlte sich wohl, wenn seine Leistungen Anerkennung fanden, wenn die anderen zu ihm aufblickten. – Sie bemerkte, daß er an ihr vorbeisah.

„Darf ich dir meine Freunde vorstellen?" sagte sie und wählte absichtlich den Begriff „Freund".

Das folgende Gespräch war kurz und inhaltsreich. Sullivan war gerade in dem Augenblick angekommen, als Baker die Gleiter zurückrief. Er war betroffen über den Verlust, den sie erlitten hatten. Vor allem, daß sein Schützling Mahoney verschwunden war, würde er dem Chefinspektor kaum verzeihen können. Er hatte Baker bittere Vorwürfe darüber gemacht, daß er die Gleiter nicht beim ersten Anzeichen einer Gefahr zurückbeordert hatte. Ein verhängnisvoller Fehler hatte eine Situation heraufbeschworen, die die ersten Kontakte mit den Fremden belasten würde, denn daß die seltsame Linse bemannt war, daran zweifelte wohl niemand.

Lester hielt den Farbwechsel des Lichtbalkens für einen Versuch der Außerirdischen, eine Kommunikation zu beginnen, aber er war sich nicht im klaren darüber, wie man ihnen entgegenkommen konnte.

Seine Vermutung schien sich zu bestätigen; der Lichtbalken wechselte jetzt häufig die Farbe, und zwar immer zwischen den beiden Grenzfällen organe und blaugrün, alle dazwischenliegenden Farben des Regenbogens durchlief er in schneller Folge.

Die vier Mitarbeiter des Regionalrates Nord hörten sich die Ausführungen Sullivans schweigend an. Es war für sie sehr schwer, sich bereits jetzt ein Bild zu machen oder gar weitere Schritte festzulegen.

Vor allem Karin Bachfeld fiel es nicht leicht, sich überhaupt zu konzentrieren. Mehrmals ertappte sie sich, daß sie weit mehr der Stimme Lester Sullivans als seinen Worten lauschte.

Sie nahm sich vor, um eine längere Pause zu bitten, um die bisherigen Ermittlungen zu analysieren und die nötigen Schritte vorzubereiten, aber sie kam nicht mehr dazu.

Vom See her erscholl ein vielstimmiger Ruf. Sullivan faßte sie bei der Hand und zog sie zum Ufer hinab hinter sich her. Die anderen hatten Mühe, ihnen zu folgen.

Die riesige Linse hatte sich etwa drei Meter über die Wasseroberfläche erhoben. Rings um das fremde Fahrzeug stieg ein feiner Wasserschleier hoch in die Atmosphäre. Die schon tiefstehende Sonne zauberte einen Regenbogen auf die winzigen Wassertropfen, die die Linse einhüllten. War dieser intensiv leuchtende Bogen an sich schon beeindruckend, so wurde das Bild vollends zur Farbenorgie, als der Lichtbalken zu zucken begann und bei jedem Aufflammen die Farbe veränderte. Auch dieses Licht brach sich vieltausendmal auf dem Wasser, der Oberfläche des Fahrzeugs und den Wassertröpfchen, die um die Linse herum heftig auf und nieder wallten.

Karin Bachfeld hatte instinktiv das Gefühl einer nahenden Gefahr, und als sie sich in der am Ufer stehenden Gruppe umblickte, sah sie, daß es ihr nicht allein so ging. Die Gesichter der Menschen waren seltsam bleich, oder war es das Licht, das unheimliche fremde Licht, das sich auf den

Gesichtern spiegelte und durch sein Aufflammen eine unheimliche Mimik erzeugte?

In dieser Situation bewunderte sie Lester Sullivan. Er stand dem Ufer am nächsten. Alle anderen hatten sich einige Meter zurückgezogen, als wollten sie einen möglichst großen Abstand zwischen sich und die Fremden legen.

Sie wußte, daß es in Lester nicht anders aussah als in ihnen allen, aber sie wußte auch, daß es gerade die kritischsten Situationen waren, in denen er sich beherrschte. Und das gab ihm später die Gelegenheit, die Hochachtung derer zu genießen, die diese Beherrschung nicht hatten.

Lester starrte die sich langsam nähernde Linse mit brennenden Augen an. Und es war sein Blick, dieser feste, keinen Deut von seinem Ziel abweichende Blick, der seine Begleiter auf ihren Platz bannte.

Und auch, als die ersten Ausläufer des Wasserschleiers, den die Fremden um sich geschaffen hatten, wie feiner Nebel auf ihre Gesichter fiel, bewegte er sich nicht. In seiner ganzen Haltung war so wenig von Flucht, daß es den anderen wie Feigheit vorgekommen wäre, hätten sie sich auch nur einen Schritt weiter zurückgezogen.

Das Fahrzeug bewegte sich langsam auf das Ufer zu. Erstaunlich, daß es ausgerechnet der Stelle zustrebte, an der der Stab der Unternehmung sein Hauptquartier aufgeschlagen hatte. Die Linse schwebte nur wenige Meter über dem Wasser und schien die Oberfläche in keiner Weise zu beeinflussen. Die kleinen Wellen wurden auch in unmittelbarer Nähe der Scheibe nicht durch austretende Gase oder ähnliches in ihrer Bewegung behindert. Lediglich ein feiner Schleier aus Myriaden von Wassertröpfchen wurde um die Kante des Fahrzeuges herumgesaugt und verlor sich in der Höhe. Weit oben am blauen Himmel entstand langsam eine weiße Wolke.

Die fugenlos glatte Linse glänzte in mattem gelblichem Silber. Der ständig die Farbe wechselnde Lichtbalken schien nicht direkt aus dem Fahrzeug zu kommen, sondern seine Quelle einige Meter über seinem höchsten Punkt zu haben.

In einer Entfernung von etwa einhundert Metern vom Ufer stoppte die Linse und sank langsam auf das Wasser.

Karin Bachfeld hörte hinter sich ein leises Summen und stellte mit einem Blick über die Schulter fest, daß Laurentz wohl der einzige war, der sich der Faszination des Augenblicks weitgehend entzogen hatte. Jede Bewegung hielt er auf dem Magnetband seiner Elektronik-Kamera fest.

Als sie sich dem Geschehen auf dem Wasser wieder zuwandte, hatte sich etwas an der Linse verändert. Ringsum hielten die Menschen den Atem an. Auf der schrägen, leicht gewölbten Fläche war ein dunkles Rechteck im Entstehen begriffen, wurde zusehends klarer und erwies sich schließlich als eine Öffnung, aus der sich immer deutlicher die Umrisse zweier menschlicher Gestalten schälten. Beide trugen eng anliegende gelbliche Anzüge, die die kräftigen Figuren betonten. Einen Augenblick lang fühlte sie Erstaunen darüber, daß sie keine Helme trugen, doch dann sah sie, daß die Hautfarbe des einen ein dunkles Braun war. Der Mann wirkte groß und schlank und war von durch und durch athletischer Gestalt. Der andere dagegen war ein wenig kleiner, aber breiter gebaut und hatte eine helle Gesichtsfarbe.

Es waren Menschen, und zwar Menschen der Erde. Fast fühlte sie etwas wie Enttäuschung, als sie sich dieser Tatsache bewußt wurde.

In der offenen Luke des fremden Fahrzeuges standen Rodney Mahoney und Buster Carrington.

Faunian blickte in die gesammelten Gesichtszüge Bojans. Plötzlich wurde ihm klar, daß er auf ein Zeichen des Mechanikers wartete, daß Bojan es war, der die Führung übernommen hatte, wortlos und zielstrebig, wie es seine Art war.

Fast fühlte er Bewunderung für den Riesen, der hier Überlegenheit und Kraft bewies. Vage kam ihm zum Bewußtsein, daß er seiner Aufgabe nicht mehr gewachsen war.

Hinter ihnen entstand eine heftige Bewegung. Vom Labor her stürzte ein junger Morne den Gang entlang und durchbrach den Feldlinienvorhang zur Steuerzentrale. Als Faunian sich mit zurechtweisender Miene umwandte, sah er, daß der Mann ein kleines Gerät mit flimmerndem Bildschirm in den Händen trug. Sein Atem ging hastig und stoßweise.

„Mentale Impulse!“ rief er. „Ganz deutliche mentale Impulse! Wir nehmen sie seit kurzer Zeit völlig klar auf. Mit den Schwingungen, die wir bisher aufgezeichnet haben, gibt es keine Gemeinsamkeiten.“

Faunian sprang auf. Endlich nahmen sie die Hirnströme der Menschen auf, endlich! Noch konnte alles gut werden. Vielleicht war noch Zeit, das Schlimmste zu vermeiden. Vielleicht konnte man sie auffordern, ihre angreifenden Boote zurückzuziehen, vielleicht...

Schwer legte sich Bojans Hand auf seine Schulter, drückte ihn hinab auf den weichen Luftsessel des Antigravitrons. Der Hüne zwang ihn mit ganzer Kraft, sich dem Geschehen auf dem Wasser erneut zuzuwenden.

Die Fahrzeuge waren ein gutes Stück näher gekommen. Die Zeit, sie zu stoppen, nahte heran.

Es fiel Faunian auf, daß die meisten Boote unbemannt zu sein schienen, nur auf wenigen von ihnen standen hoch aufgerichtet Menschen. Die hüpfenden und schlingernden Bewegungen der über die Wellen jagenden Boote glichen ihre Körper offensichtlich mühelos aus. Ohne sichtbare Anstrengung hielten sie sich aufrecht.

Langsam schob er den Hebel des Gravitationswerfers von sich weg. Er war verblüfft, wie schnell die kleinen Boote an Fahrt verloren.

Dann sah er, daß sie sich immer noch bewegten, wenn auch wesentlich langsamer. Das war eigentlich zu erwarten gewesen, wenn man sich vergegenwärtigte, daß sich die Gravitationskräfte ausnahmslos auf den Überwasserteil konzentrierten, während der unter Wasser befindliche Antrieb unbeeinflußt bleiben mußte.

Faunian bewunderte die Festigkeit der mit Sicherheit im Augenblick hoch beanspruchten Geräte. Dann wurde ihm klar, daß die Emissionen besonders heftig auf die aufrecht stehenden Menschen wirken mußten, aber es war bereits zu spät.

Er sah, wie sich der Körper des Menschen, der auf dem am weitesten nach vorn geprellten Boot stand, nach hinten bog, wie die Strebe, an der er lehnte, brach und wie der Mensch mit einer unkoordinierten Bewegung im Wasser verschwand.

Im selben Augenblick gelang es Faunian, die ausgestoßenen Felder so zu dosieren, daß die Boote langsam zurück zum Ufer geschoben wurden.

Und dann flammte erneut ein Funke auf, der die Angreifer zurück in ihre Ausgangsstellungen zu rufen schien. Und noch etwas geschah. Drüben unter den Bäumen am Ufer hatte sich eine Gestalt aus der Gruppe der Menschen gelöst. Mit Riesensätzen sprang sie zum Ufer hinab und warf dabei einen Teil ihrer Kleidung ab. Dann stürzte sie sich mit einem mächtigen Sprung ins Wasser.

Cosita schrie entsetzt auf, als sie es sah, aber Bojan legte ihr beruhigend die Hand auf die Schulter.

„Keine Angst, Cosita", sagte er leise. „Er tötet sich nicht. Die Menschen können bestimmt noch schwimmen. Die Zeit, da sie das Wasser verließen, liegt noch nicht so weit zurück wie bei uns. Denk daran, daß es auch uns nicht allzuschwer fällt, das Schwimmen zu erlernen ..., nur gibt es für uns keinerlei Veranlassung dazu. Hier aber ist es ganz anders. Mit allen ihnen zu Gebote stehenden Mitteln müssen sie sich gegen den Planeten und seine Natur wehren, müssen alle Künste des Überlebens beherrschen. Und dazu gehört wohl auch das Schwimmen."

Cosita hörte ihm längst nicht mehr zu. Mit aufgerissenen Augen verfolgte sie, wie der zweite Mensch mit weit ausholenden Armbewegungen der Stelle zustrebte, an der der erste im Wasser verschwunden war. Endlich hatte er sie erreicht. Er versuchte des anderen Kopf über Wasser zu halten, aber es schien ihm Mühe zu bereiten. Gewiß war der Körper des Verunglückten schwer. Jetzt erkannte sie auch, daß die beiden Menschen eine völlig unterschiedliche Hautfarbe besaßen. Der Verunglückte besaß eine helle rosa Haut, der andere eine fast schwarze. Die Bemühungen des Dunklen schienen aussichtslos, immer wieder entglitt ihm der schwere Körper des anscheinend Verletzten.

Sie hörte Faunians Gedankenbefehle an den Steuertentakel, fühlte, wie sich der Disko hob, und sah, daß sie sich den Menschen näherten. Sie sah aber auch die verzweifelten Anstrengungen des Dunklen, sich und seinen Gefährten aus der vermeintlichen Gefahrenzone zu bringen, aber bald gab er völlig erschöpft auf.

Manipulatoren zogen die Menschen in die Schleusenkammern, und während der Disko zurück zur Mitte des Sees glitt, übertrugen die in der Kammer installierten Tentakel klar und überdeutlich die kräftigen Schlaggeräusche zweier mit hoher Frequenz arbeitender Herzen.

Cosita lächelte. „Wir haben die ersten Besucher an Bord", sagte sie, und ihre Stimme war weich. Dann aber sah sie, wie sich Bojans Gesicht verzog. Sie wußte, daß seine Gedanken ganz anders waren als die ihren.

„Und was meinst du, wie sehen sie diese ‚Rettung'?" fragte er, und als sie schwieg, beantwortete er seine eigene Frage: „Da kommt ein fremdes Raumschiff zu ihnen, kommt, ohne sich bei ihnen anzumelden, ohne den geringsten Versuch, mit ihnen Kontakt aufzunehmen, und schließlich bemächtigt es sich zweier Menschen..."

„So solltest...", versuchte Faunian zu protestieren, doch Bojan ließ sich nicht unterbrechen.

„Ich sagte, daß es von ihnen aus betrachtet so wirken muß. Was wir darüber denken, spielt keine Rolle."

„Aber sie haben uns angegriffen!"

„Haben sie das, Faunian? Wenn es ein Angriff war, dann müßten die beiden in der Schleusenkammer Waffen bei sich haben. Sie würden uns also durch die Trennwand hindurch bedenkenlos attackieren. Ist das richtig, Faunian?“

„Nein!“ Faunian lehnte erregt ab. „Eine ganz andere Verhaltensweise werden sie zeigen. Sie sind einem Stärkerem unterlegen. Also werden sie uns als Sieger anerkennen.“

„Sind wir die Stärkeren?“

„Wir haben sie besiegt. Also sind wir in ihren Augen die Stärkeren.“

Langsam richtete sich Bojan auf und blickte lange auf den geneigten Schädel des Kommandanten. „Innerlich hältst du sie noch immer für Tiere, Faunian?“

Sacht schob er ihn zur Tür. „Gehen wir zu ihnen. Kosten wir das Gefühl unserer Überlegenheit aus“, murmelte er.

Faunian blickte zu Boden, als sie mit den anderen die Kabine verließen.

Dann standen sie vor der glasklaren Wand, die die Atmosphäre Morns von der der Erde schied. In dieser bakteriengeschwängerten Luft, die bei der Rettungsaktion notgedrungen in die Kammer geströmt war, hatten sich die beiden Menschen schon erhoben. Das aus ihren Kleidern fließende Wasser bildete zu ihren Füßen eine trübe Pfütze, die sich ständig vergrößerte.

Obwohl die beiden Menschen bis zum Umfallen erschöpft sein mußten, ging von ihnen eine Welle der Wildheit und Energie aus, die die Mornen an der Möglichkeit einer Verständigung zweifeln ließ. Sie schwiegen bedrückt vor der unbändigen Kraft, die die beiden Körper ausstrahlten.

Der dunklere der beiden Menschen, dessen Kleidung bei dem Versuch, den anderen zu retten, in Fetzen gegangen war, bot ein Bild gewaltiger Kraft. Er stand frei mitten im Raum, seinen Unterkörper bedeckte eine eng anliegende Hose von heller Farbe, die Fußbekleidung schien verlorengegangen zu sein, der Oberkörper war fast nackt. Er hatte eine vor Nässe glänzende dunkle Farbe und war teilweise mit einem kurzen schwarzen Fell bedeckt. Auch der Kopf trug einen dichten krausen Pelz.

Obwohl fast einen Kopf kleiner als Bojan, war der Dunkle in der Brust wenigstens doppelt so breit wie der Mechaniker.

Das erstaunlichste aber waren die Muskelstränge, die Arme und Brust bedeckten und bei jeder Bewegung eine Art Eigenleben führten. Man mußte damit rechnen, daß diese Wesen ein Mehrfaches der Körperkräfte eines Mornen aufzubringen in der Lage waren.

Der andere Mensch, dessen Hautfarbe von einem zarten Rosa war, lehnte erschöpft an der Wand und bewegte sich kaum. Er schien unter seiner unversehrten Kleidung noch massiger zu sein als der Dunkle.

Plötzlich zuckte Faunian unter dem Anprall einer Woge überlauter Töne zusammen. Ein Seitenblick belehrte ihn, daß es Bojan, Tekla und Cosita, die neben ihm standen, nicht besser ging. Der Dunkle hatte gesprochen. Die kybernetischen Dolmetscher, die sie bei sich trugen, waren sofort übersteuert worden, sie waren nicht in der Lage, auch nur ein Wort zu übersetzen. Erst als sie sich auf die Amplitude der Schallschwingungen eingestellt hatten, kamen die ersten verständlichen Worte aus den Tonträgern.

Es wurde eine lange und anstrengende Unterhaltung.

Zweifellos waren es die Fremden, die den sich schnell zusammenziehenden Ring der Gleiter daran hinderten, sich ihrem Fahrzeug weiter zu nähern.

Rod sah, wie sich die Reling unter der Kraft, mit der Carringtons Körper sie belastete, verbog, wie sie brach und wie der Inspektor ins Wasser geschleudert wurde.

Sein erster Gedanke war, daß Carrington sich schwimmend retten könne, aber dann zweifelte er daran, da der Polizist immerhin verletzt sein konnte. Als er sah, wie der Gleiter über den Kopf des sich kaum Bewegenden hinweggeschoben wurde und ihn vollends unter Wasser drückte, warf er blitzschnell die Jacke ab, fuhr aus den Schuhen und lief mit großen Sätzen zum Ufer hinab. Im Laufen suchte er die günstigste Absprungstelle und federte mit einem weiten Satz hinein in das grüne Aufflammen der zweiten Leuchtkugel, dann schnürte ihm das kalte Wasser des von Gebirgsbächen gespeisten Sees die Kehle zu.

Sekundenlang dachte er daran, daß er mit einem zünftigen Schnupfen kaum gegen Jenkins antreten konnte, dann trieb er sich mit langen Stößen unter der Wasseroberfläche in den See hinaus. Als er auftauchte, war der Kopf Carringtons immer noch unter Wasser, aber er selbst hatte sich dem Gleiter bereits ein gutes Stück genähert. Rod war ein ausgezeichneter Schwimmer, und sein Körper begann sich an die Kälte zu gewöhnen. Er blickte auf seine Hände, sie waren dunkel, noch hatte sich das Blut nicht aus den oberen Schichten der Haut zurückgezogen, noch brauchte er eine Unterkühlung nicht zu fürchten. Trotzdem mußte er sich beeilen.

Als Rod unter den Gleiter tauchte, der ihm zur Orientierung gedient hatte, stießen seine Hände auf Carrington. Er gab sich keine Rechenschaft darüber, ob es Zufall oder Glück oder was immer gewesen sein mochte, er griff mit beiden Händen zu und versuchte den Kopf des Kriminalisten über Wasser zu bekommen, aber er hatte die Kräfte des Mannes unter- und wahrscheinlich dessen Beherrschungsvermögen überschätzt. Carrington klammerte sich mit der Kraft eines Kraken an ihm fest und drohte ihn mit unter Wasser zu ziehen. Rod war sich darüber im klaren, daß es sinnlos war, nachsichtig zu sein. Der vor ihm war nicht mehr Inspektor Carrington, er war ein Ertrinkender. Rod zog mit einem Ruck das rechte Knie an und stieß die geballte Rechte nach vorn. Er spürte, wie sich der Griff an seinem Arm lockerte, und hörte das Zerreißen von Stoff.

Jetzt konnte er den anderen auf den Rücken drehen und ihn unter dem Kinn packen, um ihn an Land zu ziehen. Es würde eine Quälerei werden in der beißenden Kälte des Wassers.

Er tauchte auf und schüttelte den Kopf, um die Haare aus den Augen zu bekommen. Da sah er, daß sich das Fahrzeug der Fremden näherte. Die gewölbte Unterseite der Linse schwebte etwa einen halben Meter über dem Wasser und glitt sehr schnell auf sie beide zu. Rod erkannte, daß Flucht sinnlos war. Einen Augenblick lang hatte er den Gedanken, den Ertrinkenden seinem Schicksal zu überlassen, um sich selbst tauchend zu retten, aber da war der Rand der Fläche bereits über ihnen. Alles andere ging eigentlich ohne sein Zutun ab.

Er konnte später nicht erklären, auf welche Weise über ihm eine rechteckige Öffnung entstanden war, er konnte nur mit Sicherheit sagen, daß weder eine Schiebetür zur Seite glitt noch eine andere Tür aufschwang; die Öffnung war einfach da.

Entsetzt starrte er auf zwei mächtige metallene Hände mit drei Greifklauen, die ihn vorsichtig anhoben und im Inneren des Fahrzeugs absetzten. Er hielt Carrington nicht mehr fest, und er erwartete jeden Augenblick das Auftauchen irgendeines abgrundhäßlichen Kopfes, der in seinem Äußeren zu den Händen passen mußte.

Aber es geschah nichts dergleichen. Als Rod sich umblickte, waren die rechteckige Öffnung verschwunden, die Hände in die Decke zurückgezogen. Neben ihm lag der Inspektor und zitterte am ganzen Körper. Rod merkte nun auch, daß er selbst jämmerlich fror. Im selben Augenblick überflutete eine Welle wohliger Wärme seinen Körper. Carrington begann sich zu bewegen. Rod sprang auf und zog den Polizisten zur Wand, wo er ihn mit dem Oberkörper anlehnte, um ihn in sitzende Stellung zu bringen. Zu ihren Füßen bildete das Wasser, das ihnen aus den Kleidern rann, eine rasch größer werdende Pfütze.

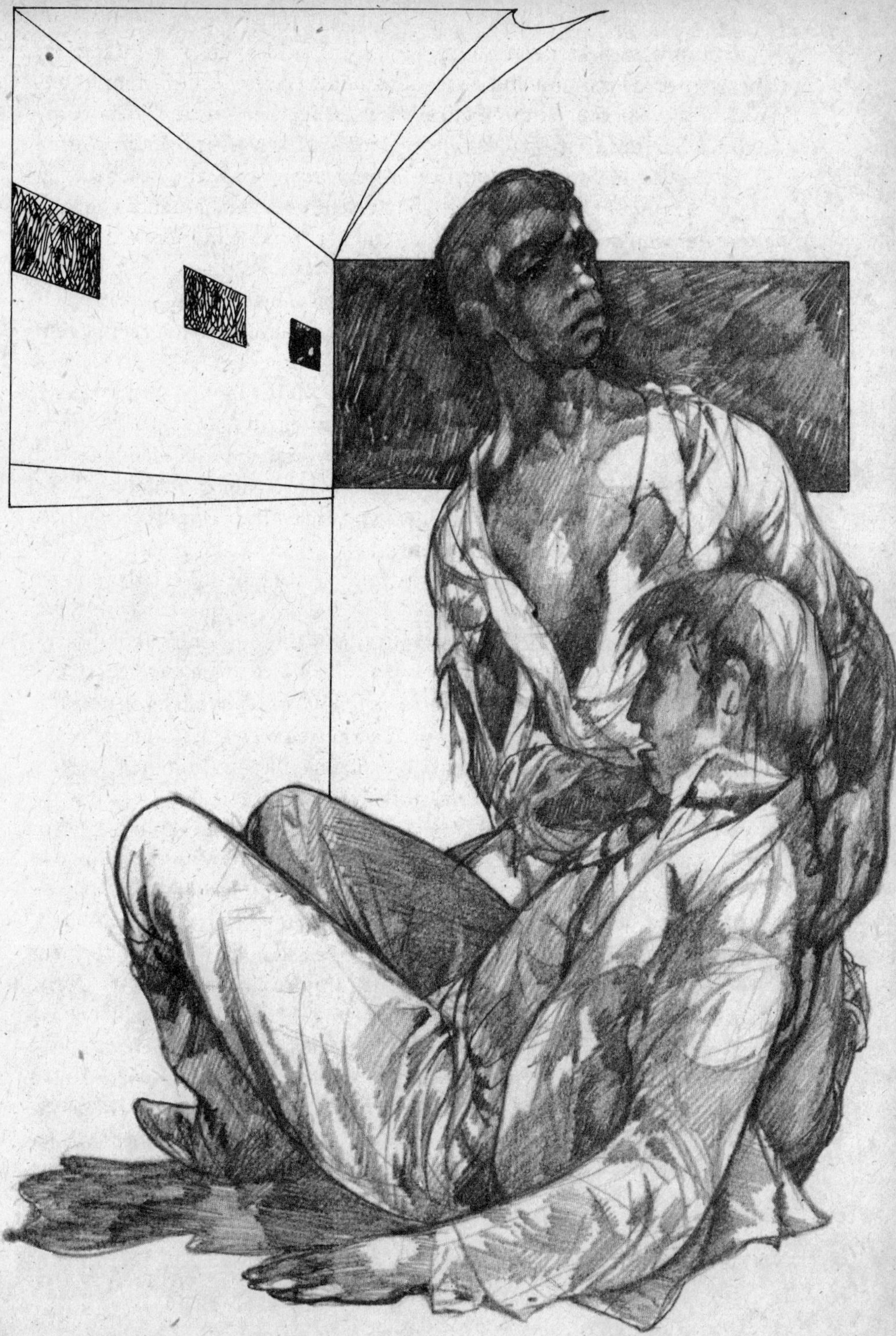

Der Raum, in dem sie sich unfreiwillig befanden, war nicht sehr groß, nahezu quadratisch und endete an einer Wand aus glasähnlichem Material. Dahinter herrschte ein trübes Dämmerlicht.

Rod stellte fest, daß sie beide nicht sehr attraktiv aussahen. Sie waren naß bis auf die Haut, der Anzug des Inspektors hing wie ein Wischlappen um die massige Figur, und sein eigenes Hemd war nur noch ein Fetzen, der an wenigen Stellen mühsam zusammenhing. Sie würden keinen guten Eindruck machen.

Er beugte sich zu Carrington hinab, der die Augen geschlossen hielt und tief zu atmen versuchte. Er war leichenblaß, aber es gelang ihm schon, den Oberkörper aufrecht zu halten.

„Wo sind wir, Rod?“ fragte er, und Rod Mahoney konstatierte, daß der Inspektor wieder zum Du übergegangen war.

„Sie haben uns geschnappt, Freund!“ Er versuchte zu scherzen und blickte wieder zu der Glasscheibe hinüber, hinter der es heller wurde.

Carrington wollte aufstehen, aber Rod drückte ihn sanft wieder zu Boden. „Es sieht besser aus, wenn du sie sitzenderweise empfängst“, flüsterte er ihm zu. „Zumindest besser, als wenn du bei der ersten Vorstellung plötzlich zusammenbrichst.“

Carringtons Blick drückte Verständnislosigkeit aus, doch dann hob er den Arm und deutete auf die Glaswand. „Rod, Rod“, sagte er. „Da sind sie! Sieh dir das an! Das kann doch wohl nicht sein. Bin ich noch normal, oder hat mein Kopf bei dem Sturz gelitten? Dreh dich ganz langsam um!“

Rod nahm sich vor, kein Erstaunen zu zeigen, möge kommen, was da wolle. Trotzdem war er bestürzt, als er die Fremden sah.

Zweifellos waren die, die dort hinter der Glaswand standen, Menschen. Aber was für Menschen? Vier überschlanke, in gelbe Kombinationen gekleidete Wesen blickten sie beide aus wimpernlosen hellen Augen an. Ihr Blick wirkte starr, fast tot. Wie Statuen verharrten sie im Halbdämmer hinter dem Glas. Rod erkannte bald, daß ihre Köpfe nicht verhüllt waren, obwohl er es zuerst angenommen hatte. Die mattsilberne Haut des Schädels zeigte keinerlei Behaarung. Er war weit ausladend und groß, wenn man die übrigen Proportionen des Körpers in Betracht zog. Ein feines silbriges Gitter schien ihn zu bedecken. Die schmalen Augen standen schräg und wiesen weder Lider noch Wimpern auf. Der Schnitt des Gesichtes war oval, und trotz des Fehlens der Jochbeine und der Backenknochen sahen sie nicht häßlich aus.

Rod störte, daß die Fremden völlig gleich groß waren und sich so sehr ähnelten, daß er sie bestimmt nicht würde auseinanderhalten können.

Je länger er sie musterte, desto mehr gestand er sich ein, daß sie nichts von Ungeheuern an sich hatten. Er vergaß den Schreck, den er angesichts der Greifzangen bekommen hatte. Die Gesichter der Fremden waren so ebenmäßig, daß sie schön wirkten, aber es war eine kalte und für die Blicke des Menschen nichtssagende Schönheit.

Mit langsamer Bewegung hob einer der vier Fremden die Hand und legte sie an die Trennscheibe.

Rod sah, daß die Hand drei Finger hatte und daß auch ihre Haut mattsilbern schimmerte. Der Arm war für menschliche Begriffe übermäßig lang und dünn. Selbst unter dem Stoff der Kombination ließ sich das nicht verbergen.

Rod ging einige Schritte auf die Wand zu, und es verdroß ihn, daß er den Gesichtern der Fremden keinerlei Regungen ansehen konnte. Auch die schmalen Münder schienen sich nicht zu bewegen. Dabei war er überzeugt, daß sie ihre Gedanken austauschten, denn zweifellos waren sie nicht weniger erregt als er. Mochte der Teufel wissen, wie sie sich verständigten.

Was sollte er in dieser grotesken Situation tun? Irgendwie mußte er mit diesen Statuen Kontakt bekommen, ihnen klarmachen, daß sie nicht einfach auf der Erde landen konnten wie Ausflügler, die sich umsehen, ein paar Steine sammeln und wieder verschwinden. Schließlich hatte jedes Ding zwei Seiten. Auch die Menschen wollten von den Fremden profitieren, und wie es schien, waren die Voraussetzungen dafür durchaus gegeben. Die Technik der Besucher schien denen der Menschen bei weitem überlegen zu sein. Sollte das etwa der Grund für die Zurückhaltung der Fremden sein? Rod glaubte plötzlich zu begreifen, warum diese schlanken Wesen sie anstarrten, ohne die geringste Bewegung zu zeigen. Vielleicht glaubten sie, die Menschen stünden sehr tief unter ihnen, und hatten nur rein biologisches Interesse an ihnen wie Besucher in einem riesigen Zoo. Das wäre zwar entsetzlich, aber durchaus möglich, denn mit einem gleichberechtigten Partner sucht man Kontakt, ehe man ihm einen Besuch abstattet.

Nun, man würde ihnen beibringen müssen, daß auch auf der Erde intelligente Lebewesen dabei waren, sich eine ideale Lebensgrundlage zu schaffen, und daß sie auf diesem Weg durchaus nicht mehr am Anfang standen.

Rod blickte sich nach Carrington um, der noch immer an der Wand lehnte. Es wurde Zeit, daß er wieder auf die Beine kam. Schließlich war es Carringtons Sache, mit diesen Wesen auf irgendeine Weise ins Gespräch zu kommen. Man hatte nun mal Polizei zu diesem Zweck eingesetzt. Ob das gut war, würde sich herausstellen.

Unvermittelt wandte er sich wieder den Fremden zu. Das Schweigen ging ihm auf die Nerven. Er hatte keine Lust, sich anstarren zu lassen wie ein Tier im Zoo.

„Ich bin Rodney Mahoney, und das ist Buster Carrington!" rief er und wurde sich gleichzeitig bewußt, daß es Blödsinn war, sich mit Namen vorzustellen. „Wir sind Menschen wie ihr!" setzte er leiser hinzu, unsicher, ob es richtig sei, auf diese Art und Weise ein Gespräch zu versuchen.

Die Fremden waren zusammengezuckt, sie hatten ihn aber auf alle Fälle gehört. Er sah hinter der Glaswand eine Bewegung, aber er glaubte nicht daran, daß sie ihn verstanden hatten. Woher sollten sie seine Sprache kennen, woher überhaupt seine Gedanken begreifen?

Die Fremden schienen wieder zu lauschen.

Resigniert wandte sich Rod an Carrington. „Sie verstehen mich nicht", sagte er. „Wie sollten sie auch?"

Carrington richtete sich stöhnend auf. Mit Rodneys Unterstützung konnte er sich endlich auf den Beinen halten.

Plötzlich war eine leise Stimme in der Kammer: „Wir verstehen euch. Bitte wiederholt, was ihr als erstes mitgeteilt habt. Es war zu laut für unsere Geräte."

Sie horchten dem Klingen der fremden Stimme nach, die die Worte sehr genau akzentuierte. Das einzig Ungewöhnliche war, daß sie keinerlei Betonung zu kennen schien. Die Worte klangen, als würden sie von einer Maschine gesprochen.

Carrington machte sich von Rodneys Armen frei, er konnte wieder ohne Hilfe stehen. „Er hat unsere Namen genannt", sagte er zu den Fremden. „Aber das scheint mir nicht das wichtigste zu sein. Ich möchte euch darauf aufmerksam machen, daß die Menschen sehr glücklich sein werden, wenn sie endlich Wesen kennenlernen, die ihnen ähneln und mit denen sie sich austauschen können."

Einige Sekunden herrschte Schweigen. Rod glaubte etwas wie Erstaunen zu spüren.

„Austauschen zum gegenseitigen Vorteil", beendete Carrington seine Ansprache.

Dann kam die Stimme wieder, lauter und voller diesmal. „Wir freuen uns, daß die Menschen so denken, obwohl wir noch nicht wissen, ob euer Evolutionsgrad und eure Lebensweise so beschaffen sind, auch uns Vorteile zu bieten. Wir bitten euch aber um Verständnis, daß wir gezwungen waren, ohne Anmeldung auf eurem Planeten zu landen, da wir durch ein gewagtes Manöver im Orbit unsere gesamte äußere Kommunikationsanlage eingebüßt haben."

„Eingebildet sind sie wohl gar nicht!" flüsterte Mahoney, aber Carrington gebot ihm mit einer Handbewegung Schweigen. Dabei stöhnte er auf. Er schien starke Schmerzen zu haben und tastete nach der linken Brustseite, wo ihn Rods Rechte bei dem Rettungsversuch getroffen hatte.

„Bist du verletzt?" fragte die Stimme ohne Anteilnahme.

„Ich weiß es nicht", antwortete Carrington, „aber Schmerzen habe ich auf alle Fälle."

„Leg dich auf den Boden!"

Gehorsam streckte sich Carrington aus. Von der Decke glitten die beiden häßlichen Manipulatoren herab, zwischen deren Klauen sich jetzt eine flache Metallkapsel befand. Mit leichtem Druck legte sie sich auf seinen Brustkorb und tastete ihn blitzschnell ab.

„Starke interzellare Schwellung der Muskelpartien der linken Brustseite infolge eines heftigen Druckes oder Stoßes. Sofortige Behandlung ist nötig, wenn keine bleibende Veränderung des Zellgeflechts eintreten soll. Der Patient muß erhebliche Schmerzen haben", ließ sich die Stimme vernehmen.

Carrington wischte die Manipulatoren mit einer Handbewegung zur Seite und erhob sich ohne Hilfe und Stöhnen vom Boden.

„Unsinn!" knurrte er. „Das ist nichts Gefährliches. Morgen werde ich von der ganzen Sache nichts mehr spüren." Er blickte Mahoney wütend an. „Du hast ganz schön hingelangt, mein Lieber."

Rod hob die Schultern. „Was sollte ich machen? Du wolltest dich durchaus nicht retten lassen. Ich mußte dich mit einem leichten Rechten beruhigen."

„Und nun dieser Aufwand." Carrington lachte. „Morgen ist alles wieder in schönster Ordnung."

„Wir kennen eure Konstitution nicht", sagte die Stimme. „Aber wir würden unbedingt zu schnellster Behandlung raten."

Der Inspektor winkte ab. „Meine Konstitution ist ausgezeichnet!"

Aber auch mit dieser Beteuerung schienen sich die Fremden nicht zufriedengeben zu wollen. „Durch den langen Aufenthalt im Wasser seid ihr ausgekühlt und erschöpft. Wir sind erstaunt, daß ihr die Anstrengungen überhaupt so ausgezeichnet überwunden habt, bitten euch jedoch, Kleidung von uns entgegenzunehmen, die euch schützen wird."

„Einverstanden!" sagte Carrington. „Die nassen Sachen sind wirklich sehr unangenehm."

Diesmal brachten die Manipulatoren zwei hellgelbe Anzüge aus einem festen, aber sehr dehnbaren Stoff. Mahoney und Carrington streiften die Kleider ab und schlüpften in die Kombinationen, von denen sie zuerst annahmen, sie seien viel zu klein. Der Stoff aber schien jede Form annehmen zu können und lag faltenlos und wohltuend auf der Haut.

„Wir sehen, glaube ich, auch jetzt nicht so aus wie ihr. Wir sind doch um einiges kräftiger gebaut", stellte Rod fest.

Da schien zum erstenmal so etwas wie Leben in die Stimme zu kommen. „Das ist ein Merkmal eures Planeten. Alles auf ihm ist voll von ungebändigter Kraft, ungebärdig und wild. Und bei euch, der denkenden Materie in diesem Chaos, hat die Evolution einen Körper hervorgebracht, der unter diesen lebensfeindlichen Umständen in der Lage ist zu überleben. Wir glauben, daß die Beschaffenheit eures Planeten die Ursache dafür ist, daß ihr anders seid als wir, ebenso kraftvoll und wild wie eure Erde."

Rod lauschte den Worten nach. Was waren das für Gedanken? Lebensfeindliche Umwelt, Überleben unter der ständigen Bedrohung durch die Natur, die Menschen wild und die Erde ungebärdig. Was für eigenartige Vorstellungen hatten diese Fremden von der Erde und ihren Menschen?

Er schüttelte den Kopf. „Nein", sagte er mit Nachdruck, „unser Planet ist nicht lebensfeindlich, und wir Menschen sind keine Wilden. Die Erde ist so, wie wir sie uns in Jahrhunderten gestaltet haben, bunt und vielfältig wie wir selbst. Und die Erde bietet alle Voraussetzungen, eine für uns Menschen ideale Welt zu werden." Er unterbrach sich, versuchte bei den Fremden eine Reaktion auf seine Worte zu erkennen; doch als sie schwiegen, fuhr er fort: „Vielleicht hättet ihr von einer lebensfeindlichen Umwelt sprechen können, wenn ihr hundert Jahre eher gekommen wärt. Damals gab es noch Kriege und Armut, Not und Hunger, alles Dinge, die den Menschen das Leben, ja das Überleben schwer machten. Aber heute ..."

Rod Mahoney richtete sich auf, blickte in die starren Gesichter der vier Fremden und erklärte ihnen in knappen Worten, daß es auch damals nicht die Erde, sondern diejenigen, die sie rücksichtslos und selbstsüchtig zu beherrschen suchten, waren, die für all das Negative verantwortlich waren. Dann schwieg er und wartete auf eine Antwort. Er war sich nicht sicher, ob sie ihn begriffen hatten, und als sie endlich ihr Schweigen brachen, wußte er, daß seine Vermutung richtig war.

„Der Sinn dieser Worte ist uns nicht völlig klargeworden“, sagte die Stimme, „aber wir werden die Gedanken analysieren und sie zu verstehen suchen. Wir werden wahrscheinlich längere Zeit auf eurem Planeten bleiben, um eure Welt kennenzulernen.“

Rod hatte die Fremden genau beobachtet. Trotzdem war nicht festzustellen, wer von ihnen gesprochen hatte. Weder durch Bewegungen des schmallippigen Mundes noch durch Gesten oder Mimik hatte einer von ihnen zu erkennen gegeben, daß er es war, der sich äußerte. Es war schwer, sich mit ihnen zu unterhalten, da ihre Gesichter keinerlei Regungen ausdrückten. Rod hielt viel von der Sprache der Mienen, und er wollte gern wissen, was seine Partner dachten oder fühlten, und sei es auch nur in groben Umrissen. Hier aber versagte seine Kunst, in Gesichtern zu lesen, völlig. Er sah, wie sich Carrington näher an die Glaswand heranschob.

„Ich möchte euch bitten, uns zurück zum Ufer zu bringen. Die Menschen werden bereits mit Ungeduld darauf warten, euch zu sehen“, sagte er ruhig, und Rod war erstaunt über die Umsicht, mit der der Inspektor zu Werke ging. Er gestand sich ein, daß er hier eine völlig neue Seite des Dicken kennenlernte, und ihm kam der Gedanke, daß der Chefinspektor mit Carrington keine so schlechte Wahl getroffen hatte, wie er bei seiner Verhaftung hatte annehmen müssen.

„... ist es notwendig, daß es schnell zu einer Kontaktaufnahme mit unseren Ratsmitgliedern kommt“, hörte er Carrington die Ansprache beenden.

Diesmal schwiegen die Fremden nicht lange. „Wir werden euch selbstverständlich sofort zurückbringen, wenn ihr es wünscht“, erklärte die Stimme. „Auch unsere Kommunikationsanlage ist in der Zwischenzeit wieder instand gesetzt worden, so daß jetzt eine Verständigung besser möglich ist.“

Rod hatte plötzlich den Wunsch, sich der Glaswand zu nähern. Er wußte nicht, warum, aber er fühlte, daß es erforderlich sei, einige Schritte nach vorn zu gehen und die Hand an die durchsichtige Fläche zu legen.

Als er auf die schlanke Gestalt, die jenseits der Wand ihm am nächsten stand, zutrat, wich sie einige Schritte zurück. Rod spürte Überraschung und Ablehnung, es wirkte wie eine Flucht. Zugleich aber wurde ihm klar, daß er die Gefühle und Wünsche der Fremden zu spüren in der Lage war. Trotz seiner Verwirrung lächelte er. Die Wand erschien ihm weich und schmiegsam, obwohl sie glasklar war.

„Warum trittst du zurück?“ fragte er. „Wir sind Menschen wie ihr, wahrscheinlich mit den gleichen Gedanken und Wünschen. Und vielleicht sind wir euch ähnlicher, als ihr es bisher vermutet habt.“

Langsam, fast widerwillig ging der Fremde wieder auf die Wand zu. Rod spürte überdeutlich, daß es ihm nicht leichtfiel. Er fühlte aber auch, daß der andere sich überwand, daß er sich zwang, die Hand zu heben und sie gegenüber der dunklen Hand Mahoneys an die Scheibe zu legen.

Sie standen sich einander gegenüber, in weniger als einem Meter Abstand, ihre Handflächen trennten nur wenige Millimeter, zwei Welten, eine junge dynamische, deren Entwicklung erst seit kurzem das Wohl ihrer Bewohner anstrebte, und eine alte, abgeklärte, die ihren Mitgliedern seit Jahrtausenden ein hohes Maß an Lebensinhalt bot.

Er fühlte durch die Scheibe hindurch eine mentale Ausstrahlung von enormer Stärke. Bald glaubte er nicht mehr er selbst zu sein, sondern einer der Fremden, sah sich mit ihren Augen, sah seine athletische Figur bis ins Groteske verzerrt, plötzlich wußte er, daß die Fremden es schwer haben würden, sich an den Anblick der Menschen, an ihr Verhalten und ihre Emotionen zu gewöhnen, schwerer, als es die Menschen haben würden, die jahrhundertelang an Götter und ihnen weit überlegene Geister geglaubt hatten.

Dann riß der Kontakt ab. Er betrachtete das Gesicht vor sich, die eigenartige Schönheit des schmalen Kopfes, die lidlosen, schräg stehenden Augen, die in einem kalten Glanz strahlten. Diese Augen waren es, die ihn faszinierten. Sie waren nicht weiß wie die der Menschen, sondern wie von einem feinen bläulichen Netz überzogen, hinter dem geheimnisvolles, tiefes Dunkel lag. Die Pupillen waren groß und schwarz, von keiner Iris umgeben. Fremde Augen, die zu fremden Wesen gehörten.

Auf unerklärliche Weise wußte er, daß ihm eine Frau gegenüberstand. Für einen winzigen Moment schien der Kontakt wiederhergestellt. Er senkte den Blick, ließ ihn über den glatten Overall des vor ihm stehenden Wesens gleiten, einen Overall, der nicht die Spur einer weiblichen Rundung zeigte. Und doch wußte er, daß er eine Frau vor sich hatte. Er hörte eine helle, leise Stimme. Vielleicht spürte er sie auch mehr, als daß er sie hörte.

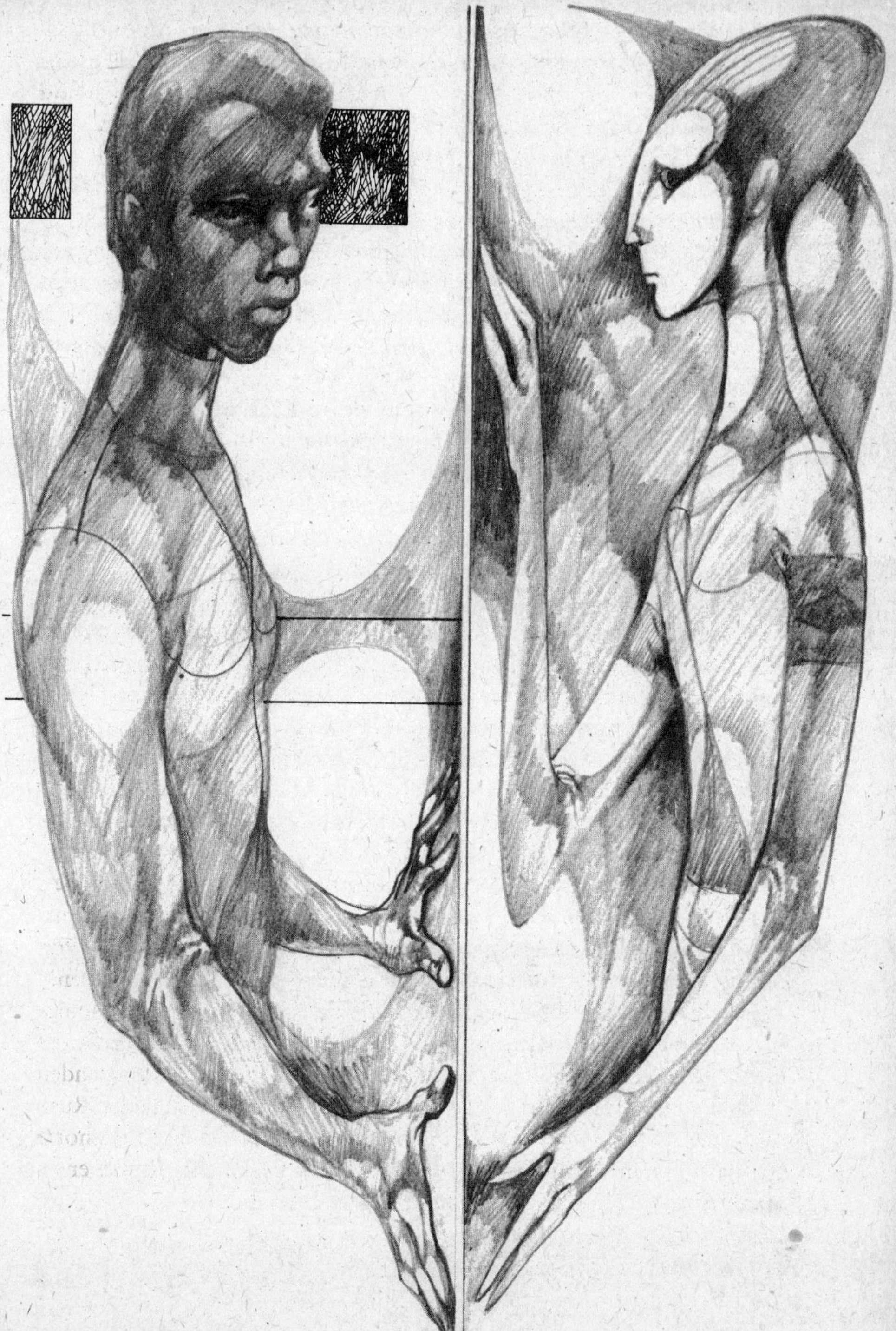

„Trotz allem, ich bin eine Frau!“ sagte die Stimme. Sie klang anders als die, die sie vorher vernommen hatten. „Trotz allem“, hatte sie gesagt. Sie hatte seine Gedanken belauscht. Er fühlte sich ertappt und konnte sich des Eindrucks nicht erwehren, sie amüsiere sich über seine Verwirrung.

„Ich bin...“ Hier folgte eine Bezeichnung, die er nicht verstand. Er vermutete, daß sie ihren Namen genannt hatte, es klang wie Tih-Kla oder ähnlich, die hohe Stimme war schwer zu verstehen. „... die Linguistin der Mornen.“ Viel konnte er mit den fremden Begriffen nicht anfangen, aber das schien in dieser Situation auch nicht so wichtig.

„Ich bin Rodney, Rodney Mahoney!“ Aus alter Gewohnheit deutete er eine Verbeugung an.

„Rottnä, Rottnä Mehenä!“ versuchte die Stimme zu wiederholen, und er mußte über die eigenartige Aussprache lächeln.

Die Gestalt vor ihm legte auch die zweite Hand an die Glasscheibe. Er starrte auf die drei beweglichen Finger, die sich platt an die Wand schmiegten.

„Was ist deine Aufgabe im Rahmen der Entwicklung der Menschen?“ fragte die Stimme.

Rod fühlte Unsicherheit. Was sollte er darauf antworten, ausgerechnet er? Sollte er ihr sagen, daß er Computertechniker sei? Zwar war das keine Lüge, aber seine eigentliche Aufgabe war eine ganz andere. Er hatte zu kämpfen, zu kämpfen zum Ruhm der Region, wie es Brewster ausdrückte, indem er ein Zitat aus der Ansprache Sullivans beim ersten großen Kampf oft anzüglich wiederholte. Sollte er diesem schlanken, fremden Wesen sagen, daß es seine Aufgabe war zu kämpfen, seine Kräfte mit anderen Menschen zu messen?

Er brauchte es nicht zu erklären. Sie hatte seine Gedanken schon aufgefangen.

„Du vergleichst deine körperlichen Leistungen mit denen anderer Menschen? Habe ich dich richtig verstanden?“

Er nickte, erfreut über die Brücke, die sie ihm gebaut hatte.

„Also eine wissenschaftliche Tätigkeit im Rahmen persönlicher Testreihen?“ versuchte sie zu präzisieren.

Rod fühlte das Bedürfnis zu lachen, obwohl er das Ganze durchaus nicht lächerlich fand.

„Warum sollte man das, was ich tue, nicht so nennen?“ sagte er. Er nahm sich vor, sich diese Formulierung zu merken. Es war eine ausgezeichnete Umschreibung seines Sportes. „Aber trotzdem trifft es den Kern der Sache nicht ganz“, schränkte er ein.

„Dann sag mir, in welcher Weise deine Arbeit der Verbesserung eures Seins dient“, forderte sie.

Jetzt war er endgültig ratlos. Hatten ihn die Fragen zu Anfang des Gespräches noch amüsiert, jetzt wußte er, daß er den Fremden die Faszination des Sports nie würde deutlich machen können.

Sie bemerkte sein Zögern und neigte ihr Gesicht näher zur Scheibe hin. „Du wirst es mir noch erklären“, sagte sie, und es klang eher wie eine Bitte. „Jetzt bist du zu erschöpft. Der Aufenthalt im Wasser ist über deine Kräfte gegangen.“

Rod schüttelte den Kopf. Sie hatte ihn mißverstanden. Das Schwimmen hatte ihn nicht überanstrengt. Die Kälte war aus seinem Körper verschwunden, er fühlte sich ausgezeichnet. Nur wußte er keine Antwort auf ihre Frage. Aus diesem Grund war ihm die Wendung des Gespräches nicht unangenehm. Er holte tief Luft.

„Eines Tages werde ich es dir erklären“, sagte er unbestimmt und versuchte in den Augen seines Gegenübers eine Regung zu entdecken. Aber diese Augen sagten ihm nichts. Sie leuchteten weiter in ihrem ruhigen, kalten Glanz.

„Ich bin nicht erschöpft“, fuhr er fort, obwohl er eben noch erfreut gewesen war, daß sie das Gespräch beenden wollte. „Ich fühle mich ausgezeichnet.“ Er sah, daß sie ihn genau beobachtete.

„Du bist sehr stark“, sagte ihre helle Stimme, und zum erstenmal glaubte er etwas wie Interesse nicht nur zu hören, sondern auch zu spüren. Es war nicht das wissenschaftliche Interesse an ihm und seiner Art, sondern am Menschen als Individuum, an seinen Sorgen und Freuden.

„Du wirst mir alles von dir und deiner Arbeit erzählen“, bat sie. „Du wirst mich an einem roten Streifen an der Schulter erkennen.“

Sie wandte ihm ihre Schulter zu, deutete auf einen leuchtendroten Streifen, der sich über das Schultergelenk zog. Dabei sah er sie von der Seite. Und Rod, der es gewöhnt war, hübsche Mädchen anzuschauen, senkte die Augen, als er erstaunt feststellte, daß diese Fremde tatsächlich keine äußeren Zeichen ihrer Weiblichkeit zu besitzen schien.

„Nur durch diese Zeichen werden wir uns für euch zunächst unterscheiden, denn in unseren Gesichtern versteht ihr noch nicht zu lesen, und unsere Gestalten weisen für eure Augen keinerlei Unterschiede auf“, erklärte sie.

„Woher weißt du, daß wir euch nicht unterscheiden können?“

„Ich habe manchmal deine mentalen Impulse aufgenommen, vor allem, wenn unsere Hände dicht gegenüberlagen. Und ich verstehe sie zu deuten.“

„Ihr könnt unsere Gedanken lesen?“

Sie machte eine abwehrende Handbewegung. „Nein, das können wir nicht“, sagte sie. „Aber wir können eure Hirnimpulse aufzeichnen, sie dann analysieren und daraus auf eure Gedanken schließen. Uns selbst ist es möglich, uns untereinander direkt von Hirn zu Hirn, ohne die Sprache, zu unterhalten. Auf kurze Distanz ohne jedes Hilfsmittel, bei entsprechend starker Emission, auf weitere Entfernung mit diesem Netz.“ Sie legte die Hand auf ihren Kopf. Rod hatte schon vorher gesehen, daß die silberne Haut auf dem nackten Schädel von einem feinen Netz überzogen war. Er mußte das Gehörte erst verarbeiten. Auch Carrington machte ein äußerst erstauntes Gesicht, mischte sich jedoch nicht in das Gespräch ein.

Rod wandte sich wieder der Fremden zu. „Wenn du den Streifen trägst, werde ich dich erkennen“, versprach er. „Und wir werden nebeneinander sitzen und uns unterhalten. Du, ein Mädchen aus dem Kosmos, und ich, ein Mensch der Erde.“

„Ich werde den Streifen tragen, wie meine Freunde auch.“ Ihre Hände glitten an der Trennwand entlang, als suchten sie etwas.

Auch Rod legte die Hand auf das weiche Glas.

„Versuche zu überleben! Trotze diesem furchtbaren Planeten!“ hörte er sie sagen. „Die Antennen sind installiert, wir bringen euch jetzt an Land.“

Rod antwortete nicht mehr. Sie würden es selbst feststellen, daß die Erde kein „furchtbarer Planet“ war, sondern daß sie den Menschen einfach alles bot, was sie zum Leben brauchten.

Er bemerkte, daß sich das Fahrzeug bewegte. Die drei anderen Fremden traten jetzt ebenfalls dicht an die Scheibe heran. Rod stellte fest, daß es außer einer gewissen, kaum auffallenden Größendifferenz tatsächlich keine Unterschiede zwischen ihnen gab.

Hinter der Scheibe wurde es langsam dunkel. Dafür flammte an der schrägen Decke, dort wo sie mit dem Boden in spitzem Winkel zusammenlief, ein Rechteck auf.

Mahoney und Carrington blinzelten in das Sonnenlicht. Am Ufer drängten sich die Menschen.

Rod erkannte Betty Summer, die ihm winkte, und er sah, daß Lester Sullivan neben ihr stand, Lester Sullivan in einem dunklen Anzug. Und er wußte, daß Lester ihn überzeugen würde, weiter zu trainieren und gegen Jenkins anzutreten.

Menschen

Eines der anpassungsfähigsten Lebewesen der Erde, vielleicht das anpassungsfähigste überhaupt, ist der Mensch. Und diese Fähigkeit war es, die es dem Menschen gestattete, zu dem zu werden, was er heute ist: die höchste Seinsform der Materie in unserer Welt.

In den Tausenden von Jahren, die seine Entwicklung währt, hat er gelernt, in den Eiswüsten und Gletschern Alaskas nicht nur zu überleben, sondern sich auch dort für sich günstige Verhältnisse zu schaffen. Er hat gelernt, dem Schirokko und dem Samum in den staubtrockenen Wüsten Sahara und Gobi zu trotzen und die Wüsten Stück um Stück in blühende Gärten zu verwandeln. Er baut seine Städte Hunderte von Metern in den Luftraum hinaus und stößt mit schwimmenden Wohnungen in das Meer hinein. Er legt auf dem Grund der Ozeane Farmen und Fabriken an, um die Nährstoffe des Wassers zu nutzen. Er errichtet Stationen auf Mond, Mars und Venus, um die Geheimnisse des Kosmos zu entdecken, um sich neue Quellen der Erkenntnis, neue Möglichkeiten seiner Existenz zu erschließen.

Aber nicht nur die natürlichen Gegebenheiten waren es, an die der Mensch sich anzupassen hatte und die er nach seinen Wünschen umgestaltete.

Waren es in der Frühzeit seiner Geschichte vor allem die Fährnisse einer übermächtigen Natur, die wilden Tiere, gegen die er, waffenlos geboren, gelernt hatte zu bestehen und die er sich sogar dienstbar machte, so ging später die größte Gefahr für seinen Fortbestand von ihm selbst aus.

Aber auch da überlebte er. Er nahm aus der kargen Nahrung, die der Herr seinem Knecht ließ, die Kraft, seine Peiniger hinwegzufegen, und er lernte auch mit dem Überfluß der jüngsten Zeit sinnvoll zu leben.

Jede Epoche ließ andere Gegner vor ihm erstehen, ob sie nun Säbelzahntiger oder Sklavenhalter, Inquisition oder Pest, Hunger oder Krebs, Krieg oder Herzinfarkt hießen, er hatte sie alle bezwungen.

Sein Körper weist eine Widerstandsfähigkeit auf, die letzten Endes den Marsch des Piloten Kronert über die Marswüste Mortula ermöglichte. Und die Zeit wird nicht mehr fern sein, da auch der Mars eine künstliche, atembare Atmosphäre haben wird.

Noch eine andere Anpassungsfähigkeit zeichnet den Menschen aus: die geistige und emotionale Anpassung. Auch sie hat dem Menschen geholfen, zu dem zu werden, was er ist. Er hat gelernt, die Gedanken seiner Peiniger zu analysieren, um die Theorie, die Strategie und Taktik zu finden, die es ihm ermöglichten, seine Feinde zu besiegen und eine optimale Gesellschaftsordnung zu schaffen.

Der Mensch hat immer überlebt, und er wird überleben. Mit jedem Jahrhundert werden seine Chancen größer.

Und nun war das geschehen, worauf die Menschheit seit Jahrhunderten gehofft hatte, zuerst heimlich, als die Doktrin noch übermächtig war, die Erde sei Mittelpunkt der Welt und die Menschen seien das einmalige Produkt eines höheren Wesens, dann immer lauter, als Schriftsteller und auch Wissenschaftler schilderten, wie fremde Wesen auf die Erde kamen, teils als furchtbare Gegner, teils als freundliche grüne Männchen, die mitunter selbst der Hilfe der Menschheit bedurften: Der Mensch hatte einen Bruder im Kosmos gefunden, einen Bruder, der auf dem Wege vernunftbegabter Materie viel weiter fortgeschritten war und dem von dem steilen Abschnitt, den die Menschheit gerade hinter sich gebracht hatte, kaum noch eine Vorstellung geblieben war.

Die Menschen hielten den Atem an, als das Neue in ihr Leben trat. Der angebliche Totschlag, die Flucht und das Wiederauftauchen des Boxers Rod Mahoney, die Einweihung des Azorentunnels und das Auffinden der ersten Algenflora auf Jupiter traten in den Hintergrund, als Presse, Funk und Fernsehen die ersten Informationen über die Landung des Diskos brachten, als die ersten Schilderungen einer Welt um die Erde gingen, die sich der Mensch einfach nicht vorstellen konnte.

Dann tauchten hier und dort die überlangen Gestalten der Fremden auf, in ihren gelben Overalls und mit eigenartigen Farbzeichen auf den Schultern, mit durchsichtigen Masken vor den starren Gesichtern.

Sie besuchten Fabriken und Messen, Knotenpunkte des menschlichen Lebens, erschienen auf Terminals und in Häfen, immer umgeben von einem Ring von Wissenschaftlern und Beratern. Überall bildeten sich Gruppen von Menschen, die einen Blick der fremden Augen erhaschen oder auch nur einen Blick auf die fremden Gestalten werfen wollten.

Noch vor hundert Jahren hätte es in einigen Ländern vielleicht Zwischenfälle gegeben. Die Furcht vor der überlegenen Macht und Intelligenz der Mornen hätte zur Ablehnung und zum Haß führen können.

Doch jetzt waren Angst und Neid nicht mehr zu befürchten.

Nach einer kurzen Zeit des Staunens nahmen die Menschen ihre fremden Gäste mit offenen Armen auf und erkannten neidlos an, daß deren Entwicklung weiter fortgeschritten war als die ihre. Und sie rechneten damit, daß die Mornen ihrer eigenen Entwicklung weiteren Auftrieb geben würden.

Und noch eine Form der Anpassung dokumentierte der Mensch in diesen Tagen! Seit jeher hatte er versucht, Dinge, die gefielen, zu imitieren, er hatte im Tanz die Tiere nachgeahmt, sich mit den Federn besonders schöner Vögel geschmückt und mit den Fellen schöner Tiere, er hatte die Anzüge der irdischen Kosmonauten für seine Mode entdeckt, und jetzt hatte er ein neues Vorbild: die überschlanken Mornen in ihren gelben Overalls mit den farbigen Schulterzeichen. Es dauerte nur Tage, bis junge Menschen in gelben einteiligen Anzügen und extrem flachen Schuhen durch die Straßen flanierten. Zuerst erregten sie noch Aufmerksamkeit, doch schließlich wurden sie immer mehr zu einem Teil des normalen Straßenbildes.

Über San Francisco flimmerte die Sonne. Die breite Bucht, über die sich wie ein schwebendes Spinnengewebe die Golden Gate Bridge spannte, schlief in der Hitze. Das Wasser war still wie eine Öllache.

Zwei Luftkissenschiffe, große Flundern mit in der Sonne blitzenden Glasaugen, zeichneten weiße Fächer auf das Blau des Pazifiks. Das Dröhnen ihrer Turbinen zog leise die schrägen Auffahrten der Brücke herauf und verirrte sich in den verschlungenen Windungen der gigantischen Verkehrsmaschine, die die untergeordneten Straßen aus den Vororten kreuzungsfrei an den Madison und Sunset Drive heranführte.

Die breiten Asphaltbänder der Highways verschwammen unter den Schlieren der aufsteigenden erhitzten Luft. Nur wenige Wagen krochen über den heißen Asphalt. Die breiten Boulevards der Stadt waren menschenleer. Mittägliche Siesta überall.

Es war außerdem Wochenende, und die Bewohner der Stadt waren ihrer liebsten Freizeitbeschäftigung nachgegangen. Ihre Wagen oder die Subway, Busse oder die schnellen Jets hatten sie an die Strände der Golden Gate Bay, auf die Bahamas oder in die Berge des amerikanischen Mittelwestens gebracht, wo sie sich für die kommenden Arbeitstage mit neuen Energien aufluden.

Aus der Höhe seines Arbeitszimmers sah die Stadt wie ein riesiges Spielzeug von Kindern aus, die sich müde gespielt hatten und nun neuen Tätigkeiten nachgingen. Aber Lester Sullivan wußte, daß der Schein trog. Bald würde die unter der Gluthitze des Sommers stöhnende Stadt trotz der Wärme wieder vor Leben kochen.

Er wandte sich Karin Bachfeld zu, die stumm an dem kühlenden Getränk genippt hatte, das vor ihr auf dem Tisch stand. Sie erhob sich, gemeinsam verließen sie den Raum, immer noch kein Wort sprechend, und betraten den Lift.

Draußen sprang sie die Hitze des Mittags an und verschlug ihnen für Augenblicke den Atem. Er faßte die Frau an der Hand, sah das Lächeln in ihren Augen und wußte doch, daß es kein befreiendes Lachen, sondern nur das Lächeln einer vagen Hoffnung war.

Nach wenigen Schritten blieben sie stehen und blickten durch eine Lücke zwischen den Betontürmen der Geschäftsgebäude hinaus auf die Bucht. Sie schwiegen noch immer. Es war, als wollten sie die letzten Stunden des Zusammenseins verlängern, den unvermeidlichen Abschied hinauszögern, und sei es nur um einige Minuten. Noch hatte keiner von ihnen beiden von der Trennung gesprochen, und doch wußten sie, daß sie kommen würde.

Hier war ihre Arbeit vorerst getan. Sie hatten die Fremden empfangen, erste Kontakte geknüpft, und sie hatten erlebt, wie die Mornen sofort zielstrebig Arbeitsgruppen zusammenstellten, wie sie sich für alles zu interessieren schienen, wie sie fieberten, endlich ihre Arbeit, das Kennenlernen der Menschen, beginnen zu können. Jetzt waren sie bereits dabei, sich mit Hilfe provisorisch berufener Beratergruppen der Menschen in ihre Fachgebiete einzuarbeiten.

Und auch die Menschen hatten Arbeitsgruppen gebildet. Ihre Wissenschaftler begannen das umfangreiche Material, das ihnen rückhaltlos zur Verfügung gestellt wurde, zu sichten und zu ordnen. Entsprechend ihres Erkenntnisstandes versuchten sie sich in die mornische Technik und Kultur, in die Wissenschaft und die Gesellschaftswissenschaft hineinzuarbeiten. Es war abzusehen, daß es für die Mornen eine Aufgabe von Monaten, für die Menschen eine von Jahren sein würde.

Karin Bachfeld und Lester Sullivan hatten sich nun mit Koordinierungsaufgaben zu befassen, die sie wieder in ihre jeweiligen Büros zurückführen würden, abgesehen von bestimmten Ausnahmefällen. Und auf einen dieser Ausnahmefälle hoffte Lester.

Bisher war ihm eigentlich alles gelungen, was er sich vorgenommen hatte. Gestern erst hatte er sich diesen starrköpfigen Rod Mahoney vorgeknöpft. Der Junge hatte allen Ernstes die Absicht geäußert, die Boxhandschuhe auszuziehen, und eigentlich aus einem nichtigen Grund: Er fühlte sich von Brewster ungerecht behandelt, fand, daß er zu hart trainieren müsse, und behauptete im übrigen, die Schnauze voll zu haben. Das war zwar kein sehr fein gewählter Ausdruck, aber der Boxer sagte, er träfe damit den Nagel auf den Kopf. Er war schwer davon zu überzeugen gewesen, daß es ein Fehler war, ausgerechnet jetzt an eben diesen Nagel den Boxsport zu hängen.

„Nein, Mister Sullivan", hatte er erklärt, und es hatte sehr überzeugend geklungen, so, als habe er sich das alles genau überlegt, „ich bin heilfroh, diesem alten Gauner Brewster entgangen zu sein. Niemand wird mich davon überzeugen können, so weiterzuleben wie bisher. Auch Sie werden das nicht fertigbringen."

Und seine Freundin, die dunkelhäutige Betty, hatte natürlich zu seinen Worten gelächelt. Übrigens ein bemerkenswertes Mädchen. Manchmal schien sie aus zwei völlig verschiedenen Menschen zu bestehen. Es konnte durchaus sein, daß man eben noch ihr elegantes Kleid und ihren gemessenen Schritt bewundert hatte und daß sie einen bereits im nächsten Augenblick durch übermütiges Herumtollen in total verwaschenen Jeans schockierte.

Dabei konnte man sich ausgezeichnet mit ihr unterhalten. Sie pflegte ihre Ansichten mit Überzeugungskraft und Feuer vorzutragen, auch, wenn sie dabei häufig in einen Jargon verfiel, der Lester nicht besonders zusagte. Und zu allem Überfluß war sie auch noch von einer eigenartigen Schönheit, an der die großen dunklen Augen einen nicht geringen Anteil hatten.

Sie war es bestimmt auch gewesen, die Rod geraten hatte, seinen Sport aufzugeben. Sie hatte es sich in den Kopf gesetzt, ihn in die Llanos zu begleiten. Dort unten, in Rods unmittelbarer Heimat, wollte sie als Biologin arbeiten. Lächelnd, mit erstaunlicher Sicherheit in der Stimme, hatte sie ihm, Lester Sullivan, erläutert, daß gerade Menschen ihrer Ausbildung dort unten sehr gefragt seien, da für die eben in Angriff genommene Umgestaltung der südlichen Wüstenregionen jede Hand und jeder Kopf gebraucht würden.

Als ob er selbst das nicht am besten wüßte! Diese biologische Umwandlung der Llanos in einen fruchtbaren Landstrich machte ihm ohnehin eine Menge Sorgen. Nur schwer fanden sich junge Leute, die bereit waren, die Entbehrungen auf sich zu nehmen, die ihrer in den Llanos harrten. So gesehen, konnte er sich über ihren Schritt eigentlich nur freuen, wenn er nicht andere, größere Aufgaben für Rod gehabt hätte.

Tief in Gedanken schüttelte er den Kopf. Nie würde Karin bereit sein, Ähnliches für ihn zu tun, ihm bedenkenlos dorthin zu folgen, wo er die besten Arbeitsbedingungen fand. Karin fürchtete sich geradezu krankhaft davor, in eine gewisse Abhängigkeit von ihm geraten zu können. Nein, bei ihnen beiden war es ganz anders. Karin verlangte kategorisch die Aufgabe seiner Stellung in Frisco, wenn sie sich bereit erklären sollte, immer mit ihm zusammenzubleiben. Sie wollte den Ton angeben in ihrem gemeinsamen Leben.

Fast war er geneigt, Rod um seine dunkle Freundin zu beneiden. Und vielleicht wußte dieser Mahoney nicht einmal, wie zufrieden er eigentlich sein konnte, der Junge war ja derart stur, daß es einen grausen konnte.

Seine ganze Beredsamkeit hatte er aufbieten müssen, um ihn von der Wichtigkeit seiner Aufgabe zu überzeugen.

„Rod, Junge", hatte er gesagt, „weißt du überhaupt, welche Summen wir in dich investiert haben? Soll das jetzt alles umsonst gewesen sein?" Vielleicht hatte diese Vorhaltung die erste Bresche in die Verteidigung des Boxers geschlagen, jedenfalls hatte der Einwand „Ich kann diesen Brewster nicht ausstehen!" ziemlich kläglich geklungen. Natürlich hatte er, Lester, sofort nachgesetzt.

„Es soll mir nicht schwerfallen, einen anderen Manager für dich zu finden", hatte er versprochen, und dann hatte er seinen letzten Trumpf ausgespielt.

„Willst du jetzt wieder in der Versenkung verschwinden? Jetzt, wo sich Presse und Funk aus zwei Gründen mit dir beschäftigen, teils als Boxer und teils als erster Kontaktmann zu den Mornen. Mann, Rod, es wäre durchaus möglich, daß du auch in Zukunft engen Kontakt zu den Außerirdischen behalten wirst. Ist das vielleicht nichts?"

Gewiß, zuerst war er mit diesen Worten nur einer momentanen Eingebung gefolgt, aber als Rod stutzte, hatte der vage Gedanke sofort Form angenommen. Mahoneys Frage hatte er mit einer Handbewegung gestoppt: „Das laß mich nur machen. Es gibt tausend Gründe für deine Mitwirkung an ihrem Forschungsprogramm. Überleg nicht lange, Rod!"

Und Mahoney hatte endlich zugesagt. Noch zwei Kämpfe wollte er austragen, den Qualifikationskampf und das Match um die Meisterschaft. Eigentlich hätte Lester jetzt beruhigt aufatmen können, zumindest ein Problem hatte er gelöst. Die Region Amerika behielt ihren populärsten Sportler, den Weltklassemann Rod Mahoney. Und doch war er nicht ganz zufrieden mit seinem Erfolg, zumal er das Gefühl nicht loswurde, daß dieser Stimmungsumschwung nicht allein auf seine Überredungskunst zurückzuführen war.

Karin Bachfeld sah, daß Lester tief in Gedanken versunken war. Wortlos ging er neben ihr, und in seinem Gesicht arbeitete es. Sie nahm schweigend seinen Arm fester, und so bummelten sie nebeneinander die breite Straße hinunter in Richtung auf das Hotel. Auch sie hatte eine vage Hoffnung...

Jean-Louis Aurelhomme war abberufen worden. Schesternjow hatte ihn mit anderen Aufgaben betraut. Er hatte ihm angeboten, eine der Arbeitsgruppen der Mornen zu betreuen, eine Aufgabe, die dem Franzosen zweifellos lag.

Allerdings fiel er dadurch für unbestimmte Zeit als Sekretär des Regionalrates Nord aus. Aber sosehr sie es auch bedauerte, mit dem fröhlichen Aurelhomme einen netten Kollegen verloren zu haben, so konnte sie sich doch des Gefühls nicht erwehren, daß sich ihnen beiden, ihr und Lester Sullivan, dadurch eine Chance gemeinsamer Arbeit bieten könne.

Vor wenigen Tagen, als sich Aurelhomme von ihr verabschiedet hatte, um zurück nach Leningrad zu fliegen, hatte er nicht im mindesten den Eindruck eines Menschen gemacht, der gezwungen ist, von einer geliebten Aufgabe zu scheiden. Im Gegenteil, er hatte über das ganze Gesicht gestrahlt und ihr erklärt, daß er sich mächtig auf die neue Arbeit mit den Mornen freue. Das sei weit mehr nach seinem Geschmack, als die doch etwas trockene Arbeit im Rat. Er sei nun mal eine sprunghafte Natur.

Und sie hatte nicht umhin gekonnt, ihm wenigstens in dieser Beziehung recht zu geben.

Dann aber war er plötzlich sehr ernst geworden und hatte ihren Arm genommen. Lange hatte er ihr in die Augen gesehen und schließlich den Kopf geschüttelt.

„Ich nehme an, daß Sie sich mit Lester Sullivan immer noch nicht einig geworden sind“, hatte er gesagt.

Sosehr sie eine derartige Ausdrucksweise auch ablehnte, und sosehr es sie verdroß, daß man ihr die Stimmung vom Gesicht ablesen konnte, dem kleinen Franzosen konnte sie deshalb nicht gram sein. Auch jetzt mußte er wohl die Bestätigung seiner Vermutung von ihrem Gesicht abgelesen haben, denn seine Miene war derart bekümmert geworden, daß sie fast in Lachen ausgebrochen wäre. Dann aber hatte er einen Vorschlag gemacht, auf den sich jetzt ihre ganze Hoffnung stützte.

„Sehen Sie, Karin! Ich glaube, daß ich Ihnen und Lester Sullivan helfen kann. Vielleicht Ihnen mehr als ihm." Wieder hatte er sie angesehen, als erwarte er eine Bestätigung, bevor er weitersprach. „Mein Platz im Regionalrat wird frei, und..."

Sie hatte sofort gewußt, welchen Vorschlag er ihr machen wollte, und versucht, ihn mit einer Handbewegung zu unterbrechen, aber er war so gut im Fluß gewesen, daß er seinen Vorschlag weiterentwickelte: „... deshalb werde ich Schesternjow vorschlagen, Lester Sullivan an den Reg-Rat Nord zu berufen."

Sie aber hatte den Kopf geschüttelt und lächelnd gefragt, ob er sich einen derartigen Einfluß auf Schesternjow zutraue.

Jeans Antwort war ebenso kurz wie typisch gewesen. „Lassen Sie mich nur machen, Karin!" hatte er lächelnd erwidert.

Jetzt, da sie an Lesters Seite die Hotelhalle betrat, erinnerte sie sich an das Lächeln Aurelhommes.

Die große Halle schlief in nachmittäglicher Siesta. Kühler, ruhiger Halbdämmer, dunkle Ledersessel an den mit Metallreliefs verkleideten Wänden, Palmen, deren glänzendgrüne Blätter nie den Hauch des Windes, nie die Strahlen der Sonne verspürt hatten. Heute fiel ihr die träge Eleganz des Hotels besonders auf.

An der Säule inmitten des kreisrunden Bartresens lehnten zwei junge Damen in hautengen gelben Kleidern und brachten unbewußt ihre schlanken Figuren zur Geltung. Es war bezeichnend, daß die Frauen der Erde zwar häufig und gern die überschlanken Körperformen der Mornen kopierten, daß sie sich jedoch nicht entschließen konnten, das im wahrsten Sinne des Wortes hervorstechendste Attribut ihrer Weiblichkeit, den Busen, in die Kopie einzubeziehen. Neben den drei beweglichen Fingern der Mornen war das völlige Fehlen der weiblichen Brust und ihrer Funktionen einer der äußerlichen Hauptunterschiede gegenüber den Menschen.

An der Rezeption telefonierte ein Hotelangestellter, nachlässig über den Tisch gelehnt. Er blickte Karin aus schläfrigen Augen an, als sie ihren Zimmerschlüssel vom Brett nahm.

Plötzlich aber war er hellwach. „Just a moment, please!“ rief er in den Hörer, warf ihn auf den Tisch und eilte ihr und Lester nach. „Einen Augenblick, Mister! Sie sind doch Lester Sullivan?“

Lester blieb stehen und betrachtete amüsiert den Angestellten, der an seinem Rockkragen nestelte, um den oberen Knopf zu schließen. Die Eleganz Lesters schien ihn zu verwirren.

„Für Sie ist ein Fernschreiben eingetroffen, Mister Sullivan. Ich habe es an Ihren Schlüssel gehängt“, sagte er und wurde noch ein wenig aufgeregter, als er merkte, daß er dem Gast damit zu verstehen gab, der habe den eigenen Schlüssel nicht beachtet, während die ihn begleitende Dame den ihren vom Brett genommen hatte. Und derartiges tut ein guter Hotelangestellter nicht.

Karin Bachfeld beobachtete belustigt, daß der junge Angestellte rot geworden war. Er befürchtete wohl, die Bemerkung könne Lester kränken. Nun, der junge Mann kannte Lester schlecht.

Plötzlich fiel ihr ein, daß das fragliche Fernschreiben von Schesternjow stammen könnte. Sollte Aurelhomme sein Versprechen so schnell wahr gemacht haben? Sie fühlte die Hoffnung heiß ins Gesicht steigen und schalt sich selbst töricht.

„Lassen Sie das Fernschreiben auf Miss Bachfelds Zimmer bringen und sorgen Sie für eine gute Flasche Wein“, hörte sie Lester sagen, ehe er zu ihr in den Expreßlift trat.

Ihr Zimmer im vierzehnten Stock war mit gediegener Einfachheit eingerichtet. Spannteppiche an den Wänden, weicher Boden von gedämpfter Farbe, die Schmalseite des Zimmers bestand aus einem einzigen großen Fenster, das auf die Bay hinausging. Vor den großgemusterten Vorhängen lief ein breiter Balkon um das ganze Gebäude herum. Die Mitte des Raumes wurde von einem breiten, fast quadratischen Bett in französischem Stil eingenommen, dessen weiche Fülle sie so angenehm fand. Es gab einen kleinen runden Tisch mit zwei schmalen Sesseln, einen Schrank, der eine ganze Zimmerseite einnahm, und eine winzige Speisenische neben der Tür zum Balkon. Die andere Seite des Zimmers diente dem Service: Radio, Fernsehgerät, Weckanlage, Telefon und Funkanlage in einem Gerät. Darüber hing die gelungene Reproduktion eines Gemäldes von Picasso. Sie hätte stundenlang die eigenartige Komposition des Bildes betrachten können, ohne daß sie sich in der Lage gefühlt hätte, die Gedankengänge des Künstlers zu interpretieren, aber ihr gefiel die skurrile Eleganz und die Meisterschaft, die aus den Farben zu ihr sprach.

Wie jedesmal, wenn sie das kleine Zimmer betrat, so ließ sie auch diesmal die sachliche Atmosphäre des Raumes auf sich wirken, ließ das Vibrieren der Nerven abklingen, ehe sie sich setzte.

Sie sah, daß Lester sie beobachtete, und stellte fest, daß sie sich nicht entspannen konnte. Das Schweigen strapazierte ihre Nerven mehr, als es sie beruhigte.

„Was wird aus uns, Lester?“ fragte sie und wandte ihm ihr Gesicht zu. „Trennen sich unsere Wege erneut, oder wollen wir endlich einen Schlußstrich unter unser Halbdasein setzen?“

Er richtete sich auf, und sie sah, wie sich sein Gesicht verschloß. Schon jetzt war er nicht mehr der Lester, den sie in Berlin kennen- und liebengelernt hatte, und er war auch nicht mehr der heitere und ausgeglichene Lester, mit dem sie in der vergangenen Zeit die gemeinsame Arbeit verbunden hatte und dessen kleine Aufmerksamkeiten sie glauben ließen, daß alles noch gut werden könne.

Sie sah, daß er die Hände zusammenpreßte, sah, daß seine Knöchel weiß wurden.

„Es liegt an dir, Karin“, sagte er leise. „Du weißt, daß im Subrat immer ein Büro auf dich wartet.“

Karin wußte, daß alles vorbei war. Nie würde sie sich entschließen können, ihre Arbeit im Regionalrat Nord aufzugeben. Nicht ihre Arbeit und nicht ihren gewohnten Lebenskreis. Was nützte ihr ein Büro im Subrat, wenn sie keine Aufgabe hatte. Sie fühlte, wie sich ihre Hoffnung einzig und allein auf das Fernschreiben konzentrierte...

„Bitte, Lester“, sagte sie und blickte an ihm vorbei, „die häufig wechselnden Aufgaben im Subrat liegen dir nicht besonders...“

Er winkte ab. „Du mußt nicht zu mir sprechen wie zu einem Kind, das nicht weiß, was es will. ‚Bitte, Lester...‘“, parodierte er sie. „Ich weiß sehr gut, was ich zu tun und zu lassen habe. Natürlich stimmt es, daß ich mich als Vorsitzender mit dem aus vielen Einzelgebieten zusammengesetzten Aufgabenbereich nicht übermäßig wohl fühle, ich würde in der Tat viel lieber ein kleineres Gebiet um so gründlicher und bis ins einzelne gehend bearbeiten, aber schließlich ist auch die Koordinierung dieser Gebiete wichtig und muß getan werden.“

Er stand auf und kam um den Tisch herum auf sie zu. Sie war verärgert über den scharfen Ton, den er angeschlagen hatte, und sie erinnerte sich, daß es immer so gewesen war, kurz bevor sie sich trennten. Wahrscheinlich fiel ihm die Trennung dadurch leichter. Vielleicht versuchte er sich selbst Mut zur Trennung zu machen, den Mut möglicherweise, den er nicht aufbringen würde, wenn sie ruhig miteinander sprächen.

Und doch verhielt es sich diesmal anders. Er setzte sich auf die Lehne ihres Sessels und legte den Arm um ihre Schultern. „Sei mir bitte nicht böse“, bat er, „ich habe diese Arbeit übernommen, und ich werde sie so lange weiterführen, bis man einen Besseren dafür auswählt.“

Sie schüttelte traurig den Kopf. „Du weißt, daß man kaum einen Besseren finden wird als dich. Außerdem wird niemand auf die Idee kommen, nach einem anderen zu suchen. Du selbst tust auch eine Arbeit, die dir nicht behagt, gut und genau, auch wenn du nicht glücklich dabei bist. Du selbst mußt es sein, der sich dafür verwendet, versetzt zu werden.“

Sie redete und redete und wußte doch, daß es keinen Sinn hatte. Lester war nicht der Mann, der eine Stellung, die ihn in das Licht der Öffentlichkeit gebracht hatte, aufgab, auch dann nicht, wenn er sich mit ihr nie und nimmer wohl fühlte. Seine Eigenliebe würde sich dagegen sträuben, so lange ..., ja, so lange, bis er an seiner Aufgabe zerbrach.

Ihre einzige Hoffnung war das Fernschreiben, das Fernschreiben Schesternjows. Sie wünschte den Etagenkellner herbei, fand, daß er sich viel zuviel Zeit lasse, und als er dann endlich erschien, klopfte ihr das Herz bis zum Halse.

Der Kellner stellte zwei langstielige Gläser auf den Tisch, goß ein wenig Wein ein, stellte die Flasche in einen silbernen Kübel mit Eis. Dann zog er die Tür hinter sich so leise zu, daß Karin unwillkürlich zum Korridor blickte, um festzustellen, ob er tatsächlich gegangen war.

Auf dem Tisch lag ein weißer Umschlag. Sie reckte den Hals und erkannte die vom Teleprinter abgenommenen Insignien des Regionalrates Nord.

Karin verdroß es, daß Lester, ohne das Schreiben zu beachten, den Wein probierte, einen Augenblick in die Luft starrte und dann erst umständlich Platz nahm. Es schien ihr, als täte er all das absichtlich, um sie auf die Folter zu spannen.

Er schob ihr ein halbgefülltes Glas hinüber, und erst dann öffnete er vorsichtig das Schreiben mit seinem Taschenmesser. Er tat es langsam und mit Bedacht.

Beim Lesen veränderte sich sein Gesicht ständig. Eben noch gespannt, nahm es erst einen erfreuten, dann erstaunten und schließlich einen verärgerten Ausdruck an. Dann warf er das Funktelegramm auf den Tisch und blickte sie lange und schweigend an.

„Lies bitte!" sagte er schließlich und deutete mit dem Kinn auf das Papier.

Sie hatte sich nicht geirrt. Das Schreiben stammte von Schesternjow persönlich. Er teilte Lester Sullivan in kurzen Worten mit, daß der Sekretär Aurelhomme mit neuen Aufgaben im Rahmen des Forschungsprogramms der Mornen beauftragt worden sei, und stellte ihm das damit frei gewordene Aufgabengebiet zur Verfügung. Es war weder eine Bitte noch eine Weisung, es war lediglich eine Darlegung der Situation.

Als sie wieder aufblickte, sah sie, daß Lester aufgestanden war und erregt im Zimmer auf und ab ging. „Was sagst du dazu?" fragte er und blickte hinaus auf die Bay. Sie sah seinen Rücken, die breiten Schultern, und sie sah, daß er die Hände in die Hosentaschen geschoben hatte, etwas, das er nie tat, wenn er sich selbst unter Kontrolle hatte.

Eigentlich hätte sie sich über das Telex freuen sollen. Das frei gewordene Arbeitsgebiet Aurelhommes paßte ungleich besser zu Lester als sein eigenes, aber etwas in seiner Haltung warnte sie vor zu früher Freude.

„Ich finde, daß wir Grund haben, Schesternjow dankbar zu sein", sagte sie vorsichtig. „Du könntest endlich in Leningrad arbeiten, und wir könnten ständig zusammen sein. Wir hätten die Chance, unser Leben in Ordnung zu bringen, Lester."

Sie fand selbst, daß ihre Stimme viel zu beschwörend geklungen hatte. Hoffnung stieg in ihr auf, als Lester entgegen seiner sonstigen Gewohnheit nicht sofort und energisch gegen ihren Vorschlag protestierte. Als er sich jedoch umwandte, sah sie, daß sich über seinen Augen eine steile Falte gebildet hatte. Er löste sich vom Fenster, kam herüber zum Tisch und blieb vor ihr stehen. Immer noch hatte er die Rechte in der Hosentasche.

„Kannst du mir sagen, weshalb Schesternjow zwei Sekretäre zur Koordinierung der Kontaktaufnahme mit den Mornen nach hier delegiert hat, dich und Aurelhomme?" fragte er, und sie glaubte ein Lauern in seiner Stimme zu verspüren. Trotzdem ging ihr der Sinn der Frage nicht auf. Sie hob die Schultern.

„Aurelhomme ist ein Mensch, der eigentlich zur Lösung aller Aufgaben zu verwenden ist", sagte er. „Er findet meist die richtigen Wege, und er findet sie schnell und sicher. Ich meine..."

„Und doch übersieht er manchmal Kleinigkeiten, die zu Stolpersteinen werden können“, unterbrach sie ihn. „Ich hatte die Aufgabe, darauf zu achten, daß uns auch nicht die kleinste Kleinigkeit entgeht.“

„... und Schesternjow über seine Unterlassungssünden zu berichten“, vollendete Lester Sullivan.

Das war eine boshafte Unterstellung. Und plötzlich wußte sie auch, worauf seine Frage abgezielt hatte. Trotzdem bemühte sie sich, ruhig zu bleiben. „Aber nein, Lester. Wie kommst du nur auf diese absurde Idee?“

Mit müder Geste wehrte er ab. „Aurelhommes Versetzung kommt einer Ablösung gleich. Schesternjow tut derartiges nicht ohne schwerwiegende Gründe“, sagte er leise. „Oder hast du eine andere Erklärung für Aurelhommes plötzliche Abreise? Oder für dieses Schreiben?“ Er deutete auf das Fernschreiben, als ekele er sich, es zu berühren.

Sie fand keine Erklärung, und eigentlich suchte sie auch keine mehr. Lesters Vorwurf war kompletter Unsinn. Er war erregt, und die Erregung legte ihm ungerechtfertigte Worte in den Mund. Es paßte ihm nicht, seinen Arbeitsplatz hier in der amerikanischen Region aufzugeben und nach Leningrad zu gehen, ihr nach Leningrad zu folgen, wie er es interpretieren würde.

Sie blickte auf und öffnete den Mund zu einer ersten Entgegnung, da hörte sie die Tür klappen und wußte, daß nun alles zu Ende war. Alle guten Vorsätze hatten ihnen nicht geholfen. Ihr Lebensweg hatte sie zusammengeführt und wieder auseinandergerissen, und als ihnen das Leben eine neue Chance gab, hatten sie Steine auf ihren Weg gehäuft, Steine, die sie beide nicht überspringen konnten.

Mechanisch griff sie zu dem fast leeren Weinglas, trank einen kleinen Schluck und schüttelte sich. Der Wein war schal und warm geworden.

Als Karin Bachfeld die Metrostation unter dem Ratsgebäude in Leningrad verließ, stand sie einen Augenblick lang fremd in dem bunten Gewimmel heiterer Menschen. Es dauerte Minuten, ehe sie ihre trüben Gedanken unter Kontrolle brachte und sich auf das konzentrierte, was sie im Rat erwartete.

Sie würde Bericht erstatten, sachlich und ohne jede Emotion, aber Schesternjow würde ihr ansehen, daß etwas nicht stimmte. Fragen würde er jedoch nicht, er pflegte zu warten, bis seine Mitarbeiter ihre Probleme selbst vortrugen.

Sie aber würde ihre privaten Sorgen für sich behalten, sie würde nach ihrem kurzen Bericht ihre Unterlagen abgeben und dann richtig ausschlafen, sie war müde von der Reise und vom Nachdenken.

Der Expreßlift brachte sie hinauf in das Obergeschoß, in dem ihr Büro lag.

Auf dem Korridor kam ihr Aurelhomme entgegen. Lachend und beschwingt eilte er auf sie zu, streckte zur Begrüßung die beiden Hände weit von sich und öffnete den Mund zu einer seiner heiteren Tiraden. Die Abendsonne, die durch die Glaswand schien, gab seinem Gesicht eine gesunde Farbe. Er sah aus, als käme er geradenwegs aus dem Urlaub.

„Hallo!“ rief er und schüttelte ihre Hände. „Wieder im Dienst? Ausgezeichnet! Gleich morgen müssen wir uns unterhalten. Ich brauche unbedingt einige Tips von Ihnen. Schesternjow hat mir die Betreuung der Mornen übertragen, die in wenigen Tagen ...“

Sie winkte ab. „Zuerst muß ich meinen Bericht erstatten, glaube ich.“

Lachend schüttelte er den Kopf. „Das werden Sie auf morgen verschieben müssen. Der Alte ist heute abend im Theater. Er geht gern ins Theater, wissen Sie?“ Verschmitzt grinste er, als er ihre eigenen Worte wiederholte.

Sie fühlte ein wenig Enttäuschung, und plötzlich war sie wieder unendlich müde.

Aurelhommes heiteres Gesicht zerfloß in Mitleid.

„Verzeihen Sie“, bat er. „Ich benehme mich wie ein Elefant im Porzellanladen. Sie müßten sich ausruhen, und ich schwatze hier unbekümmert drauflos.“

Sie legte ihm lächelnd die Hand auf den Arm. Seine Fröhlichkeit tat ihr gut. „Schon in Ordnung, Jean. Wir treffen uns morgen oder übermorgen im Büro. Dann können wir uns ausführlich unterhalten. Auch ich werde Schesternjow um die Zusammenarbeit mit einer Gruppe der Mornen bitten.“

Sie war ihm dankbar, daß er sie schweigend bis zu ihrem Büro begleitete, dort auf sie wartete und daß er sie dann auch noch bis vor das Ratsgebäude brachte. Er war übertrieben aufmerksam, und sie genoß seine Fürsorge wie einen wärmenden Mantel. Er schien von seiner neuen Aufgabe begeistert.

Die Newa-Kais lagen in den letzten Strahlen der untergehenden Sonne. Die Menschen hatten sich in wärmere Kleidung gehüllt, von der See her wehte eine kühle Brise in die Stadt hinein. Karin ließ sich von dem Menschenstrom bis zur Metrostation treiben, fuhr die Rolltreppe hinab, und über ihr reckte sich das Reiterstandbild Peters I. in den kühlen Sommerabend.

Als sie die mit geschliffenem Kunststein ausgekleidete Metrohalle betrat, fröstelte sie. Sie zog den Mantel um die Schultern zusammen und lehnte sich an eine der runden marmornen Säulen, bis der Zug einlief. Die Schnellbahn trug sie hinaus an die Küste des Baltischen Meeres, wo sich ihr kleines Sommerhäuschen vor dem kalten Nordwind zwischen die Dünen duckte.

Eine Stunde später, sie hatte bereits geduscht und ließ sich den Körper von einem Hochfrequenz-Massagegerät bearbeiten, schreckte sie der Ruf des Videokoms auf.

Einen Augenblick dachte sie an Lester Sullivan, ihr wurde noch heißer, als ihr unter den Strahlen des Gerätes ohnehin war, aber dann verwarf sie den Gedanken sofort wieder. Lester würde nie mehr in Leningrad anrufen.

Trotzdem nahm sie umständlich vor dem Videokom im Sessel Platz, schlug die Beine übereinander und versuchte den Hausmantel möglichst vorteilhaft zu drapieren. Als sie sich bei dieser Beschäftigung überraschte, stand sie unwirsch auf und schaltete das Gerät ein. Auf dem Schirm erschien das gutmütige Gesicht Schesternjows. Fast hätte sie hell aufgelacht.

„Ich habe Sie hoffentlich nicht im Schlaf gestört", sagte er. Das war keine Frage, keine Entschuldigung, sondern eine Feststellung. Karin lächelte bei dem Gedanken, wie er wohl reagieren würde, wenn sie ihm erklärte, daß er sie tatsächlich aus dem Bett geklingelt habe. Wahrscheinlich würde er einen Augenblick lang stutzen, sie ansehen und dann erklären, daß sie ja ohnehin aufgewacht sei.

Sie winkte lächelnd ab. „Nein, nein", log sie und blickte auf ihren Hausmantel. „Ich hatte sowieso noch zu tun."

Es bestand keinerlei Gefahr, daß Schesternjow ihre kleine Lüge bemerkte, denn bei allem Wissen, das er auf allen erdenklichen Fachgebieten besaß, in Modefragen war er ein völliger Versager. Sie hätte im Hausmantel in sein Büro treten können, es wäre ihm nicht aufgefallen.

„Jean deutete mir an, daß Sie die Absicht haben, einige Tage auszuspannen", erklärte er, wie immer ohne Umschweife auf das eigentliche Thema losgehend. „Wir hatten leider bisher keine Gelegenheit, uns miteinander eingehend zu unterhalten, sollten aber, bevor Sie sich zurückziehen, noch einige Dinge unter Dach und Fach bringen."

Sie wußte, daß er ihren Wunsch voll und ganz akzeptierte, und wenn er sie bat, noch einige Stunden oder vielleicht sogar Tage auf ihre wohlverdiente Entspannung zu verzichten, dann hatte er dafür zweifellos gewichtige Gründe.

„Lester Sullivan?“ fragte sie vorsichtig, noch nicht im klaren darüber, ob ihm dieses Thema wichtig genug war, sie zu später Stunde noch anzurufen.

Schesternjow zuckte die Schultern. „Ich weiß nicht, was in ihn gefahren ist“, sagte er leise, und sie wußte, daß dieses Thema für ihn nicht wichtig genug war. Sein Schulterzucken deutete darauf hin, daß er nicht gewillt war, die Angelegenheit „Lester“ jetzt auszudiskutieren.

„Nein, Karin“, fuhr er fort, „ich möchte etwas anderes mit Ihnen besprechen. Ich möchte wissen, was Sie von den Mornen halten.“

Sie hatte eine derartig direkte Frage nicht erwartet, obwohl man sich daran gewöhnen mußte, daß Schesternjow keine Umwege liebte. Es war auch selbstverständlich, daß sie sich irgendwann über die Mornen und deren Zivilisation unterhalten mußten. Und wer anders als die Regionalräte sollten die Modalitäten der Begegnung mit diesen Wesen festlegen, die so verschieden von den Menschen waren?

Sicher war, daß sich viele Wissenschaftler bereits Gedanken machten, wie dem Fremden, das da plötzlich unter ihnen aufgetaucht war, zu begegnen sei, wie man sich den Mornen gegenüber zu verhalten habe. Es war die Aufgabe der Räte, ihnen ihre Entschlüsse zu erleichtern, ihre Gedanken und Meinungen zu koordinieren und ein Programm zu erarbeiten, das Zwischenfälle vermied und damit sicherte, daß für beide Teile ein Optimum des Verstehens und der freundschaftlichen Zusammenarbeit erreicht werden konnte. Das war bei der Verschiedenheit der beiden Zivilisationen keine einfache Angelegenheit.

„Wie meinen Sie das, Romuald?“ Sie versuchte Zeit zu gewinnen. Es fiel ihr nicht leicht, all das, was sie in den letzten Tagen gedacht hatte, in wenige Worte zu kleiden. Außerdem schien ihr die ganze Angelegenheit zu vielschichtig und zu einmalig, um sie hier am Videokom zu diskutieren. Aber wahrscheinlich war das auch gar nicht Schesternjows Absicht. „Wollen Sie meine Meinung über die Mornen als Einzelwesen oder über das, was ich von ihrer Kultur bisher erfahren habe, hören?“

„Kann man beides voneinander trennen, Karin? Sind das nicht zwei Seiten einer Sache?“

Sie stimmte ihm zu. „Natürlich sind das zwei Seiten einer Sache. Wir haben die Mornen kennengelernt als Wesen, die sich auf den ersten Blick ähnlich verhalten wie wir. Bestimmt haben sie genauso ihre Probleme und Schwierigkeiten wie wir ... Nur, daß sie auf einer weit höheren Entwicklungsstufe stehen. Und dadurch sind auch ihre Pro ..."

„Halt, halt!" unterbrach er sie und streckte die Hände abwehrend aus. „Sie sagen einfach ‚weit höhere Entwicklungsstufe', sollten wir nicht vielleicht von einer ‚anderen Entwicklungsstufe' sprechen?"

Sie schüttelte den Kopf. Wie oft schon hatte sie sich diese Gedanken gemacht, wie oft schon hatte sie versucht, die Theorie, die die Mornen vertraten, als unglaubhaft hinzustellen. Es war ihr nicht gelungen. Wie sollte das auch möglich sein? Der Mensch kannte bisher keine andere außerirdische Intelligenz, und die Mornen behaupteten, daß die Evolution im gesamten Kosmos auf einer ähnlichen Bahn ablaufe, daß jede Intelligenz den im Grunde gleichen Weg zurücklege wie die Mornen.

„Nein, Romuald", sagte sie. „Nach einer Theorie der Mornen gibt es keine andere Evolution, sondern nur verschiedene Stationen einer Evolution, der die Entwicklung aller Intelligenzen gehorcht."

Sie blickte auf Schesternjow, der ihre Eröffnung mit Gelassenheit zur Kenntnis nahm. Dann schüttelte er lächelnd den Kopf. „Das klingt nach einer höheren Form fatalistischer Gleichmacherei."

„Ich weiß nicht." Sie versuchte ihre Gedanken zu ordnen, aber es wollte ihr nicht gelingen. „Wir müssen bedenken, daß sie eine ungleich längere Evolution hinter sich haben als die Menschheit. Sie stehen der Erkenntnis allen Seins ein gutes Stück näher als wir."

Schesternjow kniff die Augen zu schmalen Schlitzen zusammen. „Und wenn es gerade die Menschheit wäre, die ihre Theorie zu Fall brächte?" murmelte er.

Sie sann seinen Worten nach. „Es wäre schön, wenn Sie recht hätten, Romuald", sagte sie dann. „Wenn es das Gesetz, daß die Evolution aller Intelligenzen einem gemeinsamen Schema gehorcht, wirklich gibt, dann würde die Menschheit eines Tages unter den gleichen Bedingungen wie die Mornen leben ..." Einen Augenblick lang schwieg sie, um dann zu vollenden: „... müssen." Sie beobachtete Schesternjow genau, und sie sah, daß plötzlich ein Lächeln in seinen Augenwinkeln saß. „Das ist es!" sagte er. „Das ist es, was mir keine Ruhe mehr läßt. Ich kann an dieses Gesetz nicht glauben. Es muß einen anderen, einen für die Menschheit spezifischeren Evolutionsweg geben."

Er hatte sich aufgerichtet und blickte an ihr vorbei, als sähe er diesen

Weg bereits vor sich. Jetzt war sein Gesicht ernst und gesammelt. „Und die Menschheit wird diesen Weg finden", erklärte er. „Sie ist naturverhafteter als die Mornen, sie ist ein Teil der Natur geblieben."

„Noch ist sie es, Romuald. Aber wird sie es immer bleiben? Ist der Weg, den die Mornen gegangen sind, nicht effektiver?" Sie blickte auf den Bildschirm, den das Gesicht Schesternjows fast ganz ausfüllte. Heftig schüttelte er den Kopf. „Mag er effektiver sein!" brummte er. „Ich kann mir nicht vorstellen, daß unsere Nachkommen auf einem sterilen Planeten leben sollen. Ich kann es mir nicht vorstellen..."

Es war gut, seine entschiedene Ablehnung zu hören, aber soweit sie es beurteilen konnte, gründete sie sich ausschließlich auf Emotionen, und das war ungewöhnlich für Schesternjow. So schüttelte sie nur den Kopf. Auch ein Morne würde es sich kaum vorstellen können, auf einem Planeten, wie es die Erde war, leben zu müssen, auf einem Planeten, der für seinen Geschmack wild und ungebärdig war, ebenso unzivilisiert wie gefährlich.

„Die inneren Einstellungen und die Beziehungen zu den Dingen verändern sich mit den äußeren Gegebenheiten", erklärte sie. „Noch vor wenigen Jahren lehnte der größte Teil der Eltern eine Gemeinschaftserziehung ihrer Kinder ab, noch vor wenigen Jahrzehnten machte sich jeder, der nackt am Strand lag, der Erregung öffentlichen Ärgernisses schuldig. Was ist schon das Maß der Dinge, Romuald? Doch letzten Endes nur der Mensch."

Sie kam sich altklug und abgeklärt vor, als Schesternjow resigniert die Schultern hob.

„Mag sein, daß Sie recht haben", murmelte er. „Natürlich ändert sich die Einstellung der Menschen mit der Zeit. Natürlich kann man sich an gewisse Umweltbedingungen anpassen, aber eine Welt ohne die Spur des natürlichen Lebensbereiches? Nein, Karin, damit kann ich mich nicht abfinden."

Sie hatte das Gefühl, ihm helfen zu müssen, und bemühte sich um ein Lächeln. „Bitte verstehen Sie mich nicht falsch", sagte sie. „Ich teile Ihre Aversion gegen eine sterile Welt völlig, aber ich möchte herausfinden, ob wir vielleicht nur altmodisch auf die Konfrontation mit dem Neuen reagieren. Denn wenn der Weg der Mornen auch der unsere wäre, dann hätten wir die Pflicht, die Menschheit auf diesen Weg vorzubereiten."

Sie sah sich wieder im großen Saal des Regionalrates in Frisco, sah die dichtgedrängte, bunte Menschenmenge. Wissenschaftler der verschiedensten Zweige füllten den riesigen Saal, in den die warme Sonne des Südens hereinflutete.

Vorn auf dem Podium die schlanken gelben Gestalten der Mornen mit ihren kaum sichtbaren Schutzmasken. Eine Delegation der Gäste, die die Aufgabe hatte, einen Teil der irdischen Wissenschaftler mit dem Leben im System Morn zumindest in groben Zügen vertraut zu machen, gewissermaßen die Grundlage zu schaffen für das erst langsam wachsende Verständnis ihrer Sitten und Gebräuche. Ihnen zur Seite hatten einige der Betreuer und die Mitarbeiter der Räte gestanden. Auch Lester Sullivan war unter ihnen gewesen.

Sie hatte die plastischen Filme wie in einem Traum erlebt, und sie war geneigt, diesen Traum für einen Alptraum zu halten.

Die Mornen hatten ihnen eine Welt vorgeführt, von der sie zuerst nicht hatte glauben wollen, daß sie existieren könne. Eine Welt ohne Natur, klar gegliedert und sauber bis zur Sterilität, menschenähnliche Wesen, die sich mit Hilfe des bloßen Gedankens zu verständigen in der Lage waren, ohne den Umweg über die Sprache. Ein eben gedachter Begriff, ein Gedanke konnte sofort an den Partner abgestrahlt werden.

Sie hatte sich überlegt, wie viele Gedanken sie dachte, die für niemand anderen als nur für sie bestimmt waren, und sie konnte sich nicht vorstellen, daß es anders sein sollte.

Wie wahrhaftig mußten Wesen sein, wie sauber die Gedanken von Intelligenzen, denen bereits ihr Kommunikationsmittel jede Lüge unmöglich machte?

Und doch führten die Mornen ein Leben, für das sie ihr Dasein auf der Erde nie eingetauscht hätten. Pflanzen und Blumen wurden ersetzt durch schimmernde Kristallkaskaden, die unter einem feinen Schleier sprudelnden Wassers in allen Farben leuchteten, und der lebende Boden war ersetzt worden durch eine glatte betonähnliche Schicht, die jede Vegetation verhinderte.

An dem Begriff „Ersatz“, den sie auch im Gespräch mit den Mornen verwendet hatte, stießen sich diese Wesen sofort und versuchten ihr zu erklären, daß ihre Planeten so und nicht anders optimal gestaltet seien, aber ihr würde es wohl immer schwerfallen, eine solche Einstellung zu begreifen. Vielleicht gehörte dazu einfach der Jahrtausende währende Reifeprozeß, den diese Wesen hinter sich hatten.

Sie sah Schesternjow auf dem Bildschirm an, wußte, daß auch er sich eine derartige Welt für die Menschen der Erde nicht vorstellen konnte, und fühlte, wie ein wenig von ihrer Bedrücktheit verschwand.

Nur einer war unter den Mornen gewesen, der ihre Welt nicht mit einem fast an Besessenheit grenzenden Engagement verteidigt hatte, als die Wissenschaftler der Erde ihre Zweifel an der Richtigkeit des mornischen Lebensweges äußerten – Bojan. Er war der einzige, der hin und wieder Zugeständnisse an die Meinung der Menschen machte.

Bojan war einer der ersten gewesen, die sie näher kennengelernt hatte. Sehr groß und sehr schlank, mit dem üblichen unbewegten Gesicht hatte er sich die Argumente angehört und geduldig versucht, sie zu widerlegen, ohne sich dabei zu ereifern. Er war es auch, der den Menschen ihre Namen, die die Translater nicht übersetzen konnten, beizubringen versuchte. Und er hatte auch die Filme vorgeführt und kommentiert.

Bojan war der Pilot des Landefahrzeugs und schien eine Art Sonderstellung einzunehmen. Seine Bewegungen erschienen ihr schneller und spontaner als die gleitenden und kraftsparenden Gesten seiner Freunde, auch wenn es schwerfiel, ihn mit einem Menschen vergleichen zu wollen.

Er war der einzige Morne, der nicht die Reserviertheit an den Tag legte, an die sie sich nur schwer gewöhnen konnte und die ihrer Meinung nach nichts anderes war als Vorsicht bei der Begegnung mit dem Ungewöhnlichen, dem nicht Vorhersehbaren, mit dem sie auf der Erde immer wieder konfrontiert wurden.

Es schien ständig, als hielten die Mornen unter allen Umständen auf körperliche Distanz. Gewiß schienen sie keinerlei Geheimnisse zu haben, aber Bojan war der einzige, der bei einer unabsichtlichen Berührung nicht zusammenzuckte.

Karin hatte ihn in den vergangenen Tagen genau beobachtet, und sie hatte festgestellt, daß er in den wenigsten Fällen sein Schwebegerät benutzte. Er schien kurze Strecken nicht ungern zu laufen, auch wenn seine Art zu gehen etwas Gebeugtes an sich hatte, so, als litte er unter der Schwerkraft der Erde. Nicht, daß die Mornen, wenn sie ihre Füße benutzten, sich geduckt oder kraftlos bewegten, nein, sie gingen aufrecht, sogar sehr aufrecht, aber eben wie Leute, die sich zwingen müssen, aufrecht zu gehen.

Zuerst hatte sie gelächelt, als sie erfuhr, daß ihn die anderen Mornen für urwüchsig hielten, aber das war ihr verständlich geworden, nachdem sie die wahre Mentalität dieser Wesen kennengelernt hatte.

Aber auch diese Mentalität erklärte nicht, weshalb derart hochintelligente Wesen ein solch steriles Leben für ein erstrebenswertes Ziel, ja für die einzige Möglichkeit des Lebens überhaupt halten konnten.

Zwar hatte Bojan angedeutet, daß auf einigen Planeten des Systems Morn noch Reste der ehemals umfangreichen Tier- und Pflanzenwelt vorhanden waren, aber er hatte darüber gesprochen wie über einen riesigen Zoo, der hin und wieder mit Hilfe hermetisch verschlossener Kabinen durch Wissenschaftler inspiziert wurde. Dabei schien kaum eine Nachfrage nach derartigen Besuchen zu bestehen. Sie hörte aus seinen Worten heraus, daß die Mornen die Effektivität gleichzeitiger Existenz von Tieren oder Pflanzen und höchstentwickeltem intelligentem Leben in Abrede stellten. Sie drückten es zwar nicht so direkt aus, aber es war klar, daß sie diese ihre Einstellung auch angesichts der Erde und ihrer Bewohner nicht zu revidieren gedachten. Karin war es häufig begegnet, daß einige Mornen völlig unbewußt anstelle des Wortes „Menschen" den Terminus „Wilde" gebrauchten. Zuerst war sie schockiert darüber, aber wieder war es Bojan, der ihr erklärt hatte, daß man die Bewohner des Planeten Erde zum Zeitpunkt der ersten Entdeckung tatsächlich für Wilde gehalten habe. Auch heute noch sei es schwer für einige von ihnen, sich vorzustellen, daß eine hochentwickelte Intelligenz mit Pflanzen und Tieren zusammenleben könne. Erst langsam begännen sie sich an den Gedanken zu gewöhnen, daß die Bedingungen auf der Erde für die Menschen keine Zwangslage, sondern die normale Ökosphäre seien. Auch ihm falle es schwer, bei der Konfrontation mit der Umwelt der Menschen nicht ständig Vergleiche mit der Umwelt der Mornen anzustellen, die in seinen Augen zwangsläufig zuungunsten der Erde ausfallen müßten.

Karin hatte ihm erläutert, daß es den Menschen genau so unmöglich erscheine, ein Leben ohne natürliches Hinterland führen zu müssen, ohne lebenden Boden, sondern mit einer Schicht unter den Füßen, die der leichteren Säuberung eines ganzen Planeten diene.

Unangenehm berührt war sie von der Art, in der Bojan den Menschen seine Erklärungen gegeben hatte. Man merkte ihm an, daß er sich übertriebene Mühe gab, sich dem mangelnden Erkenntnisstand der irdischen Wissenschaft anzupassen. In den ersten Stunden hatte er gesprochen wie zu unmündigen Kindern. Erst später hatte sie festgestellt, daß den Mornen jede Art von Überheblichkeit fremd war und daß er nur seinem Wunsch, sich möglichst verständlich auszudrücken, folgte.

Er hatte die Produktionsmethoden auf Morn erläutert, hatte ihnen große, unter der Planetenoberfläche liegende Werke vorgeführt, in denen ausschließlich Automaten beschäftigt waren, sich selbst organisierende kybernetische Systeme, die jede körperliche Arbeit ihrer Schöpfer beseitigt hatten. Bereits das Stadium der Konstruktion wurde mit Hilfe von Molekularrobotern, die ihre Aufgaben durch die Planung des Zentraltentakels erhielten, abgedeckt. Ähnliche Roboter erledigten die Stadien der Materialbeschaffung, der Montage und auch der Auslieferung.

Karin hatte den Eindruck einer verwirrenden Vielfalt von blitzenden Maschinenteilen zurückbehalten, zwischen denen kein Platz für ihre Schöpfer geblieben war. Über allem aber bewegten sich spinnenfingrige Reparaturautomaten, die mit ihren starren elektronischen Augen unablässig nach einer Unterbrechung im allgemeinen Produktionsfluß suchten, um sie ohne den geringsten Verzug zu beseitigen.

Nach Bojan schilderte eine Frau, die Karins Meinung nach noch recht jung sein mußte, einige Grundzüge des täglichen Lebens auf Morn. Die junge Frau, eine Biologin, deren Name Karin entfallen war, zeigte vor allem, welche Mühe man darauf verwendete, den Körper mit Hilfe sportlicher Übungen gesund zu erhalten. Tatsächlich konnte diesem Gebiet gar nicht genug Aufmerksamkeit gewidmet werden, da die Technik ihren Schöpfern nahezu alle körperlichen, auch die leichtesten, Betätigungen der Produktionssphäre abgenommen hatte.

Die Frau erwähnte aber auch, daß nach einer Zeit ständiger Leistungssteigerung vor einigen Jahrhunderten eine Stagnation eingetreten war und daß heute nur noch Sportarten – unter ärztlicher Aufsicht – ausgeführt wurden, die mit der Konstitution der Mornen vereinbar waren.

Karin akzeptierte die Meinung der Biologin, daß es nicht vernünftig sei, Superathleten auszubilden, obwohl sie nichts dagegen hatte, hin und wieder die athletischen Körper der Leistungssportler zu bewundern, die ihre Ziele immer weiter steckten. Notwendig für die Existenz der Menschheit waren diese Extreme jedoch nicht.

Sie hörte aber auch andere Töne aus den Ausführungen der jungen Frau heraus: Hinweise darauf, daß die körperlichen Leistungen auf ihren Planeten stagnierten, ja vielleicht sogar unmerklich zurückgingen, daß immer mehr Kinder genetischer Korrekturen bedurften. Zwar seien diese Erscheinungen mit steigender Technisierung einhergegangen, erläuterte die junge Frau, aber die Wissenschaftler lehnten den Gedanken an einen Zusammenhang ab. Vielmehr hätten sie gewisse Abhängigkeiten von der Temperaturkurve des Zentralgestirns festgestellt, die unmerklich, aber doch stetig abfiel.

Karin Bachfeld erkannte neidlos an, daß es auf Morn gelungen war, in fast allen Bereichen ausschließlich optimale und rationelle Lösungen zu finden. Theater, Bibliotheken und Bildungszentren verrieten ein Niveau der Kultur, das von dem der Menschen mindestens ebensoweit entfernt war wie der eine technische Stand vom anderen.

Es war ein Grundzug des sozialen Verhaltens der Mornen, daß in jedem Falle die Gemeinschaft und ihr Nutzen im Vordergrund standen. Alles, was sie taten, geschah im Interesse der Gesellschaft und in Übereinstimmung mit ihr.

Es hatte nicht ausbleiben können, daß bei den Menschen die Frage nach den Einzelwesen auftauchte, nach seiner Stellung, seinem Leben. Aber alle Antworten darauf blieben unklar. Noch hatten die Menschen nicht erfahren können, ob es bei den Mornen etwas gab, das auf der Erde als Intimsphäre bezeichnet wurde. Karin gestand sich ein, daß es wohl kaum einen Menschen geben würde, der bereit war, sich diesen Lebensbereich nehmen zu lassen, und sie war erstaunt über die Verwunderung der jungen Mornin, als sie von der Bedeutung erfuhr, die die Menschen diesem Teil ihrer Kultur beimaßen.

Sie nahm sich vor, bei passender Gelegenheit erneut mit ihr über dieses Thema zu sprechen. In San Francisco hatte sie weder die Zeit noch eine Möglichkeit mehr dazu gefunden. Vielleicht war es sogar besser so, denn fast hatte sie den Eindruck, ein Tabu berührt zu haben.

Für diese Vermutung sprach auch die Tatsache, daß die Ehe – wenigstens in der Form, wie sie auf der Erde üblich war – den Mornen unbekannt zu sein schien. Grundlagen und Sinn des Zusammenlebens zweier Menschen mußten umständlich erläutert werden, ehe die kybernetischen Dolmetscher überhaupt eine Übersetzung zustande brachten. Und dann schien sie noch sinnentstellend zu sein, denn die Mornen lehnten die Ehe rundweg ab, weil sie befürchteten, die Ehepartner könnten sich von der übrigen Gesellschaft ausschließen. Offenbar hatten sie völlig falsche Vorstellungen, oder es gab auf Morn nichts, das einer Ehe vergleichbar gewesen wäre, auch wenn das unwahrscheinlich war, da die junge Biologin von einem Gefährten gesprochen hatte, der einer Mornin so lange zur Seite stehen könne, wie sie sich etwas zu geben hatten. Und niemand könne sie oder ihn zwingen, dieses gegenseitige Geben und Nehmen länger auszudehnen, als es ihnen notwendig erscheine, auch kein Gesetz und keine Gesamtabstimmung. Es gäbe keinen Zwang auf Morn.

Karin hatte es aufgegeben. Sie wußte, daß sie mißverstanden worden war, und sie hoffte, diesen Punkt irgendwann einmal klären zu können. Jetzt aber richtete sie sich vor dem Bildschirm auf und blickte Schesternjow unsicher an, der geduldig auf eine Fortsetzung des Gesprächs gewartet hatte.

„Ich glaube nicht, daß der Weg der Mornen auch der unsere ist", sagte sie.

Schesternjow nickte langsam und nachdenklich. „Sie haben recht, Karin", bestätigte er. „Es muß einen anderen Weg geben, unseren Weg. Und auch bei ihnen scheint es Strömungen zu geben, die zu natürlicher Lebensweise tendieren. Denken Sie nur an die Biologin, die von Ausfallerscheinungen sprach, die sie der Technisierung zuschreiben wollte. Oder an Bojan, der sich in den seltensten Fällen seines Schwebegürtels bedient. Ich glaube, daß er einer der stärksten unter ihnen ist. Zumindest sieht er für menschliche Begriffe so aus", schränkte er sofort ein, „und eigentlich sollte es doch als günstiges Zeichen zu werten sein, daß ausgerechnet diese beiden Mornen für die Kommunikation mit uns Erdenbürger verantwortlich sind."

Schesternjow hielt den Kopf schief und lächelte ihr vom Schirm herab zu. Sie dachte angestrengt nach.

Natürlich konnte er recht haben, mit größter Wahrscheinlichkeit war anzunehmen, daß er recht hatte, aber es gab auch noch andere Erklärungen für die Tatsache, daß Bojan und die junge Biologin, deren Namen sie nicht mehr wußte, ausgewählt worden waren.

„Wie hieß diese Biologin?" fragte sie, noch ganz in ihre Gedanken vertieft, und war erstaunt, als Schesternjow sofort antwortete:

„Birrha, glaube ich!"

Er rollte das R, so gut er konnte, aber es klang immer noch anders als durch die Translater ausgesprochen. Es war erstaunlich, über welch ausgezeichnetes Gedächtnis Schesternjow verfügte. Er hatte den Namen sofort gewußt, obwohl er ihn nur aus den Berichten und aus den ihm vorgespielten Bändern kannte. Karin kam zum Bewußtsein, wie intensiv sich der Vorsitzende mit dem Material beschäftigt haben mußte.

„Ich mache Ihnen einen Vorschlag, Romuald", führte sie ihre Gedanken zu Ende. „Teilen Sie mich der Gruppe um Bojan zu. Vielleicht kann ich als Betreuerin mehr über die Lebensweise und die Emotionen der Mornen erfahren, als es uns sonst möglich wäre. Es gibt noch eine Unmenge von Problemen, die einer Lösung harren."

„Einverstanden!" sagte Schesternjow und blinzelte ihr zu. Einen Augenblick schwieg er, holte tief Luft und blickte sie lange an. „Stellen Sie sich eine Synthese aus ihrer und unserer Welt, aus ihrem und unserem Lebensstil vor, Karin. Wäre das kein lohnendes Ziel?“

Als er sich ausgeblendet hatte, sah sie immer noch die fragend hochgezogenen buschigen Augenbrauen, und es kam ihr vor, als habe sie soeben einen Auftrag erhalten, der für die ganze Menschheit von außerordentlicher Wichtigkeit war.

Eine Synthese aus der Welt der Mornen und der der Menschen. War das überhaupt möglich? Waren die Menschen bereits so weit in ihrer psychischen Evolution, daß sie einen ähnlichen Lebensstil wie den der Mornen verkraften konnten? Würde der Mangel an körperlicher Arbeit nicht zu Erscheinungen führen, wie sie vor gar nicht allzu langer Zeit bereits in einigen Berufszweigen zu verzeichnen waren? Bei den Mornen hatte die Herausbildung ihrer jetzigen Kultur Jahrtausende gedauert. Konnte man eine über derartig lange Zeit gewachsene Lebensauffassung, und sei es auch nur teilweise, einfach in die Menschen implantieren?

Aber auch wenn das unmöglich war, die Menschen würden auf alle Fälle von den Mornen profitieren. Vielleicht nicht so sehr auf technischem Gebiet, viel wichtiger erschien ihr dabei die psychologische Seite. Mußten die Menschen unter dem Eindruck dieser Zivilisation, der sie sich gegenübersahen, unter dem Eindruck dieser Wesen, bei denen es keine Lüge, keinerlei Falsch gab, nicht einfach besser werden? Mußten sie nicht versuchen, die gleiche innere Reife wenigstens annähernd zu erreichen?

Sie war erstaunt, als sie feststellte, daß am Ende ihrer Gedankenkette immer wieder die Erinnerung an Lester Sullivan stand.

Karin erhob sich, reckte sich wie ein nach langem Schlaf Erwachender und trat an das große, bis zum Boden reichende Fenster. Ein heftiger Wind, der aus der finnischen Bucht herüberwehte, bog die gelblichen Gräser zu Boden.

Sie nahm sich vor, ein Stück am Strand entlang zu wandern, sich den Wind um die Nase wehen zu lassen und vielleicht sogar ein Stück zu schwimmen. Und nachdenken würde sie, über sich, Lester und die Mornen.

Morgen würde sie wieder nach San Francisco fliegen und dort ihre Gruppe übernehmen. Sie und Wolfram Bracke würden zusammenarbeiten. Sie versuchte sich an den „Mann vom Mond“, wie sie ihn innerlich öfter genannt hatte, zu erinnern, aber es fiel ihr nicht leicht. Immer wieder drängte sich Lesters schmales Gesicht in den Vordergrund. Auch ihn würde sie in San Francisco wiedersehen, aber sie würde nicht versuchen, ihm seinen Trugschluß auszureden. Und sie würde ihm nicht sagen, daß...

Sie dachte den Gedanken nicht zu Ende. Unwillkürlich legte sie beide Hände auf den Leib, lachte über diese Bewegung, die sie albern nannte, denn noch war sie nicht sicher, daß sie ein Kind haben würde. Als sie zum erstenmal vermutete, daß sie schwanger sei, noch in San Francisco, hatte sie sich gefreut, gefreut, weil sie und Lester vielleicht ein Kind haben würden. Dann, als Lester gegangen war, war sie zuerst entsetzt, dann nur noch traurig gewesen. Und heute freute sie sich wieder, hoffte, daß es sich als wahr erweisen würde. Mit Freuden würde sie dem Kind das Leben schenken, ein Leben mit ganz neuen Perspektiven, unter einer helleren, klareren Sonne, als es sie jemals gegeben hatte.

Dann aber sprangen ihre Gedanken wieder zu den Mornen. Wie würde sie auskommen mit diesen überschlanken Wesen aus der unendlichen Ferne des galaktischen Zentrums?

Als sie die Verandatür öffnete, sprang ihr der kalte Nordwind ins Gesicht, fraß sich durch die wärmende Jacke und spielte ausgelassen mit ihrem Haar.

Bojan

Bojan war unzufrieden. Die Landung auf dem Planeten Erde und die ersten Begegnungen mit seinen Bewohnern hatten unter Begleitumständen stattgefunden, die man kaum noch entschuldigen konnte.

Die Fehler und Fehlentscheidungen, die zu diesen Begleitumständen geführt hatten, wären eigentlich dazu angetan gewesen, eine Katastrophe herbeizuführen.

Eine Landung auf einem von intelligenten Wesen bewohnten Planeten ohne vorherige Kontaktaufnahme, ein Fastzusammenstoß mit einer Orbitalstation der Erdbewohner, der Zwischenfall mit den beiden Menschen im Wasser, die durch Schuld der Expedition verletzt oder doch geschädigt worden waren, das alles hätte ohne weiteres zur Vernichtung von Menschenleben führen können. Und auch ohne diese Verluste waren die Zwischenfälle nicht dazu angetan, dem angestrebten freundschaftlichen Verhältnis Vorschub zu leisten. Eigentlich hatte er erwartet, daß die Kontaktaufnahme erheblich erschwert werden würde.

Daß die Menschen ihnen trotzdem mit Freundschaft und Hilfsbereitschaft entgegentraten, versuchte er mit ihrer eigenartigen Mentalität zu erklären, obwohl er sich eingestehen mußte, daß er sich bei dieser Erklärung nicht ganz wohl fühlte.

Als sie später die Verhaltensweise der Menschen einer ersten gründlichen Einschätzung unterzogen, glaubte er zu erkennen, daß sie in ihrer sozialen Einstellung weiter entwickelt waren, als man es zuerst angenommen hatte und als es die Zusammenfassung der Untersuchungsergebnisse aus dem Orbit durch Faunian ahnen ließ. Trotzdem blieb es unverständlich, daß sie ihnen gegenüber nichts von den Gefahren, die die Mornen heraufbeschworen hatten, erwähnten.

In dieser, nach seiner Ansicht, entscheidenden Situation hatte er um eine Vollversammlung gebeten, die einen Plan der weiteren Schritte beschließen und eine Auswertung der Fehlleistungen vornehmen sollte.

Auf Akuls Vorschlag hin hatte sich die überwiegende Mehrheit der Expeditionsteilnehmer für eine tiefgreifende Veränderung der Leitungsart ausgesprochen. Es hatte sich gezeigt, daß selbst der Tentakel nicht in der Lage gewesen war, eine optimale Entscheidung zu treffen. Das war an sich kaum verwunderlich, wenn man bedachte, daß seine Informationen sich auf das bisher bekannte Universum bezogen, daß es ihm völlig an abstrahierbaren Werten über die Menschen und ihre Gesellschaft fehlte. Da er sich bei seinen Entscheidungen ausschließlich auf bekannte Vorgänge stützte, mußte notwendig eine Entscheidung herauskommen, die auf mornischen, nicht aber auf irdischen Verhältnissen beruhte.

Niemand hatte Faunian vorgeworfen, daß er dem Tentakel, der eine Landung abgelehnt hatte, vorbehaltlos folgen wollte. Aber man hatte Schlußfolgerungen daraus gezogen.

Akul hatte die Meinung vertreten, daß es Angst vor einer persönlichen Entscheidung gleichkomme, wenn dem Tentakel die Wahl über Dinge gelassen werde, die er nicht oder nur unvollständig entscheiden könne. Akul war es auch gewesen, der zum erstenmal von emotionalen Entscheidungen durch die Mornen sprach, ohne die man zu keinerlei vernünftigen Ergebnissen komme, das habe die Korrektur der Rechnerentscheidung bewiesen.

Gewiß, es gab viele Teilnehmer, die sich gegen den ungewöhnlichen Begriff der emotionalen Entscheidung wehrten, aber im Grunde hatte

Akul recht. Und auch Faunian hatte mit ernstem Gesicht zugestimmt. Er allein sei offensichtlich nicht in der Lage, die schwere Bürde der Entscheidung zu tragen. Anders, meinte er, sei sein Versagen in einigen Fällen nicht zu erklären. Auch habe er sich durchaus nicht hinter der Entscheidung des Tentakels verstecken wollen, sondern es lediglich für richtig befunden, die gespeicherten Informationen zur Entscheidungsfindung heranzuziehen.

Die schließlich herausgearbeitete Lösung befriedigte Bojan zwar nicht ganz, aber unter den besonderen Bedingungen der Expedition gab es kaum eine Alternative. Es war beschlossen worden, die Leitung einem Koordinationszentrum zu übertragen, das aus Faunian, Birrha und ihm bestand. Es blieb also bei einer zentralen Leitung.

Bojan freute sich darüber, daß sich Faunian weiterhin für die Aufgaben der Leitung zur Verfügung stellte und sich nicht schmollend zurückzog. Auf seine Erfahrung konnte nicht verzichtet werden. Er glaubte nicht, daß sie auf die junge Birrha, die in die Leitung delegiert worden war, um sich mit den besonderen Aufgaben vertraut zu machen, in vollem Maße zählen konnten.

Es war gut, daß Faunian dabeiblieb, denn er selbst bildete sich nicht ein, bessere Leitungsmethoden als ihr ehemaliger Leiter zur Verfügung zu haben.

Sinnend blickte er auf den Rundsichtschirm. Der Disko lag in der Bucht von San Francisco in unmittelbarer Nähe einer Brücke, deren Pylone wie warnend aufgereckte Finger in den Himmel stachen, von deren Spitzen die Tragseile wie ein feines Netz herniederhingen. Tragflächenboote zogen weiße Schaumstreifen auf die glatte blaue Fläche.

Ihre Ankunft schien das Leben der Menschen in keiner Weise verändert zu haben. Sie hatten ihnen Helfer und Betreuer gestellt, sie unterstützten sie, wo sie nur konnten, und ihre Wissenschaftler schienen an allem interessiert. Und doch war es, als gäbe es einen Abstand, eine Schwelle zwischen Menschen und Mornen, die noch keine der beiden Seiten überschritten hatte.

Woran mochte das liegen? Konnte man den Abstand in der Evolution dafür verantwortlich machen, oder lag es einfach an der Unterschiedlichkeit ihrer beiden Welten? Oder waren tatsächlich die Zwischenfälle, die sich am Anfang der Kommunikation ereignet hatten, der Grund dafür? Wollten die Menschen zu verstehen geben, daß sie sehr wohl die Gefahren erkannt hatten, die die Mornen durch ihre Unachtsamkeit heraufbeschworen hatten? Bojan fühlte, daß sich seine Gedanken im Kreise zu drehen begannen, und er war froh, als Tekla leise in seine Kabine trat.

Still setzte sie sich an seine Seite und blickte auf das Treiben in der Bucht unter der Golden Gate Bridge. Er versuchte einen ihrer Gedanken zu erreichen, mußte aber einsehen, daß sie sich gut im Zaum hielt. Sie hatte das Netz ausgeschaltet und blieb verschlossen. Lange saß sie und schwieg und beobachtete die Boote der Menschen.

„Ich glaube, man könnte sich an diese Welt gewöhnen“, sagte sie und blickte ihn an. Bojan glaubte zu wissen, was sich hinter ihren Gedanken verbarg, aber noch einmal verschloß sie sich. Er entschied sich für Abwarten. Es hatte keinen Sinn, sie zu drängen, sie würde von sich aus sprechen. Und endlich wurde seine Geduld belohnt.

„Was hältst du von unserer Betreuerin?“ fragte sie und schaltete das Netz ein.

„Sie scheint mir das Idealbild einer irdischen Frau zu sein. Jedenfalls entnehme ich das den häufig etwas unvorsichtigen Gedanken der Männer dieser Welt“, antwortete er abwartend.

„Sie ähnelt uns mornischen Frauen in keiner Weise“, stellte sie fest.

Noch wußte er nicht genau, worauf sie hinaus wollte. „Und doch habt ihr viel Gemeinsames“, sagte er.

„Die Männer der Menschen begeistern sich beispielsweise an ihrem langen hellen Haar, das sie manchmal im Wind schüttelt.“

„Daran ist nichts Eigenartiges, Tekla. Ich sagte schon, daß sie als Schönheit gilt. Die Menschen haben andere Schönheitsideale als wir.“

„Versuchst du die Menschen auch in dieser Beziehung zu begreifen, Bojan?“

Er schwieg einen Augenblick, schien dem Sinn ihrer Worte nachzuspüren. Noch kannte er ihn nicht genau, aber er glaubte zu wissen, was in ihr vorging.

„Ich finde sie schön“, sagte er langsam, als wäge er jedes Wort, „aber in einem anderen Sinn, als du es meinst. Du begreifst nicht, Tekla, warum ein Mann bei dem Anblick dieses flatternden Fells begeistert sein kann, warum er diese Frau begehrenswert findet. Ich begreife es auch nicht mit dem Gefühl, aber mit dem Verstand versuche ich es zu akzeptieren. Sie ist eine Frau der Menschen, ich finde sie schön, wie . . ., wie . . .“ Er kam nicht weiter, winkte ab und sagte, seinen Satz zu Ende bringend: „Aber ich finde sie nicht begehrenswert.“

Tekla stimmte ihm zu. „Das meine ich. Du hast mich genau verstanden.

Du findest sie schön wie eine gelungene Bildkomposition, wie ein technisch reifes Bauwerk, aber du wirst dich nie für sie als Frau interessieren können."

Bojan antwortete nicht. Er fühlte, daß Tekla noch nicht alles gesagt hatte, was sie dachte. Vielleicht hatte sie deshalb das Netz abgeschaltet.

„Findest du, daß sie uns ähnlich sind?" fragte sie plötzlich, ohne ihn anzublicken.

Bojan nickte, schwieg aber immer noch. Er glaubte, daß sie jetzt auf den Kern ihrer Fragen kommen würde.

„Gibt es eine Hemmung zwischen ihnen und uns, Bojan?"

Endlich war sie beim Thema. Wieder nickte er. „Wenn du eine Hemmung auf sexuellem Gebiet meinst, die gibt es ganz bestimmt. Aber warum fragst du mich? Frage Birrha!"

„Ich habe dich nicht als Mechaniker gefragt, Bojan. Ich wollte deine Meinung als Mann hören."

„Die habe ich dir gesagt. Als Mechaniker habe ich keine Meinung zu sexuellen Dingen", versuchte Bojan zu scherzen, „doch du kannst dir ja durchaus noch die Bestätigung der Biologin holen."

„Ich glaube nicht, daß das nötig sein wird", sagte sie abschließend.

Bojan beobachtete sie. Die schmale Frau hatte ein Problem aufgeworfen, über das er sich bisher keinerlei Gedanken gemacht hatte. Die anderen fremden Intelligenzen, die die Mornen bisher kennengelernt hatten, waren von ihnen derart unterschiedlich im Körperbau, daß der Gedanke an eine Vermischung überhaupt nicht aufkommen konnte. Vielleicht war es in dieser Beziehung gut, daß viele Intelligenzen keine Säuger, sondern Insekten waren.

Hier nun wurden sie zum erstenmal mit ihnen ähnlichen Säugern konfrontiert, bei deren Körperbau man durchaus an eine Vermischung denken konnte, zumindest rein theoretisch.

Es existierte jedoch eine starke emotionale Hemmung, die erste Schranke vor der zweifellos vorhandenen genetischen Hemmung, die jedoch, so hoffte er, nie zur Wirkung zu kommen brauchte.

Er dachte an das Lied „Orchest of Summer", das sie einst aufgenommen hatten, als sie noch im Orbit kreisten, dachte daran, mit welcher Inbrunst der männliche Mensch seine Partnerin sexuell anzusprechen versuchte, und er dachte an die innige, verfeinerte Sexualität der Mornen, die einfach zu einem unentbehrlichen Bestandteil einer hochstehenden Kultur geworden war.

Bojan sah, daß Tekla sich langsam in ihrem Sessel herumdrehte, daß sie ihn ansah, lächelte, und er wußte, daß seine Gedanken stark genug waren. Sie hatte ihn verstanden, ohne das Netz nochmals eingeschaltet zu haben. Langsam stand sie auf und lehnte sich an ihn.

Gut, daß wir uns über die Menschen unterhalten haben, Bojan, dachte sie, und er war glücklich, ihre Gedanken bestätigen zu können.

Als Akul die kleine Kabine betrat, lagen sie noch immer eng aneinandergeschmiegt auf der weichen Liege, und ihre Gedanken hatten sich zu einem innigen Ganzen verwoben.

Zweifellos hatte das Akul bereits außerhalb der Kabine bemerkt, aber er war nicht wieder gegangen. Als sich Bojan von Tekla löste, wußte er, weshalb Akul gekommen war. Es wurde Zeit.

Bojan blickte auf den Tentakelkopf an der Kabinendecke und forderte die genaue Zeitangabe ab. „Es ist soweit!" sagte er. „In kurzer Zeit wird unsere Betreuerin eintreffen. Wir wollen sie nach Menschenart empfangen. Vielleicht hilft uns das, die unsichtbare Schranke zwischen den Menschen und uns zu beseitigen."

„Wer wird unsere Gruppe betreuen?" fragte Akul. „Sind wir ihr schon begegnet?"

Bojan bejahte. „Es ist die Frau mit den langen hellen Haaren, die die Angewohnheit hat, ihre Mähne mit einer Kopfbewegung zurückzuwerfen. Aber sie wird nicht allein sein. Der Mann mit den breiten Schultern wird sie begleiten."

„Der Helle, den wir aus dem Wasser geborgen haben?"

„Nein", erklärte Bojan und schloß die Augen. Er rief sich die Bilder der Menschen, die er bereits kannte, in das Gedächtnis, fühlte, wie sich Akul einstimmte, und konzentrierte sich weiter.

„Das ist er!" murmelte er, und er fand, daß ihm das Bild Brackes recht gut gelungen war. Dann aber schob sich Teklas Gesicht vor die gedrungene Gestalt. Er sah Akuls Schmunzeln, als er die Augen öffnete.

Der kurze Zeitraum, über den er die Abbildung des Menschen in seinem Hirn halten und auf das Akuls übertragen konnte, hatte trotzdem ausgereicht. Der breite Körper, der massige Kopf mit dem eckigen Kinn und die mit dunklem Fell bedeckten Augenwülste waren unverkennbar. Auch das kurze braune, von grauen Strähnen durchzogene Kopffell und die grauen, aufmerksam blickenden Augen hatte Akul offensichtlich erkannt. Er senkte anerkennend den Kopf.

Dies war einer der Menschen gewesen, die bisher kaum in Erscheinung getreten waren. Er hatte sich ständig im Hintergrund gehalten, aber alle hatten von ihm den Eindruck, daß er um so intensiver beobachtete.

„Wieviel Menschen werden uns begleiten?“ fragte Akul.

Genau wußte das jedoch auch Bojan nicht zu sagen. Der Rat hatte lediglich die beiden angemeldet, mit denen sie sich eben beschäftigt hatten, aber man hatte durchblicken lassen, daß die Gruppe noch um den einen oder anderen verstärkt werden sollte. Genaueres lag jedoch noch nicht fest.

Akul hatte einen Gedanken, der es wert war, ausgeführt zu werden. „Wir sollten uns ihre Namen merken“, sagte er. „Es muß ihnen einfach zusagen, wenn wir sie mit ihrem Namen ansprechen, auch dann, wenn es uns nicht leichtfällt.“

Sie erfuhren die Namen der beiden Betreuer aus den Tonaufzeichnungen und programmierten sie dem Translater ein. Ein Impuls würde genügen, um den jeweils richtigen Namen abzurufen. Es würde keine Schwierigkeiten geben.

„Ich bin sehr gespannt auf die Erde“, sagte Akul nachdenklich. „Bisher haben wir nur einen Bruchteil dessen erkundet, was hier auf uns wartet. Welche Teile des Planeten werden wir zuerst untersuchen?“

„Auf diesem Erdteil gibt es südlich von hier einen Landstrich, der noch im Urzustand erhalten geblieben sein soll. Dort soll es riesige Pflanzenherden geben, deren Exemplare so dicht stehen, daß selbst ein einzelner Mensch nicht zwischen ihnen hindurchgelangen kann, ohne Teile von ihnen zu zerstören.“

„Und warum tun sie es nicht? Warum vernichten sie diese Herden nicht? Fehlen ihnen tatsächlich die technischen Mittel?“

„Nein. Sie behaupten, daß sie die technischen Mittel haben, daß sie sogar teilweise angewendet werden, aber sie behaupten auch, daß sie die Pflanzen zum Leben brauchen und daß die Vernichtung von Pflanzen bei ihnen als Verbrechen gelte.“

Akuls Gebärde zeigte sein Erstaunen. Er verstand diese Menschen, über deren eigentümliche Ansichten Bojan sprach, als sei es ganz normal, solche Dinge zu äußern, überhaupt nicht. Sie waren in der Lage, diese Pflanzen zu vernichten, sie konnten sich eine Welt schaffen, die der der Mornen gleichkam, und sie taten es nicht. Es war nicht zu begreifen.

„Wir werden zwei Gruppen bilden“, erklärte Bojan. „Faunian wird die eine leiten und ich die andere. Wir werden versuchen, ständig Parakontakt miteinander zu halten. Faunian interessiert sich für ein Land, in dem diese Vernichtungsversuche unternommen wurden. Allerdings aus Gründen, die ich nicht ganz verstanden habe. Dieses Land liegt drüben, auf einem anderen Kontinent."

„Und sie haben diese Versuche tatsächlich aufgegeben?"

Doch Bojan konnte ihm keine befriedigende Antwort geben. Etwas war unklar geblieben an den Erklärungen der Menschen. Fast hatte es geklungen, als empfänden sie schon die Versuche als verabscheuungswürdig, als würden sie sie nur zu gern wieder vergessen. „Wir werden viel zu tun bekommen, Akul", lenkte er ab. „Unsere Gruppe wird ein Gebiet untersuchen, in dem noch Tiere leben, die wild und gefährlich sein sollen. Und das Unglaubliche: Dort existieren noch Menschen, die in ihrer Entwicklung so weit zurück sind, daß sie weder Produktionsmethoden noch Wissenschaften in unserem Sinne kennen!"

Akul blickte zweifelnd. „Es erscheint mir völlig unmöglich, daß es auf einem Planeten intelligentes Leben in verschiedenen Evolutionsgraden geben soll. Sollte es sich allerdings als wahr erweisen, dann verspricht unsere Expedition nur noch interessanter zu werden, als sie es ohnehin schon ist."

Bojan legte dem Jüngeren die Hand auf die Schulter und schob ihn sacht aus dem Raum. „Wir müssen gehen!" mahnte er zum zweitenmal. Als sie den Gang entlangliefen, beobachtete er Akul. Er kam ihm leicht und beschwingt vor. Mit Vergnügen stellte er fest, daß sich der junge Astrophysiker auf die Erde freute. Trotz allem!

Sie hatten die Schleusenkammer noch nicht erreicht, als ihnen Tekla aufgeregt in den Weg lief. „Beeilt euch!" rief sie. „Unsere Betreuerin ist da. Sie steht am Ufer und scheint auf unser Auftauchen zu warten."

„Ist sie allein gekommen? Uns wurden zwei Menschen gemeldet. Ein Mann müßte noch dabeisein."

Tekla bejahte, trat dann dicht an Bojan und Akul heran, als befürchte sie, belauscht zu werden, und erklärte mit leiser Stimme: „Etwas stimmt nicht mit ihm. Birrha ist sich noch nicht ganz im klaren, um was es sich handelt. Zur Zeit ist nur sicher, daß die Bakterienrezeptoren eine ungewöhnliche Konzentration dieser Lebewesen in der Nähe seines Kopfes nachgewiesen haben. Eine Erklärung dafür gibt es noch nicht."

Akul zögerte. „Wir sollten warten, bis genauere Ergebnisse vorliegen", verlangte er. „Es ist sinnlos, sich ohne Notwendigkeit einer Gefahr auszusetzen."

Bojan streifte sich den Schutzanzug über und verschloß mit einer Handbewegung die feinen Nähte. Vor seinem Gesicht schimmerte matt die Maske. Seine Hände, die aus dem gelben, schmiegsamen Stoff der Ärmel hervorsahen, waren mit einer weichen elastischen Schutzschicht überzogen.

„Wir werden sehen", murmelte er und deutete auf einen kleinen Handdiagnizer, den er am Unterarm trug, „ob die Bakterienschauer uns gefährlich werden können oder nicht." Er blickte Akul nachdenklich an. „Ich zwinge dich nicht, Akul, sie zu begrüßen. Aber ich werde sie nicht warten lassen."

Sie waren fertig zum Ausschleusen. Ein schneller Blick Bojans tastete die Ausrüstung der Freunde ab, dann hob er den Arm. Die Wand vor ihnen nahm eine dunkle Tönung an und verschwand. Sonne flutete herein, malte zitternde Lichtreflexe auf das Geländer der Gangway, die sich langsam auf die Uferböschung senkte. Er betrat mit festen Schritten den Laufsteg.

„Wir benützen den Antigravgürtel nicht!" Unwillkürlich flüsterte er und sah aus den Augenwinkeln, daß Tekla schnell die Hand vom Gürtel nahm. „Wir werden uns in den nächsten Wochen bewegen wie die Menschen, es sei denn, jemand ist verletzt, oder er weiß genau, daß er nicht beobachtet wird."

Wenige Meter vor dem Ende des Steges blieb er stehen. Ihm bot sich ein ungewöhnliches Bild. Für menschliche Begriffe war das, war er sah, vielleicht schön, er aber empfand lediglich Erstaunen über die unpraktische Kleidung der am Ufer stehenden Frau.

Ihre Haut war dunkler als noch wenige Tage zuvor, wahrscheinlich hatte sie sich absichtlich den gefährlichen ultravioletten Strahlen der Sonne ausgesetzt, und ihre Kleidung, aus deren grellbunten Falten die nackten Beine hervorstachen, flatterte im Wind.

Aber Bojan überwand sich. Die Mornen erstarrten, als er sich nach Menschensitte leicht verneigte und auf sie zutrat, als er die Rechte ausstreckte. Und die blonde Frau, deren Augen hinter dunklen Gläsern versteckt waren, lächelte, trat einen Schritt vor und ergriff die Hand. Es war gut, daß der Translater Bojans schmerzliches Stöhnen gnädig unterschlug.

Die hereinschwebende Düsenmaschine senkte zu gleicher Zeit Nase und Heck, knickte gleichsam hinter dem Cockpit zusammen. Die eng an den

Rumpf angelegten Tragflächen breiteten sich aus, und langstelzige Fahrwerke streckten sich wie abwehrend der heranrasenden Piste entgegen. Ein Bild, das in frappierender Weise an einen landenden Pterosaurier erinnerte. Die planmäßige Linienmaschine aus Leningrad setzte in Frisco zur Landung an.

Karin Bachfeld und Wolfram Bracke verließen die gedeckte Gangway und stockten, als ihnen in der weiten Halle der Lärm quirlenden Lebens entgegenschlug.

Während Bracke sein Gesicht hinter einem großkarierten Taschentuch verbarg und sich kräftig und ausgiebig schneuzte, blickte sich Karin, nachdem sie die Koffer in der Nähe einer Telefonkabine abgestellt hatte, aufmerksam nach allen Seiten um. Langsam begann sich Enttäuschung auf ihrem Gesicht abzuzeichnen. Natürlich hatte sie nicht damit gerechnet, daß Lester Sullivan sie hier abholen würde, gehofft aber hatte sie es im stillen. Nun stand sie hier inmitten des Trubels, einen verschnupften Mann vom Mond an der Seite, und war doch allein.

Sie versuchte sich zusammenzunehmen. Woher sollte Lester wissen, daß sie bereits wieder in Frisco war, da sie doch erst vorgestern abgereist war. Höchstens, wenn Schesternjow ..., aber wie kam Romuald dazu, Lester Sullivan zu informieren?

Sie winkte einem der vorüberhastenden Zeitungsverkäufer zu und ließ sich eine der bunten Tageszeitungen geben.

„Übermorgen können Sie sich ansehen, Miss, wie Mahoney den häßlichen Jenkins aus dem Ring feuert“, rief ihr der junge Mann zu und hielt ihr das gefaltete Blatt vor die Nase. Das schreiend bunte Titelbild hätte sie ohne die Bemerkung des Jungen, der mit einem schnellen „Thank you, Miss!“ weiterlief, beim besten Willen nicht deuten können. Es zeigte einen riesenhaften Boxhandschuh, hinter dem das im Normalfall recht gut aussehende Gesicht Mahoneys, bis zur Unkenntlichkeit verzerrt, zu sehen war. Der darunter stehende Text wies darauf hin, daß der Herausforderer, genannt „das Großmaul“, in seinem letzten Kampf vor der Austragung der Regionalmeisterschaft zum erstenmal eine volle Linke seines Gegners schlucken mußte. Er habe dadurch die dritte Runde abgeben müssen. Dann jedoch sei er wie umgewandelt aus der Ecke gekommen, habe die vierte Runde völlig offen gestaltet und alle anderen Runden für sich verbuchen können. Durch gute Taktik und Kampfgeist habe er auch diesen Kampf gewinnen können. Zwar habe er nur nach Punkten gewonnen, aber immerhin sei Bannister ein nicht zu unterschätzender Gegner. Übrigens habe Bannister nach dem Kampf behauptet, daß er Rod Mahoney in spätestens einem Jahr vernichtend schlagen werde.

Karin Bachfeld erinnerte sich sehr genau an diesen Mahoney, einen jungen, gut gewachsenen Mann mit bescheidenen, aber sicheren Manieren. Sie hatte ihn nur wenige Tage in der Nähe des Lake North gesehen, und er war für sie interessant geworden durch den Zwischenfall mit den Mornen und durch das erhebliche Interesse, das Lester Sullivan für ihn als Boxer bekundete. Nach einem längeren Gespräch mit ihm hatte sie Mahoney dann aus den Augen verloren. Ebenso wie seine Begleiterin, ein schlankes, dunkles Mädchen, an das sie sich kaum noch erinnern konnte.

Offensichtlich hatte er nach dem Zwischenfall noch einen Kampf geliefert, den er nur mit Mühe gewonnen hatte. Es war ihr unverständlich, daß ein so freundlicher Mensch einen derart harten Sport betreiben konnte, aber sie wußte, daß sie auf ihr Gefühl in diesem Falle nicht vertrauen konnte; auch Lester liebte das Boxen.

Sie las den Artikel weiter, obwohl sie sich über sich selbst wunderte, erfuhr, daß Mahoney bereits in San Francisco war, daß er im Hotel „Sunside Beach“ wohne, im selben Hotel, in dem auch sie absteigen würde, und daß er sich von niemandem sprechen ließe, um sich in aller Ruhe auf seinen Kampf gegen Lucky Jenkins vorbereiten zu können. Er sollte erklärt haben, behauptete die Zeitung, daß er durch den Zwischenfall mit den Mornen und durch seine persönlichen Kontakte zu ihnen einen Trainingsrückstand erlitten habe, der zu seinem nicht ganz glanzvollen Abschneiden gegen Bannister geführt habe. Jetzt sei er allerdings wieder völlig fit. Er fühle sich in der Lage, Jenkins in der sechsten Runde aus dem Ring zu katapultieren. Seine Freunde könnten ruhig auf ihn wetten, seinen Feinden gönne er, daß sie ihr Geld verlören.

So sympathisch ihr Mahoney bisher gewesen war, durch diese Erklärungen gewann er in ihren Augen nicht. Allerdings räumte sie innerlich ein, könne es gut möglich sein, daß ein Reporter bestimmte Bemerkungen in seinem Artikel so aufgeblasen hatte, daß dieser schlechte Eindruck zustande kam.

Karin warf die Zeitung in einen Papierkorb, griff zu ihren beiden kleinen Koffern und blickte sich nach Wolfram Bracke um. Der „Mondmann“, wie sie ihn in Gedanken zu nennen pflegte, hatte bisher nur wenige Worte mit ihr gewechselt, und sie konnte sich des Eindrucks nicht erwehren, daß er sich im Trubel des irdischen Durcheinanders nicht sehr wohl fühlte. Er erschien ihr gehemmt und manchmal sogar etwas unbeholfen.

Es dauerte geraume Zeit, ehe sie ihn sah, und auch dann nur, weil er sich durch heftiges Winken bemerkbar machte. Er hatte bereits eines der kleinen City Cabs ergattert, war dabei, seine Koffer zu verstauen, und kam jetzt herüber, um ihr beim Tragen zu helfen. Zum erstenmal sah sie ihn lächeln, und plötzlich kam er ihr weder linkisch noch hilflos vor. Doch dann verzog er das Gesicht, suchte nach seinem Taschentuch, das er im letzten Moment zu fassen bekam, und erschütterte die Halle mit einem heftigen Niesen. Bis zum Hotel sprach er kein Wort mehr, sondern gab sich ausschließlich einer Beschäftigung hin: Er massierte seine schmerzende und geschwollene Nase. Sogar die Programmierung des City Cabs überließ er seiner Begleiterin.

Am Eingang der Hotelhalle blieb die junge Frau stehen. Erinnerungen stiegen herauf, die kaum Vergangenheit waren. Hier hatte sie in den vergangenen Wochen mit Lester Tür an Tür gewohnt. Die gemeinsame Aufgabe hatte keine Mißstimmung aufkommen lassen. Es waren wunderbare Wochen gewesen. Und nun stand sie mit einem fremden Menschen hier, einem Mann, den sie kaum kannte, mit dem sie bisher nicht mehr als zwanzig Worte gewechselt hatte.

Die junge Dame an der Rezeption nickte vertraulich und schickte ihr einen der kleinen Elektrowagen herüber, die die Koffer zum Lift transportierten. Gehorsam rollte der kleine Wagen, sich eng an ihrer Seite haltend, neben ihr zur Rezeption. Die junge Dame schob ein kleines Kärtchen mit dem Zimmercode in den Schlitz des Gebers, und das Wägelchen summte leise in Richtung Lift davon.

„Ich habe Ihnen dasselbe Zimmer geben lassen, in dem Sie sich schon eingelebt haben, Miss Bachfeld“, sagte die junge Dame, wobei sie Karins Namen „Beekfield“ aussprach, und blickte aus großen Augen zur Tür. „Kommt Mister Sullivan noch nach?“ fragte sie.

„Ich glaube kaum.“ Karin schüttelte den Kopf. „Ihn erwartet hier im Augenblick keine Aufgabe.“

In die großen Augen trat ein Schimmer des Bedauerns. Die junge Dame neigte den Kopf.

„Sie können mir das Zimmer neben dem von Miss Bachfeld geben!“ Bracke war an den Tisch der Rezeption herangetreten, seine Koffer mit energischem Ruck abstellend, und lehnte sich über die polierte Fläche. Einen Augenblick musterte ihn die junge Dame konsterniert. Dann aber lächelte sie, mit ein paar schnellen Handgriffen erledigte sie die Formalitäten, reichte ihm den Schlüssel und sagte: „Bitte!"

Als sich Bracke umwandte, um nach seinen Koffern zu greifen, stand ein kleiner Liftwagen neben ihm.

Sie folgten dem summenden Roboter jedoch nur wenige Schritte, dann blieb Karin Bachfeld stehen, legte Bracke die Hand auf den Arm und bat ihn, allein auf sein Zimmer zu gehen. Bracke nickte, ohne eine Frage zu stellen, und betrat den Lift.

Ihr war eingefallen, daß Aurelhomme zu diesem Zeitpunkt vielleicht noch in Leningrad war, da er wahrscheinlich erst anderntags seine Asiengruppe übernehmen würde.

„Würden Sie mir bitte einen Gefallen tun?" fragte sie die dunkle Dame an der Rezeption. Der Kopf mit den schwarzen Locken nickte nachdrücklich.

„Telegrafieren Sie bitte an Mister Aurelhomme, Leningrad, Ratsgebäude, Newa-Kai. Telegrafieren Sie folgenden Text: ‚Teilen Sie Mister Sullivan meinen Aufenthaltsort mit. Karin Bachfeld.'"

Die junge Dame schien sich über den schnellen Entschluß zu freuen. Sie strahlte über das ganze Gesicht. Karin erwartete jeden Augenblick, daß sie „Na bitte!" sagen würde.

„Ich werde ein Telex schicken", erklärte sie, „und wenn Sie dann noch fünf Minuten warten könnten, werden Sie schon die Antwort haben."

Sie verschwand in einer kleinen Kabine, und Karin hörte die Tasten des Fernschreibers ticken. Nur wenige Minuten, und die Typenkugel begann erneut zu tacken, diesmal von selbst, torkelte über das Blatt und hielt schließlich wie erschöpft inne. Die Dame blinzelte ihr durch die Scheibe zu, riß das Blatt ab und reichte es über den Tisch.

Unter dem von ihr selbst diktierten Text standen die Codezeichen des Rates und des Hotels, und dann ein einziger lakonischer Satz. „Wird sofort erledigt, viel Glück. Schesternjow."

Karin rümpfte die Nase ein wenig, als sie die Unterschrift las. Es war ihr unangenehm, daß das Fernschreiben auf Schesternjows Tisch gelandet war, aber schließlich sagte sie sich, daß es einerlei war, ob der Vorsitzende oder Aurelhomme es war, der Lester informierte. Ihr Entschluß tat ihr ohnehin bereits leid.

Als sie auf dem Weg zum Lift war, nun schon zum zweitenmal, entstand Lärm vor dem Eingang des Hotels. Autos fuhren die Auffahrt herauf und hielten mit quietschenden Bremsen, eine Schar von Leuten

drängte durch die Glastüren, Kameras und Mikrofone in den Händen. Im Dämmerlicht der Vorhalle flammten Blitzlichter auf, grell und unerbittlich tauchten sie die müden Palmwedel an den Wänden für Bruchteile einer Sekunde in helles Licht. Durch die Menge der Reporter aber bahnten sich drei oder vier Männer mit bulligen Figuren und ernsten Gesichtern einen Weg. Man sah ihnen ihr Metier auf mindestens eine Meile Entfernung an. Ehemalige Boxer, heute Sparringspartner oder Betreuer. Sie hatten die Aufgabe, mit ihren breiten Schultern eine Gasse zu schaffen durch die Schar der Reporter, eine Gasse für ihren Star, für Rod Mahoney – und seinen Manager.

Karin Bachfeld war erstaunt über den anderen Mahoney, den sie hier sah, einen Mann, der meisterhaft das Enfant terrible spielte. Den halblangen Trainingsmantel am Hals offen, die nackten Fäuste vor der Brust liegend, tänzelte er herein, hin und wieder mit den Schultern zuckend. Zuerst begriff sie nicht, wie er sich ausgerechnet in der Hotelhalle so zeigen konnte, aber dann ging ihr auf, daß es sich um ein Spektakel für die Reporter handelte. Als er sie sah, zuckte er nicht zusammen, sondern bezog sie sofort in seine Schau ein.

„Hallo, Miss Blondy!" rief er und winkte ihr zu. Ein breites Lächeln entblößte seine tadellosen Zähne, und plötzlich war er fast wieder der sympathische Rod Mahoney. Er schüttelte ihr lachend die Hände, und wieder blitzten die Lichter der Reporter.

Sie kam nicht dazu, auch nur ein Wort mit ihm zu wechseln, denn in diesem Augenblick schob sich ein feister Kerl im Straßenanzug und mit im Genick sitzendem Hut zwischen sie, breitete die Arme aus, als wolle er Rod umarmen, und versuchte ihn zur Seite zu schieben. „Keine Interviews vor dem Kampf, Miss!" zischte er in völliger Verkennung der Situation.

Einen Moment lang wollte Ärger in ihr aufsteigen, aber dann kam ihr die ganze Situation derart lächerlich vor, daß sie es vorzog, den ganzen Auftritt albern zu finden. Lachend wandte sie sich ab, sah aus den Augenwinkeln, wie Mahoney die Hand des Managers widerwillig von seinem Arm schüttelte, als er ihr aber nacheilen wollte, hatten ihn die drei Betreuer bereits wieder in die Mitte genommen.

An der Tür stand ein dunkles, schlankes Mädchen in einem hübschen Sommerkleid, Betty Summer. Einer plötzlichen Eingebung folgend, ging Karin auf sie zu und hakte sich bei ihr ein. „Hallo, Miss Summer! Ärger mit Mahoney?" Sie bemühte sich um einen burschikosen Ton, da er ihr bei der schlanken Betty angebracht zu sein schien. Aber das Mädchen hatte sich verändert, seit sie es nicht mehr gesehen hatte.

Betty zuckte resigniert die Schultern. „Ärger eigentlich nicht. Ich sehe ihn ja kaum noch. Er trainiert verbissen. Nur Training und Publicity. Für mich hat er kaum noch Zeit."

Karin blickte sich um. Die Boxer waren verschwunden, und die Reporter waren ihnen wie der Schweif eines Kometen gefolgt. Die Halle lag still und ruhig wie vor dem spektakulären Auftritt des Sportstars.

„Kommen Sie, setzen wir uns einen Augenblick", sagte sie, „vielleicht ist es gut, wenn wir uns ein wenig unterhalten."

Das Mädchen blickte sie groß an, zögerte einen Moment, als begreife sie das plötzliche Interesse Karins nicht, aber dann nickte sie und folgte ihr zu einer kleinen Sitzgruppe unter einer der Palmen an der Wand.

Sie schwiegen lange, und Karin wartete, bis das Mädchen von sich aus sprechen würde. Sie hatte Zeit, viel Zeit. Erst morgen würde sie ihre Gruppe übernehmen.

Und schließlich begann Betty zu erzählen. Zuerst stockend, dann zusammenhängender schilderte sie die wenigen Wochen, in denen sie Rod kannte, und Karin merkte ihr an, daß es ihr guttat, all das, was sich in dieser Zeit in ihr angestaut hatte, aussprechen zu können.

Sie erzählte, wie sie ihn kennengelernt hatte, wie erstaunt sie gewesen war, als sie feststellen mußte, daß das bekannte Großmaul ein ganz normaler, liebenswerter junger Mann war, den lediglich sein Ehrgeiz dazu trieb, die Eskapaden, die sein Manager für ihn ausheckte, mitzumachen.

Er habe sich fest vorgenommen, dem Boxsport Valet zu sagen, zumindest dem Boxsport, den er zur Zeit betreibe, er habe gewettert und geflucht auf die Praktiken seines Managers Brewster, aber nach der Unterredung mit Sullivan habe man von allen guten Vorsätzen kaum noch etwas gespürt. Er habe wieder trainiert, sei dem Manager wieder hörig, und sein Name gehe wieder durch alle Skandalblätter.

Karin hörte zum erstenmal in diesem Zusammenhang den Namen Lesters, und sie war erstaunt und unangenehm berührt, als Betty ihr erklärte, es sei Sullivan gewesen, der Rod davon überzeugt habe, daß er erst nach Erringung des Titels vom aktiven Sport zurücktreten könne.

Zwar war es möglich, daß die Erregung Betty scharfe Worte in den Mund legte, daß sie den Einfluß Lesters übertrieb, aber mit Sicherheit war etwas Wahres daran, und Karin nahm sich vor, irgendwann mit

Lester darüber zu sprechen. Wenn er so gehandelt hatte, wie Betty es darstellte, dann war das, was er getan hatte, zumindest skrupellos.

Natürlich war die Art, in der Brewster Rods Flucht verhindert hatte, mit der Einflußnahme Lesters kaum zu vergleichen, Karin war geneigt, in Brewster einen kriminellen Typ zu sehen, aber immerhin hatte er sich mit diesem feisten Manager auf eine Stufe gestellt, hatte sich mit ihm arrangiert. Es war fast nicht zu begreifen.

Noch weniger zu begreifen war allerdings, daß Brewster mit einer relativ geringen Geldstrafe davongekommen sein sollte, einer Geldstrafe, von der Betty erzählte, er habe sie lächelnd aus der Hosentasche bezahlt wie ein Trinkgeld.

Das alles zu verarbeiten war nicht leicht für eine Frau wie Karin Bachfeld. Sie war in Verhältnissen aufgewachsen, die ganz anders aussahen. Von klein auf hatte das Elternhaus, die Schule und schließlich das Kollektiv alle Hände über den heranwachsenden jungen Menschen gebreitet, ihm geholfen, wo es nur möglich war. Fast ein wenig weltfremd war man dadurch geworden. Dies hier kannte man allenfalls aus Veröffentlichungen, hatte wohl auch manchmal den Kopf darüber geschüttelt, im Grunde jedoch angenommen, das alles werde von den Berichterstattern aufgebauscht, um zu zeigen, welche Geburtswehen mit der Entstehung der neuen Lebensverhältnisse verbunden seien. Und doch gab es das noch.

Und dann berichtete Betty von sich selbst. Auch ihr Leben war ganz anders gewesen als das Karins. Sie sprach nicht voll Freude von ihrer Jugend, sondern voll Bitterkeit.

Sie hatte immer bei ihren Eltern gelebt. Die neue Zeit hatte dafür gesorgt, daß sie eine gute Allgemeinbildung erhielt. Danach kam ihre Spezialausbildung zur Biologin, Fachgebiet Pflanzengenetik; nicht, weil sie sich dafür interessierte, sondern weil eben diese Schule am Ort war. Sie hatte Freude an ihrem Beruf gefunden, solange er Neuland für sie war. Die langen Versuchsreihen, deren Ergebnisse sie nie kennengelernt hatte, weil sie zentral ermittelt wurden, hatten sie zermürbt. Vater hatte sie nicht gehen lassen, nicht nach Frisco, wo sich die Zentrale befand. Frisco war in seinen Augen ein Pflaster, das nicht taugte für ein junges Mädchen, das etwas auf sich hielt.

Und Vater war zu Hause der Chef. Er verdiente das Geld, und wenn er abends müde und ausgebrannt aus dem Büro kam, hatte Ruhe zu herrschen und ein gutes Essen auf dem Tisch zu stehen.

Kritik an seinem Lebensstil, an seiner Art sich zu geben und jede auch noch so kleine Diskussion unter Hinweis auf seine nervenzerrüttende Arbeit ließ er weder von seiten der Mutter noch der Tochter zu. Sein Motto war: „Jetzt dürfen wir leben wie die Weißen, jetzt wollen wir auch so leben."

Daß sein gepriesenes Leben nur aus Schuften, Essen und Schlafen bestand, vergaß er völlig. Niemand hatte ihm beigebracht, daß es noch andere Dinge im Leben gab, daß es den Menschen leicht gemacht wurde in der neuen Ordnung, sich kulturell zu bilden, Interessen nachzugehen, die dem Leben erst Inhalt gaben. Und Vater war stolz auf sich. Er hatte sich etwas geschaffen. Sie hatten alles, die Summers: zwei Autos, ein kleines und ein großes – das große fuhr ausschließlich der Vater –, TV-Telefon, ein Haus am Stadtrand und was sonst noch alles zum guten Lebensstandard gehörte. Nur, ein Familienleben hatten sie nicht.

Schließlich hatte sich Betty einer Gruppe von Jugendlichen angeschlossen, die aus gleichen Verhältnissen kamen und sich angeblich für eine schnellere Umgestaltung der alten Lebensverhältnisse einsetzten. Aber sie mußte bald einsehen, daß sie außer hohlen Reden und Nichtstun keine Perspektive kannten.

Nach einer heftigen Auseinandersetzung mit ihrem Vater, der ihr vorwarf, ihn mit ihren Schlagwörtern für dumm verkaufen zu wollen und im übrigen sein sauer verdientes Geld durchzubringen, war sie von zu Hause ausgerissen und hatte gegammelt. Es wurmte sie, daß der Vater teilweise durchaus nicht unrecht hatte. Außer Schlagwörtern hatte sie von ihren damaligen Freunden tatsächlich nichts gelernt.

Jetzt endlich habe sie in Frisco in der zentralen biologischen Abteilung des Institutes eine Arbeit gefunden, die ihr zusage, die ihr gestatte, ihre Kenntnisse anzuwenden.

„Und Sie waren nie wieder zu Hause?" fragte Karin. Betty schüttelte den Kopf und schwieg. Sie schien erschöpft, aber auch erleichtert zu sein. Bestimmt hatte es ihr gutgetan, sich ihren Kummer vom Herzen zu reden. Gewiß war es nicht leicht, in einem Zeitalter des Umbruches, der Erneuerung zu leben, aber Karin sagte sich, daß hier in Amerika nicht weniger getan wurde als in Europa, um vor allem die Jugend in jeder erdenklichen Weise zu fördern.

Sie bat Betty mit auf ihr Zimmer, aber wenn sie angenommen hatte, die Unterhaltung fortsetzen zu können, so sah sie sich enttäuscht. Das junge Mädchen war schweigsam geworden.

Karin aber dachte an die Presseerzeugnisse, die sie hier gesehen hatte, an den Hunger des alten Summer nach dem Wohlstand, den ihm die Weißen jahrzehntelang vorgegaukelt hatten, und sie dachte an Mahoney, der die Rudimente der alten Gesellschaft dazu benutzte, um sich eine Befriedigung zu schaffen, die ihm beruflich versagt geblieben war.

Und sie wußte, daß die Menschen in Amerika es schwerer hatten als die drüben in Europa, wo sich die neue Ordnung seit Jahrzehnten gefestigt hatte. Sie wußte auch, daß es falsch gewesen wäre, die letzten Überreste der alten Ordnung hier in Amerika durch übertriebene Administration beseitigen zu wollen. Natürlich durfte man nichts dem Selbstlauf überlassen, aber diese Überreste würden von selbst verschwinden wie die letzten Schornsteine in Leningrad und Berlin, nach und nach, von niemandem bemerkt. Und daß solche jungen Menschen wie Betty keinen Schaden bei diesem Umbruch erlitten, dafür konnte man jetzt schon sorgen.

Heute gab es keine Macht mehr auf der Erde, die in der Lage gewesen wäre, das Rad der Geschichte auch nur um einen Zahn zurückzudrehen.

Karin blickte auf. Betty hatte sich im Sessel zusammengerollt und schlief.

Als Karin am nächsten Morgen durch das Summen des Telefons geweckt wurde, schlief Betty noch immer. Die junge Dame von der Rezeption teilte mit, daß sie in der Halle erwartet werde.

Freude und ein wenig Schmerz durchzuckten sie. Offensichtlich hatte Lester das Telegramm bekommen und war sofort hierhergefahren. Aber war das noch der Lester, den sie kennen- und liebengelernt hatte? War er nicht ein anderer geworden? Sie sah ihn anders seit dem Gespräch mit Betty.

„Einen Augenblick!“ rief sie ins Mikrofon. „Ich komme sofort.“

Sie lief ins Bad, griff mit beiden Händen ordnend ins Haar, warf einen Mantel über den dünnen Schlafanzug und eilte zur Tür. Sie überflog den Raum mit einem Blick, trat an den Sessel, in dem Betty immer noch schlief, und zupfte die Decke zurecht, unter der ein glänzend dunkelbraunes Bein viel zu weit hervorsah, und lief zum Lift.

Mit großen Schritten trat sie aus dem Gang zur Halle. An der Rezeption lehnte Wolfram Bracke und winkte ihr zu.

Sie gab sich Mühe, ihre Enttäuschung nicht allzu offensichtlich zu zeigen und musterte ihn aufmerksam. Der helle Anzug stand ihm gut,

sein Gesicht hatte schon einen leichten braunen Schimmer angenommen, auch aus dem am Halse offenen Hemd sah die gebräunte Haut hervor.

Als sie stehenblieb, schob er sich mit dem Rücken vom Rezeptionstisch ab und kam ihr entgegen. Doch mitten in der Halle verhielt er plötzlich, verzog das Gesicht und nieste, daß sich sämtliche Besucher nach ihm umwandten. Sie sah, daß seine Nase immer noch rot und verschwollen war.

„Aber Herr Bracke“, sagte sie und zwang sich zu einem Lächeln, „wie kann man nur so einen ausgewachsenen Schnupfen haben.“

Bracke verbeugte sich leicht vor ihr, ohne ihr die Hand zu reichen. Dann zuckte er die Schultern. „Das Klima auf der Erde bekommt mir nicht. Auf dem Mond haben wir eine gleichbleibende Temperatur und Bakterienabsorber. Dort gibt es keinen Schnupfen. Aber hier, auf dem alten Planeten...“ Er winkte resigniert ab. „Den Medizinern ist immer noch nichts Vernünftiges gegen meinen Schnupfen eingefallen.“ Er schneuzte sich lautstark.

„Aber man kann sich dagegen impfen lassen, Herr Bracke.“

„Kann man! Aber woher soll ich wissen, wann ich ihn bekomme? Und eine Spritze so ohne allen Grund...? Nein!“

Karin blickte erstaunt. „Sie haben Angst vor einer kleinen Spritze? Sie? Wolfram Bracke, der Mann vom Mond?“

Das Gespräch schien ihm unangenehm zu werden. Er lenkte ab. „Wir müssen heute unsere Gruppe übernehmen, Karin.“

Sie nickte. Er hatte tatsächlich „Karin“ gesagt. Ohne alle Formalitäten und ohne Vorbereitung. Sie beschloß, nicht dagegen zu protestieren, sondern Gleiches mit Gleichem zu vergelten. Da sie in den nächsten Wochen ohnehin zusammenarbeiten mußten, sah sie nicht ein, warum man auf Förmlichkeiten bestehen sollte.

„Warten Sie hier einen Augenblick auf mich“, bat sie. Noch konnte sie sich nicht entschließen, ihn mit dem Vornamen anzusprechen. „Ich ziehe mir nur etwas anderes über, dann werden wir zusammen essen gehen. Dabei können wir alles Wichtige für heute nachmittag besprechen.“

Bracke nickte erfreut.

Als Karin ihr Zimmer betrat, hatte Betty wieder ein Bein hervorgeschoben. Diesmal jedoch zupfte sie ihr die Decke nicht zurecht. Sie erwartete keinen Herrenbesuch mehr. Im Bad überlegte sie, was sie mit Bracke besprechen wollte. Sie hatte sich vorgenommen, zuerst die Pläne der Mornen anzuhören, bevor sie bestimmte Entschlüsse faßte. Sie mußte versuchen, die Vorstellungen der Mornen mit denen der Menschen zu koordinieren. Noch wußte sie nicht, ob diese Aufgabe schwer oder leicht werden würde.

Sie beschlossen, gut und ausgiebig zu essen. Die Küche des Hotels war ausgezeichnet. Karin bestellte die nach französischer Art zubereiteten Meeresfrüchte, eine etwas irreführende Bezeichnung, und sie schmunzelte, als sich Bracke nach kurzem Zögern ihrer Bestellung anschloß.

Als der Kellner servierte, machte er erstaunte Augen. Karin wußte, wie es einem Uneingeweihten ging, der die großen silbernen Platten zum erstenmal sah. Auf einer Unterlage aus frischem Tang lagen die verschiedensten Meerestiere, teils lebend, teils zubereitet, aber alle sahen ungewöhnlich aus. Da waren die verschiedensten Arten von gekochten oder noch lebenden, fest geschlossenen Muscheln, Schnecken lebend und Schnecken gekocht, ein Kranz großer, nach Safran duftender Miesmuscheln, deren Fleisch gelb und fest war. Und das Ganze wurde gekrönt von einem kleinen hellroten Hummer, wie er an der amerikanischen Westküste im warmen Wasser des Pazifiks häufig vorkommt.

Karin bemerkte, daß Bracke sie genau beobachtete, und er benahm sich durchaus nicht wie einer, der zum erstenmal diese Köstlichkeiten vorgesetzt bekommt.

Nach wenigen Versuchen hantierte er mit dem kleinen häkelnadelartigen Besteck ebenso sicher wie sie selbst und zog eine Schnecke nach der anderen aus dem Gehäuse. Auch bei den Miesmuscheln stellte er sich weit weniger ungeschickt an, als sie es vermutet hatte. Er verwendete die Schalen der Tiere wie eine kleine Pinzette, um das hellgelbe Fleisch herauszulösen. Karin erinnerte sich, daß ihr gerade diese Art des Speisens an Lester Sullivan so gut gefallen hatte. Lester verstand das Leben auch in Kleinigkeiten zu genießen.

Als die beiden Platten entfernt waren, gab es zu getoastetem Brot und einer Flasche schweren hellen Weines panierte Ringe aus einem fast weißen, sehr homogenen Fleisch. Sie beobachtete Bracke, der vorsichtig kostete und dann anerkennend den Kopf bewegte.

„Ausgezeichnet zubereitet!“ lobte er, und plötzlich kam ihr zum Bewußtsein, daß sie sich in ihm getäuscht hatte. Offensichtlich gab es auch auf dem Mond Leute, die den Freuden des guten Essens nicht abgeneigt waren.

Bracke blickte sie an. In seinen Augenwinkeln saß ein feines Lächeln. „Wissen Sie eigentlich, Karin“, sagte er, „daß die Fischer in Süd-

frankreich beim Fangen der Kraken einen ganz bösen Trick anwenden?"
Sie verneinte, nahm sich aber vor, ihn darauf zu verweisen, daß dieses Fleisch nicht vom Kraken, sondern vom Kalmar stammte.
„Diese armen Tiere werden fast ausschließlich in Gegenden mit flachem Meeresboden gefangen", erklärte er, „wo sie keinerlei Versteckmöglichkeiten haben. Die Fischer legen ihnen Kannen und Töpfe auf den Meeresboden, die sie auf eine Schnur gereiht haben, und nach einigen Tagen ziehen sie die Behälter heraus. In fast jeder der Kannen sitzt dann ein Krake."
„Also profitieren die Fischer von den Wohnungssorgen der Kraken?" Sie lachte, und auch Bracke schmunzelte.
„Und dann töten sie die Tiere durch einen Biß in die Nackengegend; dort haben sie das Gehirn", fügte er hinzu.
„Pfui!" Karin konnte sich dieses Ausrufs nicht enthalten. Sie sah, daß Bracke immer noch belustigt schmunzelte, und hörte ihn sagen, was sie soeben selbst gedacht hatte.
„Aber, aber. Kraken sind Schnecken. Und sie selbst..."
„... haben eben lebende Schnecken gegessen, wollten Sie sagen?"
Bracke nickte, aber Karin schwieg. Auch, daß ihre Kraken Kalmare waren, sagte sie nicht mehr. Sie begann den verschlossenen Bracke mit anderen Augen zu betrachten.
Als sie das Restaurant verließen, kam ihnen Betty Summer entgegen. Sie entschuldigte sich, daß sie so lange geschlafen habe, und erklärte, jetzt sei sie furchtbar in Eile, denn sie wolle das Abschlußtraining Rodneys nicht versäumen.
„Ich werde morgen ebenfalls dabeisein", rief ihr Bracke nach, und Betty lächelte ihm strahlend zu.
Karin schüttelte den Kopf. Es war schon etwas Eigenartiges um die Menschen. Gestern noch hätte Betty am liebsten aufgegeben, und heute war sie glücklich, ihren Rod beim Abschlußtraining sehen zu können.
Aber noch etwas war ihr aufgefallen. Bracke hatte gesagt, daß er ebenfalls dabeisein werde. Sollte Bracke die Absicht haben, auch zu diesem Boxkampf zu gehen, war er etwa auch ein Anhänger dieses Sportes?
„Morgen haben wir bereits unsere Gruppe übernommen, Herr Bracke." Sie sagte absichtlich „Herr Bracke", obwohl sie sich etwas anderes vorgenommen hatte, aber sie war der Meinung, daß er diesen Abstand jetzt verdiente. „Sie werden den Boxkampf kaum sehen können."

Bracke lächelte schon wieder. „Dieser Kampf ist ein derart seltenes Erlebnis, Karin, daß ich ihn mir mit Sicherheit nicht entgehen lasse. Und wenn die Mornen der Meinung sind, daß sie uns beide ständig um sich haben müssen, dann sollen sie doch einfach mitkommen.“

Karin spürte Entrüstung. Bis vor wenigen Minuten hatte sie geglaubt, Bracke sei ein Mann, der sich einen gewissen Lebensstil auch unter den harten Bedingungen außerirdischer Arbeit bewahrt hatte, und nun reagierte er wie ein Schuljunge. Sie öffnete den Mund, um ihm ihre Meinung in geharnischter Form zu sagen, aber er unterbrach sie mit einer Handbewegung.

„Sagen Sie's nicht“, bat er sie, als wisse er genau, was sie auf den Lippen hatte. „Das Boxen ist ein zwar harter, aber schöner Sport. Beachten Sie das nicht, was die Presse daraus macht, beachten Sie die beiden Männer, die sich im Ring gegenüberstehen, und Sie werden Ihre Meinung ändern. Ich schlage Ihnen vor, morgen mit mir zum Kampf zu kommen. Haben Sie überhaupt schon einen Boxkampf gesehen?“

Sie hatte noch keinen gesehen. Und seine lange Rede hatte ihr den Wind aus den Segeln genommen. Zu allem Überfluß schien er auch noch Menschenkenntnis zu besitzen. Er hatte so lange geredet, bis sie kaum noch Lust hatte, etwas zu erwidern. Sie zuckte die Schultern. „Ich glaube kaum, daß ich diesen Schlägereien etwas abgewinnen kann“, sagte sie leise.

Auf ihrem Zimmer warf sie sich aufs Bett. Sie hatte Angst, daß sie den Mornen fast allein gegenüberstehen würde, daß sie auf Wolfram Bracke kaum würde zählen können. Jetzt erschien er ihr oberflächlich, was überhaupt nicht zu seinem verschlossenen Wesen passen wollte, aber sie erinnerte sich, daß sie schon oft durch den ersten Eindruck eines Menschen getäuscht worden war. Vielleicht täuschte sie sich jetzt wieder.

Es würde schwer werden mit den Mornen. Sie würde sich erst wieder an sie gewöhnen müssen. Es war wohl nicht so sehr die eigenartige Erscheinung dieser Wesen, die wie Menschen aussahen und doch so anders waren, auch nicht die Tatsache, daß sie für menschliche Begriffe über allen Dingen zu stehen schienen, sondern vielmehr die Art, wie sie sprachen, wie sie ihre Gedanken mitteilten.

Gedankenaustausch untereinander auf direktem Wege, wie anders mußten da ihre Gedanken sein als die der Menschen, wieviel klarer, wieviel unverschlüsselter und wahrhaftiger ihre Kommunikation, bei der es keinen Unterschied zwischen Gedanken und gesprochenem Wort gab?

Vielleicht lag es daran, daß ihre ganze Redeweise etwas Schroffes hatte. Sie sagten genau das, was gesagt werden mußte, kein Wort mehr, es gab keine Umwege, keine Schnörkel und keine Halbwahrheiten. Auch in ihren Gedanken würde es sie nicht geben.

Hinzu kam, daß ihre Sprache, vom Translater in die Sprache der Menschen übersetzt, jede Betonung verlor. Die von den elektronischen Übersetzern produzierte Sprache hatte etwas Maschinelles an sich. Sie war unpersönlich und bar jeder menschlichen Wärme. Und unpersönlich und ohne Wärme erschienen Karin auch die Mornen selbst, ihre Gesichter, die nie den Anflug eines Lächelns oder einer anderen Regung in ihrer Mimik zeigten, ihre äußerst sparsamen Gesten, die den Eindruck einer gewissen Starrheit erweckten, und immer wieder das lange Schweigen, wenn sie sich untereinander austauschten.

Vielleicht würde das alles eines Tages anders werden, vielleicht würden die Menschen lernen, in den Gesichtern der Mornen zu lesen, würden begreifen, daß auch die Mimik und Gestik den Gesetzen der Rationalität unterliegt, aber noch war es nicht soweit. Die Menschen würden es schwer haben mit ihren neuen Freunden aus dem Kosmos.

Vom Hotel bis zum Liegeplatz des Diskos am Fuße der Golden Gate Bridge lief man nur wenige Minuten. Karin Bachfeld und Wolfram Bracke legten den Weg bei strahlendem Sonnenschein zurück. Der mittägliche Verkehr war nicht übermäßig stark im Gegensatz zum Berufsverkehr morgens und abends, wenn die Menschen in ihre Büros, in die Werke oder zum Hafen oder von dort nach Hause fuhren. Dann waren die Straßen voll von Autos, die Bahnen überfüllt, und dann knarrte die alte Bergbahn, an unterirdischen Seilen gezogen, in allen Fugen und Runzeln. Wie Trauben hingen die Menschen an den Perrons.

Die Mittagsstunde war eine der ruhigsten in San Francisco. Und doch hatte sich etwas geändert. Es dauerte einige Minuten, ehe Karin wußte, was ihr anders als sonst vorkam. Schließlich merkte sie, daß es die bunten Plakate waren, die, an allen Fassaden und Mauern klebend, nicht in das ruhige Stadtbild passen wollten.

Dunkel, mit weit geöffnetem Mund, der zwei Reihen blendendweißer Zähne sehen ließ, schrie das Gesicht Rod Mahoneys von jeder nur einigermaßen glatten Fläche auf sie herab. Hin und wieder sah sie auch das Bild des amtierenden Regionalmeisters im Schwergewicht, Lucky Jenkins, ein breites braungebranntes Gesicht eines Weißen mit flacher

Nase und kleinen, aber hellwachen Augen. Besonders auffallend der breit in die abfallenden Schultern auslaufende Hals, der von einer explosiven Kraft zeugte. Im Gegensatz zu dem Bild Mahoneys, der trotz seiner abenteuerlichen Pose eine gewisse Sympathie erweckte, schockierte das Gesicht Jenkins' durch eine gewalttätigen Ausdruck.

Bracke deutete mit dem Kinn auf zwei nebeneinander klebende Plakate, die den Unterschied noch deutlicher werden ließen. „Er wird es nicht leicht haben", erklärte er. „Wenn er dem Jenkins in eine volle Rechte hineinläuft, dann hört er nicht einmal mehr den Ringrichter zählen. Er muß mächtig aufpassen, daß ihm das nicht passiert."

Karin Bachfeld schüttelte sich. „Was für ein roher Sport!" erklärte sie. „Nie würde ich mir eine derartige Veranstaltung ansehen. Und dabei ist Mahoney doch eigentlich ein netter Kerl."

Es schien ihr ein unüberbrückbarer Gegensatz in Rod Mahoney zu sein. Einmal war er ein junger Mann mit freundlichem Gesicht, mit dem man sich gut und anregend unterhalten konnte, und dann wieder ein Mann, der sich damit vergnügte, einen anderen vor allen Leuten zu verprügeln, wenn der andere nicht gerade stärker war und ihn verhaute.

Sie hörte Bracke lachen. Natürlich, Bracke verstand ja etwas vom Boxen, hatte er gesagt. Er hatte eigentlich auch die Figur danach, kräftig, vielleicht ein wenig zu breit in den Schultern, aber auch heute noch, obwohl er bestimmt schon über die Mitte der Dreißig war, hatten seine Bewegungen eine verhaltene Kraft in sich, so daß sie fast anmutig wirkten.

Karin schüttelte den Kopf. Blödsinnige Gedanken. Sie war wohl schon dabei, die Menschheit in Boxer und Nichtboxer zu unterteilen.

„Sie sollten sich tatsächlich den Kampf morgen ansehen", sagte Bracke. „Vielleicht revidieren Sie Ihr Urteil über den Boxsport doch noch."

Sie antwortete nicht. Was auch sollte sie erwidern? Sollte sie ihm erklären, daß Mahoney vielleicht der einzige war, der in der Lage sein konnte, sie in eine dieser Kampfarenen zu bringen, in denen gerauft, geraucht und geschrien wurde? Einfach, weil sie ihn kannte und weil sie wußte, daß er anders war, als sie sich bisher einen Boxer vorgestellt hatte?

„Niemals!" erklärte sie nicht ganz logisch. „Niemals bringt mich jemand in diese Boxhalle."

Zwischen zwei schlanken, turmartigen Gebäuden, die mit ihren oberen Stockwerken bis in den hellblauen Himmel zu reichen schienen, führte eine schmale Schlippe hinunter zur Bay. Der kleine Weg war steil und glatt, es war nicht einfach, ihn hinunterzugehen, aber die Leute in Frisco hatten sich längst daran gewöhnt, daß es in ihrer Stadt nahezu keine Straße und keinen Weg gab, die annähernd horizontal verliefen. Ihre Stadt war in die steilen Berge der Ufer einer wunderschön gelegenen Bucht hineingebaut, und daran hatten sie sich nicht nur gewöhnt, sie waren stolz darauf.

Karin Bachfeld fand es nett von Wolfram Bracke, daß er ihr die Hand reichte, um sie ein wenig zu stützen.

Unmittelbar am Ufer unter ihnen, neben einer der vier Brückenauffahrten, lag der Disko. Seine gelbe Oberfläche schimmerte im Sonnenlicht, und auf dem Wasser ringsum tanzten goldene Reflexe. Sie hatte Zeit, sich das Fahrzeug genau anzusehen, während sie den Hang hinunterstiegen.

Es war kreisrund und hatte das Profil einer Linse, wenn man von einer Art flachem Kopf absah. Aus diesem Kopf, der wie ein flacher Eimer auf der gewölbten Oberfläche hockte, ragten sonderbare Konstruktionen von Blechen, Drähten und Schlingen wie eine surrealistische Plastik hervor: Antennen und Rezeptoren, die das Innere des Landefahrzeuges mit der Außenwelt verbanden.

Die Oberfläche des Diskos zeigte weder Türen noch Bullaugen, weder Nieten noch Nähte, von Schrauben oder ähnlichen Verbindungsteilen gar nicht zu sprechen. Sie war fugenlos glatt.

Karin setzte die Sonnenbrille auf, das Wasser und die mächtige Metallscheibe vor ihr strahlten das Sonnenlicht in einer Weise zurück, daß es den Augen weh tat.

Und dann begann die fugenlos glatte Fläche des Fahrzeuges an einer Stelle zu verblassen, wurde milchigtrüb, und langsam entstand eine rechteckige, dunkle Öffnung. Die steif wirkenden schmalen Gestalten von zwei, drei, nein vier Mornen erschienen. Karin versuchte zu erkennen, ob es sich um ihr bereits bekannte Expeditionsmitglieder handelte. Sie war etwas beruhigt, als sie bei einem der Wesen das Zeichen des Kommandanten auf der rechten Brustseite erkannte. Zweifellos war das Faunian, aber warum hielt er sich so weit zurück? Vorn, das war zweifellos... ja, das mußte Bojan sein. Sie erkannte ihn an seiner ein wenig größeren Statur. Aber auch er trug das Zeichen auf der Brust, und die neben ihm gehende Gestalt, zierlicher und kleiner als er, ebenfalls.

Es hatte also Veränderungen gegeben. Mit dem Ellbogen stieß sie Bracke an.

„Ich habe es gesehen“, flüsterte er. „Sie haben die Leitung verändert.

Bojan ist nicht mehr der Leiter der Landeoperationen, sondern einer der Kommandanten."

„Das ist erstaunlich." Karin war betroffen. „Bei der ausgewogenen Art der Mornen ist ein Wechsel in der Leitung zweifellos eine tiefgreifende Angelegenheit..."

„... die auch ihre Gründe haben muß", vollendete Bracke ihren Satz.

Karin fühlte sich beunruhigt. Hier waren Dinge geschehen, die im Augenblick noch nicht erklärbar und deren Wirkungen nicht absehbar waren.

Sie stutzte, als Bojan mit großen Schritten auf sie zukam und sich vor ihr verbeugte. Es war eine zwar knappe und auch ungeschickte Verbeugung, aber es war eine für die Mentalität der Mornen ungewöhnliche Reverenz, deren Wert durch die unbewegliche Miene nicht gemildert wurde. Und noch eine Überraschung erlebte sie: Der Morne bot ihr die Hand. Einen Augenblick lang starrte sie auf die dreifingrige Rechte, die in einer durchsichtigen Hülle steckte, dann griff sie zu. Die Hand fühlte sich weich und beweglich an, so, als hätten die Finger mehr als drei Gelenke. Sie sah, daß Bojan zusammenzuckte, als sie ihn mit gewohnt kräftigem Handschlag begrüßte, und ließ die Finger schnell wieder los. Der Morne verbarg die Hand hinter seinem Rücken.

„Es erscheint euch ungewöhnlich, daß wir die Sitten der Menschen zu kopieren versuchen", erklärte die unpersönliche Stimme aus seinem Translater. „Wir glauben, daß die Umgangsformen unserer Gastgeber auch die unseren sein sollten, solange wir auf der Erde zu Gast sind."

Er trat zur Seite, um den anderen Gelegenheit zur Begrüßung zu geben, und reichte auch Bracke die Hand. Die Tatsache, daß er sich vor ihm nicht verbeugte, bewies Karin, daß die Mornen die Zeit gut genutzt hatten, um sich mit den Sitten und Gebräuchen der Menschen wenigstens annähernd vertraut zu machen.

Sie sah schmunzelnd, daß Bracke die schmale Hand Bojans mit äußerster Vorsicht in seine Pranke nahm, wie etwas Zerbrechliches oder Wertvolles, und sie glaubte aus der Haltung des Mornen, die plötzlich alle Spannung verlor, Erleichterung lesen zu können. Das Gesicht hinter der transparenten Schutzfolie blieb jedoch weiterhin maskenhaft starr.

Dann wandte sich Bojan an sie. „Wir haben es als unumgänglich erachtet", teilte er mit, „die Leitung unserer Landegruppe zur Vermeidung bestimmter Schwächen oder gar Fehlentscheidungen einem Dreiergremium zu übertragen, das ihr hier vor euch seht. Dadurch wird es unter anderem leichter sein, eine Arbeitsteilung und eine Unterteilung in Spezialgebiete vorzunehmen. Das wird zu einer effektiveren Gestaltung unserer Arbeit beitragen."

Karin war mit diesem Hinweis nicht zufrieden. Sie war sicher, daß der Morne zwar nicht die Unwahrheit gesprochen hatte, aber die ganze Wahrheit war das, was er gesagt hatte, nicht. Vielleicht verschwieg er sogar das Wichtigste. Die Einteilung in Forschungsgruppen war bereits vorher beschlossen worden und war keine stichhaltige Begründung für die Veränderung der Leitung. Was aber war es dann? Noch antwortete sie nicht, wartete auf eine weitere Erklärung, aber Bojan schien es nicht für erforderlich zu halten, die Menschen in alle Gründe für diese gewiß schwerwiegende Entscheidung einzuweihen.

Karin fühlte sie wieder, die Schranke zwischen Menschen und Mornen, die Schranke, von der sie nicht wußte, wer sie errichtet hatte und wer für sie verantwortlich war.

Sie stiegen den flachen Hang des Ufers hinauf. Eine Böschung, wie sie für Luftkissengleiter angelegt werden, damit sie das Wasser verlassen und an Land niedergehen können.

Bracke ging den Mornen voran, und sie selbst bildete den Schluß der Gruppe. Einen Augenblick lang blieb sie stehen und betrachtete das Gebäude, in dessen Erdgeschoß unter Brackes Leitung das Kommunikationszentrum eingerichtet worden war.

Da blieb auch Bojan stehen. Mit einer scheinbar unmißverständlichen Geste streckte er die Hand aus, als wolle er sie beim Aufstieg auf dem flachen Hang unterstützen. Ohne sich dessen bewußt zu werden, ergriff sie die dargebotene Hand und versuchte sich daran hinaufzuziehen. Sie wußte sofort, daß sie die Geste mißdeutet hatte, denn nicht sie gelangte den Hang hinauf, sondern Bojan wurde zu ihr herangezogen. Wahrscheinlich hatte er, um die Steigung leichter überwinden zu können, seinen Antigravgürtel eingeschaltet, wohl auf kleinste Leistung, aber doch so, daß er ihm das Gehen erleichterte.

Zwar ließ sie die Hand sofort wieder los, glaubte aber doch eine Welle des Unmutes zu spüren, wenn auch der Morne äußerlich den Zwischenfall überhaupt nicht zu beachten schien. Sie fühlte sich unglücklich. Wieder ein Mißverständnis, das nicht zu sein brauchte.

Der Raum, den sie betraten, war ausgezeichnet klimatisiert und ideal eingerichtet. In den wenigen Tagen, die ihnen zur Verfügung gestanden hatten, war von Wolfram Bracke und seinen Mitarbeitern eine Arbeit

geleistet worden, die Anerkennung verdiente. Der Raum hatte eine automatische Simultananlage, die die Verständigung in allen Sprachen ermöglichte.

Sie warf Bracke einen anerkennenden Blick zu, und der „Mondmann" antwortete mit einem verständnisinnigen Blinzeln. Es war gut, daß er die Verständigungsschwierigkeiten mit den Mornen viel leichter zu nehmen schien als sie.

Die Aufstellung des Programms für die Arbeit der nächsten Tage wurde eine langwierige und nervenaufreibende Angelegenheit. Die Mornen hatten sich ausgerechnet für den Anfang eine Untersuchung der riesigen Waldgebiete um die Amazonasniederung vorgenommen, die Urwälder mit ihrer mächtigen Vegetation, ihrer fast unberührten Tierwelt und den letzten Stämmen der Waldindianer. Es befremdete Karin Bachfeld, daß die Mornen eine Vorliebe für diese noch nicht in die allgemeine Zivilisation integrierten Menschen zu haben schienen. Was bewog diese vergeistigten Wesen, sich ausgerechnet für das harte Leben der venezolanischen Indianer zu interessieren, jener Minderheit, die sich allen Bestrebungen der Regierung, den technischen Fortschritt bis in ihren Lebensbereich zu tragen, hartnäckig widersetzte?

Sosehr sie sich mühte, den Informationswert der geplanten Expedition als fragwürdig hinzustellen, sie mußte sich schließlich damit abfinden, daß die Mornen auf ihrer Forderung beharrten.

Immer wieder kam Bojan auf die Lebensbedingungen dieser kleinen Gruppe von Menschen zu sprechen, und er schien es als eine der vordringlichsten Aufgaben zu empfinden, ihr Leben kennenzulernen.

Er saß ihr gegenüber, steil aufgerichtet, das unbewegte Gesicht hinter der mattschimmernden Maske zeigte nicht die Spur von Leben, nicht die Andeutung einer emotionalen Bewegung. Ohne eine Lippenbewegung des Mornen formte der Translater gehorsam Worte.

„Es ist eine Tatsache, daß es auf diesem Planeten Intelligenzen mit unterschiedlichem Evolutionsgrad gibt. Es muß unsere vordringlichste Aufgabe sein, die Gründe dafür kennenzulernen." Er richtete sich noch ein wenig auf. „Ich halte das für eine Ungeheuerlichkeit", sagte der Translater ohne die geringste Betonung, „für die die zivilisierte Menschheit verantwortlich ist. Nichts kann leichter sein, als diese armen Menschen innerhalb kürzester Zeit zu integrieren."

Es sei nicht allein Sache der Gesellschaft, versuchte sie zu erläutern, diese Indianer ständen der modernen Zivilisation mit erheblichen Vorurteilen gegenüber. Sie seien es, die diese Integration bisher verhindert hätten.

„Das heißt, sie sind nicht bereit, die Vorteile einer modernen Gesellschaft zu akzeptieren?"

Es war nicht festzustellen, ob die Worte Bojans eine Frage oder eine Feststellung beinhalteten. Karin Bachfeld schwieg, da sie den Eindruck hatte, der Morne überlege angestrengt. Plötzlich begann der Translater wieder zu sprechen.

„Das ist unmöglich", brachte Bojan seine Gedanken zum Ausdruck. „Die Vorteile einer alle umfassenden Gesellschaft leuchten schließlich jedem ein."

Selbst der unpersönlichen Stimme des automatischen Dolmetschers war anzuhören, daß Bojan seine Überlegungen für unumstößlich hielt. Es nützte nichts, daß sich Bracke einschaltete, daß er seine ganze Beredsamkeit anwandte, um die besonderen Bedingungen zu erläutern, die durch die Jahrhunderte währende Verfolgung dieser Minderheiten entstanden waren.

„Unsere Vorfahren vernichteten in Mittelamerika eine blühende Kultur", beschwor er den Mornen. „Sie beuteten die Reste dieser Völker brutal aus, und dann nahm die fortschreitende Industrialisierung diesen Menschen einen Großteil ihres Lebensraumes, drängte sie immer mehr an den Rand der Gesellschaft. Es wird Jahre dauern, ehe sie begriffen haben, daß sich die Gesellschaft von Grund auf geändert hat, daß die Zivilisation für sie keine Gefahr mehr ist."

Der Translater schwieg. Mit keinem Wort deutete Bojan an, ob er die Gründe akzeptierte. Bracke mußte den Eindruck haben, als seien seine Worte völlig sinnlos gewesen.

Langsam wandte er sich ab. Dann hielt er sich plötzlich die Hand vor das Gesicht und zog die Nase kraus. Die Erregung ließ ihn jede Vorsicht vergessen. Er nieste herzhaft.

Ein Feuerwerk blitzender Lichter flammte an den Handgelenken der Mornen auf. Überall im Raum blinkten Indikatoren. Bojan zuckte zusammen, beruhigte sich jedoch sofort wieder, als das hektische Blinken abklang.

„Die Indianer, die heute noch in Amazonien leben", fuhr Bracke fort, als sei nichts gewesen, „waren einst Randstämme einer hochzivilisierten Ordnung in Mittelamerika. Diese Zivilisation wurde vernichtet im Namen eines Glaubens, der nicht der ihre war, vernichtet, weil diese

Menschen über Edelmetalle verfügten, die zu jener Zeit begehrtes Zahlungsmittel, Äquivalent menschlicher Arbeit, waren. Sie wurden vernichtet um des Reichtums ihrer Eroberer willen." Wieder nieste er, und wieder blinkten die Indikatoren.

Es war zur Zeit noch nicht möglich, den Mornen Begriffe wie Glauben oder Gott begreiflich zu machen. Zu weit zurück lagen die Zeiten, da ihre Vorfahren sich in ähnlichen Wehen gewunden hatten. Die jahrtausendealte Manifestation ihrer Ordnung konnte nichts anderes hervorbringen als Unverständnis für die Schmerzen, die die Geburt der gleichen Ordnung auf der Erde mit sich brachte.

Die Aufmerksamkeit der Mornen ließ ständig nach. Jedesmal, wenn Bracke nieste, starrten sie auf die Indikatoren an ihren Handgelenken. Erst wenn das Blinken abklang, konzentrierten sie sich erneut auf seine Ausführungen.

Es war an der Zeit, ihnen eine Erklärung zu geben. Karin deutete auf Wolfram Bracke.

„Seine Krankheit ist harmloser Natur", sagte sie und versuchte möglichst unbeteiligt zu erscheinen. „Die Menschen haben sich im Laufe der Jahrhunderte so daran gewöhnt, daß kaum noch eine Schädigung eintritt."

„Aber sie ist mit einem offensichtlichen Ansteigen des Bakterienspiegels verbunden."

Karin blickte belustigt auf die junge Mornin, die das Abzeichen der Linguistin an der Schulter trug. Es war verständlich, daß sie den normalen Schnupfen der Menschen viel zu ernst nahmen, sie hatte es geahnt. Die meisten Bakterien und Viren galten bei den Mornen als äußerst aggressiv und gefährlich.

Sie sah, daß die junge Mornin, die sie sehr häufig in unmittelbarer Nähe Bojans gesehen hatte, einen Stab gegen das Gesicht Brackes richtete, der sich unter der Aufmerksamkeit, die er erregte, von Sekunde zu Sekunde unwohler fühlte.

„Natürlich sind es tierische Erreger", gab Karin zu. „Aber sie sind für uns Menschen völlig unschädlich..., und ihr seid ja durch eure Masken ausreichend geschützt", setzte sie hinzu, und es klang unfreundlicher, als sie es beabsichtigt hatte.

Sie beruhigte sich bei dem Gedanken, daß die Übersetzungsgeräte ohnehin nicht in der Lage waren, die Nuancen der menschlichen Sprache zu transponieren.

Aber die Linguistin, jetzt erinnerte sich Karin auch an ihren Namen, der wie Tekla klang, war noch lange nicht beruhigt. Noch war sie von der Ungefährlichkeit der Schnupfenviren nicht überzeugt. „Die Zellen der Nase und der Rachenhöhle sind geschwollen und entzündet“, rief sie. Sie deutete auf den Stab, den sie immer noch auf Brackes Gesicht hielt. „Es sind erhebliche Veränderungen der Zellstruktur eingetreten. Du mußt Schmerzen haben, auch wenn du es nicht zugeben magst.“ Sie wandte sich jetzt direkt an Bracke, der schon wieder die Nase krauszog.

„Unsinn!“ knurrte er und drehte den Kopf zur Seite, um ihn aus dem Meßbereich des Stabes zu bringen. „Wenn ich bei jedem Schnupfen im Bett bleiben wollte, müßte ich zwei Monate im Jahr krank feiern. Wohin sollte das führen?“

„Gibt es keine Medikamente gegen diese Krankheit?“

Karin verbarg das Gesicht lächelnd hinter der vorgehaltenen Hand. Sie war gespannt, wie sich Bracke aus der Affäre ziehen würde.

„Es gibt beides!“ Er nieste erneut heftig. „Aber ich glaube, daß nicht einmal die Ärzte ihren eigenen Schnupfen richtig ernst nehmen.“

Tekla schien zu resignieren. „Wir werden lange brauchen, um die Verhaltensweisen der Menschen kennen oder gar verstehen zu lernen“, flüsterte sie Bojan zu, und der Translater übertrug ihre Worte getreulich laut und allen verständlich. Dann wandte sie sich nochmals an Bracke. Einen letzten Versuch, ihn doch noch zur Vernunft zu bringen, schien sie sich nicht versagen zu können. Sie schlug ihm vor, daß er in den letzten Tagen, die sie noch in Frisco waren, sich schonen und seine Krankheit auskurieren solle.

Er aber blieb hartnäckig. „Kommt nicht in Frage!“ Er wischte mit der Hand über den Tisch, als wolle er das Thema ein für allemal erledigt wissen.

„Den morgigen Tag habe ich bereits für den Meisterschaftskampf eingeplant, und dann werde ich die Expedition vorbereiten.“

Die Mornin blickte ihn an. Einen guten Kopf größer, stand sie vor ihm, und jetzt endlich schien sie seinen Schnupfen vergessen zu wollen.

Sie wechselten das Thema. „Du siehst dir den Kampf an?“ fragte sie, und Karin glaubte eine Spur von Interesse aus der unpersönlichen Übersetzung heraushören zu können.

Bracke nickte. „Natürlich sehe ich mir das an! Auch wenn mich keine dienstlichen Angelegenheiten hierhergeführt hätten, ich wäre gekommen.“

„Du bist Wissenschaftler?“

Er schüttelte den Kopf. „Nicht im eigentlichen Sinne. Ich habe zwar eine wissenschaftliche Ausbildung gehabt, arbeitete aber zuletzt als Leiter einer Erdaußenstation. Das hat mehr mit Organisation als mit Wissenschaft zu tun, und hier habe ich auf technische Sicherheit der Expedition zu achten. Also wieder nicht allzuviel Wissenschaft.“

„Und was zieht dich zu dem Kampf?“

„Was hat ein Boxkampf mit der Wissenschaft zu tun?“

„Es ist ein wissenschaftlicher Test.“

Bracke sah die junge Mornin an, um seine Mundwinkel begann es zu zucken, und Karin fürchtete, er könne im nächsten Augenblick in ein schallendes Gelächter ausbrechen. Heftig stieß sie ihn in die Seite. Keine Sekunde zu früh geschah das.

„Aber, wer hat euch denn ...“ Bracke brach ab und blickte Karin mit schmerzlich verzogenem Gesicht an. Dann schien er zu begreifen und zwinkerte ihr schließlich dankbar zu.

Sie atmete auf. Schon bei den ersten Fragen Teklas hatte sie die Zusammenhänge geahnt. Es war kaum anzunehmen, daß die Mornen Verständnis dafür aufbringen würden, daß intelligente Wesen mit Fäusten aufeinander einschlugen, um sich gegenseitig kampfunfähig zu machen. Im Augenblick war die Gefahr zwar gebannt, aber aufgeschoben war nicht aufgehoben. Die Mornin hatte zweifellos Brackes Verwirrung bemerkt und schwieg aus diesem Grund, aber irgendwann würden diese Fragen wieder gestellt werden, und was dann? Oder was war zu tun, wenn die Mornen gar auf die Idee verfielen, sich dieses „Experiment“ ansehen zu wollen? Meist bestanden sie recht hartnäckig auf einem einmal geäußerten Wunsch. Es würde keinen Sinn haben, ihnen etwas ausreden zu wollen. Zu spät dachte sie daran, daß es den Mornen ein leichtes war, ihre Gefühle zu analysieren. Sie versuchte einige Worte aus der leisen Unterhaltung zwischen Tekla und Bojan zu verstehen, aber beide hatten ihre Translater auf geringste Lautstärke geregelt.

Und dann geschah das, wovor sie sich eben noch gefürchtet hatte. Die Mornin bat, daß die Menschen ihnen Gelegenheit geben möchten, sich das am nächsten Tag stattfindende Experiment anzusehen. Wieder sagte sie „Experiment“. Es war einfach grotesk, und Karin wußte beim besten Willen nicht, ob sie lachen oder traurig sein sollte. Sie wußte, daß sie nicht die Kraft haben würde, ihnen reinen Wein einzuschenken. Und so würde ihr wohl nichts anderes übrigbleiben, als mit anzusehen, wie den Mornen gleich zu Anfang ihrer Untersuchungen auf der Erde einer der dunkelsten Urtriebe der Menschen vor Augen geführt wurde.

Plötzlich überlief es sie siedendheiß. Sie würde nicht umhin können, die Mornen zu begleiten. Und was würde werden, wenn sie ein Kind erwartete? Sie hatte irgendwann einmal gehört, daß die Frucht durch seelische Erregungen der Mutter beeinträchtigt werden könne, und sie glaubte daran.

Sie versuchte sich selbst zu beruhigen, indem sie sich sagte, daß weder ihre Schwangerschaft noch die Tatsache einer seelischen Beeinflussung der Frucht in einem so frühen Stadium sicher waren, aber der Trost schien zu schwach, um sie ruhiger werden zu lassen. So beschloß sie, in den nächsten Tagen einen Arzt aufzusuchen, um sich wenigstens über ihren Zustand Gewißheit zu verschaffen. Außerdem würde sie den Arzt über die tatsächlichen Gefahren durch seelische Schocks konsultieren.

Jetzt fühlte sie sich allein und hilflos, und sie begriff nicht, daß ausgerechnet sie, die in allen Belangen des Lebens sicher und in sich gefestigt war, unter dem Alleinsein litt.

Neben ihr war Brackes Stimme, leise und tief. „Sie sind blaß geworden, Karin", flüsterte er. „Setzen Sie sich einen Augenblick." Er berührte sie leicht am Arm.

Jetzt ist alles klar, dachte sie. Gleich wird mir übel werden, und dann werde ich vielleicht sogar ohnmächtig. Genau, wie man es mir geschildert hat. Fast fühlte sie sich glücklich in ihrer Hilflosigkeit und in Erwartung der Ohnmacht.

Aber alles blieb, wie es war. Brackes Hand auf ihrem Arm und die Mornen und das Pochen des Blutes in den Schläfen.

„Es wird nicht so schlimm werden", versuchte Bracke sie zu trösten: „Sie werden es überstehen, glaube ich."

Sie blickte ihn an. Sein Gesicht zeigte Teilnahme und ganz hinten in den Augen ein kleines Lächeln. Was wußte er schon von den schweren oder glücklichen Stunden einer Frau? Dieser Mann vom Mond, der bestimmt eine Menge von seinen Meßgeräten verstand, der ein ausgezeichneter Organisator sein mochte und vielleicht auch ein guter Kamerad, aber von Frauen verstand er sicherlich nicht mehr als beispielsweise Schesternjow.

Und nun diese Fürsorge für eine Frau, die, wenn überhaupt, so doch erst im zweiten Monat schwanger war. Aber es war sehr nett von ihm, daß er sich um sie sorgte.

Und dann fiel ihr ein, daß er nicht sie oder ihren Zustand, sondern ganz einfach den morgigen Boxkampf meinte, und sie biß sich auf die Lippen, um nicht über sich selbst in lautes Lachen ausbrechen zu müssen.

Selbstverständlich würde sie den Anblick des morgigen Kampfes überstehen. Notfalls würde sie die Augen hinter der Sonnenbrille schließen.

Sie legte die Hand auf Brackes hilfsbereit ausgestreckten Arm. „Danke, Wolfram", sagte sie leise. „Es ist nichts. Machen Sie sich keine Sorgen."

Sie sah, wie er sich freute, wahrscheinlich, weil sie ihn zum erstenmal mit dem Vornamen angeredet hatte. Dabei fiel ihr auf, daß sich die Menschen, die die Mornen begleiteten, immer noch untereinander mit dem steifen „Sie" ansprachen, während die Mornen, die die ersten Sendungen in englischer Sprache aufgefangen hatten, lediglich das neutrale englische „You" kannten. Welch eigenartiger Widerspruch war es, daß sie Bojan mit „Du", Wolfram Bracke jedoch mit „Sie" anreden mußte. Es war lächerlich, und es wurde Zeit, daß jetzt, da keinerlei pseudonationale Interessen der Vernunft mehr im Wege standen, das antiquierte Sprachengewirr auf der Erde endlich abgelöst wurde.

Die Mornen hatten einen ähnlichen Vorschlag unterbreitet, und die Sprachwissenschaftler der Erde hatten die Anregung aufgegriffen. Jetzt waren sie dabei, einen Modus zu erarbeiten, der sich allerdings von dem Sprachalgorithmus der mornischen Sprache wesentlich unterscheiden würde.

Karin bemerkte, daß sich die Mornen weiter intensiv unterhielten. Manchmal schien es ihr, die Diskussion sei erregter geworden, als gäbe es Schwierigkeiten bei der Einigung. Es sah aus, als versuche Tekla jeden einzelnen von der Notwendigkeit, dem bevorstehenden Kampf beizuwohnen, zu überzeugen.

Noch hoffte Karin, daß nicht alles verloren sei. Vielleicht würde Bojan oder der viel zurückhaltendere Faunian dieses Ansinnen rundweg ablehnen. Aber dazu dauerte das Gespräch wohl schon zu lange.

Irgendwann wurde ihr das tatenlose Warten auf eine Entscheidung zuviel, und sie ging langsam auf die Gruppe zu, obwohl sie fürchten mußte, aufdringlich zu erscheinen.

Vielleicht hatten sie sich gerade geeinigt, vielleicht war es ihr Nähertreten, jedenfalls wendete Bojan den Kopf und blickte sie starr an. Seine unbeweglichen Augen waren auf ihr Gesicht gerichtet, und dann stellte er dieselbe Frage, die sie aus dem Translater Teklas geflissentlich überhört hatte. Die Frau hatte ihn also überzeugt, er hatte sich ihren Wunsch zu eigen gemacht. Und Karin wußte, daß es kein Zurück mehr gab.

Sie nickte resigniert. „Aber ich bitte euch", sagte sie leise, „verwendet nicht mehr diese hochtrabenden Begriffe wie ‚Untersuchung' und ‚Experiment'. Seht euch die Veranstaltung an, und verurteilt die Menschen nicht ihrer eigenartigen Vergnügungen wegen! Seid nachsichtig! Wahrscheinlich wird es weder für euch noch für mich ein reines Vergnügen werden. Höchstens", sie blickte hinüber zu Wolfram Bracke, „für unseren Kollegen Bracke wird es ein Genuß werden."

Sie trennten sich erst gegen Abend. Karin machte sich Sorgen um den folgenden Tag. Dieses Ereignis konnte entscheidend sein für die Einstellung der Mornen gegenüber der Menschheit.

Sie war auch besorgt über die Tatsache, daß die Mornen fast ausschließlich danach zu trachten schienen, die negativen Seiten der Menschheitsgeschichte kennenzulernen. Der Boxkampf, das unterentwickelte Amazonien, und eine andere Gruppe unter Faunian hatte die Absicht, Forschungen in Südostasien durchzuführen, an der Stelle, wo die letzten großen Konfrontationen der neuen Gesellschaft mit der alten, absterbenden, stattgefunden hatten.

Warum nur zeigten sie kein Interesse an den technischen und kulturellen Errungenschaften der neuen Zeit? Waren sie der Meinung, daß sie beim Stand ihrer Entwicklung aus Vergleichen mit der Menschheit keinen Nutzen ziehen konnten, und war ihr Interesse rein historischer Natur? Hatten sie womöglich die gleichen Gründe, aus denen sich die Besucher eines zoologischen Gartens mitunter die wildesten und ungebärdigsten Tiere am liebsten und am längsten betrachteten? Vielleicht noch mit einem leichten Schauder des Entsetzens, der die anschließende Rückkehr in die gewohnte Zivilisation um so erstrebenswerter erscheinen läßt?

Karin Bachfeld schlief schlecht in dieser Nacht.

Der Kampf

Rod Mahoney war aufgeregt. Er fühlte das Klopfen der Schlagader im Hals, ganz oben unter dem Kinn, auf der linken Seite. Manchmal überfiel ihn ein Zittern wie Frost, obwohl der Vorbereitungsraum wie immer viel zu warm war. Er kannte dieses ekelhafte Gefühl vor einem Kampf, aber er hatte es noch nie so stark erlebt. Manchmal glaubte er, daß er Angst habe. Er mußte aufpassen heute. Jenkins war bärenstark. Er schlug eine Rechte ohne jede Vorbereitung, die, wenn sie genau traf, durchaus das Licht für eine Weile ausknipsen konnte. Fast noch gefährlicher aber war seine rammende Linke, die viel öfter geschlagen wurde und deren Wirkung nicht in einem Schlag, sondern in der Anzahl der Schläge lag. Mit dieser Linken zermürbte Jenkins seine Gegner, erfocht damit Punktsiege, wenn die Rechte nicht traf. Die Gegner, die einen Kampf gegen ihn stehend verloren hatten, die mit ihm über alle Runden gegangen waren, hatten nach dem Kampf meist Mühe, sich selbst im Spiegel zu erkennen. Sie waren verschwollen, meist bildete das Gesicht eine einzige Fläche, aus der die Augen wie Schlitze hervorsahen, oder diese Gegner hatten völlig zerschlagene Brauen.

Das eigentlich war Rods größte Sorge. Er wußte, daß er gut aussah, und legte viel Wert auf sein unbeschädigtes Gesicht, das er bisher durch alle Kämpfe gerettet hatte, teilweise auf Kosten einiger Körpertreffer beim beinahe ängstlichen Abdrehen. Heute aber würde er höllisch aufpassen müssen.

Von draußen klang das gedämpfte Brausen Tausender leiser Stimmen herein. Die Halle war bis auf den letzten Platz besetzt. Hin und wieder hörte er die Stimme des Sprechers am Ring, der nach alter Tradition Veteranen des Boxsportes vorstellte, die mit lautem Jubel begrüßt wurden.

Brewster kam herein. Seine massige Figur füllte für eine Sekunde den Türrahmen. Er ließ sich auf die Pritsche fallen und schob den Hut mit der breiten Krempe in den Nacken. „Ausgezeichnete Stimmung!“ stellte er fest und tätschelte Rods Rücken. „Wie fühlst du dich? Das ist deine Chance, Rod. Jetzt hängt alles von dir ab.“

Rod bemerkte erstaunt, daß J. F. nervös war. Wieder sprang er auf und lief nach draußen. Minuten später kam er zurück. „Es geht los, Rod!“ Brewsters Mundwinkel zuckten, und Rod kam der Gedanke, daß der Dicke vielleicht mehr Angst hatte als er selbst.

Rod Mahoney streifte den seidenen Mantel über, der hoch geschlitzte Ärmel hatte und auf dessen Rücken Rods Name in großen Buchstaben leuchtete. Langsam trat er in den Trubel der Halle hinaus. Seine Mannschaft begleitete ihn, Manager, Trainer und Helfer.

Weit vorn lag der in blendendes Licht getauchte Ring. Rod senkte den

Kopf, um sich bereits jetzt zu konzentrieren, aber es gelang ihm nicht. Die Hände unbekannter Sportfreunde, die ihm auf die Schulter klopften und deren Besitzer morgen im Büro behaupten würden, sie hätten dem großen Mahoney vor seinem Kampf noch mal Mut zugesprochen, schreckten ihn immer wieder auf. Über ihm hing das Brausen der Stimmen, aus dem hin und wieder einzelne Pfiffe aufflammten.

Und dann war das seilumspannte Quadrat plötzlich ganz nahe, die kleine Treppe, die zu Erfolg oder Untergang führte, und der Ringrichter, der für Fairness zu sorgen hatte und der einschätzen mußte, ob ein Boxer noch kampffähig war oder ob er besser daran tat, den Kampf vorzeitig abzubrechen. Der Mann, der mit den beiden Kontrahenten im Ring stehen würde, war klein, untersetzt und hatte eine Glatze, auf der sich das Licht der Scheinwerfer spiegelte. Rod nahm all das wie in einem Traum wahr. Sein Herz schlug wie ein Hammer, er hatte das Gefühl, daß ihm jeden Augenblick Ströme kalten Schweißes ausbrechen konnten. Er suchte Jenkins, aber sein Gegner war nirgends zu sehen.

„Der Kerl läßt auf sich warten“, murmelte Brewster hinter ihm. „Laß dich nicht weichkochen, Rod. Behalte die Nerven!“

Rodney lächelte verloren. Während er die kleine Treppe hinaufstieg, mit einem hundertmal geübten Schwung über das mittlere Seil flankte und sich nach allen Seiten verbeugte, spürte er, wie das Herz aufhörte zu schlagen. Nein, es hörte nicht auf, es schlug ruhig und leise. Die ungeheure Spannung verflog.

Und während rings um ihn der Applaus aufbrandete, Sprechchöre seinen Namen schrien, andere in ohrenbetäubende Pfiffe ausbrachen, wußte er plötzlich, daß er warten konnte. Und würde es Stunden dauern, ehe Jenkins kam, er würde warten, ruhig und gefaßt. Er hob die Fäuste vor die Brust, tat ein paar tänzelnde Schritte und stieß, wie man es ihn gelehrt hatte, die Fäuste nach einem unsichtbaren Gegner. Er duckte ab, sprang zur Seite und stieß wieder ins Leere. Der Jubel um ihn herum wurde zum Orkan.

Plötzlich sah er Betty. Sie saß in der ersten Reihe und starrte ihn aus großen Augen an. Es waren Augen voll Angst, wie ihm schien. Rod winkte ihr mit der behandschuhten Faust zu. Neben ihr winkte eine blonde Frau zurück. Es fiel ihm schwer, sich an ihren Namen zu erinnern.

Da erklang aus der Ecke ein scharfes Zischen. – Natürlich, Karin Bachfeld hieß sie, und sie betreute eine Gruppe der Mornen. Waren die etwa auch ...? Dann sah er die schlanken Gestalten der Außerirdischen neben den beiden Frauen. Sie wirkten deplaciert in dieser Umgebung. Er beugte sich weiter vor, als spüre er einen Zwang, ein unerklärliches Bedürfnis, weiter zu ihnen hinzusehen. Eine der Mornen trug das Zeichen der Linguisten, es war Tekla.

Wieder kam das Zischen aus seiner Ecke. „Entweder du machst dich weiter warm, oder du setzt dich hier auf dein Stühlchen", flüsterte Brewster leise, aber sehr scharf, und Rod ging gehorsam in seine Ecke. Im Saal wurde es unruhig. Jenkins erwies sich als ein Meister der Psychologie. Erst als die Spannung auf dem Siedepunkt angekommen war, betrat er die Halle.

Er und seine Trabanten wurden mit einem Pfeifkonzert empfangen, aber Rod wußte, daß dieses Pfeifen nichts mit Antipathie zu tun hatte. Wenn Jenkins marschieren würde und ihn vor sich hertriebe, würden ihm die Tausende zujubeln, ihn zu ihrem König machen, und umgekehrt wäre es nicht anders.

Jenkins sprang durch die Seile. Er war einer der wenigen Weißen, die sich je mit dem Titel im Schwergewicht schmücken konnten, einer von denen, deren Physis ausreichte, in die Phalanx der dunkelhäutigen Boxer einzubrechen.

Der kleine Ringrichter winkte sie zur Mitte des Ringes. Rod hörte nicht, wie sie vorgestellt wurden, wie der Sprecher am Ring verkündete, daß Jenkins drei Kilo schwerer sei als Mahoney und Mahoney vier Zentimeter kleiner als Jenkins.

Er sah nur die Augen seines Gegners. Es waren schmale Augen von wasserblauer Farbe, die wie kaltes Eis glitzerten. Diese Augen, die vor ihm in einem dunklen konturenlosen Raum hingen, der neben ihnen nicht vorhanden zu sein schien, faszinierten ihn, schlugen ihn in ihren Bann. Rod fiel auf, daß sie ständig größer und kleiner wurden. Immer das gleiche Spiel, diese Augen, in denen fast etwas wie Haß zu funkeln schien, wurden kleiner, dann wieder größer und wieder kleiner. Dabei starrten sie ihn ständig an, unbewegt, und schienen ihn zu hypnotisieren. Mit Gewalt riß er sich von ihnen los und blickte auf die Füße des Gegners, der damit seine erste Runde schon gewonnen hatte, bevor der Kampf eröffnet war.

Mit Erleichterung stellte Rod fest, daß das Größer- und Kleinerwerden der Augen eine Ursache hatte: Jenkins ging ständig zwei Schritte vor und zwei zurück. Er hatte die mächtigen Fäuste vor der Brust liegen und pendelte langsam, die Augen starr auf den Gegner gerichtet, in zermür-

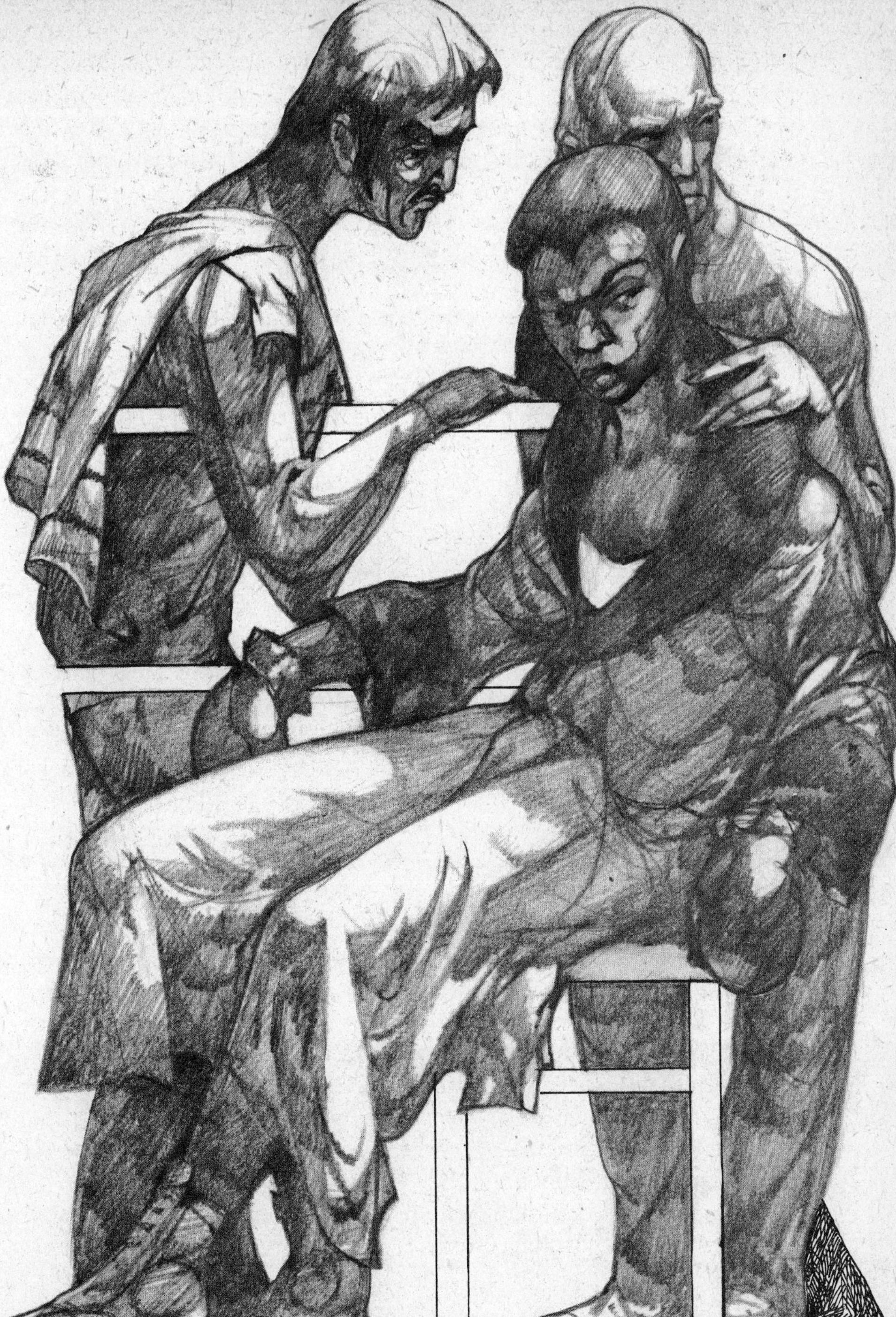

bendem Gleichmaß. Dann hob der Ringrichter die Hände und deutete auf die Ecken. Tänzelnd trat Rod zurück und warf den Mantel dem Sekundanten zu. Er fühlte, wie ihm jemand den Mundschutz zwischen die Zähne schob, und biß instinktiv zu. Dann wandte er sich zur Ringmitte. Er hörte das Geschrei der Zuschauer.

Mit den Augen tastete er den Gegner ab, vom Gürtel an aufwärts. Jenkins war austrainiert bis auf das letzte Gramm. Jede seiner sparsamen Bewegungen schien eine Explosion der Muskeln auszulösen, die wie mächtige Wülste auf den Armen, den Schultern und der Brust lagen. Jenkins war auf dem Höhepunkt seiner Leistungsfähigkeit. Rod fragte sich, ob er Angst habe vor diesem Mann, der ihn bedingungslos angreifen würde, aber er fühlte, daß sein Herz nach wie vor ruhig schlug. Er fuhr sich über die Stirn, blickte auf den Handschuh und stellte mit Genugtuung fest, daß er trocken geblieben war. Dann hörte er wie aus weiter Ferne den Gong zur ersten Runde. Sein letzter Gedanke war, daß er sich in den ersten Runden nicht treffen lassen durfte und daß er sein Gesicht schonen mußte, sein ebenmäßiges Gesicht.

Er biß auf den Mundschutz, hob die Fäuste vor Brust und Gesicht und ging auf den Gegner zu. Er streckte die Rechte aus und fühlte, wie Jenkins sie mit der Linken zur Seite schlug. Jemand in der Halle schrie: „Buh!"

Ohne sich über seine Bewegung Rechenschaft geben zu können, sprang Rod einen Schritt zurück, und die Rechte des Gegners blieb Zentimeter vor seinem Gesicht in der Luft hängen. Jetzt tobte die ganze Halle. Rod nahm die Hände wieder nach oben und preßte den Ellbogen gegen die Lebergegend.

Dem nächsten Angriff seines Gegners konnte er durch einen Sidestep entgehen. Er wich der Rechten aus und fing die unvermeidlich folgende Linke mit der Deckung ab, aber er spürte die unbändige Wucht des Schlages. Er schob beide Hände nach vorn und drückte Jenkins von sich weg. Der trat einen Schritt zurück, um einen neuen Angriff aufzubauen, aber Rod ließ ihm keine Zeit dazu, er wußte, wie gefährlich es war, wenn er dem anderen die Initiative überließ. Er zog die Linke an den Körper, trat blitzschnell einen Schritt vor und schoß von der Hüfte aus schräg nach innen oben ab. Er traf den Weltmeister am Kopf, aber war sicher, daß der Schlag keine Wirkung haben würde, denn Jenkins hatte ihn gerochen und den Kopf zur Seite genommen, er ritt den Schlag aus.

Die erste Runde ging mit Abtasten und gelegentlichen Angriffen, die ins Leere stießen, zu Ende. Rod begab sich in seine Ecke und wischte wieder über die Stirn. Der Handschuh zeigte eine feuchte Spur. „Er atmet schon ziemlich kräftig!“ hörte er Brewster hinter sich sagen. „Mach weiter so! Laß dich nicht treffen, nicht in den ersten sechs Runden. Dann schaffst du es.“

Als der Gong kam, sah er, wie Jenkins mit dem Handschuh den Mundschutz zwischen die Zähne schob, und er wunderte sich darüber. Sollte Jenkins jetzt bereits Luftschwierigkeiten haben? Rod lächelte. Das war doch wohl kaum möglich.

Er mußte sofort einsehen, daß er sich getäuscht hatte. Der Angriff, den der Meister startete, überrumpelte ihn völlig. Dem ersten Schlag konnte er gerade noch ausweichen, der Handschuh flog an seinem Ohr vorbei. Plötzlich war das Raunen in der Halle zum Rauschen eines Wasserfalles geworden, eines Wasserfalles, der alles andere übertönt. Rod konnte keine einzelnen Geräusche mehr ausfiltern und wußte, daß der am Ohr vorbeifliegende Handschuh das Trommelfell beschädigt hatte. Dann deckte ihn Jenkins völlig zu. Er stand pendelnd in Doppeldeckung und versuchte dem Schlaghagel so viel von seiner Wirkung zu nehmen wie irgend möglich, aber er wurde mächtig durchgeschüttelt. Plötzlich sprang er zurück. Noch in der Luft wurde er getroffen. Ein dumpfer Druck auf der Leber, der im ersten Augenblick die Gefahr noch nicht ahnen ließ, verstärkte sich in Sekundenbruchteilen zu einem scharfen, stechenden Schmerz. Dann knickten ihm die Beine ein. Der Schmerz war unerträglich. Trotzdem versuchte er sofort wieder aufzustehen.

Er hörte aus seiner Ecke ein wütendes Zischen und wußte, daß es besser für ihn war, unten zu bleiben. Die Gefahr, ausgebuht zu werden, mußte er auf sich nehmen. Er war heilfroh, sich noch einen Augenblick ausruhen zu können.

Erst von vier an hörte er den Ringrichter zählen. Die Zeit bis sieben schien ihm ungeheuer kurz zu sein. Es wurde höchste Zeit aufzustehen. Erstaunt stellte er fest, daß seine Knie nicht wackelten, aber der Schmerz in der schnell anschwellenden Leber war heftiger geworden. Beim Aufstehen blickte er ins Publikum, eine automatische Reaktion, um die Stimmung der Zuschauer zu testen.

Er sah keine Gesichter, nur eine verschwommene graue Masse. Dort irgendwo saßen Betty, die blonde Frau und die Mornen. Er erkannte keinen von ihnen.

Mühsam hob er die Fäuste, der kleine Ringrichter gab den Kampf wieder frei.

Jenkins griff sofort erneut an, aber es gelang Rod, der sich bis auf das Rauschen in den Ohren etwas besser zu fühlen begann, sich mit Klammern und Abblocken über die Runde zu retten. Die Standpauke in der Pause zur dritten Runde ließ er mit stoischem Gleichmut über sich ergehen. Sein einziger Gedanke war eine kleine Freude darüber, daß sein Gesicht nicht getroffen worden war und daß er den Leberhaken recht gut verdaut hatte. Noch konnte er Jenkins schlagen.

Sein Gegner begann auch die dritte Runde konzentriert und ohne jeden Kompromiß. Seine Angriffe waren überfallartig und mit ganzer Kraft geführt. Hinzu kam, daß er überzeugt schien, Mahoney habe ihm nicht mehr allzuviel entgegenzusetzen. Er ließ die Hände häufiger fallen und tänzelte seitwärts um Rod herum, ihn immer wieder mit Serien von Haken zudeckend.

Gegen Ende der Runde, die Rod recht gut überstand, wenn sie auch nach Punkten haushoch an Jenkins ging, schob er mehrmals den Mundschutz heraus, um besser atmen zu können.

In der Pause streckte sich Rod in seinem Stuhl weit aus, schob die Beine von sich und ließ die Ratschläge der Sekundanten und des Managers wieder über sich hereinprasseln. Wenn er die vierte Runde noch einigermaßen überstand, würde er zum Angriff übergehen. Luftschwierigkeiten hatte er nicht. Er würde länger kämpfen können als Jenkins, der eigentlich für sein Standvermögen bekannt war.

Rod brachte den größten Teil der vierten Runde sehr gut hinter sich. Er verteidigte sich nicht ausschließlich, sondern griff mehrmals an, zaghaft zuerst, doch dann beherzter. Gerade als er hoffte, diese Runde offen gestalten zu können, lief er in einen Linken hinein, der den Kampf durchaus hätte entscheiden können. Erst im letzten Augenblick konnte er den Kopf ein wenig zur Seite drehen, so daß der Schlag nicht auf dem Kinnwinkel, sondern auf der Kopfseite landete. Die Wucht des Hiebes aber warf ihn um. Diesmal machte er nicht den Fehler, sofort wieder aufspringen zu wollen. Er ließ das kleine Einmaleins über sich ergehen und ruhte sich auf dem rechten Knie aus. Dabei horchte er in sich hinein und stellte mit leisem Schrecken fest, daß er keine Lust zum Aufstehen hatte. Er spürte zwar keine Schmerzen, fühlte aber, daß seine Beine wie Wachs waren. Hoffentlich würde er ruhig stehen können. Wenn er schaukelte, würde der Ringrichter den Kampf möglicherweise abbrechen. Bei acht kam der Gong. Die Zeitungen würden schreiben, daß ihn der Gong gerettet habe. Er stand auf, fühlte sich staksig und unsicher und bemühte sich, gerade in seine Ecke zu marschieren. Langsam drehten sich die Seile um ihn. Irgendwo links von ihm ertönte ein Zischen. Er blieb stehen und stellte fest, daß er dabei war, in die neutrale Ecke zu laufen. Seine Ecke war links. Die Sekundanten halfen ihm, sich zu setzen. Rod blickte ins Publikum. Die Zuschauer waren nur verschwommen sichtbar.

Immer noch verschwommen, dachte er, und er versuchte, Gesichter zu erkennen, aber als es ihm endlich gelang, grinsten sie ihn wie Fratzen an.

Dann sah er plötzlich Betty, Karin Bachfeld und die Mornen. Es schien ihm, als starrten sie zu Jenkins' Ecke hinüber. Er sah, daß dessen Betreuer fieberhaft arbeiteten, nicht anders als seine eigenen, die ihm immer wieder die Leber massierten.

Als der Gong zur fünften Runde ertönte, fühlte sich Rod erstaunlich frisch. Er wich den Angriffen des Meisters aus und ließ ihn häufig leer laufen. Dann jedoch nagelte ihn Jenkins am Seil fest. Rod ging in Doppeldekkung und krümmte sich in Erwartung eines Leberhakens zusammen, spannte die Muskulatur über dem Magen bis zum Zerreißen an, um den Solarplexus, das empfindliche Nervenzellgeflecht, zu schützen. Aber der Schlag kam nicht. Rod nahm langsam die Fäuste herunter. Er erkannte, daß Jenkins einen Augenblick lang unaufmerksam war, er wußte nichts mit dem in Doppeldeckung stehenden Gegner anzufangen. Rod überlegte nicht, er nutzte die Gelegenheit kaltblütig. Die Rechte zog unmittelbar zwischen dem dunklen und dem hellen Körper nach oben. Sie zuckte nicht, sie glitt unter das Kinn des Meisters und riß dessen Kopf in den Nacken. Als Rod sich von den Seilen löste, waren gut zwei Meter Raum zwischen ihm und seinem Gegner, und er sah, daß der Ringrichter versuchte, Jenkins von unten in die Augen zu blicken. Sein Schlag hatte also getroffen. Jenkins taumelte. Wenig zwar, aber immerhin stand der Muskelberg unsicher. Rod tat einen schnellen Schritt nach vorn, aber sein zweiter Schlag blieb unterwegs stecken, Jenkins war ihm entgegengekommen und legte sich schwer auf ihn. Dabei trafen seine Infightschläge schmerzhaft die Körperseiten Rods. Aber es steckte schon nicht mehr die gewohnte Kraft hinter diesen auf der viel zu kurzen Innenbahn geschlagenen Haken. Die fünfte Runde war fraglos ausgeglichen.

Als Rod in der Pause zu seinem Gegner hinübersah, bemerkte er, daß Jenkins in die Halle starrte. Der Ringrichter hob einen Mundschutz vom Ringbelag auf, und Rod fuhr mit der Hand unwillkürlich zu seinen Zähnen. Befriedigt stellte er fest, daß die Kautschukplatte nach wie vor fest im Mund saß. Also hatte Jenkins seinen Mundschutz ausgespuckt. Das war ein gutes Zeichen. Noch besser war aber, daß der Meister es jetzt offensichtlich ablehnte, den durch seinen Sekundanten sauber abgespülten Schutz wieder zwischen die Zähne zu klemmen. Zwei-, dreimal schob er die Hand zur Seite, ehe er widerwillig die Zähne auseinandernahm.

Die sechste Runde brachte Rod an den Rand der Verweiflung. Er wußte genau, daß er nach Punkten erheblich zurücklag, daß er etwas tun mußte, was sich auf den Punktzetteln niederschlug, aber der Meister ließ ihn nicht zur Entfaltung kommen. Jenkins wandte alle Tricks an, die er im Verlaufe seiner Boxkarriere gelernt hatte. Er klammerte, legte sich auf den Gegner, hielt Rods Hände fest und schlug mit der freien Linken. Er drückte Rod den Handschuh auf den Mund oder schob ihn mit beiden Händen von sich weg. Der kleine Ringrichter hatte Schwerarbeit zu leisten, konnte aber nicht verhindern, daß die Zuschauer das Ende der sechsten Runde mit gellenden Pfiffen quittierten.

„Es wird Zeit, Rod", sagte Brewster in der Pause versöhnlich. „Bisher hast du dich gut gehalten. Jetzt bist du dran. Geh endlich nach vorn. Und triff ihn, solange du noch Kraft hast!"

Rod schüttelte den Kopf. „Er ist zu clever. Ich kann mich einfach nicht entfalten."

„Dann warte, bis er sich wieder auflegen will. Greif ihn an, und wenn er zum Klammern ansetzt, dann geh einen Schritt zurück und bring deinen Aufwärtshaken. Du mußt es schaffen!"

Rod stellte sich den notwendigen Bewegungsablauf vor und prägte ihn sich ein. Es mußte einfach klappen. Er würde es, wenn er sich alles gut vergegenwärtigte, fast automatisch tun können.

Der Sprecher am Ring kündigte die, wie er sich ausdrückte, „ominöse" siebente Runde an. Als der Gong kam und Rod sich langsam erhob, erwartete ihn der Gegner bereits in der Ringmitte. Er schien sich gut erholt zu haben, aber Rod merkte sofort, daß es ein Trick war. Jenkins hatte ihn einschüchtern wollen, aber Rod fiel nicht darauf herein. Er bemühte sich, vorwärts zu gehen, und stellte mit Genugtuung fest, daß Jenkins die Taktik der sechsten Runde fortzusetzen gedachte. Er legte sich wieder schwer auf. Rod stemmte sich dagegen, in der Absicht, einen schnellen Schritt nach rückwärts zu tun, um einen Abstand zu schaffen, der zu einem Schlag notwendig war, da trat der Ringrichter dazwischen und rief sein „break!".

Diese Chance war also vertan, aber sie würde wiederkommen. Und sie kam etwa in der Mitte der Runde. Rod hatte eben eine Dublette abfangen können und wollte zu einem Konter ansetzen, als sich Jenkins wieder aufzulegen versuchte. Dabei preßte er die Rechte auf Rods Mund. Mahoney wartete nicht, bis ihn die Linke des Meisters umklammert hatte, sondern steppte blitzschnell einen Schritt zur Seite. Dabei drehte er sich ein wenig und schoß noch im Sprung die Rechte ab. Sie traf Jenkins am Jochbein und warf ihn in die Seile. Als er sich aus der Umspannung herausfedern ließ, kam die Linke und traf mit trockenem Schlag das Kinn. Es war ein Aufwärtshaken, und er riß den Meister von den Beinen. Jenkins brach in die Knie und stützte sich auf die Hände. Der Ringrichter wies Rod in die neutrale Ecke und begann zu zählen. Das Publikum jubelte.

Bei sieben stand Jenkins wieder auf, und bei neun gab der Ringrichter den Kampf erneut frei. Jenkins war benommen und taumelte noch. Es war für Rod ein leichtes, ihn ein zweitesmal zu treffen. Er landete eine Rechte am Kopf, aber Jenkins hatte dem Schlag durch eine automatische Rückwärtsbewegung etwas an Kraft genommen. Immerhin verlor er das Gleichgewicht und lief in leichter Schräglage auf den Ringrichter zu. Der kleine Mann fing das Muskelpaket auf und stellte ihn mit gewaltiger Kraftanstrengung senkrecht. Dann wies er Rod wieder in die neutrale Ecke, bevor er zu zählen begann. Kostbare Sekunden gingen dadurch verloren.

Als der Kampf wieder freigegeben wurde, griff Rod sofort an. Er trieb Jenkins vor sich her, um ihn in eine gute Position zu bringen. Der Meister schien jetzt den Clinch vermeiden zu wollen, denn aus dem Nahkampf heraus hatte er den ersten vollen Schlag eingefangen, den er immer noch nicht verdaut hatte.

Endlich konnte ihn Rod an den Seilen stellen, doch Jenkins schlug eine rechte Gerade, hinter der alle Wucht, der er noch fähig war, lag. Rod konnte dem Schlag ausweichen. Für einen Augenblick sah er den weißen Körper des Gegners ohne Deckung vor sich. Automatisch schlug er zu. Jenkins fiel wie vom Blitz getroffen. Er wälzte sich auf den Rücken und versuchte die Magengegend anzuheben. Dabei stöhnte er mit angstverzerrtem Gesicht. Rod konnte den Anblick nicht ertragen, er wandte sich ab, aber das Stöhnen drang ihm weiter in die Ohren. In diesen Sekunden war es totenstill in der großen Halle, nur das Stöhnen stieg unter die Decke hinauf. Rod wußte, daß er den Solarplexus getroffen hatte, und er wußte, daß ein gut gelandeter Schlag die Luftzufuhr für den Körper für Sekunden unterbrechen und Todesangst auslösen konnte.

Jenkins wurde durch den Gong gerettet. Seine Sekundanten schleppten den Riesen zu seinem Stuhl, streckten ihn aus und arbeiteten wie die Irren an ihm. Aber alle Mühe war vergebens. Jenkins konnte zur achten Runde nicht mehr antreten. Der kleine Ringrichter zog Rod zur Mitte des Ringes und hob seine rechte Hand in die Höhe. Das Publikum raste. Auf dem Weg zur Dusche drängten sich Reporter um den neuen Meister, aber Rod wies sie ab. Seine Leber begann zu schmerzen. Erst unter der Dusche fiel ihm Betty wieder ein. Trotzdem konnte er sich nicht aufraffen, nach ihrem und ihrer Begleiter Verbleib zu forschen. Er fühlte sich müde und abgespannt, und die zerschlagenen Körperstellen taten ekelhaft weh. Fast war er an diesem Tage seinem Manager dankbar, daß er ihm die aufdringlichen Reporter vom Halse hielt.

Zwei Stunden später verließ er die Sporthalle durch einen wenig benutzten Seiteneingang und war froh, den Reportern fürs erste entgangen zu sein. Die ersten ärztlichen Untersuchungen hatte er hinter sich, er fühlte sich zwar müde, aber nicht schlecht.

Draußen sah er eine schmale Gestalt an der Wand lehnen. Es war Betty. Sie hatte den Mantelkragen aufgeschlagen und sah traurig und abgespannt aus. Er ging auf sie zu und nahm ihren Arm. Da sah er, daß sie Tränen in den Augen hatte, und ihr Gesicht verriet ihm, daß es keine Freudentränen waren.

Wortlos reichte sie ihm eine druckfrische Sonderausgabe der „Frisco News“. Sie deutete auf ein Bild auf der Vorderseite des Blattes. Im Dämmerlicht einer der hochhängenden Punktlaternen erkannte er sein eigenes Gesicht. Siegerpose, die Hände hoch über dem Kopf, ein strahlendes Lächeln. Darunter in fetten Lettern der Titel: DER NEUE MEISTER!

Und wieder ein wenig tiefer und ein wenig feiner gedruckt: „Noch in der Kabine unterschrieb Rod Mahoney seinen neuen Vertrag, der ihn auf weitere zwei Jahre an seinen Manager J. F. Brewster bindet.“

Er verzog das Gesicht und ließ das Blatt sinken. Betty war bereits ein gutes Stück der Straße hinabgegangen. Ihr Schatten verließ eben die helle Fläche, die der Strahler auf das Pflaster malte, als sich eine andere Frau von der Hauswand löste und ein Stück neben ihr herging. Dann hakte sie Betty unter, und es schien, als straffe sich die schmale Silhouette. Schneller schritten die beiden aus.

Rod blickte ihnen nach, bis sie von der Dunkelheit verschlungen waren, dann wandte er sich um und trabte zurück in die Halle, in der Brewster seine erste Pressekonferenz nach dem Kampf gab.

Erde

Tekla hatte den Kopf gesenkt und lauschte den Worten Bojans. Ruhig, nicht anders als er sich immer verhielt, versuchte er ihr den Vorschlag auszureden, den sie soeben gemacht hatte.

Jetzt hätte sie schon nicht mehr genau sagen können, was sie auf den Gedanken gebracht hatte, den Boxer Mahoney mit auf die Expedition nach Amazonien nehmen zu wollen. Vielleicht war es der niederschmetternde Eindruck, den der gestrige Kampf auf sie gemacht hatte, der möglicherweise ihren Wunsch, die Abgründe in den Menschen kennenzulernen, hervorgerufen hatte, vielleicht war es auch die Tatsache, daß ihr Rod durch seinen Sport besonders gut zu den Menschen zu passen schien, deren Leben sie in den kommenden Wochen untersuchen wollten, Menschen, von denen ihre Mitmenschen behaupteten, sie seien in der Entwicklung zurückgeblieben.

Sie alle waren entsetzt über die Brutalität, deren die Menschen fähig waren, betroffen von der Sinnlosigkeit dieser öffentlichen Schlägerei, deren Zeugen sie geworden waren. Vielleicht lagen hier die Gründe für ihren Vorschlag. Es konnte durchaus sein, daß sie im Unterbewußtsein nach einer Aufklärung dieser von allen Mornen verurteilten menschlichen Brutalität und ihrer Ursachen suchte. Welche bessere Möglichkeit des Kennenlernens gab es, als die tagelange gemeinsame Arbeit in einer Umwelt, in der jeder auf jeden angewiesen war?

Anders als Bojan hatte Faunian reagiert. Er hatte nicht versucht, ihre Beweggründe zu erfahren, sondern hatte sofort und erregt abgelehnt, als fürchte er, daß die Sitten der Menschen unter den Mornen Nachahmer finden könnten. Der groteske Gedanke erheiterte sie, zugleich dachte sie aber auch daran, daß Widerspruch in der Art, wie ihn Faunian vortrug, sie nur um so fester auf ihrem Vorschlag beharren lassen würde. Und sie wußte, daß sie in solchen Fällen in der Wahl ihrer Mittel durchaus nicht immer kleinlich war.

Kurzerhand schlug sie vor, eine Meldung an alle Forschungsgruppen abzusetzen und ihnen mitzuteilen, daß man die Psyche der Menschen offensichtlich falsch eingeschätzt habe. Sie beobachtete Bojan genau. Er war nachdenklich geworden. Nachdem sie dokumentiert hatte, daß ihr Vorschlag in bester Absicht erfolgt war, würde es nicht allzulange dauern, bis er sich mit ihren Gründen anzufreunden begann. Sie kannte ihn gut und glaubte hoffen zu können, daß sie gewonnen hatte.

Sie wußte aber auch, daß Faunian sie durchschaute, und sie schämte sich ein wenig ihrer Unaufrichtigkeit. Doch dann bekam sie unerwartet Unterstützung. Birrha, die Biologin, streckte sich in ihrem Blasluftsessel aus und schlug die langen Beine übereinander. „Was habt ihr eigentlich von den Menschen erwartet?" fragte sie und blickte sich im Kreise um. „Als wir sie noch nicht kannten, rechneten wir mit eben dem Tierstadium entwachsenen Wesen, die sich gegenseitig bedenkenlos umbringen. Welch abenteuerliche Welt hatten wir uns vorgestellt. Und jetzt seid ihr bitter enttäuscht, weil uns der erste, erstaunlich günstige Eindruck getrogen hat. Wohlgemerkt, ich versuche eure Meinung zu interpretieren. Ich halte diesen Boxkampf nicht für ein Zeichen mangelnder Reife, sondern für einen Beweis dafür, daß man die Menschen nicht mit unserem Maß messen kann."

„Das ist grotesk, Birrha!" Faunian hob beschwörend die Hände, aber Bojans abwehrend ausgestreckte Rechte gebot Schweigen. Bojan sprach langsam, jedes Wort abwägend: „Birrha hat nicht unrecht. Wir müssen uns darauf einrichten, die Psyche der Menschen in einem langwierigen und schwierigen Prozeß kennenzulernen. Und wir müssen versuchen, sie zu begreifen. Das, Faunian, scheint mir das wichtigste zu sein."

Faunian sprang auf. „Durch derartige Leichtfertigkeiten kann unsere gesamte Expedition gefährdet werden." Mit langen Schritten ging er auf und ab. Sein Gesicht hatte sich verfinstert.

So kannte ihn Tekla nicht. Bisher war er immer als besonnen und ruhig bekannt gewesen, er redete eher zuwenig als zuviel. Sie wußte aber auch, daß das Aufbegehren Faunians jetzt nichts mehr würde ändern können. Ihr Wort zählte, und auch Faunian hatte das erkannt.

„Welche Schwierigkeiten vermag uns ein einzelner Mensch zu machen?" fragte sie und fuhr, ehe die anderen antworteten, schnell fort: „Wir könnten uns beispielsweise mit Waffen versehen, gegen die er absolut machtlos ist..., wenn ihr Sorgen haben solltet, er würde uns mit bloßen Händen angreifen."

„Du weißt genau, daß es nicht um einen Angriff geht", murmelte Faunian. Er schien bereits aufzugeben. Sein Protest war nur noch schwach. Er mochte wohl fühlen, daß er überstimmt werden würde. „Ich weise nur darauf hin, daß er uns mit unüberlegten Handlungen in Schwierigkeiten bringen könnte."

„Nun, das werden wir sehen." Bojan versuchte die Diskussion abzuschließen, und Tekla triumphierte innerlich, als sie feststellen konnte, daß Faunian nichts mehr erwiderte. Es war entschieden, Rod Mahoney würde die Expedition begleiten. Sie freute sich sehr auf die interessanten Studien, die sie dabei an ihm und seinem Verhalten vornehmen konnte. Bisher hatten es die Mornen immer verstanden, mit Intelligenzen, die ihnen nicht ebenbürtig schienen, in gehörigem Abstand zu verkehren. Das mußte nach ihrem Empfinden endlich anders werden, wenn man die Absicht hatte, die anderen Wesen tatsächlich zu begreifen.

Bei diesen Gedanken fiel ihr ein, daß es noch gar nicht sicher war, ob der Boxer überhaupt Lust verspürte, die ihm wahrscheinlich unheimlichen Mornen zu begleiten. Vielleicht würde es einer erheblichen Anstrengung bedürfen, ihn zu überreden.

„... werden wir in jedem Falle die Paralyser mitnehmen, damit wir für alle Eventualitäten gewappnet sind", schloß Bojan eben seine Betrachtungen ab, als die blonde Frau und das dunkle Mädchen durch die Luftschleuse in den Disko eingelassen wurden.

Selbst Tekla, die sich meist ausgezeichnet zu beherrschen wußte und die ihre Handlungen stets genau analysierte, stellte fest, daß die erregte Diskussion, die sie eben gehabt hatten, das Verhalten der Mornen gegenüber ihren menschlichen Gästen beeinflußte. Obwohl sie sich Mühe gab, wie immer zu sein, fiel ihre Begrüßung wesentlich kälter aus, als es noch am Vortag der Fall gewesen war. Die Mornen waren nicht in der Lage, sich zu verstellen, und ihr war klar, daß die Menschen einen Hauch dieser Kälte spüren mußten.

Wenige Minuten später betrat Wolfram Bracke den kleinen Raum im Landefahrzeug, der speziell für derartige Kontakte hergerichtet worden war. Seine breite Gestalt schien die zierlichen Mornen erdrücken zu wollen, und seine tiefe Stimme füllte den Raum, als er sich sofort Betty zuwandte.

„Na, war das ein Kampf?" rief er und streckte ihr beide Hände entgegen. „Da kann man doch nur herzlichst gratulieren."

Langsam wandte sich das Mädchen ab. „Gratulieren Sie Rod, aber bitte nicht mir", sagte sie, und es war unverkennbar Resignation in ihrer Stimme. Bracke legte ihr den Arm um die Schultern. Es war eine Geste, die so viel Mitgefühl ausdrückte, daß die Mornen mit Interesse aufblickten. Auch Karin Bachfeld erinnerte sich nicht, Bracke jemals derartig einfühlsam erlebt zu haben.

„Was ist denn?“ fragte er weich. „Sprechen Sie sich aus, Betty. Reden Sie sich Ihren Kummer von der Seele. Vielleicht kann Ihnen der alte Bracke helfen.“

Das Mädchen versuchte ein Lächeln. „Rod hat einen neuen Vertrag unterschrieben. Und er hatte fest versprochen, nach dem Kampf um die Meisterschaft aufzuhören.“

Bracke begriff nicht sofort. „Solch ein Unsinn!“ wetterte er. „Er ist zur Zeit der beste Boxer der Welt. Es wäre mehr als dumm von ihm, wollte er jetzt aufgeben.“

Betty machte sich aus seinem Arm frei. „Sie werden das kaum begreifen können, Mister Bracke“, versuchte sie zu erklären. „In den letzten Wochen habe ich ihn nur für Minuten gesehen. Er hat trainiert und trainiert, hatte für nichts anderes mehr Zeit. Vielleicht hat er nicht einmal bemerkt, daß ich inzwischen hier in San Francisco Arbeit gefunden habe, Arbeit, die mir Spaß macht. Soll ich nun wieder hinter ihm her ins Trainingslager reisen? Nein und nochmals nein! Lieber trenne ich mich von ihm.“

Bracke hob die Schultern. Er schien langsam zu begreifen, um was es der jungen Frau ging. „Aber das ist doch jetzt vorbei, Miss Betty. Mindestens ein halbes Jahr hat er vor sich, in dem er ausspannen kann und in dem er jeden Tag eine Menge Zeit für Sie hat.“

„Und was wird, wenn er eines Tages wieder arbeiten muß, wenn er nicht mehr aus dem verfluchten Amateurfonds des Mister Sullivan leben kann?“

Darauf konnte Bracke selbstverständlich auch keine Antwort finden, aber er brauchte es auch nicht, denn Karin Bachfeld ruckte herum. „Was hat Lester Sullivan mit der ganzen Sache zu tun?“

Tekla spürte die Spannung, die in dieser Frage lag.

Betty zuckte die Schultern. „Tut mir leid, Miss Bachfeld, aber Sie werden sich an unser Gespräch erinnern, in dem ich Ihnen erklärte, daß Mister Sullivan auf Rod eingewirkt hat, weiter zu trainieren, um Meister zu werden, vielleicht sogar eines Tages Weltmeister; bei den Amateurbestimmungen in der amerikanischen Region ist das sogar ziemlich sicher, und Rod hat sich damals überzeugen lassen. Ich halte diesen ganzen Rummel um Rod für nichts anderes als die Peitsche, mit der Mister

Sullivan einen Sportler vorwärts treibt, um seine lokalpatriotischen Gelüste zu befriedigen.“

Tekla war es, als lerne sie das Mädchen Betty zum erstenmal richtig kennen. So hatte sie sie noch nie gesehen. Sie hatte sich aufgerichtet, ihre Augen schienen zu sprühen, und ihre Gedanken überschlugen sich fast. Ganz anders verhielt sich in diesen Minuten Karin Bachfeld, die die Anklage gegen Lester zutiefst bedrückte. Zwar blieben der Mornin die emotionalen Belange der Menschen weitgehend unklar, aber sie begriff, daß es mehr war als normales Interesse, was die junge schwarze Frau dem Boxer entgegenbrachte.

Unvermittelt trat sie neben sie und beugte sich zu ihr hinab. „Wir hatten uns, kurz bevor Sie kamen, dahin gehend geeinigt, daß wir Mahoney und Ihnen die Teilnahme an unserer Expedition antragen wollten.“

Faunians Protest und Bojans Erstaunen über die Tatsache, daß sie Betty kurzerhand in die Einladung einbezog, ging in der Begeisterung Brackes unter.

„Eine ausgezeichnete Idee. Die körperlichen Anstrengungen schaden ihm gar nichts, im Gegenteil, sie werden ihn fit halten. Und Sie beide können sich in dieser Zeit klarwerden, wie Sie Ihre Zukunft gestalten wollen“, rief er.

Er ließ keinen Einwand gelten, auch nicht den Hinweis Bettys auf ihre vor wenigen Tagen angetretene Stellung, erklärte, die Mornen würden das schon regeln, und versprach, sofort Verbindung mit Rod Mahoney aufzunehmen. Auf dem Rückweg würde er im Hotel nachfragen, ob Lester Sullivan bereits angekommen sei.

Wieder bemerkte Tekla, daß Karin Bachfeld interessiert aufblickte. Sie flüsterte Bracke einige Sätze zu. Es war ein leichtes für die Mornin, ihre Gedanken aufzunehmen.

Woher wissen Sie, daß Lester Sullivan uns begleiten wird? vernahm sie, und sie fühlte mit dem sicheren Sinn einer über Jahrtausende geschulten geistigen Adaption die Erregung aus den fremden Gedanken, aus den geflüsterten Worten heraus.

Es schien ihr aber auch, als klinge Brackes Antwort übertrieben uninteressiert, als er leicht die Schultern hob.

„Ich weiß nichts Genaues“, erklärte er. „Lediglich an der Rezeption wurde vermutet, daß Sie ihn hier erwarten. Über seine Teilnahme in unserer Gruppe ist mir nichts bekannt.“

Langsam wandte sich die blonde Frau ab. „Dann fragen Sie bitte nicht nach ihm", bat sie, und Tekla hörte keine Enttäuschung in ihrer Stimme. Immerhin war ihr bekannt, daß Karin Bachfeld in der vergangenen Woche oft und gern mit ihm zusammen gewesen war.

Es war wirklich nicht leicht, sich in der Psyche der Menschen zurechtzufinden.

Amazonas

Silbern troff Wasser von den Blättern der Bäume. Überall in der Dämmerung glitzerte kondensierende Feuchtigkeit. Nie hatte ein Sonnenstrahl den verfilzten Boden des Dschungels erreicht. Unter dem dichten Dach riesiger Blätter brütete feuchtwarmes, fiebriges Klima.

Nur hin und wieder unterbrach ein Schrei die träge Stille des Nachmittags. Der Schrei eines Vogels, den die Pranke des Pumas getroffen hatte, der Schrei eines jungen Tapirs, den ein Kaiman an der Wasserstelle überraschte, oder der Schrei des Halbaffen, den der Pfeil eines bis auf den Lendenschurz nackten Indianers im Wipfel des Baumes getroffen hatte.

Für Sekunden ein Rascheln, ein dumpfer Aufschlag auf dem feuchten Boden, dann lag das Tier still. Doch nicht lange, und ein kräftiger Arm riß es empor, eine braune Hand untersuchte es auf seinen Ernährungszustand, ehe sie den Affen schwungvoll über die Schulter warf.

Als draußen über dem Fluß die Stille von einem Heulen zerrissen wurde, wandte sich der Indianer einen Augenblick lang zur Flucht, verharrte dann aber, den Kopf in den Nacken werfend, und kroch durch das dichte Unterholz dem Geräusch entgegen.

Gebückt, den Köcher mit den Schilfpfeilen an der Seite, das lange Blasrohr mit der unförmigen Druckkammer in der Hand und den leblosen Affen auf dem Rücken, schlich er dem Lichtschein entgegen, der die freie Fläche des Flusses markierte. Hinter den letzten Büschen verharrte er tief atmend und bog die Zweige auseinander.

Bestimmt waren die Weißen wieder mit einer ihrer fliegenden Maschinen unterwegs, von denen es so viele zu geben schien wie Tiere im Wald. Manchmal glitten sie nur wenig über die Wellen des Flusses dahin, manchmal aber kamen sie wie zornige Hornissen hoch über dem Wasser daher, und oft auch schossen sie wie blitzende Pfeile über den Himmel, Mensch und Tier mit ihrem Lärm in Angst und Schrecken versetzend.

Nun, daran hatten sie sich in der Zwischenzeit gewöhnt. Nur die alten Weiber verkrochen sich noch, wenn die heulenden Pfeile der Weißen über das Dorf jagten. Und vor den breiten Booten und den brummenden Hornissen hatten selbst sie keine Angst mehr. Die Weißen, die hin und wieder ins Dorf kamen, waren friedlich und hatten ihnen nie Anlaß zur Sorge gegeben. Zudem waren sie kaum ernst zu nehmen. Selbst für einen kurzen und ungefährlichen Weg durch den Dschungel baten sie den Häuptling stets um einen Begleiter, einfach, weil sie sich im Walde nicht auskannten und allein hoffnungslos verloren waren.

Über die Stromschnellen unterhalb seines Standortes zog jetzt eine Maschine herauf, wie er noch keine gesehen hatte. Jetzt erst fiel ihm auf, daß das Heulen verstummt war. Lautlos, flach über das Wasser gleitend, kam eine dicke gelbe Wurst den Fluß entlang. Vorn auf ihrer Stirnseite klaffte eine breite, dunkle Öffnung. Sonst war sie fugenlos glatt, ohne die geringsten Anzeichen eines Antriebes oder gar einer gläsernen Kabine, in der sonst die Weißen zu sitzen pflegten. Als die Wurst endlich mit ihm auf gleicher Höhe war, wendete sie die Öffnung an ihrem Vorderende dem Ufer zu und kam immer näher.

Er war kein Feigling, niemand konnte das mit Recht von ihm behaupten, aber er dachte nicht daran, sich einer Gefahr auszusetzen, die er nicht kannte und von der er kaum annehmen konnte, daß ihre Überwindung ihm einen Vorteil brächte. So duckte er sich unter die tiefhängenden Zweige und kroch auf allen vieren rückwärts in das Gebüsch.

Dann richtete er sich auf und begann plötzlich zu laufen. Mit weiten, raumgreifenden Schritten, die ganze Sohle des Fußes flach auf den glitschigen Boden setzend, eilte er dem Dorfe zu, um den Seinen die Ankunft eines noch nie gesehenen Fahrzeuges der Weißen zu melden.

Rod Mahoney blickte von der leicht gewölbten vorderen Fläche des schwebenden Zylinders auf die dampfende Wand des Dschungels. Er hatte keinen Blick für den träge in tieferes Wasser gleitenden Kaiman, der mit wachen Augen auf das seltsame Fahrzeug blickte, ehe er in einem mächtigen Strudel versank.

Irgendwo, dort in diesem dunkelgrünen Dämmer, mußten sich die Indianer befinden, Rod war sich dessen sicher. Die feinen Ortungsgeräte der Mornen täuschten sich nicht.

In den vergangenen Tagen hatte er Gelegenheit gehabt, einen kleinen Teil der mornischen Technik und die überragenden geistigen Leistungen ihrer Schöpfer zu bewundern. Sie hatten sich alle konzentriert auf ihre Aufgaben vorbereitet, hatten versucht, einen Algorithmus der indianischen Sprachen zu finden, um die Translater zu programmieren, aber die Abweichung der Idiome war zu groß. So hatten sie sich für das Spanische entschieden, hoffend, daß der eine oder andere Indianer dieser Sprache mächtig sein würde.

Er blickte sich um. Nur wenig hinter ihm stand Bojan. Rod glaubte auf dem starren Gesicht des Mornen den Anflug eines Lächelns wahrnehmen zu können, aber vielleicht war es auch nur der trübe Dämmer, der diesen Eindruck erzeugte.

Er erinnerte sich eines Gesprächs mit dem Maschinisten, als er ihn erstaunt gefragt hatte, weshalb die Mornen ausgerechnet auf seiner und Bettys Teilnahme an dieser Expedition bestanden hatten.

Zuerst war er verblüfft über die eigenartige Antwort. Bojan hatte ihm rundheraus erklärt, daß man ihn, Rodney Mahoney, für ein Musterexemplar menschlicher Spontaneität und Unausgegorenheit halte. Man verspreche sich sehr viel von seiner Anwesenheit und der Untersuchung seiner Verhaltensweisen unter den natürlichen Bedingungen des Dschungels. Es wäre gelogen, wenn er behaupten wollte, er hätte sich durch Bojans Worte geehrt gefühlt, aber bei genauerem Nachdenken sah die Sache nicht gar so schlimm aus, wie es ihm zuerst erschienen war, zumal ihm Tekla erläutert hatte, daß es vor allem seine kraftvolle Art sei, die ihn den Mornen so interessant mache. Ihrer Meinung nach sei er das Urbild des Menschen überhaupt.

Nun, ihm konnte es recht sein. Er war gewöhnt, sein Verhalten untersucht und zergliedert zu sehen, und es war schon ein Vorteil, daß er sich hier so geben konnte, wie er wirklich war. Niemand erwartete von ihm, daß er das Großmaul spielte. Sollten sie ihn ruhig studieren!

Er wäre ohnehin in Schwierigkeiten gekommen, hätte man ihn gefragt, was er jetzt, da seine Karriere im Boxsport ihren Höhepunkt erreicht hatte, zu tun gedenke. Wahrscheinlich hätte er die Schultern gezuckt und wider besseres Wissen behauptet, er werde weitertrainieren. Und man würde ihm glauben, denn die Ente vom unterschriebenen Vertrag war noch nicht widerrufen worden.

Selbstverständlich hatte Rod verlangt, Brewster solle die Presseberichte, in denen behauptet wurde, Rod habe bereits einen neuen

Vertrag unterschrieben, dementieren und eine entsprechende Korrektur veröffentlichen, aber Brewster hatte erklärt, er wisse von alldem nichts und habe vor der Presse auch nichts behauptet.

Es hatte einen heftigen Streit gegeben, und Rod hatte ihm erklärt, daß er nicht daran denke, nochmals in den Ring zu steigen. Dann hatte er die Tür hinter sich zugeschlagen und war, so schnell er konnte, hinter Betty hergelaufen, aber er hatte sie nicht mehr erreicht. Erst hier bei den Mornen, deren Angebot er freudig angenommen hatte, waren sie sich wieder begegnet, und er wußte jetzt, daß ihm Betty mehr bedeutete als alles andere.

Als er bis zu diesem Gedanken gekommen war, stellte er verwundert fest, daß er zum erstenmal fühlte, welche Sicherheit in der Tatsache lag, vor sich selbst Klarheit geschaffen zu haben. Fast war er ein wenig stolz auf sich. Er überließ sich seinen Gedanken, blickte auf die hinter dem Boot aufkochenden Wirbel, auf die weißen Heckseen, die das Luftkissen aus der Tiefe des Flusses heraufpreßte, und träumte.

Hinter ihm starrte Bojan auf die dunkelgrüne, dampfende Wand des Waldes. „Dort war ein Mensch!“ sagte er. „Seine mentalen Impulse sind den euren zwar ähnlich, aber sie gleichen ihnen nicht!“

„Kein Wunder!“ erwiderte Rod. „Ihre Gedanken laufen in anderen Bahnen. Sie stehen noch weitab von unserer Zivilisation.“

Bojan schien nachzudenken. „Aber...“, sagte er. Doch Rod winkte ab.

„Ich weiß, was du sagen wolltest. Aber ich kann dir nicht erklären, weshalb ihre Impulse anders sind. Ich weiß nur, daß auch ihr Denken anders ist als das unsere.“

Bojan schüttelte den Kopf, und Rod freute sich über diese Geste, eine Geste, die von den Mornen immer häufiger kopiert wurde.

„Das meinte ich nicht“, sagte er und schwebte neben Rod. „Eigentlich wollte ich dich fragen, warum diese Menschen auf einem ganz anderen Entwicklungsstand stehen als die anderen, zu denen auch du gehörst, und alle die, die wir bisher kennengelernt haben.“

Rod hob wieder die Schultern. „Das ist nicht einfach zu erklären. Die gleichmäßige Entwicklung des Lebens auf einem Planeten ist von vielen Voraussetzungen abhängig.“

„Beispielsweise von einer ständigen Kommunikation der Menschen untereinander“, schaltete sich Karin Bachfeld ein.

„Das mag richtig sein.“ Bojan wandte sich ihr zu. „Aber das ist auf eurem Planeten mit Sicherheit sehr schnell und leicht zu erreichen, wenn das Interesse dafür vorhanden ist. Eure Technik hat einen Stand erreicht, der garantieren könnte, daß kein Volk aus der Evolution ausgeschlossen bleibt."

Karin Bachfeld begann langsam und vorsichtig zu erklären, daß es Zeiten gegeben habe, in denen ganze Völkerstämme ausgerottet worden seien, nur weil sie nicht in der Lage waren, sich gegen die überlegenen Waffen der Eroberer zur Wehr zu setzen. So seien Kulturen untergegangen, berichtete sie, von denen man erst später erfuhr, auf welch hohem Stand sich ihre Zivilisation befunden habe; nur eben in der Waffentechnik waren sie zurückgeblieben, wenn man die Eroberer als Maßstab nahm. Sie ließ anklingen, daß man diese sogenannten Wilden, jetzt konnte sie sich eines Lächelns nicht erwehren, bis vor wenigen Jahren brutal ausgebeutet hatte und daß die Indianer selbst sich in ökologische Nischen zurückgezogen hatten und jeden Kontakt mit der Zivilisation – sie sagte „mit der sogenannten Zivilisation" – ablehnten. Sie nannte die drastischen Gesetze, die es heute gab, um das Leben dieser Minderheiten auf der Erde zu schützen. Sie sagte aber auch, daß die Menschheit die Zeit für gekommen halte, diese wenigen Stämme behutsam in das allgemeine Leben der Erdbevölkerung einzugliedern. Allerdings werde das viele Jahrzehnte in Anspruch nehmen, denn man wolle einmal begangene Fehler nicht aus Unvernunft wiederholen.

Rod mußte zugeben, daß sich Karin Bachfeld alle Mühe gab, diese auch in seinen Augen heikle Angelegenheit so vorsichtig wie irgend möglich zu erläutern, aber es war nicht schwer, selbst dem beherrschten Gesicht Bojans, in dem sie langsam lesen lernten, anzusehen, daß die Menschheit eine weitere Schlacht verloren hatte.

Mit einem mächtigen Satz sprang Rod ans Ufer und sank bis über die Knöchel in den weichen Schlick. Fluchend versuchte er die Stiefel herauszuziehen, da sah er, wie einige faustgroße Landeinsiedlerkrebse mit schaukelndem Gehäuse unter die Luftwurzeln der nächsten Bäume flüchteten. Er vergaß einen Augenblick den schwarzen Brei, in dem seine Füße steckten, vergaß, daß er eben noch drauf und dran gewesen war, sich für die gesamte Menschheit zu schämen, und betrachtete amüsiert die kleinen Gesellen, die augenzuckend und fühlertastend mit ihren mächtigen Schneckengehäusen flüchteten.

Bojan war vorsichtiger als er oder klüger. Der Morne schaltete seinen Antigravgürtel ein und sprang mindestens drei Meter weiter. Er setzte auf einem zwar glitschigen, aber doch festen Uferweg auf und blickte zurück zum Zylinder.

Nach und nach ging die Gruppe an Land. Es waren vier Menschen, Karin Bachfeld, Wolfram Bracke, Betty und er. Dazu kamen sechs Mornen, Bojan als Leiter, Tekla, ein Arzt, der Kont hieß, schweigsam und verhältnismäßig klein war und nur selten auf sich aufmerksam machte, aber desto interessierter beobachtete, und drei Biologen: Beltas, Virto und Helo. Als Rod sich die Namen der Mornen nochmals vergegenwärtigte, fiel ihm auf, daß daraus auf ihr Geschlecht geschlossen werden konnte. Diese Ähnlichkeit mit menschlichen Namen freute ihn, und sie stimmte ihn versöhnlicher.

Sie ließen Rod den Vortritt. Als er sich nach wenigen Metern umblickte, sah er, daß ihm alle folgten. Hinter ihnen stieg langsam der Antigrav auf und begann ihnen zu folgen wie ein dressierter Falke.

Rod fand mit wenig Mühe einen Pfad, von dem er annahm, daß er irgendwann zu einem Indianerdorf führen würde. Wahrscheinlich deckten sie ihren Wasserbedarf am Fluß, und das Dorf lag mit einiger Sicherheit nicht weit von ihrem Landeplatz entfernt. Der Boden war festgetreten von den nackten Füßen der Indianer, die seit vielen Jahren diesen Pfad gegangen waren. Und doch schien sich der Dschungel nur schwer mit diesem Weg abzufinden. Überall hingen schlanke Lianen über der Schneise, reckten Büsche ihre in wenigen Stunden hervorschießenden Triebe mit messerscharfen Dornen über den Weg.

Rod war vorsichtig. Hin und wieder machte er, zuerst noch ein wenig ungelenk, doch bald sicherer, von einem schweren gebogenen Machete Gebrauch, um zu verhindern, daß die Nachfolgenden sich Verletzungen zuzogen. Immer wieder schwang er die schwere Klinge, die, einmal gehoben, mit nur noch geringem Kraftaufwand selbst armstarke Äste zerschlug.

Sie gingen langsam, und das ließ ihm Zeit, auf die erstaunten Ausrufe der Mornen zu achten, die der Translater übersetzte.

Er lächelte, wenn sie vor einem hastig über den Weg huschenden Käfer erstarrten, wenn sie zusammenzuckten, weil einer der vielen kleinen Baumleguane aus dem Dickicht tauchte, bevor er schnell an einem der Bäume hochlief, ängstlich darauf bedacht, die den Menschen abgewandte Seite zu benutzen. Er deutete absichtlich auf handgroße Baumspinnen, die sie mit funkelnden Facettenaugen anstarrten und die dann, auf der Blattunterseite sitzend, auf haarigen Beinen zu schwingen begannen. Es bereitete ihm Genugtuung, daß der Urwald mit seinem tausendfältigen Leben den Mornen Ekel und Abscheu einflößte.

Und dann freute er sich doch über Tekla, die in begeisterte Rufe ausbrach, als sie sah, wie vor ihr ein winziger Vogel mit schwirrendem Flügelschlag, als gäbe es für ihn keine Schwerkraft, vor einer grellbunten Blüte verharrte und seinen gebogenen, übermäßig langen Schnabel in ihren Kelch tauchte.

„Du wärst noch begeisterter, wenn du die Maske abnehmen könntest", rief er ihr über die Schulter zu und beobachtete Bojan aus den Augenwinkeln, „diese Blüten strömen einen wunderbaren Duft aus!"

Er sah, daß Bojan aufhorchte und sich mißtrauisch umblickte.

„Wir werden unsere Masken auf diesem Planeten nie abnehmen können", erklärte er schroff.

Rod verdroß die kurz angebundene Art des Fremden, mit der er sich nicht anfreunden konnte. „Ich weiß", sagte er und winkte ab. „Bakterienangst. Aber glaubt mir, unsere Ärzte haben ausgezeichnete Mittel gegen derartige Erkrankungen."

„Aber unsere Körper nicht. Außerdem bin ich nicht davon überzeugt, daß eure Ärzte alle Krankheiten beherrschen."

Rod war betroffen von der Kälte in den Worten des Mornen, aber er kam zu keiner Antwort, denn Bojan fuhr bereits fort: „Denk an unseren Begleiter Bracke. Noch vor wenigen Tagen hatte er eine Infektion, gegen die es, wie er behauptete, kein wirksames Mittel gibt."

„Du meinst den Schnupfen?" Rod lachte. „Das ist eigentlich keine Krankheit. Er gehört zum normalen Leben, ein- oder zweimal im Jahr."

Jetzt schaltete sich Karin Bachfeld, die bisher kaum etwas gesprochen hatte, wieder ein. „Ganz so ist es nicht. Denken wir nur an die Indianer, zu denen wir unterwegs sind. Noch vor wenigen Jahrzehnten verlief für sie ein Schnupfen häufig tödlich, weil ihre Körper keine Abwehrstoffe dagegen hatten. Heute allerdings haben auch sie sich an den Schnupfen gewöhnt."

Bojan machte keinen Hehl aus der Tatsache, daß er die nachlässige Einstellung der Menschen ablehnte. „Es dürfte doch nicht schwerfallen, eine derart weitverbreitete Krankheit auszurotten", meinte er.

Karin Bachfeld schob Rod zur Seite. Sie war nach vorn gekommen, um nicht ständig schreien zu müssen, damit man sie verstand. „Selbstverständlich gibt es Behandlungsmethoden. Man kann sich zum Beispiel impfen lassen."

Kont, der Arzt, schüttelte sich in gespieltem Entsetzen. Die brutalen Methoden der irdischen Medizin mußten ihn erschrecken. Kein Wunder, wenn man einen Mornen mit einer Heiltherapie konfrontierte, bei der dem Patienten ein unter Druck stehendes Serum in die Blutbahn getrieben wurde, das in vielen Fällen aus abgeschwächten Krankheitserregern bestand.

„Aber es gibt eine Menge Menschen, die etwas gegen das Impfen haben", sagte Rod. „Und zu ihnen gehört nicht nur Wolfram Bracke." Er war überzeugt, daß Kont den Mann vom Mond nur zu gut begriff, und es hatte tatsächlich den Anschein, als würden sie dieses Thema so bald nicht wieder berühren.

Ganz plötzlich tauchte vor ihnen ein Hindernis auf. Zwei mehr als meterlange Schilfhalme steckten rechts und links des Weges. Die Halme waren an ihren oberen Enden mit Federn verziert und waren so geneigt, daß sie als diagonales Kreuz den schmalen Pfad völlig versperrten. Schon wollte Rod das Hindernis beseitigen, als ihn Bracke aufgeregt daran hinderte.

„Hände weg, Rod!" knurrte er. „Das ist eine unmißverständliche Aufforderung, nicht weiter in das Gebiet der Indianer einzudringen. Wir müssen hier warten, bis sie entweder selbst zu uns kommen oder uns auf irgendeine Art zur Umkehr zu bewegen suchen."

„Und wir können nichts dagegen tun?" Bojans Frage drückte Erstaunen aus.

Bracke schüttelte den Kopf. „Nein! Wir würden nur riskieren, von einem ihrer Pfeile getroffen zu werden. Und diese langen Pfeile, die mit Bogen verschossen werden, sind nicht ihre gefährlichste Waffe! Die kurzen, kaum zwanzig Zentimeter langen Schilfsplitter, die sie aus Blasrohren verschießen, sind absolut tödlich, wenn nicht sofort eine Injektion eines Gegengiftes erfolgt. Diese hier machen nur Fleischwunden." Er deutete auf die kräftige Spitze eines der beiden Pfeile, die sich kurz über dem Boden in eine Wurzel gebohrt hatte.

Bojan richtete sich steil auf. „Das ist barbarisch!" erklärte er.

Bracke schüttelte lächelnd den Kopf. „Man darf sie nicht mit unseren Maßstäben messen. Sie sind immer noch davon überzeugt, daß nur ihre Aversion gegen die Weißen ein Überleben sichert. Und nicht nur aus den Gründen, die Karin Bachfeld vorhin nannte. Gewiß spielt die Tatsache, daß sie jahrhundertelang unterdrückt wurden, eine Rolle. Auch daß ihnen die Weißen Krankheit und Tod brachten und sie übervorteilten, wo immer es ihnen gelang, hat dazu beigetragen. Aber das alles liegt so weit zurück, daß sie es vielleicht schon längst vergessen hätten.

Nein, heute haben sie andere Gründe. Sie besitzen vereinzelt moderne Radios, und aus den Sendungen der letzten Jahre mußten sie entnehmen, daß die moderne Menschheit dabei war, sich selbst auszurotten. Sie hörten von Industriemüll, verseuchter Luft und verschmutztem Wasser. Sie wurden darüber informiert, daß der moderne Mensch dabei war, zum Roboter zu werden, zu einer Maschine, die nur einen einzigen Handgriff tut, jahrein, jahraus einen Handgriff, und nichts anderes."

„Aber...", versuchte Bojan zu unterbrechen.

Mit einer Handbewegung wehrte Bracke ab. „Niemand kann sie vom Gegenteil überzeugen. Einsicht ist eine Frage des Bildungsstandes. Dieses Geschwätz einer untergehenden Ordnung ist für sie das Entsetzensgeschrei einer ganzen untergehenden Welt. Es wird noch Jahre dauern, ehe die moderne Menschheit diese Minderheiten davon überzeugt hat, daß auch diese letzte Gefahr gebannt ist. Das alles ist ein sehr langer Prozeß, und es ist gut, daß wir gelernt haben, mit ihnen in Geduld umzugehen."

Rod beobachtete Bojan, der anscheinend mit großem Interesse zuhörte. Jetzt aber wandte der Morne lauschend den Kopf.

Zu gleicher Zeit hörte man zwischen den Bäumen hier und dort ein leises Rascheln, dessen Ursache nicht zu ermitteln war. Bojan hob langsam die Hand.

„Sie kommen!" sagte sein Translater, und die anderen Mornen bestätigten mit leisen Worten, daß auch sie die ersten mentalen Impulse der Indianer aufnahmen.

Schatten huschten zwischen den Bäumen, dunkle, kleine Gestalten, die jeden Baum, jeden Strauch geschickt als Deckung nutzten. Nur die Bewegung an sich, nicht aber diejenigen, die sie verursachten, war zu erkennen. Rod fühlte, daß sich ein Ring um die Gruppe schloß, und das alles ging mit einer Lautlosigkeit vonstatten, daß es ihm unheimlich wurde.

Völlig schutzlos stand die Expedition auf dem schmalen Weg, jederzeit konnte sich einer der tödlichen Pfeile ein Opfer unter ihnen suchen. Erst jetzt begriff Rod, was es für einen Mornen bedeuten mußte, auf ihre gesamte Technik, die sie schützte und betreute, zu verzichten. Ohne Zögern waren sie auf Brackes Vorschlag eingegangen, als er ihnen erklärt hatte, daß es keine Möglichkeit gäbe, die Indianer kennenzulernen, wenn sie sich ihnen mit dem Antigraven oder einem anderen Fahrzeug zu nähern versuchten. Die Indianer würden mit Sicherheit auf Nimmerwiedersehen in den dichten Wäldern verschwinden. Die einzige Chance sei der Marsch durch den Urwald nach Art der normalen Expeditionen.

Rod blickte auf Bojan und deutete auf den Weg hinter ihnen, der nach wenigen Metern im Dämmer mächtiger Baumriesen verschwand.

„Wir können nicht mehr zurück", sagte er. „Die Indianer sind uns im Wald in jeder Beziehung überlegen. Hoffen wir, daß sie uns friedlich begegnen werden."

Er betrachtete einen ungewöhnlich geformten Gegenstand in der Hand Bojans, dessen Sinn er sich nicht erklären konnte. Das Ding sah aus wie ein dicker Bleistift mit Griff, aus dessen Schaft vorn eine blaue Mine ragte. Zwar sah Bojan den Blick Mahoneys nicht, aber er spürte deutlich seine Frage.

„Es handelt sich um einen Paralyser", erklärte er. „Eine Waffe, die speziell zur Verteidigung auf unbekannten Planeten entwickelt wurde. Eigentlich ist es die einzige Waffe, die wir kennen..."

„Entwickelt für die Erde." Rod lächelte. „Aber ich glaube nicht, daß wir sie brauchen werden, und um ehrlich zu sein, ich zweifle an ihrer Wirksamkeit."

Bojan reagierte nicht auf die in Rods Worten enthaltene Spitze. Er erläuterte die Waffe, die überschnelle Teilchen beschleunigte und sie verstrahlte. Dabei würde in den getroffenen Organen Supraleitfähigkeit erzeugt und die motorischen Impulse wirkungslos. Das Ergebnis sei eine vorübergehende Lähmung.

Rod freute sich innerlich, daß sich die Mornen bewaffnet hatten. Das nahm ihnen etwas von dem Abstand zu den Menschen, fand er, aber überzeugt von der Wirksamkeit des Paralysers war er nicht. „Versuch es!" sagte er zu Bojan und zeigte auf einen kleinen Baumwaran, der stelzbeinig etwa drei Meter hinter den Pfeilen über den Weg marschierte.

Bojan hob die Waffe und richtete sie auf die Echse. Rod sah nicht, wie er die Waffe bediente, aber er sah den Waran in den Beinen einknicken. Doch dann, bevor der Körper den Boden berührte, riß das Tier den Kopf herum, stieß ein Fauchen aus und verschwand mit einem Sprung im Dickicht. Rod beobachtete den Mornen, der konsterniert seinen Paralyser betrachtete. Langsam schien ihm aufzugehen, daß sie nun waffenlos waren. Die schnellen Teilchen blieben wirkungslos, auch wenn man einräumen mußte, daß ihre Wirkung auf höhere Wesen eine andere sein konnte. Aber auch daran schien der Morne nicht mehr zu glauben, denn er schob den Paralyser mit einer Bewegung in eine Tasche seiner Kombination, als hätte er ihn am liebsten ins Gebüsch geschleudert.

„Ein seltsamer Planet!“ sagte er scheinbar ohne jede Regung. „Eine Überraschung nach der anderen. Und dies war eine der unangenehmsten.“ Er blickte sich um, als suche er zwischen den Baumkronen nach dem Antigravgleiter.

Rod schüttelte den Kopf. „Die Indianer können ihn nicht sehen. Das dichte Blätterdach entzieht ihnen jede Sicht. Allerdings nützt er auch uns in dieser Situation nichts.“

„Red nicht soviel!“ knurrte Bracke. „Es ist gut, daß der Gleiter außer Sichtweite bleibt. Wer weiß, wie die Indianer reagieren würden, wenn sie ihn sehen könnten.“

„Also werden wir nichts anderes tun, als abwarten?“ fragte Tekla, und Rod sah, daß Bracke bestätigend nickte. „Wir werden nicht lange zu warten haben. Ich bin überzeugt, daß die Indianer uns völlig umzingelt haben. Wenn sie uns an das Leben wollten, hätten sie längst etwas unternommen.“ Er blickte angespannt in das Dickicht vor ihnen. Dann wandte er sich noch einmal an Bojan. „Auch deine Wunderwaffe hätte uns nichts genützt!“ sagte er. „Die Indianer hätten nicht mit einem Pfeil angefangen, sondern uns aus einer sicheren Deckung heraus mit einem Hagel ihrer kleinen vergifteten Geschosse überschüttet. Wir hätten keine Chance gehabt.“

Rod sah, wie Bracke lächelte, aber es war keine Schadenfreude. Sie schwiegen und warteten auf die Dinge, die zweifellos kommen würden. Und sie brauchten tatsächlich nicht lange zu warten. Um die Wegbiegung vor ihnen kam ein abenteuerlicher Zug. Eine Gruppe von kleinen, aber muskulösen braunen Männern näherte sich der Sperre. Sie waren mit kurzen khakifarbenen Hosen bekleidet und im übrigen bis auf einige Schilfblätter, die sie um Oberarme und Oberschenkel geschlungen hatten, nackt. Die Fülle des langen schwarzen Haares entlockte den Mornen erstaunte Ausrufe. Einige Meter vor der Gruppe schritt ein alter Mann, dessen Haut wie zerknittertes altes Pergament aussah. Graue Strähnen durchzogen das bis auf die Hüften fallende Haar. Rod atmete auf. Sie alle hatten sich vor der Abreise einem Intensivstudium der brasilianischen Indianer unterzogen, und jetzt merkte er, daß es gut gewesen war. Er wußte sofort, daß die Leute hier Suya-Indianer waren, ein Stamm, der als friedlich und relativ gebildet bekannt war, sofern man bei der Weltabgeschiedenheit dieser Menschen von Bildung im üblichen Sinne sprechen konnte. Als sie näher kamen, konnte man erkennen, daß ihre Körper mit bunten geometrischen Figuren bemalt waren.

Rod betrachtete die Mornen, die starr und stumm die Szene beobachteten. Er sah, wie es hinter der Stirn Bojans wetterleuchtete. Er schien angestrengt zu lauschen.

„Ich kann ihre Gedanken verstehen“, flüsterte er. „Nicht so klar wie die euren, aber ich begreife zumindest den Sinn. Es sind einfache und geradlinige Gedanken. Sie sind erstaunt über die Anwesenheit von Weißen, die sie noch nie gesehen haben. Damit meinen sie uns. Sie ermahnen sich gegenseitig zur Vorsicht. Unsere gelbe Kleidung und die Masken vor unseren Gesichtern machen ihnen Kopfzerbrechen. Gleich werden sie stehenbleiben. Da, der alte Mann hebt die Hand.“

Tatsächlich blieb die Gruppe etwa zwanzig Meter vor ihnen stehen. Zwei jüngere Männer traten neben ihren Häuptling und stützten sich auf ihre langen Pfeile. Lange blickten sie stumm herüber, und auch Bojan konnte keinen Gedanken auffangen.

„Der schwarze Mann soll näher treten“, rief einer der beiden in gebrochenem Spanisch. Dann setzte er sich mit untergeschlagenen Beinen mitten auf den Weg, und die anderen taten es ihm gleich.

Sie hatten Rod automatisch zum Häuptling der Ankömmlinge gemacht, da seine Hautfarbe der ihren am meisten ähnelte. Rod wunderte sich nicht, daß Betty für diese Funktion für die Indianer nicht in Frage kam. Sie war in ihren Augen nur eine Frau.

Den Sinn des Satzes hatte er verstanden, da man in seiner Heimat häufig mit spanisch sprechenden Einwohnern des benachbarten Mexiko zu tun gehabt hatte. Er war jedoch aufs höchste erstaunt, als Bracke die Forderung fehlerfrei übersetzte. Fragend blickte er ihn an, und der Kosmonaut mußte wohl sofort begriffen haben, worüber sich Rod wunderte.

„Ich habe versucht, ein wenig Spanisch zu lernen, als ich erfuhr, daß ich die Mornen in den Dschungel begleiten sollte“, erklärte er, und Rod begriff, welche Energie in dem so stillen Bracke steckte.

Ohne sich um die abweisenden Gesichter der Suyas zu kümmern, begleitete er Rod, als der die beiden Speere zur Seite bog und gemessenen Schrittes vor den Häuptling trat. In der Tat erwähnte der zerknitterte alte Indianer die Übertretung seiner Forderung mit keinem Wort.

Nach einem langen Gespräch, das oft auf Nebensächlichkeiten abschweifte, wie sollten sie den Suyas auch den genauen Sinn ihres Hierseins erläutern, erklärten sich die Indianer bereit, die Gruppe für sechs Tage in ihrem Dorf aufzunehmen und sie mit ihren Lebensgewohnheiten vertraut zu machen. Rod winkte den anderen, näher zu treten.

Als sich der Zug wenige Minuten später in Bewegung setzte, begann es rechts und links des Weges in den Büschen zu rascheln. Ein ständiger Zustrom von braunhäutigen Indianern spaltete die kleine Expedition auf. Es blieb ihnen nichts anderes übrig, als das Spiel mitzumachen. Sie wären ohnehin kaum in der Lage gewesen, etwas gegen die Zersplitterung der Gruppe zu unternehmen. Es war still im Wald. Die marschierende Gruppe hatte alle Tiere verscheucht. Oder doch fast alle.

Hatten die Mornen zuerst noch einen erheblichen Abscheu vor diesem grünen Dämmer, vor diesen mit wilder Lust wuchernden Pflanzen gehabt, so begannen sie sich nun langsam daran zu gewöhnen und bekamen mit der Zeit einen Blick für die Schönheiten des grünen Lebens.

Kont, der Arzt, griff spielerisch nach einem Ast, der vor seinem Gesicht hin- und herpendelte. Er zuckte entsetzt zusammen, als unmittelbar neben ihm ein unartikulierter Schrei ertönte, der ihm eine Welle körperlichen Schmerzes bereitete, und dicht neben seiner Hand ein Messer wie ein silberner Blitz zischte, das den Ast in der Mitte durchtrennte.

Erschrocken starrte er auf das Vorderteil einer sich am Boden windenden Baumschlange, deren Schwanz noch immer mit den letzten Schlingen des Körpers am Baum hing.

Aus den Gedanken des Suyas, der mit sich überschlagenden Worten auf ihn einredete, spürte er die Warnung vor den Tieren des Waldes heraus. Er mußte erfahren, daß der Biß dieses „Astes“ tödlich gewesen wäre, wenn der Suya Komdu das Tier nicht vernichtet hätte. Impulsiv drückte Kont dem Indianer die Hand und sah, wie ein strahlendes Lächeln dessen braune Zähne entblößte.

Den Rest des Weges legte Kont in tiefer Schweigsamkeit zurück. Er dachte nach über diesen Planeten, auf dem Wesen lebten, die wie Wilde aussahen und die, je näher man sie kennenlernte, zu guten Freunden wurden. Er betrachtete aufmerksam die himmelwärts strebenden Bäume, die sich an ihnen emporschlingenden Lianen mit den bunten Blüten und die kleinen Tiere, die hastig flohen. Und er dachte an die sanften, glatten Hügel von Morn mit ihren geschwungenen Linien und an die Sauerstoffschächte, die die riesigen Wälder der Erde vertraten.

Am dritten Tag ihres Aufenthaltes im Lager der Suyas nahm Bojan Rod

Mahoney beiseite. „Je länger ich mich mit den Lebensbedingungen dieser Menschen befasse, desto unverständlicher wird mir, daß sie die Errungenschaften eurer Zivilisation ablehnen", erklärte er.

Rod hob die Schultern. „Geh davon aus, daß sie ein anderes Leben als das ihre nicht kennen. Sie fühlen sich wohl in engem Kontakt mit der Natur ihrer Heimat."

„Aber gerade zu ihrer Umgebung befinden sie sich in einem ständigen Widerspruch. Jeden Fußbreit Boden müssen sie sich erobern. Sie werden von Krankheiten und wilden Tieren bedroht, gegen die ihnen die moderne Zivilisation helfen könnte."

„Das tut sie ja auch. Nicht alles lehnen diese Indianer ab. Sie bekommen Medikamente, Informationen, Waffen und Motoren. Aber in Maßen, verstehst du? Nicht als Überangebot. Und sie begrenzen die Kontakte schon von sich aus, denn sie müssen sich langsam erst daran gewöhnen, daß die Zivilisation ihnen heute nicht mehr schadet, sondern nützt."

Rod blickte dem Mornen ins Gesicht. „Und vielleicht ist es gut, daß sie langsam in unsere Gesellschaft hineinwachsen."

„Du meinst also, daß eure Gesellschaft eine Gefahr für sie wäre?"

„Das glaube ich in der Tat. Seit Jahrhunderten leben sie an der Grenze des Existenzminimums. Sie würden, plötzlich integriert, an dem Überangebot der modernen Zivilisation ersticken. Sogar unseren Völkern hat es nach der Veränderung der gesellschaftlichen Verhältnisse Mühe gekostet, den Herzinfarkt zu besiegen, eine Krankheit, die durch ein Überangebot an Nahrungsmitteln und gleichzeitige Bewegungsarmut hervorgerufen wurde."

„Aber die Menschheit ging daran nicht zugrunde."

„Nein!" sagte Rod lachend. „Hatten die Menschen zuerst das für sie neue Gefühl des Wohlstandes wie in einer Konsumeuphorie ausgekostet, so begann man schon bald auf die zuerst noch belächelten Warnungen einiger Wissenschaftler zu hören, die durchaus ihre Berechtigung hatten. Das Problem wurde sehr schnell gelöst, als die neue Gesellschaft nicht mehr den Profit, sondern den Menschen in den Vordergrund stellte."

Bojan hatte bereits genügend von der Entwicklung der menschlichen Gesellschaft gehört, um keine Fragen mehr stellen zu müssen. Und doch gab ihm die Menschheit immer wieder Rätsel auf.

„Trotzdem sollte man meinen, daß nach nunmehr dreißig Jahren der neuen Ordnung die Indianer ihre Aversion abgelegt haben müßten", sagte er.

„Vielleicht haben sie das auch und geben es nur noch nicht zu. Auf alle Fälle aber dürften sie sich bereits ihre eigenen Gedanken gemacht haben.“

„Es scheint mir aber auch an der Zeit zu sein, daß die zivilisierte Menschheit Schritte unternimmt, die den Indianern die Integration erleichtert.“

„Das wird zweifellos bald geschehen. Im Augenblick jedoch hat die Gesellschaft noch eine Menge anderer Probleme zu lösen, ehe sie dieses Problem angreifen kann. Und bei allem guten Willen wird die Eingliederung dieser Indianer doch ein sehr langer Prozeß werden.“

„Aber sie ist notwendig. Die Indianer benötigen für ein Individuum einen viel größeren Raum, als er für einen Menschen in einer modernen Gesellschaft benötigt wird, um sich ernähren zu können. Das Leben dieser Menschen ist unrationell.“

„Unsere Wissenschaftler haben sich die gleichen Gedanken gemacht“, warf Karin Bachfeld ein. „Aber auch die riesigen Wälder hier haben ihre Daseinsberechtigung. Sie sind es letztlich, die die Erde zu dem machen, was sie sein soll: der optimale Lebensbereich des Menschen. Und deshalb nehmen wir uns Zeit mit der Eingliederung der Indianer.“

Bojan war unzufrieden. Die Gedanken der Menschen schienen ihm zu kurzsichtig. „Wir auf Morn betreiben die Aufbereitung unseres Atemgases auf künstlichem Wege“, erklärte er. „Und die Menschen sollten sich überlegen, ob es für ihren Lebensbereich nicht das beste wäre, sich ebenfalls dieser weit effektiveren Methode zu bedienen.“

Karin Bachfeld schüttelte den Kopf. „Unser Leben ist ein Teil des biologischen Gleichgewichts auf unserem Planeten“, versuchte sie zu erläutern. „Würden wir unser Atemgas künstlich aufbereiten, dann entzögen wir den Pflanzen einen Teil ihrer Nahrungsgrundlage, und weite Landstriche würden verkarsten. Das hätten wir schon damals haben können, als unsere Vorfahren aus Unkenntnis Wälder rodeten und Wasser verseuchten.“

Er war nahe daran, an der Logik der Menschen zu verzweifeln. „Aber, was wollt ihr denn nun eigentlich? Auf der einen Seite benötigt ihr die Wälder zur Regeneration des Atemgases, und auf der anderen Seite lehnt ihr die weit effektivere künstliche Regeneration mit der Begründung ab, daß es den Wäldern schaden würde. Das ist doch ein Widerspruch.“

Karin hatte den vermeintlichen Widerspruch gespürt, aber konnte sie den Mornen überhaupt erklären, warum die Menschheit sich sträubte, ihre natürliche Umgebung aufzugeben? Unerwartet mischte sich der

Indianer Komdu ein. Einige Worte ihrer Unterhaltung mußte er verstanden haben.

„Die Natur hat uns alle geschaffen", sagte er mit seinen einfachen Worten, „und wir sind ein Teil der Natur. Wir alle brauchen den Dschungel und das strömende Wasser. Uns gibt die Natur Nahrung und Kleidung, Waffen und Schmuck, und den Weißen gibt sie Ruhe und Erholung und die Luft, die sie zum Atmen brauchen. Würden wir die Natur verändern, wie du es vorschlägst, dann würden wir uns selbst das Grab schaufeln."

Bojan glaubte nicht richtig zu hören. Er protestierte erregt, und er ärgerte sich, daß er außerstande war, Ruhe zu bewahren. „Wir haben in unserem Lande die Natur so zurückgedrängt, daß sie praktisch nicht mehr existiert, und wir leben trotzdem, und wir leben besser als ihr."

Komdu entblößte lächelnd seine Zähne, und Bojan sah, daß sie braun und schadhaft waren.

„Lege den Gürtel ab, mit dem du fliegen kannst, Fremder", forderte der Indianer ihn auf, und er bewunderte die Beobachtungsgabe des Indianers, der die Funktion des Gürtels durchschaut hatte, obwohl sie sich alle Mühe gegeben hatten, sie vor diesen Menschen zu verbergen. Er zögerte. Aber dann sah er, daß Komdu die Mundwinkel herunterzog. Über die Sensoren spürte er eine Welle von Verachtung. So stark war dieses Gefühl, daß er die Schließe des Gürtels mit einem Gedankenimpuls öffnete und den Antigravgürtel zu Boden gleiten ließ.

„Jetzt sind wir gleich, du und ich", hörte er Komdu sagen. „Und nun tu, was ich dir vormachen werde!"

In weiten, raumgreifenden Schritten lief der kleine Indianer einem einzeln stehenden Baum am Rande der Wiese zu, und obwohl Bojan ihn um gut drei Köpfe überragte, war er nach wenigen Schritten hoffnungslos zurückgeblieben. Er sah mit einiger Bewunderung, wie Komdu den glatten Stamm des Baumes mit einem Riesensatz ansprang, die Hände darum legte und mit gegen die Rinde gestemmten Füßen an ihm emporlief. Er verstand sich selbst nicht, aber er versuchte tatsächlich, es dem Indianer gleichzutun, eine Unternehmung, die hoffnungslos scheiterte.

Der Indianer aber, als er den kläglichen Versuch Bojans sah, ließ sich den Stamm herabgleiten und blickte grinsend zu ihm auf.

„Und welchen Sinn hat das, was du da tatest?" fragte Bojan.

Hell lachte Komdu auf. „Leben bedeutet sich bewegen, bedeutet stark sein und gesund. Nur dann kann man überleben."

„Und wenn niemand da ist, der uns bedroht?“
„Immer ist jemand da. Es gibt wilde Tiere und schlechte Menschen.“
Bojan sah, daß Komdu nicht mehr lächelte, und sagte: „Bei uns gibt es keine wilden Tiere, und es gibt auch keine Bäume, auf die man vor ihnen fliehen könnte.“
Der Indianer, der sich bereits zum Gehen gewandt hatte, blieb stehen. „Es muß ein armes Land sein, aus dem ihr kommt, Fremder“, erwiderte er.
Bojan war erschüttert über die Inkonsequenz menschlicher Denkweisen.

Am Abend des dritten Tages versuchte Bojan Parakontakt mit Faunian aufzunehmen. Er versuchte es mehrmals hintereinander und dann in Abständen von einer Stunde, aber Faunian schwieg. Mit Sicherheit lag das jedoch nicht an Faunian. Er hatte den Spruch also nicht empfangen. Der Grund war nicht zu ermitteln. Bojan wußte, daß auf Morn ein Parakontakt um den halben Planeten nichts Außergewöhnliches war, aber hier auf der Erde...
Vielleicht lag es an den atmosphärischen Verhältnissen, vielleicht sandte das Zentralgestirn Wellen aus, die den Kontakt behinderten.
Er sprach mit Karin Bachfeld darüber und mit Wolfram Bracke. Obwohl beide der Meinung waren, daß sich Bojan völlig zu unrecht Sorgen machte, erklärte sich Karin bereit, am anderen Morgen mit Bojan und Tekla nach Manaos zu fliegen, um eine Verbindung mit Aurelhomme und der anderen Forschungsgruppe zu erreichen. Danach sollten sich die beiden Mornen zurück in den Urwald begeben, während Karin Bachfeld die Gruppe in Asien für einige Tage unterstützen wollte.

Entsetzen

Karin Bachfeld hatte sich der Gruppe Faunians angeschlossen. Schweigend blickte sie aus dem Fenster des knapp unter den Wolken fliegenden Antigraven. Hin und wieder beobachtete sie die Mornen, die gebannt auf die langsam unter ihnen hindurchziehenden Wälder sahen. Sie befanden sich über Vietnam.
Aus dieser Höhe sahen die Wälder aus, als seien sie von Pocken zer-

narbt. Der Krieg hatte seine Wunden hinterlassen, und die Zeit hatte nicht ausgereicht, die neue Vegetation so hoch aufschießen zu lassen, daß sie die Narben der Vernichtungswut überwuchern konnte. Auch die enorme Vegetationskraft der tropischen Pflanzen hatte ihre Grenzen.

Karin Bachfeld fing einige Gesprächsfetzen auf: Aurelhomme bemühte sich nach Kräften, den Mornen eine verständliche Erklärung für die Tatsache zu geben, daß hier unter ihnen Menschen versucht hatten, ihresgleichen zu vernichten, zu vernichten unter dem Einsatz nahezu aller ihnen zur Verfügung stehenden Technik.

Aurelhomme gab sich Mühe, das mußte sie zugeben, er breitete weder zuviel von der makabren Geschichte dieses Krieges vor den Gästen aus, noch hielt er seine Erklärungen so kurz, daß sie von den Gründen überhaupt nichts begriffen, aber bereits die Tatsache eines Krieges an sich ging über ihr Vorstellungsvermögen.

Als Aurelhomme begriff, daß er seine Gäste zu überfordern begann, erkundigte er sich, ob die Vergangenheit der Mornen frei von Kriegen sei. Karin sah, daß Faunian zuerst versuchte, die Frage zu überhören, aber Aurelhomme drang weiter in ihn. Schließlich blieb dem anderen nichts weiter übrig, als zuzugeben, daß es derartiges gegeben habe, er betonte jedoch im selben Atemzug, daß das alles bereits so weit in grauer Vergangenheit läge, daß kaum ein Morne noch an solch ein historisches Ereignis denke.

„Ihr habt es also vergessen?" hörte sie Aurelhomme sagen. „Wir werden uns ewig daran erinnern. Ewig, damit uns die Auswirkungen des Krieges ständig eine Mahnung sind."

Doch, doch, Aurelhomme schlug sich gut, aber er kämpfte auf verlorenem Posten.

Karin verzog das Gesicht, als Aurelhomme die alte, so oft erzählte Geschichte von dem Trickfilm anführte, der in damaliger Zeit überall gezeigt wurde, von dem Film, der zuerst einen Urmenschen zeigt, der mit einer Keule hinter einem Schmetterling herläuft, dann einen Ritter, der, hoch zu Pferde und in Eisen gekleidet, mit eingelegter Lanze gegen einen Bären zu Felde zieht, um sich dann mit seinen Mitmenschen heftig um den Kadaver zu streiten. Schließlich schoß er mit einer Pistole gegen seinen Gegner, dann mit einer Kanone, und endlich warf er die furchtbarste Waffe der Menschen, die Atombombe, gegen seinesgleichen. Die letzte Szene ließ dann lange auf sich warten, und sie zeigte einen nackten Menschen, der wieder, mit einer Keule bewaffnet, hinter einem Schmetterling hereilte, nur lief er ungelenker und trug eine Brille; es war der letzte Wissenschaftler der Erde.

Mit dieser Erzählung schaffte sich Aurelhomme einige Minuten Luft vor den Fragen der Mornen, aber wirklich nur einige Minuten.

Karin Bachfeld konnte das Staunen der Mornen über eine Menschheit, die sich angesichts ihrer dunkelsten Stunde selbst verspottete, direkt körperlich fühlen, und auf Aurelhomme prasselte eine weitere Kaskade von Fragen hernieder. Diesmal versuchte er, den Wert der Satire zu erläutern, aber auch das mußte zwangsläufig Stückwerk bleiben.

Karin Bachfeld war froh, daß Faunian dieses Volk in den Wäldern dort unten kennenlernen wollte, und sie sah Aurelhomme und auch Horst Laurentz an, daß es ihnen nicht anders ging.

Sie hatten den Gravitrac auf einer der vielen Wasserflächen niedergehen lassen. Diese Wasserflächen waren rechteckig, von Dämmen begrenzt, und wurden mit einer Unmenge von Pflanzen versehen, die ihre Nährstoffe teils aus dem Wasser, teils aus dem schlammigen Boden bezogen.

Faunian begann sich an die Tatsache zu gewöhnen, daß die Menschen offenbar nicht die Absicht hatten, ihren Planeten von Pflanzen zu säubern, sondern dem üppigen Wuchs noch Vorschub leisteten. Sie brauchten die Pflanzen, behaupteten sie, und nicht nur das, sie glaubten es auch beweisen zu können.

Anstrengende Tage lagen hinter der Gruppe. Der Empfang vor dem Palast des Volkes in Tan Son Nut, jubelnde Menschen, die wieder etwas anders aussahen als die, die sie bereits kannten. Etwas kleiner, von braungelber Hautfarbe, mit schwarzem kurzem Haar und schräggestellten Augen, schienen sie alle, die die Mornen bisher kennengelernt hatten, an Energie zu übertreffen. Empfänge, Diskussionen und Besichtigungen lösten einander in stetem Wechsel ab, nur gut, daß der Tag auf der Erde nur vierundzwanzig Stunden hatte!

Faunians Gedanken wurden unterbrochen, als Aurelhomme auf einen kleinen Fisch deutete, der sein Maul über die Wasserfläche erhob und einen Wasserstrahl gegen ein über ihm hängendes Blatt spuckte.

„Das sind recht eigenartige Fische“, erklärte er. „Sie haben, um in dem sauerstoffarmen Wasser überleben zu können, ein Atemorgan entwickelt, das ihnen gestattet, atmosphärische Luft zu atmen. Ihre Eier legen sie in Nester aus kleinen Luftblasen und Pflanzenteilen, die an der Oberfläche schwimmen.“

„Und warum spuckte er nach dem Blatt?" Horst Laurentz war in die Knie gegangen und starrte in das Wasser, als könne er die lehmige Brühe mit seinen Blicken durchdringen.

Aurelhomme zuckte die Schultern. „Er wird nach einem Insekt gezielt haben. Sie sind sehr nützlich, da sie sich fast ausschließlich von Insekten und deren Larven ernähren."

Währenddessen beobachtete Faunian ein eigenartiges Gefährt, das rechter Hand von ihnen langsam durch das Wasser kroch. Es bewegte sich auf übergroßen Speichenrädern und trug auf einer breiten Konsole an seinem Heck eine ganze Reihe hellgekleideter Menschen mit flachen gelben Strohhüten, die mit flinken Fingern kleine Reispflanzenbüschel in den Schlammboden steckten. Ab und zu winkten sie lachend und beugten sich dann wieder über ihre Arbeit.

Die mächtigen Räder des Fahrzeuges quirlten Wolken kleiner schwirrflügeliger Insekten auf, die ein warmer Wind langsam zu ihnen herübertrieb.

Es war Faunian unverständlich, wieso sich die hellgekleideten Menschen so unbekümmert einer Infektion durch die kleinen zweifellos als Bakterienträger fungierenden Insekten aussetzen konnten. Als die Wolke sie erreicht hatte, machte ihn Lekon auf das Anzeigeinstrument aufmerksam, das an ihrem Ärmelaufschlag eine Unzahl von Insektenangriffen registrierte. Faunian schaltete das Sichtgerät zur Außenkontrolle ein und konnte auf einer kleinen Sichtscheibe im Inneren seiner Maske eines der Fluginsekten beobachten, das von dem Gerät aus der Menge der Angreifer eliminiert worden war. Es waren ekelhafte kleine Biester. Dünne haarige Beine, Facettenaugen, sehr beweglicher, gegliederter Körper, der mit einem Chitinpanzer umkleidet war, und was das schlimmste war, ein Stechrüssel am Kopf, der tastend versuchte, in die Unterlage einzudringen. Das Tier war tatsächlich mit Bakterien beladen, von denen einige Arten zu sehr gefährlichen Krankheitserregern zu zählen waren. Im Hinterleib des Tieres wies der Mikrokommunikator Warmblut nach, und für Faunian gab es keinen Zweifel, daß es sich um Menschenblut handelte. Er machte Finetta auf die Tiere, von denen sich Hunderte auf ihren Anzügen niedergelassen hatten, aufmerksam. Die junge Frau nickte und zeigte auf einen kleinen Behälter an ihrem Gürtel, in den sie bereits eine Anzahl der Tierchen eingesaugt hatte.

Erst jetzt bemerkte Faunian Zeichen von Unmut bei ihren irdischen Begleitern. Aurelhomme und Laurentz fuchtelten mit den Händen vor ihren Gesichtern herum, um die kleinen Tiere abzuwehren, und begannen zum Aufbruch zu drängen.

Während sie das Fahrzeug bestiegen und den UV-Eliminator einschalteten, nahm Faunian Aurelhomme beiseite. „Es dürfte doch eurer Chemotechnik nicht schwerfallen, diese Gefahr ein für allemal auszuschalten. Es kann nicht schwerfallen, diese Tiere zu vernichten“, sagte er.

Für Aurelhomme antwortete Laurentz, der den Hinweis beim Einsteigen eben noch gehört hatte. „Wir würden damit mehr Schaden anrichten, als es uns nützen würde. Jahrhundertelang hat der Mensch keine Rücksicht auf die Natur genommen, und er hat durch seine Manipulationen das biologische Gleichgewicht teilweise gründlich durcheinandergebracht. Die Quittung dafür waren Steppen, wo ehemals blühende Felder, und Wüsten, wo ehemals dichte Wälder standen.“

„Aber was nützen euch diese Insekten?“

„Direkte Vorteile bringen sie uns nicht, im Gegenteil, sie übertragen Krankheiten, aber sie bilden die Nahrungsgrundlage für ungezählte Fische, und diese Fische wiederum sind ein begehrter Leckerbissen. Diese Insekten sind Teil eines biologischen Kreises, der nicht ohne Schaden durchbrochen werden kann. Außerdem würden auch die Mikroorganismen mit den Insekten zugrunde gehen.“

Faunian schüttelte den Kopf. Es war eben alles ganz anders als auf Morn. Die Menschen stellten die Nahrungsmittel erst zu einem geringen Teil auf dem Wege der Chemosynthese her und waren auf allen Gebieten auf die Vermittlerrolle der Natur angewiesen. Ja, wenn man es genau betrachtete, waren sie noch immer Teil der sie umgebenden Natur.

Er versuchte sich vorzustellen, wie ein Mensch reagieren würde, dem man vorschlagen würde, sich ausschließlich von synthetischer Nahrung zu ernähren. Wahrscheinlich wäre er nicht weniger entsetzt als ein Morne, dem man zumuten würde, ein Stück Fleisch zu verzehren.

Sie steuerten eines der Waldgebiete an, die aus der Luft ausgesehen hatten wie mit Pockennarben übersät. Faunian erinnerte sich an den Abscheu, mit dem die Menschen von der Vernichtung gesprochen hatten, die hier stattgefunden haben sollte. Er war gespannt auf die Auswirkungen, die die menschliche Technik auf das spontane Leben der Pflanzen hervorgebracht hatte.

Als sie in den Wald einfuhren, war er überhaupt nicht in der Lage, Spuren dieses längst vergangenen Krieges festzustellen. Überall drängte ihnen wucherndes Grün entgegen, tropfende Nässe ringsum und Leben, Leben in tausendfältigen Formen.

Erst Karin Bachfeld machte ihn darauf aufmerksam, daß es zwei verschiedene Arten von Wald in diesem Gebiet gab. Einen alten Dschungel mit riesigen, weitausladenden Bäumen, deren Kronen derart ineinander verflochten waren, daß unter ihnen ein trüber Halbdämmer herrschte, der nur eine relativ dünne Vegetation unmittelbar am Boden zuließ, und dazwischen eine andere Art Wald: vom Boden aufwuchernder grüner Dschungel, der sich an Bäumen ohne eigenes Laub emporrankte, an mächtigen braunen Stämmen, die unter einem Gewirr von Lianen fast verschwanden.

Faunian betrachtete mit Interesse, wie Laurentz den Gravitrac einen Augenblick verließ und wie er mit der Faust gegen einen dieser dunklen schuppigen Stämme stieß. Die Hand drang, ohne daß die Materie des Baumes ihr einen größeren Widerstand leistete, in das morsche Holz ein. Es gab einen dumpfen Ton, als stöhne der Baum auf. Laurentz zog die Faust zurück und hielt sie, als er den Gravitrac wieder bestiegen hatte, geöffnet vor Faunians Gesicht. Es war im höchsten Grade ekelhaft. In der Hand befand sich ein Bündel verfaulten, schwammigen Holzes, in dem es von allen möglichen Tieren wimmelte. Der Kommunikationstechniker scheute sich nicht, das Gewimmel auf seiner Hand mit spitzem Finger zu sortieren. Er schien keinerlei Ekel zu empfinden und nannte bei dieser Prozedur mit unbewegter Stimme die Namen der einzelnen Baumbewohner: Käfer, Larven, Maden, Würmer und Spinnen. Faunian schüttelte sich vor Entsetzen. Er fühlte, wie es ihn schauderte.

Fast war er froh, als sich der externe Kommunikator des Gravitracs meldete. Irgend etwas hatte er festgestellt, was der Tentakel glaubte, nicht für sich behalten zu sollen. Faunian bat mit einer Handbewegung um Schweigen und rief die Meldung ab.

„Einige der Zellulosesysteme der uns umgebenden Pflanzenherde befinden sich in einem indifferenten Gleichgewicht mit der Gravitation", meldete der Tentakel. „Es ist Vorsicht geboten. Bereits geringe äußere Anlässe können das Gleichgewicht zugunsten der Gravitation aufheben."

Faunian sah die Menschen, denen der Translater die Worte des Tentakels übersetzt hatte, lächeln. Er blickte auf die Bäume. Sie sahen aus, als ständen sie für alle Ewigkeit, wurden allerdings durch die an ihnen emporwuchernden Pflanzenmassen erheblich belastet. Als er sich an Aurelhomme wenden wollte, zuckte der Mann die Schultern.

„Sie stehen seit vielen Jahrzehnten", erklärte er. „Warum sollten sie ausgerechnet jetzt umstürzen? Außerdem habe ich Vertrauen zu eurer Technik."

Faunian hörte, wie hinter ihm Lekon lachte, deshalb sagte er warnend: „Ich glaube kaum, daß uns unsere Technik in solch einem Falle viel nützen wird. Unser Tentakel hat, um einen Ausdruck eurer Terminologie zu verwenden, alle Hände voll zu tun, um die optimale Fahrkurve zu ermitteln. Das ist bei dem verfilzten Pflanzenteppich keine Kleinigkeit."

Tatsächlich mußte sich auch Faunian sagen, daß es für die Sorglosigkeit ihrer menschlichen Begleiter keinen Anlaß gab. Sollte einer dieser mächtigen Bäume zu stürzen beginnen, dann hätte der Tentakel die Fallkurve mit einer Fahrkurve des Gravitracs zu vergleichen und den eventuellen Schnittpunkt zu ermitteln. Sollte ein Schnittpunkt existieren, hätte er ein Ausweichmanöver einzuleiten und ständig seine Einhaltung zu überwachen. Dabei müßte er zusätzlich beobachten, daß er keine Beschleunigung verwendet, die über den zulässigen Werten liegt.

„Der Tentakel benötigt zwar für seine Berechnungen eine nur winzig kleine Zeitspanne, aber die mechanischen Abläufe sind nicht so schnell, daß eine ausreichende Ausweichzeit zur Verfügung stehen muß", versuchte er Lekon zu unterstützen. „Wir sollten es nicht unbedingt auf einen Versuch ankommen lassen."

Er sah, daß Cosita einen Blick auf das nach hinten geschobene Verdeck warf und spürte ihren Gedankenbefehl an den Tentakel. Gehorsam rollte die glasklare Wölbung nach vorn und sicherte sie alle wie eine große Blase ab. Er freute sich über ihre Vorsichtsmaßnahme und blickte sie lange an. Die silbrige Haut ihres Gesichtes schien in den letzten Tagen dunkler geworden zu sein. Trotz der Maske glaubte er einen gelblichen Schein auf ihren Wangen wahrnehmen zu können.

Faunian fühlte sich durch die Warnung des Tentakels beunruhigt. Ihm wäre viel wohler, hätte er jetzt ständigen Kontakt zu Bojans Gruppe halten können, aber es hatte sich fatalerweise ergeben, daß ihre Emitter völlig versagten. Karin Bachfeld hatte ihm mitgeteilt, daß Bojan gewisse Strahlungen der Sonne für diesen Effekt verantwortlich machte. Zwar hatte sie ihm auch über Bojans Arbeiten und Sorgen berichtet, einen direkten Kontakt wog das jedoch in keiner Weise auf. Bei der nächsten Expedition mußten sie unbedingt Abhilfe schaffen, zumal die Funkanlagen der Menschen mit annähernd ausreichender Leistung Dimensionen aufwiesen, die einen Einbau in die Gravitracs unmöglich machten. Wer hätte ahnen können, daß die bewährten Methoden der Paraemissionen auf der Erde einfach nicht funktionierten?

Über das glasklare Verdeck huschten Sonnenreflexe. Hin und wieder drangen die heißen, stechenden Strahlen des Zentralgestirns über die Gesichter. Leises Rauschen drang durch die Wände des Fahrzeuges und deutete an, daß eine langsame Bewegung der Luftmassen das Laub über ihren Köpfen schüttelte. Langsam suchte sich der Gravitrac seinen Weg.

Auf einer der kleinen Lichtungen hielten sie das Fahrzeug an und stiegen aus. Der Boden des Dschungels wimmelte von Leben. Es gab nicht einen winzigen Fleck, auf dem keine Tiere anzutreffen gewesen wären.

Karin Bachfeld berührte Faunian an der Schulter. Mit einer langsamen Handbewegung deutete sie auf den glatten Stamm eines Baumes, an dem ein langgestrecktes Tier mit ruckartigen Bewegungen emporstrebte. Es war eine der Echsen, wie sie auch Kaltos geschildert hatte. Es fiel nicht leicht, die Aversion zu überwinden und das Tier in näheren Augenschein zu nehmen, aber dann war er doch erstaunt über die Zweckmäßigkeit, mit der die Natur gearbeitet hatte. Die kurzen, kräftigen Beine der Echse liefen in fünfzehigen Füßen aus, mit deren Saugplatten das Tier einen, wie es schien, sehr sicheren Kontakt zu der glatten Rinde des Baumes erreichte.

„Ein Gecko!" flüsterte die Frau neben ihm. „Die Menschen hier halten ihn wie ein Haustier, weil er ein ausgezeichneter Ungeziefervertilger ist."

Die Echse tat einen Sprung vorwärts, neigte blitzschnell den Kopf zur Seite, und dann deuteten heftige Kaubewegungen der breiten Kiefer darauf hin, daß sie irgendein Insekt erbeutet hatte.

Faunian beugte sich noch ein Stück vor. Was er sah, ließ ihn das Blut in den Adern erstarren. Aus dem zahnbewehrten Maul des Geckos ragten lange, haarige Beine, die sich im Todeskampf wanden. Es war entsetzlich.

Da war es wieder, dieses ekelhafte Morden in der Natur, dieses Fressen und Gefressenwerden, dieses Überleben um den Preis des Lebens des anderen, dieser Teufelskreis, in dem auch diese Menschen noch bis vor wenigen Jahren gefangen waren.

Er blickte verstohlen auf die Frau neben sich, die den Gecko interessiert beobachtete. Hatten sich diese Menschen eigentlich schon so weit von den sie umgebenden Tieren entfernt, daß es sich lohnte, mit ihnen dauernd in Kontakt zu treten? Kopfschüttelnd verjagte er die Gedanken und blickte auf den Stamm des Baumes, an dem der Gecko völlig unbeeindruckt von Faunians Gefühlen einen weiteren Sprung tat. Sekunden

später war er verschwunden, in Schlangenlinien am Stamm hinaufgelaufen, auf der Flucht vor einem dunkelblauen Vogel mit mächtigen Schwingen, der, lautlos von Ast zu Ast springend, bis unmittelbar vor die Eindringlinge gelangt war, dort einen Augenblick verharrte und dann mit hartem Kollern über die kleine Lichtung flatterte, Menschen und Mornen seinen Unwillen über ihre Anwesenheit mitteilend.

Faunian war froh, als sich die Haube des Gravitracs wieder über ihm schloß. Diese von Leben überquellende Welt bereitete ihm körperliche Pein. Sie bewies das Gesetz des Kaltos auf frappierende Weise.

Wieder spielten die Reflexe der Sonne über das Fahrzeug. Wieder zog es in einer verwickelten Fahrkurve unter den Bäumen entlang. Der Tentakel maß und rechnete, berechnete Gefahren und suchte ihnen auszuweichen. Mit großer Sicherheit hatte er bisher jede Berührung mit einem der Bäume vermieden. Immer wieder schlängelte er sich an ihnen vorbei.

Faunian zuckte zusammen, als das Fahrzeug plötzlich stoppte. Sorgenvoll blickte er nach oben, aber dort schien alles ruhig. Dann sah er den ausgestreckten Arm Karin Bachfelds und hörte ihren Ruf.

Nur wenige Meter vor ihnen huschte ein schlanker, gefleckter Körper durch das Dickicht, die Tatzen warfen Laub auf. Am Rande einer mit kräftigem Bodenwuchs bestandenen Lichtung verharrte das Tier und blickte sich nach den Eindringlingen um. Der Gravitrac fuhr weiter.

Das Tier verschwand mit einem mächtigen Satz im Unterholz und tauchte Sekunden später bereits in luftiger Höhe an einem der braunen, mit Lianen völlig umschlungenen Bäume auf. Fauchend blickte es auf das Fahrzeug, stutzte, als horche es angespannt, und verschwand mit einem Riesensprung.

Wieder stockte der Gravitrac. Da hörten sie, daß hoch oben in dem trockenen toten Geäst des Baumes ein Rascheln entstand. Faunian sah mit Entsetzen, keiner Bewegung und keines Wortes fähig, wie sich der Koloß zu neigen begann. Er blickte auf Laurentz und sah, daß der andere die Augen zu schmalen Schlitzen zusammenkniff, als könne er mit seinem Blick den vernichtenden Sturz aufhalten. Faunian verfolgte die Bewegung des Baumes weiter. Die weitausladende, nackte Krone drängte sich durch das verfilzte Geäst, tonnenschwere Massen der Schmarotzerpflanzen mit sich reißend.

Erst in diesem Augenblick begann die Warnhupe des Tentakels zu quäken. Die Berechnung des Fallweges schien abgeschlossen, und Faunian schätzte, daß der Baum unmittelbar vor ihnen aufschlagen würde. Schon wollte er aufatmen, da sah er, wie sich die schwingenden Lianen zu spannen begannen, wie sie zerrissen, wie sie dem Urwaldriesen eine andere Richtung gaben. In hellem Entsetzen schlug er die Hände vor das Gesicht.

Er wußte sofort, daß sie verloren waren. Der Tentakel hatte keine Zeit mehr, eine Richtungsänderung einzuleiten, viel weniger, sie durchzuführen. Der Gravitrac würde getroffen werden.

Vielleicht, waren seine letzten Gedanken, würden die Menschen die Verletzungen, die sie zweifellos erhalten würden, überstehen, sie waren schließlich an ihre Atmosphäre gewöhnt, sie aber, die Mornen, würden sich mit den fremden Bakterien infizieren und ihren Planeten nie wiedersehen.

Noch hörte er das Signal des Gravitracs gellen, dann streikte der überlastete Rechner. Das letzte, was er wahrnahm, war eine blitzschnelle Bewegung Aurelhommes, der zur Handsteuerung griff und damit das Fahrzeug zu einem letzten Sprung zur Seite zwang.

Faunians Bewußtsein verging in einem schmetternden Krachen, etwas riß ihm die Maske vom Gesicht, die fremde Luft stürzte brennend in seine Lungen. Den Schlag, der seinen Schädel traf, spürte er bereits nicht mehr.

Aurelhomme sah, daß das Fahrzeug weit genug zur Seite gesprungen war, um nicht mehr unter den massigen Stamm des Baumes zu geraten. Er schloß die Augen, als die weitausladende Krone auf das Verdeck schlug und die Plastikhaube in eine Wolke graupenähnlicher Splitter verwandelte. Dann spürte er einen Schlag auf die Schulter und wunderte sich, daß das alles sein sollte. Ihm kam zum Bewußtsein, daß er einen Schrei gehört hatte, der von Karin Bachfeld stammen mußte: Er fühlte, wie sich sein Herz zusammenzog. Hier und da brach ein kleinerer Ast aus den Wipfeln und stürzte in ihrer Nähe zu Boden. Ansonsten war alles ruhig. Auch Karin Bachfeld hörte er nicht mehr. Neben ihm stöhnte Horst Laurentz.

Jean versuchte sich zu bewegen und stellte fest, daß es ging, wenn auch mit erheblichen Schmerzen. „Was ist mit dir, Horst?“ Plötzlich hatte er Angst, nur noch Angst. Er wollte sich umwenden, aber ein stechender Schmerz durchzuckte seine Schulter. Er blickte zur Seite und sah, daß sein Arm merkwürdig verdreht am Körper hing. Es dauerte eine Weile, ehe er begriff, daß es überhaupt sein Arm war. Außerdem begann er jetzt einen faden Geschmack im Mund zu spüren. Als er mit der Hand über das Gesicht wischte, hatte er Blut an den Fingern. Auch diese geringfügige Bewegung schmerzte heftig.

Wieder kam das Stöhnen von Laurentz. „Mein Bein, mein Bein!" jammerte er, und es klang, als habe er starke Schmerzen.

„Was ist mit deinem Bein?"

Es kam keine Antwort, aber Jean sah, daß sich Laurentz bewegte. Anscheinend wollte er etwas von sich wegschieben. Siedend überfiel ihn die Sorge um Karin Bachfeld, die neben ihm gesessen hatte, auf der Seite, von der der Ast gekommen war, der das Fahrzeug getroffen hatte und den Laurentz stöhnend anzuheben versuchte. Mit zusammengebissenen Zähnen drehte er sich nach der anderen Seite. Es tat höllisch weh. Als er den Kopf wandte, sah er Karin. Plötzlich hatte er keine Schmerzen mehr. Karin Bachfeld hatte die Augen geschlossen. Aus ihrem Mund sickerte ein dünner Faden hellroten Blutes. Unterhalb ihrer Brust lag der wohl zwanzig Zentimeter dicke Ast auf ihr und preßte sie in die Polster.

An der hinteren Strebe, die geknickt in den Fahrgastraum ragte, zog er sich empor. Die Angst verlieh ihm Kräfte und ließ ihn die höllischen Schmerzen wenn auch nicht vergessen, so doch ertragen. Schließlich stand er mit einem Ruck auf. Er schrie auf vor Schmerz. Es dauerte eine Ewigkeit, bis er den Ast von Karins Körper gewälzt hatte, immer mit der Angst, ihr damit erneut Schmerzen zu bereiten. Aber sie öffnete die Augen nicht.

„Sieh nach den Mornen!" hörte er Laurentz flüstern. Erst jetzt kam ihm zum Bewußtsein, daß sie bisher kein Lebenszeichen gegeben hatten. Er blickte über die Lehne der Vordersitze und atmete auf. Bis auf einige kleinere Kratz- und Rißwunden schienen sie unverletzt. Aus einer kleinen Wunde auf Faunians Stirn sickerte Blut. Da erst fiel ihm auf, daß zwei der Mornen keine Masken mehr trugen. Wie mit einem Besen waren sie ihnen von den Gesichtern gekehrt worden.

Er mußte heraus aus dem Fahrzeug und mochte es noch so sehr schmerzen. Um den Arm mit dem ausgekugelten Gelenk wenigstens in Grenzen schmerzarm zu halten, versuchte er ihn mit dem Gürtel am Körper ruhig zu lagern. Zwar reichte die Linke, um den Gürtel, wenn auch unter Schmerzen, aus den Schlingen zu ziehen, fest bekam er den Arm auf diese Weise nicht. Immer wieder rutschte das glatte Leder ab. Zwischendurch beugte er sich wieder zu Karin Bachfeld hinunter und sah, daß sie, wenn auch mühsam, atmete. Schließlich bekam er beide Enden des Gürtels zu fassen. Tränen standen ihm in den Augen, Tränen, die er nicht wegwischen konnte, weil er keine Hand frei hatte.

Laurentz beobachtete ihn mit zusammengepreßten Lippen. Man sah ihm an, daß er weniger unter den eigenen Schmerzen, als unter dem Unvermögen, helfen zu können, litt. Nachdem der Arm an den Körper gefesselt war, dauerte es noch lange, bis sich Aurelhomme über die Bordwand ins Freie gleiten lassen konnte. Er fing den Sprung ab, so gut es ging, konnte aber nicht verhindern, daß die Muskeln schmerzhaft zuckten.

Es verging eine halbe Stunde mit der Suche nach einem Ast, mit dem er die Strebe, die Laurentz' Bein eingeklemmt hatte, zur Seite hebeln konnte. Mehrmals brach der Ast, und jedesmal gab es ungewollte und schmerzhafte Bewegungen. Dann quälte sich Laurentz aus dem Gravitrac und ging zu Boden und begann, sein Bein zu massieren. Stehen konnte er kaum. Er versuchte sich hüpfend auf einem Bein zu bewegen und stöhnte bei jeder Bewegung. Auch sein Gesicht war von Blut überströmt, es sah aber, wie bei Aurelhomme, schlimmer aus, als es tatsächlich war.

„In unserem Zustand bekommen wir die Mornen nicht aus dem Fahrzeug", sagte Laurentz und deutete auf das Gewirr von Ästen, das den Gravitrac völlig bedeckte.

Aurelhomme nickte. „Wir würden sie auch dann nicht herausbekommen, wenn wir völlig in Ordnung wären. Wir haben ja nicht einmal Werkzeuge."

Wieder setzte sich Laurentz stöhnend auf den Boden. „Versuch den Waldrand zu erreichen. Ich werde hier Wache halten. Sie brauchen schnellstens Hilfe."

„Und wenn dieser Panther, oder was es sonst war, zurückkommt, dann wirst du ihn mit der Hand erwürgen, was?" fragte Aurelhomme und blickte auf Laurentz hinab.

Der aber schüttelte den Kopf. „Ich hoffe nicht, daß er zurückkommt. Und wennschon, ich könnte bestimmt besser würgen als du."

Aurelhomme versuchte trotz seiner Schmerzen auf den Galgenhumor des Freundes einzugehen. „Du hast recht", sagte er. „Und weglaufen kannst du ja ohnehin nicht vor ihm."

Laurentz verzog das Gesicht zu einem mißlungenen Lachen. „Beeil dich, Jean!" sagte er und reichte ihm die Hand. „Für Karin Bachfeld und die Mornen ist jede Minute wertvoll. Die Mornen sind weder in der Lage, unsere Atmosphäre über einen längeren Zeitraum zu verkraften, noch haben sie einen Abwehrstoff gegen die Bakterien, die sie mit jedem Atemzug einatmen und die dauernd in ihre Wunden geraten."

Aurelhomme blickte über die Bordwand. Obwohl keiner der Gäste schwerere sichtbare Verletzungen hatte, zwei von ihnen, Lekon und Cosita, schienen sogar völlig unverletzt geblieben zu sein, rührten sie sich nicht, gaben kein Lebenszeichen von sich.

Er konnte sich nicht vorstellen, daß die Luft der Erde, die Faunian und Finetta seit Minuten zu atmen gezwungen waren, einen derartigen Einfluß auf sie haben sollte, zumal sie doch vom Sauerstoffgehalt her durchaus atembar für sie wäre.

Dann hörte er Karin Bachfeld stöhnen. Sie griff unsicher mit beiden Händen nach ihrem Leib, hielt aber die Augen weiter geschlossen.

Da nickte er Horst Laurentz zu, riß sich zusammen und setzte sich in Trab. Der Arm schmerzte, er mußte Umwege laufen, da er bemüht war, sich auf der Spur des Gravitracs zu halten. Außerdem machte er sich eine Menge unerfreulicher Gedanken.

Wieso waren die Mornen bewußtlos geworden? Die Masse der Krone hatte die hinteren Sitze getroffen, auf denen er und Karin sowie Laurentz gesessen hatten. Er selbst war vielleicht noch am besten weggekommen, weil er im entscheidenden Moment über die Lehne nach der Steuerung gegriffen hatte. Waren die Mornen tatsächlich so anfällig, wie es sich jetzt darstellte? Und was war mit Karin Bachfeld? Wie schwer waren ihre Verletzungen? Er vermutete, daß sie innere Verletzungen davongetragen hatte. Das alles beschleunigte seine Schritte, ließ ihn nicht mehr auf die Schmerzen im Schultergelenk achten.

Er machte sich Vorwürfe, daß sie keines der kleinen Handfunkgeräte mitgenommen hatten, sondern ihr ganzes Vertrauen in die Kommunikationstechnik der Mornen gesetzt hatten, die im planetaren Bereich ohne Hilfsmittel auszukommen behaupteten. Nun hatte sich herausgestellt, daß dem nicht so war, aber um welchen Preis?

Der dicht bewachsene Boden des Dschungels ließ keine sehr schnelle Gangart zu. Immer wieder mußte er über Wurzeln und umgestürzte Bäume klettern oder einer sich von einem Baum zum anderen schlingenden Liane ausweichen. Als er ein Stück des Weges abkürzen wollte, blieb er rettungslos im Dickicht hängen und fluchte, weil er kein Messer bei sich hatte. Wer, fragte er sich, sollte auch vermuten, daß ihnen ein derart verhängnisvolles Mißgeschick widerfahren würde, da sie doch die überragende Technik der mornischen Kultur eingesetzt hatten.

Er mußte ein gutes Stück zurücklaufen und verlor wertvolle Minuten, die Karin Bachfeld und den Mornen bei der Behandlung ihrer Verletzungen fehlen konnten.

Es schien ihm, als werde der Urwald in den letzten Minuten immer belebter. Seine Einbildung spiegelte ihm vor, daß Raubtiere auf dem Weg zum Unfallort waren, um die Verunglückten zu überfallen. Er schüttelte den Kopf und versuchte die albernen Gedanken zu vertreiben, aber das Resultat war nur rasender Schmerz hinter der Stirn. Sein Kopf fühlte sich glühendheiß an. Er hatte zweifellos Fieber, schob die Hitze aber auf die ungewohnte Anstrengung des langen Laufes und die feuchte Treibhausluft des Dschungels.

Seinem Gefühl nach war er bereits seit Stunden unterwegs, als zwischen den Stämmen der Bäume ein heller Lichtschein auftauchte: der Rand des Waldes! Er hoffte, daß die Reisbauern, die sie bei der Herfahrt gesehen hatten, immer noch in der Nähe auf ihren Feldern tätig waren. Als er aus dem Dickicht heraustrat, sah er dicht vor sich Menschen mit gelben Reisstrohhüten, und diese Menschen blickten zu ihm herüber.

Da brach Jean-Louis Aurelhomme, von Schmerzen übermannt, zusammen.

Synthese

Wolfram Bracke betrachtete schmunzelnd sein Spiegelbild. Niemand konnte ihm nachsagen, er neige dazu, sich etwas auf sein Aussehen einzubilden, aber in diesem Augenblick fand er, daß er gut aussah.

Er trug einen weißen Kittel und verbreitete einen Hauch von Frische und Sauberkeit um sich. In den letzten Tagen war sein Gesicht braungebrannt. Die Arbeit in freier Natur war ihm besser bekommen als das tägliche Körpertraining und die beileibe nicht eintönige Arbeit in den unterlunaren Kasematten der Mondstation. Er war schmaler und sehniger geworden.

Noch vor wenigen Tagen hätte er, der Leiter von Luna vier, bei dem Gedanken, in einem Krankenhaus arbeiten zu müssen, eine Gänsehaut bekommen, hätte an unpersönlich verbindliche Ärzte, gehetzte Pfleger und einen aufdringlichen Geruch nach Desinfektionsmitteln gedacht, aber im Verlauf der letzten Tage hatte sich seine Einstellung ein wenig geändert. Und daran hatte Karin Bachfeld, die ihm mehr geworden war als eine gute Kollegin, einen großen Anteil. Sie hatte es bitter nötig, einen Menschen um sich zu haben, der sie psychisch vielleicht mehr als physisch unterstützte. Für ihr Leben bestand keinerlei Gefahr mehr, aber sie war schwanger gewesen vor ihrem Unfall, und sie hatte sich auf das Kind gefreut, auf das Kind Lester Sullivans.

Seit zwei Wochen kämpfte hier in Leningrad ein Kollektiv von Ärzten aus aller Welt einen verzweifelten Kampf, um drei der mornischen Expeditionsmitglieder dem Tode zu entreißen. Aurelhomme und Laurentz waren nach verhältnismäßig kurzer Behandlung aus den Händen der Ärzte entlassen worden, und auch Karin Bachfeld konnte bereits wieder aufstehen. Bei den Mornen jedoch schien jede ärztliche Kunst vergeblich. Mehr, als den Tod hinauszuzögern, hatten weder die Ärzte der Erde noch ihr mornischer Kollege vermocht. Eine Besserung war bisher bei keinem der drei zu erkennen, im Gegenteil...

Nicht, daß ihre Verletzungen schlimmer gewesen wären als die der Menschen, nein, die ausgezeichnet gearbeiteten Schutzanzüge hatten sie vor mechanischen Verletzungen fast vollständig bewahrt, auf derartige Wunden hätten Menschen ein Spray aufgetragen und ihre Arbeit fortgesetzt, aber bei den Mornen waren es die Bakterien, denen sie nicht gewachsen waren und die ihnen einen bisher nicht zu beseitigenden Schaden zugefügt hatten.

Als die Südamerikagruppe die Nachricht von dem Unglück erhalten hatte, waren von Bojan die Forschungen sofort abgebrochen worden. Er hatte sich mit seinen Freunden nach Leningrad begeben, wohin die verletzten Mornen in künstlicher Atmosphäre überführt worden waren. Dort war er noch vor ihnen eingetroffen. Auf dem Flug hatte er kaum ein Wort gesprochen. Bracke gegenüber hatte er sich bittere Vorwürfe gemacht, darüber, daß er es unterlassen habe, weiterhin einen Parakontakt mit Faunians Gruppe zu versuchen, und Bracke hatte ihm diese Selbstvorwürfe nicht ausreden können, auch dann nicht, als er in ihm die Überzeugung zu wecken versuchte, daß das Unglück auch bei ständiger Verbindung geschehen wäre. Bojan hatte ihm die Hand auf den Arm gelegt und eine Bewegung gemacht, die auch ohne Worte leicht zu deuten war. Laß gut sein, sollte sie heißen. Du meinst es zwar gut mit mir, aber helfen kannst du mir nicht. Da hatte auch Bracke geschwiegen.

In Leningrad angekommen, hatte Bojan sofort die Ärzte der Erde zusammengerufen, ihnen Birrha und Kont beigegeben und sie auf die wichtigsten Punkte bei der Behandlung seiner Freunde aufmerksam gemacht. Er aber hatte sich davon überzeugen müssen, daß die Ärzte alles taten, was überhaupt menschenmöglich war. Zwar hatte er zuerst dagegen protestiert, daß die Behandlung ausschließlich mit den Mitteln der irdischen Medizin vorgenommen werden sollte, da nur sie den Ärzten vollständig zur Verfügung standen, aber zu einer Überführung der Verletzten in den Disko hatte er sich nicht entschließen können. Einmal bestand die Gefahr einer allgemeinen Infektion, und zum anderen kannte die Medizin der Mornen keine derartigen Fälle und war demzufolge auch nicht dafür gerüstet. Wohl oder übel mußte er dieser Behandlung zustimmen, auch wenn ihm die Methoden der irdischen Medizin brutal vorkamen.

Er sah stirnrunzelnd zu, als die Ärzte unter Assistenz von Birrha und Kont den unter Foliezelten liegenden Verletzten mit Hilfe von Manipulatoren Kanülen einsetzten, Hautstücke entnahmen, Abstriche machten und ihre Wunden behandelten.

Trotz allem hatte Bracke den Eindruck, als glaube Bojan nicht an eine Gesundung der Mornen. Er war bedrückt und düster und wurde einem ernsten, kummervollen Menschen immer ähnlicher.

Als Bracke sein Zimmer verließ, traf er auf Lester Sullivan, der gerade im Begriff zu sein schien, ihm einen Besuch abzustatten. Mit Erschrecken erinnerte er sich daran, daß Sullivan ihn ersucht hatte – er betonte damals das Wort „ersucht“ und machte auf seine Amtsbefugnis als Ratsvorsitzender aufmerksam –, ihm ständig Bericht zu erstatten. Warum er ausgerechnet auf ihn verfallen war, vermochte Bracke nicht zu sagen, aber jetzt war dieser Besuch das letzte, das er sich gewünscht hätte. Sullivan trug trotz der Wärme einen dunklen Anzug, aus dessen modischem Ausschnitt ein blütenweißer Hemdkragen hervorleuchtete. Die Augen hatte er hinter einer dunklen Brille verborgen.

„Hallo, Bracke!“ begrüßte er ihn betont freundlich, aber man hörte deutlich einen mißbilligenden Unterton aus der sonoren, nie sonderlich lauten Stimme heraus. Vielleicht hatte er sogar das Recht dazu, denn Bracke hatte bisher nur wenig zu berichten gehabt, und auch das wenige hatte er noch nach Kräften gekürzt. Er beruhigte sein Gewissen, das ihm ohnehin nicht allzu kräftig schlug, mit der Tatsache, daß es bisher kaum etwas Neues gab, daß der Gesundheitszustand der Patienten unverändert ernst war.

„Man hört wenig von Ihnen“, stellte Sullivan anzüglich fest und betrachtete ihn von oben bis unten, „aber wenn ich mir Sie so ansehe, dann fange ich an zu begreifen. Sie scheinen unter die Ärzte gegangen zu sein."

Bracke zuckte die Schultern und bemühte sich, seiner Stimme einen frostigen Klang zu geben, als er erklärte: „Da ich Betreuer einer der Forschungsgruppen bin, bindet mich meine Aufgabe an dieses Krankenhaus."

„Sie werden es überstehen, denke ich." Sullivan lachte und schlug ihm auf die Schulter. „Das sollte auch kein Vorwurf sein. Aber da Ihre Nachrichten etwas spärlich fließen, habe ich beschlossen, selbst nach dem Rechten zu sehen."

Bracke konnte sich eine bissige Bemerkung über den dunklen Anzug, den er offensichtlich immer zu tragen pflegte, wenn er nach dem Rechten sähe, nicht verkneifen, aber Sullivan verstand die Andeutung nicht, und vielleicht war es besser so.

„Unsinn!" knurrte er. „Der Anzug ist neu." Er schnippte ein Stäubchen vom Ärmel. „Oder glauben Sie, ich würde mich freiwillig in eine derartige Verkleidung stürzen, wie Sie sie zu lieben scheinen?"

„Sie werden es müssen." Bracke zuckte die Schultern. „In diesen Krankenhäusern herrschen strenge Sitten, auch für Sie."

„Haben Sie noch solch einen Kittel?"

„Habe ich!" sagte Bracke kurz angebunden und öffnete die Tür zu seinem Zimmer. Er ließ Lester den Vortritt und war innerlich wütend über den arroganten Ton, in dem er behandelt wurde. Viel schlimmer war aber, daß Sullivan ausgerechnet jetzt hier ankam, zu einem Zeitpunkt, zu dem er, Wolfram Bracke, begann, sich etwas näher an Karin Bachfeld anzuschließen. Er hätte nie die Initiative ergriffen, wäre da nicht der Eindruck gewesen, daß auch sie ein gewisses Interesse für ihn empfände. Aber er war ziemlich sicher, daß sie sofort wieder große Augen bekommen würde, wenn ihr Sullivan gegenüberträte. Er erinnerte sich an ihr Gesicht im Hotel in Frisco, als sie Lester zu sehen erwartete und statt seiner nur der „Mondmann Bracke" in der Halle auf sie wartete. Er konnte sich nicht erklären, warum sie das alles hinnahm, ohne sich von Sullivan endgültig zu trennen. Für ihn war sie eine Frau, in die man sich einfach verlieben mußte. Für Sullivan war sie zu schade. Kaum war der Gedanke zu Ende gedacht, da schalt er sich schon einen boshaften Egoisten.

Wütend warf er die Schranktür zu und quittierte den verweisenden Blick Sullivans mit einem Schulterzucken.

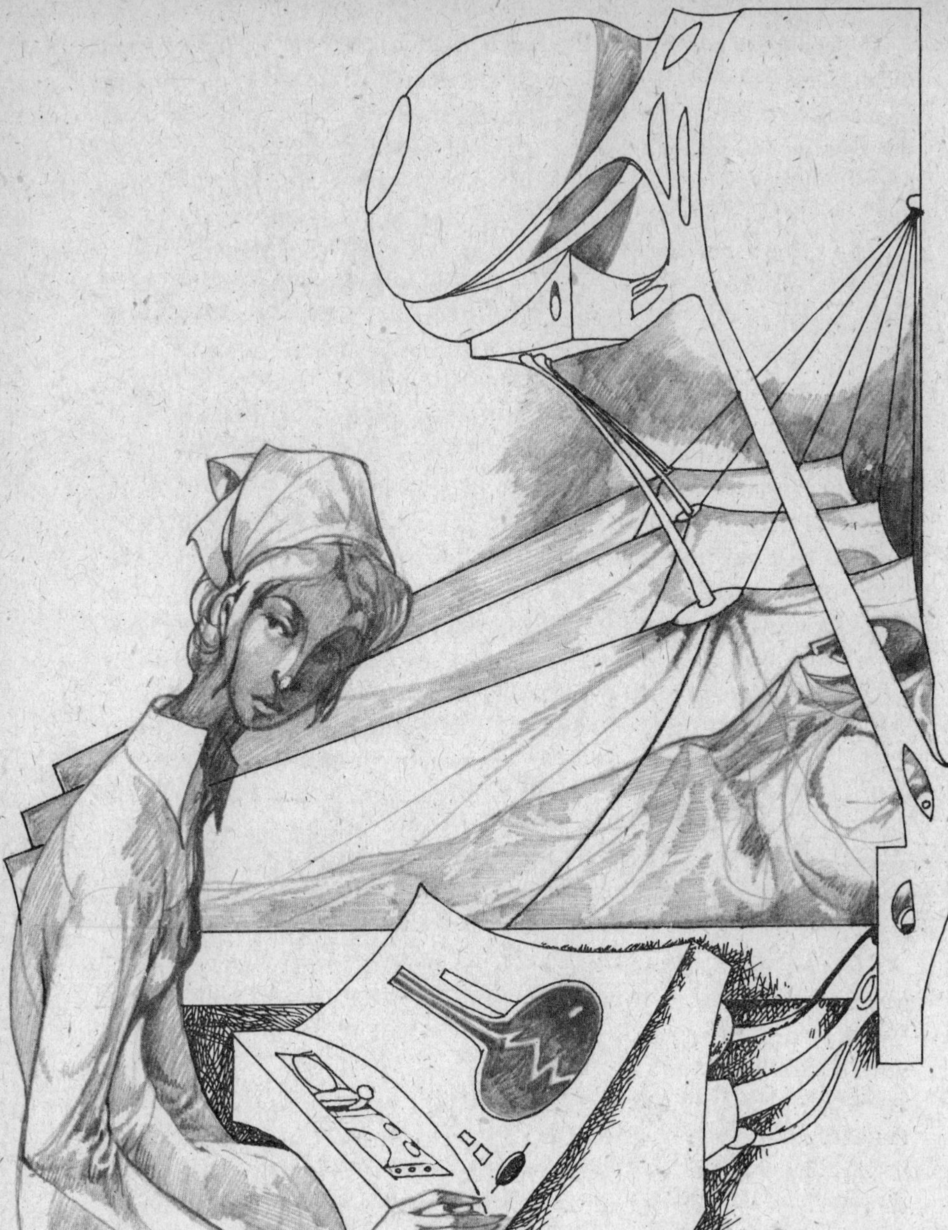

Als sie die Tür zum Krankenzimmer öffneten, sahen sie Karin Bachfeld, die die Druckverhältnisse in den Foliezelten der Kranken überwachte und in Intervallen die Bakterienabsorber einschaltete, vor ihrem Pult. Trotz der sonnenbraunen Farbe, die ihre Haut in den Tagen der Expedition angenommen hatte, sah sie müde und übernächtig aus. Daran konnte auch die hellblaue Tracht der Pflegerinnen nichts ändern. Das blonde Haar hatte sie unter einer Haube verborgen.

Bracke bemerkte ärgerlich, daß sie bis unter den Haaransatz errötete, als sie Sullivan sah. Lester ging auf sie zu, ohne die drei stillen Mornen unter den Sauerstoffzelten sofort zu beachten, und zog sie an sich. Bracke sah aber auch, daß sie den Kopf zur Seite drehte, als Sullivan sie küssen wollte, so daß seine Lippen nur ihre Wange streiften.

Er ballte die Hände in den Taschen seines Kittels und registrierte dabei den verblüfften Gesichtsausdruck Sullivans ohne Schadenfreude. Noch begriff er nicht, daß dort sein größter Wunsch in Erfüllung ging. Es dauerte Minuten, ehe er verstand, daß sich die Frau längst innerlich von Lester Sullivan gelöst hatte.

Als der Bakterienabsorber anlief, zuckte er zusammen und riß sich gewaltsam von dem Anblick los, der ihn plötzlich gar nicht mehr schmerzte. Er betrachtete die drei stummen Gestalten unter den Zelten. Die Gesichter und die Hände waren bis zur Unkenntlichkeit gedunsen, die Hautfarbe hatte sich in ein fast ins Violett spielendes Blau verändert. Auf Kopf und Gesicht zeigten sich tiefe, blutige Wunden. Die Bakterien der Erde, die mit der Luft in die kleinen Wunden der Körper eingedrungen waren, hatten die an sich belanglosen Schrammen zur Entzündung gebracht, waren in die Blutbahnen geraten und wüteten entsetzlich in den wehrlosen Körpern.

Zwar hatten die Ärzte von Anfang an für eine keimfreie Atmosphäre gesorgt und sich sowohl um eine chemische wie auch mechanische Vernichtung der Krankheitserreger bemüht, aber der Bakterienspiegel sank nicht. Die Schädlinge schienen sich in den ihnen fremden biologischen Systemen ausgezeichnet entwickeln zu können. Die Diagnosegeräte der Mornen arbeiteten ständig auf Hochtouren. Bojan hatte sie einsetzen lassen, weil er hoffte, daß sie eine Veränderung im Befinden der Kranken eher anzeigen würden als die irdischen Apparate. Aber auch sie schwiegen, obwohl ihre blinkenden Anzeigen bewiesen, daß sie ständig auf der Lauer lagen. Manchmal hatte Bojan stundenlang an den Liegen gestanden und versucht, Parakontakt mit den Kranken zu bekommen. Es mußte eine furchtbare Anstrengung sein, denn er war hinterher meist zu Tode erschöpft. Genützt hatte es nichts.

Die Hirne der Verletzten schwiegen. Nur ihre Motorik arbeitete weiter und pumpte Blut und Bakterien durch ihre Körper.

Als Bracke aufblickte, hatte er zuerst den Eindruck, daß er allein im Zimmer sei, allein mit drei Sterbenden. Dann aber hörte er einen Laut, der wie ein unterdrücktes Schluchzen klang. Auf einem kleinen Hocker neben dem hinteren Sauerstoffzelt war Karin Bachfeld zusammengesunken. Sie hatte den Kopf in die Hände gestützt und schien völlig niedergeschlagen. Bracke blickte sich um. Lester Sullivan war nicht mehr im Zimmer.

Einen Augenblick glaubte er, sie weine über die endgültige Trennung von Lester, denn daß sie endgültig war, daran hatte er keinen Zweifel mehr, ohne zu wissen, woher diese Sicherheit plötzlich kam. Aber dann sagte er sich, daß eine Frau wie Karin in einem solchen Falle nicht weinen würde. Sie würde sich aufrichten, die Zähne zusammenbeißen und zur Tagesordnung übergehen. Nie würde sie in einer derartigen Situation ihr Innerstes vor Fremden zeigen, vielleicht würde sie weinen, wenn sie allein wäre.

Der Grund für ihre derzeitige Depression war ein anderer. Sie selbst hatte nach dem Unfall ebenso wie Aurelhomme und Laurentz eine Menge durchmachen müssen, mehr noch als die beiden Männer. Trotzdem hatte sie sich, kaum einigermaßen genesen, zum Hilfsdienst an den Mornen zur Verfügung gestellt. Das war zuviel für sie.

Bracke stieß sich daran, daß er sich innerlich als ein ihr fremder Mensch gefühlt hatte. War er ihr noch ein Fremder? Hatten sie sich nicht in den Tagen der Expedition besser kennengelernt, als es zwei Menschen im Normalfall in dieser relativ kurzen Zeit möglich war? Und war er ihr nicht fast ein guter Freund geworden in den letzten Wochen?

Und nun hatte sie sich endgültig von Lester Sullivan getrennt, eben, in diesen Minuten, in denen er sich bemüht hatte, ihr Gespräch nicht zu belauschen.

Als er mit seinen Überlegungen bis zu diesem Punkt gelangt war, und als er sich sagte, daß er trotz mangelnder Erfahrung das Richtige ahnte, begann er sich unsicher zu fühlen. Mit weinenden Frauen hatte er noch nie etwas anzufangen gewußt. Beim besten Willen nicht. Ihm fehlte, wie er selbst einschätzte, nicht nur die Erfahrung, sondern wohl auch ein gut Teil Einfühlungsvermögen. Und bei Karin Bachfeld würde es ihm besonders schwerfallen, mit ein paar banalen Worten Trost zu spenden.

Mit aller Macht unterdrückte er den Wunsch, sich auf Zehenspitzen aus dem Zimmer zu schleichen, und trat einen Schritt auf sie zu. Einem plötzlichen Impuls folgend, strich er ihr über die Schultern und dachte daran, wie gut es war, daß ihn seine Kollegen nicht sehen konnten. Er fühlte sich hilflos.

In den nächsten Minuten redete er viel, ohne zu wissen, ob sie ihm zuhörte oder nicht. Er redete Dinge, an die er sich später mit Sicherheit nicht mehr würde erinnern können, denn er redete, um nicht das zu sagen, was er eigentlich sagen wollte. Schließlich merkte er, daß er sich selbst belog.

„Das alles war zuviel für Sie, Karin", sagte er leise und half ihr beim Aufstehen. „Erst die Anstrengungen der Expedition, Ihre eigene Krankheit, dann die wochenlange Pflege und nun das..."

Er führte sie zur Tür, übertrieben vorsichtig, wie eine Schwerkranke. „Sie müssen endlich ausspannen und auf andere Gedanken kommen. Das hier kann auch ein Pfleger des Sanatoriums übernehmen", redete er auf sie ein, obwohl es nicht mehr nötig schien, sie davon zu überzeugen, daß sie Ruhe benötigte. Sie ließ sich ohne Widerstreben hinaus auf den langen Gang führen, der in seiner blendenden Sauberkeit unpersönlich und kalt wirkte.

Als sie einige Schritte gegangen waren, schien es ihm, als stütze sie sich schwerer als bisher auf seinen Arm. Er bekam einen Riesenschreck. Frauen neigen dazu, in derartigen Situationen ohnmächtig zu werden, sagte er sich und wußte nicht, woher er diese Weisheit hatte. Er wußte aber mit Sicherheit, daß es dann zweifellos vorbei sein würde mit seiner mühsam aufrechterhaltenen Beherrschung. Bisher hatte er immerhin eine leidliche Figur abgegeben, aber wenn sie in Ohnmacht fiele, würde er sich wahrscheinlich unsterblich blamieren.

Flüchtig erinnerte er sich daran, gehört zu haben, daß man Ohnmächtigen die Kleidung am Halse öffnen und sie von beengenden Kleidungsstükken befreien müsse, um ihnen die Atmung zu erleichtern. Lehrgänge fielen ihm ein, bei denen sie ihre Scherze über die Beatmung Ohnmächtiger gemacht hatten, und nun haderte er mit sich selbst, daß er das alles nicht sehr ernst genommen hatte. Wer konnte auch ahnen, in welch komplizierte Situation er noch geraten könne?

Er versuchte ihr in das Gesicht zu blicken und atmete auf. Eine Steinlawine fiel ihm vom Herzen. Sie lächelte, lächelte unter Tränen und lehnte sich noch ein wenig mehr an als eben, aber es genügte, um ihn Erleichterung fühlen zu lassen. Plötzlich war er überzeugt, daß er auch nicht versagt hätte, wenn sie ohnmächtig geworden wäre.

Als sie hinaus in den weitläufigen Garten des Krankenhauses traten, hatte sich der Himmel über der Newa bezogen. Nur die nadelfeine Spitze der Admiralität fing mit ihrem Goldbelag einen letzten Sonnenstrahl ein und blinkte im trüben Grau.

An den Kais standen Angler und blickten gedankenverloren in die langsam ziehenden Wasser, in denen sich meterlange Wasserpflanzen träge wiegten. Aus der Gegend des Meeres zog langsam ein silberner Riesenvogel heran, ein Düsenklipper aus Übersee, der die aus dem Schornstein der „Aurora" flatternde Rauchsäule summend überquerte, seinen spitzen Schnabel senkte und weit hinter dem Sanatoriumskomplex zur Landung ansetzte.

Lange hatte sie es zu Hause nicht ausgehalten. In den zwei Tagen, in denen sie allein in ihrem Haus hinter den Dünen gewesen war, war es überraschend schnell bergauf gegangen. Sie hatte ausgezeichnet geschlafen, war hin und wieder geschwommen und hatte viel Radio gehört. Irgendwie schien es ihr Auftrieb zu geben, daß das Thema Lester Sullivan für sie abgeschlossen war, endgültig und ohne Rückstände, ohne eine Erinnerung an ihn. Dabei hätte sie die ihr liebste Erinnerung, sein Kind, sogar gern behalten. Nicht, weil es das Kind Lesters gewesen wäre, sondern ihr eigenes. Sie mußte an Bracke, diesen fürsorglichen Mann vom Mond, denken und lächelte. Er war der erste, der sie hier wieder begrüßt hatte. Ganz zart und vorsichtig hatte er sie geküßt, so, als sei er seiner Sache nach zwei Tagen durchaus nicht mehr sicher.

Das Befinden der Mornen war unverändert, die schwärenden Wunden schienen eher noch größer geworden. Jetzt war ihr Platz wieder hier, neben den Foliezelten. Die drei Mornen und ihre Pfleger waren ausgeschlossen von den einmaligen Ereignissen, die sich auf der Erde abspielten, von der großartigen Synthese, die sich zwischen Mornen und Menschen abzuzeichnen begann. Die Rundfunknachrichten hatten sich überschlagen. In Leningrad und in San Francisco waren die ersten Zentralrechner installiert worden, Versuchsgeräte zur Volksbefragung. Die Zeit war schnellebig geworden. Die ersten in Fabriken der Erde gebauten Gravitationsgleiter flogen bereits ihre Tests, in der Arktis wuchs die

Lenkanlage einer Atomsonne aus dem eisigen Boden, der mit mornischen Hitzestrahlern freigelegt worden war. Stundenlang hätten die Sender von Vorhaben berichten können, die die Wissenschaftler der Erde mit Hilfe der Mornen projektiert oder in Angriff genommen hatten.

Und einige der Menschen bereiteten sich vor zum Flug nach Morn, als Abgesandte der Menschheit, und war es ein Wunder, wenn es sich neben einigen Wissenschaftlern technischer, medizinischer, sozialer und ökonomischer Disziplinen auch um Angehörige der beiden Expeditionsgruppen auf der Erde handelte, um die Begleiter der Mornen?

Hinter ihr öffnete und schloß sich leise die Tür. Als sie sich umwandte, sah sie Birrha und Cosita, die zusammen mit Wolfram den Raum betreten hatten. Irgend etwas war mit Bracke. Zwar war sein Gesicht ernst, aber in den Augen saß ein glückliches Lächeln, ganz hinten. Nur wer ihn genau kannte, konnte es sehen. Und sie bildete sich ein, ihn in den vergangenen Tagen genau kennengelernt zu haben. Einen Augenblick lang hoffte sie, die Diagnosegeräte könnten eine Wende zum Guten anzeigen, aber ein einziger Blick belehrte sie, daß sich an den Anzeigen nicht das geringste geändert hatte. Und auch Cositas trauriges Kopfschütteln deutete darauf hin, daß Brackes Gesichtsausdruck andere Gründe hatte.

Es hatte sich eingebürgert, daß man im Krankenzimmer, obwohl die drei Mornen in tiefer Bewußtlosigkeit lagen, nur im Flüsterton sprach. Die Anwesenheit der starren Körper auf den weichen Lagern zwang einfach dazu. So stand sie langsam auf und verließ den Raum, und die drei folgten ihr wortlos.

Draußen neigte sich Wolfram zu ihr herab. „Sie haben eine Überraschung für dich", flüsterte er geheimnisvoll.

Durch die offene Tür sah sie, daß die beiden Frauen vor den Zelten aus glasklarer Folie standen und auf die Verletzten starrten. Ihre Augen schienen blicklos, und die ohnehin schmalen Lippen waren wohl noch verkniffener als sonst. Dann richtete sich Cosita langsam auf und folgte ihnen auf den langen Gang hinaus. Wie unabsichtlich legte sie den Arm um Karins Schulter und zog sie mit sich.

Welch ungleiches Paar mußten sie abgeben, die überschlanke Mornin mit dem gelben Overall und der Maske vor dem Gesicht und sie, mehr als einen Kopf kleiner und in der hellblauen Schwesterntracht. Und doch tat ihr die freundschaftliche Geste unendlich gut.

Dann hörte sie die gedämpfte Stimme des Translaters: „Als wir erfuhren, daß wir an der Expedition zur Erde teilnehmen sollten, erwartete ich ein Kind. Damals war es noch kein selbständig lebensfähiges Wesen, aber es war bereits sicher, daß wir einen Sohn haben würden."

Cosita schwieg, und lange waren nur die leisen Schritte der vier zu hören. Karin zog die Stirn kraus. Was sollte diese Einleitung?

„Bei uns Mornen hat es sich eingebürgert, eine Geburt, wie sie auf der Erde üblich ist, zu umgehen. Der Keimling wird aus dem Mutterleib entnommen und künstlich aufgezogen. Das ist einfacher und sicherer. Genetische Korrekturen erfordern einen geringeren Aufwand und sind erfolgversprechender."

Das alles wußte Karin bereits. Nicht, daß sie diese Methode als richtig empfand. Sie selbst hätte sich nie die Freude auf eine künftige Mutterschaft verkürzen lassen mögen. Sie war bereit, all das Unangenehme einer Schwangerschaft auf sich zu nehmen, denn es wäre ihr Kind gewesen, und rein gefühlsmäßig hielt sie es für besser, dem heranwachsenden Keimling den Schutz des Mutterleibes zu erhalten, solange es die Natur vorgesehen hatte.

Sie war aber auch tolerant genug, die mornische Variante zu akzeptieren, ja, sie war überzeugt, daß diese Methode auch unter den Frauen der Erde eine breite Anhängerschaft finden würde. Was aber sollte dieses Gespräch jetzt? Warum sprach Cosita ausgerechnet jetzt von ihrem Kinde? Fühlte sie nicht, daß sie eine kaum vernarbte Wunde aufriß?

„Ich hatte die Absicht, das Kind auszutragen", sagte der Translater, „wollte mich gegen die allgemeine Meinung stellen. Aber man gestattete es nicht. Ein Kind in einem Raumschiff erschien ihnen unmöglich. Sie sprachen von mangelnder Kontrolle und individueller Erziehung und lehnten es ab. So ließ ich das Kind entnehmen."

Was steckte hinter den Worten der Mornin? Langsam begann Karin zu ahnen, daß es mehr war als ein belangloses Gespräch.

Als sie sich der mornischen Sektion des Krankenhauses bis auf wenige Schritte genähert hatten, blieb Cosita stehen. Langsam ging Birrha an ihnen vorbei und öffnete die Tür zu den Laborräumen. Karin Bachfeld hatte den Eindruck, als sei Cositas Gesicht gelöster, offener.

„Wenn wir nach Morn zurückkehren, werde ich einen Sohn haben", sagte sie.

War diese Frau zu beneiden? Konnte sie glücklich sein, da sie einen Sohn bekam und den Vater dieses Kindes verlor? Cositas Gedanken mochten ähnliche Wege gehen, denn sie senkte den Kopf und folgte Bracke und Birrha.

Der Raum, den sie betraten, war nicht eben hell. Das diffuse Licht, das durch die getönten Scheiben hereinfiel, hatte nichts mit der luftigen und hellen Atmosphäre irdischer Krankenhäuser gemein. Aber noch ungewöhnlicher waren die Geräte, die das Labor fast völlig ausfüllten. Überall schwebten glasige Blasen, in denen farbige Flüssigkeiten opalisierten. Gase strömten träge durch wallende Nebel, winzige Manipulatoren zuckten und rührten. Überall an den Wänden blinkten die digitalen Anzeigen.

Obwohl Karin von alledem nicht das geringste begriff, fühlte sie, wie eine unerklärliche Kraft ihr das Herz zusammenschnürte, wie ihre Knie begannen den Dienst zu versagen. Irgend etwas geschah, und immer noch war das Lächeln in Wolframs Augen. Er sah, daß sie schwankte, und schob den Arm unter den ihren, und sie war ihm dankbar dafür.

Die beiden Morninnen durchschritten den Raum, ohne einen Blick auf die geheimnisvollen Apparaturen zu werfen. Erst an der hinteren Stirnwand verharrten sie. Vor ihnen stand ein Gerät, in dessen Mitte ein durchsichtiger Körper von zylindrischer Form schwebte. Dann sah sie, daß dieser Körper offensichtlich durch eine Vielzahl von Streben getragen wurde, deren Spitzen in sein Inneres tauchten.

Rezeptoren! Wozu brauchen sie diese Unmenge von Rezeptoren? ging es ihr durch den Kopf, und wieder fühlte sie den scheußlichen Druck in der Brust. Ich bin übernervös, sagte sie sich. Wolfram hat recht, das alles war zuviel für mich.

Etwas wie Furcht, sich sofort auf das Zentrum des Gerätes zu konzentrieren, war in ihr, aber sie wußte nicht, wovor sie sich fürchtete. Langsam ließ sie den Blick an den glatten Streben aufwärts wandern, immer höher. Sie hatte sich nicht geirrt, in diesen Streben mußten sich die Leitungen zu den Rezeptoren befinden, die schemenhaft im Inneren des Glaskörpers schimmerten.

Es dauerte lange, ehe sie sich ein Herz faßte und den Zylinder aufmerksam musterte. Sie konnte sich nicht erklären, um was es sich bei dem seltsamen Gerät handelte, aber sie wußte, daß es etwas Unfaßbares war. Eine eigenartige Spannung lag in dem ganzen Raum, fast körperlich fühlbar, ebenso deutlich, wie die starren Blicke der Morninnen, die sie beobachteten, die jede ihrer Bewegungen und Regungen zu registrieren schienen.

Eine gelbliche klare Flüssigkeit füllte den Zylinder, strömte träge auf der einen Seite nach oben und fiel auf der anderen ebenso langsam wieder hinab. Und in der Mitte, jeder Gravitation hohnsprechend, schwebte eine kugelförmige rötliche Masse, die von einer Unzahl feiner Fäden durchzogen war. Im Inneren dieses Balles aber, fast nicht erkennbar, ein heller Kern.

Lange starrte Karin auf das ungewohnte Bild, und plötzlich glaubte sie zu sehen, daß der rötliche Ball pulsierte. Das war Leben, zweifellos, diese rhythmischen, ungewöhnlich gleitenden Bewegungen, die kaum wahrnehmbar waren, ließen keinen anderen Schluß zu.

Sie blickte auf Cosita, und ihr schien, als lächele das ausdruckslose Gesicht der Mornin. Wie eine Eingebung kam es über sie, und schlagartig wußte sie, was sie vor sich hatte.

„Das... das ist ein Embryo!" flüsterte sie. „Ein Embryo in einem künstlichen Uterus."

Schweigend neigte Cosita den Kopf.

Vor Karins Augen verschwamm der glasige Zylinder. Sie fühlte sich einer Ohnmacht nahe und angelte instinktiv nach Brackes Arm.

„Aus welchem Grunde habt ihr hier auf der Erde solch ein Gerät aufgestellt? Noch vor einigen Minuten hast du mir erklärt, daß dein Sohn auf Morn zur Welt kommen wird, daß man dir vor dem Start die Frucht entnommen hat. Wie um alles in der Welt reimt sich das zusammen?"

Sie wußte es längst, aber noch sträubte sie sich gegen die letzte Gewißheit, von der sie nicht wußte, ob sie ihr Trauer oder Freude bringen würde. Es war nur mehr eine Formsache, als Cosita ihr bestätigte, daß sie auf dem richtigen Wege war. „Es ist der Keimling eines Menschen", sagte der Translater. „Aber er wird auf Morn geboren werden."

Noch immer wehrte sich Karin. „Welche Mutter wird zugeben, daß man ihr Kind..."

Scharf wie Nadeln drangen ihr Cositas Gedanken in das Bewußtsein, und dann wußte sie, daß es kein Zurück mehr gab. Ein letztes Mal bäumte sich ihr Inneres auf. „Aber, das kann doch nicht sein!"

Sie blickte auf Bracke. Sein Gesicht drückte höchste Verwunderung über ihre Reaktion aus, die er für eigenartig, vielleicht für überspannt halten mußte. Aber was wußte so ein Mann vom Mond schon von der Psyche einer Frau, die sich gerade damit abgefunden hatte, ihr Kind verloren zu haben, und der man es jetzt neu geschenkt hatte? Nichts konnte er davon wissen. In diesen Minuten war Bracke nicht mehr als der Arm, der sie stützte. Und nicht weniger!

Nach einer winzigen Zeitspanne völliger Leere stieg ein kleiner Funke

Glücks in ihr auf. Die Mornen hatten ihr Kind gerettet, ihr Kind, das nach den auf der Erde geltenden Gesetzen noch nicht einmal als Mensch zählte. Neben dem aufreibenden Kampf um das Leben ihrer Kameraden in den ersten Tagen nach dem Unfall hatten sie noch Zeit gefunden, das Gerät zu montieren und den Keimling zu implantieren.

Karin Bachfeld fühlte, wie der winzige Funke in ihrem Inneren zur Flamme wurde, und dann gab es nichts für sie außer dem Glück.

Sie sah hinüber zu Cosita, und deren Augen schienen ihr noch starrer und lebloser als sonst.

„Dein Kind wird auf Morn geboren werden", wiederholte der Translater. „Du wirst bei ihm sein, vom ersten Tage seines Lebens an. Du", und dann blickte sie auf Bracke, „und der Mann vom Mond."

Sie wußten beide, daß sie die Mornen in deren Heimat, ins Zentrum der Galaxis, begleiten würden. Seit mehreren Tagen wußten sie es, aber es wollte keine rechte Freude darüber aufkommen.

Drüben, in dem kleinen Raum, rang der Vater eines anderen Kindes seit Wochen mit dem Tode, mit einem Tode, gegen den weder die Menschen noch die Mornen ein Mittel gefunden hatten.

Jetzt war es Karin Bachfeld, die der Mornin den Arm um die schmalen Schultern legte. Sie mußte fast auf Zehenspitzen gehen, als sie das Labor verließen, aber sie fühlte, daß Cosita die Geste verstand.

Schon seit Tagen rechnete niemand mehr mit einer Genesung der Verletzten, und trotzdem kämpften sie verzweifelt um die letzten Reste des fliehenden Lebens.

Sechs Wochen nach dem tragischen Unfall am Mekong veröffentlichten die Presse und der Funk einen Aufruf an die Bevölkerung der Region Nord mit folgendem Inhalt:

„In den letzten sechs Wochen hat sich im Befinden der verletzten Mornen keinerlei Besserung eingestellt. Alle Bemühungen der Ärzte, die eingetretenen Schäden zu beseitigen, sind bisher vergeblich gewesen. Nach den letzten Untersuchungen ist im Gegenteil damit zu rechnen, daß sich die zuerst als ziemlich harmlos angesprochenen Wunden weiterhin vergrößern. Die Patienten haben das Bewußtsein nicht wiedererlangt. Die Ärzte des Leningrad-Sanatoriums haben sich in Abstimmung mit den mornischen Spezialisten zu einem letzten Experiment zur Rettung der Verletzten entschlossen.

Die Wunden sollen mit Hilfe von neuen, mit Manipulatoren bedienten

Skalpellen ausgeschnitten werden, und im Anschluß wird das gesamte Blut der Patienten gegen Blutkonserven ausgetauscht. Diesen Konserven, die selbstverständlich aus den Vorräten der Expedition entnommen werden müssen, soll ein aus menschlichem Blut gewonnenes Stimulanzserum beigemischt werden, das die Aufgabe hat, das Fremdblut bei der Bildung von Abwehrstoffen zu aktivieren. Es ist erforderlich, daß möglichst viele Menschen zur Gewinnung dieses Serums beitragen, indem sie Blut spenden.

Menschen, helft den Freunden aus dem Kosmos!"

Soweit der nüchterne Aufruf. Er zeigte nicht annähernd, welche Auseinandersetzungen und inneren Kämpfe die Menschen der Erde und des Planeten Morn durchgestanden hatten, ehe sie sich zu diesem letzten Schritt entschlossen. Er zeigte auch nicht das Entsetzen, dem sich die Mornen gegenübersahen, als sie mit dieser letzten Alternative menschlicher Heilwissenschaft konfrontiert wurden, und ihr verzweifeltes Ringen um eine Entscheidung, die letztlich nur vom Wissen um das unaufhaltsame Sterben ihrer drei Freunde diktiert wurde.

Erst nach Stunden hatten sie sich entschlossen, ihre Genehmigung zu diesem nach ihrem Ermessen ungewöhnlich brutalen Schritt zu geben.

Kein Bericht wäre in der Lage gewesen, die spontane Bereitschaft Hunderttausender von Menschen zu schildern, die in den nächsten Stunden in dichten Schlangen die Blutbanken belagerten, um mit ihrem Blut dazu beizutragen, daß die Mornen von einem schmerzlichen Verlust verschont blieben, einem Verlust, der genaugenommen durch eine ehemalige Gesellschaftsordnung verursacht worden wäre, die auf Morn seit undenklichen Zeiten, auf der Erde aber erst seit einigen Jahrzehnten beseitigt worden war.

Überall in den Sanatorien und Krankenhäusern der Region Nord liefen die Aggregate zur Herstellung des neuen Serums an, des Serums, von dem noch niemand sagen konnte, ob es den gewünschten Erfolg auch tatsächlich bringen würde.

Zur Herstellung weniger Milliliter waren einige Liter Blut erforderlich, aber die vielen Tausende, die sich zur Spende meldeten, garantierten die Herstellung einer ausreichenden Menge des Serums.

Bei der Operation selbst fungierten die Ärzte Morns lediglich als Zuschauer, höchstens noch als Beobachter der Instrumente, die als einzige in der Lage waren, die Reste des schwindenden Lebens in den Körpern der Verletzten anzuzeigen. Die wenigen Handgriffe, die die irdischen

Ärzte bei der Operation zu tun hatten, bereiteten ihnen eine solche Pein, daß sie nicht in der Lage waren, ihnen zur Hand zu gehen. Zu ungewöhnlich erschienen der mornischen Medizin die hier praktizierten Methoden.

Noch Stunden nach dem Eingriff, die Patienten lagen längst mit abgedeckten Wunden unter ihren Foliezelten, beobachteten sie ängstlich die Instrumente, jeden Augenblick befürchtend, die träge tickenden Anzeigen könnten in ihre Nullstellung laufen und so das Ende eines Mornen andeuten. Aber es zeigte sich keinerlei Veränderung im Befinden der drei.

Im Abstand von wenigen Stunden wurde die Bevölkerung der Erde über Presse, Fernsehen und Funk vom jeweiligen Stand der Ereignisse unterrichtet. Die Menschen rissen sich die Zeitungen aus den Händen, nie hatten die Fernsehprogramme höhere Einschaltquoten, aber ihre Geduld wurde auf eine harte Probe gestellt. Es schien, als weigere sich die Natur, ihre Opfer wieder herauszugeben.

Niemand hätte behaupten können, Bojan habe sich jemals eine Entscheidung leicht gemacht. Aber so schwer wie jetzt waren ihm Entschlüsse noch nie gefallen. Er fühlte sich überfordert.

Acht Wochen waren seit dem Unfall vergangen, und hinter ihm lagen die aufreibendsten Tage seines Lebens. Ständige Konsultationen durch die Wissenschaftler der Erde, die sich das Wissen ihrer neuen Freunde mit Feuereifer zu eigen machten, die Besichtigungen von Projekten, die an allen Punkten des Planeten in Angriff genommen worden waren, und die ständigen, immer wiederkehrenden Versuche, zu den Hirnen der Verletzten vorzudringen, drohten ihn zu zermürben.

Nun waren auch noch die Vorbereitungen zum Rückstart angelaufen, zu einem Rückstart, der den meisten Teilnehmern der Expedition wie eine Flucht erschien und den sie unter diesen Umständen und zu diesem Zeitpunkt energisch ablehnten.

Und doch mußte es sein! Die Befragung des Tentakels hatte nicht so sehr das Suchen nach einer optimalen Lösung zum Inhalt, die glaubte Bojan ohnehin zu kennen, vielmehr glich sie diesmal einem komplizierten Spiel, bei dem er versuchte, die Maschine zu überlisten, ihr eine Entscheidung abzutrotzen, die seinen eigenen Wünschen und denen der Besatzung nahekam. Es waren emotional entstandene Wünsche; über das, was die Vernunft oder die Logik gebot, mochte er jetzt nicht nachdenken.

Er hatte zuerst die Frage gestellt, ob im Hinblick auf den Gesundheitszustand der drei Expeditionsteilnehmer eine Verschiebung des Starttermins geboten sei. Das war bereits eine Frage, die nur die halbe Wahrheit enthielt, aber der Tentakel ließ sich nicht täuschen. Er entschied sich für eine Beibehaltung des Termins und schlug vor, die außerirdischen Forschungen einzustellen, um die verbliebene Kapazität auf die Arbeit im irdischen Bereich konzentrieren zu können. Schon hier hatten sich also Dissonanzen ergeben. War seine Frage von der Möglichkeit ausgegangen, daß sich das Befinden der Kranken doch noch bessern konnte, so setzte der Tentakel ausschließlich den Zeitdruck in Rechnung, der durch die nicht vorhersehbare intensive Zusammenarbeit mit den Menschen entstanden war, eine Zusammenarbeit, mit der nach den ersten Kontakten niemand rechnen konnte.

Bojan schloß die Augen, als er sich zum zweitenmal mit der Basis des Tentakels verband. Wieder würde er versuchen, die Maschine zu überlisten. Aber er würde noch vorsichtiger sein als bei der ersten Frage. Für einen Augenblick schlug ihm das Gewissen, als er die Aufgabe stellte, und er fürchtete, daß der Tentakel seine Unsicherheit gespürt habe. Kurzerhand ließ er die Frage löschen und stellte sie erneut: „Auf welche Art sind die Verletzten nach Morn zu überführen?"

Er schämte sich seiner Hinterlist, rechnete aber nicht damit, daß der Tentakel auf seinen Trick hereinfallen würde. Trotzdem bemächtigte sich seiner beim hastigen Spiel der Farben, das die hektische Suche der Maschine nach einer effektiven Lösung dokumentierte, eine schmerzhafte Spannung. Sollte es doch noch eine Lösung geben, die den emotionalen Wünschen seiner Freunde entsprach? Es gab kaum jemanden, der sich für die Aufgabe der Kranken, für ihr Verbleiben auf dem fremden Planeten, ausgesprochen hatte.

Aber so verführerisch der Gedanke war, so schnell ließ er ihn wieder fallen, als er die ersten Impulse des Tentakels fühlte. Er öffnete die Augen, als sie zusammenhanglos wurden, und er sah, daß die Anzeigen in einem giftigen Grün zu leuchten begannen, ein Zeichen dafür, daß die Maschine eine Beantwortung der Frage an sich ablehnte.

Und dann flammten die Impulse erneut auf, heftiger als je zuvor. Der Tentakel sprach sich gegen eine Überführung der Kranken überhaupt aus. „Gefahr für die gesamte Zivilisation Morns durch bakterielle Verseuchung!" signalisierte er.

Bojan wußte, daß er sich damit nicht zufriedengeben würde. Jetzt begann der Kampf. Mit den bisher erfolgten Antworten hatte er gerechnet. Jetzt aber hieß es, sich auch innerlich auf die Seite seiner Freunde schlagen, ihre Meinung nicht nur vertreten, sondern auch daran glauben. Trotzdem war er sich klar darüber, daß nicht er, sondern der Tentakel recht hatte, und er wußte, daß er dessen Entscheidung, war sie einmal gefallen, auch vertreten würde, wie immer sie lauten möge.

„Ist der Wunsch der Expedition akzeptierbar, Menschen der Erde mit in unser System zu nehmen?" begann er einen ersten Vorstoß.

Die Maschine antwortete sofort. „Unter den geplanten Sicherheitsvorkehrungen, ja!"

„Die gleichen Vorkehrungen könnten für die Kranken getroffen werden", stieß er nach, als habe er jemanden vor sich, den man überzeugen müsse, aber der Tentakel war nicht zu überraschen. Wieder benötigte er nur eine kaum meßbare Zeit, ehe er antwortete.

„Es wäre der Sinn der Überführung, eine Heilung herbeizuführen. Danach wären die Sicherheitsvorkehrungen nicht mehr aufrechtzuerhalten."

„Aber für die Menschen müssen diese Vorkehrungen ebenfalls aufrechterhalten werden."

„Die Menschen leben nur über einen begrenzten Zeitraum auf Morn. Die Genesenen müßten gezwungen werden, bis zu ihrem Tode unter hermetischen Bedingungen zu leben. Das zu fordern ist inhuman und nicht ausführbar."

„Soll das heißen, daß du gegen eine Überführung eines toten Mornen nichts einzuwenden hast?"

„Vorausgesetzt, er ist ordnungsgemäß desinfiziert, nein!"

Bojan schauderte vor der kalten Maschinenlogik. Er unternahm einen letzten Versuch und fragte: „Jede andere Lösung würdest du ablehnen?"

Wieder antwortete der Tentakel sogleich: „Jede!"

Bojan glaubte Überlegenheit aus den Impulsen der Maschine zu fühlen, aber er wußte, daß es nur Einbildung war. Er hatte verloren. Es gab keine Rettung für die todkranken Freunde.

Einen letzten Blick warf er auf das künstliche Hirn. Die mattgelbe Kugel in der Nährflüssigkeit trieb einen Auswuchs an die Gefäßwandung, und obwohl dieser Auswuchs keinerlei Organe besaß, hatte er den Eindruck, als beobachte der Tentakel jede seiner Regungen. Forschend diesmal, als wollte er ihm bis ins Innerste sehen.

Langsam stand Bojan auf und verließ den Raum, in dem er eine Niederlage erlitten hatte, von der er wußte, daß sie unvermeidbar war, schon als er den Raum betrat.

Im Steuerraum traf er Birrha und Akul. Bei ihnen war Tekla, die ihn auf der Fahrt zum Erdmond begleitet hatte. Überhaupt war ihm die schweigsame Tekla zu einer unentbehrlichen Stütze geworden. Wie oft hatte er sich an ihr in den letzten Tagen aufgerichtet, wenn er zu zerbrechen drohte!

Sie saßen vor einem der großen Panoramaschirme und ließen die Schroffen und Schründe der lunaren Gebirge vor ihren Augen vorbeiziehen. Er war froh, daß er Akul die Forschungen auf dem Trabanten übertragen hatte. Zwar war Akul nicht begeistert gewesen, aber seitdem lief wenigstens diese Seite ihrer Unternehmungen reibungslos, von den Impulsen, die sie der jungen irdischen Kosmonautik und Lunistik gaben, ganz abgesehen. Und die junge Birrha war Akul eine Partnerin geworden, mit der er nicht nur gut zusammenarbeitete...

Bojan legte Tekla die Hand auf die Schulter, aber sie hatte bereits vorher begriffen, daß er sie bat, ihn zu den Kranken zu begleiten. Sie war es, die seiner Ansicht nach die größte Ausstrahlungskraft paramentaler Impulse hatte. Sie starteten sofort, landeten den Disko in der Bucht von Riga, und am Nachmittag betraten sie den Sanatoriumskomplex von Leningrad durch seinen Seiteneingang.

Faunian lag auf seinem Lieblingsplatz oberhalb des Schachtes. Die kleine künstliche Sonne wärmte angenehm. Sie wärmte anders, intensiver als die Anzüge, die die Optimaltemperatur des Körpers als Indikator verwendeten. Er hätte nicht sagen können, warum er den Thermostaten abgeschaltet hatte, aber es machte ihm Spaß, sich von der Sonne aufheizen zu lassen.

Unten im Tal mischte sich das Raunen des kleinen Flusses mit dem hohen Singen des ausströmenden Sauerstoffs. Der Himmel über ihm strahlte in einem hellen durchsichtigen Violett. Der Tag war anstrengend gewesen, ohne daß er hätte sagen können, wodurch. Hatte er im Rat mit den Alten gestritten, oder hatte er sich auf seinen Flug zur Erde vorbereitet? Zur Erde mit ihren Menschen, die stark waren und heftig in ihren Emotionen, so ganz anders als sie selbst, daß man es ihnen bei ihrer Heimkehr kaum glauben würde. Und so sehr er sich auf die Erde freute, im Innersten spürte er Furcht. Vor der Natur, vor den Heeren von Bakterien, dem Schmutz, der den Planeten bedeckte.

Er tastete nach Cositas Hand. Irgendwo neben ihm mußte sie liegen. Noch nie hatte sie ihn allein gelassen. Ihren innigsten Wunsch hatte sie sich versagt, um bei ihm bleiben zu können. Und wo war Cosita jetzt?

Er fand sie nicht, obwohl er ihre Stimme hörte, die laut und deutlich nach ihm rief. Nicht voll Angst und Sorge, sondern drängend oder fordernd. Sie befahl ihm zu erwachen. Immer wieder. Und plötzlich wußte er, daß er träumte.

Hoch oben am Himmel Morns sang ein Vogel. Welch ein Widersinn! Ein Vogel am Himmel Morns. Und doch klang sein Ruf bis hier herunter zu den Hügeln. Und dann sah er den Vogel, und er wußte, daß es keiner von denen war, die die Menschen lieben, weil ihr Gesang sie erfreut. Es war einer jener mächtigen Vögel, die sich von toten Tieren und gelegentlich auch von toten Menschen ernähren. Er flog langsam, mit kraftvollem Flügelschlag, den nackten Hals wie ein Ruder ausgestreckt, den kleinen Kopf auf der Suche nach Aas ständig hin und her wendend. Würde er es wagen, einen schlafenden Mornen anzufallen?

Faunian tastete nach seinem Paralyser, aber seine Hände waren wie in einem zähen Brei gefangen. Er konnte sich nicht bewegen. Er wurde wütend, aber der Brei hielt nach wie vor seine Arme fest. Und die Stimme rief ihn noch immer.

Er wußte, daß er sich nicht gegen den Geier, der langsam größer wurde, wehren konnte. Fast schwarz war der Himmel Morns jetzt, schwarz mit einem riesigen grauen Geier, der auf ihn, Faunian, herabstieß.

Und die Stimme Cositas? Sie war leise geworden, so leise, daß er sie kaum noch vernahm. Cosita hatte ihn verlassen. Was spielte es jetzt noch für eine Rolle, daß dieses gefiederte Untier über ihm war, daß es sich auf ihn stürzen würde, Myriaden von Bakterien in seine Wunden schleudernd! Cosita war gegangen, was sollte er noch ohne sie?

Noch einmal blickte er hinauf in den drohenden Himmel, den der widerliche Körper des Vogels jetzt fast völlig verdeckte. Da schien es ihm, als löse sich das Tier auf, zerfließe in einen Schwarm übergroßer Bakterien, groß wie die Spinnen, die er gesehen hatte, mit Zangen an den ekelhaften Köpfen.

Dann prallten die ersten Spinnen auf seine nackte Brust, setzten tastend die Zangen an, um sie ihm ins Fleisch zu bohren, die nächste Rotte stieß gegen seine Stirn, aber er spürte keinen Schmerz. Verwundert betrachtete er seinen Körper, sah, wie die Spinnen bei der Berührung zuckten, sich wanden und zur Seite fielen.

Und plötzlich wußte er, daß er leben würde. Er war immun geworden, immun wie die Menschen es waren. Er war stark, stark wie ein Mensch, und er würde leben wie sie, leben trotz der Spinnenbakterien, die immer noch auf seiner Brust und auf seiner Stirn hafteten.

Dann sah er eine Hand, die sich seinem Gesicht näherte, eine Hand von stumpfsilberner Farbe, mit langen beweglichen Fingern, die in einer Folie steckten, eine mornische Hand. Sie wischte ihm sanft über die Stirn, vertrieb die Spinnen und das Violett des Himmels, der plötzlich gelb wurde. Dieses Gelb war gedämpft durch eine glasige Folie, aus der auch die Hand herauswuchs, die Hand einer Frau.

Er wollte die Hand greifen, ihr danken für das, was sie getan hatte, aber er konnte sich nicht bewegen. Da hörte er seinen Namen und schlug die Augen auf.

Er lag in einem kleinen Raum, der von einer glasklaren Folie gebildet wurde, und hinter der dünnen, durchsichtigen Wand erkannte er das schmale Gesicht Teklas. Sie lächelte glücklich.

Da erinnerte er sich an alles. Nun würde er leben. Und zugleich wurde ihm bewußt, daß der Traum, den er eben geträumt hatte, einen wahren Hintergrund besaß. Er wußte, daß die Bakterien der Erde für ihn genauso unschädlich geworden waren wie für die Menschen.

Als Tekla und Bojan das Krankenzimmer wie schon so oft schweigend betreten hatten, waren die irdischen Pfleger, die an den Lagern der Mornen wachten, unauffällig zur Seite gegangen. Jedesmal war das so. Tekla bewunderte die Art dieser Menschen, sich im Hintergrund zu halten, und sie war ihnen dafür dankbar. Es schien, als ahnten sie, welch gewaltige Anspannung die bisher stets fruchtlosen Versuche, mit den Kranken in Kontakt zu kommen, kosteten.

Als sie sich auf Faunian konzentrierte, fühlte sie sofort, daß etwas anders war als sonst. Er war unruhig. Zwar lag er bewegungslos wie immer, aber sie hatte den Eindruck, daß eine Bereitschaft, eine unterschwellige Öffnung im Bewußtsein des Kranken entstanden war. Sie machte Bojan mit einer Handbewegung darauf aufmerksam und forderte ihn auf, sich passiv einzuschalten.

Sie versuchte Faunian durch ein Bild zu packen, von dem sie wußte, daß es dazu angetan war, eine gewisse Wirkung zu erzielen. Sie stellte sich seine Lieblingslandschaft am Fluß vor und bemühte sich, diese Vorstellung so plastisch wie möglich auf ihn zu transponieren. Dann spürte sie die Resonanz und spannte alle ihre Kräfte an.

So erlebte sie, wenn auch zuerst verschwommen, den Alptraum Faunians mit, der schließlich in ihrem Bewußtsein so stark wurde, daß sie versuchte, ihm die Spinnen von der Stirn zu wischen. Da endlich schlug er die Augen auf. Zu gleicher Zeit erklang aus einem der Nachbarzelte ein Stöhnen. Lekon erwachte. „Ich lebe!" flüsterte er. „Ich lebe!"

Als Tekla erschöpft einen Schritt zur Seite ging und sich auf einen der kleinen harten Hocker fallen ließ, trat ein Pfleger auf sie zu und drückte ihr die Hand. Der Druck der großen breiten Menschenhand war kräftig, auch für menschliche Begriffe, aber Tekla spürte keinen Schmerz. Sie war erschöpft und glücklich zugleich. Sie wußte, daß dieser Händedruck eine Anerkennung war, eine Anerkennung ihrer Stärke und Unbeugsamkeit.

Sie blickte hinüber zu Bojan und stellte fest, daß er sie beobachtete. Sie sah Bewunderung in seinen Augen, aber sie spürte seine Gedanken nicht. Er hatte das Netz abgeschaltet, wahrscheinlich, um seine Gemütsbewegungen nicht auf sie zu übertragen.

Da stand sie auf, ging zu ihm und legte den Kopf an seine Brust. Bojan hob den Arm und legte ihn sacht um ihre Schulter. Langsam bekam sie Kontakt, aber noch verschloß er seine Gedanken.

Die Kranken befanden sich zum erstenmal außerhalb des Sanatoriums. Die Pfleger hatten ihnen im Garten die weichsten Liegen, die sie beschaffen konnten, aufgestellt. Faunian, Lekon und Finetta ließen die Sonne auf die unvermeidlichen Kombinationen scheinen.

Faunian hatte sich etwas auf die Seite gedreht und beobachtete Finetta, die die Augen geschlossen hielt. Finetta ging es am besten von ihnen. Sie hatte die Maske bei dem Unglück aufbehalten und lediglich eine Verletzung am Oberschenkel davongetragen, die sich allerdings auch zu einer schwärenden Wunde entwickelt hatte. Finetta fühlte sich bereits wieder so kräftig, daß sie sich beklagte, weil sie nicht an der allgemeinen Aufgabe mitarbeiten konnte, an der Aufgabe, möglichst viele Informationen und Technologien mit den Menschen austauschen zu können. Sie litt zweifellos am meisten unter ihrer Untätigkeit. Jetzt öffnete sie unter seinem Blick und seinen Gedanken die Augen.

„Man müßte die Sonne direkt fühlen können", erklärte sie. „Nicht nur durch die Kombination."

Es war ein eigenartiger Wunsch, den sie äußerte. Kaum genesen, dachte sie bereits daran, sich erneut in ein Abenteuer zu stürzen. Es war nicht leicht, in ihren häufig skurrilen Gedanken einen rationalen Kern zu finden.

„Die Menschen sagen, daß es nichts Besseres gäbe als ihre Sonne", fuhr sie leise fort. „Sie sagen auch, daß eine Wunde um so schneller heile, je mehr saubere Luft daran kommen könne."

Faunian strich sich über die breite Narbe auf seiner Stirn, über der eine hellrote Haut das Pulsieren des Blutes ahnen ließ. Die Luft der Erde war es, die für diese Narbe verantwortlich war, sie hatte aus der unbedeutenden Schramme eine schwärende, tödliche Wunde werden lassen. Sie, und nichts sonst!

„Vielleicht haben die Menschen recht." Lekon richtete sich langsam auf. Sein Blick ging über Büsche und Bäume, über Gras und Blüten hinweg in eine Ferne, die nur er sah.

Es wurde Zeit, dem unsinnigen Gerede ein Ende zu machen. „Vielleicht haben die Menschen, von ihrem Standpunkt aus betrachtet, recht, vielleicht... Für uns jedoch gilt das nicht. Wir sind ein Leben in einer sterilen Luft gewöhnt. Nichts anderes ist unseren Körpern zuträglich."

Faunian sah das Erstaunen in den Augen der beiden anderen, fühlte ihre Gedanken, und wieder kam ihm zum Bewußtsein, daß das alles nicht mehr galt. Nicht heute und nicht morgen, nie mehr! Heute war alles anders, und es war nie mehr rückgängig zu machen. Nicht für ihn und nicht für Finetta und Lekon. Sie waren Ausgestoßene unter den Mornen. Mit der Luft der Erde in Berührung gekommen, bezahlten sie ihre Immunität, die sie in langer Krankheit erworben hatten, damit, daß sie ihr Leben lang Bakterienträger bleiben würden. Eine Gefahr für das System Morn, solange sie lebten. Solange sie auf Morn lebten!

Nur eine Lösung blieb. Die Lösung, die der Tentakel vorgeschlagen hatte, als sie noch in tiefer Bewußtlosigkeit lagen. Nichts Grundsätzliches hatte sich seitdem verändert. Es war unerheblich, ob sie gesunde oder kranke Bakterienträger waren. Das System Morn blieb ihnen für alle Zeiten verschlossen.

Sie waren Gefangene der Erde. Gefangene eines fremden, wilden Sonnensystems.

Jetzt blickte auch er in die Ferne gleich Lekon. Ein sanfter Wind schüttelte die Bäume, verlieh ihnen erstaunliches Leben. Und es war, als verneigten sich die bunten Blumen vor dem Betrachter. Weiche Wellen liefen über das Gras. Die Menschen sagten, man könne den Duft der Blüten riechen, und sie liebten diese Gerüche. Die Menschen und ihre Erde und die Erde mit ihrer Natur, die verrückteste Kombination in der ganzen Galaxis. Hier sollten sie die längste Zeit ihres Lebens verbringen?

Wie hätte er entschieden, hätte das letzte Wort bei ihm gelegen? Hätte er die Ablehnung des Tentakels akzeptiert? Hätte auch er die Freunde verurteilt, auf der Erde zu bleiben?

Ja, und tausendmal ja! Es konnte keine Alternative geben. Bojans Entschluß war richtig, unumstößlich. Auch jetzt, auf dem Wege der endgültigen Gesundung würde er sich nicht anders entscheiden können. Niemand konnte das, er nicht und Bojan nicht. Es konnte keine Rücksicht auf einzelne geben, wer immer sie waren. Die Zivilisation Morns durfte nicht gefährdet werden.

Plötzlich kam Faunian zum Bewußtsein, daß er die eigenen Gedanken wie die eines Fremden belauschte. So, als gingen sie ihn nichts an, als stände er außerhalb ihrer harten Konsequenzen. Langsam, erst nach und nach, ging ihm die ganze Tragweite seines Schicksals auf.

Gefangener der Erde! Welch grotesker Gedanke!

Er hörte, daß Lekon lachte. Es klang abgehackt und trocken, ein Lachen ohne Freude, voller Sarkasmus. Lekon hatte seine Gedanken belauscht. Langsam wälzte er sich auf die Seite und blickte ihn an. Und auch Lekons Augen kamen aus der Ferne zurück und saugten sich an seinem Gesicht fest.

„Also können wir unsere Masken abnehmen. Es würde uns kein Schaden daraus erwachsen", flüsterte Lekon, und der Sarkasmus, der eben noch aus seinem Lachen geklungen hatte, war verschwunden.

Er wollte auffahren, Lekon auf das Unsinnige seiner Idee aufmerksam machen, aber er bezwang sich. Hatte der Freund so unrecht? Was nützten die Filter, die Bakterienabsorber in den Masken, wenn die eigene Atemluft, die eigenen Lungen, die Blutbahnen von Bakterien bevölkert waren, von Millionen und Abermillionen dieser kleinen, gefürchteten Lebewesen? Wenn sie in ihren Körpern lebten, fraßen und sich vermehrten?

Und plötzlich fühlte auch er eine unbändige Lust, sich die Maske vom Gesicht zu reißen.

Zu gleicher Zeit hoben sie die Hand, zu gleicher Zeit stockten sie einen winzigen Augenblick, und zu gleicher Zeit streiften sie entschlossen die dünne Folie von Schädel und Gesicht. Den erschreckten Aufschrei Finettas hörten sie nicht.

Vorsichtig öffneten sie den Mund und saugten die warme Luft der Erde in die Lungen. Nach dem ersten Atemzug verharrten sie und horchten in sich hinein, versuchten Unregelmäßigkeiten aufzuspüren, ein Röcheln, einen winzigen Schmerz.

Aber da war kein Schmerz, keine Übelkeit, nur ein leichter Schwindel nach dem zweiten, tieferen Atemzug, ein Schwindel, den sie dem Sauerstoffstoß im Hirn zuschrieben. Und dieser Schwindel verging schneller, als er gekommen war.

Faunian schloß die Augen und hielt das nackte Gesicht in die warmen Strahlen der Sonne, wie er es so oft von den Menschen gesehen hatte. Ganze Tage konnten die Menschen damit zubringen, in der Sonne zu liegen und sich braun brennen zu lassen. Die Menschen neigten zur Übertreibung, so sympathisch sie auch sein mochten.

Langsam und vorsichtig nahm auch Finetta den durchsichtigen Schutz von ihrem Gesicht.

„Was wird nun aus uns werden?" fragte sie, sich zurücklehnend.

Faunian versuchte ein Lächeln. „Wir müssen uns damit abfinden, Finetta, daß wir unser Leben auf dieser Erde beschließen. Es gibt keine andere Lösung."

„Aber..."

„Es gibt kein Aber. Wir bleiben Gefangene dieses Planeten."

Wieder blickte er über das wuchernde, flutende Grün, hinter dem er den Fluß ahnte, und es war, als sähe er all das zum erstenmal.

Dann spürte er Cositas Gedanken. Bojan und Tekla begleiteten sie, und auch die dumpfen, kraftvollen Impulse zweier Menschen spürte er. Einen Moment lang lenkten ihn seine Gedanken von genauer Selektion ab. Die Impulse der Menschen waren genauso spontan, genauso durchschlagend wie die Menschen selbst. Die Wucht der Emissionen paßte zu dem mitreißenden Schwung, den ihre Erzeuger an den Tag legten, wenn es darum ging, Neues in sich aufzunehmen, Geplantes durchzuführen oder Dinge zu erkennen, die bisher außerhalb ihres Wissens gelegen hatten. Manchmal neigte er fast dazu, diese junge, unausgegorene Rasse zu beneiden.

Er schloß die Augen, ließ die Impulse auf sich wirken, und bald erkannte er die beiden Menschen. Der dunkelhäutige Riese war es, der sie durch die grausige Zurschaustellung seiner unbändigen Kraft schockiert hatte. Neben seinen Hirnemissionen nahmen sich die seiner ebenfalls dunklen Begleiterin zahm und zurückhaltend aus.

Diese beiden Menschen würden mit den Kameraden zum System Morn fliegen, würden ihre Gäste begleiten, selbst Gäste in einem ihnen fremden System sein. Das war die Art der Mornen, ihren Dank abzustatten. Was werden diese Menschen fühlen, wenn sie in diese ihnen völlig fremde Welt geraten, in eine Welt, die für sie bisher undenkbar war? Würden sie sich zurücksehnen nach ihrer Erde mit den mächtigen Pflanzenherden, der heißen Sonne und den ungebändigten Flüssen, oder würden sie staunend das Neue in sich aufnehmen, um das Gesehene für die schnellere Evolution ihrer Heimat verwerten zu können?

Bei dem Gedanken an Morn überlief ihn ein Frösteln. Auch hierin hatte ihn sein Traum nicht getrogen. Morn war für ihn verloren, und auch von Cosita würde ihn das Schicksal trennen. Bei der Katastrophe am Mekong war sie als einzige unverletzt geblieben. Sie würde die Heimat wiedersehen, die sanften Hügel und die weiträumigen Bauten. Sie würde ihre Stirn am Wind des Sauerstoffs kühlen können, wenn die Wanderung sie erhitzt hatte. Sie würde ihre Hände in die sprudelnden, duftenden Wasserkaskaden tauchen und sich am Spiel des Lichtes auf glitzernden Steinen erfreuen. Sie... sie.

Er fühlte, daß Bojan sich bis auf wenige Schritte genähert hatte, und bemühte sich, ihn seine Gedanken nicht fühlen zu lassen. Er wußte, daß es keine guten Gedanken waren. Seit wann haderte ein Faunian mit dem Unabwendbaren?

Das kleine Gesicht eines Kindes schob sich vor sein geistiges Auge, das unbekannte Gesicht eines ungeborenen Kindes mit geschlossenen Augen. Er wußte, es war sein Kind, Cositas Kind, und er wischte das Bild mit einer letzten Anstrengung hinweg. Nie würde er sein Kind sehen dürfen, es war, als hätte er es nie gezeugt.

Bojan trat langsam auf sie zu. Sein Schatten fiel breit auf das Gesicht Faunians. Er öffnete die Augen vorsichtig, als habe er Angst, daß das heiße Gestirn Bojans Körper durchdringen und seine Augen verbrennen könne.

Bojans Gesicht war ungewöhnlich ernst. Ein Todesurteil stand in seinem Blick, sein, Faunians, Todesurteil. Faunian kannte die Gedanken des Maschinisten, auch wenn er sich jetzt meisterhaft verschloß.

„In vier Tagen werden wir starten", erklärte Bojan. Es war, als schnüre jemand eine Schlinge um Faunians Herz und zöge sie zu, langsam und immer fester. Er zwang sich, ruhig zu bleiben. Nur jetzt keine Blöße geben. So, wie er in den nächsten Tagen reagieren würde, würden ihn Bojan und die anderen Heimkehrer in ihren Erinnerungen behalten, und auf Bojans Urteil legte er Wert. Er holte tief Luft.

„Wir alle hier auf der Erde wünschen euch viel Glück, Bojan", sagte er, und er erkannte seine eigene, leise Stimme nicht. Es war, als spräche ein völlig Fremder aus ihm. „Grüßt unsere Heimat. Wir werden versuchen, die Menschen darauf vorzubereiten, daß sie eines Tages auf ihre Weise den gleichen Evolutionsstand erreichen wie wir. Bestimmt wird es ihnen mit unserer Hilfe leichter werden, und es wird schneller gehen, als wir es uns träumen lassen. Sie sind enorm stark, diese Menschen."

Er schloß die Augen, und wieder zogen die vertrauten Bilder Morns an ihm vorbei. Aber wieder bezwang er sich.

„Und wir werden diese einmalige Synthese aus Technik und Natur sehr genau beobachten", schloß er.

Als er die Augen öffnete, sah er, daß Bojan erstarrt war. Seine vage Handbewegung drückte Hilflosigkeit aus. „Dann muß ich euch also nicht mehr erklären...?"

Faunian unterbrach ihn. Er wußte, wie das, was Bojan ihnen sagen wollte, ihn quälen mußte. Wozu es wieder und wieder erklären? Sie alle wußten es längst.

„Nein, Bojan! Du brauchst uns nicht mehr zu erklären, daß wir auf Morn verzichten müssen. Wir wissen es. Wir wissen, daß es keine andere Lösung gibt."

Es sollte sich anhören, als habe er sich völlig mit seinem Schicksal abgefunden, aber es klang bei weitem nicht so. Trotzdem hob ein tiefer Atemzug Bojans Brust. Lasten fielen ihm von der Seele. Vorsichtig legte der Maschinist seine schwere Hand auf Faunians Arm, eine bisher auf Morn völlig unübliche Geste, aber sie fühlten beide, daß es eine gute Geste war.

„Ihr werdet Menschen mit nach Morn nehmen, Bojan?" Er blickte den anderen an und wußte doch selbst nicht, ob es eine Frage oder eine Feststellung war. Aber Bojan hatte ihn verstanden.

„Sie werden ständig Raumanzüge tragen müssen, Faunian", sagte er. „Nie werden sie direkten Kontakt zu uns oder unserer Welt haben können. Willst du auf Morn unter den gleichen Bedingungen wie sie leben? Nicht nur einige Zeit, sondern ein Leben lang, ein langes Leben lang?"

Darauf gab es keine Erwiderung. Er selbst hatte sich diese Gründe tausendmal vorgehalten, immer wieder. Aber konnte es Bojan ihm verübeln, daß er sich an jede Möglichkeit zu klammern suchte? War es verwunderlich, daß er die Menschen, die die Freunde in die Heimat begleiten durften, beneidete?

Er senkte den Kopf und versuchte sich auf die Gedanken Cositas zu konzentrieren. Er spürte, daß sie ihn lange ansah, daß sich ihre Gedanken überschlugen. Lange gelang es ihm nicht, einen Sinn in die schnell folgenden Emissionen zu bringen, und als er ihn endlich begriff, begann sein Herz wie ein Hammer zu schlagen. Stumm blickte er sie an, und langsam wurde es Gewißheit: Sie hatte sich entschlossen, bei ihm auf der Erde zu bleiben.

„Hast du dir das genau überlegt, Cosita?“ flüsterte er. „Nicht einmal, sondern tausendmal?“

Sie hatte es sich überlegt, und sie war entschlossen, bei ihm zu bleiben. Faunian dachte an ihr Kind, an sein Kind. Was würde aus ihm werden, fern von Vater und Mutter?

Zuerst begriff Cosita seine Sorgen nicht. Kinder auf Morn konnten die Mutter entbehren. Gehegt und gepflegt in den gesellschaftlichen Einrichtungen, waren sie von so viel Liebe umgeben, daß sie den Verlust der individuellen Muttersorge nie verspürten. Aber trotzdem, bestimmt würde sie das Kind entbehren, sie, Cosita.

Da wußte sie, daß er sich nicht so sehr um das Kind sorgte. Als er erneut aufblickte, sah sie ihm voll ins Gesicht. „Mach dir keine unnützen Sorgen, Faunian. Wir können auf Morn jederzeit die für die Menschen geschaffenen Einrichtungen in Anspruch nehmen. Später, wenn wir alle den Schock überwunden haben, wird uns niemand und nichts daran hindern, zeitweise auf Morn zu leben. Solange es uns gefällt, unter unseresgleichen, abgeschirmt durch Maske und Skaphander, zu sein.“

Einen kurzen Moment lang schwieg sie.

„Wir werden das nicht sehr lange aushalten, Faunian“, fuhr sie dann fort, und er wußte, daß sie recht hatte. Dieses Getrenntsein von den Freunden und ihrer Welt würde aus der Entfernung leichter zu ertragen sein als bei dauerndem indirektem Kontakt, nur abgeschirmt durch eine hauchdünne, aber desto schmerzlicher trennende Haut.

Cositas Worte deuteten an, daß auch sie sich bereits zu denen rechnete, die für immer Gefangene der Erde bleiben würden. Sie setzte sich zu ihm, wie man sich zu einem Kind setzt, dem man etwas Wichtiges, schwer Verständliches zu erklären hat.

„Die Zeit ist nicht fern“, sagte sie langsam, und jetzt blickte auch sie hinüber zu den Bäumen am Fluß, „da wir eine stabile Verbindung zu Morn herstellen werden. Bereits jetzt arbeiten die Menschen an einer riesigen gravitischen Sende- und Empfangsanlage, die den Zwischenraum zwischen unseren beiden Welten mit der Schnelligkeit eines Gedankens überbrücken wird." Sie blickte ihn an, aber es dauerte eine gewisse Zeit, ehe ihr Blick aus der Ferne zurückkehrte.

„Zumindest den räumlichen Zwischenraum werden wir schnell überbrücken", schränkte sie ein. „Und wir beide, Faunian, werden an dieser Anlage mitarbeiten."

Es war schön, ihre Begeisterung zu spüren, und langsam fühlte er, daß sie ihn ansteckte.

„Unser Kind wird der erste Morne sein, der auf zwei Welten aufwächst", sinnierte er. „Auf zwei Welten, die bei aller Verschiedenheit vielleicht doch irgendwann zu einer großen Gemeinschaft werden. Dafür könnten sich unsere Entbehrungen lohnen, Cosita."

Er spürte ihre Zustimmung, aber nur einen Augenblick lang, dann schob sich Bojan wieder in seine Gedanken. „Sie wird nicht die einzige von uns sein, Faunian."

Nicht die einzige? Was konnte es noch für andere Gründe geben, als das Zusammengehörigkeitsgefühl zweier Gemeinsamer, die einen Mornen veranlassen konnten, das heimatliche System im Inneren der Galaxis für immer leichten Herzens aufzugeben?

Fast körperlich spürte er den unerwartet heftigen Widerspruch Bojans. „O nein, o nein, Faunian!" rief der Maschinist. „Nicht leichten Herzens, sondern in unser aller Interesse. Kont, der Arzt, ist einer von denen, die hier auf der Erde bleiben werden. Genau wie es Cosita tun wird, wird er sich kontrolliert der hiesigen Bakterienfauna aussetzen, um resistent zu werden. Ein ständiges Tragen der Skaphander wird kaum möglich sein. Und da sprichst du von leichten Herzens."

Er fühlte wohl das Staunen Faunians und hob in einer absolut menschlichen Geste die Schultern. „Das ist eine der Grundvoraussetzungen für eine effektive Arbeit zusammen mit den Wissenschaftlern der Erde, mein Lieber. Sie dürfen genausowenig abgeschirmt sein wie ihr. Alles andere wäre eine halbe Sache."

„Wieso in unser aller Interesse?" Diese Formulierung hatte sich in Faunian festgebissen. Welche Aufgabe war schwerwiegend genug, um einen Mornen freiwillig an die Erde zu fesseln? Und warum mußte es ausgerechnet der Arzt Kont sein?

Bojan holte tief Luft. „In San Francisco ist eine interessante Testreihe angelaufen. Eine Versuchsreihe mit Tieren ..."

Wieder fühlte Faunian ein Frösteln. Er wußte, daß die menschliche Medizin mit Tieren zu experimentieren pflegte, und er wußte auch, daß es Mornen gab, die die irdischen Wissenschaftler um diese Möglichkeiten beneideten. Aber niemand konnte ihn, Faunian, daran hindern, diese Versuche als barbarisch zu empfinden. Auch dann, wenn man behauptete, diese Experimente hätten bereits vielen Menschen das Leben retten helfen, hätten den Wissenschaftlern gestattet, weit tiefer in die Geheimnisse des Lebens einzudringen, als es den Wissenschaftlern Morns gelungen sei. Trotzdem empfand Faunian Ekel. Aber er bezwang sich.

„Welcher Art sind diese Versuche?" fragte er und versuchte sein steigendes Interesse zu verbergen.

Jetzt endlich setzte sich auch Bojan. „Die Genetiker der Frisco-University haben herausgefunden, daß unter bestimmten Lebensbedingungen Mutationen auftreten können, die zu körperlichen und geistigen Abnormitäten führen."

„Mutationen...?"

„Du hast richtig verstanden, Mutationen, genetische Veränderungen, die sich im Bauplan manifestieren, also erblich sind. Das Leben verändere sich nicht spontan, wie bisher angenommen, sagen diese Wissenschaftler, sondern gezielt, entsprechend den jeweiligen Anforderungen, die die Umwelt an Körper und Geist stellt. Langsam, im Zeitraum über mehrere Generationen, wird der genetische Bauplan den veränderten Bedingungen angepaßt."

„Die genetischen Ausfälle bei neugeborenen Mornen..." In Faunians Kopf begann sich ein Mühlstein zu drehen. Wenn die Vermutungen der irdischen Wissenschaftler stimmen, dann würde die Medizin einen Riesenschritt voran tun, dann endlich würde es ein Mittel geben, die Geißel der genetischen Ausfälle zu beseitigen. Welche Aspekte boten sich hier an? Und das alles nicht zuletzt durch die Mithilfe der Menschen, durch die Anwendung ihrer Methoden, die er eben noch als barbarisch bezeichnet hatte. Alle Achtung, Kont! Er, Faunian, hätte nicht an Tieren experimentieren mögen.

„Kont folgt den Menschen in ihrer Vermutung", erklärte Cosita. „Er meint, daß die Unterbelastung gewisser Extremitäten und Hirnzentren über mehrere Generationen hinweg zu einer Rückbildung in der Art eines Mutationssprunges führen kann."

„Wenn das stimmt, Cosita, dann sind die bisher aufgetretenen Ausfälle nur ein Anfang, dann müssen wir auf Morn mit einer Welle negativer Erscheinungen rechnen. Vielleicht bald, vielleicht erst in ferneren Generationen."

„Deshalb bleibt Kont auf der Erde."

„Und was haben die Tierversuche der Menschen bisher beweisen können?"

„Noch stehen die Mediziner am Anfang. Die ersten Versuchsreihen wurden an niederen Tieren durchgeführt, an solchen Arten, die einen sehr schnellen Generationswechsel aufweisen. Nur dadurch läßt sich zum gegenwärtigen Zeitpunkt eine Tendenz ermitteln. Und diese Tendenz scheint eindeutig zu sein."

Faunian begann zu begreifen, daß die Arbeit, die Kont und die irdischen Mediziner zu leisten im Begriff waren, zu dem Größten und Wichtigsten zu zählen war, das je in Angriff genommen wurde, aber noch sträubte er sich dagegen, mit den niedersten Tieren der Erde verglichen zu werden. Obwohl er sich bemühte, Cosita diesen Gedanken, von dem er wußte, daß er unsinnig war, nicht spüren zu lassen, fühlte er, daß sie lächelte.

„So ist es, Faunian", sagte sie, „sie vergleichen uns mit niederen Tieren, mit Tieren, die weder Verstand noch Intelligenz besitzen, aber sie stellen uns nicht mit ihnen auf eine Stufe. Und dann, wenn sie eine Tendenz ermittelt haben, eine klare, unwiderlegbare Tendenz, dann führen sie ähnliche Versuche an höheren Tieren durch. Auf diese Art werden uns Menschen und Tiere helfen, ein Problem zu lösen, unter dem wir seit mehreren Generationen zu leiden haben."

Als sie gingen, blickte er ihnen lange nach. Dann streckte er sich auf der weichen Liege aus und ließ sich die warmen Strahlen der sinkenden Sonne auf das Gesicht scheinen. Und wieder war ein Stück der Barriere, die ihn innerlich noch immer von den Menschen trennte, zusammengebrochen.

Deutlich spürte er die Gedanken Finettas und Lekons, und er wußte, daß in ihnen die Mauer nur noch als schwache Barriere morscher Trümmer existierte.

Das Abschiedszeremoniell lag hinter ihnen. In Leningrad hatten sie einen Schesternjow erlebt, den der Abschiedsschmerz linkisch und unbeholfen wirken ließ. Erst, als er sich von jedem einzelnen mit herzlichen Worten verabschiedete, schien er wieder der alte zu sein, ernst und doch freundlich. Für jeden hatte er tröstende oder dämpfende Worte gefunden, je nachdem, was ihm erforderlich zu sein schien.

Jetzt schaukelte der Disko auf den leicht bewegten Wassern der Ostsee

vor der Küste von Riga. Rod blickte über die langsam anrollenden Wogen des Meeres, aber er sah sie nicht. Er träumte mit offenen Augen. Hatte er bisher angenommen, daß er nichts und niemanden zurückließe, sich von dem gewohnten Leben mühelos würde trennen können, so überkam ihn nun doch etwas Abschiedsweh.

Noch war die Landebrücke nicht eingezogen, noch hielt er die breite Hand Schesternjows in der seinen.

„Welch eine Welt werden wir dort kennenlernen?“ fragte er leise, ohne auf eine Antwort zu hoffen, und er war dankbar, als Schesternjow lächelte.

„Es wird eine Welt voller Freunde sein, Rod.“

Er blickte auf Betty, die an seinem Arm hing und dem Weinen näher als dem Lachen war. Drüben beugte sich Lester Sullivan über die Hand Karin Bachfelds. Zur Feier des Tages trug er einen nachtblauen Anzug, in dessen Falten bei jeder Bewegung ein flammendes Rot aufleuchtete. Als er sich aufrichtete, vermied er es, die junge Frau anzusehen. Er wandte sich an Bracke und schüttelte ihm lange, viel zu lange, die Hände. Dann trat Bracke auf Karin und Cosita zu, die sich an den Händen hielten und denen die Trennung wohl besonders schwerfiel.

Es dauerte lange, bis die letzten Worte getauscht, die letzten Grüße gerufen waren. Erst dann ließ Bojan die Landebrücke einziehen. Sie verschwand lautlos, und lautlos nahm der Disko Fahrt auf, hinaus auf das freie Wasser der See.

Winkende Menschen blieben am Ufer zurück, und Rod sah, daß Schesternjow neben Faunian stand. Er wußte, daß der Morne den Menschen um gut einen Kopf überragte, aber je größer die Entfernung wurde, um so mehr verwischten sich die Unterschiede.